RAINHA
DAS
SOMBRAS

Obras da autora publicadas pela Galera Record

Série Trono de Vidro
A lâmina da assassina
Trono de vidro
Coroa da meia-noite
Herdeira do fogo
Rainha das sombras
Império de tempestades
Torre do alvorecer
Reino de cinzas

Série Corte de Espinhos e Rosas
Corte de espinhos e rosas
Corte de névoa e fúria
Corte de asas e ruína
Corte de gelo e estrelas
Corte de chamas prateadas

Série Cidade da Lua Crescente
Casa de terra e sangue
Casa de céu e sopro
Casa de chama e sombra

SARAH J. MAAS

RAINHA
DAS
SOMBRAS

Tradução
Mariana Kohnert

33ª edição

— **Galera** —
RIO DE JANEIRO
2025

CIP-BRASIL. CATALOGAÇÃO NA PUBLICAÇÃO
SINDICATO NACIONAL DOS EDITORES DE LIVROS, RJ

M11r

33ª ed.

Maas, Sarah J.
   Rainha das sombras / Sarah J. Maas; tradução de Mariana Kohnert. – 33ª ed. – Rio de Janeiro: Galera Record, 2025.
   (Trono de vidro; 4)

   Tradução de: Queen of shadows
   ISBN 978-85-01-10684-1

   1. Ficção americana. I. Kohnert, Mariana. II. Título. III. Série.

15-27477

CDD: 028.5
CDU: 087.5

Título original em inglês:
Queen of Shadows

Copyright © Sarah Maas, 2015

Leitura sensível:
Lorena Ribeiro

Revisão:
Rodrigo Dutra
Anna Clara Gonçalves

Composição de miolo: Abreu's System

Texto revisado segundo o novo Acordo Ortográfico da Língua Portuguesa.

Todos os direitos reservados. Proibida a reprodução, no todo ou em parte, através de quaisquer meios. Os direitos morais da autora foram assegurados.

Direitos exclusivos de publicação em língua portuguesa somente para o Brasil adquiridos pela
EDITORA GALERA RECORD LTDA.
Rua Argentina, 120 – Rio de Janeiro, RJ – 20921-380 – Tel.: (21) 2585-2000, que se reserva a propriedade literária desta tradução.

Impresso no Brasil

ISBN: 978-85-01-10684-1

Seja um leitor preferencial Record.
Cadastre-se e receba informações sobre nossos lançamentos e nossas promoções.

Atendimento e venda direta ao leitor:
sac@record.com.br

Para Alex Bracken.

Pelos seis anos de e-mails,
Pelas milhares de páginas criticadas,
Pelo coração de tigre e pela sabedoria Jedi,
E por simplesmente ser você.

Estou tão feliz por ter mandado um e-mail para você naquele dia.
E tão grata por ter me respondido.

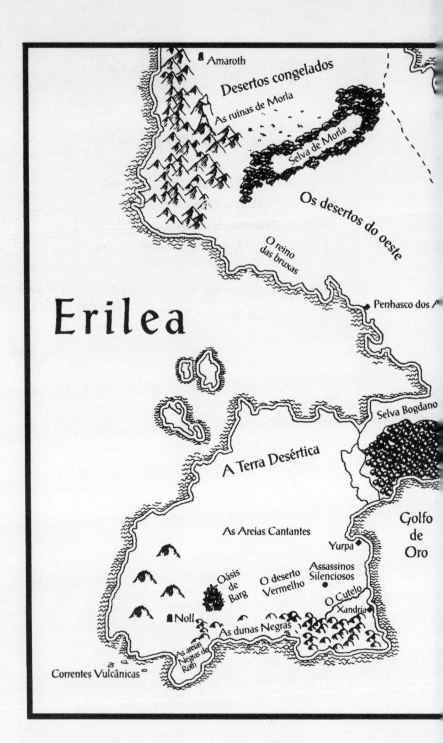

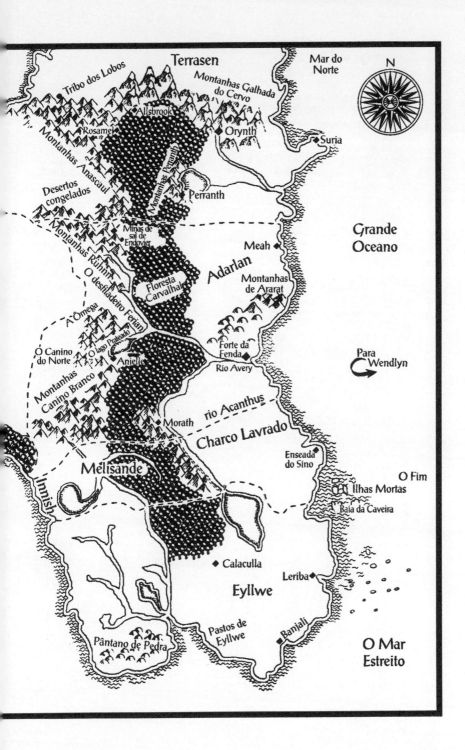

PARTE UM
Senhora das sombras

❧ 1 ❧

Havia uma coisa esperando na escuridão.

Era antiga e cruel, e caminhava nas sombras, dominando sua mente. Não era daquele mundo e fora levada até ali para preenchê-lo com o frio primitivo. Alguma barreira invisível ainda os separava, mas a parede desabava um pouco mais toda vez que a coisa a percorria, testando sua força.

Ele não se lembrava do próprio nome.

Essa foi a primeira coisa que esqueceu quando a escuridão o envolveu, semanas ou meses ou eras antes. Depois esqueceu os nomes das pessoas que significaram tanto para ele. Conseguia se lembrar de terror e desespero — apenas por causa de um único momento que sempre interrompia a escuridão, como a batida rítmica de um tambor: alguns minutos de gritos e sangue e vento congelado. Havia pessoas que ele amava naquela sala de mármore vermelho e vidro; a mulher perdera a cabeça...

Perdera, como se a decapitação fosse culpa dela.

Uma mulher adorável, com mãos delicadas como pombinhas douradas. Não foi culpa dela, mesmo que ele não conseguisse se lembrar do nome da mulher. Era culpa do homem no trono de vidro, que ordenara que a espada daquele guarda cortasse carne e osso.

Não havia nada na escuridão após o momento em que a cabeça daquela mulher caiu com um estampido no chão. Não havia nada *além* daquele instante, de novo e de novo e de novo — e aquela coisa caminhando por perto, esperando que ele se partisse, que cedesse, que a deixasse entrar. Um príncipe.

Ele não se recordava se a criatura era o príncipe, ou se ele mesmo um dia fora um príncipe. Improvável. Um príncipe não teria permitido que a cabeça da mulher fosse cortada. Um príncipe teria impedido a lâmina. Um príncipe teria salvado a mulher.

No entanto, ele não a salvara; e sabia que ninguém viria salvá-lo.

Ainda havia um mundo real além das sombras. Ele era forçado a participar do mesmo pelo homem que ordenara o assassinato daquela adorável mulher. E, quando o fazia, ninguém reparava que ele havia se tornado pouco mais que uma marionete, lutando para falar, para agir além dos grilhões na mente. Ele os odiava por não repararem. Essa era uma das emoções que ainda conhecia.

Eu não deveria amar você. A mulher dissera isso... e então morreu. Não deveria tê-lo amado, e ele não deveria ter ousado amá-la. Merecia aquela escuridão e, depois que o limite invisível se partisse e a coisa à espera invadisse, infiltrando-se e preenchendo-o... teria ganhado o que merecia.

Assim, ele permanecia preso em uma imersão noturna, testemunhando o grito e o sangue e o impacto da carne na pedra. Sabia que deveria lutar, sabia que *tinha* lutado naqueles últimos segundos antes de o colar de pedra preta se fechar ao redor de seu pescoço.

Mas havia uma coisa esperando na escuridão, e ele não conseguia reunir forças para lutar contra ela por muito mais tempo.

❦ 2 ❧

Aelin Ashryver Galathynius, herdeira do fogo, amada de Mala, Portadora da Luz, e rainha por direito de Terrasen, estava recostada contra o desgastado bar de carvalho e ouvia atentamente os ruídos no salão dos prazeres, distinguindo as comemorações, os gemidos e a cantoria lasciva. Embora tivesse sugado e dispensado vários donos ao longo dos anos, a ala subterrânea do pecado, conhecida como Cofres, permanecia igual: desconfortavelmente quente, fedendo a cerveja velha e corpos sujos, e lotada de vagabundos e criminosos de carreira.

Não foram poucos os jovens lordes e filhos de mercadores que desceram os degraus do Cofres sem jamais voltar a ver a luz do dia. Às vezes, porque exibiam ouro e prata à pessoa errada; às vezes, porque eram vaidosos ou estavam bêbados o bastante para achar que podiam se atirar na arena de luta e sair com vida. Às vezes, porque tratavam mal uma das prostitutas nas alcovas que ladeavam o espaço cavernoso e aprendiam do modo mais difícil qual tipo de pessoa os donos do Cofres realmente valorizavam.

Aelin bebeu da caneca de cerveja que o atendente suado do bar lhe dera momentos antes. Aguada e barata, mas pelo menos parecia gelada. Acima do odor de corpos imundos, o cheiro de carne assada com alho flutuou até ela. Seu estômago roncou, mas não era burra o suficiente para pedir comida. Um, a carne costumava ser cortesia dos ratos no beco acima; dois, os clientes mais ricos em geral descobriam que a comida vinha envolta em algo que os fazia acordar no referido beco com a bolsa vazia. Isso se acordassem.

As roupas de Aelin estavam sujas, mas eram refinadas o suficiente para torná-la alvo de um ladrão. Então ela verificou a cerveja com atenção, cheirando e tomando um gole antes de decidir que era seguro. Ainda precisaria encontrar comida em algum momento, mas não até descobrir o que precisava no Cofres: que diabo acontecera em Forte da Fenda durante os meses em que se ausentara.

E quem era o cliente que Arobynn Hamel queria tanto ver, a ponto de arriscar um encontro ali; especialmente quando guardas brutais, em uniformes pretos, perambulavam como alcateias pela cidade.

Aelin conseguira passar despercebida por um desses guardas durante o caos do aportamento, mas não antes de reparar na serpente alada de ônix bordada nos uniformes. Preto no preto; talvez o rei de Adarlan tivesse se cansado de fingir que era algo além de uma ameaça, e baixado um decreto real para abandonarem o carmesim e o dourado tradicionais do império. Sombrio como a morte; sombrio como suas duas chaves de Wyrd; sombrio como os demônios valg que o monarca agora usava para montar para si um exército irrefreável.

Um estremecimento lhe percorreu a espinha, levando-a a tomar o restante da cerveja. Ao pousar a caneca, os cabelos castanho-avermelhados oscilaram e refletiram a luz dos lustres de ferro forjado.

Aelin correra do cais até a margem do rio, ao Mercado das Sombras, onde qualquer um poderia encontrar o que quisesse — raro, contrabandeado ou comum —, e comprara tinta. Ela pagara ao mercador mais uma moeda de prata em troca do pequeno quarto nos fundos da loja, a fim de pintar os cabelos ainda tão curtos que roçavam nos ombros. Se aqueles guardas estivessem monitorando o cais e, por algum motivo, a tivessem visto, estariam em busca de uma mulher de cabelos dourados. *Todos* começariam a buscar uma mulher de cabelos dourados assim que a notícia, que chegaria em poucas semanas, de que a campeã do rei fracassara na tarefa de assassinar a família real de Wendlyn e de roubar seus planos de defesa naval.

A jovem enviara um aviso ao rei e à rainha de Eyllwe meses antes e sabia que eles tomariam as precauções necessárias. Mas isso ainda deixava uma pessoa em risco antes que Aelin conseguisse completar os primeiros passos do plano — a mesma pessoa que poderia conseguir explicar os novos guardas no cais. E por que a cidade estava visivelmente mais quieta, mais tensa. Silenciosa.

Se fosse ouvir qualquer coisa sobre o capitão da Guarda, se ele estava em segurança, seria ali. Era apenas uma questão de escutar a conversa certa, ou se sentar com os parceiros de carteado certos. Que bela coincidência fora, então, Aelin ter visto Tern — um dos assassinos preferidos de Arobynn — comprando uma dose de seu veneno preferido no Mercado das Sombras.

Ela o seguira até ali a tempo de espiar diversos outros assassinos de Arobynn se reunindo no salão dos prazeres. Eles jamais faziam aquilo; a não ser que o mestre estivesse presente. Em geral, apenas quando o homem tinha uma reunião com alguém muito, muito importante. Ou perigoso.

Depois que Tern e os demais entraram no Cofres, ela esperara na rua por alguns minutos, permanecendo à sombra para ver se Arobynn chegaria, mas não teve tal sorte. Ele já devia estar lá dentro.

Então Aelin se infiltrara em um grupo de filhos de mercadores bêbados, vira onde Arobynn estaria em reunião e fizera o possível para não ser notada, e permanecer invisível, enquanto se demorava no bar... e observava.

Com o capuz e as roupas pretas, a jovem se misturava bem, sem chamar muita atenção. Imaginou que, se alguém fosse tolo o bastante para tentar roubá-la, seria justo que a pessoa fosse roubada logo em seguida. Ela *estava* ficando sem dinheiro.

Aelin suspirou pelo nariz. Se seu povo pudesse vê-la: Aelin do Fogo Selvagem, assassina e punguista. Os pais e o tio provavelmente estavam se revirando nos túmulos.

Mesmo assim. Algumas coisas valiam a pena. Aelin flexionou o dedo enluvado na direção do atendente careca, gesticulando por mais uma cerveja.

— Eu tomaria cuidado com quanto bebe, garota — disse uma voz debochada ao lado dela.

Ela olhou de soslaio para o homem de tamanho médio, que se aproximara sorrateiro. A jovem o teria reconhecido pelo alfanje antigo, caso não tivesse reconhecido o rosto fascinantemente medíocre. A pele rosada, os olhos grandes e as sobrancelhas espessas; tudo isso uma máscara sutil para esconder o assassino voraz por baixo.

Aelin apoiou os antebraços no bar e cruzou um tornozelo sobre o outro.

— Oi, Tern. — Era o braço direito de Arobynn, ou o fora, dois anos antes. Um porco cruel e calculista, que sempre se mostrara mais que ansioso em fazer o trabalho sujo do mestre. — Imaginei que fosse apenas uma questão de tempo até que um dos cães de Arobynn me farejasse.

Tern se recostou no bar, abrindo um sorriso brilhante demais.

— Se a memória não me falha, você sempre foi a cadela preferida dele.

Ela riu, virando-se de frente para o homem. Tinham quase a mesma altura, e, com o corpo esguio, ele era irritantemente bom em entrar nos lugares mais bem vigiados. Ao ver Tern, o atendente do bar manteve distância.

O assassino inclinou a cabeça sobre um ombro, indicando os fundos sombreados do espaço cavernoso.

— Última mesa contra a parede. Ele está terminando a reunião.

Aelin olhou na direção indicada. Os dois lados do Cofres exibiam alcovas cheias de prostitutas, mal escondidas da multidão pelas cortinas. Sua visão passou pelos corpos se contorcendo, pelas mulheres de rosto macilento e olhos vazios, que buscavam o ganha-pão naquele esgoto pútrido, pelas pessoas que monitoravam os lucros das mesas mais próximas — vigias, voyeurs e cafetões. Mas ali, enfiadas na parede adjacente às alcovas, havia diversas cabines de madeira.

Exatamente aquelas que Aelin monitorava discretamente desde que chegara.

E naquela mais afastada das luzes... um brilho de botas de couro polido se estendia sob a mesa. Um segundo par de botas, gastas e enlameadas, estava apoiado no chão, diante do primeiro, como se o cliente estivesse pronto para ir embora. Ou, se fosse muito burro, lutar.

Ele obviamente foi estúpido o suficiente para deixar sua guarda pessoal visível, um farol alertando qualquer interessado de que algo importante acontecia naquela última cabine.

A sentinela do cliente — uma jovem esguia, encapuzada e armada até os dentes — estava recostada contra uma pilastra de madeira próxima, os cabelos escuros e sedosos na altura dos ombros brilhavam à luz conforme ela monitorava atentamente o salão dos prazeres. Estava tensa demais para ser uma frequentadora comum. Sem uniforme, sem cores ou insígnias de família. Não era surpreendente, considerando a necessidade do patrão por sigilo.

O sujeito provavelmente achava que era mais seguro fazer a reunião ali, embora esse tipo de encontro geralmente acontecesse na Fortaleza dos

Assassinos, ou em uma das pousadas sombrias cujo dono era o próprio Arobynn. Ele não fazia ideia de que Arobynn era também um dos maiores investidores do Cofres, assim seria preciso apenas um aceno de cabeça do antigo mestre de Aelin para que as portas de metal se trancassem... e o cliente e a guarda jamais saíssem dali.

Mas ainda restava a pergunta: por que Arobynn concordara em se encontrar ali?

E isso fazia com que Aelin continuasse olhando para o outro lado do salão, em direção ao homem que destruíra a vida dela de inúmeras formas.

Seu estômago deu um nó, mas a jovem sorriu para Tern.

— Eu sabia que a coleira não iria muito longe.

Aelin se afastou do bar, passando pela multidão antes que o assassino conseguisse dizer qualquer outra coisa. Podia sentir o olhar fixo às suas costas e sabia que Tern estava ansioso para cravar o alfanje ali.

Sem se incomodar em olhar para trás, ela fez um gesto obsceno para o homem por cima do ombro.

A série de xingamentos disparada por ele foi muito melhor que a música lasciva tocada no salão.

Enquanto andava, Aelin reparou em cada rosto, cada mesa de foliões, criminosos e trabalhadores. A guarda pessoal do cliente agora a observava, a mão enluvada deslizando para a espada simples na lateral do corpo.

Não é de sua conta, mas boa tentativa.

Aelin sentia-se um pouco tentada a dar um sorrisinho para a mulher. Talvez tivesse dado, na verdade, se não estivesse concentrada no rei dos Assassinos. No que esperava por ela naquela cabine.

Mas estava pronta; ou tão pronta quanto podia estar. Passara tempo demais planejando.

Ela se dera um dia no mar para descansar e para sentir saudade de Rowan. Com o juramento de sangue agora a unindo eternamente ao príncipe feérico — e ele a ela —, sua ausência era como um membro fantasma. Aelin ainda se sentia assim, mesmo quando tinha tanto a fazer, embora sentir saudade de seu *carranam* fosse inútil, e Rowan sem dúvida lhe daria uma surra por causa disso.

No segundo dia separados, Aelin oferecera ao capitão do navio uma moeda de prata por uma caneta e um bolo de papel. Depois de se trancar nos aposentos apertados, começou a escrever.

Havia dois homens naquela cidade responsáveis por destruir sua vida e o povo que amara. A jovem não deixaria Forte da Fenda até que enterrasse ambos.

Então ela escrevera página após página de anotações e ideias, até ter uma lista de nomes, lugares e alvos. Memorizara cada passo e cálculo, depois as queimara com o poder que ardia em suas veias, certificando-se de que todos os pedaços não passassem de cinzas flutuando pela janela circular até o vasto oceano, escuro como a noite.

Embora tivesse se preparado, ainda fora um choque, semanas depois, quando o navio cruzara algum marco invisível na costa, que fez a magia de Aelin sumir. Todo aquele fogo que passara tantos meses cuidadosamente dominando... desaparecera como se jamais tivesse existido, nem mesmo sobrara uma brasa tremeluzindo nas veias. Um novo tipo de vazio... diferente do buraco que a ausência de Rowan causava.

Presa na pele humana, ela havia se aninhado na cama e buscado se lembrar de como respirar, de como pensar, de como mover a porcaria do corpo sem a graciosidade imortal da qual ficara tão dependente. Era uma tola inútil por ter deixado que aqueles dons se tornassem muletas, por ser surpreendida despreparada quando foram, de novo, arrancados dela. Rowan definitivamente teria dado uma surra em Aelin por causa *disso* — depois que ele tivesse se recuperado. Isso era o suficiente para deixá-la satisfeita por ter pedido que o guerreiro ficasse para trás.

Assim, ela se inspirara na maresia e na madeira, recordando-se de que tinha sido treinada para matar com as próprias mãos muito antes de algum dia aprender a derreter ossos com o fogo. Não precisava da força, da velocidade e da destreza extras de sua forma feérica para derrubar os inimigos.

O homem responsável por aquele brutal treinamento inicial — o homem que fora salvador e torturador, mas jamais se declarara pai ou irmão ou amante — estava agora a passos de distância, ainda falando com o tal cliente tão importante.

Aelin afastou a tensão que ameaçava fazer braços e pernas travarem, e manteve os movimentos sutis como os de um felino conforme cobriu os últimos seis metros entre eles.

Então o cliente de Arobynn se levantou, disparando algo para o rei dos Assassinos, e saiu batendo os pés na direção da própria segurança.

Mesmo com o capuz, ela conhecia o jeito como ele se movia. Conhecia o formato do queixo que despontava das sombras da vestimenta, o modo como a mão esquerda tendia a roçar contra a bainha da espada.

Mas a arma com o punho em formato de águia não estava pendurada na lateral do corpo.

E não havia uniforme preto; apenas roupas marrons, discretas, manchadas de terra e sangue.

Aelin pegou uma cadeira vazia e a aproximou de uma mesa de jogadores de cartas antes de o sujeito dar dois passos. A jovem deslizou para o assento, concentrando-se em respirar, em ouvir, mesmo quando as três pessoas à mesa franziram a testa para ela.

Aelin não se importava.

Pelo canto do olho, viu que a guarda a indicou com o queixo.

— Distribuam minhas cartas — murmurou ela para o homem a seu lado. — Agora mesmo.

— Estamos no meio de um jogo.

— Na próxima rodada, então — disse Aelin, relaxando a postura e curvando os ombros no momento que Chaol Westfall lançou o olhar em sua direção.

19

❧ 3 ❧

Chaol era o cliente de Arobynn.

Ou queria muito algo do antigo mestre de Aelin que o levasse a arriscar um encontro ali.

Que *diabo* tinha acontecido enquanto ela estivera fora?

A jovem observou as cartas serem distribuídas na mesa úmida de cerveja, mesmo com a atenção do capitão fixa em suas costas. Desejou poder ver o seu rosto, ver qualquer coisa na sombra sob aquele capuz. Apesar das manchas de sangue nas roupas, ele se movia como se não estivesse ferido.

Algo apertado no peito de Aelin havia meses se afrouxou devagar.

Vivo... mas de onde viera o sangue?

Ele devia tê-la julgado inofensiva, pois apenas gesticulou para a companheira, sinalizando que fossem embora, e os dois saíram andando na direção do bar; não, na direção das escadas mais adiante. O capitão se movia em um ritmo tranquilo, casual, embora a mulher ao lado estivesse tensa demais para aparentar despreocupação. Felizmente, ninguém olhou na direção de Chaol conforme ele partia, e o capitão não olhou para Aelin de novo.

Ela se movera rápido o bastante, portanto ele provavelmente não tinha conseguido detectar quem a jovem era. Bom. Bom, por mais que Aelin conseguisse reconhecê-lo se movendo ou parado, de manto ou descoberto.

E lá foi o capitão, escada acima, sem sequer olhar para baixo, embora a companheira ainda a observasse. Quem era *aquela*? Não havia guardas do gênero feminino no palácio quando ela partiu, e Aelin tinha quase certeza de que o rei tinha uma regra absurda que proibia a presença de mulheres.

Ver Chaol não mudava nada... não no momento.

Aelin fechou a mão em punho, muito ciente do dedo exposto na mão direita. Não parecera nu até então.

Uma carta foi colocada diante dela.

— Três pratas para entrar — avisou o homem careca e tatuado ao lado da jovem, inclinando a cabeça na direção da pilha organizada de moedas no centro conforme distribuía as cartas.

Encontrar-se com Arobynn; ela jamais achou que Chaol fosse burro, mas *aquilo*... Aelin se levantou da cadeira, acalmando a ira que começara a correr em suas veias.

— Estou dura — explicou ela. — Aproveitem o jogo.

A porta no alto das escadas de pedra já estava fechada, o capitão e sua guarda tinham saído.

Aelin se permitiu um segundo para limpar qualquer expressão que estampasse mais que leve interesse no rosto.

Havia a chance de Arobynn ter planejado a coisa toda para que coincidisse com sua chegada. Provavelmente enviara Tern ao Mercado das Sombras apenas para chamar a atenção da jovem, para levá-la ao bar. Talvez soubesse o que o capitão tramava, de que lado o jovem lorde estava agora; talvez a tivesse atraído até ali apenas para lhe atiçar a mente, para deixá-la abalada.

Conseguir respostas de Arobynn teria um preço, mas era mais inteligente que correr atrás de Chaol na noite, embora a vontade fizesse com que seus músculos travassem. Meses... meses e meses desde que o vira, desde que deixara Adarlan, partida e vazia.

Mas bastava.

Aelin deu mais alguns passos até a mesa e parou diante dela, cruzando os braços ao olhar para Arobynn Hamel, o rei dos Assassinos e seu antigo mestre, que sorria para ela.

Relaxado à sombra da mesa de madeira, com uma taça de vinho diante de si, Arobynn parecia exatamente como da última vez que Aelin o vira: um rosto aristocrático de feições finas, cabelos avermelhados sedosos na altura dos ombros e uma exótica túnica azul-marinho, desabotoada no alto com uma casualidade proposital, revelando o peito bronzeado. Nenhum sinal de cordão ou corrente. O braço longo e musculoso estava apoiado no encosto do banco, e os dedos bronzeados e cobertos de cicatrizes tamborilavam no ritmo da música ambiente.

— Oi, querida — sussurrou Arobynn, os olhos prateados reluzentes mesmo na escuridão.

Nenhuma arma, exceto pelo belo florete na lateral do corpo, sua guarda ornamentada e retorcida como um vento rodopiante envolto em ouro. O único sinal evidente da riqueza que competia com aquela de reis e imperatrizes.

Aelin deslizou para o banco diante do assassino, sentindo a madeira ainda morna devido à recente presença de Chaol. As adagas pressionavam seu corpo a cada movimento. Goldryn era um peso apoiado em sua lateral, o enorme rubi no cabo escondido pela túnica escura de Aelin; a lendária lâmina era inútil em um espaço tão apertado. Sem dúvida por isso Arobynn tinha escolhido a cabine para o encontro.

— Você está mais ou menos igual — disse ela, inclinando-se contra o banco duro e puxando o capuz para trás. — Forte da Fenda ainda o trata bem.

Era verdade. Com 30 e tantos anos, Arobynn permanecia bonito, além de parecer tão tranquilo e contido quanto estivera durante o borrão dos dias logo após a morte de Sam no Forte dos Assassinos.

Havia muitas, muitas dívidas a serem pagas pelo que acontecera na época.

Ele a olhou de cima a baixo... uma avaliação lenta, deliberada.

— Acho que eu preferia sua cor de cabelo natural.

— Precauções — respondeu Aelin, cruzando as pernas e avaliando-o lentamente também. Nenhum indicativo de que estava usando o Amuleto de Orynth, a herança real que roubara da jovem quando a encontrara quase morta às margens do Florine. Arobynn permitira que ela acreditasse que o amuleto o qual ocultava a terceira e última chave de Wyrd fora perdido no rio. Durante mil anos, os ancestrais de Aelin despercebidamente usaram a joia, o que fizera do reino deles — do reino *dela* — uma fonte de poder: próspero e seguro, o ideal ao qual cortes de todos os territórios aspiravam.

Mesmo assim, a jovem jamais vira Arobynn usar qualquer corrente ao redor do pescoço. Ele provavelmente o escondera em algum lugar da Fortaleza.

— Eu não gostaria de acabar de volta em Endovier.

Aqueles olhos prateados brilharam. Era um esforço evitar levar a mão a uma adaga e atirá-la com força.

Mas muito dependia do assassino para matá-lo imediatamente. Ela tivera muito, muito tempo para pensar naquilo; no que queria fazer, em como queria fazer. Terminar tudo ali, naquele momento, seria um desperdício. Principalmente quando Arobynn e Chaol estavam, de algum jeito, envolvidos.

Talvez Arobynn a tivesse atraído até ali por *isso*... para que Aelin visse Chaol com ele... e hesitasse.

— De fato — afirmou o homem. — Eu também odiaria ver você de volta em Endovier. Mas preciso dizer que estes últimos dois anos a deixaram ainda mais impressionante. Ser uma mulher adulta combina com você. — Arobynn inclinou a cabeça, e Aelin soube o que viria antes que ele completasse: — Ou eu deveria dizer ser uma rainha?

Fazia uma década desde que tinham falado abertamente sobre a ascendência dela ou sobre o título ao qual Arobynn a ajudara a dar as costas, ensinando-a a odiá-lo e temê-lo. Às vezes, o assassino o mencionava veladamente, em geral como uma ameaça para mantê-la presa a ele. Mas jamais dissera o verdadeiro nome de Aelin, sequer uma vez; nem mesmo quando a encontrou naquela margem congelada e a carregou para a casa de assassinos.

— O que o faz pensar que tenho algum interesse nisso? — perguntou ela, casualmente.

Arobynn fez um gesto com os ombros largos.

— Não se pode colocar muita fé em fofocas, mas chegaram notícias de Wendlyn há cerca de um mês. Diziam que uma certa rainha perdida deu um show espetacular para uma legião invasora de Adarlan. Na verdade, acredito que o título agora usado pelos nossos queridos amigos no império seja "rainha vadia e cuspidora de fogo".

Honestamente, ela quase achou engraçado — até mesmo lisonjeiro. Sabia que correriam notícias sobre o que fizera ao general Narrok e aos outros três príncipes valg entocados como sapos dentro de corpos humanos. Apenas não percebera que todos saberiam tão rápido.

— As pessoas acreditam em tudo que ouvem ultimamente.

— Verdade — respondeu Arobynn. Na outra ponta do Cofres, uma multidão ensandecida urrava para os lutadores que se arrastavam nas arenas. O rei dos Assassinos olhou na direção deles com um leve sorriso.

Fazia quase dois anos desde que Aelin estivera em meio àquela multidão, observando Sam enfrentar lutadores muito inferiores a ele enquanto se esforçava para conseguir dinheiro suficiente para levar os dois de Forte da Fenda, para longe de Arobynn. Alguns dias depois, a jovem acabaria em um vagão de prisão a caminho de Endovier, mas Sam...

Ela jamais descobriu onde o haviam enterrado depois que Rourke Farran — o braço direito de Ioan Jayne, o lorde do crime de Forte da Fenda — o torturou e matou. A própria Aelin matara Jayne, cravando uma adaga no rosto gordo. E Farran... Mais tarde ela descobriu que Farran fora morto pelo guarda-costas de Arobynn, Wesley, como vingança pelo que fora feito a Sam. Mas isso não era da conta dela, mesmo que Arobynn tivesse matado Wesley para remendar os laços entre a Guilda dos Assassinos e o novo lorde do crime. Outra dívida.

Aelin podia esperar; podia ser paciente. Apenas falou:

— Então está fazendo negócios aqui agora? O que aconteceu com a Fortaleza?

— Alguns clientes — murmurou Arobynn, lentamente — preferem reuniões públicas. A Fortaleza pode deixar as pessoas nervosas.

— Seu cliente deve ser novo no jogo, se não insistiu em uma sala particular.

— Ele não confiou em mim o suficiente para isso. Achou que o salão principal seria mais seguro.

— Não deve conhecer o Cofres, então. — Não, Chaol jamais estivera ali, até onde ela sabia. Aelin tinha o costume de evitar contar a ele sobre o tempo que passara naquele lugar pútrido. Como evitara contar muitas coisas.

— Por que simplesmente não me pergunta sobre ele?

Ela manteve a expressão neutra, desinteressada.

— Realmente não me importo com seus clientes. Conte se quiser.

Arobynn deu de ombros de novo, um gesto lindo, casual. Um jogo, então. Um pouco de informação contra ela, mantida em segredo até que fosse útil. Não importava se era informação valiosa ou não; era o ato de guardá-la, o poder disso, que Arobynn amava.

Ele suspirou.

— Tem tanta coisa que quero perguntar, que quero saber.

— Fico surpresa por admitir que já não sabe de tudo.

O homem apoiou a cabeça contra o encosto da cabine, os cabelos ruivos brilhando como sangue fresco. Como era investidor do Cofres, Aelin imaginou que Arobynn não precisava se incomodar em esconder o rosto ali. Ninguém — nem mesmo o rei de Adarlan — seria burro o bastante para ir atrás dele.

— As coisas andam terríveis desde que partiu — comentou Arobynn, baixinho.

Partiu. Como se ela tivesse ido voluntariamente para Endovier; como se ele não fosse responsável por aquilo; como se Aelin simplesmente tivesse tirado férias. Mas a jovem o conhecia bem demais. Ele ainda a estava sondando, apesar de tê-la atraído até ali. Perfeito.

Arobynn olhou para a cicatriz espessa na palma da mão dela; prova do juramento que fizera a Nehemia para libertar Eyllwe. O assassino emitiu um estalo com a língua.

— Meu coração dói quando vejo tantas cicatrizes novas em você.

— Eu gosto muito delas. — Era verdade.

Ele se mexeu no assento — um gesto deliberado, como todos os seus movimentos —, e a luz recaiu sobre uma cicatriz feia que se estendia da orelha até a clavícula.

— Também gosto muito dessa cicatriz — comentou Aelin, com um sorriso malicioso. Aquilo explicava por que ele deixara a túnica desabotoada.

Arobynn fez um gesto de graciosidade fluida com a mão.

— Cortesia de Wesley.

Um lembrete casual do que era capaz de fazer, do que podia aguentar. Wesley fora um dos melhores guerreiros que Aelin já conhecera. Se não tinha sobrevivido à luta com Arobynn, havia poucos que sobreviveriam.

— Primeiro Sam — disse ela. — Então eu, depois Wesley, que tirano você se tornou. Sobrou alguém na Fortaleza, além do querido Tern, ou matou todos que já o desagradaram? — A jovem olhou para Tern, que esperava no bar, em seguida para os outros dois assassinos sentados em mesas separadas do outro lado do salão, tentando fingir que não monitoravam cada movimento seu. — Pelo menos Harding e Mullin também estão vivos. Mas sempre foram tão bons em puxar seu saco que acho difícil imaginar que você consiga matá-los.

Uma risada baixa.

— E aqui estava eu pensando que meus homens eram bons em se esconder na multidão. — Ele tomou um gole do vinho. — Talvez você possa voltar para casa e ensinar algumas coisas a eles.

Casa. Outro teste, outro jogo.

— Sabe que sempre fico feliz em ensinar uma lição a seus bajuladores, mas tenho outras acomodações preparadas enquanto estiver aqui.

— E por quanto tempo vai visitar, exatamente?

— O tempo que for necessário. — Para destruí-lo e conseguir o que precisa.

— Bem, fico feliz ao ouvir isso — respondeu Arobynn, bebendo de novo. Sem dúvida de uma garrafa trazida especialmente para ele, pois de maneira alguma no reino em chamas dos deuses sombrios o assassino beberia o aguado sangue de rato que serviam no bar. — Precisará ficar algumas semanas, pelo menos, considerando o que aconteceu.

Gelo percorreu as veias de Aelin. Ela abriu um sorriso preguiçoso, por mais que tivesse começado a rezar a Mala e a Deanna, as deusas irmãs que a velaram por tantos anos.

— Você *sabe* o que aconteceu, não sabe? — perguntou ele, girando o vinho na taça.

Desgraçado... desgraçado por fazê-la confirmar que não sabia.

— Isso explica por que a Guarda Real tem um uniforme novo tão espetacular? — *Nada com Chaol ou Dorian, nada com Chaol ou Dorian, nada com Chaol ou...*

— Ah, não. Aqueles homens são apenas um acréscimo agradável a nossa cidade. Meus acólitos se divertem tanto os atormentando. — Arobynn esvaziou a taça. — Mas eu apostaria alto que a nova Guarda do rei estava presente no dia em que aconteceu.

Aelin evitou que as mãos tremessem, apesar de o pânico devorar cada última gota de seu bom senso.

— Ninguém sabe o que, exatamente, aconteceu naquele dia no castelo de vidro — começou o assassino.

Depois de tudo que a jovem suportara, depois do que vencera em Wendlyn, retornar para aquilo... Ela desejou que Rowan estivesse a seu lado, desejou que pudesse sentir-lhe o cheiro de pinho e neve, e saber que, independentemente da notícia que Arobynn daria, independentemente do quanto a destruísse, o guerreiro feérico estaria ali para ajudar a remendar os pedaços.

Mas Rowan estava do outro lado do oceano — e ela rezava para que ele jamais estivesse a menos de cem quilômetros de Arobynn.

— Por que não vai direto ao ponto? — indagou ela. — Quero conseguir dormir algumas horas esta noite. — Não era mentira. A cada fôlego, a exaustão envolvia seus ossos com mais força.

— Achei que — disse o homem — por causa do quanto vocês dois eram próximos, e de suas *habilidades*, de alguma forma você fosse capaz de sentir. Ou pelo menos tivesse ouvido falar, considerando do que ele foi acusado.

O desgraçado estava aproveitando cada segundo daquilo. Se Dorian estivesse morto ou ferido...

— Seu primo Aedion foi preso por traição, por conspirar com os rebeldes, aqui em Forte da Fenda, para depor o rei e colocá-la de volta no trono.

O mundo parou.

Parou, então começou e parou de novo.

— Mas — continuou Arobynn — parece que você não fazia ideia da tramoiazinha, o que me faz imaginar se o rei não estava apenas procurando uma desculpa para atrair certa rainha vadia e cuspidora de fogo de volta para estes lados. Aedion será executado em três dias, na festa de aniversário do príncipe, como a atração principal. Praticamente grita *armadilha*, não é? Eu seria mais sutil se a tivesse planejado, mas não se pode culpar o rei por querer mandar uma mensagem em alto e bom som.

Aedion. Ela dominou o turbilhão de pensamentos que anuviavam sua mente, afastando-os, e se concentrou no assassino diante de si. Ele não contaria sobre o primo sem uma droga de um bom motivo.

— Por que me avisar? — perguntou Aelin. Aedion fora capturado pelo rei; Aedion estava destinado à forca, como uma armadilha para ela. Cada plano da jovem estava arruinado.

Não; ainda podia executar os planos até o fim, ainda podia fazer o que era preciso. Mas Aedion... Aedion tinha que vir primeiro. Mesmo que depois ele a odiasse, mesmo que cuspisse em seu rosto e a chamasse de traidora e vadia e assassina mentirosa. Mesmo que se ressentisse do que a prima fizera e do que se tornara, Aelin o salvaria.

— Considere a dica um favor — respondeu Arobynn, levantando-se do banco. — Um gesto de boa-fé.

Aelin podia apostar que havia mais; talvez ligado a certo capitão cujo calor permanecia no banco de madeira sob ela.

A jovem se levantou também e saiu da cabine. Sabia que mais espiões além de os lacaios do assassino os monitoravam; eles a viram chegar, esperar no bar, então seguir até aquela mesa. Aelin perguntou-se se o antigo mestre também sabia.

Arobynn apenas sorriu em sua direção; ele era mais alto que Aelin pela distância de uma cabeça. E quando estendeu a mão, ela permitiu que o homem passasse os nós dos dedos por sua bochecha. Os calos na pele diziam o bastante a respeito de com qual frequência o assassino ainda treinava.

— Não espero que confie em mim; não espero que me ame.

Apenas uma vez, durante aqueles dias de inferno e coração partido, Arobynn chegou a dizer que a amava de alguma forma. Aelin estava prestes a partir com Sam, e o mestre fora até o apartamento dela no armazém, implorando para que ficasse, alegando que tinha ficado com raiva por ela ter ido embora e que tudo o que tinha feito, cada ardil perturbador, fora motivado pelo ressentimento por Aelin ter saído da Fortaleza. Ela jamais soubera qual significado Arobynn dera àquelas três palavras — *eu amo você* —, mas precisou considerá-las mais uma mentira, devido aos dias que se seguiram, depois que Rourke Farran a drogou e colocou as mãos imundas por todo o seu corpo. Depois de ela apodrecer naquele porão.

Os olhos de Arobynn se suavizaram.

— Senti sua falta.

Ela saiu do alcance dele.

— Engraçado... fiquei em Forte da Fenda durante o outono e o inverno, e você jamais tentou me ver.

— Como podia ousar? Achei que me mataria assim que eu aparecesse. Mas então soube esta noite que você tinha finalmente voltado, e tive esperanças de que pudesse ter mudado de ideia. Perdoe-me se meus métodos para trazer você até aqui foram... sinuosos.

Outra ação e uma reação, admitir o como, mas não o verdadeiro porquê. Aelin falou:

— Tenho coisas melhores a fazer que me preocupar se você vive ou morre.

— De fato. Mas se importaria muito se seu amado Aedion morresse. — O coração se acelerou dentro do corpo, e Aelin se conteve. Arobynn continuou: — Meus recursos são seus. Aedion está na masmorra real, vigiado dia e noite. Qualquer ajuda de que possa precisar, qualquer apoio, sabe onde me encontrar.

— A que custo?

Ele a encarou de cima a baixo mais uma vez, e algo no fundo do abdômen da jovem se revirou diante do olhar que era qualquer coisa, menos aquele de um irmão ou de um pai.

— Um favor... apenas um favor. — Um sinal de alerta soou na mente de Aelin. Seria melhor fazer um acordo com um dos príncipes valg. — Há criaturas à espreita em minha cidade — disse ele. — Criaturas que usam os corpos de homens como roupas. Quero saber o que são.

Fios demais estavam prestes a se entrelaçar agora.

Ela perguntou com cautela:

— O que quer dizer?

— A nova Guarda do rei tem algumas dessas criaturas entre os comandantes. Estão reunindo pessoas suspeitas de serem simpatizantes de magia, ou aquelas que um dia a possuíram. Execuções todo dia, ao nascer e ao pôr do sol. Essas *coisas* parecem prosperar com elas. Fico surpreso por não ter reparado nessas criaturas espreitando o cais.

— São todos monstros para mim. — Mas Chaol não aparentara ou passara a sensação de ser como eles. Um pequeno alívio.

Arobynn esperou.

Aelin também.

Ela se permitiu falar primeiro.

— Esse é o favor, então? Dizer a você o que sei? — Havia pouca utilidade em negar que ela conhecia a verdade, ou em perguntar como Arobynn tinha ficado ciente de que Aelin sabia.

— Parte dele.

Ela riu com escárnio.

— Dois favores pelo preço de um? Típico.

— Dois lados da mesma moeda.

Aelin o encarou, inexpressiva, então disse:

— Depois de anos roubando conhecimento, assim como um poder estranho e arcaico, o rei conseguiu bloquear a magia enquanto também conjurava demônios antigos para que se infiltrassem nos corpos humanos de seu exército crescente. Ele usa anéis ou colares de pedras pretas para permitir que os demônios invadam os hospedeiros, concentrando-se nos antigos possuidores de magia, pois os dons facilitam que os demônios se prendam a eles. — Verdade, verdade, verdade, mas não a verdade completa. Nada sobre as marcas de Wyrd ou as chaves de Wyrd, nunca para Arobynn. — Quando estava no castelo, encontrei alguns homens corrompidos, homens que se alimentavam desse poder e se tornavam mais fortes. E, quando eu estava em Wendlyn, enfrentei um dos generais deles, que tinha sido tomado por um príncipe demônio de poder inimaginável.

— Narrok — ponderou Arobynn. Se estava horrorizado, se estava chocado, seu rosto não demonstrou.

Aelin assentiu.

— Eles devoram vida. Um príncipe como aquele pode sugar sua alma, se alimentar de você. — Ela engoliu em seco, e um medo real tomou sua boca. — Os homens que você viu... esses comandantes... têm colares ou anéis? — As mãos de Chaol estavam livres.

— Apenas anéis — falou Arobynn. — Faz alguma diferença?

— Acho que apenas um colar pode conter um príncipe; os anéis são para demônios inferiores.

— Como você os mata?

— Fogo — respondeu Aelin. — Matei os príncipes com fogo.

— Ah. Não do tipo comum, imagino. — Ela assentiu. — E se eles usarem um anel?

— Vi um desses ser morto com uma espada no coração. — Chaol matara Cain tão facilmente. Um pequeno alívio, mas... — Decapitação pode funcionar naqueles com colares.

— E as pessoas que eram donas daqueles corpos... elas se foram?

O rosto suplicante e aliviado de Narrok lampejou diante de Aelin.

— É o que parece.

— Quero que capture um e o traga para a Fortaleza.

Ela se assustou.

— De jeito nenhum. E por quê?

— Talvez possa me dizer algo útil.

— Capture um você mesmo — disparou Aelin. — Encontre outro favor para eu cumprir.

— Você é a única que já enfrentou essas coisas e viveu. — Não havia nada piedoso no olhar de Arobynn. — Capture um para mim quando for mais conveniente, e vou ajudá-la com seu primo.

Enfrentar um dos valg, mesmo um valg inferior...

— Aedion vem primeiro — respondeu a jovem. — Nós o resgatamos, então arrisco meu pescoço arrumando um dos demônios para você.

Que os deuses os ajudassem se Arobynn algum dia percebesse que podia controlar o demônio com o amuleto que tinha escondido.

— É claro — disse ele.

Aelin sabia que era tolice, mas não conseguiu impedir a pergunta seguinte.

— Por quê?

— Esta é minha cidade — respondeu Arobynn, ronronando. — E não gosto muito da direção que está tomando. É ruim para meus investimentos, e estou cansado de ouvir os corvos se banqueteando dia e noite.

Bem, pelo menos concordavam em uma coisa.

— Um homem de negócios até o fim, não é?

Arobynn continuou com aquele olhar de amante fixo em Aelin.

— Nada vem sem um preço. — Ele roçou um beijo na maçã do rosto da jovem, os lábios macios e quentes. Aelin lutou contra o estremecimento que a percorreu, e se obrigou a inclinar o corpo contra Arobynn quando ele levou a boca até sua orelha e sussurrou: — Diga o que preciso fazer para ser perdoado; peça que eu rasteje em carvão incandescente, que durma em uma cama de pregos, que rasgue minha pele. Diga e será feito. Mas deixe que eu cuide de você como fiz um dia, antes... antes de meu coração ter sido envenenado. Pode me punir, torturar, destruir, mas deixe que eu ajude você. Faça essa pequena coisa por mim... e deixe que eu coloque o mundo a seus pés.

A garganta de Aelin ficou seca, e ela se afastou o suficiente para encarar aquele rosto bonito e aristocrático, os olhos brilhando com luto e uma intenção predatória da qual a jovem quase sentia o gosto. Se Arobynn sabia sobre sua história com Chaol, e se o convocara até ali... Será que fora por informação, para testá-la ou como uma forma grotesca de assegurar seu domínio?

— Não há nada...

— Não... ainda não — interrompeu Arobynn, distanciando-se. — Não diga nada ainda. Durma e pense. Mas, antes disso, que tal fazer uma visita à seção sudeste dos túneis esta noite? Pode encontrar a pessoa que está procurando. — Ela manteve o rosto parado, entediado até, ao guardar a informação. O homem se moveu na direção do salão lotado, onde seus três assassinos estavam alerta e prontos, então olhou de volta para Aelin. — Se você pôde mudar tanto em dois anos, não posso ter a permissão de ter mudado também?

Com isso, ele saiu caminhando entre as mesas. Tern, Harding e Mullin o seguiram — e Tern olhou para a jovem, apenas uma vez, para devolver o mesmo gesto obsceno que ela fizera mais cedo.

Mas Aelin apenas encarou o rei dos Assassinos, os passos elegantes e poderosos, o corpo de guerreiro disfarçado em roupas de nobre.

Mentiroso. Mentiroso treinado e ardiloso.

Havia olhos demais no Cofres para que ela esfregasse a bochecha, sobre a qual a impressão fantasma dos lábios de Arobynn ainda sussurrava, ou a orelha, onde o hálito quente dele se detinha.

Desgraçado. Aelin olhou para as arenas do outro lado do salão, para as prostitutas lutando para sobreviver, para os homens que comandavam aquele lugar, que tinham lucrado por tempo demais com tanto sangue, tristeza e dor. Quase via Sam ali... quase o imaginava lutando, jovem e forte e glorioso.

Ela colocou as luvas. Havia muitas, muitas dívidas a serem pagas antes que deixasse Forte da Fenda e retomasse o trono. Começando agora. Que bom que seu humor pedia morte.

Era apenas uma questão de tempo até que Arobynn mostrasse suas cartas ou os homens do rei de Adarlan encontrassem o rastro que Aelin dispusera cuidadosamente saindo do cais. Alguém viria atrás dela; em minutos, na verdade, se os gritos seguidos por puro silêncio atrás da porta de metal no alto das escadas fossem algum indicativo. Pelo menos essa parte do plano permanecia em curso. Lidaria com Chaol mais tarde.

Com a mão enluvada, Aelin pegou uma das moedas de cobre que Arobynn deixara na mesa. Então mostrou a língua para o perfil grosseiro e impiedoso do monarca estampado de um lado — depois para a serpente alada rugindo do outro. Cara: Arobynn a traíra de novo; coroa: os homens do rei. A porta de ferro no alto das escadas se abriu com um rangido. O ar frio da noite entrou.

Com um meio sorriso, a jovem virou a moeda com o polegar.

A moeda ainda girava no momento que quatro homens em uniformes pretos surgiram no alto das escadas de pedra, uma variedade de armas cruéis presa aos corpos. Quando a moeda caiu na mesa, com a serpente alada reluzindo à luz fraca, Aelin Galathynius estava pronta para derramar sangue.

❦ 4 ❧

Aedion Ashryver sabia que morreria... e em breve.

Não se incomodou em tentar negociar com os deuses. Jamais tinham atendido às suas preces mesmo.

Durante os anos em que fora um guerreiro e um general, sempre soubera que morreria de um jeito ou de outro — preferia que fosse no campo de batalha, de uma maneira que fosse digna de uma canção ou uma história ao redor de uma fogueira.

Aquela não seria esse tipo de morte.

Aedion seria executado em qualquer que fosse o grande evento planejado pelo rei para exibir sua morte, ou morreria ali embaixo, naquela cela pútrida e úmida, da infecção que lenta e certamente o destruía.

Começara como um pequeno ferimento na lateral do corpo, cortesia da luta de três semanas antes, quando aquele monstro carniceiro assassinou Sorscha. O general escondera o corte dos guardas que o avaliaram, esperando que sangrasse até morrer, ou que a ferida apodrecesse e o matasse antes que o rei pudesse usá-lo contra Aelin.

Aelin. A execução deveria ser uma armadilha para ela, um modo de atrair a rainha para que se arriscasse em uma tentativa de salvar o primo. Ele morreria antes de permitir isso.

Apenas não esperava que doesse tanto.

Ele escondeu a febre dos desprezíveis guardas que o alimentavam e lhe davam água duas vezes por dia, fingindo cair lentamente em um silêncio emburrado, fazendo parecer que o animal à espreita e malcriado tinha sido domado. Os covardes não se aproximavam o bastante para que ele os alcançasse, e não tinham reparado que Aedion desistira de tentar partir as correntes que permitiam que ficasse de pé para caminhar alguns passos, mas nada além disso. Não tinham percebido que Aedion quase não se levantava mais, exceto para satisfazer as necessidades fisiológicas. A degradação daquilo não era novidade.

Pelo menos não havia sido forçado a usar um daqueles colares, embora tivesse visto um ao lado do trono do rei na noite em que tudo deu errado. Ele apostaria alto que o colar de pedras de Wyrd era para o próprio filho do monarca — e Aedion rezava para que o príncipe tivesse morrido antes de permitir que o pai o acorrentasse como um cão.

O general se mexeu na cama de feno bolorento e conteve o urro de sofrimento diante da dor que explodiu ao longo das costelas. Pior... pior a cada dia. Seu pouco sangue feérico era a única coisa que o mantivera vivo por tanto tempo, tentando desesperadamente curá-lo, mas em breve até mesmo a bênção imortal nas veias cederia à infecção.

Seria um alívio tão grande; um alívio tão abençoado saber que não poderia ser usado contra Aelin e que, em breve, veria aqueles que durante tantos anos abrigara secretamente em seu coração destruído.

Então Aedion suportou cada pico de febre, cada onda de náusea e dor. Logo... logo a Morte viria recebê-lo.

Aedion só esperava que a Morte chegasse antes de Aelin.

5

A noite poderia muito bem acabar com o sangue *dela* sendo derramado, percebeu Aelin ao disparar pelas sinuosas ruas dos cortiços, embainhando as ensanguentadas facas de luta para evitar deixar um rastro de pingos atrás de si.

Graças a meses correndo pelas montanhas Cambrian com Rowan, a respiração da jovem permaneceu calma, e a mente, limpa. Aelin imaginou que, depois de enfrentar *skinwalkers,* depois de escapar de criaturas antigas do tamanho de pequenas cabanas e depois de incinerar quatro príncipes demônio, vinte homens a perseguindo não era algo tão ruim.

Mesmo assim, era um imenso e irritante pé no saco. E um que provavelmente não terminaria bem para ela. Nenhum sinal de Chaol — nenhum sussurro do nome dele nos lábios dos homens que invadiram o Cofres. Aelin não reconhecera nenhum deles, mas sentira a *estranheza* que marcava aqueles que tinham tido contato com pedras de Wyrd, ou que tinham sido corrompidos por elas. Não usavam colares ou anéis, mas algo dentro daqueles homens tinha apodrecido de qualquer modo.

Pelo menos Arobynn não a havia traído; embora fosse muito *conveniente* que tivesse saído apenas minutos antes de os novos guardas do rei finalmente encontrarem o rastro labiríntico que ela deixara desde o cais. Talvez fosse um teste para ver se as habilidades de Aelin ainda estavam à altura dos padrões do assassino, caso ela aceitasse o pequeno acordo deles.

Conforme abria caminho lacerando corpo após corpo, Aelin perguntou-se se Arobynn sequer percebera que aquela noite fora um teste para *ele* também e que a jovem levara aqueles homens diretamente até o Cofres. Ela imaginou o quanto ele ficaria furioso quando descobrisse o que restara do salão dos prazeres que lhe dera tanto dinheiro.

O lugar também enchera os bolsos das pessoas que assassinaram Sam — e que se deleitaram com cada momento disso. Que pena que o atual dono do Cofres, um antigo empregado de Rourke Farran e um traficante de prostitutas e opiáceos, tivesse acidentalmente esbarrado nas facas de Aelin. Repetidas vezes.

Ela deixara o bar em ruínas ensanguentadas, o que acreditava ser piedoso. Se tivesse magia, provavelmente o teria queimado até as cinzas. Mas não tinha magia, e seu corpo mortal, apesar de meses de treinamento árduo, começava a parecer pesado e inconveniente à medida que continuava a corrida por um beco, pois a rua larga do outro lado era iluminada e aberta demais.

Aelin virou na direção de uma pilha de caixas quebradas e lixo amontoados contra a parede de um prédio de tijolos, alta o suficiente para que, se ela calculasse bem, conseguisse pular até o parapeito da janela alguns metros acima.

Atrás de si, mais perto agora, soaram passos apressados, além de gritos. Deviam ser absurdamente rápidos para tê-la acompanhado até ali.

Que droga.

Ela saltou sobre as caixas, a pilha estremeceu e oscilou conforme Aelin a escalou, cada movimento conciso, ágil, equilibrado. Um passo em falso e a jovem desabaria sobre a madeira podre, ou derrubaria a coisa toda no chão. As caixas rangeram, mas Aelin continuou subindo e subindo, até chegar ao cume e saltar em direção ao parapeito projetado da janela.

Os dedos irradiaram dor, cravando com tanta força no tijolo que as unhas quebraram dentro das luvas. Ela trincou os dentes e deu impulso, erguendo o corpo para o parapeito, então passou pela janela aberta.

Aelin se permitiu dois segundos para observar a cozinha entulhada: escura e limpa; uma vela queimava no corredor estreito adiante. Levando as mãos às facas, com os gritos se aproximando do beco abaixo, ela correu para a passagem.

A casa de alguém; aquela era a casa de alguém, e Aelin levava aqueles homens diretamente para lá. Ela disparou pelo corredor, com o piso de madeira estremecendo sob as botas, avaliando. Havia dois quartos, ambos ocupados. Merda. *Merda*.

Três adultos estavam jogados em colchões sujos no primeiro cômodo. Outros dois dormiam no outro; um deles levantou o corpo de imediato quando a jovem passou correndo.

— *Fique abaixado* — sibilou ela, o único aviso que poderia dar antes de chegar à porta principal no corredor, barricada com uma cadeira presa sob a maçaneta. Era o máximo de proteção que conseguiam nos cortiços.

Aelin empurrou a cadeira para o lado, jogando-a ruidosamente contra as paredes da passagem estreita, onde deteria os perseguidores por alguns segundos, pelo menos. Ela escancarou a porta do apartamento; a tranca frágil se partiu com um estalo. Com um movimento incompleto, jogou uma moeda de prata para trás a fim de pagar pelos danos — e por uma tranca melhor.

Havia uma escada coletiva adiante, com degraus de madeira manchados e podres. Estava completamente escuro.

Atrás dela, vozes masculinas ecoaram próximas demais; batidas começaram na base das escadas.

Aelin disparou para as escadas que subiam. Dando voltas e voltas, com a respiração agora parecendo cacos de vidro nos pulmões, até passar o terceiro andar... até as escadas se estreitarem e...

A jovem não se incomodou em fazer silêncio quando se chocou contra a porta do telhado. Os homens já sabiam onde ela estava. O úmido ar noturno a sufocou, e Aelin o inspirou conforme avaliou as ruas abaixo. O beco atrás era amplo demais; a rua larga à esquerda não era uma opção, mas... ali. No fim do beco. A grade do esgoto.

Que tal fazer uma visita à seção sudeste dos túneis esta noite? Pode encontrar a pessoa que está procurando.

Ela sabia de quem Arobynn estava falando. Outro presentinho dele, então; uma peça no jogo dos dois.

Com destreza felina, desceu pelo cano de escoamento preso à lateral do prédio. Bem acima, os gritos aumentaram. Tinham chegado ao telhado. Ela caiu em uma poça do que sem dúvida cheirava a mijo, e começou a correr antes que o impacto percorresse seus ossos por completo.

Aelin disparou para a grade, caindo de joelhos e deslizando os últimos poucos metros até que os dedos se prendessem à tampa, puxando-a para abrir. Em silêncio, ágil, eficiente.

A rede de esgoto abaixo estava piedosamente vazia. Ela conteve a ânsia de vômito diante do fedor que já subia para recebê-la.

Quando os guardas olharam pela beira do telhado, a jovem tinha sumido.

$\backsim$

Aelin odiava os esgotos.

Não porque eram imundos, fétidos e cheios de pragas. Na verdade, eram uma forma conveniente de percorrer Forte da Fenda despercebida e imperturbada, se a pessoa conhecesse o caminho.

Ela os odiava desde que fora amarrada e deixada para morrer ali, cortesia de um guarda-costas que não aceitara muito bem os planos da jovem de assassinar seu mestre. Os esgotos tinham enchido, e, depois de se soltar das amarras, ela nadou — *nadou* mesmo — na água pútrida. Mas a saída estava selada. Sam, por pura sorte, a salvou, mas não antes de Aelin quase se afogar, engolindo metade do esgoto no meio disso.

Ela levou dias e inúmeros banhos para se sentir limpa. E incontáveis vômitos.

Portanto, ao entrar naquele bueiro e fechar a grade acima... Pela primeira vez naquela noite, as mãos de Aelin tremeram. Mas ela se obrigou a superar o resquício do medo e começou a andar silenciosamente pelos túneis escuros, iluminados pelo luar.

Ouvindo.

Seguindo para o sudeste, pegou uma seção grande e antiga, uma das principais conexões do sistema. Provavelmente estava ali desde o momento em que Gavin Havilliard decidira estabelecer aquela capital ao longo do Avery. Aelin parava de vez em quando para ouvir, mas não havia sinais dos perseguidores.

Uma interseção de quatro túneis diferentes surgiu adiante, e a jovem reduziu o passo, segurando as facas de luta. Os dois primeiros caminhos estavam claros; o terceiro — aquele que levaria diretamente até o capitão, caso ele estivesse se dirigindo ao castelo — estava mais escuro, porém era largo. E o quarto... era o sudeste.

Aelin não precisava dos sentidos feéricos para saber que a escuridão que saía do túnel sudeste não era do tipo comum. O luar das grades acima não a penetrava. Nenhum ruído era emitido, nem mesmo o farfalhar dos ratos.

Outro truque de Arobynn... ou um presente? Os sons distantes que Aelin seguia vinham daquela direção. Contudo, os rastros morriam ali.

Ela caminhou de um lado para outro com quietude felina diante do limite em que a luz fraca sumia para dentro da escuridão impenetrável. Silenciosamente, pegou uma pedra no chão e atirou contra o breu adiante.

Não houve som de retorno da pedra caindo.

— Eu não faria isso se fosse você.

A jovem se virou na direção da fria voz feminina, casualmente inclinando as facas.

A segurança encapuzada que estivera no Cofres estava recostada contra a parede do túnel, menos de vinte passos atrás de Aelin.

Bem, pelo menos um deles apareceu ali. Quanto a Chaol...

Aelin ergueu uma faca ao caminhar na direção da mulher, absorvendo cada detalhe.

— Surpreender estranhos nos esgotos também é algo que eu desaconselharia.

Quando se encontravam a poucos metros uma da outra, a guarda ergueu as mãos, delicadas, mas cheias de cicatrizes cobrindo a pele que parecia bronzeada mesmo sob o brilho pálido das luzes na avenida acima. Se conseguira se aproximar tanto sem ser notada, só podia ser treinada; em combate, dissimulação ou ambos. É claro que era habilidosa, se Chaol a tinha como guarda-costas no Cofres. Mas aonde ele tinha ido?

— Salões de prazeres de baixa reputação e esgotos — falou Aelin, mantendo as facas desembainhadas. — Você certamente leva a boa vida, não é?

A mulher se desencostou da parede, a cortina de cabelos pretos como nanquim oscilando nas sombras do capuz.

— Nem todos têm a sorte de estar na folha de pagamentos do rei, campeã.

A sentinela a reconhecera, então. A verdadeira pergunta era se havia contado a Chaol... e onde ele estava agora.

— Ouso perguntar por que não deveria atirar pedras naquele túnel?

A segurança apontou na direção do túnel mais próximo atrás dela — iluminado e arejado.

— Venha comigo.

Aelin riu.

— Vai precisar fazer melhor que isso.

A mulher esguia se aproximou, o luar iluminando o rosto encapuzado. Bonita, mas séria, e talvez dois ou três anos mais velha.

A estranha disse, um pouco inexpressiva:

— Você tem vinte guardas nas costas, que são espertos o bastante para começarem a procurar aqui embaixo muito em breve. Sugiro que venha comigo.

Aelin estava um pouco tentada a sugerir que a mulher fosse para o inferno, mas sorriu em vez disso.

— Como me encontrou? — Não se importava; só precisava avaliá-la um pouco mais.

— Sorte. Estou em serviço de reconhecimento e, quando apareci na rua, descobri que você tinha feito novos amigos. Em geral, nós temos uma política de bater primeiro e perguntar depois no que diz respeito a pessoas perambulando pelo esgoto.

— E quem é esse "nós"? — perguntou Aelin, agradavelmente.

A mulher apenas começou a andar pelo túnel claro, totalmente despreocupada com as facas que Aelin ainda empunhava. Arrogante e burra, então.

— Pode vir comigo, campeã, e descobrir algumas coisas que provavelmente quer saber, ou pode ficar aqui e esperar para ver o que responde àquela pedra que você jogou.

A jovem sopesou as palavras... e pensou no que ouvira e vira até então naquela noite. Apesar do calafrio que percorreu sua coluna, começou a caminhar ao lado da estranha, embainhando as facas na altura das coxas.

A cada quarteirão que percorriam na imundície do esgoto, Aelin usava o silêncio para recuperar a força.

A mulher caminhou ágil, mas suavemente, por mais um túnel, e depois outro. Aelin marcou cada curva, cada característica única, cada grade, tecendo um mapa mental conforme se moviam.

— Como me reconheceu? — disse Aelin, por fim.

— Vi você pela cidade... há meses. O cabelo vermelho foi o motivo pelo qual não a identifiquei imediatamente no Cofres.

Aelin a observou pelo canto do olho. A estranha podia não saber quem Chaol era de verdade. Ele poderia ter usado um nome diferente, apesar do que a mulher alegava saber sobre o que quer que Aelin estivesse procurando.

40

A guarda falou com aquela voz fria e calma:

— As sentinelas estão perseguindo você porque a reconheceram, ou porque você se meteu na briga que estava tão desesperada para começar no Cofres?

Ponto para a estranha.

— Por que não me diz? Os guardas trabalham para o capitão Westfall?

A mulher riu baixinho.

— Não... aqueles guardas não respondem a ele. — Aelin conteve o suspiro de alívio, mesmo quando mais mil perguntas lhe ecoaram pela mente.

Suas botas esmagaram algo macio demais para que sentisse conforto, e Aelin conteve um estremecimento conforme a mulher parou diante da entrada de mais um longo túnel, com a primeira parte um pouco iluminada pelo luar que penetrava pelas grades espaçadas. Já na outra ponta, flutuava uma escuridão sobrenatural. Uma quietude predatória tomou conta de Aelin ao olhar para a escuridão. Silêncio. Silêncio completo.

— Aqui — disse a estranha, aproximando-se de uma elevada passarela de pedra construída na lateral do túnel. Tola... tola por ter exposto as costas daquela forma. A mulher nem mesmo a viu pegar uma faca.

Tinham ido longe demais.

A guarda pisou na escada pequena e escorregadia que dava para a passarela, com movimentos esguios e graciosos. Aelin calculou a distância até as saídas mais próximas e a profundidade do pequeno córrego de imundície que percorria o centro do túnel. Profundo o suficiente para jogar um corpo, caso fosse preciso.

Aelin inclinou a faca e se aproximou da mulher pelas costas, tão perto quanto uma amante, então pressionou a lâmina contra sua garganta.

❧ 6 ❧

— Você tem direito a uma frase — sussurrou Aelin no ouvido da mulher, quando pressionou a adaga com mais força contra seu pescoço. — Uma frase para me convencer a não abrir sua garganta aqui.

A guarda desceu das escadas e, para o crédito dela, não foi burra o bastante para pegar as armas escondidas ao lado do corpo. Com as costas contra o peito de Aelin, as armas estavam fora do alcance, de toda forma. Ela engoliu em seco, a garganta movendo-se contra a adaga apoiada na pele macia.

— Estou levando você até o capitão.

Aelin afundou mais um pouco a faca.

— Nada convincente para alguém com uma lâmina no pescoço.

— Há três semanas, ele abandonou a posição no castelo e fugiu. Para se juntar a nossa causa. À causa *rebelde*.

Os joelhos de Aelin ameaçaram falhar.

Talvez devesse ter incluído três elementos nos planos: o rei, Arobynn e os rebeldes — que podiam muito bem querer um acerto de contas por ela ter estripado Archer Finn no inverno anterior. Mesmo que Chaol estivesse trabalhando com eles.

A jovem afastou o pensamento antes que o impacto a atingisse.

— E o príncipe?

— Vivo, mas ainda no castelo — murmurou ela. — É o suficiente para abaixar a faca?

Sim. Não. Se Chaol trabalhava agora com os rebeldes... Aelin baixou a faca e recuou para uma poça de luar que atravessava a grade acima.

A estranha se virou e levou a mão a uma das armas. Aelin emitiu um estalo com a língua, então os dedos da mulher pararam no cabo bem polido.

— Decido poupar você e é assim que me paga? — perguntou ela, puxando o capuz para trás. — Não sei muito bem por que estou surpresa.

A rebelde soltou a faca e tirou o próprio capuz, revelando um rosto bonito e bronzeado; sério e totalmente destemido. Os olhos escuros se fixaram em Aelin, avaliando-a. Aliada ou inimiga?

— Diga-me por que veio até aqui — pediu a rebelde, baixinho. — O capitão diz que você está do nosso lado. Contudo, se escondeu dele no Cofres hoje à noite.

Aelin cruzou os braços e se recostou contra a úmida parede de pedra.

— Vamos começar com você me dizendo seu nome.

— Meu nome não é de sua conta.

Aelin ergueu uma sobrancelha.

— Você exige respostas, mas se recusa a me dar qualquer uma em troca. Não foi à toa que o capitão a deixou de fora da reunião. É difícil entrar no jogo quando não se sabe as regras.

— Ouvi falar do que aconteceu no último inverno. Que você foi até o armazém e matou muitos de nós. Assassinou rebeldes... meus amigos. — Aquela máscara fria e calma nem mesmo vacilou. — No entanto, agora devo acreditar que você estava do nosso lado esse tempo todo. Perdoe-me se não estou sendo franca.

— Eu não deveria matar as pessoas que sequestram e espancam meus amigos? — retrucou Aelin, baixinho. — Não devo reagir com violência quando recebo bilhetes ameaçando *matar* meus amigos? Não devo estripar o desgraçado egoísta que fez com que minha amada amiga fosse assassinada? — Ela se afastou da parede e caminhou na direção da mulher. — Gostaria que eu pedisse desculpas? Deveria me ajoelhar por alguma dessas coisas? — O rosto da rebelde não demonstrou qualquer reação, por treinamento ou por frieza sincera. Aelin riu. — Foi o que pensei. Então por que não me leva até o capitão e guarda o discurso besta e arrogante para depois?

A estranha olhou para a escuridão mais uma vez e sacudiu a cabeça devagar.

— Se não tivesse colocado uma lâmina contra minha garganta, eu teria dito que chegamos. — A rebelde apontou para o túnel adiante. — De nada.

Aelin pensou em atirar a mulher contra a parede imunda e úmida apenas para lembrá-la de quem, exatamente, era a campeã do rei, mas então uma respiração irregular chegou aos ouvidos dela, vindo daquela escuridão. Respiração humana, assim como sussurros.

Botas deslizando e batendo contra pedra, mais sussurros; exigências silenciosas de vozes que ela não reconhecia diziam *depressa* e *silêncio agora*, e...

Seus músculos travaram quando uma voz masculina sussurrou:

— Temos vinte minutos até aquele navio zarpar. *Andem.*

Aelin conhecia aquela voz.

Mas não conseguiu se preparar para o impacto de ver o capitão Chaol Westfall cambaleando para fora do breu no fim do túnel, segurando um homem manco e magro demais entre si e um companheiro, com outro sujeito armado lhes vigiando as costas.

Mesmo de longe, os olhos do capitão se fixaram nos de Aelin.

Ele não sorriu.

❦ 7 ❧

Havia duas pessoas feridas no total: uma sendo carregada entre Chaol e o companheiro dele, a outra apoiada entre dois homens que Aelin não reconheceu. Três outros — dois homens e uma mulher — vigiavam os fundos.

A rebelde foi desconsiderada com um olhar. Uma amiga.

Aelin encarou cada um conforme correram em sua direção, as armas em riste. Sangue sujava todos — sangue vermelho e sangue escuro que ela conhecia bem. E as duas pessoas quase inconscientes...

A jovem também conhecia o olhar macilento e seco. As expressões vazias. Ela chegara tarde demais até os de Wendlyn. Mas, de alguma forma, Chaol e os aliados tinham livrado aqueles dois. O estômago de Aelin se revirou. Reconhecimento; a rebelde ao lado dela fazia o reconhecimento do caminho adiante, para se certificar de que era seguro para o resgate.

Os guardas da cidade não tinham sido corrompidos por valg comuns conforme Arobynn sugerira.

Não, havia pelo menos um príncipe valg ali. Naqueles túneis, se a escuridão era algum indicativo. *Merda*. E Chaol estava...

Chaol parou por tempo o bastante para que um colega tomasse seu lugar e ajudasse a carregar o homem ferido dali. Então ele caminhou para a frente. Seis metros de distância agora. Cinco. Três. Sangue escorria do canto de sua boca, e o lábio inferior estava cortado. O grupo tinha *lutado* para escapar...

— Explique — sussurrou Aelin para a mulher ao lado dela.

— Não cabe a mim. — Foi a resposta da rebelde.

Ela não se incomodou em insistir. Não com Chaol agora diante de si, os olhos cor de bronze arregalados ao ver o sangue na própria Aelin.

— Está ferida? — A voz dele soava rouca.

A jovem silenciosamente sacudiu a cabeça. Pelos deuses. *Pelos deuses.* Sem aquele capuz, agora que conseguia ver as feições do capitão... Era exatamente como se lembrava; aquele rosto lindo, marcado e bronzeado de sol, talvez estivesse um pouco mais fino e com a barba por fazer, mas ainda era Chaol. Ainda era o homem que Aelin passara a amar antes... antes de tudo mudar.

Havia tantas coisas que ela pensou que diria, ou faria, ou sentiria.

Uma cicatriz branca e fina percorria sua bochecha. Ela fizera aquilo. Na noite em que Nehemia morreu, Aelin fizera aquilo com ele e tentara matá-lo.

Teria o matado. Caso Dorian não a tivesse impedido.

Mesmo então, ela entendera que o que Chaol tinha feito, quem ele havia escolhido, quebrando para sempre o que havia entre os dois. Era a única coisa que ela não podia esquecer, que não podia perdoar.

A resposta silenciosa bastou para o capitão. Ele olhou para a mulher ao lado de Aelin... para a batedora dele. Batedora *dele* — que se reportava a ele. Como se Chaol liderasse todos os rebeldes.

— O caminho adiante está limpo. Permaneça nos túneis leste — informou ela.

Chaol assentiu.

— Continuem em frente — ordenou aos demais que tinham se juntado a ele. — Eu os alcançarei em um minuto. — Sem hesitação, e sem bondade também. Como se tivesse feito aquilo centenas de vezes.

Eles seguiram silenciosos pelos túneis, lançando olhares para Aelin conforme passavam. Apenas a mulher permaneceu. Observando.

— Nesryn — disse Chaol, o nome era uma ordem por si só.

Nesryn encarou Aelin; analisando, calculando.

Aelin lançou um sorriso preguiçoso para a rebelde.

— *Faliq* — grunhiu o capitão, e a mulher desviou os olhos escuros na direção dele. Se o sobrenome de Nesryn não delatasse sua ascendência, aqueles olhos, um pouco puxados nas pontas e levemente delineados com Kohl, revelariam que pelo menos um de seus pais era do continente sul.

Interessante ela não tentar esconder aquilo, escolhendo usar o Kohl até mesmo em uma missão, apesar das políticas nada agradáveis de Forte da Fenda com relação a imigrantes. Chaol inclinou o queixo na direção dos companheiros que desapareciam. — Vá para o cais.

— É mais seguro se um de nós permanecer aqui. — De novo aquela voz fria, equilibrada.

— Ajude-os a chegar ao cais, então volte correndo para o distrito dos artesãos. Seu comandante de tropa vai reparar caso se atrase.

Nesryn olhou para Aelin de cima a baixo, aquelas feições sérias imóveis.

— Como sabemos que ela não veio até aqui sob ordens dele?

Aelin sabia muito bem de quem a rebelde falava. Ela piscou para a mulher.

— Se eu tivesse vindo aqui sob ordens do rei, Nesryn Faliq, você estaria morta há um tempo.

Nenhum lampejo de diversão, nenhuma pontada de medo. A mulher derrotava Rowan por muito no quesito frieza.

— Pôr do sol amanhã — avisou Chaol rispidamente para Nesryn, que o encarou com raiva, os ombros tensos, antes de seguir para o túnel. Ela se movia como água, pensou Aelin.

— Vá — disse Aelin para ele, a voz rouca e fraca. — Você deveria ir... ajudá-los. — Ou o que quer que eles estivessem fazendo.

A boca ensanguentada de Chaol formou uma linha fina.

— Eu vou. Logo, logo.

Nenhum convite para que ela se juntasse. Talvez devesse ter se oferecido.

— Você voltou — afirmou Chaol. O cabelo dele estava mais longo, mais bagunçado que meses antes. — Isso... Aedion... é uma armadilha...

— Eu sei sobre Aedion. — Pelos deuses, o que ela poderia sequer *dizer*? O capitão assentiu, distante, piscando.

— Você... Você está diferente.

Aelin tocou os cabelos ruivos.

— Obviamente.

— Não — disse Chaol, dando um passo mais para perto, mas apenas um. — Seu rosto. O modo como fica em pé. Você... — Ele sacudiu a cabeça, olhando na direção da escuridão da qual tinham acabado de fugir. — Caminhe comigo.

Aelin o fez. Bem, foi mais como caminhar o mais rápido que podiam sem correr. Adiante, ela conseguia distinguir os ruídos dos companheiros de Chaol, que seguiam apressados pelos túneis.

Todas as palavras que queria dizer percorreram sua mente, lutando para sair, mas ela as afastou por mais um momento.

Amo você. Foi o que Chaol dissera no dia em que Aelin partiu. Ela não dera outra resposta que não *desculpe.*

— Uma missão de resgate? — perguntou a jovem, olhando para trás. Nenhum sussurro de perseguição.

Chaol grunhiu em confirmação.

— Antigos possuidores de magia estão novamente sendo caçados e executados. A nova Guarda do rei os leva para os túneis, prendendo-os até que seja hora da mesa de execução. Eles gostam da escuridão, parecem se fortalecer nela.

— Por que não nas prisões? — Eram escuras o suficiente, mesmo para os valg.

— Público demais. Pelo menos para o que fazem com eles antes de serem mortos.

Um calafrio percorreu a espinha de Aelin.

— Eles usam anéis pretos? — Um aceno de cabeça. O coração dela quase parou. — Não me importa quantas pessoas são levadas para os túneis. Não entre de novo.

Chaol deu uma risada curta.

— Não é uma opção. Entramos porque somos os únicos que podem vir aqui.

Os esgotos começaram a feder a maresia. Deviam estar perto do Avery, se Aelin tinha contado direito as curvas.

— Explique.

— Eles não reparam ou não se importam muito com a presença de humanos comuns, apenas pessoas com magia na linhagem. Mesmo os portadores de magia latente. — Chaol olhou de lado para ela. — Por isso mandei Ren para o norte... para que saísse da cidade.

Ela quase tropeçou em uma pedra solta.

— Ren... Allsbrook?

O capitão assentiu devagar.

O chão tremeu sob Aelin. Ren Allsbrook. Outro filho de Terrasen. Ainda vivo. *Vivo.*

— Ren é o motivo pelo qual descobrimos isso para início de conversa — continuou Chaol. — Entramos em um dos ninhos, e eles olharam diretamente para ele, ignorando completamente Nesryn e eu. Mal conseguimos sair. No dia seguinte, eu o mandei à Terrasen para reunir os rebeldes de lá. Ren não ficou muito feliz com isso, acredite.

Interessante. Interessante e um absurdo completo.

— Aquelas coisas são demônios. Os valg. E eles...

— Sugam a vida das pessoas, se alimentam delas, até fazerem questão de executá-las com estardalhaço?

— Não é uma piada — disparou Aelin. Seus sonhos eram assombrados pelas mãos errantes daqueles príncipes valg conforme se alimentavam dela. A jovem sempre acordava com um grito nos lábios, estendendo a mão para um guerreiro feérico que não estava lá para lembrá-la de que tinham conseguido, tinham sobrevivido.

— Eu sei que não — respondeu Chaol, desviando os olhos para onde Goldryn despontava sobre o ombro dela. — Espada nova?

Ela assentiu. Só devia haver um metro entre os dois agora... um metro e meses e meses de saudade e ódio. Meses para sair rastejando daquele abismo no qual o capitão a enfiara. Mas agora que estava ali... Tudo era um esforço para não dizer que sentia muito. Sentia muito não pelo que fizera com seu rosto, mas pelo fato de que o coração dela estava curado — ainda quebrado em algumas partes, mas curado — e Chaol... Chaol não estava nele. Não como um dia estivera.

— Você descobriu quem eu sou — disse Aelin, ciente da distância a que se encontravam dos companheiros dele.

— No dia em que você partiu.

Ela monitorou a escuridão atrás deles por um momento. Tudo livre.

O capitão não se aproximou; não pareceu nem um pouco inclinado a abraçá-la ou beijá-la ou sequer tocá-la. Adiante, os rebeldes viraram para um túnel menor, um que ela sabia que levava diretamente para o porto em ruínas próximo aos cortiços.

— Peguei Ligeirinha — avisou Chaol, depois de um momento de silêncio.

Ela tentou não exalar alto demais.

— Onde ela está?

— Segura. O pai de Nesryn é dono de algumas padarias populares em Forte da Fenda e ganha bem o suficiente, então tem uma casa de campo nas encostas fora da cidade. Disse que os funcionários ali cuidariam dela em segredo. Ela pareceu mais que feliz em torturar as ovelhas, então... Sinto muito por não ter conseguido mantê-la aqui, mas os latidos...

— Eu entendo — sussurrou Aelin. — Obrigada. — Ela inclinou a cabeça. — A filha de um dono de terras é uma rebelde?

— Nesryn está na guarda da cidade, apesar de o pai não querer. Eu a conheço há anos.

Isso não respondia a pergunta de Aelin.

— Ela é de confiança?

— Como você disse, todos estaríamos mortos se ela estivesse aqui sob ordens do rei.

— Certo. — A jovem engoliu em seco, embainhando as facas e tirando as luvas, apenas porque aquilo lhe dava algo para fazer com as mãos. Mas então Chaol olhou... para o dedo vazio onde o anel de ametista dele estivera um dia. A pele estava ensopada com o sangue que vazara pelo tecido, em parte vermelho, em parte preto e fétido.

O capitão olhou para aquele ponto vazio... e, quando os olhos se ergueram até os de Aelin de novo, ficou difícil respirar. Ele parou na entrada do túnel estreito. Longe o bastante, percebeu ela. Chaol a levara até onde estava disposto a permitir que ela seguisse.

— Tenho muito para contar — disse Aelin antes que ele pudesse falar. — Mas acho que prefiro ouvir sua história primeiro. Como chegou aqui. O que aconteceu com Dorian. E Aedion. Tudo isso. — *Por que estava se encontrando com Arobynn naquela noite.*

O carinho hesitante no rosto de Chaol se tornou determinação fria e sombria — e o coração de Aelin se partiu um pouco ao ver aquilo. O que quer que ele tivesse a dizer, não seria agradável.

Mas Chaol apenas falou:

— Me encontre em quarenta minutos. — Então deu um endereço nos cortiços. — Preciso lidar com isto primeiro.

Ele não esperou uma resposta antes de correr pelo túnel atrás dos companheiros.

Aelin seguiu mesmo assim.

Aelin observou de um telhado, monitorando o porto nas proximidades dos cortiços, enquanto Chaol e os companheiros se aproximavam do pequeno barco. A tripulação não ousou ancorar; apenas amarrou o barco aos postes podres por tempo o suficiente para que os rebeldes passassem as vítimas arrasadas para os braços dos marinheiros. Então remaram com vigor para a curva escura do Avery e, assim esperava, para um navio maior na boca do rio.

Ela observou Chaol falar rapidamente com os rebeldes; Nesryn se deteve quando ele terminou. Houve uma discussão breve e interrompida sobre algo que Aelin não conseguia ouvir, então o capitão saiu sozinho enquanto Nesryn e os demais seguiram na direção oposta, sem sequer olhar para trás.

Chaol avançou uma quadra antes de Aelin silenciosamente aterrissar ao lado dele. O capitão não se moveu.

— Eu devia saber.

— Devia mesmo.

Ele retesou o maxilar, mas continuou avançando para dentro dos cortiços.

Aelin examinou as ruas dormentes, escuras como a noite. Alguns rapazes selvagens passaram em disparada, e ela os observou por baixo do capuz, imaginando quais engrossavam a folha de pagamentos de Arobynn e poderiam reportar que a jovem fora vista a poucos quarteirões da velha casa. Era inútil tentar esconder seus movimentos... e Aelin não queria mesmo.

As casas pareciam em ruínas, mas não destruídas. Quaisquer que fossem as famílias de classe trabalhadora que morassem ali, faziam o possível para manter os lares em forma. Considerando a proximidade com o rio, provavelmente eram ocupadas por pescadores, trabalhadores do porto e, talvez, um ou outro escravizado emprestado pelo próprio mestre. Mas não havia nenhum sinal de perigo, nenhuma pessoa em situação de rua ou cafetão ou aspirante a ladrão espreitando por ali.

Quase charmoso, para o bairro.

— A história não é agradável — começou o capitão, por fim.

Aelin deixou que Chaol falasse enquanto caminhavam pelos cortiços, e aquilo lhe partiu o coração.

51

Ela ficou de boca fechada conforme o capitão contava como conhecera Aedion e trabalhara com ele, então como o rei capturara o general e interrogara Dorian. Foi preciso um esforço considerável para que não o sacudisse e indagasse como fora tão inconsequente e burro, e levara tanto tempo para agir.

Em seguida, Chaol chegou à parte em que Sorscha fora decapitada, cada palavra mais baixa e mais curta que a anterior.

Aelin jamais soubera o nome da curandeira, apesar de todas as vezes que a mulher a curou e costurou. Para que Dorian a perdesse... ela engoliu em seco.

Ficava pior.

Muito pior, pois Chaol explicou o que Dorian tinha feito para tirá-lo do castelo. Ele se sacrificara, revelando seu poder ao rei. Aelin tremia tanto que enfiou as mãos nos bolsos e fechou os lábios com força para segurar as palavras.

Mas elas dançavam em sua mente mesmo assim, dando voltas e voltas.

Você deveria ter tirado Dorian e Sorscha de lá no dia em que o rei massacrou aqueles escravizados. Não aprendeu nada com a morte de Nehemia? Por acaso achou que poderia vencer com a honra intacta, sem sacrificar nada? Não deveria tê-lo deixado; como pôde deixá-lo para enfrentar o rei sozinho? Como pôde, como pôde, como pôde?

O luto nos olhos de Chaol a impediu de falar.

Aelin inspirou quando o capitão ficou em silêncio, dominando a raiva e o desapontamento e o choque. Somente três quarteirões depois, ela conseguiu pensar direito.

A ira e as lágrimas não ajudariam. Os planos mudariam de novo... mas não muito. Libertar Aedion, recuperar a chave de Wyrd... ainda podia fazer aquilo. Aelin endireitou os ombros. Estavam a apenas algumas quadras de seu antigo apartamento.

Pelo menos teria um lugar para se esconder se Arobynn não tivesse vendido a propriedade. Provavelmente a teria provocado com isso se o tivesse feito — ou talvez deixasse que ela descobrisse que o lugar tinha um novo dono. O assassino amava surpresas assim.

— Então agora você está trabalhando com os rebeldes — disse ela para Chaol. — Ou liderando-os, ao que parece.

— Há alguns de nós no comando. Meu território cobre os cortiços e o cais, existem outros responsáveis por seções diferentes da cidade. Nós nos encontramos tanto quanto conseguimos. Nesryn e uns guardas conseguiram entrar em contato com alguns de meus homens. Ress e Brullo, principalmente. Eles estão procurando formas de tirar Dorian do castelo. E Aedion. Mas aquele calabouço é impenetrável, e os túneis secretos estão sendo observados. Só entramos no ninho deles no esgoto hoje à noite porque recebemos notícias de Ress de que havia alguma grande reunião no palácio. No fim das contas, deixaram mais sentinelas para trás do que tínhamos antecipado.

Seria impossível entrar no castelo... a não ser que ela aceitasse a ajuda de Arobynn. Outra decisão. Para o dia seguinte.

— O que soube de Dorian desde que fugiu?

Um lampejo de vergonha brilhou nos olhos cor de bronze de Chaol. Ele *havia* fugido, no entanto. Deixara o príncipe nas mãos do pai.

Aelin fechou os dedos em punho para evitar bater com a cabeça do capitão na lateral de um prédio de tijolos. Como podia ter servido àquele monstro? Como não vira quem ele era, como não tentara matar o rei quando estivera a seu alcance?

Ela esperava que o príncipe soubesse que, independentemente do que o pai fizera com ele, qualquer que tivesse sido sua punição, ele não era o único de luto. E após o tirar de lá, quando estivesse pronto para ouvir, Aelin faria com que Dorian soubesse que ela entendia... e que seria difícil e longo e doloroso, mas que ele poderia se recuperar daquilo, da perda. Quando isso acontecesse, com a magia pura que tinha, livre enquanto a dela não estava... Aquilo poderia ser crítico para derrotar os valg.

— O rei não puniu Dorian publicamente — informou Chaol. — Nem mesmo o prendeu. Até onde sabemos, ele ainda participa de eventos e estará na tal festa de aniversário-execução.

Aedion... Ah, Aedion. Ele sabia quem ela era, o que havia se tornado, mas Chaol não indicara se o primo teria vontade de cuspir na cara de Aelin assim que pusesse os olhos nela. A jovem não se preocuparia com isso até que ele estivesse seguro, até que estivesse livre.

— Então temos Ress e Brullo do lado de dentro, além de olhos nos muros do castelo — continuou o capitão. — Dizem que Dorian parece se comportar normalmente, mas seu humor está estranho. Mais frio, mais distante, no entanto isso é esperado depois que Sorscha foi...

— Eles relataram se Dorian usava um anel preto?

Chaol estremeceu.

— Não... não um anel. — Havia algo a respeito de seu tom de voz que fez com que Aelin o olhasse e desejasse não precisar ouvir as próximas palavras. O capitão continuou: — Mas um dos espiões alega que Dorian tem um torque de pedra preta ao redor do pescoço.

Um colar de pedra de Wyrd.

Por um momento, tudo que conseguiu fazer foi encará-lo. Os prédios ao redor a sufocaram, um poço imenso se abriu sob os paralelepípedos pelos quais Aelin caminhava, ameaçando engoli-la por inteiro.

— Você está pálida — disse ele, mas não fez menção de tocá-la.

Que bom. A jovem não tinha certeza se conseguiria ser tocada sem rasgar o rosto de Chaol.

Contudo, ela inspirou, recusando-se a deixar que a imensidão do que acontecera com Dorian a afetasse; pelo menos por enquanto.

— Chaol, não sei o que dizer... sobre Dorian, Sorscha e Aedion. Sobre você estar *aqui*. — Aelin indicou o bairro ao redor.

— Apenas me conte o que aconteceu com você durante todos esses meses.

Ela contou. Falou o que acontecera em Terrasen dez anos antes e o que acontecera com ela em Wendlyn. Quando chegou aos príncipes valg, não mencionou os colares, porque... porque Chaol já parecia enojado. Também não contou sobre a terceira chave de Wyrd, apenas disse que Arobynn tinha roubado o Amuleto de Orynth e que Aelin o queria de volta.

— Então agora sabe por que estou aqui, o que fiz e o que planejo fazer.

Chaol não respondeu durante um quarteirão inteiro. Tinha ficado em silêncio o tempo todo. Não dera um sorriso.

Havia tão pouco do guarda de quem Aelin passara a gostar quando ele, por fim, a encarou, com os lábios formando uma linha fina, e disse:

— Então está sozinha aqui.

— Eu disse a Rowan que seria mais seguro para ele ficar em Wendlyn.

— Não — respondeu Chaol, um pouco ríspido, encarando a rua adiante. — Quero dizer que você voltou, mas sem um exército. Sem aliados. Voltou de mãos vazias.

De mãos vazias.

— Não sei o que esperava. Você... *você* me mandou para Wendlyn. Se quisesse que eu voltasse com um exército, deveria ter sido um pouco mais específico.

— Eu mandei você para lá pensando em sua segurança, para que ficasse longe do rei. E assim que percebi quem era, como eu poderia não presumir que você correria para seus primos, para Maeve...

— Não ouviu nada do que eu disse? Sobre como Maeve é? Os Ashryver estão à disposição dela, e se Maeve não enviar ajuda, *eles* não enviarão ajuda.

— Você nem mesmo tentou. — Chaol parou em um canto deserto. — Se seu primo Galan infringe o bloqueio comercial...

— Meu primo Galan não é de sua conta. Você sequer entende o que enfrentei?

— Você entende como foi para nós aqui? Enquanto estava fora brincando com magia, passeando com seu príncipe feérico, entende o que aconteceu comigo... com Dorian? Entende o que está acontecendo todo dia nesta cidade? Porque seu estardalhaço em Wendlyn pode muito bem ter sido a causa de tudo isso.

Cada palavra era como uma pedrada na cabeça. Sim... sim, talvez, mas...

— Meu *estardalhaço?*

— Se não tivesse sido tão dramática em relação a isso, se não tivesse exibido a derrota de Narrok e praticamente *gritado* para o rei que estava de volta, ele jamais nos teria chamado para aquela sala...

— Não tem o direito de me culpar por isso. Pelas ações *dele*. — Aelin fechou os punhos ao olhar para o capitão... *olhar* de verdade para ele, para a cicatriz que sempre a lembraria do que ele tinha feito, do que ela não podia perdoar.

— Então pelo que *posso* culpar você? — indagou Chaol, quando ela começou a andar de novo, os passos ágeis e precisos. — Alguma coisa?

Ele não estava falando sério; aquilo não podia ser sério.

— Está *procurando* coisas pelas quais me culpar? Que tal a queda dos reinos? A perda da magia?

— Pelo menos a segunda — falou Chaol, com os dentes trincados — eu sei, sem dúvida, que não foi culpa sua.

Ela parou de novo.

— O que disse?

Os ombros do capitão ficaram tensos. Era tudo que Aelin precisava ver para saber que ele planejava esconder aquela informação. Não de Celaena, sua antiga amiga e amante, mas de Aelin... rainha de Terrasen. Uma ameaça. Qualquer que fosse aquela informação sobre magia, Chaol não planejara contar a ela.

— O que, exatamente, descobriu sobre a magia, Chaol? — perguntou a jovem, baixo demais.

Ele não respondeu.

— Conte.

O capitão balançou a cabeça; uma falha na iluminação da rua obscurecia seu rosto.

— Não. Sem chance. Não com você tão imprevisível.

Imprevisível. Era misericordioso, imaginou Aelin, que a magia estivesse contida de fato, caso contrário ela poderia ter transformado a rua ao redor deles em cinzas, apenas para mostrar o quanto era previsível.

— Encontrou uma forma de libertá-la, não foi? Você sabe como.

Chaol não fingiu o contrário.

— Libertar a magia só resultaria em caos e tornaria as coisas piores. Talvez encontrar e se alimentar dos possuidores de magia fosse ficar mais fácil para os demônios.

— É bem capaz de se arrepender dessas palavras quando ouvir o restante do que tenho a dizer — sussurrou Aelin, com raiva rugindo dentro de si. Ela manteve a voz baixa o suficiente para que ninguém por perto pudesse escutar conforme continuava: — Aquele colar que Dorian está usando... vou falar o que aquilo faz, e vejamos se você se recusa a me contar então, se vai desprezar o que tenho feito nos últimos meses. — A cada palavra, o rosto de Chaol perdia a cor. Uma parte pequena e maliciosa dela se deliciou com aquilo. — Eles procuram possuidores de magia, alimentam-se do poder no sangue deles. Sugam a vida daqueles que não são compatíveis com o demônio valg. Ou, considerando o novo passatempo preferido de Forte da Fenda, executam a pessoa para fomentar o medo. Alimentam-se disso: medo, tristeza, desespero. É como vinho para eles. Os valg inferiores são capazes de tomar um corpo humano com aqueles anéis pretos. Mas a civilização deles, uma porcaria de uma *civilização* inteira — prosseguiu Aelin —, está dividida em hierarquias como a nossa. E os príncipes querem muito, *muito* vir para nosso mundo. Então o rei usa colares. Colares pretos de pedras de Wyrd. — A jovem achou que Chaol não respirava. — Os colares são mais fortes, capazes de ajudar os demônios a ficar nos corpos humanos enquanto devoram a pessoa e o poder dentro desta. Narrok tinha um dentro de si. Ele me *implorou* para matá-lo, no fim. Nada mais conseguiria. Vi monstros que você sequer consegue imaginar enfrentarem um deles e fracassarem. Apenas chamas ou decapitação acabam com essas coisas.

"Então, considerando os dons que tenho, você vai descobrir que *quer* me contar o que sabe. Posso ser a única pessoa capaz de libertar Dorian, ou pelo menos de dar a ele a misericórdia da morte. Se é que ele ainda está lá dentro."

As últimas palavras tinham um gosto tão ruim quanto o modo como soaram.

Chaol balançou a cabeça. Uma. Duas vezes. E Aelin poderia ter se sentido mal pelo pânico, pelo luto e pelo desespero no rosto dele. Mas então o capitão falou:

— Sequer ocorreu a você nos mandar um aviso? Avisar a *qualquer um* de nós sobre os colares do rei?

Foi como um balde de água fria jogado sobre Aelin. Ela piscou. *Poderia* tê-los avisado; poderia ter tentado. Depois... pensaria naquilo depois.

— Isso não importa — retrucou ela. — Agora nós precisamos ajudar Aedion e Dorian.

— Não existe um *nós*. — Chaol tirou o Olho de Elena do pescoço e o atirou para ela. O colar reluziu sob a iluminação da rua ao voar entre os dois. A jovem o pegou com uma das mãos, sentindo o metal quente contra a pele. Sem nem olhar para o colar, colocou-o no bolso. O capitão continuou: — Não existe um *nós* há um tempo, Celaena...

— É Aelin agora — disparou ela, o mais alto que ousou. — Celaena Sardothien não existe mais.

— Ainda é a mesma assassina que foi embora. Só voltou quando foi útil para *você*.

Foi um esforço evitar lançar o punho contra o nariz dele. Em vez disso, a jovem tirou o anel de ametista do bolso e segurou a mão de Chaol, enfiando a joia na palma enluvada.

— Por que se encontrou com Arobynn Hamel esta noite?

— Como...

— Não importa. Conte por quê.

— Eu queria a ajuda dele para matar o rei.

Aelin se sobressaltou.

— Deve ter perdido o juízo. *Falou* isso para ele?

— Não, mas ele adivinhou. Eu estava tentando me encontrar com Arobynn havia uma semana, e esta noite ele me convocou.

— É um tolo por ter ido. — A jovem começou a andar de novo. Ficar em um lugar, por mais deserto que estivesse, não era inteligente.

O capitão começou a caminhar ao lado dela.

— Não vi nenhum *outro* assassino oferecendo os serviços.

Ela abriu a boca, então a fechou. Aelin contraiu os dedos, depois esticou um a um.

— O preço não será ouro ou favores. O preço será a última coisa que você pode imaginar. Provavelmente a morte ou o sofrimento das pessoas de quem gosta.

— Acha que não sei disso?

— Então quer que Arobynn mate o rei, e aí o quê? Vai colocar Dorian no trono? Com um demônio valg dentro dele?

— Eu não sabia disso até agora. Mas não muda nada.

— Muda tudo. Mesmo que consiga tirar o colar, não há garantias de que o valg não se arraigou dentro dele. Pode substituir um monstro por outro.

— Por que não diz logo aonde quer chegar, *Aelin*? — Chaol sussurrou o nome dela, quase inaudível.

— Consegue matar o rei? Quando chegar o momento, conseguirá matar seu rei?

— *Dorian* é meu rei.

Foi difícil não encolher o corpo.

— Semântica.

— Ele matou Sorscha.

— Ele matou milhões antes dela. — Talvez um desafio, talvez outra pergunta.

Os olhos de Chaol ficaram incandescentes.

— Preciso ir. Vou encontrar Brullo em uma hora.

— Vou com você — disse Aelin, olhando na direção do castelo de vidro erguido sobre a parte nordeste da cidade. Talvez descobrisse um pouco mais sobre o que o mestre de armas sabia a respeito de Dorian. E como poderia matar o amigo. O sangue dela congelou.

— Não vai, não — respondeu Chaol, e a cabeça da jovem virou em sua direção. — Se estiver lá, precisarei responder perguntas demais. Não vou colocar Dorian em risco para satisfazer sua curiosidade.

O capitão continuou andando em linha reta, mas ela virou uma esquina com um gesto contido de ombros.

— Faça o que quiser.

Ao reparar que Aelin estava indo embora, Chaol parou.

— E o que *você* vai fazer?

Havia suspeitas demais naquela voz. Ela parou de andar e ergueu uma sobrancelha.

— Muitas coisas. Coisas terríveis.

— Se nos denunciar, Dorian vai...

Aelin o interrompeu com uma risada.

— Você se recusou a compartilhar sua informação, capitão. Não acho que seja irracional que eu retenha a minha. — Ela fez menção de descer a rua na direção de seu antigo apartamento.

— Não é capitão — informou Chaol.

A jovem olhou por cima do ombro, avaliando-o de novo.

— O que aconteceu com sua espada?

Os olhos dele estavam vazios.

— Eu a perdi.

Ah.

— Então é Lorde Chaol agora?

— Apenas Chaol.

Por um segundo, Aelin sentiu pena dele, e parte dela desejou poder falar de forma mais gentil, com mais compaixão.

— Não há como libertar Dorian. Não há como salvá-lo.

— Ao inferno que não há.

— Seria melhor considerar outros pretendentes ao trono...

— *Não* termine essa frase. — Os olhos de Chaol estavam arregalados; a respiração, irregular.

Ela falara demais. Aprumou os ombros, controlando seu temperamento.

— Com minha magia, eu poderia ajudá-lo... poderia tentar encontrar uma forma de libertá-lo.

Porém, mais provavelmente, iria matá-lo. Aelin não admitiria aquilo em voz alta. Não até que pudesse ver Dorian com os próprios olhos.

— E depois o quê? — perguntou Chaol. — Vai manter Forte da Fenda refém, como fez com Doranelle? Queimar qualquer um que não concorde com você? Ou vai apenas incinerar nosso reino por desprezo? E quanto a outros como você, que acham que têm um ajuste de contas com Adarlan? — Ele conteve uma risada amarga. — Talvez estejamos melhor sem magia. Talvez a magia não torne as coisas muito justas entre nós, meros mortais.

— Justas? Acha que alguma parte disto é *justa*?

— A magia torna as pessoas perigosas.

— A magia já salvou sua vida algumas vezes se me lembro bem.

— Sim — sussurrou Chaol. — Você e Dorian, e agradeço, de verdade. Mas onde estão as rédeas contra seu tipo? Ferro? Não é um obstáculo de verdade, é? Depois que a magia for libertada, quem vai impedir os monstros de saírem de novo? Quem vai impedir *você*?

Uma lança de gelo foi disparada contra o coração de Aelin.

Monstro.

Fora mesmo horror e repulsa que ela vira em seu rosto naquele dia em que revelou a forma feérica no outro mundo — no dia em que partiu a terra e chamou o fogo para salvá-lo, para salvar Ligeirinha. Sim, sempre haveria necessidade de rédeas contra qualquer tipo de poder, mas... *Monstro.*

Aelin desejou que o capitão a tivesse golpeado em vez daquilo.

— Então Dorian pode ter magia. Consegue aceitar o poder dele, mas meu poder é uma abominação para você?

— Dorian jamais matou alguém. Dorian não estripou Archer Finn nos túneis, ou torturou e matou Cova, picando-o em pedacinhos. Ele não saiu em uma matança em Endovier que deixou dezenas de mortos.

Foi difícil erguer novamente aquela antiga muralha de gelo e aço. Tudo atrás estava em ruínas, estremecendo.

— Estou em paz com isso. — Aelin inspirou, tentando com muito esforço não pegar as armas, como um dia poderia ter feito, como ainda queria muito fazer, então falou: — Estarei em meu antigo apartamento, caso decida tirar o olho do próprio umbigo. Boa noite.

Aelin não deu a Chaol a chance de responder antes de sair andando pela rua.

Chaol estava no pequeno quarto da casa em ruínas que tinha servido como o principal quartel-general de seu pelotão durante as últimas três semanas, encarando uma mesa cheia de mapas e plantas e observações sobre o palácio, os turnos dos guardas, assim como os hábitos de Dorian. Brullo não teve nada a oferecer durante a reunião uma hora antes; apenas uma sombria confirmação de que Chaol fizera o certo ao deixar os serviços do rei e dar as costas a tudo para que um dia trabalhara. O homem mais velho ainda insistia em chamá-lo de capitão, apesar de seus protestos.

Brullo fora quem o procurara, oferecendo ser seus olhos dentro do castelo, menos de três dias depois de o capitão correr. *Fugir*, dissera Aelin. Ela sabia exatamente que palavra usava.

Uma rainha — cheia de raiva e destemida, e talvez mais que um pouco cruel — o encontrara naquela noite. Chaol havia percebido desde o momento em que saíra da escuridão dos valg e a vira de pé com uma quietude predatória ao lado de Nesryn. Apesar da sujeira e do sangue, o rosto de Aelin estava queimado de sol e cheio de cor e... diferente. Mais velho, como se a quietude e o poder que irradiavam não tivessem apenas lapidado sua alma, mas a forma também. E quando vira o dedo nu exposto...

Ele pegou o anel que tinha enfiado no bolso e olhou para a lareira apagada. Seria uma questão de minutos acender uma fogueira para atirá-lo ali.

Chaol virou a joia entre os dedos. A prata estava fosca e marcada com inúmeros arranhões.

Não, Celaena Sardothien certamente não existia mais. Aquela mulher... a mulher que ele amara... talvez tivesse se afogado no amplo e cruel mar entre Forte da Fenda e Wendlyn. Talvez tivesse morrido nas mãos dos príncipes valg. Ou quem sabe ele fora um tolo durante todo aquele tempo, um tolo ao ver as vidas que ela tomou e o sangue que tão irreverentemente derramou, sem se sentir enojado.

Havia *sangue* nela naquela noite; Aelin matara muitos homens antes de encontrá-lo. Nem mesmo se incomodara em se limpar, não pareceu notar que vestia o sangue dos inimigos.

Uma cidade... ela envolvera uma cidade com suas chamas e fizera uma rainha feérica estremecer. Ninguém deveria ter aquele tipo de poder. Se Aelin podia fazer uma cidade inteira queimar como vingança por uma rainha feérica ter chicoteado um amigo... O que faria com o império que escravizara e massacrara seu povo?

Chaol não contaria a Aelin como libertar a magia; não até que tivesse certeza de que ela não reduziria Forte da Fenda a cinzas no vento.

Bateram à porta; duas batidas eficientes.

— Deveria estar em seu turno, Nesryn — disse Chaol, como um cumprimento.

Ela entrou, com a suavidade de um felino. Durante os três anos em que a conhecia, Nesryn sempre tivera aquele modo silencioso e esguio de se mover. Um ano antes, um pouco arrasado e inconsequente devido à traição de Lithaen, aquilo o intrigara o bastante para que ele passasse o verão compartilhando a cama dela.

— Meu comandante está bêbado e com a mão dentro da blusa de qualquer que seja a nova garçonete no colo dele. Não vai reparar em minha ausência durante um tempo. — Um leve interesse brilhou nos olhos escuros da mulher. O mesmo tipo de interesse que estava ali no ano anterior, sempre que se encontravam em pousadas, ou quartos acima de tavernas, ou às vezes até mesmo contra a parede de um beco.

Chaol precisara daquilo — da distração e do escape — depois que Lithaen o deixou pelo charme de Roland Havilliard. Nesryn estava apenas entediada, aparentemente. Ela jamais o procurou, jamais perguntou quando o veria de novo, portanto os encontros dos dois sempre foram iniciados por ele. Alguns meses depois, Chaol não se sentiu particularmente mal ao partir para Endovier e parar de vê-la. Nunca contara a Dorian... ou a Aelin. E, quando esbarrou em Nesryn três semanas antes em uma das reuniões dos rebeldes, ela não parecera amargurada.

— Você parece um homem que levou um chute no saco — comentou ela, por fim.

Chaol lançou um olhar para a mulher. E porque de fato se sentia daquela forma, porque talvez estivesse mais uma vez se sentindo arrasado e inconsequente, Chaol contou a Nesryn o que acontecera. Com quem acontecera.

Ele confiava nela, no entanto. Durante as três semanas em que estiveram lutando e planejando e sobrevivendo juntos, o capitão não tivera escolha *a não ser* confiar nela. Ren confiara em Nesryn. Contudo, Chaol não tinha nem mesmo contado a Ren quem Celaena realmente era antes de o lorde partir. Talvez devesse. Se soubesse que ela voltaria daquela forma, que agiria daquele jeito, teria falado, pois acreditava que Ren tinha o direito de saber por quem estava arriscando a própria vida. E Nesryn também.

A rebelde inclinou a cabeça, os cabelos reluziam como seda preta.

— A campeã do rei... e Aelin Galathynius. Impressionante. — Chaol não precisava se incomodar em pedir para ela guardar segredo. Nesryn sabia exatamente o quanto aquela informação era preciosa. Ele não pedira à mulher que fosse seu braço direito sem motivo. — Eu deveria me sentir lisonjeada por ela ter segurado uma faca contra minha garganta.

Chaol olhou de novo para o anel. Deveria derretê-lo, mas o dinheiro estava escasso. Já usara muito do que levara do túmulo.

E agora precisaria mais do que nunca. Agora que Dorian tinha...

Tinha...

Dorian tinha partido.

Celaena — *Aelin* mentira sobre muitas coisas, mas não teria mentido sobre Dorian. E talvez fosse a única pessoa capaz de salvá-lo. Mas se tentasse matá-lo em vez disso...

O capitão afundou na cadeira da escrivaninha, encarando, inexpressivo, os mapas e as plantas que andava fazendo. Tudo... tudo era para o príncipe, para o amigo dele. Por si mesmo, Chaol não tinha mais o que perder. Não passava de um perjuro, um mentiroso, um traidor sem nome.

Nesryn deu um passo em sua direção. Havia um pouco de preocupação no rosto dela, mas Chaol jamais esperava consolo da mulher. Jamais quisera. Talvez porque somente ela entendesse — o que era enfrentar a reprovação de um pai para seguir o caminho que a chamava. Mas embora o pai de Nesryn tivesse, por fim, aceitado a escolha da filha, o pai do próprio Chaol... Não queria pensar nele no momento, não quando Nesryn disse:

— O que ela alegou sobre o príncipe...

— Não muda nada.

— Parece que muda tudo. Inclusive o futuro deste reino.

— Apenas pare.

Nesryn cruzou os braços finos. Era tão esguia que a maioria dos oponentes a subestimava; para o azar deles. Naquela noite, ele a vira rasgar um daqueles soldados valg como se estivesse cortando um peixe em filés.

— Acho que está deixando sua história pessoal atrapalhar a consideração das alternativas.

Chaol abriu a boca para protestar, e Nesryn ergueu a sobrancelha feita, esperando.

Talvez ele estivesse de cabeça quente no momento.

Talvez tivesse sido um erro se recusar a contar a Aelin como libertar a magia.

E se aquilo lhe custasse Dorian no processo...

Chaol xingou baixinho, o sopro do hálito apagou a vela na mesa.

O capitão que ele um dia fora teria se recusado a contar a ela. Aelin era inimiga de seu reino.

Mas aquele capitão não existia mais. Aquele capitão morrera com Sorscha na sala da torre.

— Você lutou bem esta noite — comentou ele, como se fosse uma resposta.

Nesryn emitiu um estalo com a língua.

— Voltei porque recebi um relato de que três das guarnições da cidade foram chamadas para o Cofres menos de trinta minutos depois de sairmos. Sua Majestade — disse ela, em tom irônico — matou um grande número dos homens do rei, além dos donos e investidores do salão, e fez questão de destruir o lugar. Não abrirão de novo tão cedo.

Pelos deuses.

— Eles sabem que foi a campeã do rei?

— Não. Mas achei que deveria avisá-lo. Aposto que teve um motivo para fazer aquilo.

Talvez sim. Talvez não.

— Você vai descobrir que ela costuma fazer o que quer, quando quer, sem pedir permissão. — Aelin provavelmente apenas ficara irritadinha e decidira descarregar o mau humor no salão dos prazeres.

Nesryn falou:

— Você devia ter sido mais esperto e não ter se envolvido com uma mulher assim.

— E imagino que você saiba tudo sobre se envolver com pessoas, considerando quantos pretendentes estão enfileirados do lado de fora das padarias de seu pai. — Um golpe baixo, talvez, mas sempre tinham sido diretos um com o outro. Nesryn jamais parecera se incomodar com aquilo.

Aquele leve brilho de interesse retornou a seus olhos conforme ela levou as mãos aos bolsos e se virou.

— É por isso que nunca me envolvo demais. Muito confuso.

Por isso não deixava ninguém entrar. Nunca. Chaol pensou em perguntar por quê, insistir na questão. Mas limitar as perguntas sobre os respectivos passados era parte do acordo; fora desde o início.

Sinceramente, ele não sabia o que tinha esperado com relação à volta da rainha.

Não aquilo.

Não pode escolher quais partes vai amar, dissera Dorian um dia. Estivera certo. Tão dolorosamente certo.

Nesryn saiu.

Com a primeira luz do dia, Chaol foi até o joalheiro e penhorou o anel por um punhado de prata.

❧

Exausta e deprimida, Aelin seguiu arrastando os pés para o antigo apartamento acima do discreto armazém. Não ousou se demorar do lado de fora do amplo prédio de madeira de dois andares que comprara quando, por fim, pagara as dívidas com Arobynn — comprou para si, para sair da Fortaleza. Mas só tinha parecido um lar depois de também pagar as dívidas de Sam para que morasse ali. Algumas semanas... foi só o que conseguira dividir com o rapaz.

Então ele morreu.

A tranca na imensa porta deslizante era nova, e dentro do armazém as enormes pilhas de caixas cheias de tinta permaneciam em condições impecáveis. Nenhuma poeira cobria as escadas nos fundos. Arobynn ou outro rosto de seu passado estaria lá dentro.

Que bom. Aelin estava pronta para outra briga.

Ao abrir a porta verde, com uma faca inclinada atrás do corpo, encontrou o apartamento escuro. Vazio.

Mas tinha um cheiro fresco.

Foi uma questão de minutos verificar o local: o salão, a cozinha — algumas maçãs velhas, mas nenhum outro sinal de um ocupante, seu quarto (intocado) —, seu quarto, intocado, e o quarto de hóspedes. Era ali que o cheiro de alguém permanecia; a cama não estava perfeitamente feita, e havia um bilhete na cômoda ao lado da porta.

O capitão disse que eu poderia ficar aqui um tempo. Desculpe por tentar matar você no último inverno. Eu era aquele com as espadas gêmeas. Nada pessoal. — Ren

A jovem xingou. *Ren* ficara ali? E... e ainda achava que ela era a campeã do rei. Na noite em que os rebeldes tinham mantido Chaol refém em um galpão, Aelin tentara matá-lo, e tinha ficado surpresa quando o jovem lorde se defendeu. Ah, ela se lembrava dele.

Pelo menos estava seguro no norte.

Aelin se conhecia bem o bastante para admitir que o alívio era, em parte, aquele de uma covarde — por não precisar encarar Ren e ver como ele reagiria a quem ela era e o que tinha feito com o sacrifício de Marion. Considerando a reação do próprio Chaol, "não muito bem" parecia um bom palpite.

Ela caminhou de volta ao salão escuro, acendendo velas conforme seguia. A grande mesa de jantar, que ocupava metade do espaço, ainda estava posta com seus pratos elegantes. O sofá e as duas poltronas de veludo vermelho diante da lareira ornamentada pareciam um pouco surrados, mas limpos.

Por alguns momentos, apenas encarou a lareira. Um lindo relógio certa vez estivera sobre ela; até o dia em que Aelin havia descoberto que Sam fora torturado e morto por Rourke Farran. Que a tortura durara *horas* enquanto ela estivera sentada naquele apartamento, fazendo malas que agora não se viam em lugar algum. E, quando Arobynn fora dar a notícia, Aelin pegara aquele lindo relógio e o atirara contra a parede, partindo-o.

A jovem não voltara desde então, embora alguém tivesse limpado o vidro. Ren ou Arobynn.

Um olhar para as muitas prateleiras de livros lhe deu a resposta.

Cada livro que havia empacotado para a viagem sem volta ao continente sul, para aquela nova vida com Sam, fora recolocado no lugar. *Exatamente* onde Aelin os mantivera um dia.

E havia apenas uma pessoa que saberia aqueles detalhes — que usaria os baús desfeitos como uma provocação e um presente, e um lembrete silencioso do quanto custaria para ela deixá-lo. O que significava que Arobynn sem dúvida soubera que Aelin voltaria ali em algum momento.

Ela caminhou até o quarto. Não ousou verificar se as roupas de Sam tinham sido tiradas das malas para as prateleiras... ou jogadas fora.

Um banho; era do que precisava. De um banho longo e quente.

Aelin mal reparou no quarto que um dia fora seu santuário. Acendeu as velas no banheiro de azulejos brancos, projetando um dourado tremeluzente no aposento.

Depois de girar as torneiras de cobre na imensa banheira de porcelana, liberando o fluxo de água, ela retirou cada uma das armas. Despiu-se das roupas imundas e ensanguentadas, camada após camada, até restar somente a própria pele coberta de cicatrizes, então olhou para as costas tatuadas no espelho acima da pia.

Um mês antes, Rowan cobrira as marcas de Endovier com uma tatuagem linda, fluida, escrita no velho idioma dos feéricos; as histórias dos entes queridos de Aelin e de como eles tinham morrido.

Ela não o faria tatuar mais um nome na pele.

A jovem entrou na banheira, gemendo ao sentir o calor delicioso, e pensou no lugar vazio na lareira, onde o relógio deveria estar. O lugar que jamais fora preenchido desde o dia em que ela quebrou o objeto. Talvez... talvez Aelin também tivesse parado naquele momento.

Parado de viver e começado a apenas... sobreviver. A odiar.

E talvez tivesse levado até aquela primavera, quando estava jogada no chão enquanto três príncipes valg se alimentavam dela, quando por fim queimara aquela dor e aquela escuridão, para que o relógio recomeçasse.

Não, ela não acrescentaria mais um nome de um ente querido morto à pele.

Aelin pegou uma toalha ao lado da banheira e esfregou o rosto, pedaços de lama e sangue enturvaram a água.

Imprevisível. A arrogância, o puro egoísmo daquela mente fechada...

Chaol tinha fugido. *Fugira*, e Dorian fora deixado para ser escravizado pelo colar.

Dorian. Aelin voltara... mas tarde demais. Tarde demais.

Ela mergulhou a toalha de novo e cobriu o rosto, esperando que aquilo, de alguma forma, aliviasse o ardor nos olhos. Talvez tivesse mandado uma mensagem forte demais de Wendlyn ao destruir Narrok; talvez *fosse* culpa dela Aedion ter sido capturado, Sorscha morta, e Dorian escravizado.

Monstro.

No entanto...

Pelos amigos, pela família, Aelin ficaria feliz em ser um monstro. Por Rowan, por Dorian, por Nehemia, ela se humilharia, se degradaria e se destruiria. Sabia que eles teriam feito o mesmo por ela. A jovem jogou a toalha na água e se sentou.

Monstro ou não, jamais, em dez mil anos, teria deixado Dorian enfrentar o pai sozinho. Mesmo que o príncipe a tivesse mandado partir. Um mês antes, ela e Rowan tinham escolhido enfrentar os príncipes valg *juntos* — morrer juntos, se fosse preciso, em vez de fazê-lo sozinhos.

Você me lembra de como o mundo deveria ser; de como o mundo pode ser, dissera certa vez a Chaol.

O rosto dela queimou. Uma garota dissera aquelas coisas; uma garota tão desesperada para sobreviver, para chegar ao fim de cada dia, que não questionara por que ele servia ao verdadeiro monstro do mundo.

Aelin voltou para debaixo d'água, esfregando o cabelo, o rosto, o corpo ensanguentados.

Podia perdoar a menina que precisara que um capitão da Guarda oferecesse estabilidade depois de um ano no inferno; podia perdoar a menina que precisara que um capitão fosse seu campeão.

Mas era campeã de si mesma agora. E não acrescentaria o nome de outro ente querido à pele.

Então, ao acordar na manhã seguinte, Aelin escreveu uma carta para Arobynn, aceitando sua oferta.

Um demônio valg era o que devia ao rei dos Assassinos.

Em troca da assistência dele no resgate *e* no retorno seguro de Aedion Ashryver, o Lobo do Norte.

⤝ 8 ⤞

Manon Bico Negro, herdeira do clã de bruxas Bico Negro, portadora da lâmina Ceifadora do Vento, montadora da serpente alada Abraxos e Líder Alada do regimento aéreo do rei de Adarlan, encarou o homem atarracado sentado do outro lado da mesa de vidro preto e manteve o temperamento controlado.

Durante as semanas em que estivera em Morath, a fortaleza montanhosa do duque Perrington, com metade da legião Dentes de Ferro, Manon não se acostumara com ele. Assim como nenhuma das Treze. E era por isso que as mãos de Asterin repousavam ao alcance das lâminas gêmeas conforme mantinha o corpo recostado na parede de pedra escura, por isso que Sorrel ficara a postos perto das portas, e por isso que Vesta e Lin montavam guarda do lado de fora.

O duque não reparou ou não se importou. Só mostrava interesse na líder quando dava ordens sobre o treinamento do regimento *dela*. Fora isso, Perrington parecia incansavelmente concentrado no exército de homens de cheiro estranho, que esperava no campo ao pé da montanha. Ou no que quer que morasse sob as montanhas em volta — o que quer que gritasse e rugisse e gemesse dentro do labirinto de catacumbas escavado no coração da antiga pedra. Manon jamais perguntara o que era mantido ou o que era feito dentro daquelas montanhas, embora suas Sombras tivessem relatado boatos sobre altares de pedra manchados de sangue e calabouços mais

69

escuros que a própria Escuridão. Desde que não interferisse com a legião das Dentes de Ferro, a bruxa não se importava muito. Deixe que os homens brinquem de serem deuses.

Mas, em geral, principalmente naquelas reuniões desprezíveis, a atenção do duque estava fixa na linda mulher de cabelo preto como o de um corvo, que jamais se afastava dele, como se estivesse presa ao homem por uma corrente invisível.

Era para ela que Manon olhava enquanto Perrington apontava as áreas no mapa que queria que as batedoras das Dentes de Ferro verificassem. Kaltain, era esse seu nome.

A mulher nunca dizia nada, jamais olhava para ninguém. Havia um colar preto preso ao redor da garganta branca como a lua, um colar que fazia a jovem bruxa manter distância. Tinha um cheiro muito *errado* ao redor de todas aquelas pessoas. Humano, mas também não humano. E, naquela mulher, o cheiro era mais forte e mais estranho. Como os lugares escuros e esquecidos do mundo. Como o solo revirado de um cemitério.

— Na semana que vem, quero relatórios sobre o que os homens selvagens da Caninos estão fazendo — informou o duque. O bigode bem-feito de cor ferrugem parecia completamente deslocado contra a armadura escura e abrutalhada. Um homem igualmente confortável batalhando em salões de conselho ou em campos de massacre.

— Algo em particular por que procurar? — perguntou Manon, inexpressiva, já entediada. Era uma honra ser Líder Alada, lembrou-se ela; uma honra liderar o regimento das Dentes de Ferro. Mesmo que estar ali parecesse uma punição, e mesmo que ainda não tivesse recebido notícias da avó, a Grã-Bruxa do clã Bico Negro, sobre qual deveria ser seu movimento seguinte. Eram aliadas de Adarlan; não lacaias à disposição do rei.

Perrington acariciou distraidamente o braço fino de Kaltain, a pele branca coberta com ferimentos demais para ser acidental.

E havia também a cicatriz vermelha e espessa, logo antes da curva do cotovelo, com 5 centímetros de extensão, levemente elevada. Só podia ser recente.

Mas a mulher não se encolheu diante daquele toque íntimo, não mostrou um lampejo de dor quando os dedos grossos acariciaram a cicatriz violenta.

— Quero uma lista atualizada dos assentamentos — ordenou o duque. — Os números, os principais caminhos que usam para atravessar as montanhas. Fiquem invisíveis e não os abordem.

Manon podia ter tolerado tudo a respeito de ficar presa em Morath; exceto pela última ordem. *Não os abordem.* Nada de mortes, nada de brigas, nada de homens sangrando.

A câmara do conselho só tinha uma janela, alta e estreita, com a vista obstruída por uma das muitas torres de pedra de Morath. Não havia espaço aberto o suficiente naquela sala, não com Perrington e a mulher destruída ao lado dele. A Líder Alada ergueu o queixo, então ficou de pé.

— Como quiser.

— Vossa Alteza — falou o duque.

Manon parou, virando-se levemente.

Os olhos escuros do homem não eram completamente humanos.

— Vai se dirigir a mim como "Vossa Alteza", Líder Alada.

Foi um esforço evitar que os dentes de ferro deslizassem para baixo nas fendas da gengiva.

— Você não é meu duque — respondeu a bruxa. — Assim como não é *minha alteza.*

Asterin tinha ficado imóvel.

Duque Perrington deu uma risada alta. Kaltain não mostrou indicativos de que tinha ouvido qualquer coisa.

— O Demônio Branco — ponderou ele, fitando Manon com olhos que a percorriam livres demais. Se fosse qualquer outra pessoa, a bruxa teria arrancado aqueles olhos com as unhas de ferro e deixado que ele gritasse um pouco antes de lhe rasgar a garganta com os dentes afiados. — Me pergunto se você não vai tomar o regimento para si e roubar meu império.

— Terras humanas não me são úteis. — Era verdade.

Apenas os desertos do oeste, lar do um dia glorioso Reino das Bruxas. Mas até terem lutado na guerra do rei de Adarlan, até que os inimigos dele fossem derrotados, elas não poderiam reivindicar as terras. Além disso, a maldição das Crochan que negava às bruxas a verdadeira posse da região ainda seguia firme; e elas não estavam mais perto de quebrá-la que as ancestrais de Manon, quinhentos anos antes, quando a última rainha Crochan as amaldiçoou com o suspiro derradeiro.

71

— E por isso, agradeço aos deuses todos os dias. — Perrington fez um gesto com a mão. — Dispensadas.

Manon o encarou com raiva, de novo debatendo os méritos de assassiná-lo bem ali na mesa, ao menos para ver como Kaltain reagiria àquilo, mas Asterin mexeu o pé contra a pedra; o que serviu tanto quanto uma tosse forçada.

Então a líder deu as costas para o duque e sua noiva silenciosa, depois saiu.

⁓

Manon seguiu batendo os pés pelos corredores estreitos da Fortaleza de Morath; Asterin ao lado, Sorrel um passo atrás, Vesta e Lin na retaguarda.

Por cada fenda representando janelas que passavam, rugidos e asas e gritos irrompiam, junto aos últimos raios do sol poente — e, além deles, os golpes incansáveis em aço e ferro.

As bruxas passaram por um grupo de guardas do lado de fora da entrada da torre particular do duque — um dos poucos lugares aos quais não tinham permissão de ir. Os odores que vazavam por trás da porta de pedra escura e reluzente projetaram garras na coluna de Manon, fazendo com que ela, a imediata e a terceira no comando mantivessem uma distância cautelosa. Asterin chegou ao ponto de exibir os dentes para os guardas a postos diante daquela entrada, os cabelos dourados e a faixa de couro áspero que usava sobre a testa reluziam à luz da tocha.

Os homens nem mesmo piscaram, e a respiração deles sequer falhou. Asterin sabia que o treinamento das sentinelas não tinha nada a ver com aquilo; eles exalavam um fedor também.

Manon olhou por cima do ombro para Vesta, que sorria arrogantemente para cada guarda e criado trêmulo pelos quais passavam. Os cabelos ruivos, a pele macia e os olhos pretos e dourados eram o bastante para deter a maioria dos homens imediatamente... para mantê-los distraídos enquanto a bruxa os usava por prazer, então os deixava sangrar por diversão. Mas aqueles guardas não exibiram reação nem a ela.

Vesta reparou que Manon prestava atenção e ergueu as sobrancelhas avermelhadas.

— Reúna as outras — ordenou a líder. — Está na hora de uma caçada. — A bruxa ruiva assentiu e seguiu por um corredor escuro. Ela inclinou o queixo para Lin, que deu a Manon um sorrisinho malicioso, então sumiu nas sombras, no encalço de Vesta.

Manon, a imediata e a terceira na hierarquia ficaram em silêncio conforme subiam a torre em ruínas que abrigava o ninho particular das Treze. Durante o dia, as serpentes aladas empoleiravam-se nos enormes mastros que despontavam da lateral da torre para tomar ar fresco e ver o campo de guerra muito, muito abaixo; durante a noite, enroscavam-se no ninho para dormir, acorrentadas às áreas designadas.

Era muito mais fácil que as trancar com o restante das serpentes aladas dos regimentos, nas celas fétidas no coração da montanha, onde apenas se engalfinhariam e ficariam com cãibra nas asas. As bruxas tentaram abrigá-las ali... apenas uma vez, depois de chegarem. Abraxos se descontrolara e destruíra metade da baia, incitando as outras montarias até que também dessem guinadas, rugissem e ameaçassem arruinar a Fortaleza ao redor. Uma hora depois, Manon reivindicou aquela torre para as Treze. Parecia que o cheiro estranho também deixava Abraxos agitado.

Mas no ninho, o fedor dos animais era familiar, acolhedor. Sangue e merda e feno e couro. Mal havia um toque daquele cheiro *errado* — talvez porque estivessem tão no alto que o vento o soprava para longe.

O piso coberto de palha quebrava sob as botas das bruxas, uma brisa fria batia, entrando pela metade do telhado que fora destruída graças à montaria de Sorrel. Para que os animais se sentissem menos enjaulados... e assim Abraxos podia ver as estrelas, como gostava de fazer.

Os olhos de Manon percorreram os cochos no centro do aposento. Nenhuma das montarias tocava a carne e os grãos fornecidos pelos homens mortais que cuidavam do ninho. Um daqueles criados adicionava feno fresco, e um lampejo dos dentes de ferro da bruxa o fez sair correndo pelas escadas, o fedor do medo permanecendo no ar, como um borrão de óleo.

— Quatro semanas — disse Asterin, olhando para a serpente alada azul-pálido, visível através de um dos muitos arcos abertos em seu poleiro. — Quatro semanas e nenhum movimento. O que sequer estamos fazendo aqui? Quando entraremos em *ação*?

De fato, as restrições eram irritantes para todas. Limitarem-se a voos noturnos para manter o regimento despercebido, o fedor daqueles homens, a pedra, as forjas, as passagens sinuosas da Fortaleza interminável; aquilo arrancava pedacinhos da paciência de Manon todos os dias. Até mesmo a menor cadeia montanhosa na qual a Fortaleza se localizava era densa, feita apenas de pedra exposta, com poucos sinais da primavera que agora cobria a maior parte da terra. Um lugar morto, pútrido.

— Entraremos em ação quando recebermos a ordem para isso — retrucou a líder, olhando na direção do sol poente. Em breve, assim que o sol se pusesse naqueles picos escuros pontiagudos, elas poderiam decolar. O estômago de Manon roncou. — E se vai questionar ordens, Asterin, ficarei feliz em substituí-la.

— Não estou questionando — respondeu ela, encarando a herdeira Bico Negro por mais tempo que a maioria das bruxas ousaria. — Mas é um desperdício de nossas habilidades ficarmos sentadas aqui, como galinhas em um viveiro, à disposição do duque. Eu gostaria de rasgar a barriga daquele verme.

Sorrel murmurou:

— Eu aconselho, Asterin, que resista à tentação. — A terceira na hierarquia de Manon, com a pele bronzeada e a forma física de um aríete, manteve a atenção apenas nos movimentos ágeis e letais da imediata. A pedra na chama de Asterin, desde que eram bruxinhas.

— O rei de Adarlan não pode roubar nossas montarias. Não agora — argumentou Asterin. — Talvez devêssemos ir mais para o interior das montanhas e acampar lá, onde pelo menos o ar é limpo. Não tem por que ocuparmos este lugar.

Sorrel soltou um grunhido de aviso, mas Manon ergueu o queixo, uma ordem silenciosa para que ela ficasse no lugar conforme a própria líder se aproximava da imediata.

— A última coisa de que preciso — sussurrou Manon ao rosto de Asterin — é que aquele porco mortal questione a adequação de minhas Treze. Fique na linha. E se eu souber que contou a suas batedoras sobre isto...

— Acha que eu falaria mal de você para pessoas inferiores? — Um estalar dos dentes de ferro.

— Acho que você, assim como todas nós, está cheia de ficar confinada a esta pocilga e tem a tendência de dizer o que pensa, e considerar as consequências mais tarde.

Asterin sempre fora assim; e aquele jeito selvagem era exatamente o motivo pelo qual a líder a escolhera como imediata um século antes. A chama na pedra de Sorrel... e no gelo de Manon.

O restante das Treze começou a entrar conforme o sol desapareceu. Elas lançaram um olhar para Manon e Asterin, e se mantiveram sabiamente longe, desviando os olhos. Vesta até mesmo murmurou uma oração para a Deusa de Três Rostos.

— Só quero que as Treze... que todas as Bico Negro... conquistem a glória no campo de batalha — explicou Asterin, recusando-se a desviar o olhar da líder.

— Conquistaremos — prometeu ela, alto o bastante para que as outras ouvissem. — Mas até então, fique quieta, ou aplicarei uma penitência até que seja digna de montar conosco de novo.

A imediata abaixou os olhos.

— Sua vontade é a minha, Líder Alada.

Se viesse de qualquer outra, até mesmo Sorrel, a honraria teria sido normal, esperada. Porque nenhuma delas sequer ousaria falar naquele *tom*.

Manon disparou, tão rápido que nem mesmo Asterin conseguiu recuar. Sua mão se fechou na garganta da prima, as unhas de ferro cravaram-se na pele macia sob as orelhas.

— Se der um passo fora da linha, Asterin, elas — Manon enfiou as unhas mais profundamente, e sangue azul começou a escorrer pelo pescoço dela — encontrarão o alvo.

A líder não se importava que as duas estivessem lutando lado a lado havia um século, que Asterin fosse sua parente mais próxima, ou que a imediata tivesse entrado em diversas brigas para defender a posição de Manon como herdeira. Ela a mataria assim que se tornasse um aborrecimento inútil. A bruxa deixou que Asterin visse tudo aquilo em seus olhos.

O olhar da imediata se voltou para o manto vermelho-sangue de Manon — o manto que a avó da líder ordenara que ela tirasse daquela Crochan depois de Manon ter cortado a garganta da inimiga, depois de tê-la deixado sangrar no chão da Ômega. O rosto lindo e selvagem de Asterin ficou frio ao falar:

— Entendido.

Manon soltou a garganta de Asterin, limpando o sangue das unhas quando se voltou para as Treze, agora de pé ao lado das montarias, com as costas rígidas e silenciosas.

— Montaremos. Agora.

Abraxos se moveu e oscilou sob Manon, montada à sela, bastante ciente de que um passo em falso na viga de madeira sobre a qual estava empoleirado levaria a uma queda muito longa e muito definitiva.

Abaixo e ao sul, inúmeras fogueiras de acampamentos militares tremeluziam, e a fumaça das forjas entre eles se erguia alto em nuvens que manchavam o céu estrelado e iluminado pela lua. Abraxos grunhiu.

— Eu sei, eu sei, também estou com fome — comentou a bruxa, piscando a pálpebra acima do olho para colocá-la no lugar enquanto verificava os equipamentos de segurança que a mantinham firme na sela. À esquerda e à direita, Asterin e Sorrel montaram suas serpentes aladas e se viraram para a líder. Os ferimentos da prima já estavam coagulados.

Manon olhou para o mergulho impiedoso indo direto para baixo na lateral da torre, para além das pedras pontiagudas da montanha, em direção ao ar livre adiante. Talvez fosse por isso que os tolos mortais tivessem insistido que todo animal e montadora fizessem a Travessia na Ômega; para que fossem a Morath e não vacilassem diante da queda íngreme, mesmo nos níveis mais baixos da Fortaleza.

Um vento frio e fétido soprou no rosto da bruxa, entupindo-lhe o nariz. Um grito rouco de súplica veio de dentro de uma daquelas montanhas ocas; em seguida, tudo ficou em silêncio. Hora de ir... se não para encher a barriga, então para fugir da podridão daquele lugar durante algumas horas.

Manon prendeu as pernas na lateral cheia de cicatrizes e encouraçada de Abraxos, e as asas reforçadas com Seda de Aranha reluziram como ouro à luz das fogueiras bem abaixo.

— Voe, Abraxos — sussurrou ela.

O animal inspirou profundamente, encolheu as asas bem junto ao corpo e *caiu* pela lateral do mastro.

Ele gostava de fazer isso; simplesmente se atirar, como se tivesse recebido um golpe mortal.

Ao que parecia, a serpente alada tinha um senso de humor pernicioso.

Na primeira vez que fizera aquilo, a bruxa berrou com ele. Agora só o fazia para se exibir, pois as serpentes aladas do restante das Treze, com corpos grandes demais para navegarem agilmente entre a queda estreita, precisavam pular para cima e para fora, e depois mergulhar.

Manon ficou de olhos abertos conforme desciam, o vento fustigando os dois, o corpo de Abraxos uma massa quente sob a bruxa. Ela gostava de observar cada um dos rostos mortais assombrados e aterrorizados, gostava de ver o quanto o bicho se aproximava das pedras da torre, da rocha montanhosa pontiaguda e escura antes de...

Abraxos estendeu as asas e deu uma guinada forte, o mundo girou, depois disparou atrás deles. O animal soltou um grito feroz que reverberou por cada pedra de Morath, ecoado pelos berros das montarias das Treze. Em uma escadaria no exterior de uma torre, um criado carregando um cesto de maçãs gritou e soltou a carga. As frutas desceram uma a uma pelos degraus que serpenteavam a construção, uma cascata de vermelho e verde seguindo o ritmo do latejar das forjas.

Então Abraxos bateu as asas para cima e para longe, sobre o exército sombrio, acima dos picos afiados; as Treze se posicionando suavemente atrás.

Era um tipo estranho de animação montar daquela forma, apenas com a própria aliança — uma unidade capaz de saquear, sozinha, cidades inteiras. Abraxos voava com determinação e rapidez, avaliando junto de Manon a terra conforme se libertavam das montanhas e navegavam sobre as planícies agrícolas anteriores ao rio Acanthus.

A maioria dos humanos tinha deixado aquela região, fora massacrada pela guerra ou por diversão. Mas ainda havia alguns se soubessem onde procurar.

Eles voaram adiante, o prateado de uma lua crescente se erguendo cada vez mais: a Foice da Velha. Uma boa noite para caçar se o rosto impiedoso da Deusa os acompanhasse, embora a escuridão da lua nova — a Sombra da Velha — fosse sempre preferível.

Pelo menos a Foice fornecia luz o suficiente para que Manon enxergasse à medida em que verificava a terra. Água — mortais gostavam de morar perto de água, então ela seguiu na direção de um lago que vira semanas antes, mas que ainda não havia explorado.

Ágeis e reluzentes como sombras, as Treze dispararam pela terra encoberta pela noite.

Por fim, o luar refletiu fracamente sobre um pequeno corpo d'água, e Abraxos deslizou naquela direção, mais e mais para baixo, até que Manon pudesse ver o reflexo dos dois na superfície lisa, ver a capa vermelha flutuando atrás de si, como um rastro de sangue.

Atrás, Asterin gritou, então a líder se virou para ver a imediata estender os braços e se reclinar para trás na sela, até estar deitada de costas na coluna da montaria, os cabelos dourados soltos e esvoaçantes. Um êxtase tão selvagem; havia sempre uma alegria voraz e indomada quando a prima voava.

Manon perguntava-se se a imediata às vezes escapulia à noite para voar usando nada além da própria pele, abrindo mão até mesmo da sela.

A líder olhou para a frente e franziu a testa. Graças à Escuridão que a Matriarca das Bico Negro não estava ali para ver aquilo, ou não seria apenas Asterin que estaria ameaçada. Seria o pescoço da própria Manon também, por permitir que tal selvageria fosse cultivada. E por ser incapaz de contê-la por completo.

A bruxa viu um pequeno chalé com um campo cercado. Uma luz tremeluzia na janela; perfeito. Além da casa, trechos de branco sólido reluziam, claros como a neve. Melhor ainda.

Manon desviou Abraxos na direção da fazenda, na direção da família que — se fosse esperta — ouvira o ecoar das asas e se abrigara.

Nenhuma criança. Era uma regra silenciosa entre as Treze, mesmo que alguns outros clãs não tivessem problemas com aquilo, principalmente as Pernas Amarelas. Mas homens e mulheres eram parte do jogo se elas quisessem se entreter.

E depois da interação de mais cedo com o duque e Asterin, Manon estava realmente no clima para diversão.

❦ 9 ❧

Depois que Aelin escreveu a maldita carta para Arobynn e a enviou por meio de um dos vorazes garotos de rua do assassino, a fome a arrastou do apartamento para a manhã cinzenta. Cansada até os ossos, ela foi atrás do café da manhã e comprou também o suficiente para o almoço e o jantar, então voltou ao armazém uma hora depois, encontrando ali uma caixa grande sobre a mesa de jantar.

Nenhum sinal de tranca adulterada; nenhuma das janelas estavam mais abertas além das frestas que Aelin deixara para a brisa do rio entrar naquela manhã.

Mas ela não esperava menos de Arobynn... menos que um lembrete de que podia ser o rei dos Assassinos, mas havia sido dilacerado e massacrado para chegar até aquele trono forjado por ele.

Parecia adequado, de alguma forma, que o céu caísse naquele momento, que os ruídos e o tilintar da chuva lavassem o silêncio pesado demais na sala.

Aelin puxou o laço de seda verde-esmeralda ao redor da caixa de cor creme até que a fita cedesse. Colocando a tampa de lado, ela encarou, por um bom tempo, o tecido dobrado no interior. O bilhete no topo dizia: *Tomei a liberdade de fazer algumas melhorias desde a última vez. Divirta-se.*

Sua garganta se apertou, mas a jovem pegou a roupa preta de corpo inteiro — justa, espessa e flexível como couro, mas sem o brilho e o sufocamento. Sob a vestimenta dobrada estava um par de botas. Tinham sido limpas desde a última vez que Aelin as calçara, anos antes, o couro preto ainda era flexível e maleável, os sulcos especiais e as lâminas ocultas continuavam precisos como sempre.

Ela ergueu a pesada manga da roupa, revelando as manoplas embutidas que ocultavam espadas finas e cruéis, tão longas quanto seus antebraços.

Aelin não via aquela roupa, não a vestia desde... Ela olhou para o local vazio sobre a lareira. Outro teste. Um silencioso, para ver o quanto estava disposta a perdoar e esquecer, quão disposta estava a trabalhar com ele.

O rei dos Assassinos pagara pela roupa anos antes; custara uma quantia exorbitante exigida por um mestre alfaiate de Melisande, que a fizera à mão com as medidas exatas da jovem. Arobynn insistira para que seus dois melhores assassinos tivessem as discretas roupas letais, então dera a de Aelin como um presente, um de muitos que ele empilhara sobre ela, como reparação por tê-la espancado e depois a enviado ao deserto Vermelho para treinar. Aelin e Sam tinham, *ambos*, levado surras cruéis pela desobediência, mas Arobynn fizera o rapaz pagar pelo traje dele. Então lhe dera trabalhos de pouca importância para evitar que Sam quitasse a dívida rapidamente.

A jovem colocou o traje de volta na caixa e começou a se despir, inspirando o cheiro de chuva sobre pedra que emanava pelas janelas abertas.

Ah, podia bancar a protegida devotada de novo. Podia seguir com o plano que deixaria Arobynn criar; o plano que ela modificaria levemente, apenas o suficiente. Mataria quem fosse necessário, se prostituiria, se destruiria, caso aquilo significasse levar Aedion para a segurança.

Dois dias — apenas dois dias — até que pudesse vê-lo de novo, até que pudesse ver com os próprios olhos que Aedion conseguira, que sobrevivera todos aqueles anos em que ficaram afastados. E, mesmo que seu primo a odiasse, cuspisse nela, como Chaol praticamente fizera... valeria a pena.

Nua, Aelin vestiu a roupa, o material macio e escorregadio sussurrando contra a pele. Típico de Arobynn não mencionar quais modificações tinha feito — criando um enigma letal para ela decifrar, se fosse esperta o bastante para sobreviver.

A jovem agitou o corpo para dentro do traje, com o cuidado de evitar disparar o mecanismo que projetava aquelas lâminas ocultas, tateando em busca de qualquer outra arma ou truque escondidos. Era um trabalho para outro momento, até que o traje a envolvesse por completo e Aelin prendesse os pés nas botas.

Ao seguir para o quarto, já conseguia sentir os reforços acrescentados a cada ponto fraco que ela possuía. As especificações deviam ter sido enviadas meses antes de a roupa chegar, pelo homem que, de fato, sabia sobre o joelho que às vezes falhava, as partes do corpo que eram favorecidas em combate, a velocidade com que se movia. Todo o conhecimento de Arobynn sobre Aelin envolto no corpo da jovem em um tecido de aço e escuridão. Ela parou diante do espelho de corpo inteiro na parede mais afastada do quarto.

Uma segunda pele. Talvez tornada menos escandalosa pelos detalhes refinados, pelo acolchoamento a mais, pelos bolsos, as partes de decoração de armadura — mas não sobrava um centímetro para a imaginação. Aelin soltou um assobio baixo. Muito bem, então.

Podia ser Celaena Sardothien de novo; por mais um tempo, até que aquele jogo terminasse.

Ela poderia ter refletido mais a respeito da situação se os cascos e as rodas parando do lado de fora do armazém não tivessem ecoado pelas janelas abertas.

A jovem duvidava que Arobynn fosse aparecer tão cedo para se gabar — não, ele esperaria até saber que ela havia, de fato, saído para brincar com o traje.

Então restava uma pessoa que se incomodaria em aparecer, embora Aelin duvidasse que Chaol fosse desperdiçar dinheiro em uma carruagem, mesmo na chuva. Mantendo-se longe de vista, ela espiou pela janela, observando através da tempestade os detalhes da carruagem discreta. Ninguém na rua chuvosa para vê-la; e nenhum sinal de quem poderia estar ali dentro.

Seguindo para a porta, a jovem girou o pulso, liberando a lâmina no braço esquerdo. A arma não emitiu som ao sair do compartimento escondido na manopla, o metal brilhando à luz fraca da chuva.

Pelos deuses, o traje era tão espantoso quanto fora no primeiro dia em que o experimentou; a lâmina cortando tão suavemente o ar como fizera quando a assassina a enfiara nos alvos.

Seus passos e o ressoar da chuva no telhado eram os únicos sons conforme Aelin descia as escadas, então caminhou entre as altas pilhas de caixas no piso principal.

Com o braço esquerdo inclinado para ocultar a arma dentro das dobras do manto, a jovem abriu a imensa porta de correr do armazém, revelando véus de chuva passando pela entrada.

Uma mulher encapuzada esperava sob a estreita marquise, e um coche alugado discreto, puxado por um cavalo, se detinha atrás dela no meio-fio. O condutor observava cautelosamente — a chuva pingava da aba larga de seu chapéu. Não era um olho treinado — apenas vigiava a mulher que o havia contratado. Mesmo na chuva, o manto dela era de um cinza intenso e profundo, o tecido estava limpo e era pesado o suficiente para sugerir muito dinheiro, apesar da carruagem.

O capuz pesado escondia o rosto da estranha na sombra, mas Aelin viu lampejos de pele marfim, cabelos escuros e luvas finas de veludo sendo levadas para dentro do manto... em busca de uma arma?

— Comece a explicar — ordenou ela, reclinando-se contra o batente da porta — ou vai virar comida de rato.

A mulher recuou para a chuva; não para trás, exatamente, mas na direção da carruagem, então Aelin reparou na pequena silhueta de uma criança esperando do lado de dentro. Assustada.

A estranha falou:

— Vim avisar você. — Em seguida puxou o capuz para trás apenas o suficiente para revelar o rosto.

Olhos verdes grandes e levemente repuxados, lábios sensuais, maçãs do rosto salientes e um nariz empinado combinavam-se para criar uma beleza rara e espantosa, que fazia com que os homens perdessem todo o bom senso.

Aelin deu um passo para a marquise estreita e cantarolou:

— Até onde me lembro, Lysandra, avisei *você* que, se algum dia a visse de novo, eu a mataria.

∽

— Por favor — implorou Lysandra.

Aquela palavra — e o desespero por trás dela — fez com que Aelin embainhasse a lâmina de novo.

Durante os nove anos em que conhecia a cortesã, jamais a ouvira dizer por favor... ou parecer desesperada por qualquer motivo. Frases como "obrigada", ou "eu poderia", ou até mesmo "que bom ver você" nunca tinham sido proferidas por Lysandra ao alcance dos ouvidos de Aelin.

Elas poderiam ter sido amigas tão facilmente quanto inimigas; ambas órfãs, ambas encontradas por Arobynn quando crianças. Contudo, o assassino entregara Lysandra para Clarisse, sua grande amiga e bem-sucedida madame de um bordel. E, embora Aelin tivesse sido treinada para os campos de batalha e Lysandra para as alcovas, as duas tinham, de alguma forma, crescido como rivais, atracando-se pelas graças de Arobynn.

Quando Lysandra fez dezessete anos e teve seu Leilão, foi o rei dos Assassinos quem venceu, usando o dinheiro do pagamento da dívida de Aelin. A cortesã então jogou na cara dela o que Arobynn fizera com aquele dinheiro sujo.

Em seguida, a assassina atirou algo de volta em Lysandra: uma adaga. As duas não se viam desde então.

Aelin pensou que estava coberta de razão em puxar o próprio capuz para revelar o rosto e dizer:

— Eu levaria menos de um minuto para matá-la, assim como seu motorista, e para me certificar de que sua pequena protegida na carruagem não diga uma palavra a respeito disso. Ela provavelmente ficaria feliz ao vê-la morta.

Lysandra enrijeceu o corpo.

— Ela não é minha protegida e não está em treinamento.

— Então vai usá-la como escudo contra mim? — O sorriso de Aelin estava afiado como uma lâmina.

— Por favor, por favor — pediu Lysandra, por cima da chuva. — Preciso falar com você por apenas alguns minutos, em algum lugar seguro.

A jovem observou as roupas requintadas, o coche contratado, a chuva batendo nos paralelepípedos. Era típico de Arobynn esfregar aquilo na cara dela. Mas permitiria que ele fizesse a jogada; veria aonde a levaria.

Aelin pressionou o osso do nariz com dois dedos, depois levantou a cabeça.

— Sabe que vou ter que matar seu condutor.

— Não precisa, não! — gritou o homem, atrapalhando-se para pegar as rédeas. — Eu juro... juro que não darei um pio sobre este lugar.

Ela caminhou até o coche de um cavalo, a chuva ensopando imediatamente seu manto. O sujeito poderia relatar a localização do armazém, poderia colocar tudo em risco, mas...

Aelin olhou para a permissão da carruagem salpicada de chuva, emoldurada na porta e iluminada pela lanterna que pendia acima.

— Bem, Kellan Oppel, do número 63 na Baker Street, apartamento dois, suponho que *não vá* contar a ninguém.

Branco como a morte, o condutor assentiu.

Aelin escancarou a porta da carruagem, falando para a criança do lado de dentro:

— Saia. As duas do lado de dentro agora.

— Evangeline pode esperar aqui — sussurrou Lysandra.

Aelin olhou por cima do ombro, a chuva molhando seu rosto conforme os lábios se retraíram dos dentes.

— Se acha por um minuto que vou deixar uma criança sozinha em uma carruagem alugada aqui nos cortiços, pode voltar para o chiqueiro de onde saiu. — Ela olhou para dentro da carruagem mais uma vez e disse para a garota encolhida: — Venha. Não vou mordê-la.

Isso pareceu ser reconfortante o suficiente para Evangeline, que se aproximou, a luz da lanterna refletindo na minúscula mão de porcelana antes de a menina segurar o braço de Aelin para descer. Não tinha mais que onze anos, era delicada, e os cabelos loiro-avermelhados estavam trançados para trás, revelando olhos amarelos como citrino, que observavam a rua encharcada e as mulheres diante de si. Tão linda quanto sua senhora — ou seria, não fosse pelas cicatrizes profundas e irregulares nas bochechas. Cicatrizes que explicavam a tatuagem terrível, marcada com ferro quente no interior do pulso. Fizera parte dos acólitos de Clarisse, até ser maculada e perder todo o valor.

Aelin piscou um olho para Evangeline e falou, com um sorriso conspiratório, conforme a levou pela chuva:

— Você parece ser meu tipo de pessoa.

〜

Aelin abriu o restante das janelas para deixar que a brisa do rio, fria devido à chuva, entrasse no imóvel abafado. Ainda bem que ninguém apareceu na rua nos minutos em que ficaram do lado de fora, mas, se Lysandra estava ali, não havia dúvidas de que Arobynn saberia.

A jovem deu um tapinha na poltrona diante da janela, sorrindo para a garotinha brutalmente marcada.

— Este é meu lugar preferido para me sentar no apartamento inteiro quando há uma brisa boa soprando. Se quiser, tenho um ou dois livros de que, imagino, você gostaria. Ou — ela indicou a cozinha à direita — pode encontrar algo delicioso na mesa da cozinha: torta de mirtilo, acho.

— Lysandra enrijeceu o corpo, mas Aelin não deu a mínima ao acrescentar para Evangeline: — Você escolhe.

Como uma criança vivendo em um bordel de luxo, a menina provavelmente tivera muito poucas escolhas na curta vida. Os olhos verdes de Lysandra pareceram se suavizar um pouco, e Evangeline disse, com a voz quase inaudível por cima do ruído da chuva no telhado e nas janelas:

— Eu gostaria da torta, por favor. — Um minuto depois, tinha sumido. Garota esperta, sabia ficar longe do caminho de sua senhora.

Com Evangeline ocupada, Aelin tirou o manto ensopado e usou a pequena parte seca que restava para limpar o rosto molhado. Mantendo o pulso inclinado para o caso de precisar sacar a lâmina oculta, ela apontou para o sofá diante da lareira apagada e disse a Lysandra:

— Sente-se.

Para sua surpresa, a mulher obedeceu, mas então comentou:

— Ou vai ameaçar me matar de novo?

— Não faço ameaças. Apenas promessas.

A cortesã desabou contra as almofadas do sofá.

— Por favor. Como posso levar a sério qualquer coisa que sai dessa boca grande?

— Você levou a sério quando atirei uma adaga contra sua cabeça.

Lysandra deu um sorrisinho.

— Você errou.

Verdade; mas, ainda assim, arranhara a orelha da cortesã. Até onde sei, fora merecido.

Contudo, era uma mulher que estava sentada diante de Aelin agora; as duas eram mulheres agora, e não as garotas que tinham sido aos dezessete anos. Lysandra olhou para ela de cima a baixo.

— Prefiro você loira.

— Eu preferiria que desse o fora de minha casa, mas não parece provável que isso aconteça tão cedo. — Ela olhou para a rua abaixo; o coche permanecia lá, conforme ordenado. — Arobynn não podia enviar você em uma de suas carruagens? Achei que pagava muito bem.

Lysandra gesticulou com a mão, a luz da vela refletiu em uma pulseira dourada que mal cobria uma tatuagem de cobra estampada no pulso fino da cortesã.

— Recusei a carruagem dele. Achei que passaria a mensagem errada. Tarde demais para aquilo.

— Então ele de fato enviou você. Para me avisar sobre o que, exatamente?

— Ele me enviou para revelar seu plano. Não confia em mensageiros ultimamente. Mas o aviso vem de mim.

Uma total mentira, sem dúvida. Mas aquela tatuagem — a insígnia do bordel de Clarisse, estampada na pele de todas as cortesãs desde o momento em que eram vendidas para a casa... A garota na cozinha, o condutor abaixo, eles podiam tornar tudo muito, muito difícil, caso Aelin estripasse Lysandra. Mas a adaga era tentadora enquanto olhava para aquela tatuagem.

Não a espada — não, ela queria a intimidade de uma faca, queria compartilhar a respiração da cortesã ao acabar com ela. Aelin perguntou, baixo demais:

— Por que ainda tem a insígnia de Clarisse tatuada na pele?

Não confie em Archer, tentara avisar Nehemia, fazendo um desenho perfeito da cobra na mensagem codificada. Mas... e quanto a outros com aquela insígnia? A Lysandra que Aelin conhecera anos antes... Duas caras, mentirosa e ardilosa estavam entre as palavras mais bondosas que usara para descrevê-la.

A cortesã franziu a testa para a tatuagem.

— Só nos tiram o carimbo depois que pagamos nossas dívidas.

— Da última vez que vi sua carcaça de vadia, você estava a semanas de pagá-las. — De fato, Arobynn pagara tanto no Leilão, dois anos antes, que a mulher deveria ter ficado livre quase imediatamente.

Os olhos dela brilharam.

— Tem um problema com a tatuagem?

— Aquele merda do Archer Finn tinha uma. — Os dois pertenciam à mesma casa, à mesma senhora. Talvez tivessem trabalhado juntos em outros assuntos também.

Lysandra continuou encarando-a.

— Archer está morto.

— Porque eu o estripei — disse Aelin, com doçura na voz.

A mulher apoiou uma das mãos no encosto do sofá.

— Você... — sussurrou ela. Mas então balançou a cabeça e disse, baixinho: — Bom. Que bom que o matou. Era um porco que servia a si mesmo. Podia ser uma mentira para conquistá-la.

— Diga o que quer, então saia.

A boca sensual de Lysandra se contraiu, porém ela explicou o plano de Arobynn para libertar Aedion.

Era brilhante se Aelin quisesse ser sincera — inteligente e dramático e audacioso. Se o rei de Adarlan queria fazer um espetáculo da execução do general, então eles fariam do resgate um espetáculo. Mas contar a ela por meio de Lysandra, atrair outra pessoa que a pudesse trair ou testemunhar contra ela... Mais um lembrete da facilidade com que o destino de Aedion poderia ser selado, caso Arobynn decidisse tornar a vida de Aelin um inferno.

— Eu sei, eu sei — afirmou a cortesã, observando o brilho frio nos olhos da jovem. — Não precisa me lembrar de que vai me esfolar viva se eu trair você.

Aelin sentiu um músculo se contrair na bochecha.

— E o aviso que veio me dar?

Lysandra se moveu no sofá.

— Arobynn queria que eu contasse o plano para observar sua reação, testar você e ver o quanto está do lado dele e se vai traí-lo.

— Eu ficaria desapontada se ele não fizesse isso.

— Acho... Acho que também me enviou como uma oferta.

Aelin sabia o que a cortesã queria dizer, mas respondeu:

— Infelizmente para você, não tenho interesse nenhum em mulheres. Mesmo que já estejam pagas.

As narinas de Lysandra se dilataram delicadamente.

— Acho que ele me mandou aqui para você poder *me matar*. Como um presente.

— E você veio até aqui para me implorar que reconsidere? — Não era à toa que tinha levado uma criança, então. Que covarde egoísta e sem alma, usando Evangeline como escudo. Levando uma criança para aquele seu mundo.

87

A mulher olhou para a faca presa à coxa de Aelin.

— Pode me matar se quiser. Evangeline já sabe do que suspeito e não dirá uma palavra.

Aelin forçou o rosto a assumir uma expressão de calma gélida.

— Mas eu vim para avisar você — continuou Lysandra. — Ele pode oferecer presentes, pode ajudar com o resgate, mas está observando você e tem planos próprios. Aquele favor que você ofereceu, Arobynn não me contou o que é, mas provavelmente será uma armadilha, de um jeito ou de outro. Eu consideraria se a ajuda dele vale a pena, e veria se é possível escapar disso.

Ela não escaparia... não podia. Por dezenas de motivos diferentes.

Quando não respondeu, Lysandra respirou fundo.

— Também vim lhe dar isto. — A cortesã levou a mão para as dobras do elegante vestido índigo, e Aelin se moveu subitamente para uma posição defensiva.

Lysandra tirou de dentro apenas um envelope gasto e desbotado, apoiando-o com cuidado na mesa baixa diante do sofá. Sua mão tremia ao descer.

— Isto é para você. Por favor, leia.

— Então além de prostituta, é *mensageira* de Arobynn agora?

A cortesã aceitou a agressão verbal.

— Isto não é de Arobynn. É de Wesley. — Lysandra pareceu afundar no sofá com um luto tão impronunciável nos olhos dela que, por um momento, Aelin acreditou.

— Wesley — repetiu Aelin. — O guarda-costas de Arobynn. Aquele que passou a maior parte do tempo me odiando, e o resto do tempo pensando em formas de me matar. — A cortesã assentiu. — Arobynn o assassinou por matar Rourke Farran.

Lysandra se encolheu.

Aelin olhou para o velho envelope. A cortesã abaixou o olhar para as mãos, entrelaçadas com tanta força que os nós dos dedos pareciam brancos como ossos.

Vincos surrados marcavam o envelope, mas o selo lascado ainda não fora quebrado.

— Por que está carregando uma carta de Wesley para mim durante quase dois anos?

Sem erguer o rosto e com a voz falhando, ela respondeu:

— Porque eu o amava muito.

Bem, entre todas as coisas que esperava que Lysandra dissesse...

— Começou como um erro. Arobynn me mandava de volta para Clarisse com Wesley na carruagem, como acompanhante, e a princípio éramos apenas... apenas amigos. Conversávamos, e ele não esperava nada. Mas então... então Sam morreu, e você... — Ela indicou a carta, ainda fechada entre as duas, com o queixo. — Está tudo aí. Tudo que Arobynn fez, tudo que planejou. O que ele pediu que Farran fizesse a Sam, e o que ordenou que fosse feito a você. Tudo isso. Wesley queria que você soubesse, porque queria que você entendesse, precisava que entendesse, Celaena, que ele não soube até que fosse tarde demais. Ele tentou impedir e fez o melhor que pôde para vingar Sam. Se Arobynn não o tivesse matado... Wesley estava planejando ir até Endovier libertá-la. Chegou até a ir ao Mercado das Sombras para encontrar alguém que conhecia a disposição das minas e conseguiu um mapa. Ainda o tenho. Como prova. Eu... eu posso buscar...

As palavras a atingiram como uma barreira de flechas, mas Aelin afastou a tristeza por um homem que jamais considerara qualquer coisa além de um dos cães de Arobynn. Sabia que não estava aquém do assassino usar Lysandra e inventar aquela história toda para fazer com que ela confiasse na mulher. A cortesã que conhecera teria ficado mais do que feliz em fazê-lo. E Aelin podia ter continuado jogando apenas para descobrir aonde aquilo a levaria, o que Arobynn estava planejando e se ele tropeçaria o suficiente para revelar sua mão, mas...

O que ele pediu que Farran fizesse a Sam.

Aelin sempre presumiu que Farran tivesse apenas torturado Sam do modo como tanto gostava de ferir e destruir as pessoas. Mas Arobynn ter pedido que coisas específicas fossem feitas... Que bom que ela não tinha magia. Que bom que estava bloqueada.

Porque poderia ter irrompido em chamas e queimado e queimado durante dias, encasulada no próprio fogo.

— Então veio até aqui — disse Aelin, quando Lysandra limpou os olhos discretamente com um lenço — para me avisar que Arobynn *pode* estar me manipulando, pois finalmente percebeu o monstro que ele realmente é depois que matou seu amante?

— Prometi a Wesley que entregaria esta carta pessoalmente...

— Bem, já entregou, então saia.

Passos leves soaram, e Evangeline surgiu da cozinha, correndo até sua senhora com uma graciosidade silenciosa e esguia. Com carinho surpreendente, Lysandra a envolveu com um braço reconfortante ao ficar de pé.

— Entendo, Celaena, entendo mesmo. Mas estou implorando: leia a carta. Por ele.

Aelin exibiu os dentes.

— *Saia.*

A cortesã caminhou até a saída, mantendo a si e a Evangeline a uma distância saudável da assassina, e parou à porta.

— Sam era meu amigo também. Ele e Wesley eram meus únicos amigos. E Arobynn levou os dois.

Aelin apenas ergueu as sobrancelhas.

Lysandra não se incomodou com um adeus ao sumir escada abaixo.

Mas Evangeline permaneceu sob o portal, olhando da senhora que desaparecia para Aelin, os lindos cabelos brilhando como cobre líquido.

Então a menina indicou o rosto marcado e disse:

— Ela fez isso comigo.

Foi um esforço permanecer sentada, sem saltar escada abaixo para cortar a garganta da mulher.

No entanto, a criança continuou:

— Eu chorei quando minha mãe me vendeu para Clarisse. Chorei e chorei. E acho que Lysandra tinha irritado a senhora naquele dia, porque me deram a ela como um acólito, embora estivesse a semanas de pagar as dívidas. Naquela noite, eu deveria começar o treinamento e chorei tanto que vomitei. Mas Lysandra... ela me limpou. Me disse que havia uma saída, mas doeria, e eu não seria a mesma. Não tinha como fugir, pois ela tinha tentado algumas vezes quando tinha minha idade, e eles a encontraram e a espancaram onde ninguém podia ver.

Aelin jamais soubera... jamais imaginara. Todas aquelas vezes em que desprezara e debochara da cortesã conforme cresciam...

Evangeline prosseguiu:

— Eu disse que faria qualquer coisa para escapar do que as outras meninas tinham contado. Então ela me pediu que confiasse nela e fez isso comigo. Ela começou a gritar bem alto para que as outras viessem correndo. Acharam que Lysandra tivesse me cortado por raiva e disseram que tinha feito aquilo para evitar que eu me tornasse uma ameaça. E ela deixou que acreditassem. Clarisse ficou com tanta raiva que a espancou no pátio, mas Lysandra não chorou... nem uma vez. E quando a curandeira disse que meu rosto não podia ser consertado, Clarisse fez Lysandra me comprar pela quantia que eu teria custado se fosse uma cortesã formada, como ela.

Aelin estava sem palavras.

A garota falou:

— Por isso que ela ainda trabalha para Clarisse, por isso não está livre e não estará por um tempo. Achei que você devia saber.

Aelin queria dizer a si mesma que não confiasse na menina, que aquilo poderia ser parte do plano de Lysandra e de Arobynn, mas... mas havia uma voz em sua cabeça, nos ossos, que sussurrava diversas e diversas vezes, sempre mais clara e mais alta:

Nehemia teria feito o mesmo.

Evangeline fez uma reverência, então desceu as escadas e a deixou encarando o envelope surrado.

Se ela mesma podia mudar tanto em dois anos, talvez Lysandra também pudesse.

E, por um momento, imaginou como a vida de outra jovem teria sido diferente caso ela tivesse parado para conversar — *conversar* de verdade com Kaltain Rompier em vez de desprezá-la como uma dama da corte sem sal. O que teria acontecido se Nehemia tivesse tentado ver além da máscara de Kaltain também.

Evangeline subia ao lado de Lysandra na carruagem que refletia a chuva quando Aelin surgiu à porta do armazém e falou:

— Espere.

❧ 10 ❧

A visão de Aedion rodopiava, cada fôlego era incrivelmente difícil.

Em breve. Ele conseguia sentir a Morte agachada no canto da cela, contando de trás para a frente seus últimos suspiros, um leão esperando para atacar. De vez em quando, Aedion sorria para aquelas sombras reunidas.

A infecção tinha se alastrado, e a dois dias do espetáculo no qual seria executado, a morte demorava a chegar. Os guardas presumiam que ele dormia para passar o tempo.

Aedion esperava a comida, observando a pequena janela gradeada no alto da porta da cela em busca de algum sinal dos guardas. Mas teve quase certeza de que estava alucinando quando a porta se abriu e o príncipe herdeiro entrou.

Não havia guardas atrás dele, nenhum sinal de escolta enquanto o rapaz o encarava da entrada.

O rosto imóvel disse a Aedion imediatamente o que precisava saber: aquilo não era uma tentativa de resgate. E o colar de pedra preta ao redor do pescoço lhe disse todo o resto: as coisas não tinham acabado bem no dia em que Sorscha fora assassinada.

O general conseguiu sorrir.

— Que bom ver você, principezinho.

O príncipe percorreu os olhos sobre o cabelo sujo de Aedion e a barba que crescera durante as últimas semanas, então avistou a pilha de vômito no canto, de quando não conseguira alcançar o balde, uma hora antes.

O prisioneiro falava do melhor jeito que podia:

— O mínimo que poderia fazer era me levar para jantar antes de me olhar dessa forma.

Os olhos cor de safira do príncipe se voltaram para ele, fazendo-o piscar a fim de afastar a névoa que cobria sua visão. O que o observava era frio, predatório e não exatamente humano.

Baixinho, Aedion falou:

— Dorian.

A coisa que agora era o príncipe sorriu um pouco. O capitão dissera que aqueles anéis de pedra de Wyrd escravizavam a mente... a alma. Ele vira o colar esperando ao lado do trono do rei, e tinha se perguntado se era o mesmo. Era pior.

— Conte-me o que aconteceu na sala do trono, Dorian — chiou Aedion, a cabeça latejando.

O príncipe piscou devagar.

— Nada aconteceu.

— Por que está aqui, Dorian? — Ele jamais se dirigia ao rapaz pelo nome de batismo, mas usá-lo, lembrá-lo, parecia importante de alguma forma. Mesmo que apenas o provocasse, levando o príncipe a matá-lo.

— Vim olhar o infame general antes que o executem como um animal.

Sem chance de ser morto naquele dia, então.

— Do mesmo modo como executaram sua Sorscha?

Embora o príncipe não tivesse se movido, Aedion podia jurar que ele havia se encolhido, como se alguém tivesse puxado uma coleira, como se ainda houvesse alguém que *precisasse* ser encoleirado.

— Não sei do que está falando — respondeu a coisa dentro dele, mas as narinas se dilataram.

— Sorscha — sussurrou o general, com os pulmões doloridos. — Sorscha... sua mulher, a curandeira. Eu estava de pé ao seu lado quando lhe cortaram a cabeça. Ouvi você gritar conforme disparou para o corpo. — A coisa ficou um pouco rígida, e Aedion insistiu: — Onde a enterraram, Dorian? O que fizeram com o corpo, o corpo da mulher que você amava?

— Não sei do que está falando — retrucou a coisa de novo.

— Sorscha — murmurou ele, a respiração irregular. — O nome dela era Sorscha, e ela amava você... e eles a mataram. O homem que colocou esse colar em volta de seu pescoço a matou.

A coisa ficou em silêncio. Então inclinou a cabeça. O sorriso que deu era aterrorizante em toda a sua beleza.

— Vou gostar de assistir a sua morte, general.

Aedion tossiu uma risada. O príncipe — a coisa que ele se tornara — se virou devagar e saiu caminhando. E ele poderia ter rido de novo, por desprezo ou desafio, caso não tivesse ouvido o rapaz dizer a alguém no corredor:

— O general está doente. Certifique-se de que seja atendido imediatamente.

Não.

A coisa devia ter sentido o cheiro nele.

Aedion não pôde fazer nada quando uma curandeira foi chamada, uma mulher mais velha, Amithy, e ele foi amarrado, fraco demais para revidar, enquanto os ferimentos eram tratados. Ela enfiou um tônico goela abaixo que o fez engasgar; o machucado foi lavado e atado, então os grilhões foram encurtados até que ele não conseguisse mover as mãos a ponto de arrancar os curativos. Os tônicos continuaram vindo a cada hora, independentemente do quanto ele mordesse, do quanto fizesse força para manter a boca fechada.

Assim, o salvaram, e Aedion xingou e amaldiçoou a Morte por ter falhado com ele, mesmo enquanto rezava silenciosamente para Mala, Portadora da Luz, para que mantivesse Aelin longe da festa, longe do príncipe e longe do rei, assim como dos colares de pedra de Wyrd.

～

A coisa dentro dele deixou o calabouço e seguiu para o castelo de vidro, guiando o corpo como um navio. Agora o obrigava a ficar imóvel conforme estavam parados diante do homem que geralmente viam naqueles momentos que perfuravam a escuridão.

O homem estava sentado em um trono de vidro, sorrindo levemente ao dizer:

— Curve-se.

A criatura dentro dele deu um puxão forte na ligação entre os dois, um relâmpago lancinou seus músculos, ordenando que obedecessem. Foi assim que fora obrigado a descer até aquele calabouço, onde aquele guerreiro de cabelos dourados dissera o nome dela — dissera o nome dela tantas vezes que ele começou a gritar, mesmo que não emitisse som. Ainda gritava quando os músculos o traíram mais uma vez, colocando-o de joelhos, os tendões no pescoço se repuxando de dor, obrigando-o a fazer uma reverência com a cabeça.

— Ainda resiste? — perguntou o homem, olhando para o anel escuro no dedo, como se já possuísse a resposta. — Consigo sentir vocês dois aí dentro. Interessante.

Sim... aquela coisa na escuridão ficava mais forte, agora conseguia alcançar a parede invisível entre os dois e o manipular, falar por ele. Mas não completamente nem por muito tempo. Ele remendava os buracos o melhor que podia, mas a coisa continuava invadindo.

Demônio. Um príncipe demônio.

E ele via aquele momento — de novo e de novo — em que a mulher que tinha amado perdera a cabeça. Ouvir seu nome na língua rouca do general o fez começar a urrar na outra parede da mente, a barreira que o mantinha preso na escuridão. No entanto, o breu em sua mente era como um túmulo selado.

O homem no trono falou:

— Relate.

O comando estremeceu seu corpo, e ele cuspiu os detalhes do encontro, cada palavra e ação. E a coisa — o *demônio* — se deliciou com o horror dele diante daquilo.

— Inteligente de Aedion tentar morrer em silêncio para fugir de mim — comentou o homem. — Deve achar que a prima tem uma boa chance de chegar à festa, então, se está tão desesperado para nos tirar a diversão.

Ele ficou em silêncio, pois não tinha sido instruído a falar. O homem o olhou de cima a baixo, os olhos pretos cheios de prazer.

— Eu deveria ter feito isso há anos. Não sei por que desperdicei tanto tempo esperando para descobrir se você tinha algum poder. Tolice a minha.

Ele tentou falar, tentou se mover, tentou fazer qualquer coisa com aquele corpo mortal. Mas o demônio agarrou sua mente como um punho, fazendo os músculos do rosto se abrirem em um sorriso quando respondeu:

— É meu prazer servir, Vossa Majestade.

❧ 11 ❧

O Mercado das Sombras operava ao longo das margens do Avery desde que Forte da Fenda existia. Talvez há mais tempo. Diziam as lendas que fora construído com os ossos do deus da verdade, para que mantivesse os vendedores e os aspirantes a ladrões honestos. Chaol achava aquilo irônico, considerando que não havia deus da verdade. Até onde sabia. Contrabando, substâncias ilícitas, temperos, roupas, carne: o mercado servia a qualquer e a toda clientela se fosse corajosa, tola ou desesperada o suficiente para se aventurar dentro dele.

Quando foi ali pela primeira vez, há semanas, Chaol se enquadrara em todas essas definições conforme descia as escadas de madeira quase podres de uma seção em ruínas no cais, em direção ao aterro, onde alcovas, túneis e lojas se amontoavam na margem do rio.

Figuras encapuzadas e armadas patrulhavam o amplo cais que servia como único caminho até o mercado. Durante os períodos de chuva, o Avery costumava subir o bastante para alagar o local, e, às vezes, mercadores e clientes azarados se afogavam dentro do labirinto do Mercado das Sombras. Durante meses mais secos, nunca se sabia o que ou quem se poderia encontrar vendendo bens ou perambulando pelos túneis sujos e úmidos.

O mercado estava lotado naquela noite, mesmo depois de um dia de chuva. Um pequeno alívio. E outro pequeno alívio quando o trovão reverberou pela ala subterrânea, fazendo com que todos murmurassem.

Os vendedores e os vagabundos ficariam ocupados demais se preparando para a tempestade, assim não reparariam em Chaol e Nesryn, que seguiam por uma das passagens principais.

O trovão chacoalhou as lanternas de vidro colorido penduradas — estranhamente lindas, como se alguém um dia estivesse determinado a dar àquele lugar alguma beleza — que serviam como as luzes principais das cavernas marrons, projetando muitas daquelas sombras pelo qual o mercado era tão famoso. Sombras para negócios sombrios, sombras para enfiar uma faca entre costelas ou para levar alguém embora.

Ou para conspiradores se encontrarem.

Ninguém os incomodara quando passaram por um dos buracos que servia de entrada para os túneis do Mercado das Sombras. Eles se conectavam aos esgotos em algum lugar; e Chaol poderia apostar que os comerciantes mais antigos tinham as próprias saídas secretas sob as barracas ou lojas. Vendedor após vendedor montara barracas de madeira ou pedra, com alguns produtos dispostos sobre mesas ou caixas ou em cestos, porém os artigos mais valiosos permaneciam escondidos. Um mercador de temperos oferecia tudo, desde açafrão até canela, mas até mesmo o mais fragrante dos temperos não podia esconder o fedor permanente e adocicado do ópio escondido sob suas amostras.

Certa vez, em tempos anteriores, Chaol poderia ter se importado com as substâncias ilegais, com os comerciantes vendendo o que queriam. Poderia ter se incomodado a ponto de tentar fechar aquele lugar.

Agora, não passavam de recursos. Como guarda da cidade, Nesryn provavelmente sentia o mesmo. Ainda que colocasse em risco a própria segurança apenas por estar ali. Aquela era uma zona neutra; mas as autoridades não eram bem aceitas.

Chaol não os culpava. O Mercado das Sombras fora um dos primeiros lugares que o rei de Adarlan expurgou depois que a magia sumiu, procurando vendedores que alegavam ter livros banidos ou feitiços e poções que ainda funcionavam, assim como possuidores de magia desesperados por uma cura ou um lampejo de poder. As punições não foram leves.

Ele quase suspirou de alívio quando viu as duas figuras encapuzadas com facas à venda na barraca improvisada e enfiada em um canto escuro. Exatamente onde haviam planejado, e tinham feito um trabalho e tanto para que parecesse autêntico.

Nesryn reduziu os passos, parando em vários vendedores, como uma cliente entediada matando o tempo até que a chuva passasse. Chaol ficou perto, as armas e o andar felino eram o suficiente para impedir qualquer punguista tolo de tentar a sorte. O soco que ele levara nas costelas mais cedo naquela noite facilitava ainda mais manter o ritmo arrastado e a careta estampada.

Ele e alguns outros tinham interrompido um comandante valg que carregava um jovem para os túneis. E Chaol estivera tão distraído com Dorian, com o que Aelin dissera e fizera, que fora descuidado. Então merecera aquele golpe nas costelas e o lembrete doloroso sempre que inspirava. Nada de distrações; nada de deslizes. Não quando havia tanto a fazer.

Por fim, parou com Nesryn diante da pequena barraca, encarando as dezenas de facas e espadas curtas dispostas sobre cobertas em frangalhos.

— Este lugar é ainda mais depravado que os boatos sugeriam — comentou Brullo das sombras do capuz. — Sinto que deveria cobrir os olhos do pobre Ress em metade destas câmaras.

Ress riu.

— Tenho dezenove anos, velho. Nada aqui me surpreende. — Ress olhou para Nesryn, que tocava uma das lâminas curvas. — Peço desculpas, Lady...

— Tenho vinte e dois anos — disse ela, inexpressiva. — E acho que nós, guardas da cidade, vemos muito mais que vocês, princesas do palácio.

A parte que Chaol conseguia ver do rosto de Ress corou. Ele podia ter jurado que até Brullo sorria. E, por um momento, não conseguiu respirar sob o peso esmagador que o pressionou. Houve uma época em que provocações assim eram normais, quando se sentava em público com aqueles homens e ria. Quando não estava a dois dias de disparar o inferno contra o castelo que um dia fora seu lar.

— Alguma notícia? — O capitão conseguiu perguntar a Brullo, que o observava com atenção demais, como se o velho mentor pudesse ver a agonia que o dilacerava.

— Conseguimos a disposição da festa esta manhã — informou Brullo, contido. Chaol pegou uma lâmina quando o homem levou a mão ao bolso do casaco. Ele fez questão de examinar a adaga, então ergueu alguns dedos, como se pechinchasse por ela. O guarda continuou: — O novo capitão da Guarda nos dispersou pela área, nenhum de nós ficará dentro do salão de baile. — O mestre de armas ergueu os próprios dedos, inclinando-se para a frente, e Chaol deu de ombros, levando a mão para o manto em busca das moedas.

— Acha que ele suspeita de alguma coisa? — indagou, entregando as moedas. Nesryn se aproximou, bloqueando qualquer visão exterior quando as mãos dos dois homens se encontraram e as moedas bateram no papel. Os pequenos mapas dobrados estavam no bolso de Chaol antes que alguém percebesse.

— Não — respondeu Ress. — O desgraçado só quer nos rebaixar. Provavelmente acha que alguns de nós são leais a você, mas estaríamos mortos se ele suspeitasse de alguém especificamente.

— Cuidado — disse Chaol.

Ele sentiu Nesryn ficar tensa um segundo antes de outra voz feminina cantarolar:

— Três moedas de cobre por uma espada de Xandria. Se soubesse que havia uma liquidação, teria trazido mais dinheiro.

Cada músculo no corpo de Chaol travou quando viu Aelin já ao lado de Nesryn. É claro. É claro que ela os seguira até ali.

— Pelos deuses — sussurrou Ress.

Sob a sombra do capuz escuro, o sorriso da jovem era pura malícia.

— Olá, Ress. Brullo. Sinto muito por ver que seus empregos no palácio não estão pagando o suficiente esses dias.

O mestre de armas entreolhava Aelin e as passagens.

— Você não disse que ela estava de volta — comentou o homem para Chaol.

Aelin emitiu um estalo com a língua.

— Chaol, ao que parece, gosta de guardar informações para si.

O capitão fechou os punhos nas laterais do corpo.

— Está atraindo atenção demais para nós.

— Estou? — Ela ergueu uma adaga, sopesando a arma nas mãos com facilidade treinada. — Preciso conversar com Brullo e meu velho amigo Ress. Como você se recusou a me deixar vir na outra noite, este foi o único jeito.

Tão típico. Nesryn dera um passo casual para longe, monitorando os túneis cavernosos. Ou evitando a rainha.

Rainha. A palavra o atingiu de novo. A rainha de um reino estava no Mercado das Sombras, vestida de preto da cabeça aos pés e parecendo mais que feliz em começar a cortar gargantas. Chaol não estivera errado ao temer o reencontro dela com Aedion... o que poderiam fazer juntos. E se ela tivesse magia...

— Tire o capuz — pediu Brullo, baixinho. Aelin ergueu o rosto.

— Por quê? E não.

— Quero ver seu rosto.

A jovem ficou imóvel.

Mas Nesryn se virou e apoiou a mão na mesa.

— Vi o rosto dela ontem à noite, Brullo, e está tão lindo quanto antes. Não tem uma esposa para cobiçar, não?

Aelin deu um riso debochado.

— Acho que gosto de você afinal, Nesryn Faliq.

Nesryn deu um meio sorriso para Aelin. Praticamente um sorriso radiante, vindo dela.

Chaol perguntou-se se Aelin gostaria da guarda caso soubesse da história dos dois. Ou se a rainha sequer se importaria.

Aelin puxou o capuz apenas o suficiente para que a luz atingisse seu rosto. Então piscou um olho para Ress, que sorriu.

— Senti sua falta, amigo — disse ela, e as bochechas do rapaz se encheram de cor.

A boca de Brullo se contraiu quando Aelin o encarou de novo. Por um momento, o mestre de armas a avaliou. Em seguida, murmurou:

— Entendo. — A rainha enrijeceu o corpo quase imperceptivelmente. Brullo fez uma leve reverência com a cabeça. — Você vai resgatar Aedion.

Aelin puxou o capuz de volta para o lugar e inclinou a cabeça em confirmação, a assassina arrogante encarnada.

— Vou.

Ress soltou um palavrão aos sussurros.

Aelin se aproximou de Brullo.

— Sei que estou pedindo muito de você...

— Então não peça — disparou Chaol. — Não os coloque em perigo. Já arriscam demais.

— Essa não é uma decisão sua — retrucou ela.

Ao inferno que não era.

— Se forem descobertos, perderemos nossa fonte interna de informações. Sem falar das vidas deles. O que planeja fazer em relação a Dorian? Ou é apenas com Aedion que se importa?

Todos observavam muito de perto.

As narinas dela se dilataram. Contudo, Brullo perguntou:

— O que deseja de nós, Senhora?

Ah, o mestre de armas definitivamente sabia, então. Devia ter visto Aedion muito recentemente para ter reconhecido aqueles olhos, o rosto e o tom de pele, assim que ela puxou o capuz. Talvez já suspeitasse há meses. Aelin falou, baixinho:

— Não deixe que seus homens fiquem posicionados na muralha sul dos jardins.

Chaol piscou. Não foi um pedido nem uma ordem, mas um aviso.

A voz de Brullo estava levemente rouca ao indagar:

— Algum outro lugar que deveríamos evitar?

A jovem já recuava, sacudindo a cabeça como se fosse uma compradora desinteressada.

— Apenas peça a seus homens que prendam uma flor vermelha nos uniformes. Se alguém perguntar, diga que é para honrar o príncipe no aniversário dele. Mas usem as flores onde possam ser vistas com facilidade.

Chaol olhou para as mãos dela. As luvas escuras estavam limpas. Quanto sangue as mancharia em alguns dias? Ress soltou um suspiro e falou:

— Obrigado.

Somente quando ela sumiu em meio à multidão, com um andar confiante, foi que Chaol percebeu: de fato, deveriam agradecer.

Aelin Galathynius estava prestes a transformar o palácio de vidro em um campo de batalha, e Ress, Brullo e seus homens tinham todos sido poupados.

Ela ainda não dissera nada a respeito de Dorian. Sobre se *ele* seria poupado. Ou salvo.

Aelin percebera que tinha olhos sobre si desde o momento em que saíra do Mercado das Sombras, depois de terminar umas comprinhas pessoais. Mesmo assim, seguiu direto para o Banco Real de Adarlan.

Tinha negócios a cuidar, e, embora estivessem a minutos de fechar de vez naquele dia, o mestre do banco ficara mais que feliz em ajudá-la com os pedidos. Sem questionar sequer uma vez os nomes falsos sob os quais ela mantinha contas.

Conforme o sujeito falava sobre as muitas contas de Aelin e os juros que tinham rendido ao longo dos anos, ela observava os detalhes do escritório: paredes espessas de painéis de carvalho, retratos que não revelaram buracos ocultos no único minuto que tivera para xeretar enquanto o homem chamava a secretária para levar chá, e mobília ornamentada que custava mais do que a maioria dos cidadãos de Forte da Fenda ganhava a vida toda, inclusive um lindo armário de mogno no qual muitos dos arquivos dos clientes mais ricos — inclusive os dela — eram mantidos, trancafiados com uma pequena chave de ouro, que ele mantinha guardada na própria mesa.

Aelin ficou de pé quando o mestre do banco, mais uma vez, correu até as portas duplas do escritório para sacar a quantia em dinheiro que ela levaria naquela noite. Enquanto ele estava na antessala dando a ordem à secretária, a jovem casualmente seguiu até a mesa, verificando os papéis empilhados e espalhados por ali, os diversos presentes de clientes, as chaves e o pequeno retrato de uma mulher que podia ser uma esposa ou uma filha. Com homens como ele, era impossível dizer.

O sujeito retornou no momento em que Aelin casualmente levou a mão ao bolso do manto. Ela jogou conversa fora sobre o tempo até que a secretária aparecesse com uma pequena caixa na mão. Depois de despejar o conteúdo na bolsa de moedas com o máximo de graça que conseguiu, a jovem agradeceu à secretária e ao mestre, então saiu tranquilamente da sala.

Ela seguiu por ruas laterais e becos, ignorando o fedor de carne pútrida que nem mesmo a chuva escondia. Duas... tinha contado *duas* mesas de execução nas praças da cidade, praças estas que um dia já haviam sido agradáveis.

Os corpos deixados para os corvos eram meras sombras contra as paredes de pedra pálida nas quais tinham sido pregados.

Aelin não arriscaria capturar um dos valg até Aedion estar a salvo — se ela saísse com vida —, mas isso não queria dizer que não podia se adiantar.

Uma névoa fria cobrira o mundo na noite anterior, vazando por cada sulco e reentrância. Aninhada sob camadas de colchas e cobertores, Aelin rolou na cama e esticou a mão sobre o colchão, estendendo-a, preguiçosamente, para o corpo masculino quente ao seu lado.

Lençóis frios de seda deslizaram contra seus dedos.

Ela abriu um olho.

Aquele lugar não era Wendlyn. A cama luxuosa, decorada com tons de creme e bege, pertencia ao apartamento em Forte da Fenda. E a outra metade da cama estava perfeitamente arrumada, os travesseiros e os cobertores intocados. Vazia.

Por um momento, pôde ver Rowan ali... aquele rosto ríspido e impiedoso suavizado, tornando-se lindo durante o sono; os cabelos prateados brilhavam à luz da manhã, contrastando com a tatuagem que se estendia da têmpora esquerda até o pescoço, passando então por cima do ombro e alcançando as pontas dos dedos.

Aelin soltou um suspiro contido, esfregando os olhos. Sonhar era ruim o bastante. Não desperdiçaria energia sentindo falta de Rowan, desejando que ele estivesse ali para conversarem sobre tudo, ou apenas para ter o consolo de acordar ao lado do guerreiro e saber que ele existia.

Ela engoliu em seco, o corpo pesado demais quando se levantou da cama.

Certa vez dissera a si mesma que não era uma fraqueza precisar da ajuda de Rowan, *querer* a ajuda dele, e que talvez houvesse um tipo de força em reconhecer isso, mas... Ele não era uma muleta, e Aelin jamais queria que o príncipe se tornasse uma.

Mesmo assim, conforme engoliu o frio café da manhã, desejou não ter sentido uma necessidade tão forte de provar isso a si mesma semanas antes.

Principalmente ao chegar a notícia, por meio de um garoto batendo à porta do armazém, que Aelin tinha sido convocada para a Fortaleza dos Assassinos. Imediatamente.

᪥ 12 ᪥

Um vigia sem emoção entregou a convocação do duque, e Manon — que estava prestes a levar Abraxos para um voo solo — trincou os dentes por bons cinco minutos conforme caminhava de um lado para outro no ninho.

Ela não era um cão para ser convocada, nem as outras bruxas. Humanos eram para diversão e sangue e concepção ocasional, muito rara, de pequenas bruxas. Jamais comandantes; jamais superiores.

Manon saiu do ninho batendo os pés, e, quando chegou à base das escadas da torre, Asterin se colocou a seu lado.

— Eu estava indo buscar você — murmurou a imediata, a trança dourada quicando. — O duque...

— Sei o que o duque quer — disparou ela, os dentes de ferro expostos.

Asterin ergueu uma sobrancelha, mas ficou em silêncio.

A líder conteve a inclinação crescente de começar um dilaceramento. Perrington a convocava inúmeras vezes para reuniões com um homem alto e magro que se chamava Vernon e que olhava para Manon sem medo e respeito suficientes. A bruxa mal conseguia algumas horas de treinamento com as Treze, e muito menos ficar no ar durante longos períodos de tempo, sem ser convocada.

Ela inspirou pelo nariz e expirou pela boca, de novo e de novo, até conseguir retrair os dentes e as unhas.

Não era um cão, mas também não era uma tola inconsequente. Era Líder Alada e, antes disso, já era herdeira do Clã havia cem anos. Podia lidar com aquele porco mortal que viraria comida de vermes em algumas décadas; depois poderia retornar a sua existência gloriosa, perversa e imortal.

Manon escancarou as portas da sala do conselho, o que lhe garantiu um olhar dos guardas a postos do lado de fora — um olhar que não exibia reação nem emoção. Humanos na forma, mas nada além disso.

Perrington estudava um mapa gigante aberto sobre a mesa, com o companheiro ou conselheiro ou bobo da corte, Lorde Vernon Lochan, parado ao lado. Alguns assentos adiante, encarando a superfície de vidro, estava Kaltain, imóvel, exceto pelo movimento do pescoço branco quando respirava. A cicatriz cruel no braço da jovem tinha, de alguma forma, escurecido e se tornado vermelho-púrpura. Fascinante.

— O que você quer? — indagou Manon.

Asterin ocupou seu lugar ao lado da porta, os braços cruzados.

O duque apontou para a cadeira diante dele.

— Temos assuntos a discutir.

A líder permaneceu de pé.

— Minha montaria está faminta, assim como eu. Sugiro que diga rapidamente para que possa seguir com minha caçada.

Lorde Vernon, de cabelos escuros, magro como junco e vestindo uma túnica azul-clara que estava limpa demais, a olhou de cima a baixo. Manon exibiu os dentes para ele em um aviso silencioso. O homem apenas sorriu e disse:

— Qual é o problema com a comida que fornecemos, milady?

Os dentes de ferro da bruxa deslizaram para baixo.

— Não como comida feita por mortais. Nem minha montaria.

O duque finalmente ergueu a cabeça.

— Se eu soubesse que seria tão exigente, teria pedido que a herdeira das Pernas Amarelas se tornasse Líder Alada.

Manon estendeu as unhas casualmente.

— Creio que acharia Iskra Pernas Amarelas uma Líder Alada indisciplinada, difícil e inútil.

Vernon se sentou.

— Ouvi falar da rivalidade entre clãs de bruxas. Tem algo contra as Pernas Amarelas, Manon?

Asterin soltou um grunhido baixo diante da referência informal.

— Vocês, mortais, têm sua ralé — retrucou ela. — Nós temos as Pernas Amarelas.

— Que elitista — murmurou Vernon para Perrington, que riu com escárnio.

Uma linha de chamas gélidas percorreu a coluna de Manon.

— Você tem cinco minutos, duque.

O homem bateu os nós dos dedos na mesa de vidro.

— Vamos começar a... experimentar. Conforme olhamos para o futuro, precisamos expandir nossos números, melhorar os soldados que já temos. Vocês, bruxas, com sua história, nos permitem a chance de fazer justamente isso.

— Explique.

— Não sou de explicar cada detalhe dos meus planos — informou ele. — Só preciso que me dê uma aliança das Bico Negro sob seu comando para testar.

— Testar *como*?

— Para determinar se são compatíveis para procriar com nossos aliados de outro mundo... os valg.

Tudo parou. O homem só podia estar fora de si, mas...

— Não procriar como humanos fazem, é claro. Seria um procedimento simples, relativamente indolor; um pedaço de pedra costurado logo debaixo do umbigo. A pedra permite que eles entrem, entende? E uma criança nascida das linhagens dos valg e das bruxas... Pode entender que investimento seria. Vocês, bruxas, valorizam suas crias com tanto ardor.

Os dois homens sorriam tranquilamente, esperando a aceitação de Manon.

Os valg... os demônios que haviam procriado com os feéricos para criar as bruxas... tinham de alguma forma retornado e estavam em contato com o duque e o rei... Ela conteve as perguntas.

— Há milhares de humanos aqui. Use-os.

— A maioria não tem o dom nato da magia e a compatibilidade com os valg que vocês têm. E apenas bruxas já têm sangue valg correndo nas veias.

Será que a avó de Manon sabia daquilo?

106

— Nós viemos para ser seu exército, não suas prostitutas — respondeu a líder, com uma quietude letal. Asterin se colocou ao lado dela, o rosto pálido e contraído.

— Escolha uma aliança de Bicos Negros. — Foi a única resposta do duque. — Quero que estejam prontas em uma semana. Se interferir nisso, Líder Alada, transformarei sua preciosa montaria em comida de cachorro. Talvez faça o mesmo com suas Treze.

— Se tocar em Abraxos, arranco a pele de seus ossos.

Perrington retornou ao mapa e fez um gesto com a mão.

— Dispensadas. Ah... e vá até o ferreiro do regimento. Ele mandou notícia de que a última fornada de lâminas está pronta para inspeção.

Manon ficou parada ali, calculando o peso da mesa de vidro preto — se conseguiria virar o móvel e usar os cacos para cortar lenta e profundamente os dois homens.

Vernon ergueu as sobrancelhas em um movimento provocativo e silencioso, o que foi o suficiente para Manon se virar... e sair pela porta antes que pudesse fazer algo realmente estúpido.

Elas estavam a meio caminho do quarto quando Asterin falou:

— O que vai fazer?

Manon não sabia. E não podia perguntar à avó, não sem parecer insegura ou incapaz de seguir ordens.

— Vou pensar em algo.

— Mas não vai dar uma aliança Bico Negro para essa... essa procriação.

— Não sei. — Talvez não fosse ruim... unir a linhagem delas com os valg. Talvez as tornasse mais fortes. Talvez os valg soubessem como quebrar a maldição das Crochan.

Asterin segurou a líder pelo cotovelo, as unhas se cravando na pele. Manon piscou diante do toque, de sua exigência descarada. Nunca antes a imediata sequer chegara *perto* de...

— Não pode permitir que isso aconteça — pediu ela.

— Já me enchi de ordens por um dia. Se me der mais uma, vai encontrar sua língua no chão.

O rosto de Asterin ficou lívido.

— Crias de bruxas são sagradas... *sagradas*, Manon. Nós não as entregamos, nem mesmo para outros clãs.

Era verdade. Crias de bruxas eram tão raras, e todas do sexo feminino, como uma bênção da Deusa de Três Rostos. Eram sagradas desde o momento em que a mãe dava os primeiros sinais de gravidez até atingirem a maioridade, aos 16 anos. Ferir uma bruxa grávida, ferir sua cria não nascida ou sua filha, era a quebra de um código tão profundo que nenhum sofrimento que pudesse ser infligido ao agressor se comparava à perversão do crime. A própria Manon participara das longas execuções duas vezes, e a punição jamais parecera suficiente.

Crianças humanas não contavam — crianças humanas tinham o valor de novilhos para alguns dos clãs. Principalmente as Pernas Amarelas. Mas crias de bruxas... não havia maior orgulho que carregar uma pequena bruxa para seu clã; e não havia vergonha maior que perder uma.

Asterin perguntou:

— Qual aliança escolheria?

— Ainda não decidi. — Talvez pudesse escolher uma aliança inferior, apenas como garantia, antes de permitir que uma mais poderosa se unisse aos valg. Quem sabe os demônios dessem à raça condenada das bruxas a descarga de vitalidade de que tão desesperadamente tinham precisado ao longo das últimas décadas. Séculos.

— E se elas protestarem?

Manon chegou às escadas para sua torre particular.

— A única pessoa que protesta contra qualquer coisa ultimamente, Asterin, é você.

— Não é certo...

A líder fez um gesto com a mão, rasgando o tecido e a pele bem acima dos seios da bruxa.

— Vou colocar Sorrel em seu lugar.

A imediata não tocou no sangue que escorria pela túnica.

Manon começou a caminhar de novo.

— Avisei no outro dia para que recuasse, e, como escolheu me ignorar, não tenho utilidade para você naquelas reuniões nem em meu encalço. — Nunca, nem uma vez nos últimos cem anos, a bruxa mudara a hierarquia delas. — A partir de agora, você é a terceira. Caso prove que tem um pingo de controle, vou reconsiderar.

— Milady — disse Asterin baixinho.

Manon apontou para as escadas atrás delas.

— Será você quem contará às outras. *Agora.*

— Manon — falou Asterin, uma súplica na voz que a prima jamais ouvira antes.

A líder continuou andando, o manto vermelho farfalhando na escadaria. Não estava muito interessada em ouvir o que a bruxa tinha a dizer; não quando a avó deixara claro que qualquer passo em falso, qualquer desobediência, garantiria a todas uma execução brutal e rápida. O manto ao redor de Manon jamais a deixaria esquecer.

— Vejo você no ninho em uma hora — informou a líder, sem se incomodar em olhar para trás quando entrou na torre.

E sentiu o cheiro de um humano ali dentro.

A jovem criada estava ajoelhada diante da lareira, com uma escova e uma pá nas mãos. Ela tremia apenas levemente, mas o fedor do medo já envolvera o quarto. Provavelmente estivera em pânico desde o momento que colocara os pés no aposento.

A menina abaixou a cabeça e a cortina de cabelos escuros deslizou sobre o rosto pálido, mas não antes de Manon ver o lampejo de observação naqueles olhos escuros.

— O que está fazendo aqui? — perguntou a bruxa, inexpressiva, as unhas de ferro batendo umas nas outras, apenas para ver o que a jovem faria.

— L-l-limpando — gaguejou ela, hesitante demais, perfeitamente demais. Subserviente, dócil e aterrorizada, exatamente como as bruxas prefeririam. Apenas o cheiro do medo era real.

Manon retraiu os dentes de ferro.

A criada ficou de pé, encolhendo-se de dor. Ela se moveu o suficiente para que a saia artesanal do vestido em frangalhos oscilasse, revelando uma corrente espessa entre os tornozelos. O tornozelo direito estava dilacerado; o pé torcido para o lado reluzia com pele em cicatrização.

Manon escondeu o sorriso predatório.

— Por que me dariam uma aleijada como criada?

— E-eu apenas sigo ordens. — A voz era aguada, banal.

A bruxa riu com deboche e seguiu para a mesa de cabeceira, a trança e a capa vermelho-sangue atrás de si. Devagar, ouvindo, serviu-se de água.

A garota reuniu os mantimentos rápida e habilidosamente.

— Posso voltar quando não a perturbar, milady.

— Faça seu trabalho, mortal, então vá. — Manon se virou para observá-la terminar.

A criada mancou pelo quarto, fraca e frágil e indigna de um segundo olhar.

— Quem fez isso com sua perna? — perguntou a bruxa, inclinando-se contra a cabeceira da cama.

A menina nem mesmo ergueu a cabeça.

— Foi um acidente. — Ela reuniu as cinzas no balde que tinha arrastado até o alto da torre. — Caí de um lance de escadas quando tinha 8 anos, e não havia nada que pudesse ser feito. Meu tio não confiava em curandeiros o suficiente para deixá-los entrar em nossa casa. Tive sorte de não perder a perna.

— Por que as correntes? — Outra pergunta inexpressiva, entediada.

— Para que eu jamais fugisse.

— Você não teria ido muito longe nestas montanhas mesmo.

Ali, o leve enrijecer dos ombros magros, o esforço corajoso para escondê-lo.

— Sim — afirmou a garota. — Mas cresci em Perranth, não aqui. — Ela empilhou a lenha que devia ter arrastado para dentro, mancando mais a cada passo. A caminhada para baixo, arrastando o pesado balde de cinzas, seria outro suplício, sem dúvida. — Se precisar de mim, apenas chame por Elide. Os guardas saberão onde me encontrar.

Manon observou cada passo manco que a criada deu até a porta.

A bruxa quase a deixou sair, deixou que achasse que estava livre, antes de falar:

— Ninguém jamais puniu seu tio pela estupidez com relação a curandeiros?

Elide olhou por cima do ombro.

— Ele é o Lorde de Perranth. Ninguém podia.

— Vernon Lochan é seu tio. — Elide assentiu. Manon inclinou a cabeça, avaliando o comportamento gentil da jovem, tão cuidadosamente formado. — Por que seu tio veio até aqui?

— Não sei — sussurrou ela.

— Por que trouxe *você* aqui?

— Não sei — retrucou a jovem de novo, colocando o balde no chão. Ela se moveu, apoiando o peso na perna boa.

Manon disse, baixo demais:

— E quem a designou para este quarto?

A bruxa quase gargalhou quando os ombros da jovem se curvaram para dentro, quando ela abaixou ainda mais a cabeça.

— Não sou... não sou uma espiã. Juro por minha vida.

— Sua vida não significa nada para mim — retorquiu Manon, afastando-se da cabeceira da cama e caminhando para perto. A criada se manteve onde estava, tão convincente no papel de humana submissa. A bruxa pôs uma unha de ponta de ferro sob o queixo da menina, inclinando a cabeça dela para cima. — Se eu pegar você me espionando, Elide Lochan, acabará com *duas* pernas inúteis.

O fedor do medo entupiu o nariz de Manon.

— Milady, eu... eu juro que não tocarei...

— Saia. — A bruxa deslizou a unha sob o queixo de Elide, deixando um rastro de sangue. E só porque podia, recuou e sugou o sangue da unha de ferro.

Foi um esforço manter o rosto inexpressivo ao provar o sangue. A verdade que contava.

Mas Elide vira o suficiente, ao que parecia, e o primeiro ato do jogo tinha acabado. Manon deixou que a garota mancasse para fora, aquela corrente pesada tilintando atrás dela.

A líder encarou o portal vazio.

Fora divertido, a princípio, deixá-la pensar que Manon tinha sido enganada pela atuação acovardada, de fala doce e inofensiva. Então a ascendência de Elide fora revelada — e cada instinto predatório da bruxa entrara em ação ao monitorar o modo como a jovem escondia o rosto para que as reações ficassem ocultas, o modo como dizia o que Manon queria ouvir. Como se estivesse avaliando uma potencial inimiga.

Ela ainda podia ser uma espiã, disse a líder a si mesma, voltando-se para a mesa, onde o cheiro de Elide era mais forte.

E, certamente, o mapa do continente aberto tinha traços do cheiro de canela e sabugueiro em locais concentrados. Impressões digitais.

Uma espiã de Vernon ou uma com objetivos próprios? Manon não fazia ideia.

Mas qualquer um com sangue de bruxa nas veias era digno da atenção dela.

Ou de Treze.

~

A fumaça de incontáveis forjas fez seus olhos arderem tanto que Manon piscou para posicionar a pálpebra transparente quando pousou no centro de um campo de batalha, ouvindo o latejar dos martelos e o crepitar das chamas. Abraxos sibilou, caminhando em um círculo pequeno, o que deixou nervosos os soldados de armaduras escuras que a viram aterrissar. Eles encontraram outro lugar para ficar assim que Sorrel aterrissou na lama ao lado de Manon um minuto depois, a serpente alada grunhindo para o grupo mais próximo de curiosos.

Abraxos soltou um pequeno grunhido próprio, direcionado para a montaria de Sorrel, e a líder o cutucou firmemente com os calcanhares antes de descer.

— Sem briga — resmungou ela para o animal, analisando a pequena clareira em meio aos abrigos rústicos dos ferreiros. O local era reservado para as montadoras, completo, com mastros profundos em volta do perímetro onde amarrar os bichos. Manon não se incomodou, mas Sorrel prendeu o dela, sem confiar na criatura.

Ter Sorrel na posição de Asterin era... estranho. Como se o equilíbrio do mundo tivesse mudado. Mesmo agora, as serpentes aladas das duas ficavam ariscas perto uma da outra, embora nenhum dos machos tivesse ainda se lançado em combate. Abraxos costumava abrir espaço para a fêmea azul como o céu de Asterin — até mesmo roçava nela.

Manon não esperou que a bruxa atasse o macho antes de entrar no covil do ferreiro, a construção era pouco mais que um punhado de mastros de madeira e um telhado improvisado. As forjas — gigantes de pedra adormecidos — forneciam luz, e homens martelavam e erguiam e escavavam e produziam ali.

O ferreiro do regimento aéreo já estava à espera, logo além do primeiro mastro, gesticulando para elas com a mão vermelha e cheia de cicatrizes. Na mesa diante do homem musculoso de meia-idade havia uma diversidade de lâminas — aço de Adarlan, reluzente do polimento. Sorrel permaneceu ao lado de Manon quando a líder parou diante da variedade, escolheu uma adaga e a sopesou nas mãos.

— Mais leve — informou ela para o ferreiro, que a observava com os olhos escuros e atentos. Ela pegou outra adaga, então uma espada, analisando-as também. — Preciso de armas mais leves para as alianças.

Os olhos do homem semicerraram levemente, mas ele pegou a espada que a bruxa tinha apoiado e a sopesou como ela fizera. Ele inclinou a cabeça, batendo no cabo decorado, depois a balançou.

— Não me importa se é bonita — explicou Manon. — Apenas uma finalidade me interessa. Corte os adereços e talvez consiga tirar algum peso.

O ferreiro fitou o local em que Ceifadora do Vento despontava das costas da bruxa, o cabo simples e comum. Mas Manon o vira admirando a lâmina — a verdadeira obra de arte — quando se conheceram na semana anterior.

— Somente vocês, mortais, se importam se a lâmina é bonita — comentou ela. Os olhos dele brilharam, e a bruxa perguntou-se se o homem teria respondido caso tivesse língua para fazê-lo. Asterin, usando qualquer que fosse seu modo de encantar ou aterrorizar as pessoas para que lhe dessem informações, descobrira que a língua do ferreiro fora cortada por um dos generais ali, para evitar que revelasse seus segredos. O sujeito não devia poder escrever ou ler, então. Manon imaginou que outras coisas teriam contra ele — quem sabe uma família — para manter um homem tão habilidoso como prisioneiro.

Talvez isso tenha levado Manon a dizer:

— As serpentes aladas já carregarão peso o suficiente durante a batalha. Com nossa armadura e a dos animais, as armas e os mantimentos, precisaremos encontrar lugares para aliviar a carga. Ou elas não ficarão no ar por muito tempo.

O ferreiro levou as mãos aos quadris, avaliando as armas que tinha feito, e ergueu a mão para indicar que a bruxa esperasse enquanto ele disparava para dentro do labirinto de fogo e minério derretido e bigornas.

O golpe e o clangor de metal sobre metal eram os únicos ruídos enquanto Sorrel também sopesava uma das lâminas.

— Sabe que apoio qualquer decisão que tomar — começou ela. Os cabelos castanhos estavam bem presos, e a bruxa mantinha o rosto bronzeado, provavelmente lindo para mortais, equilibrado e sóbrio como sempre. — Mas Asterin...

Manon conteve um suspiro. As Treze não tinham ousado exibir qualquer reação quando a líder levara Sorrel para aquela visita antes da caçada. No entanto, Vesta ficara perto de Asterin no ninho — se era por solidariedade ou por revolta silenciosa, Manon não sabia. Mas Asterin a encarara de volta e assentira; com seriedade, mas assentira.

— Quer ser imediata? — perguntou a líder.

— É uma honra ser sua imediata — disse Sorrel, a voz rouca atravessando os martelos e as fogueiras. — Mas também era uma honra ser a terceira no comando. Você sabe que Asterin traça uma linha tênue diante do perigo em um bom dia. Enfurne-a no castelo, diga que não pode matar, desmembrar ou caçar, mande que fique longe dos homens... É claro que ficará próxima ao limite.

— Estamos todas no limite. — Manon contara às Treze sobre Elide, e imaginou se os olhos atentos da jovem reparariam que agora havia uma aliança de bruxas a xeretando.

Sorrel inspirou profundamente, os ombros poderosos se ergueram. Ela apoiou a adaga.

— Na Ômega, conhecíamos nosso lugar e o que era esperado de nós. Tínhamos uma rotina; tínhamos um propósito. Antes daquilo, caçávamos as Crochan. Aqui, não passamos de armas esperando para sermos usadas. — Ela indicou as lâminas inúteis na mesa. — Aqui, sua avó não está por perto para... influenciar as coisas. Para fornecer regras rigorosas; para incutir medo. Ela tornaria a vida daquele duque um inferno.

— Está dizendo que sou uma líder ruim, Sorrel? — Uma pergunta silenciosa demais.

— Estou dizendo que as Treze sabem por que sua avó fez você matar a Crochan por aquele manto. — Um território muito, muito perigoso.

— Acho que às vezes se esquecem do que minha avó é capaz.

— Confie em mim, Manon, não nos esquecemos — respondeu Sorrel, baixinho, quando o ferreiro apareceu com um conjunto de lâminas nos braços poderosos. — E mais que qualquer uma de nós, Asterin nunca, por um segundo, se esqueceu do que sua avó é capaz.

Manon sabia que podia exigir mais respostas, no entanto também sabia que Sorrel era pedra, e pedra não se partiria. Então conforme o ferreiro se aproximou e dispôs mais opções na mesa, ela se virou para olhar, o estômago apertado.

De fome, disse a bruxa a si mesma. De fome.

❧ 13 ❧

Aelin não sabia se deveria se sentir reconfortada pelo fato de que, apesar das mudanças que dois anos acumularam em sua vida, apesar dos infernos pelos quais andara, a Fortaleza dos Assassinos não tinha mudado. A cerca viva que acompanhava a alta grade de ferro retorcido em torno da propriedade estava exatamente na mesma altura, ainda podada com precisão habilidosa; a entrada para carros mais adiante, sinuosa e de cascalho, ainda exibia as mesmas pedras cinza; e a mansão formidável ainda era pálida e elegante, com as portas de carvalho polido reluzindo ao sol do meio da manhã.

Ninguém na silenciosa rua residencial parava para reparar na casa que abrigava alguns dos assassinos mais vorazes de Erilea. Por anos, a Fortaleza permanecera anônima, normal, um de muitos palacetes em um distrito abastado no sudoeste de Forte da Fenda. Bem debaixo do nariz do rei de Adarlan.

Os portões de ferro estavam abertos, e os assassinos disfarçados de vigias comuns não pareceram familiares quando Aelin caminhou pela entrada de carros. Contudo, não a impediram, apesar do traje e das armas que levava, apesar do capuz que lhe cobria as feições.

A noite teria sido o ideal para atravessar a cidade despercebida. Outro teste... para ver se ela conseguiria chegar até ali à luz do dia, sem atrair muita atenção. Ainda bem que a maior parte da cidade estava ocupada com os preparativos para a comemoração do aniversário do príncipe no dia seguinte: comerciantes já estavam nas ruas, vendendo de tudo, desde pequenos bolos até bandeiras que estampavam a serpente alada de Adarlan e fitas azuis (para combinar com os olhos do príncipe, é claro). Aquilo fez o estômago de Aelin se revirar.

Chegar ali sem ser notada fora um teste pequeno em comparação com aquele que pairava diante dela. E com aquele que a esperava no dia seguinte.

Aedion... cada fôlego que tomava parecia ecoar o nome do primo. *Aedion, Aedion, Aedion.*

Mas ela o afastou da mente — afastando também o que já poderia ter sido feito com ele naquele calabouço — ao subir os imensos degraus da entrada da Fortaleza.

Aelin não entrava naquele lugar desde a noite em que tudo dera errado.

Ali, à direita, ficavam os estábulos, onde a jovem deixara Wesley inconsciente enquanto ele tentava avisar sobre a armadilha que fora montada para ela. E um nível acima, dando para o jardim da frente, as três janelas de seu antigo quarto. Estavam abertas, as cortinas de veludo pesado sopravam à brisa fria da primavera, como se o quarto estivesse sendo arejado para ela. A não ser que Arobynn tivesse dado os aposentos para outra pessoa.

As portas de carvalho entalhadas se abriram quando Aelin chegou ao último degrau, revelando um mordomo que ela jamais vira antes, mas que fez uma reverência mesmo assim, gesticulando para trás. Logo além do imenso saguão de mármore, as portas duplas do escritório de Arobynn estavam escancaradas.

A jovem não olhou para o portal quando passou por ele e entrou na casa que fora um refúgio, uma prisão e um inferno.

Pelos deuses, aquela casa. Sob o teto arqueado e os lustres de vidro do corredor da entrada, os pisos de mármore estavam polidos com tanto brilho que Aelin conseguia ver o próprio reflexo escuro ao caminhar.

Não havia uma alma à vista, nem mesmo o desprezível Tern. Estavam fora ou tinham recebido ordens para ficar longe até que a reunião tivesse acabado — como se Arobynn não quisesse ser ouvido.

O cheiro da fortaleza a envolveu, incitando memórias. Flores recém--cortadas e pão assando mal conseguiam mascarar o odor de metal ou a sensação de violência, afiada como um relâmpago, presente em toda parte.

116

Cada passo na direção daquele escritório ornamentado fazia com que Aelin se preparasse.

Ali estava ele, sentado à imensa escrivaninha, os cabelos castanho-avermelhados como aço derretido à luz do sol que entrava pelas janelas do teto ao chão, em uma das paredes com painéis de madeira da sala. Aelin afastou a informação que descobrira na carta de Wesley e manteve a postura tranquila, casual.

Mas não conseguiu deixar de olhar para o tapete diante da escrivaninha, um movimento que Arobynn reparou ou já esperava.

— Um novo tapete — disse ele, erguendo o olhar dos papéis diante de si. — As manchas de sangue no anterior jamais saíram.

— Que pena — comentou Aelin, sentando-se em uma das poltronas diante da mesa, tentando não olhar para a cadeira ao lado, onde Sam costumava se sentar. — O outro era mais bonito.

Até o sangue dela o ensopar quando Arobynn lhe dera uma surra por ter destruído seu acordo de comércio de escravizados, fazendo com que Sam assistisse a tudo. E quando Aelin ficou inconsciente, ele espancou o rapaz até que também desmaiasse.

Ela se perguntou quais das cicatrizes nos nós dos dedos do mestre eram daquelas surras.

Aelin ouviu o mordomo se aproximar, mas não ousou olhar para ele quando Arobynn falou:

— Não devemos ser perturbados. — O criado murmurou que entendia, então as portas do escritório se fecharam.

Aelin passou a perna por cima do braço da poltrona.

— A que devo esta convocação?

O assassino ficou de pé, um movimento fluido esboçado com poder contido, e deu a volta pela mesa para se encostar na beirada.

— Eu só queria ver como você estava no dia antes de seu grande evento. — Os olhos prateados brilharam. — Queria desejar boa sorte.

— E ver se eu o trairia?

— Por que eu pensaria isso?

— Não acho que queira começar uma conversa sobre confiança agora.

— Certamente que não. Não quando você precisa de todo o foco para amanhã. Tantas pequenas coisas podem dar errado. Principalmente se for pega.

Aelin sentiu a pontada da ameaça implícita deslizar pelas costelas.

— Sabe que não cedo facilmente sob tortura.

Arobynn cruzou os braços diante do peito largo.

— É claro que não. Não espero nada menos de minha protegida que me resguardar caso seja capturada.

Então aquilo explicava a convocação.

— Nunca perguntei — continuou Arobynn. — *Vai* fazer isso como Celaena?

Foi um momento tão bom quanto qualquer outro para lançar um olhar entediado pelo escritório, sempre a protegida irreverente. Nada na mesa, nada nas prateleiras, nem mesmo uma caixa que pudesse conter o Amuleto de Orynth. Aelin se permitiu um olhar antes de voltar a encarar Arobynn de modo indolente.

— Eu não tinha planejado deixar um cartão de visitas.

— E que explicação dará a seu primo quando se reunirem? A mesma que deu ao nobre capitão? — Aelin não queria saber como Arobynn estava ciente daquele desastre. Ela não contara a Lysandra, pois a cortesã ainda não fazia ideia de quem ela era. A jovem pensaria nisso depois.

— Contarei a verdade a Aedion.

— Bem, vamos esperar que seja desculpa suficiente para ele.

Foi um esforço físico segurar a réplica.

— Estou cansada e indisposta para uma disputa verbal hoje. Apenas me diga o que quer para que eu possa afundar em minha banheira. — Não era mentira. Os músculos de Aelin doíam por ter perseguido soldados valg a pé por Forte da Fenda na noite anterior.

— Sabe que minhas instalações estão à disposição. — Arobynn voltou a atenção para a perna direita de Aelin, jogada sobre o braço da poltrona, como se, de alguma forma, tivesse descoberto que a estava incomodando. Como se soubesse que a briga no Cofres, de alguma forma, piorara o velho ferimento que ela sofrera durante o duelo com Cain. — Meu curandeiro poderia massagear sua perna para você. Não quero que fique com dor. Ou debilitada amanhã.

A prática manteve as feições da jovem em uma máscara de tédio.

— Você realmente gosta de se ouvir falar, não é?

Uma risada sensual.

— Está bem... nada de disputas verbais.

Ela esperou, ainda jogada na poltrona.

Arobynn percorreu o traje com os olhos, e, ao encontrar o olhar de Aelin, havia apenas um assassino frio e cruel encarando-a.

— Soube de fonte segura que você anda monitorando patrulhas da guarda do rei, mas deixando-as em paz. Esqueceu de nossa pequena barganha?

A jovem deu um leve sorriso.

— É claro que não.

— Então por que o demônio prometido não está em meu calabouço?

— Porque não vou capturá-lo até que Aedion seja libertado.

Um piscar de olhos.

— Essas coisas podem levar o rei até você. Até nós. Não vou colocar em risco a segurança de Aedion para satisfazer sua curiosidade mórbida. E quem garante que não se esquecerá de me ajudar quando estiver ocupado se divertindo com seu novo brinquedinho?

Arobynn se afastou da mesa e se aproximou, inclinando o corpo sobre a cadeira de Aelin, perto o bastante para compartilharem o fôlego.

— Sou um homem de palavra, Celaena.

De novo, aquele nome.

O assassino recuou um passo, então inclinou a cabeça.

— Embora você, por outro lado... lembro que prometeu matar Lysandra há anos. Fiquei surpreso quando ela retornou ilesa.

— Você fez o melhor para se assegurar de que nos odiássemos. Pensei: por que não pegar a direção oposta uma vez? No fim das contas, ela não é nem de perto tão mimada e egoísta quanto você me fez acreditar. — Sempre a protegida petulante, sempre a espertinha. — Mas, se quiser que eu a mate, ficarei feliz em desviar minha atenção para isso no lugar dos valg.

Uma risada baixa.

— Não é preciso. Ela me serve muito bem. Substituível, no entanto, caso decida que gostaria de cumprir a promessa.

— Era esse o teste, então? Ver se cumpro minhas promessas? — Sob as luvas, a marca que Aelin fizera na palma da mão queimava como um ferrete.

— Era um presente.

— Atenha-se às joias e às roupas. — Ela ficou de pé e olhou para o traje. — Ou coisas úteis.

Os olhos de Arobynn seguiram os dela e se demoraram.

— Você o preenche melhor agora que aos dezessete anos.

E aquilo bastava. Aelin emitiu um estalo com a língua e se virou, mas o homem a segurou pelo braço — bem onde aquelas lâminas invisíveis disparariam para fora. E ele sabia disso. Uma aposta; um desafio.

— Vai precisar ficar escondida com seu primo depois que ele fugir amanhã — disse Arobynn. — Caso decida não cumprir sua parte do acordo... vai descobrir bem rápido, Celaena querida, o quanto esta cidade pode ser mortal para aqueles em fuga, mesmo rainhas vadias e cuspidoras de fogo.

— Acabaram as declarações de amor ou as ofertas para caminhar sobre carvão por mim?

Uma risada sensual.

— Você sempre foi minha parceira de dança preferida. — Arobynn se aproximou o suficiente para roçar os lábios contra os de Aelin caso ela se movesse uma fração de centímetro. — Se quiser que eu sussurre futilidades doces a seu ouvido, Majestade, farei isso. Mas mesmo assim terá que me trazer o que preciso.

A jovem não ousou recuar. Havia sempre um brilho naqueles olhos prateados... como a luz fria antes do nascer do sol. Ela jamais conseguira desviar o olhar.

Arobynn inclinou a cabeça, o sol batendo nos cabelos castanho-avermelhados.

— E quanto ao príncipe?

— Que príncipe? — retrucou ela, com cuidado.

Arobynn deu um sorriso sábio, recuando alguns centímetros.

— Há três príncipes, pelo que sei. Seu primo e os dois que agora compartilham o corpo de Dorian Havilliard. Será que o bravo capitão sabe que o amigo está sendo devorado neste momento por um daqueles demônios?

— Sim.

— Ele sabe que você pode decidir fazer a coisa inteligente e matar o filho do rei antes que ele possa se tornar uma ameaça?

Ela continuou encarando-o.

— Por que não me diz? É você que vem o encontrando.

A risada de resposta foi como gelo percorrendo os ossos de Aelin.

— Então o capitão tem dificuldades em compartilhar as coisas com você. Mas parece compartilhar tudo muito bem com a antiga amante, aquela tal de Faliq. Sabia que o pai dela faz as melhores tortas de pera da capital? Está até mesmo fornecendo algumas para o aniversário do príncipe. Irônico, não é?

Foi a vez de Aelin piscar. Sabia que Chaol tivera pelo menos uma amante além de Lithaen, mas... Nesryn? E que conveniente ele não lhe contar, principalmente depois de ter jogado o que quer que fosse que acreditava sobre ela e Rowan na cara. *Seu príncipe feérico*, disparara Chaol. Aelin duvidava que o capitão tivesse feito qualquer coisa com a jovem desde que ela partira para Wendlyn, mas... Mas sentia exatamente o que Arobynn queria que sentisse.

— Por que não fica longe de nossas vidas, Arobynn?

— Não quer saber por que o capitão veio até mim de novo na noite passada?

Desgraçados, os dois. Aelin avisara a Chaol para que não se envolvesse com o assassino. Revelar que ela não sabia ou esconder aquela vulnerabilidade... Chaol não prejudicaria a segurança de Aelin, ou seus planos para o dia seguinte, independentemente de qual informação estivesse escondendo. A jovem sorriu para Arobynn.

— Não. Fui eu quem o mandou. — Ela caminhou até as portas do escritório. — Deve estar realmente entediado se me convocou aqui apenas para me provocar.

Um brilho de interesse.

— Boa sorte amanhã. Todos as peças estão no lugar caso esteja preocupada.

— É claro que estão. Não esperaria menos de você. — Aelin escancarou uma das portas e fez um gesto preguiçoso de dispensa com a mão. — Vejo você por aí, mestre.

Aelin visitou o Banco Real de novo a caminho de casa, e, quando voltou para o apartamento, Lysandra estava esperando, conforme planejado.

Ainda melhor, tinha levado comida. Muita comida.

A jovem se sentou à mesa da cozinha, onde Lysandra estava no momento.

A cortesã olhava para a janela ampla acima da pia.

— Você sabe que tem uma sombra no telhado ao lado, não?

— Ele é inofensivo. — E útil. Chaol tinha homens observando a Fortaleza, os portões do palácio e o apartamento. Tudo isso para monitorar Arobynn. Aelin inclinou a cabeça. — Olhos atentos?

— Seu mestre me ensinou alguns truques ao longo dos anos. Para me proteger, é claro. — *Para proteger o investimento dele*, era o que ela não precisava dizer. — Você leu a carta, imagino?

— Cada maldita palavra.

De fato, lera a carta de Wesley diversas vezes, até memorizar as datas, os nomes e os relatos, até ter visto tanto fogo que ficou feliz por sua magia estar bloqueada. Mudava pouco seus planos, mas ajudava. Agora sabia que não errara, que os nomes da própria lista estavam certos.

— Desculpe por não ter ficado com ela — comentou Aelin. — Queimá-la foi a única forma de permanecer segura.

Lysandra apenas assentiu, mexendo com um fiapo de linha no corpete do vestido cor de ferrugem. As mangas vermelhas eram soltas e oscilavam, com punhos de veludo preto e botões dourados que brilharam à luz da manhã quando ela levou a mão até uma das uvas de estufa que Aelin comprara no dia anterior. Um vestido elegante, porém modesto.

— A Lysandra que conheci costumava vestir muito menos roupas — disse Aelin.

Os olhos verdes da cortesã cintilaram.

— A Lysandra que você conheceu morreu há muito tempo.

Assim como Celaena Sardothien.

— Pedi que me encontrasse hoje para que pudéssemos... conversar.

— Sobre Arobynn?

— Sobre você.

As sobrancelhas elegantes se franziram.

— E quando poderemos falar sobre você?

— O que quer saber?

— O que está fazendo em Forte da Fenda? Além de resgatar o general amanhã.

Aelin rebateu:

— Não conheço você o bastante para responder essa pergunta.

Lysandra apenas inclinou a cabeça.

— Por que Aedion?

— Ele é mais útil para mim vivo que morto. — Não era mentira.

A cortesã bateu com a unha pintada na mesa surrada e, depois de um momento, disse:

— Eu costumava sentir tanta inveja de você. Não apenas tinha Sam, mas Arobynn também... Eu era uma tola; acreditava que ele dava tudo a você, sem negar nada, tinha ódio porque sempre soube, bem no fundo, que eu era apenas um objeto usado contra você, um jeito de fazer com que lutasse pela afeição dele, para que ficasse na linha, para ferir você. E eu gostava daquilo, porque achava melhor ser um objeto para alguém que não ser nada. — A mão de Lysandra tremeu ao erguê-la para afastar uma mecha do cabelo. — Acho que teria continuado naquele caminho a vida inteira. Mas então... então Arobynn matou Sam e fez com que você fosse capturada, e... e me convocou na noite em que a carregaram para Endovier. Depois, na carruagem a caminho de casa, apenas chorei. Não sabia por quê. Mas Wesley estava lá comigo. Foi a noite em que tudo mudou entre nós. — Ela olhou para as cicatrizes ao redor dos pulsos de Aelin, então para a tatuagem que marcava o pulso dela mesma.

Aelin falou:

— Na outra noite, não veio apenas me avisar sobre Arobynn.

Quando Lysandra levantou a cabeça, os olhos estavam congelados.

— Não — confirmou ela, com um leve tom selvagem. — Vim para ajudar você a destruí-lo.

— Deve confiar muito em mim para ter dito isso.

— Você destruiu o Cofres — explicou Lysandra. — Foi por Sam, não foi? Porque aquelas pessoas... todas elas trabalhavam para Rourke Farran e estavam lá quando... — A cortesã balançou a cabeça. — É tudo por Sam, o que quer que tenha planejado contra Arobynn. Além do mais, se você me trair, há pouco que pode me ferir mais do que já suportei.

Aelin encostou na cadeira e cruzou as pernas, tentando não pensar na escuridão a que sobrevivera a mulher diante dela.

— Passei tempo demais sem exigir vingança. Não tenho interesse em perdão.

Lysandra sorriu, e não havia alegria ali.

— Depois do assassinato de Wesley, fiquei acordada na cama de Arobynn e considerei matá-lo bem ali. Mas não parecia suficiente, e a dívida não pertencia somente a mim.

Por um momento, Aelin não conseguiu dizer nada. Então sacudiu a cabeça.

— Está sinceramente dizendo que esteve esperando por mim esse tempo todo?

— Você amava Sam tanto quanto eu amava Wesley.

O peito da jovem ficou vazio, mas ela assentiu. Sim, amara Sam; mais que amara qualquer pessoa. Mesmo Chaol. E ler na carta de Wesley tudo o que Arobynn ordenara que Rourke Farran fizesse com o rapaz deixara uma ferida de revolta bem no centro de Aelin. As roupas de Sam ainda estavam nas duas gavetas inferiores da cômoda, onde Arobynn, de fato, as colocara. Ela vestira uma das camisas dele para dormir nas duas últimas noites.

Arobynn pagaria.

— Desculpe — disse Aelin. — Pelos anos em que passei sendo um monstro com você, por qualquer que tenha sido o papel que tive em seu sofrimento. Queria ter conseguido me ver melhor. Queria ter visto *tudo* melhor. Desculpe.

Lysandra piscou.

— Nós duas éramos jovens e burras; deveríamos ter nos enxergado como aliadas. Mas não há nada que nos impeça de fazer isso agora. — A cortesã deu um sorriso que era mais lupino que elegante. — Estou dentro, se você estiver.

Tão rápido, tão facilmente, a oferta de amizade foi atirada na direção dela. Rowan podia ser seu melhor amigo, seu *carranam*, mas... Aelin sentia falta de companhia feminina. Profundamente. Embora um velho pânico tivesse surgido ao pensar que Nehemia não estava mais lá para oferecê-la; e parte dela quis jogar a oferta de volta na cara de Lysandra só porque ela *não era* Nehemia. Aelin se obrigou a enfrentar o medo.

Então respondeu com a voz rouca:

— Estou dentro.

Lysandra suspirou pesado.

— Ah, graças aos deuses. Agora posso falar com alguém sobre roupas sem que me perguntem se fulano e sicrano as aprovariam, ou engolir uma caixa de chocolates sem que alguém me diga que é melhor tomar cuidado com o corpo... diga que gosta de chocolate. Gosta, certo? Lembro que roubei uma caixa de seu quarto quando, certa vez, você saiu para matar alguém. Estavam deliciosos.

Aelin apontou na direção de uma caixa de guloseimas na mesa.

— Você trouxe chocolate... até onde sei, é minha nova pessoa favorita.

A cortesã riu, e foi um tipo de som profundo e travesso — provavelmente uma risada que jamais deixava que Arobynn ou os clientes ouvissem.

— Em alguma noite próxima, voltarei de fininho e podemos comer chocolate até vomitarmos.

— Somos damas tão requintadas e elegantes.

— Por favor — disse Lysandra, gesticulando com a mão feita. — Você e eu não passamos de bestas selvagens em pele humana. Nem tente negar.

A cortesã não fazia ideia do quanto tinha chegado perto da verdade. Aelin imaginou como a mulher reagiria a sua outra forma... aos caninos longos. De alguma maneira, duvidava que ela a chamaria de monstro por aquilo; ou pelas chamas sob seu comando.

O sorriso de Lysandra falhou.

— Está tudo pronto para amanhã?

— Estou sentindo um tom de preocupação?

— Vai simplesmente entrar no palácio com uma cor de cabelo diferente e acha que isso vai evitar que seja notada? Confia tanto assim em Arobynn?

— Tem uma ideia melhor?

O gesto de ombros de Lysandra foi a definição de indiferença.

— Por acaso, sei uma ou duas coisas sobre interpretar papéis diferentes. Sobre como afastar olhos quando não se quer ser vista.

— Eu *sei* como passar despercebida, Lysandra. O plano é sólido. Mesmo que tenha sido ideia de Arobynn.

— E se matássemos dois coelhos com uma cajadada só?

Poderia tê-la ignorado, poderia tê-la calado, mas havia um brilho tão travesso e feroz nos olhos da cortesã.

Então Aelin apoiou os antebraços na mesa e disse:

— Estou ouvindo.

❧ 14 ❧

Para cada pessoa que Chaol e os rebeldes salvavam, parecia sempre haver muitas mais que eram levadas às mesas de execução.

O sol se punha quando ele e Nesryn se agacharam no telhado que beirava a pequena praça. As únicas pessoas que tinham se importado em assistir eram os típicos vagabundos, felizes por presenciarem a infelicidade de outros. Isso não o incomodava tanto quanto as decorações erguidas para honrar o aniversário de Dorian no dia seguinte: festões e fitas vermelhos e dourados atravessando a praça como uma rede, enquanto cestos de flores azuis e brancas cercavam o local. Um mausoléu adornado com festividades do fim da primavera.

O arco de Nesryn rangeu ao ser retesado ainda mais.

— Calma — avisou Chaol.

— Ela sabe o que está fazendo — murmurou Aelin de alguns metros de distância.

O capitão olhou para ela.

— Me lembre por que está aqui?

— Eu queria ajudar... ou esta é uma rebelião apenas para quem é de Adarlan?

Ele conteve a réplica, voltando a observar a praça abaixo.

No dia seguinte, tudo com que se importava dependeria de Aelin. Antagonizá-la não seria inteligente, mesmo que Chaol sofresse por deixar Dorian nas mãos dela. Mas...

— Quanto a amanhã — disse ele, tenso, sem tirar a atenção da execução prestes a acontecer. — Não toque em Dorian.

— Eu? Nunca — ronronou Aelin.

— Não é brincadeira. Não. O. Machuque.

Nesryn ignorou os dois e inclinou o arco para a esquerda.

— Não consigo mira desobstruída de nenhum deles.

Havia três homens diante da mesa de execução, com uma dúzia de guardas ao redor. As tábuas da plataforma de madeira já estavam profundamente manchadas de vermelho devido a semanas de uso. Os observadores monitoravam o imenso relógio acima da plataforma de execução, esperando que o ponteiro de ferro alcançasse o marcador das 18 horas. Tinham até mesmo amarrado fitas douradas e carmesim na borda inferior do relógio. Sete minutos agora.

Chaol se obrigou a olhar para Aelin.

— Acha que vai conseguir salvá-lo?

— Talvez. Tentarei. — Nenhuma reação no olhar nem na postura dela. *Talvez. Talvez.* Ele retrucou:

— Dorian por acaso importa ou é um peão para Terrasen?

— Nem comece com isso. — Por um momento, o homem achou que Aelin tivesse terminado, mas então ela disparou: — Matá-lo, Chaol, seria uma misericórdia. Matá-lo seria uma bênção.

— Não consigo atirar — informou Nesryn de novo, um pouco mais ríspida.

— Toque em Dorian — ameaçou Chaol — e vou me certificar de que aqueles desgraçados ali embaixo encontrem Aedion.

Nesryn se voltou silenciosamente para eles, afrouxando o arco. Era o único trunfo dele, mesmo que aquilo também fizesse de Chaol um desgraçado. A ira que viu nos olhos de Aelin podia levar o mundo ao fim.

— Se arrastar minha corte para isso, Chaol — respondeu ela, em tom baixo e letal —, não me importarei com o que significou para mim, ou com o que fez para me ajudar. Se os trair, se os ferir, não importa quanto tempo leve, ou até onde consiga ir: vou queimá-lo, e sua droga de reino, até virar cinzas. Aí vai descobrir que tipo de monstro posso ser.

Longe demais. Ele fora longe demais.

— Não somos inimigos — disse Nesryn, e, embora o rosto estivesse calmo, os olhos da mulher desviavam de um para outro. — Já temos merdas demais com que nos preocupar amanhã. E neste momento. — Ela apontou com a flecha para a praça. — Cinco minutos para as seis. Descemos até lá?

— Público demais — comentou Aelin. — Não arrisque se expor. Há outra patrulha a 400 metros, vindo nesta direção.

É claro que ela sabia.

— Mais uma vez — começou Chaol. — Por que você está aqui? — Ela simplesmente... chegara de fininho até eles. Com muita facilidade.

Aelin avaliou Nesryn um pouco pensativa demais.

— O quão precisa é sua mira, Faliq?

— Não erro — respondeu ela.

Os dentes de Aelin brilharam em um sorriso.

— Meu tipo de mulher. — Ela lançou um sorriso sábio para Chaol.

E ele entendeu... entendeu que Aelin sabia da história entre os dois. E realmente não se importava. Chaol não sabia se aquilo era um alívio ou não.

— Estou pensando em ordenar que os homens de Arobynn sejam dispensados da missão amanhã — informou Aelin, com aqueles olhos turquesa fixos no rosto de Nesryn, nas mãos dela, no arco. — Quero Faliq na muralha em vez deles.

— Não — disse Chaol.

— Você é o dono dela? — O homem não ousou responder. Ela cantarolou: — Foi o que pensei.

Mas Nesryn não estaria na muralha... nem Chaol. Ele era reconhecível demais para arriscar estar perto do palácio, e Aelin e seu merda de mestre tinham aparentemente decidido que seria melhor que o capitão interviesse nos limites dos cortiços, certificando-se de que a barra estava limpa.

— Nesryn já tem ordens.

Na praça, as pessoas começaram a xingar os três homens que encaravam o relógio com os rostos macilentos e pálidos. Alguns dos observadores até mesmo atiraram pedaços de comida estragada neles. Talvez aquela cidade merecesse mesmo as chamas de Aelin Galathynius. Talvez Chaol também merecesse queimar.

Ele voltou-se para as mulheres.

— Merda — xingou Aelin, e Chaol olhou para trás a tempo de ver os guardas empurrarem a primeira vítima, um homem de meia-idade aos prantos, na direção da mesa de execução, usando os punhos das espadas para fazê-lo cair de joelhos. Não esperariam até às 18 horas. Outro prisioneiro, também de meia-idade, começou a tremer, e uma mancha escura surgiu na frente de suas calças. Pelos deuses.

Os músculos de Chaol travaram, e até mesmo Nesryn não conseguiu sacar o arco rápido o bastante quando o machado foi erguido.

Um estampido silenciou a praça da cidade. As pessoas aplaudiram... *aplaudiram*. O som encobriu o segundo estampido, o da cabeça do homem caindo e rolando para longe.

Então Chaol se viu em outro lugar, no castelo que um dia fora seu lar, ouvindo o estampido de carne e osso no mármore, borrifos vermelhos cobrindo o ar, Dorian gritando...

Quebrador de juramento. Mentiroso. Traidor. O capitão era todas essas coisas agora, mas não para Dorian. Jamais para seu verdadeiro rei.

— Derrube a torre do relógio no jardim — falou Chaol, as palavras quase inaudíveis. Ele sentiu Aelin se voltar em sua direção. — E a magia será libertada. Foi um feitiço... três torres, todas construídas com pedra de Wyrd. Derrube uma, assim a magia estará livre.

Aelin olhou para o norte sem sequer um piscar de olhos de surpresa, como se conseguisse ver o castelo de vidro.

— Obrigada — murmurou ela. Só isso.

— É por Dorian. — Talvez cruel, talvez egoísta, mas era a verdade. — O rei está esperando você amanhã — continuou Chaol. — E se ele parar de se importar com o que o povo sabe e liberar magia sobre você? Sabe o que aconteceu com Dorian.

A jovem verificou as telhas ao redor, como se estivesse lendo um mapa mental da comemoração; o mapa que Chaol dera a ela. Então xingou.

— Ele pode montar armadilhas para mim... e para Aedion. Com as marcas de Wyrd, pode escrever feitiços no chão ou nas portas, voltados para um de nós, e ficaríamos impotentes... da mesma forma como eu prendi aquela coisa na biblioteca. Merda — sussurrou Aelin. — *Merda*.

Segurando o arco frouxo, Nesryn falou:

— Brullo nos contou que o rei pôs os melhores homens para escoltar Aedion do calabouço até o salão, talvez coloque feitiços nessas áreas também. *Se* os colocar.

— *Se* é uma aposta muito grande. E é tarde demais para mudar nossos planos — disse Aelin. — Se eu tivesse aquelas porcarias de livros, talvez pudesse encontrar algum tipo de proteção para mim e Aedion, mas não terei tempo o suficiente para pegá-los de meus antigos aposentos. E só os deuses sabem se ainda estão lá.

— Não estão — respondeu Chaol, levando-a a erguer as sobrancelhas. — Porque estão comigo. Peguei os livros quando deixei o castelo.

A jovem contraiu os lábios com o que ele podia jurar ser um agradecimento relutante.

— Não temos muito tempo. — Ela começou a descer pela borda do telhado, sumindo de vista. — Ainda restam dois prisioneiros — explicou Aelin. — E realmente acho que aqueles festões ficariam melhores com sangue valg neles.

~

Nesryn permaneceu naquele telhado enquanto Aelin passou para outro, do lado oposto da praça — mais rápido que Chaol achou ser possível. Isso o encarregaria do nível da rua.

Chaol correu o mais agilmente que pôde pela multidão, vendo seus três homens reunidos perto da outra ponta da plataforma, todos prontos.

O relógio soou 18 horas no momento em que o capitão se posicionou, depois de se certificar de que mais dois de seus homens esperavam em um beco estreito. Exatamente no instante em que os guardas finalmente levaram o corpo do primeiro prisioneiro e empurraram o segundo para a frente. O homem soluçava, implorando aos guardas conforme era obrigado a se ajoelhar na poça do sangue do amigo.

O carrasco levantou o machado.

E uma adaga, cortesia de Aelin Galathynius, perfurou diretamente a garganta do sujeito.

Sangue escuro jorrou... um pouco nos festões, como ela prometera. Antes que os guardas conseguissem gritar, Nesryn abriu fogo da outra direção. Era toda distração de que Chaol precisava para correr com seus homens rumo à plataforma, em meio à multidão em pânico que fugia. Nesryn e Aelin tinham disparado mais uma vez quando ele chegou ao palco, sua madeira perigosamente escorregadia por causa do sangue. Chaol pegou os dois prisioneiros, gritando: *corram, corram, corram!*

Seus homens cruzavam espadas com os guardas conforme ele apressava os prisioneiros aos tropeços escada abaixo, em direção à segurança do beco... e em direção aos rebeldes que esperavam adiante.

Quarteirão após quarteirão eles fugiram, deixando o caos da praça para trás, até chegarem ao Avery e Chaol começar a buscar um barco para os homens.

Nesryn o encontrou deixando o cais uma hora depois, ilesa, mas manchada de sangue escuro.

— O que aconteceu?

— O pandemônio — respondeu ela, olhando para o rio sob o sol poente. — Tudo bem?

Ele assentiu.

— E com você?

— Nós duas estamos bem. — *Uma gentileza*, pensou Chaol, com uma pontada de vergonha, por Nesryn saber que ele não conseguiria reunir coragem para perguntar de Aelin. A rebelde se virou, retornando à direção de onde viera.

— Aonde vai? — perguntou ele.

— Tomar banho e me trocar... então vou falar com a família do sujeito que morreu.

Era protocolo, mesmo que fosse terrível. Melhor que as famílias ficassem de luto de verdade que arriscar serem vistas como simpatizantes dos rebeldes.

— Não precisa fazer isso — informou Chaol. — Vou enviar um dos homens.

— Sou da guarda da cidade — falou Nesryn, de maneira direta. — Minha presença não será inesperada. Além do mais — continuou ela, os olhos brilhando com o interesse de sempre —, você mesmo disse que não tenho exatamente uma fila de pretendentes do lado de fora da casa de meu pai, então o que mais tenho para fazer esta noite?

— Amanhã é um dia importante — respondeu Chaol, se amaldiçoando pelas palavras que disparara na noite anterior. Um cretino, era isso que ele fora, ainda que Nesryn jamais fosse demonstrar que aquilo a incomodara.

— Eu estava muito bem antes de você aparecer, Chaol — retrucou ela, cansada, talvez entediada. — Conheço meus limites. Vejo você amanhã.

Mas ele perguntou:

— Por que ir até as famílias pessoalmente?

Os olhos escuros da mulher se voltaram para o rio.

— Porque me lembra do que tenho a perder caso seja pega... ou caso falhemos.

∽

A noite caiu, e Aelin sabia que estava sendo seguida conforme caminhava de telhado em telhado. No momento, mesmo horas mais tarde, sair para a rua era a coisa mais perigosa que podia fazer, considerando o quanto os guardas ficaram irritados depois de ela e os rebeldes terem roubado os prisioneiros bem debaixo de seus narizes.

E a jovem sabia *disso* porque estivera ouvindo os homens xingarem e chiarem durante a última hora enquanto seguia uma patrulha de guardas de uniformes pretos pela rota em que reparara na noite anterior: primeiro pelo cais, então se mantendo às sombras da via principal de tavernas e bordéis do bairro, depois perto — mas mantendo uma distância segura — do Mercado das Sombras, à margem do rio. Era interessante descobrir como a rota mudava ou não quando o caos irrompia; para que esconderijos corriam, quais tipos de formações usavam.

Quais ruas permaneciam sem monitoramento quando tudo virava um inferno.

Como aconteceria no dia seguinte, com Aedion.

Mas as alegações de Arobynn estavam certas, também batiam com os mapas que Chaol e Nesryn tinham feito.

Aelin sabia que se contasse a Chaol por que aparecera na execução, ele a atrapalharia de alguma forma; mandaria Nesryn segui-la, talvez. Ela precisava ver o quanto eram habilidosos — *todas* as partes que seriam tão cruciais nos eventos do dia seguinte — e então ver aquilo.

Exatamente como Arobynn contara, cada guarda usava um anel preto, e eles se moviam com trejeitos e espasmos que a faziam questionar se os demônios ocupando seus corpos estavam se ajustando bem. O líder, um homem pálido com cabelos pretos como a noite, era quem se movia com mais fluidez, como tinta na água, pensou Aelin.

Ela os deixara continuar a caminho de outra parte da cidade enquanto seguia na direção de onde o distrito dos artesãos se projetava para a curva do Avery, até que tudo estivesse em silêncio em volta dela e o cheiro daqueles cadáveres pútridos sumisse.

No alto do telhado do armazém de um vidraceiro, as telhas ainda quentes do calor do dia ou das imensas fornalhas do lado de dentro, Aelin avaliou o beco vazio abaixo.

A chuva infernal da primavera recomeçou, pingando no telhado inclinado e nas muitas chaminés.

A magia; Chaol contara a ela como libertá-la. Tão fácil, no entanto, uma tarefa monumental. Que precisava de planejamento cuidadoso. Contudo, depois do dia seguinte, se sobrevivesse, daria início àquilo.

Aelin desceu por um cano de escoamento na lateral de um prédio de tijolos em ruínas, aterrissando com muito barulho em uma poça que esperava ser de chuva. A jovem assobiou ao caminhar pelo beco vazio, uma musiquinha alegre que ouvira em uma das muitas tavernas do bairro.

Mesmo assim, ficou sinceramente um pouco surpresa por ter chegado até quase a metade do beco antes que uma patrulha da guarda do rei se colocasse em seu caminho, as espadas como mercúrio líquido no escuro.

O comandante — o demônio dentro dele — olhou para Aelin e sorriu como se já soubesse qual era o sabor de seu sangue.

A jovem sorriu de volta, mexendo os pulsos e disparando as lâminas para fora do traje.

— Oi, bonitão.

Então avançou contra os guardas, cortando e girando e se abaixando.

Cinco guardas estavam mortos antes que os demais conseguissem sequer se mover.

O sangue que escorria deles não era vermelho, no entanto. Era preto e deslizava denso e brilhante como óleo pelas laterais das lâminas. O fedor, como leite talhado e vinagre, a atingiu com tanta força quanto os avanços de suas espadas.

O odor aumentou, sobrepujando a fumaça constante das vidrarias ao redor, tornando-se pior conforme Aelin desviava dos golpes e atingia o demônio por baixo. O estômago do homem se abriu como uma ferida pútrida, então sangue escuro, e sabem os deuses o que mais, se esparramou na rua.

Nojento. Quase tão ruim quanto o que emanava da grade do esgoto na outra ponta do beco — já aberta. Já exalando aquela escuridão familiar demais.

O restante da patrulha se aproximou. A ira de Aelin se tornou uma canção no sangue conforme os abatia.

Quando sangue e chuva se empoçaram nos paralelepípedos quebrados, quando ela ficou de pé em um campo de corpos caídos, Aelin começou a golpear.

Cabeça após cabeça caiu, rolando.

Então encostou na parede, esperando. Contando.

Eles não se levantaram.

Aelin saiu andando do beco, chutou a grade do esgoto para fechá-la, e sumiu na noite chuvosa.

～

O alvorecer surgiu, o dia estava claro e quente. Aelin ficou acordada metade da noite devorando os livros que Chaol guardara, inclusive seu velho amigo *Os mortos andam*.

Depois de recitar o que aprendera no apartamento silencioso, ela vestiu as roupas que Arobynn enviara, verificando mais de uma vez que não havia surpresas e que tudo estava onde precisava que estivesse. Aelin deixou que cada passo, cada lembrete do plano, a ancorasse, evitando que remoesse por tempo demais o que aconteceria quando as festividades começassem.

E então Aelin saiu para salvar seu primo.

❧ 15 ❧

Aedion Ashryver estava pronto para morrer.

Contra sua vontade, o corpo se recuperara nos dois últimos dias e a febre cedera depois do pôr do sol do dia anterior. Estava forte o bastante para andar — apesar de lentamente — conforme o escoltaram para os banhos no calabouço, onde o acorrentaram para que fosse limpo e esfregado, e até arriscaram barbeá-lo, apesar dos melhores esforços de Aedion para cortar a própria garganta com a lâmina.

Parecia que o queriam apresentável para a corte quando fosse decapitado com a própria arma, a Espada de Orynth.

Depois de limpar os ferimentos, vestiram-no em calças e uma camisa branca larga, puxaram seus cabelos para trás e o carregaram escada acima. Guardas de uniformes pretos acompanhavam o prisioneiro, três de cada lado, quatro adiante e quatro atrás, além de cada porta e saída ter um dos desgraçados a postos.

Ele estava exausto demais devido à arrumação para provocá-los ao ponto de lhe enfiarem uma espada, então deixou que o escoltassem pelas portas altas até o salão. Flâmulas vermelhas e douradas pendiam das vigas, flores de primavera cobriam cada mesa, e um arco de rosas de estufa tinha sido montado sobre a plataforma da qual a família real assistiria às festividades antes da execução. As janelas e as portas além da plataforma na qual Aedion seria morto davam para um dos jardins. Um guarda estava posicionado nelas a cada 60 centímetros; outros, no próprio jardim. Se o rei queria montar uma armadilha para Aelin, certamente não se incomodara em ser sutil a respeito.

Ao ser empurrado pelos degraus de madeira da plataforma, Aedion percebeu que foi civilizado da parte deles dar um banco para que se sentasse. Pelo menos não precisaria ficar jogado no chão, como um cachorro, enquanto observava todos fingirem que não estavam ali apenas para ver sua cabeça rolar. E um banco, percebeu ele com satisfação sombria, daria uma arma boa o bastante quando a hora chegasse.

Então Aedion permitiu que o acorrentassem aos grilhões ancorados ao chão da plataforma. Deixou que colocassem a Espada de Orynth em exibição poucos metros atrás dele, com o punho de osso arranhado reluzindo à luz da manhã.

Era apenas uma questão de encontrar o momento certo para que ele escolhesse seu fim.

❧ 16 ❧

O demônio obrigou que ele sentasse em uma plataforma, em um trono ao lado de uma mulher coroada. Ela nem reparou que a coisa usando a boca do jovem não era a pessoa que dera à luz. Do outro lado, estava o homem que controlava o demônio dentro dele. E mais adiante, o salão de baile, cheio de nobres falantes, alheios ao fato de que ainda estava ali, ainda gritava.

O demônio penetrara mais um pouco a barreira naquele dia e, agora, olhava pelos olhos dele com uma malícia antiga, reluzente. Estava faminto por aquele mundo.

Talvez o mundo merecesse ser devorado pela coisa.

Talvez exatamente esse pensamento traidor que tivesse ocasionado uma falha tão grande na barreira entre eles. Talvez o demônio estivesse vencendo. Talvez já tivesse vencido.

Então ele foi forçado a se sentar naquele trono, e a falar com palavras que não eram suas, e a compartilhar os olhos com algo de outro reinado, que lhe olhava o mundo ensolarado com uma fome voraz e eterna.

～

A fantasia coçava como o inferno. A tinta pelo corpo não ajudava.

A maioria dos convidados importantes tinha chegado nos dias que precederam a festa, mas aqueles que moravam na cidade ou nas encostas afastadas agora formavam uma fila luminosa, que se estendia pelas imensas portas da entrada. Guardas estavam posicionados ali, verificando convites, fazendo perguntas, olhando para rostos que não estavam muito felizes em serem interrogados. As atrações, os vendedores e a criadagem, no entanto, foram instruídos a usar uma das entradas laterais.

Foi ali que Aelin encontrou Madame Florine e sua trupe de dançarinas, usando fantasias de tule preto e seda e renda, como noite líquida no sol do meio da manhã.

Com os ombros para trás, a barriga para dentro e os braços esticados nas laterais do corpo, Aelin se misturou tranquilamente ao bando. Os cabelos pintados de um tom de castanho avermelhado e o rosto coberto pelos cosméticos pesados, usados por todas as dançarinas, permitiram que se camuflasse bem o bastante.

Aelin se concentrou inteiramente no papel de novata trêmula, em parecer mais interessada no que as demais dançarinas pensavam dela que nos seis guardas posicionados na pequena porta de madeira na lateral da parede de pedra. O corredor do castelo adiante era estreito: bom para adagas, ruim para espadas e mortal para aquelas dançarinas caso a jovem se metesse em confusão.

Se Arobynn a tivesse, de fato, traído.

Com a cabeça baixa, Aelin monitorou sutilmente o primeiro teste de confiança.

Florine, com seus cabelos castanhos, caminhava ao lado da fileira de dançarinas, como um almirante a bordo de um navio.

Envelhecida, porém linda; cada movimento de Florine era envolto em uma graciosidade que a própria Aelin jamais conseguira copiar, não importava quantas lições tivesse tido com a mulher quando era mais nova. Ela fora a dançarina mais aclamada do império; desde a aposentadoria, permanecia a professora mais valiosa. *General-Professora...* era como a jovem a chamara durante os anos em que treinara com a mulher, tendo aprendido as mais requintadas danças e maneiras de mover e cuidar do corpo.

Os olhos cor de avelã de Florine estavam sobre os guardas adiante conforme parou ao lado de Aelin, com um franzir dos lábios finos.

— Ainda precisa trabalhar sua postura — avisou a mulher.

Aelin encontrou o olhar de esguelha de Florine.

— É uma honra ser substituta para você, madame. Espero que Gillyan se recupere em breve da doença.

Os guardas deixaram passar o que parecia ser uma trupe de malabaristas, então as dançarinas se aproximaram.

— Você parece estar de bom humor — murmurou a professora.

Aelin fez questão de abaixar a cabeça, curvar os ombros e fazer com que as bochechas corassem — a nova substituta, tímida diante dos elogios da mestre.

— Considerando onde eu estava dez meses antes?

Florine fungou, e o olhar permaneceu nas finas faixas de cicatrizes ao redor dos pulsos da jovem, as quais nem mesmo as espirais pintadas conseguiram esconder. Tinham subido a parte de cima das fantasias de costas nuas das dançarinas, mas, mesmo assim, e mesmo com a pintura corporal, as pontas superiores das cicatrizes cobertas de tatuagens apareciam.

— Se acha que eu tive qualquer coisa a ver com os eventos que levaram àquilo...

As palavras de Aelin foram pouco mais altas que o esmagar dos sapatos de seda no cascalho ao responder:

— Você já estaria morta se fosse o caso. — Não foi um blefe. Quando escrevera seus planos naquele navio, o nome de Florine fora um dos que anotara, então riscara, depois de considerar cuidadosamente.

Aelin continuou:

— Confio que tenha feito os ajustes adequados, certo? — Não apenas a leve mudança nas fantasias para acomodar as armas e os suprimentos que ela precisaria levar para dentro, todos pagos por Arobynn, é claro. Não, as grandes surpresas viriam depois.

— Um pouco tarde para perguntar, não é? — ronronou Madame Florine, as joias escuras no pescoço e nas orelhas brilhando. — Deve confiar muito em mim para sequer ter aparecido.

— Confio que você gosta de dinheiro mais que gosta do rei. — Arobynn providenciara uma quantia exorbitante como pagamento para a mulher. Ela ficou de olho nos guardas, então falou: — E desde que o Teatro Real foi fechado por Sua Majestade Imperial, acho que nós duas concordamos que o que foi feito com aqueles músicos foi um crime tão imperdoável quanto os massacres dos escravizados em Endovier e Calaculla.

Sabia que apostara certo ao ver a tristeza percorrer os olhos de Florine.

— Pytor era meu amigo — sussurrou a mulher, a cor sumindo das bochechas bronzeadas. — Não havia maestro melhor, ouvido melhor. Ele fez minha carreira. Me ajudou a estabelecer tudo isto. — Ela gesticulou com a mão para englobar as dançarinas, o castelo, o prestígio que adquirira. — Sinto falta dele.

Não havia nada calculado, nenhuma frieza quando Aelin levou a mão ao próprio coração.

— Vou sentir falta de vê-lo conduzir a *Suíte estígia* todo outono. Passarei o resto da vida sabendo que talvez jamais ouça música melhor, jamais experimente de novo um pingo do que sentia ao me sentar naquele teatro enquanto ele conduzia.

Madame Florine envolveu o próprio corpo com os braços. Apesar dos guardas adiante, apesar da tarefa que se aproximava a cada tique-taque do relógio, Aelin precisou de um momento para falar de novo.

Mas não fora aquilo que fez com que a jovem concordasse com o plano de Arobynn, com que confiasse em Florine.

Dois anos antes, finalmente livre da coleira de Arobynn, mas quase pedindo esmola por ter pagado as dívidas, Aelin continuou com as lições de Florine, não apenas para se manter atualizada com as danças populares para o trabalho, mas para se manter flexível e em forma. A professora se recusara a aceitar seu dinheiro.

Mais que isso, depois de cada lição, Florine permitira que ela se sentasse ao piano perto da janela e tocasse até que os dedos doessem, pois tinha sido forçada a deixar seu amado instrumento na Fortaleza dos Assassinos. A mulher jamais tinha mencionado aquilo, jamais fizera com que Aelin sentisse que era uma caridade. Mas fora uma gentileza quando ela desesperadamente precisava de uma.

Aelin disse, sussurrando:

— Memorizou as preparações para você e suas meninas?

— Aquelas que desejarem fugir podem pegar o navio que Arobynn contratou. Deixei espaço para todas, caso seja necessário. Se forem burras o bastante para permanecer em Forte da Fenda, merecem o destino delas.

Aelin não tinha arriscado ser vista se encontrando com Florine até então, e a professora nem ousara fazer as malas por medo de ser descoberta. Só levaria o que pudesse carregar consigo para a apresentação — dinheiro, joias — e fugiria para o cais assim que o caos irrompesse. Havia uma boa chance de ela não sair do palácio; assim como as garotas, apesar dos planos de fuga fornecidos por Chaol e Brullo e da cooperação dos guardas mais bondosos.

Aelin se viu dizendo:

— Obrigada.

A boca de Florine se elevou na lateral.

— Eis algo que você jamais aprendeu com seu mestre.

As dançarinas na frente da fila chegaram aos guardas, e Florine suspirou alto, então caminhou até as jovens, levando as mãos aos quadris estreitos, com poder e graça dominando cada passo em direção ao oficial de uniforme preto que avaliava uma longa lista.

Um a um, ele avaliou as dançarinas, comparando-as com a lista que levava. Verificando as anotações... detalhadas.

Mas graças a Ress ter invadido o quartel na noite anterior e acrescentado um nome falso junto a sua descrição, Aelin estaria na lista.

As dançarinas se aproximaram, mas a jovem se manteve no final do grupo para ganhar tempo e observar detalhes.

Pelos deuses, aquele castelo... o mesmo em todos os sentidos, mas diferente. Ou talvez ela estivesse diferente.

Uma de cada vez, as dançarinas receberam permissão de passar pelos guardas de rostos inexpressivos e se apressaram pelo corredor estreito do castelo, rindo e sussurrando umas com as outras.

Aelin ficou na ponta dos pés para avaliar as sentinelas às portas, sem passar de uma iniciante franzindo o rosto com curiosidade impaciente.

Então as viu.

Escritas sobre as pedras da soleira, com tinta preta, estavam as marcas de Wyrd. Tinham sido lindamente desenhadas, como se fossem apenas decorativas, mas...

Deviam estar em cada porta, cada entrada.

Certamente, mesmo as janelas, um nível acima, tinham símbolos pequenos e escuros sobre elas, sem dúvida com Aelin Galathynius como alvo, para alertar o rei de sua presença, ou para prendê-la em um lugar por tempo o suficiente para que fosse capturada.

Uma dançarina deu uma cotovelada no estômago de Aelin para que a jovem parasse de se apoiar em seu ombro ao olhar por cima das cabeças das companheiras. Ela encarou a garota boquiaberta — então soltou um audível *ai* de dor.

A dançarina olhou por cima do ombro, mandando que ela se calasse sem emitir som.

Aelin caiu em lágrimas.

Lágrimas altas, soluçadas, cheias de *hu-hu-hu*. As mulheres congelaram, aquela em sua frente recuou um passo, olhando para os lados.

— I-isso doeu — resmungou Aelin, segurando o estômago.

— Não fiz nada — chiou a dançarina.

Ela continuou chorando.

Adiante, Florine ordenou que as meninas saíssem do caminho, então o rosto dela estava diante de Aelin.

— Em nome de todos os deuses do mundo, que algazarra é essa?

Aelin apontou um dedo trêmulo para a dançarina.

— Ela me b-bateu.

A professora se virou para a garota de olhos arregalados, que já alegava sua inocência. Então se seguiu uma série de acusações, de insultos e de mais lágrimas; então da dançarina, que chorava por causa da carreira obviamente destruída.

— Á-água — soluçou Aelin para a mulher. — Preciso de um copo d'ááágua. — Os guardas tinham começado a abrir caminho até elas. Aelin apertou o braço de Florine com força. — *A-agora*.

Os olhos da professora brilharam, e ela fitou os guardas que se aproximaram, disparando as exigências. Aelin prendeu a respiração, esperando o golpe, o tapa... mas ali estava um dos amigos de Ress, um dos amigos de Chaol, usando uma flor vermelha presa ao peito, como foi pedido, correndo para pegar água. Exatamente onde Chaol disse que ele estaria, apenas para o caso de algo dar errado. Aelin se agarrou a Florine até que a água aparecesse — um balde e uma concha, o melhor que o homem conseguiu fazer. Ele sabiamente não a encarou.

Com um pequeno soluço de agradecimento, ela pegou os dois objetos das mãos dele, que tremiam levemente.

Aelin deu uma cutucada sutil com o pé em Florine, apressando-a para a frente.

— Venha comigo — ordenou a madame, irritada, arrastando a jovem para a frente da fila. — Cansei dessa estupidez, e você quase destruiu sua maquiagem.

Com o cuidado de não derramar a água, Aelin permitiu que fosse puxada até a sentinela de rosto impassível à porta.

— Minha substituta tola e inútil, Dianna — disse a mulher para o guarda, com uma frieza impecável na voz, inalterada pelo demônio de olhos pretos que a encarava.

O homem avaliou a lista nas mãos, verificando, verificando...

Então riscou um nome.

Trêmula, Aelin tomou um gole da água da concha, então a enfiou de volta no balde.

O guarda a fitou mais uma vez; e ela fez o lábio inferior estremecer, fez as lágrimas se acumularem de novo conforme o demônio dentro dele a devorou com os olhos. Como se todas aquelas lindas dançarinas fossem sobremesa.

— Entre — grunhiu o homem, indicando com o queixo o corredor a seguir.

Com uma oração silenciosa, Aelin deu um passo na direção das marcas de Wyrd escritas sobre as pedras da soleira.

Então tropeçou, fazendo com que o balde d'água se derramasse sobre os escritos.

Ela chorou ao atingir o chão, os joelhos latejando com dor verdadeira, e Florine a alcançou imediatamente, exigindo que a jovem parasse de ser tão desastrada e tão resmungona, depois a empurrou para dentro... jogando-a por cima das marcas destruídas.

E para dentro do castelo de vidro.

❧ 17 ❧

Depois que Florine e as outras dançarinas tiveram permissão de entrar, todas foram amontoadas em um estreito corredor de serviço. Em questão de minutos, a porta do outro lado se abriria para a lateral do salão de baile e elas flutuariam para fora como borboletas. Borboletas pretas e brilhantes, ali para apresentar "Damas de companhia da Morte", a dança de uma das sinfonias mais populares.

Não foram paradas ou interrogadas por mais ninguém, embora os guardas em todos os corredores as tivessem observado como gaviões. E não do tipo príncipe feérico transfigurador.

Tão poucos dos homens de Chaol estavam presentes. Nenhum sinal de Ress ou de Brullo. Mas todos estavam onde o capitão prometera que estariam, com base nas informações de Ress e de Brullo.

Uma bandeja de presunto assado com mel e sálvia crocante passou por elas no ombro de uma criada, e Aelin tentou não apreciar o prato, não aproveitar os odores da comida do inimigo. Mesmo que fosse uma comida muito maravilhosa.

Bandeja após bandeja passou, carregada por criados de rostos vermelhos, sem dúvida ofegantes devido à caminhada desde as cozinhas. Truta com amêndoas, aspargos crocantes, tubos de creme fresco batido, tortas de pera, bolos de carne...

Aelin inclinou a cabeça, observando a fileira de empregados. Um meio sorriso se abriu em seu rosto. Esperou que voltassem para a cozinha de mãos vazias. Por fim, a porta se abriu de novo e uma criada esguia com um avental branco impecável ocupou o corredor escuro, as mechas soltas dos cabelos pretos como nanquim caindo da trança conforme corria para pegar a bandeja seguinte de torta de pera na cozinha.

A jovem manteve o rosto inexpressivo, desinteressado, quando Nesryn Faliq a fitou.

Aqueles olhos pretos e puxados para cima semicerraram levemente — surpresa ou nervosa, Aelin não soube dizer. Mas, antes que conseguisse decidir como lidar com aquilo, um dos guardas indicou para Florine que era hora.

Aelin permaneceu de cabeça baixa, mesmo ao sentir o demônio dentro do homem voltar a atenção para ela e para as demais. Nesryn tinha sumido — havia desaparecido escada abaixo — quando se virou.

Florine caminhou ao longo da fileira de dançarinas esperando à porta, as mãos entrelaçadas atrás do corpo.

— Costas esticadas, ombros para trás, pescoços erguidos. Vocês são leves, são ar, são graciosidade. Não me desapontem.

A professora pegou o cesto de flores de vidro preto que dera à dançarina mais habilidosa para carregar, cada flor exótica reluzia como um diamante de ébano à luz fraca do corredor.

— Se quebrarem as flores antes da hora de jogá-las para baixo, será o fim de vocês. Elas custam mais do que vocês valem, e não há flores sobressalentes.

Uma a uma, Florine entregou o adereço pela fila, cada uma delas era resistente o bastante para não se partir nos minutos seguintes.

Florine chegou a Aelin com o cesto vazio.

— Observe-as e aprenda — disse a mulher, alto o bastante para que o guarda-demônio ouvisse, e colocou a mão no ombro da jovem, sempre a professora consoladora. As outras dançarinas, agora se movendo, alongando pescoço e ombros, não olharam na direção das duas.

Aelin assentiu comportadamente, como se tentasse esconder lágrimas de desapontamento, então saiu da fila para ficar ao lado de Florine.

Trompetes soaram pelas fendas em volta da porta, e a multidão comemorou alto o bastante para fazer o chão tremer.

— Espiei o salão — comentou Florine, tão baixo que Aelin mal conseguiu ouvir. — Para ver como o general está. Parece magro e pálido, mas está alerta. Pronto... para você.

A jovem ficou imóvel.

— Sempre me perguntei onde Arobynn a encontrou — murmurou a professora, encarando a porta como se pudesse ver através dela. — Por que se deu tanto trabalho para fazer com que você cedesse à vontade dele, mais que os outros. — A mulher fechou os olhos por um momento, e, ao abri-los, aço brilhava ali. — Quando destruir os grilhões deste mundo e forjar o próximo, lembre-se de que arte é tão vital quanto comida para um reino. Sem ela, um reino não é nada e será esquecido no tempo. Já juntei dinheiro o suficiente na minha porcaria de vida para não precisar de mais, então vai entender muito bem quando eu disser que não importa onde estabelecerá seu trono nem quanto tempo vai demorar, irei até você, levando música e dança.

Aelin engoliu em seco. Antes que pudesse dizer qualquer coisa, Florine a deixou no fim da fila e caminhou até a porta. Então parou ali, olhando para cada dançarina. A mulher falou apenas quando os olhos encontraram os de Aelin.

— Deem ao nosso rei a apresentação que ele merece.

Ela abriu a porta, inundando o corredor com luz e música e o cheiro de carnes assadas.

As outras meninas inspiraram coletivamente e se adiantaram, uma a uma, agitando aquelas flores de vidro escuro acima delas.

Conforme as viu caminhando, Aelin obrigou o sangue em suas veias a se tornar uma chama escura. Aedion... o foco era Aedion, não o tirano sentado à frente do salão, o homem que assassinara sua família, que assassinara Marion, assassinara seu povo. Se aqueles eram os últimos momentos da jovem, então ao menos morreria lutando, ao som de uma música extraordinária.

Estava na hora.

Um fôlego; então outro.

Ela era a herdeira do fogo.

Ela *era* fogo e luz e cinzas e brasa. Era Aelin Coração de Fogo e não se curvaria para nada nem ninguém, exceto para a coroa que era dela por direito, por sobrevivência e por triunfo.

Aelin esticou os ombros e caminhou na direção da multidão coberta de joias.

Aedion ficara observando os guardas durante as horas em que estivera acorrentado ao banco, analisando quem seria melhor atacar primeiro, quem favorecia certo lado ou perna, quem poderia hesitar ao enfrentar o Lobo do Norte e, mais importante, quem era impulsivo e burro o bastante para finalmente o matar apesar do comando do rei.

As apresentações tinham começado, chamando a atenção do público que estivera descaradamente o encarando, e, quando as duas dúzias de mulheres entraram flutuando e saltando e girando no amplo espaço entre o palanque e a plataforma de execução, por um momento Aedion se sentiu... mal por interromper. Aquelas dançarinas não mereciam ser pegas em meio ao derramamento de sangue prestes a começar.

Parecia adequado, no entanto, que as fantasias brilhantes fossem do mais profundo preto, ressaltadas com prata — as Damas de companhia da Morte, percebeu Aedion. Era quem elas representavam.

Era um sinal, tanto quanto qualquer outro. Talvez a Silba de olhos pretos oferecesse a ele uma morte gentil em vez de uma cruel, nas mãos ensanguentadas de Hellas. De toda forma, Aedion se viu sorrindo. A morte era a morte.

As dançarinas jogavam punhados de pó escuro, cobrindo o chão com aquilo; representando as cinzas dos caídos, provavelmente. Uma a uma, deram lindas piruetas e se curvaram diante do rei e de seu filho.

Hora de entrar em ação. O soberano se distraía com um guarda uniformizado que sussurrava ao seu ouvido, o príncipe assistia à dança com um desinteresse entediado, e a rainha tagarelava com qualquer que fosse o membro da corte que favorecia na ocasião.

A multidão bateu palmas e ovacionou a apresentação que seguia. Todos tinham comparecido com os trajes mais finos; uma nobreza tão insensível. O sangue de um império pagara por aquelas joias e sedas. O sangue do povo de Aedion.

Uma dançarina sobressalente se movia em meio ao público: alguma substituta, sem dúvida tentando ver melhor a apresentação. E talvez ele não tivesse pensado duas vezes a respeito, caso a mulher não fosse mais alta que as demais — maior, com mais curvas, os ombros mais largos. Ela se movia de forma mais pesada, como se estivesse naturalmente enraizada à terra.

A luz a alcançou, brilhando pela renda das mangas da fantasia e revelando espirais e redemoinhos marcados na pele. Idênticos à pintura nos braços e nos peitos das outras meninas, exceto pelas costas, onde a pintura era um pouco mais escura, um pouco diferente.

Dançarinas daquele tipo não tinham tatuagens.

Antes que Aedion conseguisse ver mais, entre um fôlego e outro, um grupo de damas com vestidos de baile imensos bloqueou a mulher de vista, em seguida ela sumiu atrás de uma porta com cortina, passando direto pelos guardas com um sorriso tímido, como se estivesse perdida.

Quando surgiu de novo, menos de um minuto depois, Aedion só soube que era ela pelo corpo, pela altura. A maquiagem tinha sumido, e a saia de tule fluido tinha desaparecido...

Não... não tinha desaparecido, percebeu ele conforme a mulher passou de novo pela porta sem que o segurança sequer a olhasse. A roupa tinha sido transformada em uma capa de seda, o capuz cobria os cabelos castanho--avermelhados, e ela se movia... se movia como um homem arrogante, exibindo-se para as damas ao redor.

Movia-se para perto de Aedion. Do palco.

As dançarinas ainda jogavam o pó escuro em tudo, circundando em volta, saltitando pelo chão de mármore.

Nenhum dos guardas reparou na dançarina transformada em nobre caminhando na direção do prisioneiro. Um dos membros da corte notou, mas não para dar um grito de alarme. Em vez disso, gritou um nome... o nome de um homem. E a mulher disfarçada se virou, erguendo a mão para cumprimentar o sujeito e dando um sorriso presunçoso.

Ela não estava apenas disfarçada. Tinha se tornado uma pessoa completamente diferente.

Aproximava-se mais e mais, a música da orquestra na galeria ascendia para um final emocionante, vibrante, cada nota mais alta que a anterior conforme as dançarinas erguiam as rosas de vidro acima das cabeças: um tributo ao rei, à Morte.

A jovem disfarçada parou fora do círculo de guardas que acompanhava o palco de Aedion, tateando o próprio corpo, como se procurasse um lenço que tinha sumido enquanto murmurava uma fileira de xingamentos.

Uma pausa comum, crível; nenhum motivo para alarme. As sentinelas voltaram a observar a apresentação.

Mas a dançarina olhou para Aedion sob as sobrancelhas baixas. Mesmo disfarçada de aristocrata, havia um triunfo malicioso e cruel nos olhos turquesa e dourados da mulher.

Atrás deles, do outro lado do salão, as meninas quebraram as rosas no chão, e Aedion sorriu para sua rainha enquanto o mundo inteiro virava um inferno.

⤚ 18 ⤙

Não apenas as flores de vidro estavam adulteradas com um pó reagente comprado às escondidas por Aelin no Mercado das Sombras, mas também cada partícula de poeira brilhante que as dançarinas haviam atirado. E valeu cada prata que ela gastara quando a fumaça irrompeu pelo salão, acendendo o pó espalhado por toda parte.

A fumaça era tão densa que Aelin mal conseguia ver mais que 30 centímetros à frente — misturava-se perfeitamente ao manto cinza que fizera vezes de saia na fantasia. Exatamente como Arobynn sugerira.

Gritos interromperam a música. Aelin já se movia para o palco próximo quando a torre do relógio — aquela torre que salvaria ou condenaria a todos — soou meio-dia.

Não havia um colar preto ao redor do pescoço de Aedion, e era tudo que ela precisava ver, mesmo com o alívio ameaçando fazer os joelhos fraquejarem. Antes que a primeira badalada do relógio terminasse, Aelin tinha sacado as adagas embutidas no corpete do traje — todos os fios prateados e as miçangas escondendo o aço em seu corpo — e cortado a garganta do guarda mais próximo.

A jovem o girou e empurrou contra o homem mais próximo dele ao mesmo tempo em que mergulhou a outra lâmina profundamente no estômago de um terceiro.

A voz de Florine se elevou acima da multidão, com gritos de *saiam--saiam-saiam* para as dançarinas.

A segunda badalada da torre do relógio soou; Aelin puxou a adaga da barriga do guarda que gemia enquanto outro avançava sobre ela de dentro da fumaça.

Os demais iriam até Aedion por instinto, mas seriam atravancados pela multidão, e ela já estava perto o bastante.

O guarda, um daqueles pesadelos de uniforme preto, golpeou com a espada, um ataque direto ao peito de Aelin. Ela desviou o golpe para o lado com uma adaga, girando-a contra o torso exposto do homem. Sangue quente e fétido disparou em sua mão quando a outra lâmina foi enfiada no olho do sujeito.

Ele ainda caía quando Aelin percorreu os últimos poucos metros até a plataforma de madeira e se impulsionou para subir, rolando e mantendo-se abaixada até estar diretamente abaixo dos dois outros guardas, que continuavam tentando afastar a cortina de fumaça. Ambos gritaram ao ser estripados com dois golpes.

A quarta badalada do relógio soou, e ali estava Aedion, as três sentinelas ao redor dele empaladas por pedaços do banco.

Ele era imenso — mais ainda de perto. Um guarda saiu da fumaça, avançando contra os dois, e Aelin gritou:

— *Abaixe-se!* — Então atirou a adaga contra o rosto que se aproximava. Aedion quase não se moveu rápido o bastante para evitar o golpe, e o sangue do homem jorrou no ombro de sua túnica.

Ela disparou contra as correntes nos tornozelos de Aedion, embainhando a adaga que restava na lateral do corpo.

Um sobressalto a percorreu, e luz azul ofuscou sua visão quando o Olho brilhou. Aelin não ousou parar, nem mesmo por um segundo. Qualquer que fosse o feitiço que o rei tinha colocado nas correntes de Aedion, este queimou como fogo azul quando ela cortou o próprio antebraço com a adaga e usou o sangue para desenhar os símbolos que memorizara no objeto: *Abra.*

As correntes caíram no chão com um estampido.

Sétima badalada do relógio.

Os gritos se tornaram mais altos, mais selvagens, e a voz do rei ecoou sobre a multidão em pânico.

Um guarda correu até os dois com a espada em punho. Outro benefício da fumaça: era arriscado demais atirar flechas. Mas Aelin só daria crédito a Arobynn se saísse dali com vida.

Ela desembainhou outra adaga, escondida na costura do manto cinza. O sujeito caiu segurando a garganta, agora aberta de orelha a orelha. Então Aelin se voltou para o primo, tirou a longa corrente do Olho do pescoço e a colocou por cima da cabeça dele. A jovem abriu a boca, mas Aedion arquejou:

— A espada.

E foi quando ela reparou na lâmina exposta atrás do banco. A Espada de Orynth.

A espada de seu pai.

Aelin estivera concentrada demais em Aedion, nos guardas e nas dançarinas para perceber que espada era aquela.

— *Fique perto.* — Foi tudo o que ela disse ao pegar a arma do pedestal e a atirar nas mãos de Aedion. Aelin nem mesmo se permitiu pensar muito no peso daquela lâmina, ou como sequer chegara ali. Simplesmente pegou o primo pelo pulso e correu pela plataforma em direção às janelas do pátio, onde a multidão gritava enquanto guardas tentavam formar uma fileira.

O relógio soou a nona badalada. Aelin soltaria as mãos de Aedion assim que chegassem ao jardim; não tinham mais um segundo para desperdiçar na fumaça sufocante.

Ele cambaleou, mas se manteve de pé, próximo o bastante quando Aelin saltou da plataforma para a fumaça, bem onde Brullo alegara que dois guardas manteriam suas posições. Um morreu com uma adaga na coluna; o outro, com um golpe na lateral do pescoço. Ela apertou os cabos das adagas contra o sangue escorregadio que agora os envolvia... e envolvia cada centímetro dela.

Com a espada segura nas mãos, Aedion pulou para baixo, ao lado de Aelin, e os joelhos falharam.

O general estava ferido, mas não com algum machucado visível. Aelin percebera isso nos segundos em que tinha entrecortado a multidão, mudando seu comportamento conforme Lysandra instruíra. A palidez do rosto de Aedion, assim como a respiração acelerada, não tinha nada a ver com medo. Eles o haviam ferido.

O que tornava matar aqueles homens muito, muito fácil.

A multidão se amontoava nas portas do pátio, exatamente como Aelin calculara. Só foi preciso que gritasse:

— *Incêndio! Incêndio!* — Então os berros do público se tornaram frenéticos.

Eles começaram a quebrar as janelas e as portas de vidro, atropelando os guardas e a si mesmos. As pessoas agarraram baldes para apagar as chamas, jorrando água por todo lado e limpando as marcas de Wyrd nas soleiras.

A fumaça avançou, chegando ao jardim. Aelin empurrou a cabeça de Aedion para baixo ao atirá-lo na massa de membros da corte e criados que fugiam. Debatendo-se, espremendo, gritando, puxando as roupas de Aelin, até que... até que o sol do meio-dia o desnorteasse.

Aedion chiou. Semanas no calabouço provavelmente tinham destruído seus olhos.

— Apenas segure em mim — falou Aelin, apoiando a mão enorme em seu ombro. Ele a segurou com força, as correntes batendo contra a prima, que abria caminho em meio à multidão para o espaço descoberto e limpo adiante.

A torre do relógio soou a décima segunda e última badalada quando Aelin e Aedion pararam de repente diante de uma fileira de seis guardas que bloqueava a entrada para as cercas vivas do jardim.

A jovem se desvencilhou-se de Aedion, que xingou quando o olhar se ajustou por tempo o suficiente para que visse o que agora estava entre os dois e a fuga.

— Não fique em meu caminho — avisou Aelin ao primo, então dispa rou contra as sentinelas.

Rowan lhe ensinara alguns truques novos.

Aelin era uma nuvem rodopiante de morte, uma rainha das sombras, e aqueles homens já eram carniça.

Cortando e se abaixando e girando, a jovem se entregou completamente àquela calma letal, até que o sangue se tornasse névoa ao seu redor e o cascalho ficasse escorregadio. Quatro dos homens de Chaol vieram correndo — então correram na direção oposta. Aliados ou apenas inteligentes, Aelin não se importava.

E, quando o último daqueles guardas de uniforme preto caiu no chão ensanguentado, ela correu para Aedion. Ele estivera arquejando, mas então soltou uma risada grave e sombria ao se lançar com a prima em uma corrida para as cercas vivas.

Arqueiros; precisavam se livrar dos arqueiros que certamente começariam a atirar assim que a fumaça se dissipasse.

Os dois dispararam ao redor e entre as cercas vivas que Aelin atravessara dezenas de vezes durante a estadia no castelo, quando corria todas as manhãs com Chaol.

— *Mais rápido*, Aedion — sussurrou a jovem, mas ele já ficava para trás. Aelin parou e cortou o pulso encharcado de sangue com uma adaga antes de desenhar as marcas de Wyrd para abrir cada uma das correntes nas mãos dele. De novo, luz irrompeu e queimou. Mas então as algemas se abriram silenciosamente.

— Belo truque — comentou Aedion, ofegante, conforme a prima puxou as correntes. Ela estava prestes a jogar o metal longe quando o cascalho estalou atrás deles.

Não eram os guardas nem o rei.

Não foi com pouco horror que Aelin descobriu Dorian caminhando em sua direção.

≈ 19 ≈

— Vão a algum lugar? — perguntou Dorian, com as mãos nos bolsos da calça preta.

O homem que disse aquelas palavras não era o amigo de Aelin — ela soube disso antes que ele sequer abrisse a boca. O colarinho da túnica ébano de Dorian estava desabotoado, revelando o colar reluzente de pedra de Wyrd na base da garganta.

— Infelizmente, Vossa Alteza, temos outra festa para ir. — Ela notou a fina árvore de bordo vermelho à direita, as cercas vivas, o palácio de vidro que se erguia além deles. Estavam muito no interior do jardim para serem atingidos, mas cada segundo desperdiçado era o mesmo que assinar a própria sentença de morte. E a de Aedion.

— Uma pena — respondeu o príncipe valg dentro de Dorian. — Acabou de ficar emocionante.

Ele golpeou.

Uma onda sombria disparou contra a jovem, e Aedion deu um grito de aviso. Azul irradiou diante de Aelin, desviando a agressão de Aedion, mas ela foi atirada para trás um passo, como que por um vento forte e escuro.

Quando a escuridão se dissipou, o príncipe a encarou. Então deu um sorriso preguiçoso e cruel.

— Você se protegeu. Inteligente, adorável coisa humana.

155

Ela passara a manhã inteira pintando cada centímetro do corpo com marcas de Wyrd do próprio sangue misturadas com tinta para esconder a cor.

— Aedion, corra para a muralha — sussurrou Aelin, sem ousar tirar os olhos do príncipe.

Mas seu primo não foi.

— Ele não é o príncipe... não mais.

— Eu sei. É por isso que você precisa...

— Que heroísmo — falou a coisa que ocupava seu amigo. — Que esperança tola pensar que pode escapar.

Como uma víbora, ele golpeou de novo; uma muralha de poder tingido de preto. Aquilo atirou Aelin diretamente contra Aedion, que grunhiu de dor, mas a colocou de pé. A pele dela começou a coçar sob a fantasia, como se as proteções de sangue estivessem ruindo a cada ataque. Úteis, porém de vida curta. Precisamente por isso Aelin não as desperdiçara para entrar no castelo.

Precisavam sair dali — *imediatamente*.

Ela empurrou as correntes contra as mãos de seu primo, pegou a Espada de Orynth e deu um passo na direção do príncipe.

Devagar, Aelin desembainhou a arma. O peso era impecável, e o aço brilhava tão forte quanto da última vez que a vira. Nas mãos do pai.

O príncipe valg disparou outro açoite de poder contra Aelin, que cambaleou, mas continuou caminhando, mesmo quando as proteções de sangue sob a fantasia ruíram.

— Um sinal, Dorian — pediu ela. — Me dê apenas um sinal de que está aí dentro.

O homem deu uma risada baixa e rouca, aquele lindo rosto contorcendo-se com uma brutalidade antiga. Os olhos cor de safira estavam vazios quando ele falou:

— Vou destruir tudo o que ama.

Aelin ergueu a espada do pai com as mãos, ainda avançando.

— Você jamais faria isso — disse a coisa.

— Dorian — repetiu a jovem, a voz falhando. — Você é *Dorian*. — Segundos... podia oferecer apenas alguns segundos a ele. O sangue dela escorreu no cascalho, e Aelin deixou que empoçasse ali, os olhos fixos no príncipe ao começar a traçar um símbolo com o pé.

O demônio riu de novo.

— Não mais.

Aelin encarou aqueles olhos, a boca que um dia beijara, o amigo de quem um dia gostara tanto, e implorou:

— Apenas um sinal, Dorian.

Mas não havia nada do amigo naquele rosto, nenhuma hesitação ou contração de músculo contra o ataque quando o príncipe avançou.

Avançou, então congelou ao passar por cima da marca de Wyrd que Aelin desenhara no chão com o pé — uma marca rápida e suja para detê-lo. Não duraria mais que alguns segundos, mas era tudo de que precisava conforme ele era forçado a se ajoelhar, se debatendo e resistindo ao poder. Aedion xingou baixinho.

A jovem ergueu a Espada de Orynth sobre a cabeça de Dorian. Um golpe. Apenas um para cortar a carne e o osso, para poupá-lo.

A coisa rugia com uma voz que não pertencia a Dorian, em uma língua que não pertencia àquele mundo. A marca no chão brilhou, porém se manteve.

O rapaz ergueu o olhar para ela, com tanto ódio naquele lindo rosto, tanta malícia e cólera.

Por Terrasen, pelo futuro deles, Aelin podia fazer aquilo. Podia acabar com aquela ameaça ali, naquele momento. Acabar com *ele*, no seu aniversário — não mais que um dia além dos vinte anos. A jovem sofreria por aquilo mais tarde, ficaria de luto mais tarde.

Nenhum outro nome seria gravado em sua pele, prometera a si mesma. Mas pelo próprio reino... A lâmina desceu quando ela decidiu, e...

O impacto atingiu a espada de seu pai, deixando-a sem equilíbrio, e Aedion gritou.

A flecha ricocheteou no jardim, chiando contra o cascalho ao cair.

Nesryn já se aproximava, com outra flecha preparada e apontada para Aedion.

— Se acertar o príncipe, atiro no general.

Dorian soltou a gargalhada de um amante.

— Você é uma merda de espiã — disparou Aelin. — Nem mesmo tentou ficar escondida enquanto me vigiava lá dentro.

— Arobynn Hamel disse ao capitão que você tentaria matar o príncipe hoje — falou Nesryn. — Abaixe a espada.

Aelin ignorou o comando. *O pai de Nesryn faz as melhores tortas de pera da capital.* Supôs que Arobynn tivesse tentado avisá-la, e ela estivera distraída demais por todo o resto para pensar na mensagem oculta. Que estupidez. Uma grande *estupidez* da parte dela.

Apenas segundos restavam antes que as proteções falhassem.

— Você mentiu para nós — argumentou Nesryn. A flecha ainda estava apontada para Aedion, que avaliava a mulher, as mãos se fechando como se imaginasse os dedos envoltos na garganta da jovem.

— Você e Chaol são uns tolos — respondeu Aelin, mesmo quando parte dela suspirava aliviada, mesmo querendo admitir que o que estava prestes a fazer também a tornava uma tola. Ela abaixou a espada na lateral do corpo.

A coisa dentro de Dorian sibilou:

— Vai se arrepender deste momento, garota.

Aelin apenas sussurrou:

— Eu sei.

A jovem não dava a mínima para o que acontecesse com Nesryn. Ela embainhou a espada, pegou Aedion e correu.

*

Ao respirar, parecia haver cacos de vidro nos pulmões de Aedion, mas a mulher coberta de sangue — *Aelin* — o puxava consigo, xingando-o por ser tão lento. O jardim era enorme, e gritos aumentavam do outro lado das cercas vivas atrás deles, aproximando-se.

Então chegaram a uma muralha de pedra já estampada com marcas de Wyrd em sangue, e havia mãos fortes se esticando para ajudar Aedion a subir e atravessá-la. Ele tentou dizer a Aelin que fosse primeiro, mas ela empurrou as costas do primo, então as pernas, impulsionando-o para cima enquanto os dois homens no alto do muro grunhiam com o peso. O ferimento em suas costelas se esticou, queimando de dor. O mundo ficou mais claro e girou quando os sujeitos de capuz o desceram devagar para a tranquila rua da cidade do outro lado. Aedion precisou apoiar a mão contra a parede para evitar escorregar no sangue empoçado dos guardas reais abaixo. Não reconheceu nenhum dos rostos, alguns ainda estampando gritos silenciosos.

Houve o roçar de um corpo sobre a pedra, então Aelin desceu ao lado dele, envolvendo o manto cinza na roupa ensanguentada e jogando o capuz por cima do rosto borrifado de sangue. Ela trazia outro manto nas mãos, cortesia da patrulha da muralha. Aedion mal conseguiu ficar de pé quando a prima o envolveu na vestimenta e abaixou o capuz sobre sua cabeça.

— *Corra* — disse ela. Os dois homens no alto do muro permaneceram ali, os arcos rangeram ao serem retesados. Nenhum sinal da jovem arqueira do jardim.

Aedion cambaleou, e Aelin xingou, recuando para passar o braço sobre o tronco do general. Amaldiçoando a própria força por falhar naquele momento, Aedion apoiou o braço sobre os ombros da prima, encostando o corpo nela conforme os dois disparavam pela rua residencial silenciosa demais.

Gritos irromperam atrás, acompanhados do chiado e do estampido de flechas e dos gemidos de homens moribundos.

— Quatro quarteirões — informou Aelin, ofegante. — Apenas quatro quarteirões.

Aquilo não parecia nem um pouco longe o bastante para ser seguro, mas Aedion não tinha fôlego para avisar isso a ela. Manter-se de pé era difícil o bastante. Os pontos na lateral do corpo abriram-se, mas, graças aos deuses, eles tinham saído da propriedade do palácio. Um milagre, um milagre, um mil...

— *Rápido, seu bundão!* — disparou Aelin.

Aedion se obrigou a se concentrar, desejando força às pernas, à coluna. Chegaram a uma esquina adornada com festões e flores, então a jovem olhou para as duas direções antes de correr pela interseção. O clangor de aço em aço e os gritos dos feridos percorriam a cidade, fazendo com que os grupos de festejadores alegres ao redor deles começassem a murmurar.

Mas Aelin continuou rua abaixo, então pegou outra. Na terceira rua, ela reduziu os passos e se inclinou sobre o primo, começando uma música lasciva em uma voz bêbada e muito desafinada. Assim se tornaram cidadãos comuns comemorando o aniversário do príncipe, cambaleando de taverna em taverna. Ninguém deu qualquer atenção aos dois — não quando todos os olhos estavam voltados para o castelo de vidro que se erguia atrás.

Cambalear fez a cabeça de Aedion ficar zonza. Se desmaiasse...

— Mais um quarteirão — prometeu Aelin.

Aquilo era alguma alucinação. Só podia ser. Ninguém teria sido, de fato, burro o bastante para resgatá-lo; principalmente sua própria rainha. Mesmo que ele a tivesse visto cortar meia dúzia de homens como se fosse uma pilha de trigo.

— Vamos, vamos — disse ela, ofegante, avaliando a rua decorada, e Aedion entendeu que Aelin não falava com ele. As pessoas perambulavam, parando a fim de perguntar o que era a comoção no palácio. A jovem os liderou pela multidão, meros bêbados encapuzados e trôpegos, até chegarem a uma carruagem preta de aluguel que encostou no meio-fio, como se estivesse esperando. A porta se abriu.

Sua prima o empurrou para dentro, direto para o chão, então fechou a porta atrás de si.

∽

— Já estão parando todas as carruagens nos principais cruzamentos — avisou Lysandra, quando Aelin entreabriu o compartimento de bagagens sob um dos bancos. Era grande o bastante para que uma pessoa bastante encolhida coubesse, mas Aedion era imenso e...

— Para dentro. Entre, *agora* — ordenou Aelin, e, sem esperar que ele se movesse, começou a empurrá-lo para o compartimento. O general gemeu. Sangue começara a escorrer da lateral de seu corpo, mas... ia sobreviver.

Quer dizer, isso se *qualquer um* deles sobrevivesse aos próximos minutos. Aelin fechou o painel sob a almofada, encolhendo o corpo ao ouvir o estampido de madeira sobre pele, e pegou o retalho úmido que Lysandra tirou de uma velha caixa de chapéus.

— Está ferida? — perguntou a cortesã, quando a carruagem tomou um ritmo de passeio pelas ruas lotadas com festejadores.

O coração batia tão desesperadamente que Aelin achou que fosse vomitar, mas então balançou a cabeça enquanto limpava o rosto. Tanto sangue... então os resquícios da maquiagem, então mais sangue.

A mulher entregou um segundo retalho para que Aelin limpasse o peito, o pescoço e as mãos, depois estendeu o vestido verde, largo e de mangas longas, que havia levado.

— Agora, agora, agora — sussurrou Lysandra.

A jovem arrancou o manto ensanguentado e o atirou à cortesã, que se levantou para enfiar o tecido no compartimento sob o próprio assento enquanto Aelin colocava o vestido. Os dedos de Lysandra estavam surpreendentemente calmos ao abotoar as costas da roupa; em seguida, trabalhou rapidamente nos cabelos de Aelin, entregou a ela um par de luvas, depois jogou um colar de joias ao redor do pescoço da amiga. Um leque foi colocado nas mãos dela assim que colocou as luvas, escondendo qualquer traço de sangue.

A carruagem parou ao som de vozes masculinas ríspidas. Lysandra acabara de abrir as cortinas quando passos fortes se aproximaram, seguidos por quatro dos homens da Guarda Real, olhando para o carro com olhos atentos e impiedosos.

A cortesã abriu a janela.

— Por que fomos paradas?

O guarda escancarou a porta e enfiou a cabeça para dentro. Aelin reparou em um borrão de sangue no chão um momento antes do sujeito, então o cobriu com a saia.

— Senhor! — gritou Lysandra. — Quero uma explicação *imediatamente*!

Aelin agitou o leque com o horror de uma dama, rezando para que o primo ficasse quieto no pequeno compartimento. Na rua adiante, alguns festejadores tinham parado para observar a inspeção, de olhos arregalados, curiosos nem um pouco inclinados a ajudar as duas mulheres dentro da carruagem.

O guarda as olhou com desprezo, intensificando a expressão ao repousar os olhos no pulso tatuado de Lysandra.

— Não devo nada a você, vadia. — Ele cuspiu outra palavra imunda para ambas, então gritou: — Vasculhem o compartimento atrás.

— Estamos a caminho de um *compromisso* — chiou a cortesã, mas o sujeito bateu a porta na cara dela. A carruagem deu um solavanco quando os homens saltaram e abriram o compartimento dos fundos. Depois de um momento, alguém bateu a mão na lateral da carruagem e gritou:

— *Sigam em frente!*

Elas não ousaram parar de parecer ofendidas, não ousaram parar de se abanar durante os dois quarteirões seguintes, ou ainda os dois depois, até que o motorista batesse duas vezes no topo do carro. Tudo livre.

Aelin saltou do banco, escancarando o compartimento. Aedion tinha vomitado, mas estava consciente e parecia mais que um pouco ofendido quando ela o mandou sair.

— Mais uma parada, então chegaremos.

— Rápido — falou Lysandra, olhando casualmente pela janela. — Os outros estão quase aqui.

O beco mal era grande o bastante para acomodar as duas carruagens que seguiam na direção uma da outra, não passando de dois veículos grandes reduzindo a velocidade para evitar a colisão. A cortesã escancarou a porta no momento em que se alinharam com o outro carro, e o rosto tenso de Chaol surgiu ao fazer o mesmo.

— Vá, vá, vá — ordenou Lysandra, empurrando Aedion pela pequena abertura entre as carruagens. Ele tropeçou, grunhindo ao se chocar contra o capitão. Atrás de Aelin, a mulher disse: — Estarei lá em breve. Boa sorte.

A jovem saltou para o outro veículo, fechando a porta atrás de si, conforme continuaram pela rua.

Estava com a respiração tão ofegante que achou que jamais tomaria fôlego o bastante. Aedion se esparramou no chão, mantendo-se abaixado.

Chaol perguntou:

— Tudo bem?

Aelin só conseguiu dar um aceno de cabeça, feliz por ele não ter exigido outras respostas. Mas não estava tudo bem. Não mesmo.

A carruagem, conduzida por um dos homens do capitão, os levou por mais alguns quarteirões, até o limite dos cortiços, onde desceram em uma rua deserta, decrépita. Aelin confiava nos homens de Chaol, mas só até certo ponto. Levar Aedion diretamente para o apartamento dela seria pedir por problema.

Com o general debruçado entre os dois, Aelin e Chaol correram pelos vários quarteirões seguintes, pegando o caminho mais longo até o armazém para despistar qualquer espião, ouvindo com tanta atenção que mal respiravam. Mas então chegaram ao local e Aedion conseguiu ficar de pé por tempo suficiente para que o capitão abrisse a porta antes que se apressassem para dentro, para a escuridão e a segurança, por fim.

Chaol ocupou o lugar de Aelin ao lado de Aedion quando ela se deteve à porta. Grunhindo devido ao peso, ele conseguiu subir com o general.

— Ele tem um ferimento nas costelas — explicou Aelin, enquanto se obrigava a esperar, monitorando a porta do armazém em busca de algum sinal de perseguidores. — Está sangrando. — Chaol deu um aceno de confirmação por cima do ombro.

Quando o primo e o capitão estavam quase no alto das escadas, quando ficou evidente que ninguém parecia prestes a invadir, Aelin os seguiu. Contudo, parar tivera o seu preço; parar tinha permitido que a concentração afiada se dissipasse, permitira que cada pensamento mantido afastado surgisse em um turbilhão. Cada passo que dava era mais pesado que o anterior.

Um pé para cima, então o outro, depois o seguinte.

Ao chegar no segundo andar, Chaol já levara Aedion para o quarto de hóspedes. O som de água corrente a recebeu.

Aelin deixou a porta da frente aberta para Lysandra e, por um momento, apenas ficou de pé no apartamento, apoiando a mão no encosto do sofá, encarando o nada.

Quando teve certeza de que conseguia se mover de novo, caminhou para o quarto. Ficou nua antes de chegar ao aposento de banho, e se sentou na banheira fria e seca antes de ligar a água.

∾

Quando reapareceu, limpa e usando uma das velhas camisas brancas de Sam e calções, Chaol esperava por Aelin no sofá. Ela não ousou olhar para seu rosto — ainda não.

A cabeça de Lysandra despontou do quarto de hóspedes.

— Estou só terminando de limpá-lo. Deve ficar bem se não arrebentar os pontos de novo. Nenhuma infecção, graças aos deuses.

Aelin ergueu a mão fraca em agradecimento, também não ousando olhar para o quarto atrás da mulher, em direção à imensa figura deitada na cama, uma toalha ao redor da cintura. Aelin não se importava se Chaol e a cortesã tinham sido apresentados.

Não haveria um lugar bom para ter aquela conversa com o capitão, então ela simplesmente ficou parada no centro da sala, observando-o se levantar com ombros tensos.

— O que aconteceu? — indagou ele.

Aelin engoliu em seco uma vez.

— Matei muita gente hoje. Não estou com vontade de analisar as coisas.

— Isso nunca incomodou você antes.

Ela não conseguiu reunir energia para ao menos sentir a pontada das palavras.

— Da próxima vez que decidir que não confia em mim, tente não provar isso em um momento em que minha vida ou a de Aedion esteja em risco.

Um lampejo dos olhos cor de bronze de Chaol disse a Aelin que ele já se encontrara com Nesryn. A voz do homem soava ríspida e fria como gelo ao dizer:

— Você tentou *matá-lo*. Disse que tentaria tirá-lo de lá, ajudá-lo, e tentou matá-lo.

O quarto onde Lysandra estava trabalhando ficou silencioso.

Aelin soltou um grunhido baixo.

— Quer saber o que fiz? Dei a ele um minuto. Abri mão de *um minuto* de minha fuga por ele. Entende o que pode acontecer em um minuto? Porque dei um a Dorian quando ele atacou eu e Aedion hoje, para *nos capturar*. Dei um minuto, no qual o destino de meu reino inteiro poderia ter mudado para sempre. Escolhi o filho de meu inimigo.

Chaol segurou o encosto do sofá como se estivesse se contendo fisicamente.

— Você é uma mentirosa. Sempre *foi* uma mentirosa. E hoje não foi exceção. Ergueu uma espada sobre a cabeça do príncipe.

— Sim — disparou Aelin. — E, antes de Faliq chegar para estragar tudo, eu o faria. Deveria tê-lo feito, como qualquer um com bom senso o teria, porque Dorian *se foi*.

E ali estava o coração partido dela, fraturado devido ao monstro que vira nos olhos do príncipe, o demônio que caçaria Aelin e Aedion, que assombraria seus sonhos.

— Não devo desculpas a você — falou Aelin.

— Não fale comigo com superioridade, como se fosse minha rainha — retrucou Chaol.

— Não, não sou sua rainha. Mas vai precisar decidir logo a quem serve, porque o Dorian que você conheceu se foi para sempre. O futuro de Adarlan não depende mais dele.

A dor no olhar de Chaol a atingiu como um golpe físico. E Aelin desejou que tivesse se controlado melhor ao explicar, mas... precisava que ele entendesse o risco que ela havia corrido e o perigo em que Chaol a colocara ao permitir que Arobynn o manipulasse. Ele precisava saber que havia um limite rigoroso que Aelin devia traçar e que manteria para proteger o próprio povo.

Então ela disse:

— Vá para o telhado e pegue o primeiro turno.

O capitão piscou.

— Não sou sua rainha, mas vou cuidar de meu primo agora. E como espero que Nesryn esteja escondida, alguém precisa montar guarda. A não ser que queira que todos nós sejamos pegos desprevenidos pelos homens do rei.

Ele não se incomodou em responder ao se virar e sair. Aelin o ouviu subir as escadas até o telhado, batendo os pés, somente então ela suspirou e esfregou o rosto.

Quando abaixou as mãos, Lysandra estava parada à porta do quarto de hóspedes, os olhos arregalados.

— O que quer dizer com *rainha*?

Aelin se encolheu, xingando baixinho.

— É exatamente a palavra que eu usaria — continuou Lysandra, com o rosto pálido.

Aelin disse:

— Meu nome...

— Ah, eu sei qual é seu verdadeiro nome, *Aelin*.

Merda.

— Entende por que precisei manter isso em segredo.

— É claro que sim — respondeu a cortesã, contraindo os lábios. — Não me conhece, e mais vidas que a sua estão em risco.

— Não... *conheço* você, sim. — Pelos deuses, por que era tão difícil dizer as palavras? Quanto mais tempo a dor brilhava nos olhos de Lysandra, maior parecia o abismo na sala. Aelin engoliu em seco. — Até que eu tivesse Aedion de volta, não podia arriscar. Mas sabia que precisaria contar assim que nos víssemos no mesmo ambiente.

— E Arobynn sabe. — Aqueles olhos verdes estavam vidrados como lascas de gelo.

— Ele sempre soube. Isto... isto não muda nada entre nós, sabe. Nada.

A cortesã olhou para trás, para o quarto em que Aedion estava deitado, inconsciente, e soltou um suspiro longo.

— A semelhança é assombrosa. Pelos deuses, o fato de que não foi descoberta durante tantos anos é espantador. — Ela observou o general de novo. — Embora ele seja lindo para cacete, seria como beijar você. — Os olhos da mulher ainda estavam ríspidos, mas... um lampejo de diversão brilhou ali.

Aelin fez uma careta.

— Eu poderia ter vivido sem essa. — Ela sacudiu a cabeça. — Não sei por que fiquei nervosa achando que você fosse sair fazendo reverências.

Luz e compreensão dançaram nos olhos de Lysandra.

— Qual seria a graça disso?

❦ 20 ❦

Vários dias depois de se encontrar com a Líder Alada, o tornozelo de Elide Lochan ainda estava dolorido, a lombar, pinçada, e os ombros doíam ao subir o último degrau até o ninho. Pelo menos chegara sem encontrar nenhum horror nos corredores; embora a subida quase a tivesse matado.

Elide não tinha se acostumado com as escadas íngremes e intermináveis de Morath nos dois meses desde que fora arrastada para aquele lugar horrível por Vernon. Só de cumprir as tarefas diárias já fazia com que o tornozelo latejasse com uma dor que a menina não sentia havia anos, e aquele dia estava sendo o pior de todos. Elide precisaria pegar algumas ervas na cozinha naquela noite para banhar o pé; talvez até alguns óleos, se o cozinheiro irritadiço estivesse generoso o suficiente.

Em comparação com alguns dos outros residentes de Morath, ele era razoável. Tolerava a presença da criada na cozinha e seus pedidos por ervas — principalmente quando ela, tão gentilmente, se oferecia para lavar alguma louça ou preparar refeições. O homem jamais piscava duas vezes quando a menina perguntava sobre a data do próximo carregamento de comida e suprimentos, porque *Ah, amara a torta que ele fizera de qualquer que fosse a fruta, e seria tão bom comê-la de novo.* Fácil de lisonjear, fácil de enganar. Fazer as pessoas verem e ouvirem o que queriam: uma das muitas armas no arsenal de Elide.

Um dom de Anneith, a Senhora das Coisas Sábias, alegara Finnula; o único dom, pensava Elide com frequência, que recebera, além do bom coração e da sabedoria da antiga enfermeira.

A garota jamais tinha contado a Finnula que costumava rezar para que a Deusa da Esperteza concedesse outro dom àqueles que tornaram os anos em Perranth um inferno na terra: a morte, e não do tipo bondoso. Não como Silba, que oferecia finais tranquilos, ou Hellas, que oferecia finais violentos, incandescentes. Não, mortes nas mãos de Anneith — nas mãos da consorte de Hellas — eram brutais, sangrentas e vagarosas.

O tipo de morte que ultimamente Elide esperava receber, a qualquer momento, das bruxas que espreitavam os corredores, ou do duque de olhos escuros, ou de seus soldados mortais, ou da Líder Alada de cabelos brancos, que havia provado o sangue de Elide como se fosse um vinho fino. Tivera pesadelos com aquilo desde então. Quer dizer, quando conseguia dormir.

A criada precisara descansar duas vezes a caminho do ninho e mancava mais intensamente quando chegou ao alto da torre, preparando-se para as bestas e para os monstros que as montavam.

Uma mensagem urgente chegara para a Líder Alada enquanto Elide limpava o quarto; quando a moça explicou que a bruxa não estava lá, o homem deu um suspiro de alívio, enfiou a carta em sua mão e a mandou encontrá-la.

Então o homem saíra correndo.

Elide deveria ter suspeitado. Levara dois segundos para que reparasse e guardasse os detalhes do sujeito, os trejeitos e os tiques. Suado, de rosto pálido, pupilas dilatadas — ele relaxou ao ver a criada abrir a porta. Desgraçado. Muitos dos homens, decidira ela, eram desgraçados em diferentes níveis. Muitos eram monstros. Nenhum pior que Vernon.

A menina observou o ninho. Vazio. Nem mesmo um tratador à vista.

O piso de feno estava fresco; os cochos, cheios de carne e grãos. Mas a comida continuava intocada pelas serpentes aladas cujos corpos imensos e encouraçados pairavam acima dos arcos, empoleiradas em vigas de madeira que se projetavam sobre o mergulho, conforme os animais vigiavam a Fortaleza e o exército abaixo, como treze senhores poderosos. Mancando o mais perto que ousava até uma daquelas aberturas, Elide olhou para a vista.

Era exatamente igual ao que vira retratado no mapa da Líder Alada nos momentos livres em que conseguiu espiá-lo.

168

Estavam cercados por montanhas cinzentas, e, embora tivesse permanecido em um vagão de prisão durante a longa jornada até ali, Elide reparara na floresta ao longe e no sussurro do imenso rio pelo qual tinham passado dias antes de subirem a ampla e rochosa estrada montanhosa. No meio do nada — era onde Morath ficava, e a vista diante dela confirmava: nenhuma cidade, nenhuma aldeia e um exército inteiro a cercando. A menina afastou o desespero que preencheu suas veias.

Jamais vira um exército antes de ir até lá. Soldados, sim, mas tinha oito anos quando o pai a passou para o cavalo de Vernon e a beijou em despedida, prometendo vê-la em breve. Elide não estivera em Orynth para testemunhar o exército que tomou as riquezas e o povo do lugar. E estivera trancafiada em uma torre no Castelo de Perranth quando o exército chegou às terras da família e o tio dela se tornou o fiel criado do rei, roubando o título do pai da menina.

O título *dela*. Lady de Perranth... era o que Elide deveria ter sido. Não que importasse mais. Não restava muito da corte de Terrasen a que pertencer. Nenhum deles fora buscá-la naqueles meses iniciais do massacre. E, nos anos seguintes, ninguém lembrou que ela existia. Talvez tivessem presumido que estava morta — como Aelin, a rainha selvagem que poderia ter existido. Talvez eles todos também estivessem mortos. E considerando o exército sombrio que agora se estendia diante dela, quem sabe aquilo não era uma bênção.

Elide olhou para as luzes tremeluzentes do campo de guerra, e um calafrio lhe percorreu a espinha. Um exército para esmagar qualquer que fosse a resistência sobre a qual Finnula um dia sussurrara durante as longas noites em que estiveram trancadas naquela torre em Perranth. Talvez a própria Líder Alada de cabelos brancos comandasse aquele exército no animal de asas reluzentes.

Um vento forte e gelado soprou no ninho, e a criada reclinou o corpo na direção dele, absorvendo-o como se fosse água fresca. Houvera tantas noites em Perranth quando apenas o choro do vento lhe fizera companhia. Quando Elide podia ter jurado que ele cantava músicas antigas para embalar seu sono. Ali... ali o vento era uma coisa mais fria e escorregadia... quase como serpentina. *Divertir-se com coisas tão frívolas só vai distraí-la*, teria reclamado Finnula. A menina queria que a enfermeira estivesse ali.

Contudo, seus desejos não tinham ajudado em nada nos últimos dez anos, e Elide, Lady de Perranth, não seria salva por ninguém.

Em breve, reconfortou-se ela; em breve a próxima caravana com suprimentos subiria a estrada da montanha, e, quando a descesse de novo, Elide estaria escondida em um dos vagões, livre, por fim. Então fugiria para algum lugar muito, muito longe, onde jamais tivessem ouvido falar de Terrasen ou Adarlan, e deixaria aquelas pessoas com seu continente miserável. Algumas semanas... então a menina teria a chance de escapar.

Se sobrevivesse até lá. Se Vernon não decidisse que tinha mesmo algum propósito maligno ao arrastar a sobrinha até ali. Se Elide não acabasse junto àquelas pobres pessoas, enjauladas dentro das montanhas ao redor, gritando por salvação toda noite. Ela ouvira os outros criados sussurrando a respeitos das coisas sombrias e desumanas que aconteciam sob aquelas montanhas: pessoas eram abertas em altares de pedra preta, então eram transformadas em algo novo, algo *diferente*. Com qual propósito desprezível, Elide ainda não descobrira e, piedosamente além dos gritos, jamais encontrara o que quer que estivesse sendo partido e remontado sob a terra. As bruxas já eram ruins o bastante.

A criada estremeceu ao dar mais um passo para a ampla câmara. O esmagar do feno sob os sapatos pequenos demais e o clangor das correntes eram seus únicos ruídos.

— L-líder Ala...

Um rugido irrompeu pelo ar, pelas pedras, pelo chão, tão alto que a cabeça de Elide ficou zonza e ela gritou. Ao cambalear para trás, suas correntes se enroscaram, fazendo-a escorregar no feno.

Mãos firmes, com as pontas de ferro, se cravaram em seus ombros e a mantiveram de pé.

— Se não é uma espiã — ronronou uma voz cruel ao ouvido da jovem —, o que está fazendo aqui, Elide Lochan?

A menina não fingia o estremecimento da mão ao estender a carta, sem ousar se mover.

A Líder Alada deu a volta por ela, circundando-a como uma presa, a longa trança branca se destacava contra o equipamento de voo de couro.

Os detalhes atingiram-na como pedras: olhos como ouro queimado; um rosto tão impossivelmente lindo que Elide ficou hipnotizada; um corpo esguio e escultural; e uma graciosidade firme, fluida em cada movimento, cada fôlego, que sugeria que a Líder Alada poderia facilmente usar a variedade de lâminas que levava. Humana apenas na forma; imortal e predatória em todos os outros sentidos.

Felizmente, a Líder Alada estava sozinha. Infelizmente, aqueles olhos dourados estampavam apenas morte.

Elide falou:

— I-isto chegou para você. — O gaguejar... esse era falso. As pessoas em geral mal podiam esperar para se afastar quando a menina gaguejava, embora ela duvidasse de que quem comandava aquele lugar se importaria com o gaguejar caso decidisse se divertir com uma filha de Terrasen. Se Vernon a entregasse.

A Líder Alada a encarou ao pegar a carta.

— Fico surpresa pelo selo não estar partido. Mas, se fosse uma boa espiã, saberia como abri-lo sem quebrar a cera.

— Se eu fosse uma boa espiã, também saberia ler — retrucou Elide.

Um pouco de verdade para equilibrar a desconfiança da bruxa.

A líder piscou, então farejou, como se tentasse detectar uma mentira.

— Você fala bem para uma mortal, e seu tio é um lorde. Mas não sabe ler?

Elide assentiu. Mais que a perna, mais que o trabalho árduo, era aquela falha miserável que a revoltava. Sua enfermeira, Finnula, não sabia ler, mas fora ela quem ensinara a menina a reparar nas coisas, a ouvir e a pensar. Durante os longos dias em que não tinham nada para fazer além de tricotar, a mulher a ensinara a marcar os pequenos detalhes — cada ponto —, mas sem perder de vista a imagem maior. *Virá o dia em que eu terei partido, Elide, e você precisará de todas as armas em seu arsenal afiadas e prontas para atacar.*

Nenhuma das duas pensou que seria Elide quem partiria primeiro. Contudo, ela não olharia para trás, nem mesmo por Finnula, depois que fugisse. E, quando encontrasse aquela nova vida, aquele novo lugar... jamais olharia em direção ao norte, para Terrasen, nem ficaria alimentando a imaginação.

Elide manteve os olhos no chão.

— Co-conheço letras básicas, mas minhas lições pararam quando eu tinha oito anos.

— A pedido de seu tio, presumo. — A bruxa parou, girou o envelope e mostrou o emaranhado de letras para a menina, batendo nelas com uma unha de ferro. — Aqui diz "Manon Bico Negro". Se vir algo assim de novo, traga para mim.

A criada fez uma reverência com a cabeça. Mansa, submissa... exatamente como as bruxas gostavam de seus humanos.

— É-é claro.

— E por que não aproveita e para de fingir que é um ser desprezível, gago e covarde?

Elide manteve a cabeça baixa o suficiente para que o cabelo, ela esperava, cobrisse qualquer lampejo de surpresa.

— Tentei ser agradável...

— Senti o cheiro de seus dedos humanos em meu mapa. Foi um trabalho cuidadoso e esperto não tirar nada do lugar, não tocar em nada além dele... Pensando em fugir, no fim das contas?

— É claro que não, milady. — Ai, deuses. Elide estava tão, tão morta.

— Olhe para mim.

Ela obedeceu. A bruxa sussurrou, e Elide se encolheu conforme Manon afastou os cabelos da criada dos olhos. Algumas mechas caíram no chão, cortadas pelas unhas de ferro.

— Não sei que jogo está fazendo, se é uma espiã, se é uma ladra, se está apenas cuidando de si. Mas não finja ser uma garotinha mansa e patética quando consigo ver essa mente maliciosa trabalhando por trás de seus olhos.

Elide não ousou desfazer a máscara.

— Era sua mãe ou seu pai o parente de Vernon?

Pergunta estranha, mas a jovem sabia, havia um tempo, que faria de tudo, diria qualquer coisa, para permanecer viva e ilesa.

— Meu pai era o irmão mais velho de Vernon — respondeu ela.

— E de onde era sua mãe?

Elide não dava àquela antiga mágoa espaço algum no coração.

— Era de berço pobre. Uma lavadeira.

— De *onde* era?

Por que importava? Os olhos dourados estavam fixos nela, irredutíveis.

— A família dela era originalmente de Rosamel, na parte nordeste de Terrasen.

— Sei onde fica. — Elide manteve os ombros curvados, esperando. — Saia.

Escondendo o alívio, a menina abriu a boca para se despedir, então outro rugido fez as pedras vibrarem. Ela não conseguiu esconder o estremecimento.

— É apenas Abraxos — falou Manon, com um leve sorriso se formando na boca cruel, um pouco de luz brilhando naqueles olhos dourados. A montaria devia deixá-la feliz, então... se é que bruxas ficavam felizes. — Está com fome.

A boca de Elide secou.

Ao ouvir o próprio nome, uma imensa cabeça triangular, com cicatrizes marcadas ao redor de um olho, despontou para o ninho.

Os joelhos da criada tremeram, mas a bruxa foi direto até a besta e colocou as mãos com pontas de ferro em seu focinho.

— Seu porco — disse Manon. — Precisa que a montanha inteira saiba que está com fome?

A serpente alada bufou nas mãos dela, os dentes imensos — pelos deuses, alguns eram de *ferro* — tão próximos dos braços de Manon. Uma mordida e a Líder Alada estaria morta. Uma mordida, no entanto...

Os olhos do animal se ergueram e encararam os de Elide. Não olharam para ela, mas *encararam*, como se...

A criada se manteve perfeitamente imóvel, embora cada instinto seu gritasse para que corresse em direção às escadas. A serpente alada cutucou Manon, abrindo espaço para passar conforme o chão tremia sob ele, e farejou na direção de Elide. Então aqueles olhos imensos, infinitos, desceram... para as pernas da jovem. Não, para a corrente.

Havia tantas cicatrizes no corpo dele — tantas marcas brutais. Elide não achava que Manon as tivesse infligido, não pelo modo como falava com o animal. Abraxos era menor que os demais, ela percebeu. Muito menor. No entanto, a Líder Alada o escolhera. A criada guardou essa informação também. Se Manon tinha um ponto fraco para coisas quebradas, talvez a poupasse também.

Abraxos se abaixou até o chão, estendendo o pescoço até que a cabeça se apoiasse no feno a menos de três metros de Elide. Aqueles olhos pretos imensos a fitaram, quase como um cão.

— Chega, Abraxos — disse a bruxa, pegando uma sela na estante da parede.

— Como eles... existem? — sussurrou Elide. Ouvira histórias de serpentes aladas e dragões, assim como se lembrava de lampejos do Povo Pequenino e dos feéricos, mas...

Manon jogou a sela de couro sobre a montaria.

— O rei as fez. Não sei como, e não importa.

O rei de Adarlan as *fez*, como o que quer que era feito dentro daquelas montanhas. O homem que destruíra a vida de Elide, que assassinara seus pais, que a condenara àquilo... *Não seja uma revoltada*, dissera Finnula, *seja esperta*. E em breve o rei e a droga daquele império não seriam de sua conta, de qualquer forma.

Elide comentou:

— Sua montaria não parece maligna. — A cauda de Abraxos bateu no chão, os espinhos de ferro brilharam. Um cão gigante e letal. Com asas.

Manon bufou uma risada fria e prendeu a sela no lugar.

— Não. Como quer que ele tenha sido feito, algo deu errado com essa parte.

A criada não achou que isso constituía dar *errado*, mas ficou de boca fechada.

O animal ainda a encarava, então a Líder Alada falou:

— Vamos caçar, Abraxos.

A besta se levantou, e Elide deu um salto para trás, encolhendo o corpo ao pisar com força sobre o tornozelo. O olhar da serpente alada disparou para ela, como se ciente da dor. Mas a Líder Alada já terminava com a sela e não se incomodou em olhar na direção da jovem, que saiu mancando.

∿

— Seu verme de coração mole — chiou Manon para Abraxos depois que a garota esperta, de muitas faces, se foi. A menina podia esconder segredos, mas a linhagem não era um deles. Não tinha ideia de que sangue de bruxa corria em suas veias mortais. — Uma perna com deficiência e algumas correntes e você está apaixonado?

O animal a cutucou com o focinho, e a bruxa deu um tapa firme, mas carinhoso, antes de encostar no couro quente do corpo dele e abrir a carta endereçada a ela com a letra da avó.

174

Exatamente como a Grã-Bruxa do clã Bico Negro, era cruel, precisa e impiedosa.

Não desobedeça às ordens do duque. Não o questione. Se chegar mais uma carta de Morath sobre sua desobediência, voarei até aí eu mesma e a pendurarei pelos intestinos, com suas Treze e aquela besta raquítica ao lado.

Três alianças das Pernas Amarelas e duas das Sangue Azul chegarão amanhã. Certifique-se de que não haja brigas ou problemas. Não preciso que as outras Matriarcas venham falar em meu ouvido sobre os vermes delas.

Manon virou o papel, mas era só isso. Amassando-o no punho, a bruxa suspirou.

Abraxos a cutucou de novo, e ela acariciou a cabeça do animal distraidamente.

Transformaram, transformaram, transformaram.

Foi o que a Crochan disse antes de a líder cortar sua garganta. *Elas transformaram vocês em monstros.*

Manon tentara esquecer, tentara dizer a si mesma que a Crochan era uma vadia fanática fazendo sermões, mas... ela passou um dedo pelo vermelho profundo do manto.

Os pensamentos se abriram como um precipício diante dela, tantos de uma só vez que a bruxa recuou. Deu as costas.

Transformaram, transformaram, transformaram.

Manon subiu na sela e ficou feliz por se libertar no céu.

⤳

— Conte-me sobre os valg — disse Manon, fechando a porta do pequeno aposento atrás de si.

Ghislaine não ergueu os olhos do livro sobre o qual estava debruçada. Havia uma pilha deles na mesa diante dela e outra ao lado da estreita cama. Onde a mais velha e mais inteligente das Treze os tinha conseguido, quem provavelmente estripara a fim de roubá-los, não importava para Manon.

— Oi, e entre, por que não. — Foi a resposta.

A líder se recostou contra a porta e cruzou os braços. Apenas com livros, apenas quando estava lendo, Ghislaine ficava tão respondona. No campo de batalha, no ar, a bruxa de pele negra era silenciosa e fácil de comandar.

Um soldado firme, ainda mais valioso devido à inteligência aguçada, o que garantira a ela um lugar entre as Treze.

Ghislaine fechou o livro e se virou na cadeira. Os cabelos pretos e cacheados estavam trançados para trás, mas nem mesmo o penteado conseguia mantê-los totalmente presos. Ela semicerrou os olhos verdes como o mar — a vergonha de sua mãe, pois não havia um traço de dourado neles.

— Por que quer saber sobre os valg?

— *Você* sabe sobre eles?

Ghislaine deu a volta na cadeira até estar sentada ao contrário, com as pernas para os lados do assento. Usava a vestimenta de voo, como se não pudesse ter o trabalho de tirá-las antes de se debruçar sobre um dos livros.

— É claro que sei sobre os valg — respondeu a bruxa, com um aceno de mão, um gesto impaciente, *mortal*.

Fora uma exceção — uma exceção sem precedentes — quando a mãe de Ghislaine convenceu a Grã-Bruxa a mandar a filha para uma escola mortal em Terrasen, cem anos antes. Ela aprendera sobre magia e coisas de livros, e o que mais era ensinado aos mortais, e ao voltar, doze anos depois, a bruxa estava... diferente. Ainda uma Bico Negro, ainda sedenta por sangue, mas de algum jeito mais humana. Mesmo agora, um século depois, mesmo depois de entrar e sair de campos de batalha, aquela sensação de impaciência, de *vida*, se agarrava a ela. Manon jamais soubera o que pensar daquilo.

— Conte-me tudo.

— É muito para contar de uma só vez — disse Ghislaine. — Mas direi o básico, e, se quiser mais, pode voltar.

Uma ordem, mas aquele era o espaço dela, e livros e conhecimento eram o domínio da bruxa. Manon indicou com a mão de pontas de ferro para que a sentinela continuasse.

— Há milênios, quando os valg invadiram nosso mundo, bruxas não existiam. Havia os valg, os feéricos e os humanos. Mas os valg eram... demônios, imagino. Queriam nosso mundo para si e acharam que uma boa forma de consegui-lo seria assegurando-se de que suas proles pudessem sobreviver aqui. Os humanos não eram compatíveis, eram frágeis demais. Mas os feéricos... Os valg sequestraram e roubaram todos os feéricos que conseguiram, e, porque seus olhos estão ficando daquele jeito vítreo, vou pular para o final e dizer que nós nos tornamos a prole. Bruxas. As Dentes de Ferro puxaram mais nossos ancestrais valg, enquanto as Crochan ficaram com mais traços feéricos. As pessoas destas terras não nos queriam aqui, não depois da guerra, mas o rei feérico Brannon não achou que era certo caçar todas as bruxas. Então nos deu os desertos do oeste, e para lá nós fomos, até que as guerras das bruxas nos tornaram exiladas de novo.

Manon limpou as unhas.

— E os valg são... cruéis?

— *Nós* somos cruéis — respondeu Ghislaine. — Os valg? Dizem as lendas que são a origem do mal. São trevas e desespero encarnados.

— Parecem nosso tipo de povo. — E talvez um bom povo com o qual se aliar, com o qual procriar.

Mas o sorriso da outra bruxa sumiu.

— Não — disse ela, baixinho. — Não, não acho que seriam nosso tipo de povo de jeito nenhum. Não têm leis, não têm códigos. Veriam as Treze como fracas por nossos laços e nossas regras, como algo a ser destruído por diversão.

Manon enrijeceu o corpo levemente.

— E se os valg voltassem para cá?

— Brannon e a rainha feérica Maeve encontraram formas de derrotá--los, de mandá-los de volta. Eu esperaria que alguém encontrasse um modo de fazê-lo de novo.

Mais em que pensar.

A líder se virou, mas Ghislaine disse:

— Esse é o cheiro, não é? O cheiro aqui, em volta de alguns dos solda-dos, como se fosse errado, de outro mundo. O rei encontrou alguma forma de trazê-los para cá e enfiá-los em corpos humanos.

Manon não pensara *tão* adiante, mas...

— O duque os descreveu como aliados.

— Essa palavra não existe para os valg. Acham a aliança útil, mas a honrarão somente enquanto permanecer dessa forma.

A herdeira ponderou os méritos de acabar a conversa ali, mas então comentou:

— O duque me pediu para escolher uma aliança Bico Negro para que ele faça experimentos. Para que possa inserir algum tipo de pedra em suas barrigas e criar uma criança valg-Dentes de Ferro.

Devagar, Ghislaine esticou o corpo, as mãos sujas de tinta penderam, inertes, dos lados da cadeira.

— E você planeja obedecer, milady?

Não era uma pergunta de uma acadêmica para uma aluna curiosa, mas de uma sentinela para sua herdeira.

— A Grã-Bruxa me deu a ordem para que obedeça a todos os comandos do duque. — Mas talvez... talvez devesse escrever outra carta à avó.

— Quem escolherá?

— Não sei. Devo anunciar minha decisão em dois dias.

Ghislaine — que a líder vira se deliciar no sangue de homens — tinha empalidecido quando Manon fechou a porta.

Manon não sabia como, não sabia se os guardas ou o duque ou Vernon ou alguma escória humana curiosa havia dito algo, mas, na manhã seguinte, todas as bruxas sabiam. A Líder Alada entendia que não deveria suspeitar de Ghislaine. Nenhuma das Treze falava. Nunca.

Mas todos estavam cientes sobre os valg e sobre a escolha de Manon.

Ela caminhou até o refeitório, os arcos pretos do aposento reluzindo sob o raro sol da manhã. O martelar das forjas já ecoava vale abaixo, intensificado pelo silêncio que recaiu conforme Manon passou entre as mesas, seguindo para seu assento diante do salão.

Aliança após aliança observava, e a líder as encarou, com os dentes expostos e as unhas para fora, Sorrel era uma firme força da natureza atrás dela. Foi somente quando se sentou ao lado de Asterin — e então percebeu que era o lugar errado, mas não se moveu — que a conversa retornou ao salão.

Ela puxou um pedaço de pão para si, mas não o tocou. Nenhuma delas comia ali. O café da manhã e o jantar eram apenas uma exibição, a desculpa para sua presença ali.

As Treze não disseram uma palavra.

Manon encarou cada uma, até que os olhares se abaixassem. Mas, ao encontrar o olhar de Asterin, a bruxa continuou fitando a herdeira.

— Tem algo a dizer? — perguntou ela. — Ou só quer começar a lutar?

Os olhos de Asterin se moveram para cima dos ombros de Manon.

— Temos convidadas.

A bruxa viu a líder de uma das recém-chegadas alianças das Pernas Amarelas parada na extremidade da mesa, os olhos baixos e a postura nada ameaçadora, total submissão.

— O quê? — indagou Manon.

A líder da aliança manteve a cabeça baixa.

— Gostaríamos de pedir sua consideração para a tarefa do duque, Líder Alada.

Asterin enrijeceu o corpo, junto de muitas das Treze. As mesas próximas também ficaram em silêncio.

— E por que gostaria de fazer isso? — perguntou Manon.

— Você nos forçará a fazer o trabalho pesado para nos manter longe da glória nos campos de batalha. Esse é o jeito de nossos clãs. Mas podemos conquistar um tipo de glória diferente dessa forma.

Manon conteve o suspiro, ponderando, contemplando.

— Vou considerar.

A líder da aliança fez uma reverência e recuou. Manon não conseguia decidir se a bruxa era tola, esperta ou corajosa.

Nenhuma das Treze falou durante o resto do café da manhã.

— E qual aliança, Líder Alada, você selecionou para mim?

A bruxa encarou o duque.

— Uma aliança de Pernas Amarelas sob o comando de uma bruxa chamada Ninya chegou no início desta semana. Use-as.

— Eu queria Bicos Negros.

— Vai receber Pernas Amarelas — disparou Manon. Na ponta da mesa, Kaltain não reagiu. — Elas se ofereceram.

Melhor que Bicos Negros, disse a si mesma. Era melhor que as Pernas Amarelas tivessem se oferecido.

Mesmo que Manon pudesse ter recusado.

Duvidava que Ghislaine estivesse errada com relação à natureza dos valg, mas... Talvez aquilo pudesse funcionar a favor delas, dependendo de como as Pernas Amarelas se saíssem.

Perrington exibiu os dentes amarelos.

— Está perto de um limite perigoso, Líder Alada.

— Todas as bruxas precisam estar para montarem serpentes aladas.

Vernon se inclinou para a frente.

— Essas coisas selvagens e imortais são tão esquivas, Vossa Alteza.

Manon olhou bem demoradamente para Vernon, como se dissesse que um dia, em um corredor sombrio, ele se encontraria com as garras daquela coisa imortal na barriga.

A Líder Alada se virou para partir. Sorrel — não Asterin — exibia o rosto impassível à porta. Outra visão perturbadora.

Então a bruxa se virou para o duque de novo, a pergunta se formando embora não quisesse fazê-la.

— Com qual finalidade? Por que fazer tudo isso, por que se aliar aos valg, por que criar esse exército... Por quê? — Manon não conseguia entender. O continente já pertencia a eles. Não fazia sentido.

— Porque podemos — respondeu o homem, simplesmente. — E porque este mundo viveu por tempo demais na ignorância e na tradição arcaica. Está na hora de ver o que pode ser melhorado.

A herdeira se mostrou contemplativa propositalmente, então assentiu ao sair.

Mas as palavras não escaparam a ela: *este mundo*. Não *esta terra*, não *este continente*.

Este mundo.

Manon se perguntou se a avó tinha considerado a ideia de que elas poderiam um dia precisar lutar para ficar com o deserto... lutar contra os mesmos homens que as ajudaram a recuperar o lar.

E imaginou o que aconteceria com as proles valg-Dentes de Ferro naquele mundo.

ᙢ 21 ᙢ

Ele tentara.

Quando a mulher ensopada de sangue falou com ele, quando aqueles olhos turquesa pareceram tão familiares, ele tentara libertar o controle do corpo, da língua. Mas o príncipe demônio dentro dele o segurava firme, deliciando-se com a luta.

Tinha chorado de alívio quando ela o prendeu e ergueu uma espada antiga sobre sua cabeça. Então a mulher hesitara... e em seguida aquela outra mulher atirara uma flecha, e ela havia abaixado a espada e ido embora.

Deixando-o preso àquele demônio.

Ele não conseguia lembrar seu nome; recusava-se a lembrar o nome dela, mesmo quando o homem no trono o interrogou com relação ao incidente. Mesmo quando retornou ao exato ponto no jardim e cutucou as correntes jogadas no cascalho. Ela o deixara e com razão. O príncipe demônio queria se alimentar dela, para então a entregar.

Mas ele queria que a mulher o tivesse matado. Ele a odiou por não o ter feito.

⚜ 22 ⚜

Chaol deixou a guarda no telhado do apartamento de Aelin assim que a cabeça encapuzada de um dos rebeldes surgiu, sinalizando que assumiria o turno. Graças aos deuses.

Ele não se incomodou em parar no apartamento para ver como Aedion estava. Cada passo ruidoso na escada de madeira ressaltava a batida feroz e retumbante de seu coração, até que fosse tudo o que conseguia ouvir, tudo o que conseguia sentir.

Com os outros rebeldes escondidos ou monitorando a cidade, e Nesryn fora para se certificar de que o pai não corria perigo, Chaol se viu caminhando sozinho pelas ruas. Todos tinham suas ordens; todos estavam onde deveriam estar. Nesryn já contara a ele que Ress e Brullo deram o sinal de que tudo parecia limpo do lado deles — e agora...

Mentirosa. Aelin era, e sempre fora, uma mentirosa desgraçada. Uma quebradora de juramento tanto quanto ele. Pior.

Dorian não se fora. Não se fora. E ele não dava a mínima para o quanto Aelin tinha tagarelado sobre ter *piedade* do príncipe, ou para o fato de que ela dissera ser uma fraqueza não o matar. A fraqueza estava na morte dele... era isso que Chaol deveria ter dito. A fraqueza estava em desistir.

O homem disparou por um beco. Devia estar se escondendo também, mas o rugido no sangue e nos ossos era incansável. Uma grade de esgoto chacoalhou sob seus pés. Ele parou, então olhou para a escuridão abaixo.

Ainda havia coisas a fazer; tantas coisas a fazer, tantas pessoas para manter longe do perigo. E agora que Aelin humilhara o rei mais uma vez, Chaol não tinha dúvida de que os valg pegariam mais pessoas como punição, como exemplo. Com a cidade ainda em polvorosa, talvez fosse o momento perfeito para atacar. Para equilibrar as coisas entre eles.

Ninguém viu quando Chaol desceu para o esgoto, fechando a tampa acima.

Túnel após túnel, com a espada reluzindo na luz da tarde filtrada pelas grades, ele caçou aqueles príncipes valg imundos, os passos quase silenciosos. Eles costumavam ficar nos ninhos de escuridão, mas, de vez em quando, uns desgarrados caminhavam pelos túneis. Alguns dos ninhos eram pequenos, com apenas três ou quatro deles vigiando os prisioneiros — ou as refeições, supôs Chaol. Fácil o bastante para ele os cercar.

E não seria maravilhoso ver aquelas cabeças de demônios rolarem?

Se foi. Dorian se foi.

Aelin não sabia de tudo. Fogo ou decapitação podiam não ser as únicas escolhas. Talvez ele mantivesse um dos comandantes valg vivos para ver até que ponto o homem dentro do demônio tinha desaparecido de verdade. Talvez houvesse outra forma... *tinha* que haver outra forma.

Túnel após túnel após túnel, todos os locais de sempre, e nenhum sinal deles.

Nem um sequer.

Chaol disparou em uma quase corrida ao seguir para o maior ninho do qual tinha conhecimento, onde sempre conseguiram encontrar civis que precisavam ser resgatados caso tivessem a sorte de pegar os guardas desprevenidos. Ele os salvaria... porque mereciam ser salvos e porque ele *precisava* continuar tentando, ou poderia desabar e...

O capitão encarou a abertura do ninho principal.

A fraca luz do sol que entrava por cima iluminava as pedras cinza e o pequeno rio no fundo. Nenhum sinal da escuridão delatora que costumava sufocar o local como uma névoa densa.

Vazio.

Os soldados valg haviam sumido. E levado os prisioneiros consigo.

Chaol não achava que tinham se escondido por medo.

Seguiram em frente, ocultando-se junto aos prisioneiros, como uma grande gargalhada a todos os rebeldes, certos de estar vencendo aquela guerra secreta, ao inferno. Que mandava Chaol também.

Ele devia ter pensado em retrocessos como aquele, devia ter considerado o que poderia acontecer quando Aelin Galathynius fizesse o rei e seus homens de tolos.

Devia ter considerado o custo.

Talvez *ele* fosse o tolo.

Havia uma dormência no sangue de Chaol ao sair dos esgotos para uma rua silenciosa. Foi a ideia de se sentar em seu apartamento em ruínas, completamente sozinho com aquela sensação, que o fez seguir para o sul, tentando evitar as ruas que ainda fervilhavam com pessoas em pânico. Todos exigiam saber o que acontecera, quem fora morto, quem fizera aquilo. As decorações e os enfeites e os vendedores de comida tinham sido completamente esquecidos.

Os sons por fim sumiram, as ruas ficaram mais vazias quando Chaol chegou ao distrito residencial onde as casas tinham tamanho modesto, mas eram elegantes, bem-cuidadas. Córregos e fontes de água do Avery fluíam por ali, acrescentando à decoração de flores primaveris que se abriam em cada portão, parapeito e pequeno gramado.

Ele conhecia a casa só pelo cheiro: pão recém-assado, canela e algum outro tempero cujo nome não sabia. Ao pegar o beco entre as duas casas de pedra branca, Chaol se manteve nas sombras enquanto se aproximava da porta dos fundos, olhando pelo painel de vidro para a cozinha do lado de dentro. Farinha cobria uma grande mesa de trabalho, junto a formas de assar, diversas tigelas para misturar massa e...

A porta se abriu, e a silhueta esguia de Nesryn preencheu a entrada.

— O que está fazendo aqui?

Ela estava de novo no uniforme da guarda, uma faca presa atrás da coxa. Sem dúvida vira um intruso chegando perto da casa do pai e se preparou.

Chaol tentou ignorar o peso que recaía sobre suas costas, ameaçando parti-lo em dois. Aedion estava livre... Tinham conseguido isso. Mas quantos outros inocentes teriam condenado naquele dia?

Nesryn não esperou pela resposta antes de dizer:

— Entre.

— Os guardas vieram e se foram. Meu pai os mandou embora com doces.

Chaol ergueu o rosto da própria torta de pera e verificou a cozinha. Azulejos de cor forte destacavam as paredes atrás dos balcões com tons bonitos de azul, laranja e turquesa. Ele jamais fora à casa de Sayed Faliq antes, mas sabia onde ficava — caso um dia precisasse.

O capitão jamais se deixara considerar o que "caso um dia precisasse" podia significar. Não era aparecer como um cão perdido à porta dos fundos.

— Não suspeitaram dele?

— Não. Só quiseram saber se ele ou os funcionários tinham visto alguém que parecia suspeito antes do resgate de Aedion. — Nesryn empurrou outro doce, esse de amêndoa e açúcar, na direção de Chaol. — O general está bem?

— Até onde sei.

Ele contou sobre os túneis e os valg.

A jovem apenas disse:

— Então os encontraremos de novo. Amanhã.

Ele esperou que a rebelde caminhasse de um lado para outro, que gritasse e xingasse, mas Nesryn permaneceu tranquila, calma. Alguma parte tensa de Chaol relaxou.

Ela bateu um dedo na mesa de madeira — adoravelmente gasta, como se o sovar de mil massas de pão a tivesse alisado.

— Por que veio até aqui?

— Por distração. — Havia um brilho suspeito naqueles olhos de meia-noite, tanto que Chaol falou: — Não foi por isso.

Nesryn sequer corou, embora as bochechas do próprio capitão tivessem ficado vermelhas. Se a mulher tivesse oferecido, ele provavelmente diria sim. E se odiaria por isso.

— Você é bem-vindo aqui — afirmou ela. — Mas certamente seus amigos no apartamento, o general, pelo menos, seriam melhor companhia.

— Eles são meus amigos?

— Você e Sua Majestade fizeram um excelente trabalho tentando ser qualquer outra coisa.

— É difícil ter uma amizade sem confiança.

— Foi *você* quem foi até Arobynn de novo, mesmo depois de ela ter avisado que não fosse.

— E ele estava certo — respondeu Chaol. — Falou que ela prometeria não tocar em Dorian, então faria o oposto. — E o capitão seria eternamente grato pelo disparo de aviso de Nesryn.

A rebelde balançou a cabeça, os cabelos pretos brilharam.

— Vamos apenas imaginar que Aelin esteja certa. Que Dorian se foi. E então?

— Ela não está certa.

— Vamos apenas imaginar...

Chaol bateu o punho na mesa com tanta força que chacoalhou o copo d'água.

— *Ela não está certa!*

Nesryn contraiu os lábios, mesmo suavizando os olhos.

— Por quê?

Ele esfregou o rosto.

— Porque então será tudo em vão. Tudo que aconteceu... terá sido *em vão*. Você não entenderia.

— Não? — Uma pergunta fria. — Acha que não entendo o que está em jogo? Não me importo com seu príncipe, não do modo como você se importa. Eu me importo com o que ele representa para o futuro deste reino e para o futuro de pessoas como a minha família. Não vou permitir outro expurgo de imigrantes. Jamais quero que os filhos de minha irmã voltem para casa com o nariz quebrado de novo por causa do sangue estrangeiro. Você me disse que Dorian consertaria o mundo, que o tornaria melhor. Mas, se ele se foi, se *nós* cometemos o erro de mantê-lo vivo, então vou encontrar outra forma de alcançar esse futuro. E outro depois desse, se precisar. Vou continuar me levantando, independentemente de quantas vezes aqueles carniceiros me humilhem.

Chaol jamais ouvira tantas palavras de Nesryn de uma só vez, jamais... jamais sequer soubera que a rebelde tinha uma irmã. Ou que era tia.

Nesryn falou:

— Pare de sentir pena de si mesmo. Mantenha seu curso, mas também planeje outro. Adapte-se.

A boca de Chaol ficara seca.

— Você já foi ferida? Por sua ascendência?

Nesryn olhou para a lareira crepitante, o rosto como gelo.

186

— Eu me tornei guarda da cidade porque nenhum deles veio me ajudar no dia em que outras crianças da escola me cercaram com pedras nas mãos. Nenhum, embora pudessem ouvir meus gritos. — Ela o encarou de novo. — Dorian Havilliard oferece um futuro melhor, mas a responsabilidade também está conosco. Com o modo como as pessoas comuns escolhem agir.

Verdade; tão verdadeiro, mas ele insistiu:

— Não vou abandoná-lo.

A rebelde suspirou.

— Você é ainda mais cabeça-dura que a rainha.

— Esperaria que eu fosse diferente?

Um meio sorriso.

— Não acho que eu gostaria de você se fosse qualquer coisa que não um chato teimoso.

— Está admitindo que gosta de mim?

— O verão passado não disse o bastante?

Apesar de não querer, Chaol riu.

— Amanhã — disse ela. — Amanhã continuamos.

O capitão engoliu em seco.

— Mantenha o curso, mas planeje um novo caminho. — Ele poderia fazer isso; poderia tentar, ao menos.

— Vejo você nos esgotos de manhã cedo.

⤙ 23 ⤚

Aedion recobrou a consciência e absorveu cada detalhe que conseguiu sem abrir os olhos. Uma leve brisa entrava por uma janela próxima, fazendo cócegas em seu rosto; pescadores gritavam a respeito das pescas a poucos quarteirões; e... e alguém respirava tranquila e profundamente perto dele. Dormindo.

O homem abriu um olho e viu que ocupava um pequeno quarto com painéis de madeira, decorado com esmero e um toque de luxo. Ele conhecia aquele quarto. Conhecia o apartamento.

A porta diante da cama estava aberta, revelando a grande sala além — limpa e vazia e banhada em luz do sol. Os lençóis em que Aedion dormia eram brancos e de seda; os travesseiros, de penas; o colchão era impossivelmente macio. Exaustão envolvia seus ossos, e uma dor, embora fraca, irradiou pela lateral do corpo. Sua mente estava infinitamente mais clara quando olhou na direção da fonte daquela respiração profunda e viu a mulher que dormia na poltrona de cor creme ao lado da cama.

As pernas longas e expostas estavam jogadas por cima de um dos braços roliços do móvel, cicatrizes de todas as formas e tamanhos as adornavam. Com a cabeça apoiada contra o encosto, os cabelos dourados na altura dos ombros — as pontas manchadas de um marrom avermelhado, como se tinta barata tivesse sido mal lavada — caíam sobre seu rosto. Sua boca estava levemente aberta conforme cochilava, confortável em uma camisa branca grande demais e o que parecia serem calções de homem. A salvo. Viva.

Por um momento, Aedion não conseguiu respirar.

Aelin.

Ele disse o nome dela sem emitir som.

Como se tivesse ouvido, Aelin abriu os olhos, ficando totalmente alerta ao observar a porta, a sala além dela e então o próprio quarto em busca de perigo. Em seguida, finalmente, a jovem olhou para ele e ficou completamente imóvel, mesmo quando os cabelos oscilaram à leve brisa.

O travesseiro sob o rosto de Aedion havia ficado encharcado.

Aelin simplesmente alongou as pernas, como um gato, depois disse:

— Estou pronta para aceitar seu agradecimento por meu resgate espetacular a qualquer momento, OK?

Aedion não conseguiu conter as lágrimas que escorreram pelo rosto, mesmo ao dizer, com a voz áspera:

— Lembre-me de nunca irritá-la.

Um sorriso repuxou os lábios de Aelin, e os olhos dela — os olhos deles — brilharam.

— Oi, Aedion.

Ouvir seu nome na língua da prima libertou alguma coisa, e Aedion precisou fechar os olhos, o corpo reclamando de dor ao estremecer com a força das lágrimas que tentavam escapar. Quando se controlou, disse, rouco:

— Obrigado pelo resgate espetacular. E espero que a gente não repita isso nunca mais.

Aelin riu com os olhos cheios d'água.

— Você está exatamente como sonhei que estaria.

Algo naquele sorriso disse a Aedion que ela já sabia — que Ren ou Chaol tinham contado sobre ele, sobre ser a Puta de Adarlan, sobre a Devastação. Então tudo o que conseguiu responder foi:

— Você é um pouco mais alta do que imaginei, mas ninguém é perfeito.

— Foi um milagre o rei ter conseguido resistir à sua execução até ontem.

— Diga que ele está tão irado como nunca antes visto.

— Se prestar muita atenção, conseguirá ouvi-lo gritando do palácio.

Aedion gargalhou, o que fez com que o ferimento doesse. Mas a risada desapareceu ao olhar para a prima da cabeça aos pés.

— Vou estrangular Ren e o capitão por terem deixado que me salvasse sozinha.

— E lá vamos nós. — Aelin olhou para o teto e deu um suspiro alto. — Um minuto de conversa agradável, então a porcaria da territorialidade feérica sai com tudo.

— Esperei trinta segundos a mais.

A boca da jovem se repuxou para o lado.

— Sinceramente achei que você duraria dez.

Aedion riu de novo, percebendo que embora a amasse antes, apenas amava a lembrança... a princesa que fora tirada dele. Mas a mulher, a rainha, o último resquício de família que tinha...

— Valeu a pena — disse ele, o sorriso sumindo. — Você valeu a pena. Todos esses anos, toda a espera. Você vale a pena. — O general soubera disso no momento em que Aelin olhara para ele, quando estava de pé diante da plataforma de execução, desafiadora e maliciosa e selvagem.

— Acho que é o tônico de cura falando — respondeu a jovem, mas engoliu em seco conforme limpou os olhos. Ela colocou os pés no chão. — Chaol disse que você é até mais cruel que eu na maioria das vezes.

— Chaol já está na fila para o estrangulamento, e você não está ajudando.

Aelin deu aquele meio sorriso de novo.

— Ren está no norte, não consegui vê-lo antes de Chaol o convencer a partir pela própria segurança.

— Que bom. — Foi o que Aedion conseguiu dizer, depois deu tapinhas na cama ao lado do corpo. Alguém o colocara em uma camisa limpa, então estava decente o bastante, mas, mesmo assim, conseguiu se levantar até ficar sentado. — Venha aqui.

Aelin olhou para a cama, para a mão dele, e o homem se perguntou se tinha ultrapassado algum limite, presumido algum laço entre os dois que não existia mais — até que os ombros dela se curvaram e a jovem se afastou da cadeira com um movimento suave, felino, antes de se jogar no colchão.

O cheiro de sua prima o alcançou. Por um segundo, ele só conseguiu respirar aquele odor profundamente para os pulmões; os instintos feéricos rugiam que aquela era sua família, aquela era sua rainha, aquela era *Aelin*. Aedion a teria reconhecido mesmo se não enxergasse.

Mesmo havendo outro cheiro entrelaçado ao dela. Espantosamente poderoso e antigo e... de um macho. Interessante.

Aelin afofou os travesseiros, fazendo-o questionar se ela sabia o quanto significava para ele, como um macho semifeérico, que a jovem se inclinasse para alisar os cobertores dele também, então percorresse o olho aguçado e crítico pelo rosto do primo. Que se ocupasse dele.

Aedion encarou de volta, procurando algum ferimento, qualquer sinal de que o sangue nela no outro dia não pertencesse apenas àqueles homens. Mas, à exceção de alguns cortes superficiais e já com casca no antebraço esquerdo, ela estava ilesa.

Quando pareceu certa de que o primo não estava prestes a morrer, e quando ele se assegurou de que os ferimentos no braço de Aelin não estavam infeccionados, a jovem se recostou nos travesseiros e cruzou os braços sobre a barriga.

— Quer ir primeiro, ou eu vou?

Do lado de fora, gaivotas chamavam umas às outras, e aquela brisa leve e suave beijou o rosto de Aedion.

— Você — sussurrou ele. — Conte tudo.

Então Aelin contou.

Eles conversaram e conversaram, até que a voz de Aedion ficou rouca, então Aelin o provocou para que bebesse um copo d'água. Em seguida, ela decidiu que o primo parecia fraco e foi até a cozinha para pegar um ensopado de carne e pão. Lysandra, Chaol e Nesryn não estavam em lugar algum, portanto os dois tinham o apartamento para si. Que bom. Aelin não sentia vontade de dividir o primo no momento.

Enquanto devorava a comida, Aedion contou a ela a mais pura verdade sobre o que acontecera com ele durante os últimos dez anos, exatamente como Aelin fizera. E, quando os dois tinham terminado de contar as histórias, quando suas almas estavam exaustas e em luto — mas cheias de uma alegria crescente —, a jovem se aninhou diante de Aedion, o primo, o amigo.

Tinham sido feitos do mesmo metal, duas faces da mesma moeda de ouro, riscada.

Aelin soube no momento em que o viu no alto da plataforma de execução. Não conseguia explicar. Ninguém conseguia entender aquele laço instantâneo, aquele conforto e certeza profundos, a não ser que também o tivessem sentido. Mas ela não devia explicações a ninguém — não sobre Aedion.

Ainda estavam jogados na cama, o sol agora se punha no fim da tarde, e ele apenas a encarava, piscando, como se não conseguisse acreditar.

— Você tem vergonha do que fiz? — Ela ousou perguntar.

Seu primo franziu a testa.

— Por que pensaria isso?

Ela não conseguiu encará-lo ao passar um dedo pelo cobertor.

— Tem?

Aedion ficou em silêncio por tanto tempo que Aelin ergueu a cabeça, mas o viu olhando para a porta, como se conseguisse ver através dela, do outro lado da cidade, ver o capitão. Quando se voltou para ela, aquele lindo rosto estava aberto, suave de uma forma que Aelin duvidava que muitos vissem.

— Jamais — disse ele. — Eu jamais poderia sentir vergonha de você.

Ela duvidava disso, e, ao se virar, Aedion segurou o queixo da prima com carinho, forçando-a a olhar para ele.

— Você sobreviveu; eu sobrevivi. Estamos juntos de novo. Certa vez implorei aos deuses que me permitissem ver você, apenas por um momento. Ver você e saber que tinha conseguido. Apenas uma vez; era tudo que eu esperava.

Aelin não conseguiu conter as lágrimas que começaram a escorrer pelo rosto.

— O que quer que tenha precisado fazer para sobreviver, o que quer que tenha feito por desprezo ou raiva ou egoísmo... Não dou a mínima. Você está aqui e é perfeita. Sempre foi e sempre será.

Aelin não percebera o quanto precisava ouvir aquilo.

Ela se jogou nos braços nele, com cuidado devido aos ferimentos, e o apertou o mais forte que conseguiu. Aedion a envolveu com um braço, apoiando o peso dos dois corpos no outro, e enterrou o rosto no pescoço de Aelin.

— Senti sua falta — sussurrou ela, inspirando o cheiro de seu primo, aquele cheiro de guerreiro macho que ela acabava de aprender, de se lembrar. — Todo dia, senti sua falta.

A pele de Aelin ficou úmida sob o rosto de Aedion.

— Nunca mais — prometeu ele.

Sinceramente, não foi surpresa alguma que, depois de Aelin ter destruído o Cofres, um novo reduto de pecado e imoralidade tivesse surgido imediatamente nos cortiços.

Os donos nem mesmo tentavam fingir que não era uma imitação perfeita do original — não com um nome como Fossas. Mas, enquanto o predecessor ao menos tinha fornecido uma atmosfera de taverna, o Fossas nem se incomodou com isso. Em uma câmara subterrânea escavada em pedra áspera, pagava-se uma consumação por álcool; e, se a pessoa quisesse beber, precisava desbravar os barris nos fundos e se servir. Aelin se viu um pouco inclinada a gostar dos donos: eles operavam com um conjunto de regras diferente.

Mas algumas coisas permaneceram iguais.

O piso era escorregadio e fedia a cerveja e mijo e coisa pior, mas ela antecipara isso. O que não esperava, exatamente, era o barulho atordoante. As paredes de pedra e o espaço fechado aumentavam os gritos selvagens dentro das fossas que davam nome ao lugar, além de servirem como arenas de luta, onde o público apostava nas brigas.

Brigas como aquela da qual Aelin estava prestes a participar.

Ao lado dela, Chaol, coberto com um manto e mascarado, se movia desconfortável.

— Isso é uma péssima ideia — murmurou ele.

— Você mesmo disse que não conseguiu encontrar os ninhos dos valg — respondeu ela, com o mesmo tom baixo, prendendo uma mecha solta do cabelo, pintado de vermelho mais uma vez, de volta no capuz. — Bem, aqui estão agradáveis comandantes e asseclas, apenas esperando que você os siga até em casa. Considere isso um pedido de desculpas de Arobynn. — Porque ele sabia que a jovem levaria Chaol consigo naquela noite. Aelin previra isso e pensara em não levar o capitão, mas, no fim, precisava dele ali; ela mesma precisava estar ali, mais do que precisava mudar os planos de Arobynn.

O capitão lançou um olhar na direção de Aelin, mas então voltou a atenção para a multidão ao redor e falou de novo:

— Isso é uma péssima ideia.

Ela seguiu o olhar de Chaol na direção do rei dos Assassinos, que estava diante deles do outro lado da arena de areia na qual dois homens lutavam, agora tão ensanguentados que Aelin não sabia dizer quem parecia pior.

— Ele chama, eu atendo. Apenas fique de olhos abertos.

Era o máximo que haviam falado um com o outro a noite toda. Mas a jovem tinha outras coisas com que se preocupar.

Precisara de apenas um minuto naquele lugar para entender por que Arobynn a convocara.

Os guardas valg seguiam em rebanho para o Fossas — não para prender e torturar, mas para assistir. Estavam dispersos entre a multidão, encapuzados, sorrindo, frios.

Como se o sangue e a raiva os alimentasse.

Sob a máscara escura, Aelin se concentrou na respiração.

Três dias depois do resgate, Aedion continuava ferido o bastante para permanecer de cama, um dos rebeldes de mais confiança de Chaol vigiava o apartamento. Mas Aelin precisava de alguém a apoiando naquela noite, então pediu que o capitão e Nesryn fossem até ali. Embora soubesse que aquilo se encaixaria nos planos de Arobynn.

Aelin os achara em uma reunião secreta dos rebeldes, para a infelicidade de todos.

Principalmente quando, aparentemente, os valg tinham sumido, levando as vítimas, e não podiam ser encontrados, apesar de dias de busca. Um olhar para os lábios contraídos de Chaol dissera a ela exatamente o *estardalhaço* de quem o capitão responsabilizava por aquilo. Então Aelin ficou feliz por conversar com Nesryn em vez de Chaol, ao menos para tirar da cabeça a nova tarefa que se aproximava, as batidas agora pareciam um convite debochado do castelo de vidro. Mas destruir a torre do relógio — para libertar a magia — precisaria esperar.

Pelo menos Aelin acertara quanto a Arobynn querer Chaol ali; os valg eram claramente uma oferta para o atrair, para que continuasse confiando e se confidenciando com o assassino.

Ela sentiu Arobynn ao seu lado momentos antes de os cabelos ruivos surgirem na visão periférica.

— Algum plano de destruir este estabelecimento também?

Uma cabeça escura apareceu do outro lado do assassino, junto aos olhares masculinos arregalados que a seguiam por toda parte. Aelin ficou feliz pela máscara que escondia a tensão em seu rosto quando Lysandra inclinou a cabeça em cumprimento. A jovem fez questão de olhar para a cortesã de cima a baixo, e então se virou para Arobynn, ignorando-a como se não passasse de um adorno.

— Acabei de limpar o traje — comentou Aelin, cantarolando. — Destruir esta latrina só o sujaria de novo.

Arobynn riu.

— Caso esteja se perguntando, certa instrutora famosa estava em um navio para o sul com todas as dançarinas antes que a notícia de sua travessura sequer chegasse ao cais. — O rugido da multidão quase abafou as palavras. Lysandra franziu a testa para um bêbado que quase derramou a cerveja na saia do vestido creme e verde-menta.

— Obrigada — respondeu Aelin, e com sinceridade. Não mencionou o joguete de Arobynn de colocar Chaol contra ela, não quando era exatamente o que ele queria. O mestre deu um sorriso arrogante o suficiente para fazê-la perguntar: — Existe algum motivo em particular por meus serviços serem necessários aqui esta noite, ou este é mais um presente?

— Depois que você tão alegremente destruiu o Cofres, estou à procura de um novo investimento. Os donos do Fossas, apesar de publicamente *desejarem* um investidor, estão hesitando em aceitar minha proposta. Participar esta noite vai ajudar muito a convencê-los de meus consideráveis bens e... do que posso oferecer. — E vai ser uma ameaça aos donos, exibindo seu arsenal mortal de assassinos e mostrando como eles podem ajudar a conseguir lucros ainda maiores com lutas armadas contra matadores treinados. Aelin sabia exatamente o que Arobynn diria a seguir. — Infelizmente, meu lutador desistiu — continuou ele. — Precisava de um substituto.

— E com quem vou lutar, exatamente?

— Eu disse aos donos que você foi treinada pelos Assassinos Silenciosos do deserto Vermelho. Lembra-se deles, não? Dê ao mestre da arena o nome que quiser.

Desgraçado. Aelin jamais se esqueceria dos meses no deserto Vermelho. Ou de quem a mandara para lá.

Ela indicou Lysandra com o queixo.

— Não está um pouco extravagante para este tipo de lugar?

— E eu aqui pensando que você e Lysandra tinham se tornado amigas depois de seu resgate dramático.

— Arobynn, vamos assistir de outro lugar — murmurou a cortesã. — A luta está acabando.

Ela imaginou como devia ser aturar o homem que matara seu amante. Mas o rosto de Lysandra era uma máscara de distração preocupada e cautelosa; outra pele que usava enquanto distraidamente se abanava com um lindo leque de renda e marfim. Tão deslocada naquela imundície.

— Lindo, não é? Arobynn me deu — falou ela, ao reparar na atenção de Aelin.

— Um pequeno adorno para uma dama tão talentosa — comentou Arobynn, inclinando-se para beijar o pescoço exposto da cortesã.

Aelin conteve o nojo com tanta força que engasgou com ele.

O assassino saiu andando pela multidão, como uma cobra entre a grama, encarando o esguio mestre da arena. Quando ele estava bem longe entre o público, Aelin se aproximou de Lysandra. A cortesã afastou o olhar, e a jovem soube que não era atuação.

Bem baixo, para que ninguém conseguisse ouvir, Aelin falou:

— Obrigada... pelo outro dia.

Lysandra manteve os olhos na multidão e nos lutadores ensanguentados ao redor delas. Deteve-se nos valg, então rapidamente encarou Aelin de volta, movendo-se para que o público formasse uma muralha entre ela e os demônios do outro lado da arena.

— Ele está bem?

— Sim... apenas descansando e comendo o máximo que consegue — respondeu Aelin. E agora que Aedion estava em segurança... em breve precisaria começar a cumprir o favorzinho a Arobynn. Embora duvidasse que o antigo mestre tivesse muito tempo de vida depois que o primo se recuperasse e descobrisse em que tipo de perigo o assassino a estava colocando. Sem falar no que tinha feito a ela ao longo dos anos.

— Que bom — disse Lysandra, a multidão as mantendo protegidas.

Arobynn deu um tapinha no ombro do mestre da arena e caminhou de volta até as duas. Aelin bateu o pé no chão até que o rei dos Assassinos estivesse entre elas de novo.

Chaol subitamente se aproximou para conseguir ouvir, a mão na espada.

Aelin apenas apoiou as mãos nos quadris.

— Quem será meu oponente?

Arobynn inclinou a cabeça na direção de um bando dos guardas valg.

— Quem você quiser. Só espero que escolha um em menos tempo que está levando para decidir qual deles vai entregar a mim.

Então aquela disputa era sobre isso. Quem tinha a vantagem. E, se Aelin se recusasse, com a dívida não paga... Ele poderia fazer pior. Muito pior.

— Você está fora de si — disse Chaol a Arobynn, acompanhando o olhar do rei dos Assassinos.

— Ele fala afinal — ronronou o homem. — De nada, aliás... pela pequena dica. — Arobynn voltou o olhar para os valg reunidos. Então eram um presente para o capitão.

Chaol arregalou os olhos.

— Não preciso que faça meu trabalho...

— Fique fora disso — disparou Aelin, esperando que Chaol entendesse que a ira não era voltada a ele. O capitão se virou para a areia suja de sangue, balançando a cabeça. Que ficasse com raiva; a jovem já tinha muito contra ele no momento.

A multidão se calou, e o mestre da arena chamou o próximo lutador.

— Sua vez — informou Arobynn, sorrindo. — Vamos ver do que aquelas coisas são capazes.

Lysandra apertou o braço dele, como se implorasse para que deixasse aquilo de lado.

— Eu ficaria mais para trás — sugeriu Aelin para a cortesã, estalando o pescoço. — Não iria querer sujar o lindo vestido de sangue.

O rei dos Assassinos riu.

— Dê um espetáculo, sim? Quero os donos impressionados... e se mijando.

Ah, ela daria um espetáculo. Depois de dias presa no apartamento ao lado de Aedion, tinha energia de sobra.

E não se incomodava de derramar sangue valg.

Aelin abriu caminho aos empurrões pela multidão, sem ousar atrair mais atenção para Chaol ao se despedir. As pessoas olharam para ela uma vez, então se afastaram. Com o traje, as botas e a máscara, sabia que parecia a Morte encarnada.

A jovem andou confiante, os quadris oscilando a cada passo, os ombros rolando como se os aquecesse. O público ficou mais ruidoso, inquieto.

Aelin foi até o mestre da arena, que a olhou de cima a baixo e disse:

— Sem armas.

Ela apenas inclinou a cabeça e ergueu os braços, girando em um círculo, até mesmo permitindo que o assecla do sujeito a apalpasse com as mãos suadas para provar que estava desarmada.

Até onde sabiam.

— Nome — indagou o mestre da arena. Ao redor de Aelin, o ouro já brilhava.

— Ansel de Briarcliff — respondeu ela, a máscara distorcendo a voz até que ficasse grave e rouca.

— Oponente.

A jovem olhou para o outro lado da arena, para a multidão reunida, então apontou.

— Ele.

O comandante valg já sorria para ela.

❧ 24 ❧

Chaol não tinha ideia do que pensar quando Aelin saltou para a arena, aterrissando agachada. Mas a multidão viu para quem ela havia apontado e estava em polvorosa, empurrando até a frente e passando ouro conforme apostas de último minuto eram feitas.

Ele precisou fazer força com os pés no chão para não ser derrubado sobre a borda aberta da arena. Não havia corda ou grade ali. Se alguém caísse, estava dentro do jogo. Uma pequena parte de Chaol ficou feliz por Nesryn vigiar os fundos. E uma parte menor estava feliz por uma noite sem mais caçadas infrutíferas pelos novos ninhos dos valg. Mesmo que isso significasse lidar com Aelin por algumas horas. Mesmo que Arobynn Hamel tivesse dado ao capitão aquele *presentinho*. Um presente, ele odiava admitir, do qual muito precisava e pelo qual agradecia. Mas era sem dúvida assim que o assassino operava.

Chaol imaginou qual seria o preço. Ou se seu medo de um potencial preço seria pagamento o bastante para o rei dos Assassinos.

Vestida de preto da cabeça aos pés, Aelin era uma sombra viva, caminhando como um felino selvagem de seu lado da arena enquanto o comandante valg saltava para dentro. Ele poderia ter jurado que o chão tremeu.

Ambos eram insanos — Aelin *e* seu mestre. Arobynn pedira que escolhesse qualquer um dos valg. Ela escolhera o líder.

Mal tinham se falado desde a briga após o resgate de Aedion. Sinceramente, Aelin não merecia uma palavra de Chaol, mas, quando o encontrou, uma hora antes, interrompendo uma reunião tão secreta que o local só fora revelado aos líderes rebeldes com uma hora de antecedência... Talvez ele fosse um tolo, mas não podia, em sã consciência, dizer não. Mesmo se fosse apenas porque Aedion o teria matado por isso.

Contudo, como os valg estavam ali... Sim, aquela noite fora útil, no fim das contas.

O mestre da arena começou a gritar as regras. Simplesmente não havia nenhuma, exceto que lâminas eram proibidas. Apenas mãos, pés e inteligência.

Pelos deuses.

Aelin acalmou os passos, e Chaol precisou acotovelar um homem, que estava animado demais, no estômago para evitar ser atirado no círculo de areia.

A rainha de Terrasen estava em uma arena de luta nos cortiços de Forte da Fenda. Ninguém ali, apostaria o capitão, acreditaria. Ele mesmo mal conseguia acreditar.

O mestre da arena rugiu para que a luta começasse, então...

Eles se moveram.

O comandante avançou com um soco tão ágil que teria girado a cabeça da maioria dos homens. No entanto, Aelin desviou, então segurou seu braço com uma das mãos, travando-o em uma chave que ele sabia ser capaz de partir um osso. Quando o rosto do comandante se contorceu de dor, ela acertou o joelho na lateral de sua cabeça.

Foi tão rápido, tão brutal, que nem mesmo a multidão soube que droga tinha acontecido até o comandante começar a cambalear para trás e Aelin saltitar nas pontas dos pés.

O valg riu, esticando o corpo. Foi o único descanso que a jovem deu a ele antes de partir para a ofensiva.

Ela se moveu como uma tempestade na madrugada. Qualquer que fosse o treinamento que tivesse recebido em Wendlyn, o que quer que aquele príncipe tivesse ensinado a ela... Que os deuses ajudassem a todos.

Soco após soco, bloqueio, avanço, agachamento, giro... O público era uma coisa que se contorcia, embasbacado com a agilidade e a habilidade.

Chaol vira Aelin matar, mas fazia um tempo desde que a vira lutar por diversão.

200

E ela estava se divertindo horrores com aquilo.

Um oponente digno, imaginou o capitão, quando a jovem travou as pernas em volta da cabeça do sujeito e rolou, girando-o.

Areia subiu ao redor deles. Ela acabou no topo, enfiando o punho no belo rosto frio do homem...

Apenas para ser empurrada com um giro tão ágil que Chaol mal conseguiu acompanhar. Aelin atingiu a areia ensanguentada e se levantou no momento em que o comandante atacou de novo.

Então eles eram mais uma vez um borrão de braços e pernas e golpes e escuridão.

Do outro lado da arena, Arobynn, com olhos arregalados, sorria; um homem faminto diante de um banquete. Lysandra se agarrava à lateral do assassino, os nós dos dedos brancos enquanto lhe apertava o braço. Homens sussurravam ao ouvido de Arobynn, os olhos fixos na arena, tão famintos quanto os dele. Os donos da arena ou clientes em potencial negociando o uso da mulher que lutava com uma ira tão selvagem e um prazer tão maligno.

Aelin acertou um chute no estômago do comandante, fazendo-o atingir a parede de pedra. O homem desabou, arquejando sem fôlego. A multidão comemorou, e a jovem ergueu os braços, virando-se, formando um círculo lentamente, a Morte triunfante.

O rugido de resposta do público fez Chaol perguntar-se se o teto desabaria.

O comandante avançou contra Aelin, que se virou, pegando-o e prendendo seus braços e pescoço em uma chave difícil de soltar. Ela fitou Arobynn como se fizesse uma pergunta.

O mestre olhou para o homem de olhos arregalados e voraz ao lado dele... então assentiu.

O estômago de Chaol se revirou. Arobynn vira o bastante. Provara o bastante.

Não fora sequer uma briga justa. Aelin deixara que continuasse porque o assassino *queria* que continuasse. E depois que ela derrubasse aquela torre do relógio e a magia voltasse... O que a seguraria? O que seguraria Aedion e aquele seu príncipe feérico, e todos os guerreiros como eles? Um novo mundo, sim. Mas um mundo no qual a voz humana normal não passaria de um sussurro.

Aelin torceu os braços do adversário, levando-o a gritar de dor, então...

Então ela cambaleou para trás, segurando o antebraço, o sangue brilhando forte pelo rasgo em seu traje.

Somente quando o comandante se virou, com sangue escorrendo pelo queixo e os olhos completamente pretos, Chaol entendeu. Ele a havia mordido. O capitão emitiu um chiado com os dentes trincados.

O valg lambeu os lábios, o sorriso ensanguentado aumentou. Mesmo com a multidão, Chaol conseguiu ouvir o demônio dizer:

— Sei o que você é agora, sua vadia mestiça.

Aelin abaixou a mão que tinha levado ao braço, sangue reluzia na luva escura.

— Que bom que também sei o que você é, desgraçado.

Acabe com isso. Ela precisava acabar com aquilo *imediatamente*.

— Qual é seu nome? — perguntou Aelin, circundando o comandante.

O demônio dentro do corpo do homem gargalhou.

— Não pode pronunciá-lo em sua língua humana. — A voz percorreu as veias de Chaol, congelando-as.

— Tão condescendente para um reles soldado — cantarolou ela.

— Eu deveria levar você até Morath, linhagem mista, e ver o quanto você fala, então. Ver o que acha de todas as coisas deliciosas que fazemos com seu tipo.

Morath — a Fortaleza do duque Perrington. O estômago de Chaol pareceu chumbo. Era para lá que levavam os prisioneiros que não eram executados. Aqueles que sumiam na noite. Para fazer sabiam os deuses o que com eles.

Aelin não deu ao adversário tempo de dizer mais nada, e o capitão, mais uma vez, desejou poder ver o rosto dela, pelo menos para saber que droga lhe passava pela cabeça ao derrubar o demônio. Aelin lançou aquele peso considerável na areia enquanto segurava a cabeça do homem.

Crack foi o barulho que o pescoço do comandante fez.

As mãos de Aelin permaneceram nas laterais do rosto do demônio quando ela encarou os olhos vazios e a boca aberta. A multidão gritou em triunfo.

A jovem estava ofegante, os ombros curvados, então esticou o corpo e limpou a areia dos joelhos do traje.

Ela ergueu o rosto para o mestre da arena.

— Diga.

O homem empalideceu.

— A vitória é sua.

A jovem não se incomodou em erguer o rosto de novo ao bater com a bota contra a parede de pedra, soltando uma lâmina fina e terrível.

Chaol ficou feliz com os gritos do público quando Aelin enfiou a adaga no pescoço do comandante. De novo. E de novo.

À luz fraca, ninguém mais parecia perceber que a mancha na areia não parecia da cor certa.

Ninguém, além dos demônios de expressões petrificadas reunidos ali, marcando-a, observando cada movimento de sua perna enquanto separava a cabeça e o corpo do comandante para deixá-los na areia.

~

Os braços de Aelin tremiam ao segurar a mão de Arobynn a fim de ser puxada da arena.

O mestre esmagou-lhe os dedos com um aperto letal, trazendo-a para perto no que qualquer outra pessoa teria pensado ser um abraço.

— São duas vezes agora, querida, que não cumpriu o trato. Eu disse *inconsciente.*

— A sede de sangue me venceu, parece. — Aelin se afastou devagar, o braço esquerdo doendo devido à mordida cruel que a coisa lhe dera. Desgraçado. Ela quase conseguia sentir o sangue da criatura entrando pelo couro espesso da bota, sentir o peso da imundície que se agarrava ao bico.

— Espero resultados, *Ansel*... e em breve.

— Não se preocupe, *mestre*. — Chaol seguia para um canto escuro, Nesryn era uma sombra atrás dele, sem dúvida se preparando para rastrear os valg depois que saíssem. — Vai receber o que lhe cabe. — Aelin olhou na direção de Lysandra cuja atenção não estava no cadáver que era carregado para fora da arena pelos soldados, mas fixa, com foco predatório, nos outros guardas valg que saíam de fininho.

A jovem pigarreou, então Lysandra piscou, suavizando a face e fazendo uma expressão que misturava inquietude com repulsa.

Aelin fez menção de sair, mas Arobynn disse:

— Não está curiosa para saber onde enterramos Sam?

Ele sabia que aquelas palavras seriam ouvidas como um golpe. Arobynn tivera a vantagem, o golpe mortal certeiro, o tempo todo. Até mesmo a cortesã se encolheu um pouco.

Aelin se virou devagar.

— Há um preço por essa informação?

Um lampejo da atenção do assassino se voltou para a arena.

— Você acabou de pagar.

— Eu não diria que você está acima de me dar um lugar falso e me fazer levar pedras para o túmulo errado.

Não flores; jamais flores em Terrasen. Em vez disso, carregavam pequenas pedras para os túmulos, para marcar as visitas, para dizer aos mortos que ainda eram lembrados.

Pedras eram eternas, flores não.

— Você me magoa com tais acusações. — O rosto elegante de Arobynn dizia outra coisa. Ele se aproximou, então falou, tão baixo que Lysandra não conseguiu ouvir: — Acha que não precisará pagar em algum momento?

Ela exibiu os dentes.

— Isso é uma ameaça?

— É uma sugestão — argumentou ele, suavemente. — Para que se lembre do que são minhas consideráveis influências e do que posso ter para oferecer a você e aos seus durante um momento em que precisa tão desesperadamente de tantas coisas: dinheiro, lutadores... — Um olhar para o capitão e para Nesryn, que desapareciam. — Coisas de que seus amigos também precisam.

Por um preço... sempre por um preço.

— Apenas me diga onde enterrou Sam e me deixe ir. Preciso limpar os sapatos.

Arobynn sorriu, satisfeito por ter vencido e por Aelin ter aceitado a pequena oferta; sem dúvida estava prestes a fazer outro acordo, então outro, pelo que quer que ela precisasse dele. O mestre disse o nome do local, um pequeno cemitério na beira do rio. Não estava nas criptas da Fortaleza dos Assassinos, onde a maioria deles era enterrada. Provavelmente com o intuito de insultar o rapaz... sem perceber que ele não gostaria de ser enterrado lá mesmo.

Ainda assim, Aelin disse, com a voz embargada:

— Obrigada. — Então se obrigou a olhar para Lysandra e falar, debochando: — Espero que ele esteja lhe pagando o suficiente.

A atenção da cortesã, no entanto, estava na longa cicatriz que marcava o pescoço de Arobynn; a cicatriz que Wesley deixara. Mas o homem estava ocupado demais sorrindo para Aelin e não reparou.

— Nós nos veremos em breve — avisou ele. Outra ameaça. — Espero que seja quando tiver cumprido seu lado do acordo.

Os homens de expressões ríspidas que estavam ao lado do assassino durante a luta ainda permaneciam a muitos metros de distância. Os donos do Fossas. Eles deram um aceno curto de cabeça que Aelin não respondeu.

— Diga a seus novos sócios que estou oficialmente aposentada — avisou ela, como despedida.

Foi difícil deixar Lysandra com Arobynn naquele buraco.

Aelin conseguia sentir as sentinelas valg monitorando-a, podia sentir a indecisão e a malícia deles, então torceu para que Chaol e Nesryn não tivessem problemas conforme ela sumia no frio ar noturno do lado de fora.

A jovem pedira que fossem não apenas para protegê-la, mas para que percebessem como tinham sido burros ao confiar em um homem como Arobynn Hamel. Mesmo que o presente dele fosse o motivo pelo qual agora podiam rastrear os valg de volta e descobrir onde se escondiam.

Aelin apenas esperava que, apesar do presente do antigo mestre, os dois finalmente tivessem entendido que ela deveria ter matado Dorian naquele dia.

❧ 25 ❧

Elide lavava a louça enquanto ouvia atentamente o cozinheiro reclamar do próximo carregamento programado de suprimentos. Ao que parecia, alguns veículos chegariam em duas semanas, carregando vinho e vegetais e talvez, se tivessem sorte, carne salgada. No entanto, não era o que chegaria que a interessava, mas como seria carregado, que tipos de vagões suportariam a carga. E onde Elide poderia se esconder melhor.

Foi quando uma das bruxas entrou.

Não Manon, mas aquela chamada Asterin... de cabelos dourados, olhos como uma noite salpicada de estrelas e uma ferocidade em cada fôlego. A criada reparara, havia muito tempo, como a mulher sorria rapidamente, marcando os momentos em que Asterin achava que ninguém estava olhando, e fitava o horizonte com o rosto tenso. Segredos; ela era uma bruxa com segredos. E segredos tornavam as pessoas fatais.

Elide manteve a cabeça baixa, os ombros curvos, quando a cozinha ficou silenciosa com a presença da terceira na hierarquia. A bruxa apenas caminhou direto para o cozinheiro, que tinha ficado pálido como a morte. Era um homem espalhafatoso e bondoso na maioria dos dias, mas de coração covarde.

— Lady Asterin — cumprimentou o cozinheiro, e todos, inclusive Elide, fizeram uma reverência.

A bruxa sorriu... com dentes brancos, normais, graças aos deuses.

— Eu estava pensando que podia ajudar com a louça.

O sangue de Elide congelou. Ela sentiu os olhos de todos na cozinha se fixarem nela.

— Por mais que agradeçamos, milady...

— Está rejeitando minha oferta, mortal? — A criada não ousou se virar. Sob a água com sabão, as mãos enrugadas tremeram. Ela as fechou em punho. Medo era inútil; medo a faria ser morta.

— N-não. É claro, milady. Nós... e Elide... ficaremos felizes com a ajuda.

E foi isso.

O clangor e o caos da cozinha recomeçaram aos poucos, mas a conversa permaneceu aos sussurros. Todos observavam, esperando... ou que o sangue de Elide fosse derramado nas pedras cinza, ou que ouvissem algo picante dos lábios sempre sorridentes de Asterin Bico Negro.

Ela sentiu cada passo que a bruxa tomou em sua direção; sem pressa, mas poderosos.

— Você lava. Eu seco — informou a sentinela ao lado de Elide.

A menina olhou por trás da cortina dos próprios cabelos. Os olhos preto e dourados de Asterin brilhavam.

— O-obrigada — gaguejou Elide.

Aqueles olhos imortais pareceram ficar mais interessados. Não era um bom sinal.

Mas a criada continuou a trabalhar, passando panelas e pratos para a bruxa.

— Uma tarefa interessante para a filha de um lorde — observou Asterin, baixo o bastante para que ninguém ouvisse.

— Fico feliz em ajudar.

— Essa corrente diz o contrário.

Elide não vacilou com a tarefa; não deixou que a panela na mão escorregasse um centímetro. Cinco minutos, então poderia murmurar alguma explicação e sair correndo.

— Ninguém mais neste lugar está acorrentado como um escravizado. O que torna você tão perigosa, Elide Lochan?

A menina fez um gesto com os ombros. Um interrogatório... era isso que estava acontecendo. Manon chamara Elide de espiã. Parecia que a sentinela tinha decidido verificar que nível de ameaça a criada representava.

— Sabe, homens sempre odiaram e temeram nosso povo — continuou Asterin. — É raro que nos capturem, que nos matem, mas, quando o fazem... Ah, se deliciam com coisas tão terríveis. Nos desertos, fizeram máquinas para nos desmembrar. Os tolos jamais perceberam que tudo o que precisavam fazer para torturar nosso povo, nos fazer implorar — a bruxa olhou para as pernas de Elide — era nos acorrentar. Nos manter presas à terra.

— Sinto muito por ouvir isso.

Duas das dependoras tinham prendido o cabelo atrás da orelha em uma tentativa fútil de ouvir a conversa. Contudo, Asterin sabia manter a voz baixa.

— Você tem o que... quinze anos? Dezesseis?

— Dezoito.

— Pequena para sua idade. — Asterin lançou a ela um olhar que a fez imaginar se a bruxa conseguia ver, pelo vestido feito em casa, as ataduras que usava para achatar os seios crescidos até virarem um peitoral imperceptível. — Devia ter oito ou nove anos quando a magia caiu.

Elide esfregou a panela. Terminaria e iria embora. Falar sobre magia perto daquelas pessoas, tantas delas ansiosas para vender qualquer informação aos senhores do medo que dominavam aquele lugar... Aquilo acabaria lhe garantindo a forca.

— As pequenas bruxas que tinham sua idade na época — continuou a sentinela — nem sequer tiveram a chance de voar. O poder não se estabelece até o primeiro sangramento. Pelo menos agora temos as serpentes aladas. Mas não é o mesmo, é?

— Não sei dizer.

Asterin se aproximou, com uma frigideira de ferro nas longas mãos letais.

— Mas seu tio sabe, não é?

Elide se encolheu e ganhou mais alguns segundos enquanto fingiu considerar.

— Não estou entendendo.

— Jamais ouviu o vento chamar seu nome, Elide Lochan? Jamais o sentiu puxar? Jamais ouviu o vento e desejou voar na direção do horizonte, para terras distantes?

A menina passara a maior parte da vida trancafiada em uma torre, mas houvera noites, tempestades ferozes...

208

Elide conseguiu tirar a última mancha de comida queimada da panela e a enxaguou, entregando o utensílio à bruxa antes de limpar as mãos no avental.

— Não, milady. Não vejo por que eu teria ouvido.

Mesmo que *quisesse* fugir... quisesse correr até a outra ponta do mundo e se livrar daquelas pessoas para sempre. Mas não tinha nada a ver com o sussurro do vento.

Os olhos pretos de Asterin pareciam a devorar por inteiro.

— Você ouviria o vento, menina — disse a bruxa, com o silêncio de uma especialista. — Porque qualquer uma com sangue Dentes de Ferro o ouve. Fico surpresa por sua mãe jamais ter contado a você. É passado pela linhagem materna.

Sangue de bruxa. Sangue de *Dentes de Ferro*. Nas veias dela, na linhagem da *mãe*.

Não era possível. O sangue de Elide era vermelho; não tinha dentes ou unhas de ferro. Sua mãe era igual. Se havia ascendência, era tão antiga que fora esquecida, mas...

— Minha mãe morreu quando eu era criança — explicou ela ao se virar e dar um aceno de despedida ao cozinheiro-chefe. — Jamais me contou nada.

— Uma pena — respondeu Asterin.

Todos os criados observaram Elide boquiabertos quando ela saiu mancando, os olhos questionadores diziam o bastante: não tinham ouvido. Um pequeno alívio, então.

Pelos deuses! Ah, deuses. Sangue de bruxa.

A criada subiu as escadas, cada movimento lançava dores lancinantes pela perna. Seria por isso que Vernon a mantinha acorrentada? Para evitar que saísse voando se algum dia mostrasse uma gota de poder? Seria por isso que as janelas daquela torre em Perranth tinham barras?

Não... não. Ela era humana. Completamente humana.

Contudo, no exato momento em que as bruxas se reuniram, quando Elide ouvira aqueles boatos sobre os demônios que queriam... queriam... *procriar*, Vernon a levara até ali. E ficara muito, muito próximo do duque Perrington.

Ela rezou para Anneith a cada passo da subida, rezou para a Senhora das Coisas Sábias, pedindo que estivesse errada, pedindo que a terceira no comando estivesse errada. Somente ao chegar ao pé da torre da Líder Alada, Elide percebeu que não tinha ideia de para onde ia.

Não tinha para onde ir. Ninguém para quem correr.

Os veículos de entrega só chegariam em algumas semanas. Vernon poderia entregá-la quando desejasse. Por que não o fizera imediatamente? O que estava esperando? Ver se o primeiro dos experimentos funcionaria antes de oferecer a sobrinha como moeda de troca por mais poder?

Se ela *era* um bem tão valioso, precisaria ir mais longe que suspeitava para escapar do tio. Não apenas para o continente ao sul, mas além deste, para terras das quais nunca ouvira falar. Mas sem dinheiro, como o faria? Sem dinheiro... exceto pelas bolsas de moedas que a Líder Alada deixava espalhadas pelo quarto. Elide olhou para as escadas que se esticavam nas sombras. Talvez pudesse usar o dinheiro para subornar alguém — um guarda, uma bruxa de aliança inferior — que pudesse tirá-la dali. Imediatamente.

O tornozelo da menina doeu conforme subiu as escadas às pressas. Não levaria uma bolsa inteira, mas apenas algumas moedas de cada uma, para que a Líder Alada não reparasse.

Piedosamente, o quarto estava vazio. E as inúmeras bolsas de moedas tinham sido deixadas com uma despreocupação que apenas um imortal com mais interesse em derramar sangue poderia conjurar.

Elide cuidadosamente começou a enfiar moedas no bolso, nas ataduras ao redor dos seios e no sapato, assim não seriam descobertas de uma só vez, não chacoalhariam.

— Você enlouqueceu?

A criada congelou.

Asterin estava recostada contra a parede, os braços cruzados.

A terceira no comando sorria, cada um daqueles dentes de ferro, afiados como lâminas, brilhando ao sol da tarde.

— Coisinha audaciosa e perigosa — disse a bruxa, circundando Elide. — Não é tão dócil quanto finge ser, hein?

Ai, deuses.

— Roubar de nossa Líder Alada...

— Por favor — sussurrou ela. Implorar... talvez funcionasse. — Por favor, preciso sair deste lugar.

— Por quê? — Um olhar para a bolsa de dinheiro que Elide apertava nas mãos.

— Ouvi o que estão fazendo com as Pernas Amarelas. Meu tio... se eu tiver... se eu tiver o sangue de vocês, não posso deixar que ele me use assim.

— Fugindo por causa de Vernon... Pelo menos agora sabemos que não é espiã dele, bruxinha. — Asterin sorriu, e foi quase tão assustador quanto um dos sorrisos de Manon.

Por isso a encurralara com aquele conhecimento: para ver para qual lado Elide correria.

— Não me chame assim — murmurou a menina.

— É tão ruim assim ser bruxa? — Asterin abriu os dedos, apreciando as unhas de ferro à luz fraca.

— Não sou uma bruxa.

— O que é, então?

— Nada... Não sou ninguém. Não sou nada.

A bruxa emitiu um estalo com a língua.

— Todo mundo é alguma coisa. Mesmo a mais comum das bruxas tem uma aliança. Mas quem olha por você, Elide Lochan?

— Ninguém. — Apenas Anneith, e a garota às vezes achava que até isso era imaginação.

— Não existe isso de uma bruxa estar sozinha.

— Não sou uma bruxa — repetiu Elide. E depois que fugisse, depois que deixasse aquele império pútrido, não seria ninguém.

— Não, certamente não é uma bruxa — disparou Manon da porta, com os olhos dourados frios. — Comece a falar. Agora.

Manon tivera um dia de merda, e isso dizia muito, considerando seu século de existência.

A aliança das Pernas Amarelas fora implantada em uma câmara subterrânea da Fortaleza, um cômodo escavado na rocha da própria montanha. Manon farejara uma vez aquele quarto cheio de camas e saíra imediatamente. As Pernas Amarelas não a queriam ali mesmo enquanto eram cortadas por homens, enquanto aquele pedaço de pedra era costurado dentro delas. Não, uma Bico Negro não deveria entrar em um quarto em que as Pernas Amarelas estavam vulneráveis, e a Líder Alada provavelmente as tornaria cruéis e letais como resultado disso.

Então fora treinar, e Sorrel acabara com ela no combate corpo a corpo. Depois não houvera uma ou duas, mas *três* brigas diferentes para separar entre as várias alianças, inclusive as Sangue Azul que, de alguma forma, ficaram *animadas* com os valg. Terminaram com os narizes quebrados ao sugerirem a uma aliança das Bico Negro que era o *dever* divino delas não apenas seguir com a implantação, mas chegar ao ponto de acasalar fisicamente com os valg.

Manon não culpou as Bico Negro por acabarem com a conversa. Contudo, precisou distribuir punições iguais entre os dois grupos.

E, em seguida, aquilo. Asterin e Elide em seus aposentos, a garota de olhos arregalados e fedendo a terror enquanto a terceira no comando parecia tentar convencê-la a se unir aos exércitos das bruxas.

— Comece a falar *agora*.

Temperamento; Manon sabia que deveria controlá-lo, mas o quarto tinha cheiro de medo humano, e aquele era o espaço *dela*.

Asterin se colocou diante da garota.

— Ela não é uma espiã de Vernon, Manon.

A líder deu às duas a honra de ouvir conforme Asterin contava o que acontecera. Quando terminou, Manon cruzou os braços. Elide estava encolhida à porta do aposento de banho, a bolsa de moedas ainda apertada nas mãos.

— Onde traçamos o limite? — perguntou a bruxa, baixinho.

Manon exibiu os dentes.

— Humanos são para comer, para o cio e para sangrar. Não para ajudar. Se ela tem sangue de bruxa, é uma gota. Não o suficiente para torná-la uma de nós. — Ela andou até a terceira no comando. — Você é uma das Treze. Tem deveres e obrigações, e é assim que passa seu tempo?

Asterin se manteve onde estava.

— Você disse para ficar de olho nela, então fiquei. Cheguei ao fundo da história. Ela mal deixou de ser uma bruxinha. Quer que Vernon Lochan a leve para aquela câmara? Ou para uma das outras montanhas?

— Estou me lixando para o que Vernon faz com seus bichos de estimação humanos.

Mas depois que as palavras saíram, deixaram um gosto ruim.

— Eu a trouxe aqui para que você pudesse saber...

— Você a trouxe aqui como um prêmio para reconquistar sua posição.

Elide ainda tentava ao máximo sumir pela parede.

Manon estalou os dedos na direção da menina.

— Vou levar você de volta ao seu quarto. Fique com o dinheiro se quiser. Minha *terceira no comando* tem um ninho cheio de merda de serpente alada para limpar.

— Manon — começou Asterin.

— *Líder Alada* — grunhiu ela. — Quando parar de agir como uma mortal chorona, pode voltar a me chamar de Manon.

— No entanto, você tolera uma serpente alada que cheira flores e lança olhares de cachorrinho perdido para esta menina.

A líder quase a golpeou — quase atacou o pescoço de Asterin. Mas a garota estava observando, ouvindo. Então ela pegou Elide pelo braço e a puxou na direção da porta.

∾

Elide ficou de boca fechada ao ser levada pelas escadas. Não perguntou como a Líder Alada sabia onde ficava seu quarto.

Ela imaginou se Manon a mataria depois que chegassem lá.

Imaginou se imploraria e se prostraria pedindo piedade quando a hora chegasse.

Mas, depois de um tempo, a bruxa falou:

— Se tentar subornar alguém aqui, vão entregar você. Guarde o dinheiro para quando fugir.

Elide escondeu a tremedeira nas mãos e assentiu.

A bruxa a observou de esguelha, os olhos dourados reluzindo à iluminação da tocha.

— Para que porcaria de lugar fugiria, de toda forma? Não há nada em um raio de 160 quilômetros. A única forma de ter uma chance é se pegar... — Manon deu uma risada. — Os vagões de suprimentos.

O coração da criada se apertou.

— Por favor, por favor, não conte a Vernon.

— Não acha que, se ele quisesse usá-la assim, já o teria feito? E por que obrigá-la a bancar a criada?

— Não sei. Ele gosta de jogos; talvez esteja esperando que uma de vocês confirme o que sou.

Manon ficou em silêncio de novo... até que fizeram uma curva.

O estômago de Elide deu um nó quando viu quem estava diante da porta do quarto, como se o tivesse convocado por mero pensamento.

Vernon usava a túnica vibrante de sempre — naquele dia com o verde de Terrasen —, e as sobrancelhas se ergueram ao ver Manon e Elide.

— O que está fazendo aqui? — disparou a bruxa, parando diante da pequena porta.

O homem sorriu.

— Visitando minha amada sobrinha, é claro.

Embora Vernon fosse mais alto, Manon parecia olhá-lo de cima, parecia *maior* que ele, conforme segurava o braço de Elide e dizia:

— Com qual propósito?

— Queria ver se vocês estavam se dando bem — ronronou o tio de Elide. — Mas... — Ele olhou para a mão que Manon tinha ao redor do pulso da menina. E para a porta além delas. — Parece que não preciso me preocupar.

Elide levou mais tempo para entender que a bruxa, que exibiu os dentes e falou:

— Não costumo forçar meus criados.

— Apenas massacrar homens como porcos, certo?

— As mortes deles equivalem ao comportamento que tiveram em vida — respondeu ela, com um tipo de calma que fez Elide imaginar se deveria começar a correr.

Vernon soltou uma risada baixa. Ele era tão diferente do pai da jovem, que fora carinhoso, belo, de ombros largos; passara dos trinta havia um ano quando foi executado pelo rei. O tio de Elide assistiu a essa execução e sorriu. Então foi contar à sobrinha.

— Aliando-se às bruxas? — perguntou Vernon a ela. — Que destemido de sua parte.

A menina olhou para o chão.

— Não há nada contra que se aliar, tio.

— Talvez eu a tenha protegido demais durante tantos anos se acredita nisso.

Manon inclinou a cabeça.

— Diga o que quer e saia.

— Cuidado, Líder Alada — retrucou Vernon. — Sabe exatamente onde seu poder acaba.

Ela deu de ombros.

— Também sei precisamente onde morder.

O homem sorriu, então mordeu o ar diante de si. A expressão de diversão se tornou algo feio ao se virar para Elide.

— Queria ver como você estava. Sei que o dia de hoje foi difícil.

O coração da menina parou. Será que alguém tinha contado a ele sobre a conversa nas cozinhas? Será que houvera um espião na torre momentos antes?

— Por que seria difícil para ela, humano? — O olhar de Manon era frio como ferro.

— Esta data é sempre difícil para a família Lochan — explicou Vernon. — Cal Lochan, meu irmão, era um traidor, entende? Um líder rebelde durante os poucos meses após Terrasen ser herdada pelo rei. Mas foi pego, como o restante deles, e executado. É difícil para nós amaldiçoarmos seu nome e ainda sentirmos sua falta, não é, Elide?

Aquilo a atingiu como um golpe. Como pudera esquecer? Não fizera orações, não implorara aos deuses que cuidassem dele. O dia da morte do pai, e Elide se esquecera dele, tanto quanto o mundo certamente se esquecera dela. Manter a cabeça baixa não era uma encenação no momento, mesmo com os olhos da Líder Alada sobre si.

— Você é um verme inútil, Vernon — disse Manon. — Vá proferir suas baboseiras em outro lugar.

— O que diria sua avó — ponderou o homem, enfiando as mãos nos bolsos — sobre tal... comportamento? — O grunhido da bruxa o perseguiu conforme ele saiu caminhando pelo corredor.

Manon escancarou a porta de Elide, revelando um quarto em que mal cabiam uma cama pequena e uma pilha de roupas. A menina não tivera permissão de levar nenhum pertence, nenhuma das lembranças que Finnula guardara por tantos anos: o pente marfim da mãe, a pequena boneca que ela trouxera de uma viagem ao continente sul, o anel com a insígnia do pai... o primeiro presente que Cal Lochan dera a Marion, a Lavadeira, ao cortejá-la. Aparentemente, Marion, a Bruxa Dentes de Ferro, seria um nome melhor.

A Líder Alada fechou a porta atrás de si com um chute.

Pequeno demais; o quarto era pequeno demais para duas pessoas, principalmente quando uma delas era antiga e dominava o espaço só com o respirar. Elide se sentou na cama, ao menos para colocar mais espaço entre ela e Manon.

A bruxa a encarou por um bom tempo, então falou:

— Pode escolher, bruxinha. Azul ou vermelho.

— O quê?

— Seu sangue corre azul ou vermelho? Você decide. Se correr azul, tenho jurisdição sobre você. Merdinhas como Vernon não podem fazer o que quiserem com meu povo, não sem minha permissão. Se o sangue correr vermelho... Bem, não me importo muito com humanos e ver o que Vernon fará com você pode ser divertido.

— Por que ofereceria isso?

Manon deu um meio sorriso para Elide, cheio de dentes de ferro, nenhum remorso.

— Porque posso.

— Se meu sangue correr... azul, não vai confirmar o que Vernon suspeita? Ele não vai agir?

— Um risco que você precisará correr. Ele pode tentar fazer algo a respeito disso e descobrir onde o levará.

Uma armadilha. E Elide era a isca. Reivindicar a herança como bruxa, e, se Vernon a levasse para ser implantada, Manon teria motivo para matá-lo.

A menina teve a sensação de que a líder esperava por isso. Não era apenas um risco; era um risco suicida, *burro*. Contudo, era melhor que nada.

As bruxas, que não abaixavam a cabeça para homem algum... Até que pudesse escapar, talvez Elide pudesse aprender uma ou duas coisas sobre como era ter presas e garras. E como usá-las.

— Azul — sussurrou ela. — Meu sangue corre azul.

— Boa escolha, bruxinha — disse Manon, e a palavra foi um desafio e uma ordem. A líder se virou, porém olhou por cima do ombro. — Bem-vinda às Bico Negro.

Bruxinha. Elide a encarou. Provavelmente acabara de cometer o maior erro da vida, mas... era estranho.

Estranho aquele sentimento de pertencimento.

⊰ 26 ⊱

— Não vou cair morto — disse Aedion para a prima, sua rainha, enquanto ela o ajudava a caminhar pelo telhado. Era seu terceiro turno, o luar tremeluzia nas telhas abaixo. Era difícil se manter de pé, não devido ao latejar constante em seu flanco, mas porque Aelin — *Aelin* — estava a seu lado, o braço envolto em sua cintura.

Uma fria brisa noturna, misturada com a fumaça do horizonte, envolveu Aedion, resfriando o suor em seu pescoço.

Mas o homem inclinou o rosto para longe da fumaça, inspirando outro cheiro, melhor. E viu que a fonte do aroma o olhava com o rosto franzido. O cheiro particular de Aelin acalmava-o, despertava-o. Jamais se cansaria daquele cheiro. Era um milagre.

No entanto, a expressão dela — *aquilo* não era um milagre.

— O quê? — indagou Aedion. Fazia um dia desde que Aelin lutara no Fossas; mais um dia dormido. Naquela noite, encoberto pela escuridão, ele saiu da cama pela primeira vez. Se ficasse entocado por mais um minuto, começaria a derrubar as paredes.

Aedion estava cansado de jaulas e prisões.

— Estou fazendo minha avaliação profissional — informou Aelin, mantendo-se ao lado do primo.

— Como assassina, rainha ou lutadora da arena?

Ela deu um sorriso do tipo que dizia que considerava lhe dar uma surra.

217

— Não fique com inveja por não ter tido a chance de acertar aqueles valg desgraçados.

Não era isso. Enquanto Aelin combatia os *valg* na noite anterior, Aedion ficara deitado na cama, sem saber que a prima corria algum tipo de perigo. Ele tentou se convencer de que, apesar do risco, apesar de Aelin ter voltado fedendo a sangue e ferida pela mordida de um deles, pelo menos ela descobrira que Morath era o local onde as pessoas com magia se transformavam em receptáculos dos valg.

Tentou se convencer e falhou. Mas... precisava dar espaço a Aelin. Não seria um desgraçado feérico insuportável e territorial, como ela gostava de chamá-los.

— E se eu passar em sua avaliação — disse Aedion, por fim —, vamos diretamente à Terrasen ou vamos esperar pelo príncipe Rowan aqui?

— Príncipe Rowan — repetiu Aelin, revirando os olhos. — Você fica me alfinetando por detalhes sobre o *príncipe Rowan*...

— Você ficou amiga de um dos maiores guerreiros da história, talvez o maior guerreiro vivo. Seu pai e seus homens me contavam histórias sobre o príncipe Rowan.

— O quê?

Ah, Aedion estivera esperando para jogar aquela informação preciosa.

— Guerreiros do Norte ainda falam dele.

— Rowan jamais veio a este continente.

Aelin falou com tanta casualidade... *Rowan*. Realmente não fazia ideia de quem era agora considerado um membro de sua corte, de quem ela havia libertado do juramento a Maeve. De quem era a pessoa a que costumava se referir como um pé no saco.

Rowan era o mais poderoso macho feérico de sangue puro vivo. E o cheiro dele se derramava sobre Aelin. Mesmo assim, ela não fazia ideia.

— Rowan Whitethorn é uma lenda. Assim como a... como você os chama?

— Equipe — respondeu sua prima, com tristeza.

— Aqueles seis... — Aedion respirou. — Costumávamos contar histórias sobre eles ao redor de fogueiras. Das batalhas, das explorações e das aventuras.

Aelin suspirou pelo nariz.

— Por favor, *por favor*, jamais diga isso a ele. Rowan jamais vai calar a boca, e vai usar isso em todas as discussões que tivermos.

Sinceramente, Aedion não sabia o que diria ao macho feérico... porque havia muitas, muitas coisas a dizer. Expressar a admiração seria a parte fácil. Mas, quando se tratava de agradecer pelo que fizera por Aelin naquela primavera, ou o quê, exatamente, Rowan esperava como membro de sua corte — se o príncipe feérico esperava que lhe fosse oferecido o juramento de sangue, então... Foi difícil evitar segurar Aelin com mais força.

Ren já sabia que o juramento de sangue era de Aedion por direito, e qualquer outro filho de Terrasen também saberia. Então a primeira coisa que o general faria quando o príncipe feérico chegasse seria se certificar de que ele entendia esse pequeno fato. Não era como em Wendlyn, onde o juramento era oferecido a guerreiros sempre que o governante queria.

Não. Desde que Brannon fundara Terrasen, os reis e as rainhas escolhiam apenas *um* dos membros da corte para fazerem o juramento de sangue, em geral na coroação ou logo após isso. Apenas um, pela vida inteira.

Aedion não tinha interesse em abrir mão da honra, mesmo para o lendário guerreiro.

— *De toda forma* — disse Aelin em tom afiado, quando eles deram a volta no telhado de novo —, não vamos para Terrasen agora, ainda não. Não até que você esteja bem o bastante para uma viagem árdua e rápida. No momento, precisamos pegar o Amuleto de Orynth de Arobynn.

Aedion se sentia um pouco tentado a caçar o antigo mestre de Aelin e o despedaçar enquanto o interrogava sobre onde escondera o amuleto, mas podia seguir o plano da prima.

Ainda estava tão fraco que, até então, mal conseguira ficar de pé tempo o bastante para mijar. Ter Aelin auxiliando-o da primeira vez fora tão esquisito que Aedion não conseguira fazer algo até ela cantar, aos berros, uma musiquinha indecente e abrir a torneira conforme o ajudava a ficar diante da privada.

— Me dê mais um ou dois dias e ajudarei a caçar um daqueles demônios desprezíveis para ele. — Raiva o percorreu, tão forte quanto qualquer golpe físico. O rei dos Assassinos exigira que a jovem se colocasse em tal perigo, como se a vida dela, como se o destino do reino fosse uma porcaria de um jogo para ele.

Mas Aelin... Aelin aceitara o acordo. Por Aedion.

De novo, respirar ficou difícil. Quantas cicatrizes ela acrescentaria àquele corpo ágil e poderoso por sua causa?

Então Aelin falou:

— Você não vai caçar os valg comigo.

Aedion tropeçou.

— Ah, vou sim.

— Não vai, não — retrucou ela. — Um, você é reconhecível demais...

— Nem comece.

Aelin o observou por um longo momento, como se avaliando cada fraqueza e força do primo. Por fim, disse:

— Muito bem.

Aedion quase desabou de alívio.

— Mas depois de tudo isso, dos valg, do amuleto — insistiu ele —, vamos libertar a magia? — Um aceno de cabeça. — Suponho que tenha um plano. — Outro aceno. O general trincou os dentes. — Gostaria de compartilhá-lo?

— Em breve — respondeu Aelin, com meiguice.

Que os deuses o ajudassem.

— E depois de completar seu plano misterioso e maravilhoso, iremos para Terrasen. — Aedion não quis perguntar sobre Dorian. Ele vira a dor no rosto da prima naquele dia no jardim.

Mas, se ela não conseguia matar o principezinho, Aedion o faria. Não iria gostar daquilo, e o capitão poderia muito bem eliminá-lo em troca, mas, para manter Terrasen segura, cortaria a cabeça de Dorian.

Aelin assentiu.

— Sim, iremos, mas... você só tem uma legião.

— Há homens que lutariam, e outros territórios que poderiam vir se os chamasse.

— Podemos discutir isso depois.

Aedion conteve o temperamento.

— Precisamos estar em Terrasen antes que o verão acabe, antes que a neve comece a cair no outono, ou esperaremos até a primavera. — Aelin assentiu, distraída. Na tarde anterior, mandara as cartas que Aedion pedira que escrevesse para Ren, a Devastação e os lordes fiéis que restavam de Terrasen, avisando que os primos haviam se reencontrado e que qualquer um com magia nas veias deveria se esconder. Ele sabia que os lordes restantes, os desgraçados velhos e astutos, não gostariam de ordens como aquela, mesmo de sua rainha. Mas Aedion precisava tentar.

— E — acrescentou ele, porque Aelin realmente o calaria por causa daquilo — precisaremos de dinheiro para aquele exército.

Ela disse, baixinho:

— Eu sei.

Não era uma resposta. Aedion tentou de novo.

— Mesmo que os homens concordem em lutar somente pela honra, teremos uma chance melhor de conseguir mais gente se pudermos pagar. Sem falar de alimentar nossas forças e de armá-los, dar mantimentos. — Durante anos, o general e a Devastação iam de taverna em taverna, angariando fundos silenciosamente para os esforços deles. Aedion ainda sofria ao ver os mais pobres de seu povo jogarem moedas conseguidas com trabalho árduo quando o exército passava, ao ver a esperança nos rostos macilentos e cheios de cicatrizes. — O rei de Adarlan esvaziou nossos cofres reais; foi uma das primeiras coisas que fez. O único dinheiro que temos vem do que nosso povo pode doar, o que não é muito, ou do que é garantido por Adarlan.

— Outra forma de manter o controle durante todos esses anos — murmurou Aelin.

— Nosso povo está miserável. Não tem uma moeda para esfregar na outra ultimamente, que dirá para pagar impostos.

— Eu não aumentaria os impostos para pagar uma guerra — disse ela, rispidamente. — Também prefiro não nos prostituir para nações estrangeiras por empréstimos. Ainda não, de toda forma. — A garganta de Aedion se apertou diante da amargura que cobria o tom de voz dela conforme os dois consideraram a outra forma como dinheiro e homens poderiam ser obtidos. Mas ele não conseguia mencionar vender a mão de Aelin em casamento para um abastado reino estrangeiro... ainda não.

Então apenas respondeu:

— É algo para começarmos a pensar. Se a magia for mesmo libertada, poderemos recrutar quem a possui para nosso lado, oferecer treinamento, dinheiro, abrigo. Imagine um soldado que pode matar com lâmina e magia. Poderia mudar o curso de uma batalha.

Sombras percorreram os olhos de Aelin.

— De fato.

Aedion avaliou a postura da prima, a clareza do olhar, o rosto cansado. Demais... já enfrentara e sobrevivera a coisas demais.

Ele reparara nas cicatrizes — as tatuagens que as cobriam — que às vezes despontavam pelo colarinho da camisa de Aelin. Ainda não ousara pedir para vê-las. A mordida sob as ataduras no braço não era nada em comparação àquela dor e às muitas outras que Aelin não mencionara, as cicatrizes por todo o seu corpo. As cicatrizes por todo o corpo de ambos.

— Além disso — disse Aedion, pigarreando —, há o juramento de sangue. — Ele tivera intermináveis horas na cama para compilar a lista. A jovem enrijeceu tanto o corpo que seu primo acrescentou rapidamente: — Não precisamos... ainda não. Mas, quando estiver pronta, estou pronto.

— Ainda quer fazer o juramento a mim? — A voz dela estava inexpressiva.

— É claro que sim. — Mandando a precaução ao inferno, ele falou: — Era meu direito então... e é agora. Pode esperar até chegarmos à Terrasen, mas serei eu quem o fará. Ninguém mais.

Aelin engoliu em seco.

— Certo. — Uma resposta sem tomar fôlego, que Aedion não conseguiu decifrar.

Ela o soltou e caminhou até uma das pequenas áreas de treino para testar o braço ferido. Ou talvez quisesse se afastar... talvez Aedion tivesse abordado o assunto do modo errado.

Ele teria se locomovido para fora do telhado caso a porta não tivesse sido aberta e o capitão não tivesse surgido.

Aelin já caminhava na direção de Chaol com uma concentração predatória. Ele odiaria estar do outro lado daquele andar.

— O que foi? — perguntou ela.

Aedion também odiaria estar do outro lado daquele cumprimento.

Ele mancou até os dois conforme Chaol chutava a porta para fechá-la atrás de si.

— O Mercado das Sombras desapareceu.

Aelin parou subitamente.

— O que quer dizer?

O rosto do capitão estava tenso e pálido.

— Os soldados valg. Eles foram ao mercado esta noite e selaram as saídas com todos dentro. Então o *queimaram*. As pessoas que tentaram escapar pelos esgotos encontraram guarnições de soldados esperando com as espadas em punho.

Aquilo explicava a fumaça no ar, no horizonte. Pelos deuses. O rei só podia ter perdido completamente a cabeça... só podia ter parado de se importar com o que o povo pensava.

Os braços de Aelin penderam inertes na lateral do corpo.

— Por quê? — O leve tremor na voz dela fez Aedion se arrepiar, aqueles instintos feéricos rugindo para calar o capitão, para lhe rasgar o pescoço, para acabar com a causa da dor e do medo da prima...

— Porque se espalhou a notícia de que os rebeldes que libertaram *Aedion* — Chaol lançou um olhar breve na direção do homem — estavam se encontrando no Mercado das Sombras para comprar suprimentos.

O general alcançou Aelin, ficando perto o bastante para ver a tensão no rosto do capitão, o abatimento que não estivera ali três semanas antes. Da última vez que haviam se falado.

— E imagino que esteja me culpando? — indagou Aelin, suave como a madrugada.

Um músculo se contraiu no maxilar de Chaol. Nem mesmo assentiu em cumprimento a Aedion, ou reconheceu os meses que tinham passado trabalhando juntos, o que acontecera naquela sala da torre..

— O rei poderia ter ordenado o massacre usando qualquer método — respondeu ele, a cicatriz fina no rosto destacada ao luar. — Mas escolheu o fogo.

Aelin ficou impossivelmente quieta.

Aedion grunhiu.

— Você é um babaca por sugerir que o ataque foi uma mensagem para ela.

Chaol, por fim, voltou a atenção para Aedion.

— Acha que não é verdade?

A jovem inclinou a cabeça.

— Veio até aqui para jogar acusações na minha cara?

— *Você* me disse para vir esta noite — respondeu o capitão, e Aedion ficou tentado a socar os dentes dele garganta abaixo pelo tom de voz que usou. — Mas vim perguntar por que não fez nada quanto ao relógio da torre. Quantos inocentes ainda precisarão ser pegos nesse fogo cruzado?

Foi difícil manter a boca fechada. Não precisava falar por Aelin, que retorquiu com veneno impecável:

— Está sugerindo que não me importo?

— Arriscou tudo, várias vidas, para soltar *um* homem. Acho que pensa que esta cidade e os cidadãos dela são dispensáveis.

Aelin sibilou.

— Preciso lembrar você, *capitão*, de que foi até Endovier e sequer piscou para os escravizados, para as imensas covas? Preciso lembrá-lo de que eu estava faminta e acorrentada e você permitiu que o duque Perrington me obrigasse a me curvar aos pés de Dorian enquanto não fez *nada*? E agora tem a audácia de *me* acusar de não me importar, quando tantas das pessoas desta cidade lucraram com o sangue e a miséria do povo que *você* ignorou?

Aedion conteve o grunhido que subia pela garganta. O capitão jamais contara aquilo sobre o primeiro encontro com sua rainha. Jamais contara que não se intrometera enquanto ela era empurrada, humilhada. Será que ele sequer se encolhera ao ver as cicatrizes em suas costas, ou apenas as examinara como se Aelin fosse algum animal premiado?

— Não tem o direito de me culpar — sussurrou ela. — Não tem o direito de me culpar pelo Mercado das Sombras.

— Esta cidade ainda precisa de proteção — disparou Chaol.

Aelin deu de ombros, seguindo para a porta do telhado.

— Ou talvez esta cidade devesse queimar — murmurou ela. Um calafrio percorreu a espinha de Aedion, embora soubesse que Aelin dissera aquilo para irritar o capitão. — Talvez o mundo devesse queimar — acrescentou a jovem ao sair do telhado.

O general se virou para Chaol.

— Se quiser comprar briga, venha até mim, não a ela.

O capitão apenas balançou a cabeça e olhou para os cortiços. Aedion seguiu o olhar, observando a capital que reluzia ao redor.

Ele odiara a cidade desde a primeira vez que vira as paredes brancas, o castelo de vidro. Tinha dezenove anos e se deitara e festejara de uma ponta a outra de Forte da Fenda, tentando descobrir algo, qualquer coisa, para explicar por que Adarlan achava que era tão desgraçadamente superior, por que Terrasen caíra de joelhos diante daquela gente. E, quando terminou com as mulheres e as festas, depois que Forte da Fenda jogou suas riquezas aos seus pés, lhe implorando para dar *mais, mais, mais,* ele continuou a odiando... ainda mais que antes.

E durante todo esse tempo, e sempre depois daquilo, Aedion não tinha ideia de que o que procurava de verdade, aquilo com que seu coração despedaçado ainda sonhava, morava em uma casa de assassinos a poucos quarteirões.

Por fim, o capitão falou:

— Você parece mais ou menos inteiro.

O general deu um sorriso de lobo.

— E você não ficará se falar com ela assim de novo.

Chaol sacudiu a cabeça.

— Descobriu alguma coisa sobre Dorian enquanto estava no castelo?

— Você insulta minha rainha e tem a audácia de me pedir informação?

O capitão esfregou a testa com o polegar e o indicador.

— Por favor... apenas me diga. Hoje foi ruim o bastante.

— Por quê?

— Estive caçando os comandantes valg nos esgotos desde a briga no Fossas. Nós os seguimos até os novos ninhos, graças aos deuses, mas não vimos sinais de humanos sendo mantidos prisioneiros. No entanto, há mais pessoas que nunca desaparecendo, bem debaixo de nossos narizes. Alguns dos outros rebeldes querem abandonar Forte da Fenda. Estabelecer as forças em outras cidades, antecipando que os valg vão se alastrar.

— E você?

— Não saio sem Dorian.

Aedion não teve coragem de perguntar se Chaol queria dizer vivo ou morto. Ele suspirou.

— Ele foi até mim no calabouço. Me provocou. Não havia sinal do homem dentro dele. Nem mesmo sabia quem era Sorscha. — Então, talvez porque se sentisse especialmente bondoso, graças à bênção de cabelos dourados no apartamento abaixo, o general falou: — Sinto muito... por Dorian.

Os ombros do capitão se arquearam, como se um peso invisível os empurrasse.

— Adarlan precisa ter um futuro.

— Então se torne rei.

— Não sou digno de ser rei. — O ódio de si mesmo naquelas palavras fez com que Aedion tivesse pena dele, apesar de não querer. Planos... Aelin tinha planos para tudo, parecia. Convidara o capitão até ali naquela noite, percebeu Aedion, não para discutir algo com ela, mas para aquela conversa. Ele se perguntou quando sua prima começaria a contar as coisas a ele.

Essas coisas levavam tempo, lembrou-se Aedion. Aelin estava acostumada com uma vida de segredos; aprender a depender dele iria exigir alguns ajustes.

— Consigo pensar em alternativas piores — respondeu o general. — Como Hollin.

— E o que você e Aelin farão a respeito de Hollin? — perguntou Chaol, olhando para a fumaça. — Onde traçam o limite?

— Não matamos crianças.

— Mesmo aquelas que já mostram sinais de corrupção?

— Não tem o direito de jogar essas porcarias em nossa cara, não quando *seu* rei assassinou nossa família. Nosso povo.

Os olhos de Chaol brilharam.

— Desculpe.

Aedion balançou a cabeça.

— Não somos inimigos. Pode confiar na gente... pode confiar em Aelin.

— Não, não posso. Não mais.

— Quem sai perdendo é você — rebateu Aedion. — Boa sorte.

Era tudo o que tinha para oferecer ao capitão.

Chaol saiu às pressas do apartamento no armazém e atravessou a rua para onde estava Nesryn, recostada contra uma construção de braços cruzados. Sob as sombras do capuz, a boca da rebelde se inclinou para o lado.

— O que aconteceu?

O homem continuou pela rua, o sangue acelerado nas veias.

— Nada.

— O que eles disseram? — Ela o acompanhava, espelhando cada passo do capitão.

— Não é de sua conta, então esqueça. Só porque trabalhamos juntos, não quer dizer que tem o direito de saber de tudo o que acontece em minha vida.

Nesryn enrijeceu o corpo quase imperceptivelmente, e parte de Chaol se encolheu, já desejando se retratar pelas palavras.

Mas era verdade. Ele destruíra tudo no dia em que fugiu do castelo — e talvez tivesse passado a andar com a rebelde porque não havia mais ninguém que não o fitasse com pena nos olhos.

Talvez tivesse sido egoísta fazer aquilo.

Nesryn não se incomodou com uma despedida antes de sumir por um beco.

Pelo menos Chaol não podia se odiar mais do que já se odiava.

～

Mentir para Aedion sobre o juramento de sangue fora... terrível.

Aelin contaria a ele... encontraria um jeito de contar. Quando as coisas não fossem tão recentes. Quando Aedion parasse de olhar para ela como se fosse um milagre incrível, e não uma mentirosa e covarde de merda.

Talvez o Mercado das Sombras *tivesse* sido sua culpa.

Agachada em um telhado, Aelin afastou o manto de culpa e mau humor que a sufocava havia horas, então voltou a atenção para o beco abaixo. Perfeito.

Ela rastreara várias patrulhas diferentes naquela noite, reparando em quais dos comandantes usavam anéis pretos, quais pareciam mais violentos que os demais, quais sequer tentavam se mover como humanos. O homem — ou seria um demônio agora? — que abria uma grade do esgoto na rua abaixo era um dos mais tranquilos.

Aelin queria segui-lo para onde quer que fosse seu ninho, para pelo menos poder dar a Chaol aquela informação... para provar o quanto estava envolvida com o bem-estar daquela cidade desgraçada.

Os homens daquele comandante tinham ido para o reluzente palácio de vidro, a névoa espessa do rio envolvendo toda a encosta em luz esverdeada. Mas o comandante desviara, seguindo mais para o centro dos cortiços e para as redes subterrâneas.

Aelin o observou desaparecer pela grade do esgoto, depois desceu agilmente do telhado, correndo para a entrada mais próxima que se ligaria à dele. Engolindo aquele velho medo, entrou silenciosamente nos túneis um ou dois quarteirões de onde o valg descera, então ouviu com atenção.

Água pingando, fedor de dejetos, ratos correndo...

E passos agitando a água adiante, depois do próximo grande cruzamento entre os túneis. Perfeito.

Aelin deixou as lâminas escondidas no traje, sem querer que enferrujassem devido à umidade do esgoto. Ela se manteve nas sombras, com os passos silenciosos conforme se aproximava do cruzamento e olhava pela curva. Como esperado, o comandante valg caminhava pelo túnel, de costas para Aelin, adentrando cada vez mais as galerias.

Quando ele estava bem distante, a jovem tomou a curva, mantendo-se na escuridão, evitando os trechos de luz que brilhavam pelas grades acima.

Túnel após túnel, Aelin o seguiu, até que o comandante chegou a um tanque imenso.

Estava cercado de paredes em ruínas cobertas de sujeira e musgo, tão antigas que ela se perguntou se estavam entre as primeiras a serem construídas em Forte da Fenda.

Mas não foi o homem ajoelhado diante do tanque, cujas águas eram alimentadas por rios serpenteando de cada direção, que a fez perder o fôlego, irradiando pânico pelas veias.

Foi a criatura que surgiu da água.

⊰ 27 ⊱

A criatura se levantou, o corpo de pedra preta irrompendo pela água quase sem lançar ondas.

O comandante valg se ajoelhou diante da coisa, a cabeça baixa, sem mover um músculo enquanto aquele horror se desenrolava totalmente.

O coração de Aelin acelerou descontroladamente, e ela tentou acalmá--lo conforme reparava nos detalhes da criatura que agora estava de pé no tanque, até a altura da cintura, com água pingando dos enormes braços e do longo focinho de serpente.

A jovem a vira antes.

Uma das oito criaturas esculpidas na torre do relógio; oito gárgulas que ela um dia tinha jurado que... a observavam. Que sorriram para ela.

Será que havia uma faltando na torre do relógio no momento, ou será que as estátuas tinham sido feitas ao molde daquela monstruosidade?

Aelin tentou manter os joelhos firmes. Uma leve luz azul começou a pulsar sob o traje dela... merda. O Olho. Nunca era um bom sinal quando a joia brilhava; nunca, nunca, nunca.

Ela colocou a mão sobre o amuleto, abafando o brilho quase imperceptível.

— Relate — sibilou a coisa, a boca cheia de dentes de pedra preta. Cão de Wyrd, era como o chamaria. Embora não se parecesse em nada com um cachorro, Aelin teve a sensação de que a *coisa*-gárgula podia rastrear e caçar tão bem quanto qualquer canídeo. E obedecia ao mestre muito bem.

O comandante manteve a cabeça baixa.

— Nenhum sinal do general nem daqueles que o ajudaram a fugir. Recebemos informações de que ele tinha sido visto na estrada para o sul, cavalgando com outros cinco de Charco Lavrado. Mandei duas patrulhas atrás deles.

Aelin podia agradecer a Arobynn por aquilo.

— Continue procurando — disse o cão de Wyrd, refletindo a luz fraca das veias iridescentes que percorriam a pele obsidiana. — O general estava ferido, não pode ter ido longe.

A voz da criatura a paralisou imediatamente.

Não era a voz de um demônio ou de um homem.

Mas do rei.

Ela não queria saber que tipo de coisas o rei fizera para poder ver através dos olhos daquela coisa, falar por aquela boca.

Um estremecimento percorreu a espinha de Aelin ao recuar para fora do túnel. A água que corria ao lado da passarela elevada era bastante rasa, de modo que a criatura não conseguiria nadar ali, mas... ela não ousava respirar alto.

Ah, sim, Aelin entregaria o comandante a Arobynn. Então deixaria que Chaol e Nesryn caçassem todos até que fossem extintos.

Mas não antes de ter a chance de falar com um a sós.

Ela precisou caminhar dez quarteirões até que a tremedeira nos ossos passasse, dez quarteirões para decidir se deveria sequer contar a eles o que vira e o que planejara, mas entrar em casa e ver Aedion andando de um lado para outro diante da janela foi o bastante para deixá-la no limite de novo.

— Veja só isso — cantarolou Aelin, tirando o capuz. — Estou viva e ilesa.

— Você disse duas horas... ficou fora durante quatro.

— Tinha coisas a fazer, coisas que somente *eu* posso fazer. Então, para realizar essas coisas, precisava sair. Você não está nada bem para ficar nas ruas, principalmente se houver algum perigo...

— Você jurou que não havia perigo algum.

— Pareço um oráculo? Sempre há perigo, *sempre*.

E isso não era nem a metade.

— Está fedendo à porcaria dos esgotos — disparou Aedion. — Quer me contar o que estava fazendo *lá*?

Não. Na verdade, não.

Ele esfregou o rosto.

— Entende como foi ficar sentado aqui enquanto esteve fora? Você disse duas horas. O que eu deveria pensar?

— Aedion — disse Aelin, o mais calma possível ao tirar as luvas imundas antes de lhe pegar a mão grande e calejada. — Entendo. Mesmo.

— O que estava fazendo que era tão importante que não podia esperar um ou dois dias? — Seus olhos estavam arregalados, suplicantes.

— Reconhecimento.

— Você é boa nisso, não é... meias verdades.

— Um, só porque você é... *você*, não tem direito a informações sobre tudo que faço. *Dois*...

— Lá vai você com as *listas* de novo.

Aelin apertou a mão do primo com tanta força que poderia quebrar os ossos de um homem mais fraco.

— Se não gosta de minhas listas, então não comece discussões comigo.

Aedion a encarou; ela o encarou de volta.

Impassível, irredutível. Eram feitos do mesmo material.

O general suspirou e olhou para suas mãos unidas — então abriu a mão para examinar a palma cheia de cicatrizes de Aelin, entrecortadas com as marcas do juramento a Nehemia e do corte que fizera no momento em que se tornara *carranam* de Rowan, a magia os unindo em um laço eterno.

— É difícil não achar que suas cicatrizes são minha culpa.

Ah. *Ah*.

Aelin precisou tomar fôlego uma ou duas vezes, mas conseguiu inclinar o queixo em um ângulo furtivo e dizer:

— Por favor. Eu mereci metade destas cicatrizes. — Ela mostrou uma pequena marca na parte interna do antebraço. — Está vendo essa? Um homem em uma taverna me cortou com uma garrafa depois que roubei em um jogo de cartas e tentei levar seu dinheiro.

Um som engasgado saiu de Aedion.

— Não acredita em mim?

— Ah, acredito em você. Não sabia que era tão ruim em cartas que precisava recorrer à trapaça. — Ele riu baixinho, mas o medo permanecia.

Então Aelin afastou o colarinho da túnica para revelar um fino colar de cicatrizes.

— Baba Pernas Amarelas, a Matriarca do clã de bruxas Pernas Amarelas, me deu essas daqui quando tentou me matar. Cortei a cabeça dela, então esquartejei o cadáver e o enfiei no forno de seu vagão.

— Eu me perguntava quem teria matado Pernas Amarelas. — Aelin podia tê-lo abraçado somente por aquela frase, pela ausência de medo ou nojo naqueles olhos.

Ela caminhou até o bufê e tirou uma garrafa de vinho de dentro do armário.

— Fico surpresa por vocês, animais, não terem bebido todo o meu álcool decente durante os últimos meses. — Aelin franziu a testa para o armário. — Parece que alguém andou atacando o brandy.

— O avô de Ren — respondeu Aedion, seguindo os movimentos de Aelin de onde estava, ao lado da janela. A jovem abriu a garrafa de vinho e não se incomodou com uma taça ao desabar no sofá e beber.

— Esta aqui — continuou ela, apontando para uma cicatriz irregular no cotovelo. Aedion deu a volta no sofá e se sentou ao lado da prima. Ele ocupava quase metade do móvel. — O lorde pirata da baía da Caveira me deu essa marca depois que destruí sua cidade inteira, libertei os escravizados e me saí muito bem enquanto fazia tudo isso.

Seu primo pegou a garrafa de vinho, então bebeu.

— Alguém já ensinou humildade a você?

— Você não aprendeu, por que eu deveria?

Aedion riu, então mostrou a mão esquerda a ela. Vários dos dedos eram tortos.

— Nos campos de treinamento, um daqueles desgraçados de Adarlan quebrou todos os meus dedos quando resolvi abrir a boca. Depois ele os quebrou em um segundo lugar porque eu não parava de xingá-lo.

Aelin assobiou com os dentes trincados, mesmo maravilhando-se com a coragem, com a ousadia. Mesmo misturando o orgulho do primo com uma pontada de vergonha de si. O general puxou a camisa para cima, revelando um abdômen musculoso onde um corte largo e irregular descia das costelas até o umbigo.

— Batalha perto de Rosamel. Faca de caça serrilhada, quinze centímetros, curvada na ponta. O desgraçado me acertou aqui. — Ele apontou para o alto, então desceu o dedo. — E cortou para o sul.

— Merda — disse Aelin. — Como é possível que ainda esteja respirando?

— Sorte... e consegui me mover enquanto ele arrastava a faca para baixo, evitando que me estripasse. Pelo menos depois daquilo aprendi o valor de me proteger.

Então eles seguiram pelo fim da tarde e pela noite, passando o vinho entre si.

Um a um, contaram as histórias dos ferimentos acumulados nos anos em que passaram separados. E, após um tempo, Aelin tirou o traje e se virou de costas para mostrar as cicatrizes, assim como as tatuagens que tinha gravado sobre elas.

Quando a prima se recostou de novo no sofá, Aedion mostrou a marca no peitoral esquerdo, da primeira batalha que lutara, na qual finalmente conseguira recuperar a Espada de Orynth... a espada do pai dela.

Ele caminhou até onde Aelin agora considerava o quarto dele, e, ao voltar, estendeu a espada nas mãos quando se ajoelhou.

— Isto pertence a você — disse ele, com a voz rouca. Aelin engoliu em seco tão alto que conseguiu se ouvir.

Ela fechou as mãos de seu primo sobre a bainha da espada, mesmo com o coração partido diante da espada do pai, diante do que Aedion fizera para conseguir a arma, para salvá-la.

— Pertence a você, Aedion.

Ele não abaixou a espada.

— Eu só a estava guardando.

— Ela pertence a você — repetiu Aelin. — Ninguém mais a merece. — Nem ela mesma, percebeu a jovem.

Aedion inspirou e estremeceu, então fez uma reverência com a cabeça.

— Você é um bêbado triste — comentou ela, fazendo-o rir.

Aedion apoiou a espada na mesa atrás de si, depois desabou de volta no sofá. Ele era tão grande que Aelin quase foi jogada da própria almofada. Ela olhou para o primo com raiva ao se endireitar.

— Não quebre meu sofá, seu brutamontes.

O general bagunçou os cabelos dela e esticou as longas pernas diante do corpo.

— Dez anos, e esse é o tratamento que recebo de minha amada prima.

Aelin lhe deu uma cotovelada nas costelas.

～

Mais dois dias se passaram, e Aedion estava perdendo o controle, princi palmente porque Aelin continuava saindo de fininho e retornando coberta de imundície e fedendo ao reino de fogo de Hellas. Ir até o telhado para tomar ar não era o mesmo que *sair*, e o apartamento era tão pequeno que Aedion começava a considerar dormir no armazém, no andar de baixo, para ter alguma sensação de espaço.

No entanto, ele sempre se sentia dessa forma — em Forte da Fenda ou em Orynth ou nos palácios mais ricos — se ficasse tempo demais sem caminhar por florestas ou campos, sem o beijo do vento no rosto. Pelos deuses, preferiria até mesmo o campo de batalha da Devastação àquilo. Fazia tempo demais desde que vira seus homens, desde que rira com eles, ouvira e secretamente invejara suas histórias sobre as famílias, sobre os lares. Mas não mais; não agora que sua própria família fora devolvida a ele; não agora que *Aelin* era seu lar.

Mesmo que as paredes do lar *dela* o estivessem sufocando.

Aedion devia parecer tão enjaulado quanto se sentia, pois Aelin revirou os olhos ao voltar para o apartamento naquela tarde.

— Tudo bem, tudo bem — disse ela, erguendo as mãos. — Prefiro que você se destrua a que destrua minha mobília por tédio. É pior que um cão.

Seu primo sorriu, exibindo os dentes.

— Meu objetivo é impressionar.

Então eles se armaram e se cobriram com mantos e deram dois passos para fora antes de Aedion detectar um odor feminino — como menta ou algum tempero que não conseguia identificar — aproximando-se. Rapida mente. Sentira aquele cheiro antes, mas não conseguia dizer onde.

Dor irradiou pelas costelas quando pegou a adaga, mas Aelin falou:

— É Nesryn. Relaxe.

De fato, a mulher que se aproximava ergueu a mão em cumprimento, embora estivesse tão coberta que Aedion não conseguia ver nada do lindo rosto abaixo.

Aelin a encontrou na metade do quarteirão, movendo-se com destreza naquele traje preto malicioso, e não se incomodou em esperar por Aedion ao dizer:

— Algo errado?

A atenção da rebelde passou de Aedion para sua rainha. O general não se esquecera do dia no castelo: a flecha que Nesryn disparara e aquela que apontara para ele.

— Não. Vim dar notícias sobre os novos ninhos que encontramos. Mas posso voltar depois, se estiverem ocupados.

— Só estávamos saindo para o general beber alguma coisa — explicou Aelin.

Os cabelos na altura dos ombros e pretos como a noite se moveram sob o capuz quando Nesryn inclinou a cabeça.

— Quer mais um par de olhos em vocês?

Aedion abriu a boca para dizer não, mas Aelin pareceu contemplativa. Ela olhou por cima do ombro para o primo, e ele viu que a jovem avaliava a condição dele para decidir se poderia, de fato, querer mais uma espada com eles. Se Aelin fosse da Devastação, Aedion a teria derrubado bem ali.

Ele disse em tom cantarolado para a jovem rebelde:

— O que eu quero é um rosto bonito que não pertença a minha prima. Parece que você cumpre o requisito.

— Você é impossível — comentou Aelin. — E detesto dizer, primo, mas o capitão não ficaria muito feliz se tentasse algo com Faliq.

— Não é bem assim — respondeu Nesryn, tensa.

Aelin ergueu um ombro.

— Não faria diferença para mim se fosse. — A mais pura verdade.

A rebelde balançou a cabeça.

— Eu não estava pensando em você, mas... não é assim. Acho que ele fica feliz por se deprimir. — Nesryn gesticulou com a mão, como uma dispensa. — Podemos morrer a qualquer dia, a qualquer hora. Não vejo objetivo em alimentar tristeza.

— Bem, está com sorte, Nesryn Faliq — disse Aelin. — Porque estou tão cheia do meu primo quanto ele de mim. Precisamos de nova companhia.

Aedion fez uma leve reverência para a mulher, o movimento levando as costelas a doerem muito, então indicou a rua adiante.

— Depois de você.

Nesryn o encarou, como se pudesse ver exatamente onde o ferimento latejava, e seguiu depois da rainha.

Aelin os levou a uma taverna de nível realmente baixo, a poucos quarteirões. Com arrogância e ameaça impressionantes, ela expulsou dois ladrões que estavam sentados a uma mesa nos fundos. Os homens olharam uma vez para as armas da jovem, para aquele traje tão cruel, e decidiram que preferiam manter os órgãos dentro do corpo.

Os três ficaram no bar até a última rodada, tão encapuzados que mal conseguiam se reconhecer, jogando cartas e recusando as muitas ofertas de se juntar a outros jogadores. Não tinham dinheiro para desperdiçar em jogos de verdade, então, como moeda, usaram os feijões secos que Aedion convenceu a exausta garçonete a trazer para eles.

Nesryn mal falou enquanto vencia rodada após rodada, o que o general imaginou ser bom, considerando que ainda não havia decidido se a queria matar pela flecha que ela disparara. Mas Aelin perguntou à rebelde sobre a padaria da família, sobre a vida de seus pais no continente sul, sobre a irmã, as sobrinhas e os sobrinhos. Quando por fim saíram do bar, sem ter ousado se embebedar em público e ainda nada ansiosos para dormir, percorreram os becos do bairro.

Aedion saboreou cada passo da liberdade. Ficara trancafiado naquela cela durante semanas. E, aquilo abrira uma ferida antiga, uma sobre a qual não falara com Aelin ou mais ninguém, embora os guerreiros de maior hierarquia na Devastação soubessem, ao menos porque o ajudaram a obter vingança anos depois do fato. Ele ainda remoía o assunto quando os três caminharam por um beco estreito e nevoento, as pedras pretas prateadas devido ao luar que despontava acima.

Aedion reconheceu o raspar de botas na pedra antes das companheiras, captando o som com os ouvidos feéricos conforme estendia o braço diante de Aelin e Nesryn, que congelaram com um silêncio experiente.

Ele cheirou o ar, mas o estranho estava contra o vento. Então Aedion ouviu.

Era apenas uma pessoa, a julgar pelos passos quase silenciosos que atravessavam a parede de névoa. Movendo-se com uma agilidade predatória que fez os instintos de Aedion se eriçarem.

O general pegou as adagas quando o cheiro da pessoa o atingiu — não era lavado, mas tinha um toque de pinho e neve. Em seguida, sentiu o cheiro de *Aelin* no estranho, um aroma complexo e oculto, entremeado com o cheiro do próprio homem.

O sujeito surgiu da névoa; alto — talvez mais alto que o próprio Aedion, mesmo que apenas três centímetros —, de compleição forte e armado até os dentes, por fora e por dentro do sobretudo cinza-pálido com capuz.

Aelin deu um passo à frente.

Um passo, como se estivesse hipnotizada.

Ela deu um suspiro entrecortado, então um ruído baixo e choroso saiu... um soluço.

Logo depois, Aelin correu pelo beco, disparando como se os próprios ventos a empurrassem.

A jovem se atirou contra o homem, atingindo-o com tanta força que qualquer outro teria se chocado contra a parede de pedra.

Mas ele a puxou para si, os imensos braços a envolveram com força, erguendo-a. Nesryn fez menção de se aproximar, mas Aedion a interrompeu, colocando a mão no braço da mulher.

Aelin estava rindo enquanto chorava, e o sujeito apenas a segurava, a cabeça encapuzada enterrada no pescoço dela. Como se a inspirasse.

— Quem é esse? — perguntou Nesryn.

Aedion sorriu.

— Rowan.

❧ 28 ❧

Aelin estava tremendo da cabeça aos pés e não conseguia parar de chorar, não quando todo o peso da saudade de Rowan a atingiu, o peso daquelas semanas sozinha.

— Como chegou aqui? Como me *encontrou*?

Aelin recuou o suficiente para observar o rosto sério oculto pelo capuz, com a tatuagem despontando pela lateral, e a linha sombria de seu sorriso.

Ele estava ali, ele estava ali, ele estava ali.

— Você deixou bem claro que meu tipo não seria bem-vindo em seu continente — disse Rowan. Até o som daquela voz era tranquilizante, uma bênção. — Então me escondi em um navio. Tinha mencionado uma casa nos cortiços, então, quando cheguei, esta noite, caminhei até sentir seu cheiro. — Ele a observou com a atenção irredutível de um guerreiro, a boca contraída. — Você tem muito a me contar — comentou Rowan, e Aelin assentiu. Tudo... queria contar tudo a ele. A jovem o segurou com mais força, sentindo os músculos tensos dos antebraços, aquela força eterna. O guerreiro afastou uma mecha solta dos cabelos da jovem, os dedos calejados roçando sua bochecha com uma leve carícia. A suavidade do gesto a fez engasgar em mais um soluço. — Mas não está ferida — confirmou ele, baixinho. — Está segura?

Aelin assentiu de novo e enterrou o rosto em seu peito.

— Achei que tivesse dado uma ordem para que ficasse em Wendlyn.

— Tive meus motivos, o que é melhor contar em um lugar seguro — explicou Rowan na direção do capuz de Aelin. — Seus amigos na fortaleza disseram oi, aliás. Acho que sentem falta de mais uma criada na despensa. Principalmente Luca, *principalmente* durante as manhãs.

Ela riu, então o apertou. Rowan estava ali, e não era algo que Aelin tinha inventado, algum sonho absurdo que tivera e...

— Por que está chorando? — perguntou ele, tentando afastá-la o suficiente para lhe observar o rosto de novo.

Mas Aelin o segurou, tão vorazmente que conseguiu sentir as armas sob as roupas dele. Tudo ficaria bem, mesmo que se tornasse um inferno, contanto que o guerreiro estivesse ali com ela.

— Estou chorando — respondeu Aelin, fungando — porque você está fedendo tanto que meus olhos estão cheios d'água.

Rowan soltou uma gargalhada que fez as pragas no beco ficarem em silêncio. A jovem por fim se afastou, sorrindo.

— Tomar banho não é uma opção para alguém escondido em um navio — comentou ele, soltando-a apenas para lhe dar um peteleco no nariz. Aelin empurrou Rowan, brincalhona, mas ele olhou para o beco, onde Nesryn e Aedion esperavam. Provavelmente estivera monitorando cada movimento dos dois. E, se tivesse julgado que eram uma real ameaça à segurança de Aelin, ambos já estariam mortos. — Vai fazer os dois ficarem parados ali a noite toda?

— Desde quando se importa com educação? — Ela passou o braço pela cintura de Rowan, sem querer soltá-lo, com medo de que se tornasse vento e sumisse. O braço casual do homem ao redor dos ombros de Aelin era um peso maravilhoso e sólido conforme se aproximaram dos demais.

Se Rowan lutasse com Nesryn, ou mesmo com Chaol, não haveria dúvidas do vencedor. Mas Aedion... Aelin ainda não o vira lutar — e pelo olhar que o primo lançava ao príncipe feérico, apesar de toda a admiração confessa, ela imaginou se Aedion também se perguntava quem sairia daquela briga com vida. Rowan enrijeceu um pouco sob a dela.

Nenhum dos dois desviou o olhar ao ficarem mais próximos.

Besteiras territoriais.

Aelin apertou a lateral do corpo de Rowan com tanta força que ele sibilou e beliscou seu ombro de volta. Guerreiros feéricos: valiosos em uma briga — e um pé no saco todo o resto do tempo.

— Vamos entrar — disse ela.

Nesryn recuara um pouco para observar o que certamente seria uma batalha épica de arrogância de guerreiros.

— Vejo vocês depois — avisou a rebelde para nenhum deles em especial, os cantos da boca se contorcendo para cima antes que se fosse pelas ruas dos cortiços.

Parte de Aelin pensou em chamá-la de volta; a mesma parte que a fizera convidar Nesryn para sair mais cedo. A mulher parecera solitária, um pouco perdida. Mas Faliq não tinha motivo para ficar. Não no momento.

Aedion começou a caminhar à frente da prima e de Rowan, silenciosamente liderando o caminho de volta ao armazém.

Apesar das camadas de roupas e de armas, os músculos do feérico estavam tensos sob os dedos de Aelin enquanto ele monitorava Forte da Fenda. A jovem considerou perguntar o que, exatamente, captara com aqueles sentidos aguçados, que camadas da cidade ela talvez jamais saberia que existiam. Aelin não invejava o excelente olfato de Rowan, não naquele bairro, ao menos. Contudo, não era hora ou lugar para perguntar; não até que estivessem em segurança. Até que falasse com ele. Sozinha.

Rowan examinou o armazém sem comentar nada antes de passar para o lado e deixar que Aelin seguisse na frente. Ela se esquecera de como os movimentos daquele corpo poderoso eram lindos... uma tempestade viva.

Puxando-o pela mão, a jovem o levou escada acima para a sala. Sabia que Rowan tinha observado cada detalhe, cada entrada e saída e modo de fuga, quando estavam na metade do caminho.

Aedion ficou diante da lareira, ainda vestindo o capuz e com as mãos ao alcance das armas. Aelin falou por cima do ombro para o primo quando passaram:

— Aedion, conheça Rowan. Rowan, conheça Aedion. Sua Alteza precisa de um banho ou vou vomitar se precisar me sentar ao lado dele por mais um minuto.

Sem dar mais explicações, ela arrastou Rowan para o quarto, fechando a porta atrás deles.

∽

Ela se recostou contra a porta quando Rowan parou no meio do quarto, o rosto obscurecido pelas sombras do pesado capuz cinza. O espaço entre os dois ficou tenso, cada centímetro parecia se partir.

Aelin mordeu o lábio inferior ao observar o guerreiro: as roupas familiares; a diversidade de armas perigosas; a quietude imortal, sobrenatural. Somente a presença de Rowan roubava o ar do cômodo, de seus pulmões.

— Tire o capuz — pediu ele, com um grunhido baixo, os olhos fixos na boca de Aelin.

Ela cruzou os braços.

— Se me mostrar o seu, eu mostro o meu, príncipe.

— Das lágrimas à ousadia em alguns minutos. Fico feliz que um mês separados não tenha diminuído seu bom humor de sempre. — Rowan puxou o capuz para trás, e Aelin se assustou.

— Seu cabelo! Você cortou tudo! — Ela tirou o próprio capuz conforme diminuiu a distância entre os dois. De fato, o longo cabelo prateado agora estava bem curto. Fazia com que parecesse mais jovem, fazia a tatuagem se destacar mais, e... tudo bem, também o deixava mais bonito. Ou talvez fosse apenas porque Aelin sentia sua falta.

— Como você parecia achar que lutaríamos bastante aqui, o cabelo curto é mais útil. Embora eu não possa dizer que *seu* cabelo esteja igual. Você poderia muito bem ter pintado de azul.

— Shh. Seu cabelo era tão *lindo*. Estava esperando que você me deixasse trançá-lo um dia. Acho que vou ter que comprar um pônei agora. — Aelin inclinou a cabeça. — Quando se transformar, sua forma de gavião vai ficar depenada?

As narinas de Rowan se dilataram, e ela fechou a boca com força para evitar rir.

Ele verificou o quarto: a enorme cama que Aelin não se incomodara em arrumar naquela manhã, a lareira de mármore adornada com adereços e livros, a porta do imenso armário aberta.

— Você não estava mentindo quanto ao gosto por luxo.

— Nem todos nós gostamos de viver na miséria de guerreiro — respondeu a jovem, pegando a mão de Rowan de novo. Ela se lembrava daqueles calos, da força e do tamanho das mãos. Os dedos do guerreiro se fecharam sobre os dela.

Embora fosse um rosto que tivesse memorizado, um rosto que lhe assombrara os sonhos durante as últimas semanas... era novo, de alguma forma. E Rowan apenas olhou para ela, como se estivesse pensando o mesmo.

Ele abriu a boca, mas Aelin o puxou para o banheiro, acendendo algumas velas ao lado da pia e no parapeito acima da banheira.

241

— Estou falando sério sobre o banho — comentou a jovem, girando as torneiras e fechando o ralo. — Você está fedendo.

Rowan observou conforme Aelin se curvou para pegar uma toalha no pequeno armário ao lado da privada.

— Conte-me tudo.

Ela pegou um frasco verde de sais de banho e outro de óleo, então virou uma quantidade generosa de cada um, fazendo a água corrente ficar leitosa e opaca.

— Vou contar, depois que estiver imerso na banheira e não cheirar dessa maneira.

— Se a memória não me falha, *você* estava com um cheiro ainda pior quando nos conhecemos. E não foi atirada por mim na fonte mais próxima em Varese.

Aelin o encarou com raiva.

— Engraçadinho.

— Você deixou meus olhos cheios d'água durante toda a porcaria de viagem até Defesa Nebulosa.

— Apenas *entre*. — Rindo, Rowan obedeceu. Aelin tirou a própria túnica e começou a soltar as diversas armas ao sair do banheiro.

Talvez tivesse levado mais tempo que o normal para retirar as lâminas, assim como o traje, e colocar uma camisa branca larga e calças. Quando terminou, Rowan estava na banheira, a água tão turva que ela não viu nada da parte inferior do corpo imerso.

Os poderosos músculos das costas cheias de cicatrizes se moveram conforme o guerreiro esfregou o rosto com as mãos, então o pescoço, depois o peito. A pele tinha ficado mais escura, um tom marrom-dourado; ele devia ter passado algum tempo ao ar livre nas últimas semanas. Sem roupas, pelo visto.

Rowan jogou água no rosto de novo, então Aelin começou a se mover, estendendo a mão para a toalha que colocara na pia.

— Aqui — disse ela, a voz um pouco rouca.

Ele simplesmente mergulhou a toalha na água leitosa e a esfregou no rosto, na nuca, na forte coluna do pescoço. A tatuagem, que se estendia por todo o braço esquerdo, reluziu com a água que escorria.

Pelos deuses, seu corpo ocupava toda a banheira. Sem dizer nada, Aelin entregou-lhe seu sabonete de lavanda preferido, o qual Rowan cheirou, suspirou resignado, então começou a usar.

Ela se sentou na borda curva da banheira e contou tudo que acontecera desde que tinham partido. Bem, quase tudo. Rowan se lavava enquanto ouvia, limpando-se com eficiência voraz. Ele levou o sabonete de lavanda até os cabelos, e Aelin deu um gritinho.

— Não use isso no cabelo — chiou ela, levantando-se para pegar um dos muitos tônicos capilares alinhados na pequena prateleira acima da banheira. — Rosa, lúcia-lima ou... — A jovem cheirou o frasco de vidro. — Jasmim. — Aelin semicerrou os olhos para Rowan.

Ele a encarava, os olhos verdes carregados com as palavras que sabia que não precisava dizer. *Pareço me importar com o que você vai escolher?*

Aelin emitiu um estalo com a língua.

— Jasmim, então, seu busardo.

Rowan não protestou quando Aelin ocupou um lugar na cabeceira da banheira e jogou um pouco do tônico nos cabelos curtos. O cheiro adocicado e noturno de jasmim flutuou no ar, acariciando-a e beijando-a. Até mesmo o guerreiro inspirou o odor enquanto ela esfregava o tônico em sua cabeça.

— Eu provavelmente ainda consigo fazer uma trança aqui — ponderou Aelin. — Tranças muito pequenas, então... — Rowan grunhiu, mas se recostou na banheira de olhos fechados. — Você não é melhor que um gato doméstico — comentou a jovem, lhe massageando a cabeça. O príncipe feérico soltou um ruído baixo e gutural, que podia muito bem ter sido um ronronado.

Lavar os cabelos dele era algo íntimo... um privilégio que Aelin duvidava ser permitido a muitos; algo que ela jamais fizera por mais ninguém. Mas os limites sempre foram confusos com eles, e nenhum dos dois se importara muito. Rowan vira cada centímetro nu de Aelin várias vezes, e ela vira *a maioria* dele. Os dois dividiram uma cama durante meses. Além disso, eram *carranam*. O guerreiro a deixara entrar em seu poder, ultrapassando as barreiras interiores, até onde meio pensamento dela podia ter lhe destruído a mente. Então lavar os cabelos de Rowan, tocar nele... era uma intimidade, mas também era essencial.

— Você não disse nada sobre sua magia — murmurou Aelin, os dedos ainda massageando o couro cabeludo.

Ele ficou tenso.

— O que tem ela?

Com os dedos nos cabelos dele, Aelin se abaixou para olhar para seu rosto.

— Imagino que tenha sumido. Como é estar tão impotente quanto um mortal?

Ele abriu os olhos com uma expressão de raiva.

— Não é engraçado.

— Pareço estar rindo?

— Passei os primeiros dias enjoado e mal conseguia me mover. Era como se um cobertor tivesse sido jogado sobre meus sentidos.

— E agora?

— E agora estou lidando com isso.

Aelin o cutucou no ombro. Era como tocar em aço envolto em veludo.

— Ranzinza, ranzinza.

Rowan deu um grunhido baixo de irritação, e Aelin contraiu os lábios para conter o sorriso. Ela deu um empurrão nos ombros do guerreiro, pedindo que mergulhasse na água. Ele obedeceu, e, quando emergiu, a jovem se levantou para pegar a toalha que deixara na pia.

— Vou achar umas roupas para você.

— Eu tenho...

— Ah, não. Aquelas vão para a lavadeira. E só vai recebê-las de volta se ela conseguir tornar o cheiro decente de novo. Até então, vai vestir o que eu lhe der.

Aelin entregou a ele a toalha, mas não soltou conforme a mão de Rowan se fechou sobre o objeto.

— Você se tornou uma tirana, princesa — disse ele.

Ela revirou os olhos e soltou a toalha, virando-se quando o guerreiro ficou de pé com um movimento poderoso, derramando água para todos os lados. Foi um esforço não olhar por cima do ombro.

Nem ouse, sibilou uma voz na mente de Aelin.

Certo. Chamaria *aquela* voz de Bom Senso... e a escutaria dali em diante.

Depois de seguir para o closet, ela se aproximou da cômoda nos fundos e se ajoelhou diante da última gaveta, abrindo-a para revelar roupas íntimas, camisas e calças de homem dobradas.

Por um momento, encarou as antigas roupas de Sam, inspirou o leve cheiro que se agarrava ao tecido. Não reunira forças para ir até o túmulo ainda, mas...

— Não precisa me dar essas daí — disse Rowan, atrás de Aelin. Ela se sobressaltou e girou para encará-lo. Como ele era sorrateiro.

A jovem tentou não parecer tão chocada ao vê-lo com a toalha envolta na cintura, ao ver o corpo bronzeado e musculoso que reluzia com os óleos do banho, as cicatrizes que o riscavam como as listras de um grande felino. Até o Bom Senso ficou sem palavras.

Com a boca um pouco seca, Aelin explicou:

— Roupas limpas estão escassas nesta casa no momento, e estas não têm utilidade guardadas aqui. — Ela pegou uma camisa e a estendeu. — Espero que caiba.

Sam tinha dezoito anos quando morreu; Rowan era um guerreiro torneado por três séculos de treino e batalha.

Aelin pegou uma cueca e calças.

— Comprarei roupas adequadas amanhã. Tenho certeza de que dará início a uma revolta se as mulheres de Forte da Fenda virem você caminhando pelas ruas usando nada além de uma toalha.

Rowan conteve uma gargalhada e andou até as roupas que pendiam em uma parede do armário: vestidos, túnicas, casacos, camisas...

— Você já usou tudo isto? — Aelin assentiu, ficando de pé. Ele percorreu alguns dos vestidos e das túnicas bordadas. — São... muito lindos — admitiu Rowan.

— Achei que você fosse um membro orgulhoso do grupo contra requintes.

— Roupas também são armas — respondeu o guerreiro, parando diante de um vestido de veludo preto. As mangas apertadas e a parte da frente não tinham adorno; o decote ficava logo abaixo das clavículas, era simples, a não ser pelos arabescos de ouro reluzente bordados sobre os ombros. Rowan virou o vestido para olhar as costas, a verdadeira obra-prima. O bordado de ouro continuava descendo dos ombros para formar um dragão de serpentina, a mandíbula rugindo para o pescoço, o corpo se curvando para baixo até que a cauda estreita formasse a borda do corpete alongado. Rowan suspirou. — Este é meu preferido.

Aelin tocou a manga de veludo preto intenso.

— Eu o vi em uma loja quando tinha dezesseis anos e o comprei imediatamente. Mas quando foi entregue algumas semanas depois, pareceu muito... adulto. Ele ocultava a garota que eu era. Então jamais o usei, e está pendurado aqui há três anos.

Rowan passou o dedo cheio de cicatrizes pela espinha dourada do dragão.

— Você não é mais aquela garota — disse ele, baixinho. — Algum dia quero vê-la nele.

Aelin ousou erguer o olhar para ele, o cotovelo tocando o antebraço do homem.

— Senti sua falta.

A boca dele se contraiu.

— Não ficamos longe por tanto tempo.

Certo. Para um imortal, várias semanas não eram nada.

— E daí? Não tenho o direito de sentir sua falta?

— Certa vez eu disse que as pessoas de quem gostamos são armas que podem ser usadas contra nós. Sentir minha falta foi uma distração tola.

— Você é encantador, sabia disso? — Aelin não esperava lágrimas ou emoção, mas teria sido legal saber que Rowan tinha sentido falta dela, pelo menos uma fração do quanto ela sentira. A jovem engoliu em seco, enrijecendo a coluna, e empurrou as roupas de Sam para os braços dele. — Pode se vestir aqui.

Aelin o deixou no closet, então foi direto para o banheiro, onde jogou água fria no rosto e no pescoço.

Ao voltar para o quarto, encontrou Rowan franzindo a testa.

Bem, as calças couberam — por pouco. Estavam curtas demais e faziam maravilhas ao exibir o traseiro dele, mas...

— A camisa é pequena demais — comentou ele. — Não queria rasgá-la.

O guerreiro a entregou a Aelin, que olhou para a camisa sem saber o que fazer, depois para o tronco nu de Rowan.

— Vou sair amanhã cedo. — Ela suspirou alto pelo nariz. — Bem, se não se importa em conhecer Aedion sem camisa, imagino que devamos dar um oi.

— Precisamos conversar.

— Conversa do tipo bom ou ruim?

— Do tipo que vai me deixar feliz por você não ter acesso a seu poder para não atirar chamas por todos os lados.

Com o estômago apertado, ela disse:

— Aquilo foi *um* incidente, e, quer saber, sua ex-amante completamente *maravilhosa* mereceu.

Mais que mereceu. O encontro com o grupo de feéricos da realeza que visitou Defesa Nebulosa fora terrível, para dizer o mínimo. E quando a ex-amante de Rowan se recusou a parar de tocar nele, apesar do pedido do guerreiro, quando ameaçou fazer com que Aelin fosse açoitada por se intrometer... Bem, o novo apelido preferido dela — *rainha vadia e cuspidora de fogo* — fora relativamente preciso naquele jantar.

Os lábios dele se contraíram, mas sombras percorreram seus olhos.

Aelin suspirou de novo e olhou para o teto.

— Agora ou depois?

— Depois. Pode esperar um pouco.

Ela estava um pouco tentada a exigir que Rowan contasse o que era, mas se virou para a porta.

∽

Aedion se levantou da cadeira à mesa da cozinha quando Aelin e Rowan entraram. Ele olhou o guerreiro de cima a baixo com interesse e falou:

— Você não se incomodou em me contar como seu príncipe feérico é bonito, Aelin. — A jovem fez uma cara feia. Aedion apenas indicou Rowan com o queixo. — Amanhã de manhã, você e eu vamos treinar no telhado. Quero saber tudo o que sabe.

A jovem emitiu um estalo com a língua.

— Tudo que ouvi de sua boca nos últimos dias foi *príncipe Rowan isso* e *príncipe Rowan aquilo*, no entanto é *isso* que decide dizer a ele? Nada de reverência?

Aedion voltou para a cadeira.

— Se o príncipe Rowan quiser formalidades, posso me curvar, mas não parece alguém que se importa muito.

Com um lampejo de diversão nos olhos verdes, o príncipe feérico respondeu:

— Como minha rainha quiser.

Ah, por favor.

Aedion também percebeu as palavras. *Minha* rainha.

Os dois príncipes se encararam, um dourado, outro prateado, um o gêmeo de Aelin, outro ligado a ela pela alma. Não havia nada amigável nos olhares, nada humano — dois machos feéricos fixos em uma batalha silenciosa por domínio.

247

Aelin se recostou na pia.

— Se vão começar um concurso de mijo, podem pelo menos fazer isso no telhado?

Rowan olhou para ela com as sobrancelhas erguidas. Mas foi Aedion quem disse:

— Ela diz que não somos melhores que cachorros, então não ficaria surpreso se realmente acreditasse que mijaríamos nos móveis.

No entanto, Rowan não sorriu ao inclinar a cabeça para o lado e farejar.

— Aedion também precisa de um banho, eu sei — comentou Aelin. — Ele insistiu em fumar um cachimbo no bar. Disse que lhe dava um ar de dignidade.

Com a cabeça ainda erguida, Rowan perguntou:

— Suas mães eram primas, príncipe, mas quem gerou você?

Aedion se esticou na cadeira.

— Isso importa?

— Você sabe? — insistiu Rowan.

O general deu de ombros.

— Ela jamais me contou... ou a qualquer outro.

— Imagino que tenha alguma ideia? — perguntou Aelin.

Rowan falou:

— Ele não parece familiar para você?

— Ele se parece comigo.

— Sim, mas... — O homem suspirou. — Você conheceu o pai dele. Há algumas semanas. Gavriel.

～

Aedion encarou o guerreiro sem camisa, imaginando se teria forçado tanto os ferimentos naquela noite que estava alucinando.

As palavras eram absorvidas enquanto Aedion apenas encarava. Uma tatuagem maligna no velho idioma se estendia pela lateral do rosto de Rowan e ao longo do pescoço, do ombro e do braço musculoso. A maioria das pessoas olharia uma vez para o desenho e correria no sentido oposto.

O general vira muitos guerreiros em sua época, mas aquele homem era um Guerreiro — a própria lei.

Exatamente como Gavriel. Ou assim diziam as lendas.

Gavriel, amigo de Rowan, membro de sua equipe, cuja outra forma era de um felino selvagem.

— Ele me perguntou — murmurou Aelin. — Ele me perguntou qual era minha idade e pareceu aliviado quando respondi que tinha dezenove anos.

Dezenove era jovem demais, aparentemente, para ser filha de Gavriel, embora Aelin fosse tão semelhante à mulher que ele um dia levara para a cama. Aedion não se lembrava bem da mãe; as últimas recordações eram de um rosto macilento e cinza de quando a mulher deu o último suspiro. Quando rejeitou os curandeiros feéricos que poderiam ter curado a doença avassaladora. Mas Aedion ouvira que um dia a mãe fora idêntica a Aelin e à mãe dela, Evalin.

A voz dele estava rouca ao perguntar:

— O Felino é meu pai?

Um aceno de Rowan.

— Ele sabe?

— Aposto que, ao ver Aelin, ele se perguntou pela primeira vez se tinha gerado um filho com sua mãe. Provavelmente ainda não faz ideia, a não ser que esse encontro o tenha feito começar a procurar.

A mãe de Aedion jamais contara a ninguém — ninguém exceto Evalin — quem era seu pai. Mesmo quando estava morrendo, guardou o segredo. Rejeitou os curandeiros feéricos por isso.

Porque podiam identificá-lo; e se Gavriel soubesse que tinha um filho... Se Maeve soubesse...

Uma dor antiga lhe percorreu o corpo. Ela o mantivera seguro; *morrera* para o manter longe das mãos de Maeve.

Dedos quentes se entrelaçaram na mão de Aedion, apertando-a. Ele não tinha percebido o quanto estava com frio.

Os olhos de Aelin — os olhos deles, os olhos das mães deles — estavam suaves. Abertos.

— Isso não muda nada — disse ela. — Sobre quem você é, sobre o que significa para mim. Nada.

Mas mudava. Mudava tudo. Explicava tudo: a força, a velocidade, os sentidos; os instintos letais e predatórios que sempre lutara para conter. Por que Rhoe fora tão rígido com ele durante o treinamento.

Porque se Evalin sabia quem era seu pai, então Rhoe com certeza também sabia. E machos feéricos, mesmo machos semifeéricos, eram fatais.

Sem o controle que Rhoe e os lordes deste o treinaram a exercer desde cedo, sem a concentração... Eles sabiam. E esconderam dele.

Junto do fato de que depois do dia em que fizesse o juramento de sangue a Aelin... Aedion poderia muito bem permanecer jovem enquanto ela envelheceria e morreria.

Aelin acariciou o dorso da mão de seu primo com o polegar, então se virou para Rowan.

— O que isso significa no que diz respeito a Maeve? Gavriel está ligado a ela pelo juramento de sangue, então ela teria alguma reivindicação sobre os filhos dele?

— Ao inferno que tem — retrucou Aedion. Se Maeve tentasse reivindicá-lo, ele lhe cortaria a garganta. Sua mãe tinha *morrido* por medo da rainha feérica. Aedion sabia disso bem no fundo.

Rowan disse:

— Não sei. Mesmo achando que tem, seria um ato de guerra roubar Aedion de você.

— Essa informação não sai desta sala — informou Aelin. Calma. Calculista, já pensando em todos os planos. A outra face da moeda da justiça deles. — No fim das contas, a escolha é sua, Aedion, com relação a se aproximar de Gavriel. Mas já temos muitos inimigos a nosso redor. Não preciso começar uma guerra com Maeve.

Mas começaria. Entraria em guerra por ele. Aedion viu isso nos olhos da prima.

Isso quase o deixou sem fôlego. Junto à ideia de como seria a carnificina dos dois lados, caso a rainha sombria e a herdeira de Mala, Portadora do Fogo, se chocassem.

— Isso fica entre nós — conseguiu dizer o general. Podia sentir Rowan o avaliando, medindo, então conteve um grunhido. Devagar, ergueu o olhar para encarar o príncipe feérico.

O puro domínio naquele olhar foi como ser atingido no rosto com uma pedra.

Aedion continuou encarando. De jeito algum recuaria; de jeito algum cederia. E alguém *cederia* — em algum lugar, em algum momento. Provavelmente quando fizesse aquele juramento de sangue.

Aelin emitiu um estalo com a língua na direção de Rowan.

— Pare com essa besteira de macho alfa. Uma vez basta.

O guerreiro sequer piscou.

— Não estou fazendo nada. — Mas a boca se contraiu em um sorriso, como se dissesse a Aedion: *Acha que me derrota, filhote?*

O general sorriu. *Qualquer lugar, qualquer hora, príncipe.*

Aelin murmurou:

— Insuportável. — Então deu um empurrão brincalhão no braço de Rowan, que não moveu um centímetro. — Vai *mesmo* entrar em um concurso de mijo com todos que conhecermos? Porque, se for o caso, então vamos levar uma hora apenas para percorrer um quarteirão da cidade, e duvido que os residentes fiquem muito felizes.

Aedion lutou contra a vontade de respirar fundo quando Rowan parou de fitá-lo e olhou com incredulidade para a rainha de ambos.

Aelin cruzou os braços, esperando.

— Vai demorar um pouco para eu me ajustar a uma nova dinâmica — admitiu Rowan. Não era um pedido de desculpas, mas, pelo que Aelin tinha dito, o príncipe feérico não costumava se importar com tais coisas. Ela mesma pareceu totalmente chocada com a pequena concessão, na verdade.

Aedion tentou se esticar na cadeira, mas os músculos estavam tensos, o sangue latejando nas veias. Então se viu dizendo ao guerreiro:

— Aelin não falou nada sobre mandar chamar você.

— Ela responde a você, general? — Uma pergunta perigosa, silenciosa. Aedion sabia que quando machos como Rowan falavam baixinho, costumava significar que violência e morte estavam a caminho.

A jovem revirou os olhos.

— Sabe que ele não quis dizer dessa forma, então não comece uma briga, seu babaca.

Aedion enrijeceu o corpo. Podia travar as próprias batalhas. Se ela achava que precisava protegê-lo, se achava que Rowan era o guerreiro superior...

O príncipe feérico disse:

— Fiz o juramento de sangue a você, o que significa muitas coisas, uma delas é que não me importo muito com o questionamento de outros, mesmo que seja seu primo.

As palavras ecoaram na cabeça e no coração de Aedion.

Juramento de sangue.

Aelin ficou pálida.

O general perguntou:

— O que ele acabou de dizer?

Rowan fizera o juramento de sangue a Aelin. O juramento de sangue *dele*.

Mantendo a postura, a jovem então disse com clareza, com calma:

— Rowan fez o juramento de sangue a mim antes de eu deixar Wendlyn.

Um rugido percorreu Aedion.

— Você o deixou fazer *o quê?*

Aelin expôs as palmas cheias de cicatrizes.

— Até onde eu sabia, Aedion, você servia lealmente ao rei. Até onde eu sabia, jamais veria você de novo.

— *Então deixou que ele fizesse o juramento de sangue a você?* — berrou seu primo.

Ela mentira naquele dia no telhado.

Ele precisava sair, sair da própria pele, do apartamento, da porcaria daquela cidade. Aedion avançou para uma das figuras de porcelana sobre a lareira, precisando quebrar *alguma coisa* apenas para tirar aquele rugido de dentro de si.

Aelin estendeu um dedo cruel, avançando contra ele.

— Se quebrar qualquer coisa, se destruir *qualquer* de minhas posses, vou enfiar os cacos por sua garganta desgraçada.

Um comando — de uma rainha para seu general.

Aedion cuspiu no chão, mas obedeceu. Mesmo se apenas porque ignorar aquele comando poderia muito bem destruir algo muito mais precioso.

Em vez disso, disse:

— Como *ousa?* Como ousa deixar que ele faça isso?

— Eu ouso porque é *meu* sangue para dar; ouso porque você não existia para mim então. Mesmo que nenhum dos dois tivesse feito o juramento, eu ainda o daria a ele porque é meu *carranam* e conquistou minha lealdade inquestionável!

Aedion ficou rígido.

— E quanto a *nossa* lealdade inquestionável? O que você fez para conquistar isso? O que fez para salvar nosso povo desde que voltou? Ia me contar sobre o juramento de sangue, ou essa foi mais uma de suas muitas mentiras?

Aelin grunhiu com uma intensidade animalesca que o fez lembrar que ela também tinha sangue feérico nas veias.

— Vá ter esse chilique temperamental em outro lugar. Não volte até que consiga agir como um ser humano. Ou metade de um, pelo menos.

Ele a xingou, um xingamento imundo e cruel do qual imediatamente se arrependeu. Rowan avançou, derrubando a cadeira com tanta força que a fez girar, mas Aelin estendeu a mão. O príncipe recuou.

Fácil assim, ela segurou o poderoso guerreiro imortal.

Aedion riu, o som agudo e frio, então sorriu para Rowan de um modo que costumava fazer os homens darem o primeiro soco.

Mas o guerreiro apenas colocou a cadeira de pé, sentou-se, recostando-se, como se já soubesse onde acertaria o golpe mortal em Aedion.

Aelin apontou para a porta.

— Dê o fora daqui. Não quero ver você de novo por um bom tempo.

O sentimento era mútuo.

Todos os planos dele, tudo pelo qual trabalhara... Sem o juramento de sangue, ele era apenas um general; apenas um príncipe sem terras da linhagem dos Ashryver.

Aedion saiu batendo os pés até a porta da frente e a escancarou com tanta força que quase a arrancou das dobradiças.

Aelin não o chamou de volta.

⊰ 29 ⊱

Rowan Whitethorn pensou por um bom minuto se valeria a pena caçar o príncipe semifeérico e despedaçá-lo pelo que tinha chamado Aelin, ou se estaria melhor ali, com sua rainha, enquanto ela caminhava de um lado para outro diante da lareira do quarto. Ele entendia — de verdade — por que o general tinha ficado furioso. Teria sentido o mesmo. Mas não era uma desculpa boa o bastante. Nem de perto.

Apoiado na beira do colchão felpudo, ele a observava se mover.

Mesmo sem a magia, Aelin era fogo vivo, mais ainda com os cabelos ruivos — uma criatura de emoções tão intensas que Rowan podia, às vezes, apenas assistir e se maravilhar.

E o rosto.

Aquele rosto incrível.

Quando estavam em Wendlyn, ele levara um tempo para perceber que ela era linda. Meses, na realidade, para reparar de verdade. E durante as últimas semanas, contra o próprio bom senso, Rowan pensara muito naquele rosto; principalmente naquela boca respondona.

Mas não tinha se lembrado do quanto era deslumbrante até Aelin tirar o capuz mais cedo, deixando-o embasbacado.

Aquelas semanas longe haviam sido um lembrete cruel de como era a vida antes de Rowan a encontrar bêbada e arrasada no telhado em Varese. Os pesadelos tinham começado na mesma noite em que ela fora embora;

sonhos tão incessantes que ele quase vomitara ao se livrar deles, com Lyria gritando em seus ouvidos. A lembrança fazia um calafrio percorrer sua espinha. Contudo, mesmo aquilo se tornava cinzas por causa da rainha diante dele.

Aelin parecia prestes a deixar o tapete diante da lareira desgastado.

— Se isso é alguma indicação do que esperar de sua corte — comentou Rowan, por fim, flexionando os dedos em uma tentativa de afastar a tremedeira vazia que não conseguira controlar desde que a magia fora sufocada. — Então jamais ficaremos entediados.

A jovem fez um gesto de dispensa irritadiço com a mão.

— Não me provoque agora. — Ela esfregou o rosto e bufou.

O guerreiro esperou, sabendo que Aelin reunia as palavras, odiando a dor e a tristeza e a culpa em cada trecho do corpo da jovem. Rowan venderia a alma ao deus sombrio para que ela jamais sentisse aquilo de novo.

— Sempre que me viro — disse ela, aproximando-se da cama e recostando-se contra o dossel entalhado — sinto que estou a um movimento ou a uma palavra errados de levá-los à ruína. As vidas das pessoas, *sua* vida, dependem de mim. Não há espaço para erros.

Ali estava, o peso que a esmagava devagar. Rowan sofria por precisar acrescentar algo àquilo quando contasse a notícia que trazia... o motivo pelo qual desobedecera a primeira ordem de Aelin.

Ele não podia oferecer nada além da verdade.

— Você vai cometer erros. Vai tomar decisões e, às vezes, vai se arrepender dessas escolhas. Às vezes não haverá uma escolha certa, apenas a melhor de muitas opções ruins. Não preciso dizer que pode fazer isso, sabe que pode. Não teria feito o juramento a você se achasse que não conseguiria.

Ela deitou ao lado dele na cama, o cheiro de Aelin o acariciou. Jasmim e lúcia-lima, e brasas crepitantes. Elegante, feminino e totalmente selvagem. Quente e firme — indestrutível, sua rainha.

Exceto pela fraqueza que os dois tinham: aquele laço entre eles.

Pois nos pesadelos, Rowan às vezes ouvia a voz de Maeve por cima do estalo de um chicote, maliciosa e fria. *Nem pelo mundo todo, Aelin? Mas e por seu príncipe Rowan?*

Ele tentava não pensar naquilo: no fato de que Aelin entregaria uma das chaves de Wyrd por ele. Rowan escondeu essa informação tão fundo que ela só conseguia escapar nos sonhos, ou quando o guerreiro acordava e tateava uma cama fria em busca de uma princesa que se encontrava a milhares de quilômetros.

Aelin balançou a cabeça.

— Era muito mais fácil estar sozinha.

— Eu sei — concordou Rowan, contendo o instinto de passar o braço sobre os ombros dela para aproximá-la de si. Em vez disso, ele se concentrou em ouvir a cidade ao redor.

O príncipe feérico conseguia escutar além dos ouvidos mortais, mas o vento não cantava mais seus segredos para ele. Rowan não sentia mais o vento puxando-o. E preso no corpo feérico, sem poder se transformar... Enjaulado. Inquieto. O que piorava com o fato de que não podia erguer proteções contra ataques inimigos naquele apartamento enquanto estivessem ali.

Não estava impotente, lembrou-se Rowan. Estivera atado da cabeça aos pés em ferro certa vez e, mesmo assim, matara. Podia manter aquele apartamento seguro — do modo antigo. Só estava... desequilibrado. *Em um momento em que estar desequilibrado podia ser fatal para Aelin.*

Por um tempo, os dois ficaram sentados em silêncio.

— Eu disse coisas terríveis a ele — comentou ela.

— Não se preocupe com isso — respondeu Rowan, incapaz de conter um grunhido. — Ele disse coisas igualmente terríveis a você. Seus temperamentos são parecidos.

Aelin soltou uma risada sussurrada.

— Conte sobre a fortaleza... como estava quando voltou para ajudar a reconstruí-la.

Então o guerreiro contou, até chegar à informação que estava guardando a noite toda.

— Diga logo — falou Aelin, com um tipo de olhar direto e determinado. Rowan se perguntou se ela percebia que, apesar de toda a reclamação sobre as besteiras de alfa *dele*, sua rainha também era uma alfa de puro sangue.

Rowan respirou fundo.

— Lorcan está aqui.

A jovem esticou o corpo.

— Foi por isso que você veio.

Ele assentiu. E por isso manter-se distante era a ação mais inteligente; Lorcan era cruel e ardiloso o bastante para usar o laço entre os dois contra eles.

— Captei o cheiro dele perto de Defesa Nebulosa, então o rastreei até a costa e depois para um navio. Voltei a seguir o rastro quando aportei esta noite. — O rosto de Aelin estava pálido, e Rowan acrescentou: — Eu me certifiquei de apagar minha trilha antes de vir atrás de você.

Com mais de quinhentos anos, Lorcan era o homem mais forte do reino feérico, equiparável apenas ao próprio Rowan. Os dois jamais foram amigos de verdade, e, após os eventos de poucas semanas antes, Rowan teria gostado muito de cortar a garganta do outro feérico por ter abandonado Aelin para que morresse nas mãos dos príncipes valg. Ele poderia muito bem ter a chance de fazer isso... em breve.

— Ele não conhece você bem o suficiente para captar seu cheiro de imediato — continuou o guerreiro. — Apostaria muito dinheiro que entrou naquele navio apenas para me arrastar até aqui, para que eu o levasse até você. — Mas era melhor que deixá-lo encontrar Aelin enquanto Rowan permanecia em Wendlyn.

Ela soltou um xingamento forte.

— Maeve provavelmente acha que também o levaremos direto para a terceira chave de Wyrd. Acha que ele recebeu ordens para nos matar, seja para pegar a chave ou depois disso?

— Talvez. — A ideia foi o suficiente para disparar raiva gélida pelo corpo de Rowan. — Não vou deixar que isso aconteça.

A boca de Aelin se contraiu para o lado.

— Acha que posso derrotá-lo?

— Se tivesse sua magia, possivelmente. — Irritação passou pelos olhos dela, o suficiente para Rowan perceber que outra coisa a chateava. — Mas sem magia, em sua forma humana... Estaria morta antes que conseguisse sacar a espada.

— Ele é bom assim.

O guerreiro fez um aceno lento com a cabeça.

Aelin o avaliou com o olhar de uma assassina.

— *Você* consegue derrotá-lo?

— Seria tão destrutivo que eu não arriscaria. Lembra o que falei sobre Sollemere. — O rosto de Aelin se contraiu à menção da cidade que Rowan e Lorcan tinham devastado a mando de Maeve, quase dois séculos antes. Era uma mancha que permaneceria para sempre, não importava o que Rowan dissesse a si mesmo sobre o quanto os residentes do lugar eram corruptos e maus. — Sem nossa magia, é difícil dizer quem venceria. Dependeria de quem o quisesse mais.

Lorcan, com uma raiva fria e infinita e um talento para a morte entregue a ele pelo próprio Hellas, jamais se permitia perder. Batalhas, riquezas, fêmeas — sempre vencia, a qualquer custo. Certa vez, Rowan poderia tê-lo deixado ganhar, poderia deixar Lorcan acabar com ele apenas para dar fim à própria vida infeliz, mas agora...

— Se ele fizer um movimento contra você, estará morto.

Aelin sequer piscou diante da violência que envolveu cada palavra. Outra parte dele — uma parte que estava encolhida desde o momento que a jovem partiu — se ergueu como um animal selvagem se espreguiçando diante de uma fogueira. A jovem inclinou a cabeça.

— Alguma ideia de onde ele se esconderia?

— Nenhuma. Vou começar a caçá-lo amanhã.

— Não — respondeu ela. — Lorcan vai nos achar facilmente sem que você o cace. Mas, se espera que eu o leve até a terceira chave de Wyrd para que possa entregá-la a Maeve, então talvez... — Rowan quase podia ver as engrenagens girando na cabeça de Aelin. Ela murmurou: — Vou pensar nisso amanhã. Acha que Maeve quer a chave apenas para evitar que eu a use, ou a quer para usá-la?

— Sabe a resposta disso.

— Ambos, então. — Aelin suspirou. — A questão é: será que ela vai tentar nos usar para encontrar as outras duas chaves, ou será que tem mais um dos membros de sua equipe procurando por elas no momento?

— Vamos torcer para que não tenha enviado mais ninguém.

— Se Gavriel soubesse que Aedion é filho dele... — Ela olhou para a porta do quarto, culpa e dor percorrendo as lindas feições. — Será que seguiria Maeve, mesmo que significasse ferir ou matar Aedion no processo? O controle dela sobre Gavriel é tão forte assim?

Fora um choque mais cedo perceber de quem era o filho que estava à mesa da cozinha.

— Gavriel... — Rowan vira o guerreiro com amantes ao longo dos séculos e o vira abandoná-las por ordens de Maeve. Também o vira tatuar os nomes dos homens mortos sob seu comando na pele. E, de toda a equipe, apenas ele tinha parado naquela noite para ajudar Aelin contra os valg.

— Não responda agora — interrompeu Aelin, com um bocejo. — Precisamos dormir.

O príncipe feérico tinha observado cada centímetro do apartamento assim que chegou, mas perguntou o mais casualmente possível:

— Onde vou dormir?

Ela deu tapinhas na cama atrás deles.

— Como nos velhos tempos.

Rowan trincou o maxilar. Estivera se preparando para aquilo durante a noite toda — durante semanas, na verdade.

— Não é como na fortaleza, em que ninguém pensa nada a respeito disso.

— E se eu quiser que fique aqui comigo?

Ele não permitiu que aquelas palavras fossem totalmente absorvidas, a ideia de estar naquela cama. Trabalhara demais para afastar aqueles pensamentos.

— Então vou ficar. No sofá. Mas precisa deixar claro aos outros o que isso significa.

Havia tantas linhas que precisavam ser traçadas. Aelin estava fora dos limites — completamente fora dos limites, por uma dezena de motivos diferentes. Rowan achou que conseguiria lidar com aquilo, mas...

Não, ele lidaria com aquilo. Encontraria uma forma de lidar, porque não era um tolo e tinha alguma porcaria de autocontrole. Agora que Lorcan estava em Forte da Fenda, rastreando os dois, caçando a chave de Wyrd, tinha coisas mais importantes com que se preocupar.

A jovem deu de ombros, irreverente como sempre.

— Então vou expedir um decreto real sobre minhas intenções honrosas em relação a você no café da manhã.

Rowan deu um riso de escárnio. Embora não quisesse, falou:

— E... o capitão.

— O que tem ele? — perguntou ela, em tom afiado demais.

— Apenas pense em como ele pode interpretar as coisas.

— Por quê? — Aelin fizera um excelente trabalho ao não mencionar nada sobre Chaol.

Mas havia raiva o suficiente, dor o bastante naquela pequena pergunta, e o guerreiro não pôde recuar.

— Conte o que aconteceu.

Ela não o encarou.

— Ele disse que o que aconteceu aqui, com meus amigos, com ele e com Dorian, enquanto eu estava em Wendlyn... que foi minha culpa. E que eu era um monstro.

Por um momento, uma ira ofuscante e abrasadora o percorreu. Seu instinto dizia para segurar a mão dela, tocar o rosto que permanecia baixo. Contudo, ele se conteve. Aelin ainda não olhava para Rowan ao falar:

— Você acha...

— Nunca — respondeu ele. — Nunca, Aelin.

Por fim, ela o encarou, com olhos velhos demais, tristes e cansados demais para seus dezenove anos. Fora um erro chamá-la de garota um dia — e havia, de fato, momentos em que Rowan se esquecia do quanto Aelin era jovem, na verdade. A mulher diante dele carregava fardos nos ombros que partiriam a coluna de alguém com três vezes aquela idade.

— Se você é um monstro, eu sou um monstro — afirmou o guerreiro, com um sorriso tão largo que exibiu os caninos alongados.

Ela soltou uma risada rouca, tão próxima que aqueceu o rosto de Rowan.

— Apenas durma na cama — pediu Aelin. — Não estou com vontade de catar lençóis para o sofá.

Talvez tenha sido a risada ou seus olhos cheios d'água, mas ele disse:

— Tudo bem. — Tolo, era um tolo estúpido quando se tratava dela. O príncipe feérico se obrigou a acrescentar: — Mas isso passa uma mensagem, Aelin.

Ela ergueu as sobrancelhas de um modo que costumava dizer que fogo começaria a crepitar... mas nada surgiu. Os dois estavam presos naqueles corpos, à deriva sem magia. Rowan se adaptaria; resistiria.

— Ah? — ronronou Aelin, e ele se preparou para a tempestade. — E qual mensagem isso *passa*? De que sou uma vadia? Como se o que faço na privacidade de meu quarto, com *meu* corpo, fosse da conta de alguém.

— Acha que não concordo? — O temperamento de Rowan se descontrolou. Ninguém mais tinha conseguido mexer com ele tão rapidamente antes, tão profundamente, com apenas algumas palavras. — Mas *as coisas são diferentes agora*, Aelin. Você é a rainha de um reino. Precisamos considerar como vai parecer, qual impacto pode ter em nossos relacionamentos com pessoas que acham isso inapropriado. Explicar que é para sua segurança...

— Ah, por favor. Minha segurança? Acha que Lorcan ou o rei ou quem mais esteja atrás de mim vai entrar pela janela no meio da noite? Eu *posso* me proteger, sabe.

— Pelos deuses, sei que pode. — Rowan jamais duvidara daquilo.

As narinas de Aelin se dilataram.

— Esta é uma das brigas mais idiotas que já tivemos. Tudo graças a *sua* estupidez, preciso acrescentar. — Ela saiu batendo os pés para o armário, o quadril rebolando, como que para destacar cada palavra, e disparou: — Apenas deite na cama.

Rowan expirou quando ela e aquele quadril sumiram no closet.

Fronteiras. Linhas traçadas. Fora dos limites.

Eram suas novas palavras preferidas, lembrou-se ele ao fazer uma careta para os lençóis de seda, mesmo que a respiração de Aelin ainda tocasse sua bochecha.

~

Aelin ouviu a porta do banheiro se fechar, depois ouviu água corrente conforme Rowan se limpava com os produtos de higiene que ela deixara para ele.

Não era um monstro — nem pelo que tinha feito, nem por seu poder, não quando Rowan estava ali. Agradeceria aos deuses todos os dias pela pequena graça de dar a ela um amigo que era seu semelhante, seu igual, e que jamais a olharia com horror. Independentemente do que acontecesse, Aelin sempre seria grata por aquilo.

Mas... *inapropriada.*

Inapropriada, de fato.

Rowan não sabia o quanto ela podia ser inapropriada.

Aelin abriu a primeira gaveta da cômoda de carvalho. Então sorriu lentamente.

Ele estava na cama quando a jovem desfilou em direção ao banheiro. Aelin ouviu, em vez de ver, o guerreiro se levantar, o colchão rangendo conforme disparou:

— Que porcaria é *essa*?

Ela continuou indo para o banheiro, recusando-se a pedir desculpas ou abaixar o rosto para a camisola de renda cor-de-rosa, delicada e *muito* curta.

Ao voltar, com o rosto limpo, Rowan estava sentado, de braços cruzados sobre o peito exposto.

— Você esqueceu a parte de baixo.

Aelin simplesmente apagou as velas no quarto, uma a uma. Os olhos dele a seguiram o tempo todo.

— Não tem parte de baixo — respondeu ela, afastando a colcha do lado em que dormia. — Está começando a ficar *tão* quente, e odeio suar enquanto durmo. Além disso, você é praticamente uma fornalha. Então é isso ou dormir nua. Pode dormir na banheira se tiver um problema com isso.

O grunhido de Rowan chacoalhou o quarto.

— Você se fez bem clara.

— Hmm. — Aelin se deitou ao lado dele, a uma distância saudável e *apropriada*.

Por alguns segundos, houve apenas o farfalhar dos colchões conforme ela se aninhou.

— Preciso preencher a tinta um pouco mais em alguns lugares — comentou Rowan, inexpressivo.

Ela mal conseguia ver o rosto dele no escuro.

— O quê?

— Sua tatuagem — explicou o guerreiro, encarando o teto. — Há alguns pontos que preciso preencher em algum momento.

É claro. Ele não era como os outros homens... nem de perto. Havia tão pouco que Aelin podia fazer para afetá-lo, para provocá-lo. Um corpo nu era um corpo nu. Principalmente o dela.

— Tudo bem — respondeu a jovem, virando-se para ficar de costas para ele.

Ambos ficaram em silêncio de novo. Então Rowan disse:

— Nunca vi roupas assim.

Ela rolou para o outro lado.

— Quer dizer que as fêmeas em Doranelle não têm roupas escandalosas? Ou em qualquer outro lugar do mundo?

Os olhos do guerreiro brilhavam como os de um animal no escuro. Ela se esquecera de como era ser feérico, ter sempre um pé na floresta.

— Meus encontros com outras fêmeas não costumavam envolver desfilar em roupas de dormir.

— E que roupas envolviam?

— Em geral, nenhuma.

Aelin emitiu um estalo com a língua, afastando a imagem.

— Depois de ter tido o incrível prazer de conhecer Remelle esta primavera, acho difícil acreditar que *ela* não o tenha obrigado a assistir um desfile de roupas.

Rowan virou o rosto para o teto de novo.

— Não vamos falar sobre isso.

Ela riu. Aelin: um; Rowan: zero.

A jovem ainda sorria quando ele perguntou:

— Todas as suas roupas de dormir são assim?

— Tão curioso sobre minhas camisolas, príncipe. O que diriam os outros? Talvez você devesse expedir um decreto para elucidar as coisas. — Rowan grunhiu, e ela sorriu contra o travesseiro. — Sim, tenho mais, não se preocupe. Se Lorcan pretende me assassinar enquanto durmo, é melhor eu estar bonita.

— Vaidosa até o triste fim.

Ela afastou o pensamento de Lorcan, do que Maeve pudesse querer, e falou:

— Tem alguma cor específica que gostaria de me ver usar? Se vou deixar você escandalizado, deveria pelo menos fazer em algo de que goste.

— Você é um perigo.

Aelin riu de novo, sentindo-se mais leve do que se sentira havia semanas, apesar da notícia que Rowan dera. Tinha quase certeza de que tinham terminado a conversa pela noite quando a voz dele ecoou do outro lado da cama.

— Ouro. Não amarelo, ouro metálico de verdade.

— Está sem sorte — respondeu Aelin para o travesseiro. — Eu jamais usaria algo tão ostentoso.

Ela quase conseguia lhe sentir o sorriso enquanto caía no sono.

Trinta minutos depois, Rowan ainda encarava o teto, os dentes trincados conforme acalmava o rugido nas veias, que aos poucos destruía seu autocontrole.

Aquela camisola infernal.

Merda.

Ele estava em uma merda profunda e interminável.

～

Rowan dormia, com metade do corpo imenso coberta pelos lençóis, quando a luz do alvorecer entrou pelas cortinas de renda. Ao se levantar em silêncio, Aelin mostrou a língua para ele enquanto vestia o robe de seda azul-claro, prendeu os cabelos já desbotados em um coque no alto da cabeça e caminhou até a cozinha.

Até o Mercado das Sombras virar cinzas, aquela mercadora miserável estivera ganhando uma pequena fortuna com todas as barras de tinta que Aelin tinha comprado. Ela encolheu o corpo ao pensar que precisaria encontrá-la de novo; a mulher parecia o tipo que teria escapado das chamas. E agora cobraria o dobro, o triplo, pelas tintas já caras a fim de compensar as mercadorias perdidas. E como Lorcan podia achá-la apenas pelo cheiro, mudar a cor do cabelo não lhe causaria impacto. Contudo, a jovem supunha que com a guarda do rei atrás dela... Ah, estava cedo demais para considerar a pilha imensa de bosta em que sua vida tinha se transformado.

Zonza, fez o chá usando apenas memória muscular. Começou com torradas e rezou para que ainda tivessem ovos na caixa de refrigeração — tinham. E bacon, para sua alegria. Naquela casa, a comida costumava sumir assim que chegava.

Um dos maiores porcos de todos aproximou-se da cozinha com pés imortais e silenciosos. Com os braços cheios de comida, ela se preparou ao fechar a pequena caixa de refrigeração com o quadril.

Aedion a olhou com cautela conforme a jovem foi até o pequeno balcão ao lado do fogão para pegar vasilhas e utensílios.

— Há cogumelos em algum lugar — informou ele.

— Que bom. Então pode limpá-los e cortá-los. E picar a cebola.

— Isso é punição por ontem à noite?

Aelin quebrou os ovos um a um em uma vasilha.

— Se acha que isso é uma punição aceitável, então sim.

— E fazer o café da manhã a esta hora miserável é a punição que você se impôs?

— Estou fazendo o café da manhã porque estou cansada de você queimá-lo e deixar a casa fedida.

Aedion riu baixinho, chegando perto dela para começar a cortar a cebola.

— Você ficou no telhado durante todo o tempo em que esteve fora, não é? — Aelin puxou uma frigideira de ferro da prateleira acima do fogão, colocou-a no fogo e jogou um pedaço espesso de manteiga na superfície escura.

— Você me expulsou do apartamento, mas não do armazém, então achei que poderia me fazer útil e montar guarda. — Aquele jeito distorcido e permissivo dos Velhos Modos de dobrar as ordens. Aelin perguntou-se o que os Velhos Modos tinham a dizer sobre decoro de rainha.

Ela pegou uma colher de madeira e espalhou um pouco a manteiga que derretia.

— Nós dois temos temperamentos terríveis. Sabe que não quis dizer o que falei, sobre a coisa da lealdade. Ou sobre a coisa de ser metade humano. Sabe que nada disso importa para mim. — Filho de Gavriel, pelos deuses. Mas ela manteria a boca fechada com relação àquilo até que Aedion sentisse vontade de tocar no assunto.

— Aelin, tenho vergonha do que disse a você.

— Bem, somos dois, então vamos deixar por isso mesmo. — A jovem mexeu os ovos, ficando de olho na manteiga. — Eu... eu entendo, Aedion, de verdade, sobre o juramento de sangue. Sabia o quanto significava para você. Cometi um erro ao não contar. Não costumo admitir esse tipo de coisa, mas... Deveria ter contado. E sinto muito.

Ele fungou diante das cebolas, os cortes experientes deixando uma pilha organizada na ponta da tábua, então começou a trabalhar nos pequenos cogumelos marrons.

— Aquele juramento significava tudo para mim. Ren e eu costumávamos brigar por causa disso quando éramos crianças. O pai dele me odiava porque era mais provável que eu o fizesse.

Aelin pegou as cebolas e as jogou na manteiga, preenchendo a cozinha com o chiado.

— Não há nada que diga que não pode fazer o juramento, sabe. Maeve tem vários membros na corte dela que o fizeram. — Que agora estavam tornando a vida dela um inferno. — Pode fazê-lo, e Ren também, apenas se quiser, mas... Não ficarei chateada se não quiser.

— Em Terrasen, só havia um.

Ela mexeu as cebolas.

— As coisas mudam. Novas tradições para uma nova corte. Pode fazer o juramento agora mesmo se quiser.

Aedion terminou de partir os cogumelos e apoiou a faca ao encostar no balcão.

— Agora não. Não até que veja você coroada. Não até podermos estar diante de uma multidão, diante do mundo.

Aelin jogou os cogumelos na frigideira.

— Você é ainda mais dramático que eu.

Seu primo deu um riso de escárnio.

— Ande logo com os ovos. Vou morrer de fome.

— Faça o bacon, ou não vai comer nada.

Aedion se apressou o máximo que pôde.

⇥ 30 ⇤

Havia um quarto bem abaixo do castelo de pedra que o demônio espreitando dentro dele gostava de visitar.

O príncipe demônio até o deixava sair às vezes, pelos olhos que um dia podiam ter sido dele.

Era um quarto envolto em noite interminável. Ou talvez a escuridão fosse do demônio.

Mas eles podiam ver; sempre puderam ver na escuridão. De onde vinha aquela criatura, havia tão pouca luz que ela aprendera a caçar nas sombras.

Havia pedestais organizados em uma curva elegante no quarto circular, cada um com uma almofada preta em cima. E, sobre cada almofada, uma coroa.

Mantidas ali embaixo como troféus — mantidas na escuridão. Como ele.

Um quarto secreto.

O príncipe ficou no centro, avaliando as coroas.

O demônio tinha tomado controle total do corpo. Ele o permitira depois que a mulher com os olhos familiares não conseguira matá-lo.

Esperou que o demônio deixasse o quarto, mas a coisa falou em vez disso. Uma voz fria e sibilante que vinha do meio das estrelas, falando com ele... apenas com ele.

As coroas das nações conquistadas, disse o príncipe demônio. *Mais serão acrescentadas em breve. Talvez as coroas de outros mundos também.*

Ele não se importava.

Você deveria se importar. Vai gostar quando destroçarmos os reinos.

Ele recuou, tentando se recolher em um canto de escuridão no qual nem mesmo aquela criatura conseguiria encontrá-lo.

O demônio riu. *Humano covarde. Não é surpresa que ela tenha perdido a cabeça.*

Ele tentou calar a voz.

Tentou.

Queria que aquela mulher o tivesse matado.

❧ 31 ❧

Manon entrou na enorme tenda de guerra de Perrington, empurrando para o lado a pesada aba de lona com tanta violência que as unhas de ferro rasgaram o material.

— Por que o acesso de minhas Treze à aliança das Pernas Amarelas está sendo negado? Explique. *Agora.*

Ao disparar a última palavra, Manon parou subitamente.

Parado no centro da tenda mal iluminada, o duque se virou para ela com o rosto sombrio; e, a bruxa precisou admitir, apreensiva, meio aterrorizante.

— *Saia* — ordenou ele, os olhos incandescentes como brasa.

Mas a atenção dela estava fixa no que — em quem — estava atrás do homem.

Manon deu um passo adiante, mesmo quando Perrington avançou contra ela.

Com um vestido preto e translúcido, tal noite tecida, Kaltain estava de frente para um jovem soldado ajoelhado e trêmulo, a mão pálida esticada na direção do rosto contraído do rapaz.

E, ao redor dela, uma aura amaldiçoada de fogo escuro queimava.

— O que é isso? — perguntou Manon.

— *Fora* — disparou o duque, realmente tendo a audácia de avançar contra o braço da bruxa. Ela o afastou com as unhas de ferro, desviando sem sequer o fitar. Toda a sua atenção, cada poro dela, estava concentrada na moça de cabelos pretos.

O jovem soldado — um dos homens do próprio Perrington — chorava baixinho enquanto tendões daquele fogo escuro fluíam das pontas dos dedos de Kaltain e serpenteavam sobre a pele dele, sem deixar marcas. O humano voltou os olhos cheios de dor para Manon. *Por favor*, disse ele, sem emitir som.

O duque avançou de novo contra a bruxa, que desviou dele.

— Explique isto.

— Você não dá ordens, Líder Alada — retorquiu Perrington. — Agora saia.

O homem avançou contra ela, mas, então, uma voz sedosa e feminina sussurrou:

— Fogo de sombras.

Perrington congelou, como se surpreso por ela ter falado.

— De onde vem esse fogo de sombras? — indagou Manon. A mulher era tão pequena, tão magra. O vestido mal passava de teias de aranha e sombras. Estava frio no acampamento da montanha, mesmo para a bruxa. Será que a mulher rejeitara um manto, ou simplesmente não se importava? Ou talvez com aquele fogo... Talvez sequer precisasse de um.

— De mim — informou Kaltain, com uma voz morta e vazia, porém cruel. — Sempre esteve aqui... dormente. E agora foi despertado. Ganhou nova forma.

— O que isso faz? — perguntou Manon. O duque parara para observar a jovem, como se estivesse desvendando algum enigma, como se estivesse esperando por outra coisa.

Kaltain deu um leve sorriso para o soldado que tremia no ornamentado tapete vermelho, os cabelos castanho-dourados brilhando à luz fraca da lanterna acima.

— Faz isto — sussurrou ela, então retraiu os dedos delicados.

O fogo de sombras disparou da mão da mulher e envolveu o soldado como uma segunda pele.

O rapaz abriu a boca em um grito silencioso — contorcendo-se e debatendo-se, virando a cabeça em direção ao teto da tenda enquanto chorava com uma dor quieta e silenciosa.

Mas nenhuma queimadura lhe deformou a pele. Como se o fogo de sombras apenas conjurasse dor, como se enganasse o corpo para que pensasse que estava sendo incinerado.

Manon não parou de observar o sujeito que se convulsionava no tapete, lágrimas de sangue agora lhe escorrendo dos olhos, do nariz, das orelhas. Em voz baixa, a bruxa perguntou ao duque:

— Por que o está torturando? É um espião rebelde?

Perrington se aproximou de Kaltain, encarando seu lindo rosto inexpressivo. Os olhos dela estavam completamente fixos no rapaz, hipnotizados. Ela falou de novo:

— Não. Apenas um homem comum. — Nenhuma emoção, nenhum sinal de empatia.

— Basta — ordenou o duque, e o fogo desapareceu da mão de Kaltain. O jovem desabou no tapete, soluçando ofegante. O homem apontou para as cortinas nos fundos da tenda, que sem dúvida ocultavam uma área de dormir. — Deite-se.

Como uma boneca, como um fantasma, a mulher se virou, aquele vestido de meia-noite girando também, e caminhou até as pesadas cortinas vermelhas, atravessando-as como se ela não passasse de névoa.

O duque caminhou até o rapaz e se ajoelhou diante dele no chão. O preso ergueu a cabeça, sangue e lágrimas se misturavam em seu rosto. Mas os olhos de Perrington se fixaram nos de Manon conforme colocou as enormes mãos de cada lado do rosto do soldado.

E quebrou seu pescoço.

O estremecimento do estalo da morte percorreu a bruxa como a nota desafinada de uma harpa. Normalmente, ela teria rido.

Contudo, por um segundo, sentiu sangue azul quente e pegajoso nas mãos, sentiu a impressão do cabo da faca em sua palma quando segurou com força para cortar a garganta daquela Crochan.

O soldado desabou no tapete conforme o duque se levantou.

— O que quer, Bico Negro?

Como a morte da Crochan, aquilo fora um aviso. Fique de boca fechada.

Mas ela planejava escrever para a avó. Planejava contar tudo que acontecera: aquilo e que o clã das Pernas Amarelas não fora visto nem ouvido desde que entrara na câmara sob a Fortaleza. A Matriarca voaria até ali e começaria a partir colunas.

— Quero saber por que nosso acesso ao clã das Pernas Amarelas foi bloqueado. Estão sob minha jurisdição, portanto, tenho o direito de vê-las.

— Foi bem-sucedido; é tudo de que precisa saber.

— Deve ordenar a seus guardas imediatamente que deem a mim e às minhas permissão para entrar. — De fato, dezenas de sentinelas tinham bloqueado o caminho de Manon, e, a não ser que as matasse para passar, não tinha como entrar.

— Você escolhe ignorar minhas ordens. Por que eu deveria seguir as suas, Líder Alada?

— Não terá um maldito exército para montar aquelas serpentes aladas se trancafiar todas para seus experimentos de *procriação*.

Elas eram guerreiras — eram bruxas Dentes de Ferro. Não eram bens para servirem de procriadoras. Não deveriam ser cobaias. A avó de Manon o destruiria.

O duque apenas deu de ombros.

— Eu disse que queria Bicos Negros. Você se recusou a fornecê-las.

— Isso é uma punição? — As palavras dispararam da bruxa. As Pernas Amarelas ainda eram Dentes de Ferro, afinal. Ainda estavam sob seu comando.

— Ah, não. De modo algum. Mas, se desobedecer as minhas ordens de novo, da próxima vez, pode ser que seja. — Perrington inclinou a cabeça, e a luz emoldurou seus olhos pretos. — Há príncipes, sabe, entre os valg. Príncipes poderosos e ardilosos, capazes de esmagar pessoas contra paredes. Estão muito ansiosos para testarem as habilidades contra seu povo. Talvez façam uma visita a seus alojamentos. Para ver quem sobrevive à noite. Seria uma boa forma de eliminar as bruxas inferiores. Não tenho utilidade para soldados fracos em meus exércitos, mesmo que reduza os números.

Por um momento, um silêncio rugiu na cabeça da Bico Negro. Uma ameaça.

Uma ameaça daquele *humano*, daquele homem que vivera apenas uma fração da existência de Manon, daquela *besta* mortal...

Cuidado, disse uma voz na mente da bruxa. *Aja com astúcia.*

Então se permitiu assentir levemente em reconhecimento e perguntou:

— E quanto a suas outras... atividades? O que acontece sob as montanhas que circundam o vale?

O duque a avaliou, e Manon o encarou, encarou cada centímetro de escuridão em seu olhar. Então viu algo serpenteando do lado de dentro que não pertencia àquele mundo. Por fim, Perrington respondeu:

— Não quer saber o que está sendo criado e forjado sob estas montanhas, Bico Negro. Nem pense em mandar suas batedoras para lá. Jamais verão a luz do dia de novo. Considere-se avisada.

O verme humano claramente não tinha ideia do quanto as Sombras de Manon eram habilidosas, mas ela não o corrigiria, não quando podia usar aquilo como vantagem algum dia. No entanto, o que quer que estivesse acontecendo dentro daquelas montanhas não era da conta de Manon — não com as Pernas Amarelas e o restante da legião para lidar. A bruxa indicou o soldado morto com o queixo.

— Para que planeja usar esse fogo de sombras? Tortura?

Um lampejo de ira diante de outra pergunta. O duque falou, irritado:

— Ainda não decidi. Por enquanto, ela vai fazer experimentos assim. Talvez mais tarde aprenda a incinerar os exércitos de nossos inimigos.

Uma chama que não deixava queimaduras... disparada sobre milhares. Seria glorioso, ainda que grotesco.

— E há exércitos de inimigos se reunindo? Vai usar esse fogo de sombras contra eles?

Perrington inclinou a cabeça de novo, as cicatrizes no rosto formavam um contraste profundo contra a lanterna fraca.

— Sua avó não lhe contou, então.

— O quê? — indagou Manon.

Ele caminhou até a parte do aposento oculta pela cortina.

— Sobre as armas que ela está fazendo para mim... para você.

— Que armas? — A bruxa não se incomodou em desperdiçar tempo com silêncio tático.

O homem apenas sorriu ao desaparecer, as cortinas oscilaram e revelaram Kaltain deitada em uma cama baixa, coberta de peles, os braços magros e pálidos na lateral do corpo, os olhos abertos, sem enxergar. Uma casca. Uma arma.

Duas armas — Kaltain e o que quer que a avó de Manon estivesse fazendo.

Por isso a Matriarca ficara na Caninos com as outras Grã-Bruxas.

273

Se as três estavam reunindo os conhecimentos, a sabedoria e a crueldade para desenvolver uma arma que seria usada contra exércitos mortais...

Um calafrio percorreu a coluna da líder quando olhou de novo para o humano destruído no tapete.

O que quer que fosse aquela nova arma, o que quer que as três Grã-Bruxas estivessem preparando...

Os humanos não teriam chance.

❧

— Quero que todas espalhem a notícia para as outras alianças. Quero sentinelas em vigília constante nas entradas dos alojamentos. Turnos de três horas, não mais que isso, não precisamos que ninguém apague e deixe o inimigo entrar. Já mandei uma carta para a Matriarca.

Elide acordou com um sobressalto dentro do ninho, aquecida e descansada e sem ousar respirar. Ainda estava escuro, mas o luar tinha sumido, o alvorecer bem longe. E, na escuridão, conseguia distinguir levemente o brilho de cabelos brancos como a neve, além do brilho de alguns conjuntos de dentes e unhas de ferro. Ai, pelos deuses.

A menina planejara dormir apenas uma hora. Devia ter dormido por pelo menos quatro. Abraxos não se moveu atrás dela, a asa da serpente alada ainda a protegia.

Desde o encontro com Asterin e Manon, cada hora, acordada ou dormindo, era como um pesadelo. E, mesmo dias depois, Elide se via prendendo o fôlego em momentos bizarros, quando a sombra do medo a segurava pelo pescoço. As bruxas não se preocuparam com ela, embora tivesse alegado que seu sangue era azul. Mas Vernon também não.

Contudo, naquela noite... Elide mancava de volta para o quarto, seguindo pela escada escura e quieta... quieta demais, mesmo com o arranhar de suas correntes no chão. E diante de sua porta, havia um recanto de silêncio completo, como se até mesmo os cupins tivessem prendido a respiração. Alguém ocupava o quarto. Esperando por ela.

Então a menina tinha continuado andando, até o ninho iluminado pela lua, onde o tio não ousaria ir. As serpentes aladas das Treze estavam aninhadas no chão, como gatos, ou empoleiradas nos mastros que beiravam a queda. À esquerda de Elide, Abraxos a observava de onde estava deitado

274

sobre a barriga, os olhos infinitos arregalados, sem piscar. Ao chegar perto o bastante para sentir o cheiro de carniça no hálito do animal, ela falara:

— Preciso de um lugar para dormir. Apenas esta noite.

A cauda dele se movera levemente, os espinhos de ferro raspando as pedras. Animada. Como um cão: sonolento, mas feliz ao ver Elide. Não houvera grunhido, nenhum lampejo de dentes de ferro prontos para engoli-la em duas mordidas. A menina *preferiria* ser devorada a enfrentar o que estava em seu quarto.

Elide se abaixara contra a parede, cruzando os braços com as mãos sob as axilas e puxando os joelhos até o peito. Começara a bater os dentes de frio, então se enroscara mais. Estava tão frio ali que o hálito se condensava no ar.

Feno estalou, e Abraxos se aproximou.

A criada ficara tensa; poderia ter saltado de pé e disparado. A serpente alada estendera uma asa em sua direção, como um convite. Para que se sentasse ao lado dele.

— Por favor, não me devore — sussurrara Elide.

Abraxos bufara, como se dissesse: *Você não daria muita carne.*

Estremecendo, a jovem ficou de pé. Ele parecia maior a cada passo. Mas aquela asa permaneceu estendida, como se fosse ela o animal que precisasse ser acalmado.

Quando chegou ao lado de Abraxos, Elide mal conseguiu respirar ao estender a mão e acariciar a pele irregular e escamosa. Era surpreendentemente macia, como couro curtido. E morna, como se Abraxos fosse uma fornalha. Com cuidado, ciente da cabeça que o bicho inclinou para observar cada movimento seu, Elide se sentou contra ele, aquecendo as costas imediatamente.

Aquela asa tinha se abaixado graciosamente, dobrando-se até se tornar uma quente parede de membrana entre Elide e o vento frio. Ela se recostara mais para dentro da maciez e do calor delicioso de Abraxos, permitindo que fosse absorvido pelo corpo.

A criada nem mesmo percebera que tinha caído no sono. E agora... *elas* estavam ali.

O fedor do animal devia estar encobrindo o cheiro humano, ou a Líder Alada a teria encontrado àquela altura. Abraxos se mantinha tão imóvel que Elide perguntava-se se ele também sabia disso.

As vozes passaram para o centro do ninho, e a menina mediu a distância entre a serpente alada e a porta. Talvez pudesse sair de fininho antes que reparassem...

— Fiquem quietas; mantenham segredo. Se alguém revelar nossas defesas, vai morrer por minhas mãos.

— Como quiser — disse Sorrel.

Asterin perguntou:

— Contamos às Pernas Amarelas e às Sangue Azul?

— Não — respondeu Manon, a voz como morte e derramamento de sangue. — Apenas Bicos Negros.

— Mesmo que outra aliança acabe se tornando voluntária para a rodada seguinte? — questionou Asterin.

A Líder Alada emitiu um grunhido que fez os pelos da nuca de Elide se arrepiarem.

— Há um limite para o que conseguimos manter sob rédeas.

— Rédeas se partem — desafiou a terceira no comando.

— Seu pescoço também — replicou Manon.

Agora... agora, enquanto brigavam. Abraxos permaneceu imóvel, como se não ousasse atrair atenção para si conforme Elide se preparava para correr para fora. Mas as correntes... a menina se sentou de novo e, com cuidado, devagar, ergueu o pé apenas um pouco, segurando as correntes para que não se arrastassem. Com um pé e uma das mãos, começou a impulsionar o corpo pelas pedras, deslizando até a porta.

— Esse fogo de sombras — ponderou Sorrel, como se tentasse dissipar a tempestade que se formava entre a Líder Alada e a prima. — Ele vai usar sobre nós?

— Ele parecia crer que poderia ser usado em exércitos inteiros. Eu não diria que está além dele nos ameaçar com isso.

Mais e mais perto, a criada se arrastou para a porta aberta.

Estava quase lá quando Manon cantarolou:

— Se tivesse alguma coragem, Elide, teria ficado ao lado de Abraxos até irmos embora.

❧ 32 ❧

Manon vira Elide dormindo encostada em Abraxos assim que entraram no ninho, e percebera a presença da jovem momentos antes disso — apenas pelo cheiro nas escadas. Se Asterin e Sorrel tinham reparado, não comentaram.

A criada estava sentada no chão, quase à porta, com um pé no ar para evitar que as correntes se arrastassem. Inteligente, mesmo que tivesse sido burra demais para perceber o quanto as bruxas enxergavam bem no escuro.

— Havia alguém em meu quarto — explicou Elide, abaixando o pé para se levantar.

Asterin enrijeceu o corpo.

— Quem?

— Não sei — respondeu ela, mantendo-se perto da porta, mesmo que não ajudasse em nada. — Não parecia inteligente entrar.

Abraxos tinha ficado tenso e movia a cauda sobre as pedras. A besta inútil estava preocupada com a jovem. Manon semicerrou os olhos para ele.

— Seu tipo não deveria querer devorar moças assim?

O animal a fitou com raiva.

Elide se manteve firme quando a líder se aproximou. E a bruxa, apesar de não querer, ficou impressionada. Ela olhou para a jovem... olhou de verdade.

Uma garota que não tinha medo de dormir encostada a uma serpente alada, que tinha bom senso o bastante para perceber quando o perigo podia estar se aproximando... Talvez aquele sangue realmente fosse azul.

— Há uma câmara sob este castelo — informou Manon, com Asterin e Sorrel passando para o lado dela. — Dentro há uma aliança de bruxas Pernas Amarelas, todas levadas pelo duque para... gerar crias de demônios. Quero que entre naquela câmara. Quero que me diga o que está acontecendo ali.

A humana ficou pálida como a morte.

— Não posso.

— Pode e vai — retrucou Manon. — Você é minha agora. — Ela sentiu a atenção de Asterin sobre si, a reprovação e a surpresa. A líder continuou: — Encontre um caminho até aquela câmara, me dê os detalhes e fique *calada* sobre o que descobrir, então viverá. Se me trair, se contar a alguém... aí imagino que iremos fazer um brinde em seu casamento com um lindo marido valg.

As mãos da garota tremiam. Manon bateu nelas para abaixá-las.

— Não toleramos covardes nas hierarquias das Bico Negro — sibilou a bruxa. — Ou achou que sua proteção seria gratuita? — Ela apontou para a porta. — Você deve ficar em meus aposentos se os seus estiverem comprometidos. Vá esperar na base das escadas.

Elide olhou para trás da líder, para a imediata e a terceira na hierarquia, como se estivesse considerando implorar a elas por ajuda. Mas Manon sabia que os rostos delas estavam imóveis e inexpressivos. O terror da criada era um fedor no nariz da bruxa conforme ela saiu mancando. Levou tempo demais para descer as escadas, aquela perna ruim reduzindo sua velocidade ao ritmo de uma velha. Depois que Elide chegou à base das escadas, Manon se virou para Sorrel e Asterin.

— Ela pode ir até o duque — argumentou Sorrel. Como imediata, tinha o direito de fazer essa observação, de pensar em todas as ameaças à herdeira.

— Ela não é tão cruel assim.

Asterin emitiu um estalo com a língua.

— Foi por isso que você falou, mesmo sabendo que ela estava aqui.

Manon não se incomodou em assentir.

— E se ela for pega? — perguntou Asterin, e Sorrel lançou um olhar afiado para ela. A líder não estava com vontade de repreender. Cabia a Sorrel explicar a hierarquia entre elas agora.

— Se for pega, encontraremos outro jeito.

— E você não tem problema se a matarem? Ou se usarem aquele fogo de sombras nela?

— Calma, Asterin — grunhiu Sorrel.

A terceira a ignorou.

— Você deveria fazer essas perguntas, *imediata*.

Os dentes de ferro de Sorrel desceram.

— É por causa de seus questionamentos que você é terceira agora.

— Chega — disse Manon. — Elide é a única que pode entrar naquela câmara e reportar. O duque deu a seus brutamontes a ordem de não deixar uma só bruxa chegar perto. Nem mesmo as Sombras conseguem se aproximar o bastante. Mas uma criada, limpando qualquer que seja a sujeira...

— Era você que esperava no quarto dela — afirmou Asterin.

— Uma dose de medo vai longe com humanos.

— Mas ela é humana? — perguntou Sorrel. — Ou a incluímos entre nós?

— Não faz diferença se é humana ou bruxa. Eu mandaria quem quer que fosse mais qualificada para aquelas câmaras, mas, neste momento, apenas Elide pode conseguir acesso a elas.

Com astúcia; era assim que contornaria o duque, com seus planos e armas. Manon podia trabalhar para o rei daquele homem, mas não toleraria ser deixada na ignorância.

— Preciso saber o que está acontecendo naquelas câmaras — explicou Manon. — Se perdermos uma vida com isso, que seja.

— E depois? — perguntou Asterin, apesar do aviso de Sorrel. — Depois que souber, e aí?

A Líder Alada não tinha decidido. De novo, aquele sangue fantasma lhe cobriu as mãos.

Seguir ordens... ou ela e as Treze seriam executadas. Pela própria avó ou pelo duque. Após a Matriarca ler a carta, talvez fosse diferente. Mas até então...

— Depois continuaremos como fomos ordenadas — retrucou Manon.

— Mas não vou ser arrastada para isso com uma venda nos olhos.

Espiã.

Uma espiã para a Líder Alada.

Elide imaginou que não era diferente de ser espiã para si mesma... pela própria liberdade.

Mas descobrir sobre a chegada do veículo de suprimentos *e* tentar entrar naquela câmara enquanto também realizava suas tarefas... Talvez desse sorte. Talvez conseguisse fazer as duas coisas.

Manon pedira que um colchão de feno fosse levado para o quarto dela e colocado perto da lareira para aquecer os ossos mortais de Elide, dissera. A criada mal dormira naquela primeira noite na torre. Tinha se levantado para usar o banheiro, convencida de que a bruxa dormia, então dera dois passos antes que Manon dissesse:

— Vai a algum lugar?

Pelos deuses, aquela voz. Como uma cobra escondida em uma árvore.

Elide gaguejara uma explicação sobre precisar usar o banheiro. Quando Manon não respondeu, a menina saiu aos tropeços. Tinha voltado e encontrado a bruxa dormindo — ou pelo menos os olhos estavam fechados.

A Líder Alada dormia nua. Mesmo com o frio. Os cabelos brancos desciam como uma cascata às costas, e não havia uma parte da bruxa que não parecesse esguia e musculosa ou marcada com leves cicatrizes. Nenhuma parte que não fosse um lembrete do que faria caso Elide fracassasse.

Três dias depois, a criada entrou em ação. A exaustão que pesara tão determinadamente sobre ela desapareceu quando pegou a pilha de lençóis que tirara da lavanderia e olhou pelo corredor.

Quatro guardas parados à porta que dava para as escadas.

Ela levara três dias ajudando na lavanderia, três dias conversando com as lavadeiras para descobrir se lençóis eram necessários na câmara na base daquelas escadas.

Ninguém quis conversar com Elide durante os dois primeiros dias. Simplesmente a olharam e disseram para onde levar as coisas, ou quando queimar as mãos, ou o que esfregar até que as costas doessem. Mas no dia anterior... no dia anterior, ela vira as roupas rasgadas e ensopadas de sangue chegarem.

Sangue azul, e não vermelho.

Sangue de bruxa.

A menina manteve a cabeça baixa, trabalhando nas camisas dos soldados depois que provara suas habilidades com uma agulha. Mas reparou em quais lavadeiras interceptavam as roupas. Então continuou trabalhando durante as horas que foram necessárias para limpar, secar e passar os lençóis, ficando até mais tarde que a maioria. Esperando.

Elide não era ninguém nem nada e não pertencia a ninguém, mas, se deixasse que Manon e as Bico Negro pensassem que aceitara a reivindicação delas sobre si, ainda poderia muito bem se libertar quando chegassem aqueles vagões. As Bico Negro não se importavam com ela... não de verdade. Sua ascendência era conveniente para as bruxas. A criada duvidava que reparassem em seu sumiço. De qualquer modo, tinha sido um fantasma por anos, cujo coração fora preenchido apenas pelos mortos esquecidos.

Então Elide trabalhou e esperou.

Mesmo com as costas doendo, mesmo com as mãos tão doloridas que tremiam, ela marcou a lavadeira que levou as roupas passadas para fora do aposento e sumiu.

Elide memorizou cada detalhe do rosto da mulher, da compleição e da altura. Ninguém reparou quando saiu atrás da lavadeira, carregando uma pilha de lençóis para a Líder Alada. Ninguém a impediu quando seguiu a mulher corredor após corredor até chegar àquele ponto.

A menina olhou pelo corredor mais uma vez, no momento em que a lavadeira subiu e saiu das escadas, com os braços vazios, o rosto contraído, lívido.

Os guardas não a impediram. Bom.

A mulher seguiu para outro corredor, então Elide expirou, soltando o fôlego que segurava.

Ao se virar para a torre de Manon, silenciosamente pensou no plano, várias e várias vezes.

Se fosse pega...

Talvez devesse se atirar de uma das varandas em vez de enfrentar uma das dezenas de mortes terríveis que a esperavam.

Não... não, ela aguentaria. Tinha sobrevivido quando tantos outros — quase todos que amava — não tinham. Quando o reino dela não tinha. Então Elide sobreviveria por eles e, quando partisse, construiria para si uma nova vida, bem longe, em homenagem a eles.

A menina subiu uma escada sinuosa, cambaleando. Pelos deuses, como odiava escadas.

Estava quase no alto quando ouviu a voz de um homem e parou subitamente.

— O duque disse que você falou... por que não diz uma palavra para mim?

Vernon.

O silêncio o cumprimentou.

De volta à base das escadas... ela deveria voltar para a base das escadas.

— Tão linda — murmurou seu tio para quem quer que fosse. — Como uma noite sem lua.

A boca de Elide secou ao ouvir o tom da voz dele.

— Talvez tenha sido por destino que nos esbarramos aqui. Ele vigia você tão de perto. — Vernon fez uma pausa. — Juntos — continuou ele, em voz baixa, com reverência. — Juntos criaremos maravilhas que farão o mundo tremer.

Palavras tão sombrias e íntimas, cheias de tanta... *dominação*. A menina não queria saber o que ele queria dizer.

Elide deu um passo o mais silencioso possível escada abaixo. Precisava fugir.

— Kaltain — murmurou o homem, uma exigência, uma ameaça e uma promessa.

A jovem silenciosa; aquela que nunca falava, que nunca olhava para nada, que tinha tantas marcas sobre si. Elide vira a moça apenas algumas vezes. Vira o quão pouco ela reagia. Ou revidava.

Então decidiu subir as escadas.

Mais e mais para cima, certificando-se de que as correntes tilintassem o mais alto possível. O tio dela ficou em silêncio.

Elide fez a curva no patamar seguinte, e ali estavam eles.

Kaltain havia sido empurrada contra a parede, a gola daquele vestido transparente demais estava empurrada para o lado, o seio, quase para fora. Havia um vazio enorme no rosto dela... como se nem mesmo estivesse lá. Vernon estava parado a alguns passos de distância. Elide segurou os lençóis com tanta força que achou que os rasgaria. Desejou ter aquelas unhas de ferro, pelo menos uma vez.

— Lady Kaltain — disse para a jovem poucos anos mais velha que ela. Elide não esperava a própria raiva. Não esperava que prosseguisse, dizendo:

— Fui enviada para buscar você, milady. Por aqui, por favor.

— Quem a chamou? — indagou Vernon.

Sua sobrinha o encarou. E não abaixou a cabeça. Nem um centímetro.

— A Líder Alada.

— A Líder Alada não tem autorização para se encontrar com ela.

— E você tem? — A menina se colocou entre os dois, embora não adiantasse nada caso o tio decidisse usar força.

O homem sorriu.

— Eu estava me perguntando quando você mostraria suas presas, Elide. Ou deveria dizer seus dentes de ferro?

Ele sabia, então.

A criada o fitou com raiva e colocou a mão levemente no braço de Kaltain. A jovem parecia fria como gelo.

Ela nem mesmo olhou para Elide.

— Por gentileza, milady — pediu a criada, puxando aquele braço enquanto segurava a roupa limpa com a outra mão. Em silêncio, Kaltain começou a andar.

Vernon riu.

— Vocês duas poderiam ser irmãs — comentou ele, casualmente.

— Fascinante — respondeu sua sobrinha, levando a moça escada acima, mesmo que o esforço para se manter equilibrada fizesse com que as pernas latejassem de dor.

— Até a próxima — disse Vernon atrás delas, e Elide não quis saber a quem se referia.

Em silêncio, com o coração latejando tão forte que ela achou que pudesse vomitar, a menina levou Kaltain para o patamar seguinte, então soltou a jovem por tempo o bastante para abrir a porta e guiá-la para o corredor.

A lady parou, encarando a pedra, o nada.

— Para onde precisa ir? — perguntou Elide, baixinho.

A moça apenas encarou. À luz da tocha, a cicatriz no braço dela era horrível. Quem tinha feito aquilo?

Elide colocou a mão no cotovelo da mulher de novo.

— Aonde posso levá-la que será seguro?

Nenhum lugar... não havia lugar nenhum seguro.

Devagar, como se levasse uma vida inteira para se lembrar de como se fazia aquilo, Kaltain voltou os olhos para a criada.

Escuridão e morte e chamas escuras; desespero e raiva e vazio.

No entanto... uma semente de compreensão.

Kaltain apenas saiu andando, aquele vestido farfalhando nas pedras. Havia hematomas que pareciam marcas de dedos ao redor de seu outro braço. Como se alguém a tivesse agarrado com força demais.

Aquele lugar. Aquelas *pessoas*...

Elide lutou contra a náusea enquanto observava a mulher até que virasse uma esquina e sumisse.

Manon estava sentada à mesa, encarando o que parecia ser uma carta, quando a criada entrou na torre.

— Você entrou na câmara? — perguntou a bruxa, sem se incomodar em virar.

Elide engoliu em seco.

— Preciso que me consiga veneno.

⚜ 33 ⚜

Parado em uma clareira ampla entre pilhas de caixas, Aedion piscou contra o sol do fim da manhã, filtrado pelas altas janelas do armazém. Já estava suado e precisava muito de água, pois o calor do dia deixava o ambiente ainda mais sufocante.

Ele não reclamou. Exigiu que lhe permitissem ajudar, e Aelin recusara. Insistiu que estava em forma para lutar, então sua prima apenas disse:

— Prove.

Portanto, ali estavam eles. Aedion e o príncipe feérico repassavam uma série de exercícios com bastões de treino durante os últimos trinta minutos, e o general parecia totalmente derrotado. O ferimento na lateral do corpo estava a um movimento em falso de se abrir, mas ele aguentou.

A dor era bem-vinda, considerando os pensamentos que o tinham mantido acordado a noite inteira. Que Rhoe e Evalin jamais lhe contaram, que a mãe dele morrera para esconder o conhecimento de quem o havia gerado, que ele era semifeérico... e que talvez não descobrisse por mais uma década como envelheceria. Se viveria mais que sua rainha.

E o pai dele... Gavriel. *Esse* era um outro caminho a ser explorado. Mais tarde. Talvez fosse útil caso Maeve cumprisse a ameaça que fizera, agora que um dos lendários companheiros de seu pai estava caçando Aelin naquela cidade.

Lorcan.

285

Merda. As histórias que ouvira sobre o feérico eram cheias de glória e sangue — o último em maior parte. Um guerreiro que não cometia erros e que era implacável com aqueles que os cometiam.

Lidar com o rei de Adarlan já era ruim o bastante, mas ter um inimigo imortal às costas... Merda. E se Maeve resolvesse mandar Gavriel até lá... Aedion encontraria um modo de suportar aquilo, como encontrara um modo de suportar tudo na vida.

Estava terminando uma manobra com o bastão, mostrada duas vezes pelo príncipe, quando Aelin parou os próprios exercícios.

— Acho que chega por hoje — comentou ela, quase sem ofegar.

O general enrijeceu o corpo diante da recusa nos olhos dela. Ele esperara a manhã inteira por aquilo. Durante os últimos dez anos, descobrira tudo que pudera com os mortais. Se guerreiros chegassem a seu território, Aedion usava seus charmes consideráveis para convencê-los a ensiná-lo o que sabiam. E sempre que se aventurara por outras terras, fizera questão de reunir o máximo que podia sobre lutar e matar de quem quer que vivesse no lugar. Então competir com um guerreiro feérico de puro sangue, diretamente de Doranelle, era uma oportunidade que não podia desperdiçar. Não deixaria que a compaixão da prima destruísse o momento.

— Ouvi certa história... — cantarolou Aedion para Rowan. — Você matou um senhor de guerra inimigo usando uma mesa.

— Por favor — disse Aelin. — Quem contou isso a você?

— Quinn... o capitão da Guarda de seu tio. Era um admirador do príncipe Rowan. Conhecia todas as histórias.

A jovem revirou os olhos para o guerreiro, que riu, apoiando o bastão de treino no chão.

— Não pode estar falando sério — falou ela. — O quê... você o esmagou até a morte como uma uva-passa?

Rowan gargalhou.

— Não, não o esmaguei como uma uva. — Ele lançou um sorriso feral para a rainha. — Arranquei a perna da mesa e o empalei com ela.

— Passou direto pelo peito até a parede de pedra — contou Aedion.

— Bem — disse Aelin, rindo com deboche. — Dou pontos a você pela criatividade, pelo menos.

Aedion alongou o pescoço.

— Vamos voltar aos exercícios.

Contudo, Aelin deu a Rowan um olhar que basicamente dizia: *Não mate meu primo, por favor. Encerre isso.*

O general pegou o bastão de treino de madeira com mais força.

— Estou bem.

— Há uma semana, estava com um pé no Além-mundo — lembrou Aelin. — Seu ferimento ainda está cicatrizando. Terminamos por hoje, e você não vai sair.

— Conheço meus limites, estou dizendo que estou bem.

O sorriso lento de Rowan não passava de algo letal. Um convite a dançar.

E aquela parte primitiva de Aedion decidiu que não queria fugir do predador nos olhos do guerreiro. Não, queria muito se manter no lugar, e rugir de volta.

Aelin resmungou, mas ficou longe. *Prove*, dissera ela. Bem, Aedion provaria.

Ele não avisou ao atacar, desviando para a direita e mirando baixo. O general matara homens com esse movimento — cortara-os ao meio. Mas Rowan esquivou-se com eficiência brutal, desviando e se posicionando para a ofensiva, o que foi tudo que Aedion conseguiu ver antes de erguer o bastão por puro instinto. Preparar-se para a força do golpe fez com que a lateral do corpo latejasse de dor, mas ele se manteve concentrado; embora Rowan quase tivesse arremessado longe o bastão na mão do general.

Ele conseguiu acertar o golpe seguinte. Contudo, quando os lábios de Rowan se repuxaram para cima, Aedion teve a sensação de que o príncipe brincava com ele.

Não por diversão, mas para provar algo. Névoa vermelha cobriu sua visão.

O guerreiro avançou para derrubar o oponente pelas pernas, e Aedion pisou com tanta força no bastão de Rowan que o objeto se partiu ao meio. Quando isso aconteceu, o general se virou, avançando para acertar o próprio bastão no rosto adversário. Segurando um pedaço da arma em cada mão, o feérico desviou, abaixando-se, e...

Aedion não viu o segundo golpe se aproximar das pernas. Em seguida, estava piscando para as vigas de madeira do teto, arquejando para tomar fôlego enquanto a dor do ferimento percorria a lateral do corpo.

Rowan grunhiu para Aedion, com um pedaço do bastão inclinado para lhe cortar a garganta enquanto pressionava a outra parte do objeto contra o abdômen, pronto para estripá-lo.

Pelos infernos incandescentes.

Aedion sabia que o guerreiro seria rápido e forte, mas aquilo... Tê-lo lutando com a Devastação poderia muito bem decidir batalhas em qualquer guerra.

Pelos deuses, a lateral do corpo doía tanto que ele achou que pudesse estar sangrando.

O príncipe feérico falou tão baixo que nem mesmo Aelin ouviu.

— Sua rainha deu a ordem para que parasse, para seu próprio bem. Porque ela precisa de você saudável e porque sofre ao vê-lo ferido. Não ignore o comando da próxima vez.

O general foi sábio o bastante para não dar uma resposta quando Rowan enterrou com mais força a ponta dos bastões.

— E... — acrescentou ele. — Se algum dia falar com ela mais uma vez como falou ontem à noite, vou arrancar sua língua e enfiá-la garganta abaixo. Entendido?

Com o bastão no pescoço, Aedion não conseguia assentir sem se empalar na ponta afiada. Contudo, sussurrou:

— Entendido, príncipe.

O general abriu a boca de novo quando Rowan recuou, prestes a dizer algo de que certamente se arrependeria, mas então um cumprimento alegre soou.

Todos se viraram, armas em punho, conforme Lysandra fechou a porta de correr atrás de si, carregando caixas e malas nos braços. A moça tinha um jeito assustador de entrar de fininho nos lugares.

Ela deu dois passos, com aquele rosto lindo sério, e parou subitamente ao ver Rowan.

Então sua rainha se moveu de repente, pegando algumas das malas dos braços da cortesã, e a levou para o apartamento acima.

Aedion relaxou onde estava, estatelado no chão.

— Aquela é Lysandra? — perguntou Rowan.

— Um colírio para os olhos, certo?

O guerreiro riu.

— Por que ela está aqui?

Aedion tocou delicadamente o ferimento na lateral do corpo, certificando-se de que estava mesmo intacto.

— Provavelmente tem informações sobre Arobynn.

O qual Aedion em breve caçaria, depois que aquele maldito machucado finalmente estivesse curado, independentemente de Aelin o considerar em forma. Então cortaria o rei dos Assassinos em pedacinhos muito, muito pequenos, ao longo de muitos, muitos dias.

— Mas ela não quer que você ouça?

O general falou:

— Tenho a impressão de que ela acha que todos, exceto Aelin, são entediantes. Maior decepção de minha vida. — Uma mentira, e ele não sabia por que a dissera.

Mas Rowan sorriu um pouco.

— Fico feliz por ela ter encontrado uma amiga.

Aedion ficou maravilhado com a suavidade na expressão do guerreiro. Até que Rowan virou os olhos para ele; estavam cheios de gelo.

— A corte de Aelin será nova, diferente de qualquer outra no mundo, onde os Velhos Modos serão honrados de novo. Você vai aprendê-los. Vou ensinar a você.

— Conheço os Velhos Modos.

— Vai aprender de novo.

Aedion esticou os ombros ao ficar de pé.

— Sou o general da Devastação, tal como um príncipe das casas Ashryver e Galathynius. Não sou um soldado qualquer, sem treinamento.

Rowan deu um aceno curto em concordância; e o general imaginou que deveria se sentir lisonjeado. Mas então o guerreiro disse:

— Minha equipe, como Aelin gosta de chamar, foi uma unidade letal porque permanecemos juntos e obedecemos ao mesmo código. Maeve pode ser sádica, mas se certificou de que todos o entendêssemos e seguíssemos. Aelin jamais nos forçaria a nada, e nosso código será diferente, melhor que o de Maeve. Você e eu vamos formar a espinha dorsal dessa corte. Vamos moldar e decidir nosso próprio código.

— O quê? Obediência e lealdade desmedida? — Ele não sentia vontade de ouvir um sermão, mesmo que Rowan estivesse certo e que cada palavra de sua boca fosse algo que Aedion sonhara ouvir havia uma década. Ele deveria ter sido aquele a iniciar aquela conversa. Pelos deuses, *tivera* aquela conversa com Ren semanas antes.

Os olhos de Rowan brilharam.

— Proteger e servir.

— Aelin? — Ele poderia fazer aquilo; já planejava fazer aquilo.

— Aelin. E uns aos outros. E Terrasen. — Não havia espaço para discussão, nenhuma sombra de dúvida.

Uma pequena parte de Aedion entendeu por que a prima oferecera ao príncipe o juramento de sangue.

~

— Quem é aquele? — perguntou Lysandra, muito inocentemente, conforme Aelin subia as escadas com ela.

— Rowan — disse a jovem ao chutar a porta do apartamento para abri-la.

— Ele tem um corpo espetacular — maravilhou-se a cortesã. — Nunca estive com um homem feérico. Nem mulher, na verdade.

Aelin balançou a cabeça para tentar apagar a imagem.

— Ele é... — Ela engoliu em seco enquanto Lysandra sorria. Aelin sibilou, apoiando as malas no chão da sala e fechando a porta. — Pare com isso.

— Hmm... — Foi tudo o que a cortesã disse, depois soltou as caixas e as malas ao lado daquelas apoiadas por Aelin. — Bem, tenho duas coisas. Uma, Nesryn me mandou um bilhete esta manhã, avisando que você tinha uma visita nova e muito musculosa aqui, e pediu que eu trouxesse roupas. Então as trouxe. Ao olhar para nossa visita, acho que Nesryn o subestimou bastante. Portanto, as roupas podem ficar apertadas, não que eu esteja protestando contra *isso*, nem um pouco, mas ele pode usá-las até que você compre outras.

— Obrigada — respondeu Aelin, e Lysandra gesticulou com a mão fina para ela. Agradeceria a Faliq depois.

— A outra coisa que trouxe são notícias. Arobynn recebeu um relatório ontem à noite de que dois vagões de prisão foram vistos seguindo para o sul, para Morath... lotados com todas aquelas pessoas desaparecidas.

Aelin perguntou-se se Chaol sabia daquilo e se tinha tentado impedi-los.

— Ele sabe que antigos possuidores de magia são o alvo?

Um aceno de cabeça.

— Ele está acompanhando quais pessoas desaparecem, e quais são enviadas para o sul nos vagões de prisão. Está verificando as linhagens de todos os clientes agora, independentemente de como as famílias tenham tentado esconder suas histórias depois que a magia foi banida, para ver se consegue usar alguma coisa em vantagem própria. É algo a se pensar ao lidar com Arobynn... considerando seus talentos.

Aelin mordeu o lábio.

— Obrigada por me contar isso também.

Fantástico. Arobynn, Lorcan, o rei, os valg, a chave, Dorian... Aelin ficou com vontade de encher a boca com cada pedaço restante de comida na cozinha.

— Apenas prepare-se. — Lysandra olhou para um pequeno relógio de bolso. — Preciso ir. Tenho um compromisso de almoço. — Sem dúvida por isso Evangeline não a acompanhara.

A cortesã estava quase à porta quando Aelin perguntou:

— Quanto tempo... até você se livrar das dívidas?

— Ainda tenho muito que pagar, então... um tempo. — Lysandra caminhou alguns passos e parou. — Clarisse fica acrescentando dinheiro conforme Evangeline cresce, alegando que alguém tão bonito teria conseguido o dobro ou o triplo do que ela me disse originalmente.

— Isso é desprezível.

— O que posso fazer? — Ela estendeu o pulso, onde a tatuagem estava gravada. — Ela vai me caçar até o dia de minha morte, e não posso fugir com Evangeline.

— Eu poderia cavar um túmulo para Clarisse que ninguém descobriria — sugeriu Aelin. E estava sendo sincera.

A cortesã sabia disso.

— Ainda não... agora não.

— É só dizer e está feito.

O sorriso dado por Lysandra foi de uma beleza selvagem e sombria.

Parado diante de uma caixa no cavernoso armazém, Chaol avaliou o mapa que Aelin acabara de lhe entregar. Concentrou-se nos pontos vazios, tentando não encarar o príncipe guerreiro montando guarda à porta.

Era difícil evitar fazer isso quando a presença de Rowan de alguma forma sugava todo o ar do local.

Além disso, havia a questão das orelhas delicadamente pontudas, aparecendo através dos curtos cabelos prateados. *Feérico*; Chaol jamais vira um, exceto por Aelin naqueles breves momentos aterrorizantes. E Rowan... Convenientemente, em todas as histórias que contou, Aelin esquecera de mencionar que o príncipe era tão bonito.

Um belo príncipe feérico, com o qual ela vivera, por meses, treinando... enquanto a vida do próprio Chaol ruía, enquanto as pessoas *morriam* por causa das ações da jovem...

O guerreiro o observava como se o capitão pudesse ser o jantar. Dependendo de sua forma feérica, talvez não estivesse errado.

Cada instinto gritava para que fugisse, apesar de Rowan não ter sido nada além de educado. Distante e intenso, mas educado. Mesmo assim, Chaol não precisava vê-lo em ação para saber que estaria morto antes que conseguisse sequer sacar a espada.

— Sabe que ele não morde — cantarolou Aelin.

O capitão ergueu o olhar para ela.

— Pode apenas explicar para que são estes mapas?

— Qualquer coisa que você, Ress ou Brullo consigam preencher nesses vazios sobre as defesas do castelo será bem-vinda — informou Aelin. Não era uma resposta. Não havia sinal de Aedion entre as caixas empilhadas, mas provavelmente ouvia de algum lugar próximo, com a aguçada audição feérica.

— Para você derrubar a torre do relógio? — perguntou Chaol, dobrando o mapa e enfiando-o no bolso interno da túnica.

— Talvez — respondeu a jovem. Ele tentou não demonstrar raiva. Mas havia algo tranquilo em relação a Aelin agora, como se alguma tensão invisível em seu rosto tivesse sumido. Chaol tentou não olhar para a porta outra vez.

— Não tenho notícias de Ress ou Brullo há alguns dias — respondeu o capitão. — Vou fazer contato em breve.

Ela assentiu, pegou um segundo mapa — esse era da rede labiríntica dos esgotos — e prendeu as pontas com algumas das pequenas facas que levava. Eram muitas, aparentemente.

— Arobynn descobriu que os prisioneiros desaparecidos foram levados para Morath ontem à noite. Sabia?

Outra falha que recaía sobre os ombros de Chaol; outro desastre.

— Não.

— Não podem ter ido muito longe. Pode reunir uma equipe para emboscar os vagões.

— Sei que posso.

— Vai fazer isso?

Chaol colocou a mão no mapa.

— Me trouxe aqui para me mostrar como sou inútil?

Aelin esticou o corpo.

— Pedi que viesse porque achei que seria útil para os dois. Nós estamos... os dois temos andado sob muita pressão ultimamente.

Os olhos turquesa e dourados pareciam calmos, inabalados.

O capitão perguntou:

— Quando vai agir?

— Em breve.

De novo, não era uma resposta. Chaol disse, o mais tranquilamente possível:

— Mais alguma coisa que eu deva saber?

— Eu começaria a evitar os esgotos. É sua garantia de morte se não o fizer.

— Há pessoas presas lá embaixo, encontramos os ninhos, mas nenhum sinal dos prisioneiros. Não vou abandoná-los.

— Isso é muito bonito — retrucou Aelin, e ele trincou os dentes diante do desprezo no tom de voz dela. — Mas há coisas piores que brutamontes valg patrulhando os esgotos, e aposto que não fecharão os olhos para ninguém em seu território. Eu estudaria os riscos se fosse você. — A jovem passou a mão pelos cabelos. — Então, vai emboscar os vagões de prisão?

— É claro que vou. — Embora o número de rebeldes tivesse diminuído, pois vários estavam fugindo da cidade ou se recusando a arriscar os pescoços em uma batalha cada vez mais inútil.

Seria preocupação percorrendo os olhos de Aelin? Mas ela respondeu:

— Eles usam trancas enfeitiçadas nos vagões. E as portas estão reforça-das com ferro. Leve as ferramentas certas.

Chaol inspirou fundo para discutir com ela por tratá-lo com inferiori-dade, mas...

Aelin sabia sobre os vagões; passara semanas em um.

O capitão não conseguiu encará-la quando se endireitou para ir em-bora.

— Diga a Faliq que o príncipe Rowan agradece pelas roupas — pediu Aelin.

De que porcaria estava falando? Talvez fosse mais uma alfinetada.

Então Chaol seguiu para a porta, da qual Rowan saiu da frente com um adeus murmurado. Nesryn comentara que passara a noite com Aedion e Aelin, mas o capitão não percebera que eles podiam ser... amigos. Não tinha considerado que a rebelde poderia ser incapaz de resistir aos encantos de Aelin Galathynius.

Embora ele tivesse que aceitar que Aelin era uma rainha. Ela não hesi-tava. Não fazia nada a não ser seguir em frente, incandescente.

Mesmo que isso significasse matar Dorian.

Não tinham conversado sobre o assunto desde o dia do resgate de Ae-dion. Mas aquilo ainda pairava entre os dois. E, quando a jovem fosse liber-tar a magia... Chaol mais uma vez tomaria as precauções devidas.

Porque ele não achava que Aelin iria conter a espada da próxima vez.

❧ 34 ❧

Aelin sabia que tinha coisas a fazer — coisas vitais, coisas terríveis —, mas podia sacrificar um dia.

Mantendo-se às sombras sempre que possível, passou a tarde mostrando a cidade a Rowan, desde os elegantes distritos residenciais até os mercados lotados de comerciantes que vendiam mercadorias para o solstício de verão em duas semanas.

Não havia sinal ou cheiro de Lorcan, graças aos deuses. Mas os homens do rei estavam a postos em alguns cruzamentos tumultuados, o que dava a Aelin a oportunidade de apontá-los para Rowan. Ele avaliou os guardas com eficiência treinada, o olfato aguçado permitindo-o captar quais ainda eram humanos, e quais eram habitados por demônios valg inferiores. Pelo olhar no rosto do príncipe, Aelin se sentiu um pouco mal por qualquer guarda que se colocasse no caminho do guerreiro: demônio ou humano. Um pouco, mas não muito. Principalmente considerando que sua mera presença, de alguma forma, estragava os planos da jovem de um dia pacífico e tranquilo.

Aelin queria mostrar as partes boas da cidade antes de arrastar Rowan para o submundo.

Ela o levou a uma das padarias da família de Nesryn, onde chegou a comprar algumas daquelas tortas de pera. No cais, Rowan até convenceu ela a provar truta frita. Aelin certa vez jurara jamais comer peixe, e encolheu o corpo quando o garfo se aproximou de sua boca, mas... aquela coisa era deliciosa. Ela comeu o peixe inteiro, então pegou mordidas do prato do príncipe feérico, que grunhiu descontente.

Ali... Rowan estava ali com ela, em Forte da Fenda. E havia tão mais que Aelin queria que o guerreiro visse, que aprendesse sobre como fora a vida dela. Jamais quisera compartilhar aquilo antes.

Mesmo quando ouviu o estalo de um chicote depois do almoço, enquanto se refrescavam perto da água, Aelin quis que Rowan o testemunhasse com ela. Ele ficou parado silenciosamente, com a mão no ombro de sua rainha, conforme observavam o aglomerado de escravizados empurrando mercadorias para um dos navios. Observavam... sem poder fazer nada.

Em breve, prometeu a si mesma. Pôr um fim àquilo era prioridade máxima.

Eles voltaram, entrecortando as barracas do mercado uma após a outra, até que o cheiro de rosas e de lírios fluísse, a brisa do rio varrendo pétalas de todas as formas e cores sobre seus pés conforme as moças das flores anunciavam suas mercadorias.

Aelin se virou para Rowan.

— Se fosse um cavalheiro, compraria...

O rosto dele ficara inexpressivo, os olhos vazios, enquanto encarava uma das garotas das flores no centro da praça, com um cesto de peônias de estufa no braço fino. Jovem, bela, cabelos pretos e... Ah, pelos deuses.

Aelin não deveria tê-lo levado ali. Lyria vendera flores no mercado; era uma pobre moça das flores antes de o príncipe Rowan a vir e saber instantaneamente que ela era sua parceira. Um conto de fadas... até Lyria ser morta por forças inimigas. Grávida com o filho do guerreiro.

Aelin fechou e abriu os dedos, com palavras presas na garganta. Rowan ainda encarava a moça, que sorriu para uma mulher que passava, alegre com algum brilho interior.

— Eu não a merecia — disse ele, baixinho.

Aelin engoliu em seco. Havia feridas nos dois que ainda precisavam cicatrizar, mas aquela... A verdade. Como sempre, ela podia oferecer uma verdade em troca de outra.

— Eu não merecia Sam.

Ele olhou para Aelin por fim.

Ela faria qualquer coisa para livrar Rowan da dor em seus olhos. Qualquer coisa.

Os dedos enluvados dele roçaram nos dela, então caíram ao lado do corpo de novo.

Aelin fechou a mão em punho mais uma vez.

— Venha. Quero mostrar uma coisa.

Aelin comprou sobremesa nas barracas da rua enquanto Rowan esperava em um beco sombreado. Agora, sentada em uma viga de madeira no domo dourado do escuro Teatro Real, a jovem mordiscava um biscoito de limão, agitando as pernas no ar abaixo. O espaço era como se lembrava, mas o silêncio, a escuridão...

— Este costumava ser meu lugar preferido no mundo inteiro — comentou ela, as palavras altas demais no vazio. A luz do sol entrava pela porta do telhado pela qual eles tinham invadido, iluminando as vigas e o domo dourado, refletindo de leve nos corrimões de bronze polidos e nas cortinas vermelho-sangue do palco abaixo. — Arobynn é dono de um camarote particular, então eu vinha sempre que podia. Nas noites em que não sentia vontade de me arrumar nem de ser vista, ou talvez nas noites em que tinha um serviço e apenas uma hora livre, eu entrava de fininho por aquela porta e ouvia.

Rowan terminou o biscoito e olhou para o espaço escuro abaixo. Estivera tão quieto nos últimos trinta minutos... como se tivesse se retraído para um lugar no qual Aelin não conseguia alcançá-lo.

Ela quase suspirou de alívio ao ouvir:

— Nunca vi uma orquestra ou um teatro como este, construído em torno do som e do luxo. Mesmo em Doranelle, os teatros e os anfiteatros são antigos, com bancos ou apenas degraus.

— Não há lugar como este em cidade alguma. Mesmo em Terrasen.

— Então precisará construir um.

— Com que dinheiro? Acha que as pessoas ficarão felizes em passar fome enquanto construo um teatro para meu prazer?

— Talvez não imediatamente, mas, se acredita que um lugar assim beneficiaria a cidade, a nação, então faça um. Artistas são essenciais.

Florine dissera isso. Aelin suspirou.

— Este lugar está fechado há meses, mas juro que ainda ouço música no ar.

Rowan inclinou a cabeça, avaliando o escuro com aqueles sentidos imortais.

— Talvez a música continue vivendo, em alguma forma.

Esse pensamento fez os olhos dela se encherem d'água.

— Eu queria que você tivesse ouvido, queria que estivesse aqui para ouvir Pytor conduzir a *Suíte estígia*. Às vezes, sinto como se ainda estivesse sentada naquele camarote, com treze anos e chorando apenas pela glória da música.

— Você chorou? — Ela quase conseguia ver as lembranças do treinamento de ambos na primavera percorrerem os olhos de Rowan: todas as vezes em que a música acalmara ou impulsionara sua magia. Era parte de sua alma, tanto quanto ele o era.

— No movimento final... toda vez. Eu voltava para a Fortaleza e ficava com a música na cabeça durante dias, mesmo enquanto treinava, matava ou dormia. Era um tipo de obsessão, amar aquela música. Por isso comecei a tocar piano, assim podia voltar para casa à noite e fazer minha tentativa ridícula de plágio.

Ela jamais contara aquilo a ninguém... jamais levara alguém ali também.

Rowan perguntou:

— Tem um piano aqui?

~

— Não toco há meses e meses. E esta é uma ideia terrível por uma dezena de motivos diferentes — disse Aelin, pela décima vez, ao terminar de abrir as cortinas do palco.

Ela caminhara ali antes, quando o patrocínio de Arobynn garantira convites para bailes de gala feitos no palco pela pura animação de andar em um espaço sagrado. Mas agora, em meio à iluminação fraca do teatro morto, aceso com a única vela que Rowan tinha encontrado, parecia que estavam sobre um túmulo.

As cadeiras da orquestra ainda estavam arrumadas como deviam ter estado na noite em que os músicos saíram para protestar contra os massacres

298

em Endovier e Calaculla. Nenhum deles tinha sido encontrado até o momento; e, considerando a variedade de desgraças que o rei agora jogava sobre o mundo, a morte teria sido a mais piedosa das opções.

Trincando o maxilar, Aelin soltou a raiva familiar e trêmula.

Rowan estava ao lado do piano, próximo à frente direita do palco, passando a mão sobre a superfície lisa, como se esta fosse um cavalo premiado.

Ela hesitou diante do instrumento magnífico.

— Parece um sacrilégio tocar essa coisa — comentou a jovem, a palavra ecoando alto no espaço.

— Desde quando é religiosa? — Rowan deu um sorriso torto. — Onde devo ficar para ouvir melhor?

— Talvez sinta muita dor primeiro.

— Está insegura hoje?

— Se Lorcan anda xeretando por aí — resmungou Aelin —, prefiro que não relate para Maeve que sou uma péssima música. — Ela apontou para um ponto no palco. — Ali. Fique ali e pare de falar, seu desgraçado insuportável.

Rowan riu, então se moveu até o ponto indicado.

Ela engoliu em seco ao se sentar no banco liso e abrir a tampa do piano, revelando as teclas brancas e pretas reluzentes abaixo. Aelin colocou os pés nos pedais, mas não fez menção de tocar o teclado.

— Não toco desde antes de Nehemia morrer — admitiu ela, as palavras pesadas demais.

— Podemos voltar outro dia, se quiser. — Uma oferta carinhosa e firme.

Os cabelos prateados de Rowan brilharam à luz fraca da vela.

— Pode não haver outro dia. E... eu consideraria minha vida muito triste se jamais tocasse de novo.

O guerreiro assentiu, cruzando os braços. Uma ordem silenciosa.

Aelin encarou as teclas e, devagar, apoiou a mão no marfim. Era liso, frio e à espera... uma imensa besta de som e alegria prestes a ser acordada.

— Preciso me aquecer — disparou ela, então mergulhou, sem mais uma palavra, tocando o mais suavemente possível.

Depois que começou a ver as notas na mente de novo, quando a memória muscular fez com que os dedos se estendessem, buscando aqueles acordes familiares, Aelin começou.

Não foi a peça triste e linda que certa vez tocara para Dorian; não foram as melodias leves e dançantes que tinha tocado para se divertir; não foram as peças complexas e inteligentes que tocara para Nehemia e Chaol. Aquela peça era uma comemoração — uma reafirmação da vida, da glória, da dor e da beleza em respirar.

Talvez por isso Aelin tivesse assistido à peça todo ano, depois de tantas mortes e torturas e punições: como um lembrete do que ela era, do que lutava para manter.

Ascendendo mais e mais, o som saindo do piano como a canção do coração de um deus, até Rowan caminhar para ficar ao lado do instrumento, até Aelin sussurrar para ele: "*Agora*" e o crescendo se despedaçar no mundo, nota após nota após nota.

A música explodiu ao redor deles, rugindo pelo teatro vazio. O silêncio oco que habitara Aelin por tantos meses agora transbordava com som.

Ela levou a peça à conclusão com o acorde final, explosivo e triunfante.

Quando ergueu o rosto, levemente ofegante, viu que os olhos de Rowan estavam cheios d'água e que engolia em seco. De alguma forma, depois de todo aquele tempo, seu príncipe-guerreiro ainda conseguia surpreendê-la.

Ele parecia ter dificuldades para encontrar as palavras, mas, por fim, sussurrou:

— Mostre... mostre como fez isso.

Então Aelin atendeu ao pedido.

Eles passaram quase uma hora sentados juntos no banco, Aelin ensinando o básico do piano; explicando os agudos e os graves, os pedais, as notas, os acordes. Quando Rowan ouviu alguém por fim entrar para investigar a música, eles saíram. A jovem parou no Banco Real, pedindo que ele esperasse às sombras do outro lado da rua enquanto Aelin, de novo, se sentava no escritório do mestre do banco conforme um dos funcionários inferiores corria para dentro e para fora resolvendo seus negócios. Enfim, ela saiu com mais uma bolsa de ouro — vital, pois havia mais uma boca para alimentar e um corpo para vestir — e encontrou Rowan exatamente onde o havia deixado, revoltado porque Aelin se recusara a permitir que ele a acompanhasse. Mas o guerreiro levantaria suspeitas.

— Então está usando o próprio dinheiro para nos sustentar? — perguntou ele, conforme seguiram para uma rua lateral. Um grupo de jovens em roupas lindas passou por eles na avenida ensolarada além do beco, olhando boquiabertas para o homem encapuzado e de corpo forte que andava apressado, então todas se viraram para admirar a vista das costas. Aelin exibiu os dentes para elas.

— Por enquanto — respondeu ela.

— E o que vai fazer para conseguir dinheiro depois?

Ela olhou de esguelha para Rowan.

— Será resolvido.

— Por quem?

— Por mim.

— Explique.

— Vai descobrir em breve. — Aelin deu um leve sorriso, que sabia enlouquecer o feérico.

Rowan fez menção de segurá-la pelo ombro, mas a jovem desviou do toque.

— Ah, ah. Melhor não se mover rápido demais ou alguém pode notar. — Ele grunhiu, o som definitivamente não era humano, e Aelin riu. Irritação era melhor que culpa e luto. — Apenas seja paciente e não agite as penas.

⊰ 35 ⊱

Pelos deuses, como ele odiava o cheiro do sangue deles.

Mas era algo glorioso chafurdar naquela droga quando duas dúzias de valg jaziam mortos, ao redor, e pessoas boas estavam por fim a salvo.

Ensopado com sangue valg da cabeça aos pés, Chaol Westfall procurou um pedaço limpo de tecido para passar na espada manchada de preto, mas não achou nenhum. Do outro lado da clareira oculta, Nesryn fazia o mesmo.

Ele matara quatro; ela, sete. Chaol sabia apenas porque a estivera observando o tempo todo; Nesryn se juntara a outra pessoa durante a emboscada. O capitão pedira desculpas por ter sido grosseiro na noite anterior, mas ela apenas assentiu — e mesmo assim se juntou a outro rebelde. Contudo, agora... a mulher desistiu de tentar limpar a espada e olhou na direção de Chaol.

Os olhos de meia-noite brilhavam, e, mesmo com o rosto manchado de sangue escuro, aquele sorriso — aliviado, um pouco selvagem com a emoção da luta e da vitória — era... lindo.

A palavra lhe percorreu o corpo. Chaol franziu a testa, e a expressão foi instantaneamente varrida do rosto de Nesryn. A mente dele era sempre uma confusão depois de uma luta, como se tivesse sido agitada diversas vezes e colocada de ponta-cabeça para então receber uma dose pesada de álcool. Ainda assim, ele caminhou na direção da rebelde. Tinham feito aquilo; juntos, tinham salvado aquelas pessoas. Mais de uma vez só do que jamais tinham resgatado antes, e sem perda de vida além dos valg.

Tripas e sangue manchavam o chão gramado da floresta, os únicos resquícios dos corpos decapitados que já haviam sido puxados para longe e atirados atrás de uma pedra. Quando partissem, queimariam os corpos em tributo aos antigos donos.

Três do grupo de Chaol tinham começado a soltar os prisioneiros amontoados e sentados na grama. Os desgraçados valg enfiaram tantos deles nos vagões que o capitão quase vomitara ao sentir o cheiro. Cada veículo continha apenas uma pequena janela gradeada no alto da parede, e um homem havia desmaiado do lado de dentro. Mas todos estavam seguros agora.

Chaol não pararia até que os outros, ainda escondidos na cidade, estivessem fora de perigo também.

Uma mulher estendeu as mãos imundas; as unhas quebradas e as pontas dos dedos inchadas, como se tivesse tentado escalar para fora de qualquer que fosse o buraco no qual estivera sendo mantida.

— Obrigada — sussurrou ela, com a voz rouca. Provavelmente de tanto gritar sem obter resposta.

A garganta de Chaol se apertou quando deu um apertão carinhoso nas mãos da mulher, cuidadosamente, devido aos dedos quase quebrados, então ele foi até Nesryn, que limpava a espada na grama.

— Você lutou bem — comentou ele.

— Eu sei que lutei. — A mulher olhou por cima do ombro para o capitão. — Precisamos levá-los ao rio. Os barcos não vão esperar para sempre.

Tudo bem. Chaol não esperava carinho ou camaradagem depois de uma batalha, apesar daquele sorriso, mas...

— Talvez depois de voltarmos a Forte da Fenda possamos sair para uma bebida. — Ele precisava de uma. Muito.

A rebelde ficou de pé, e ele lutou contra a vontade de limpar uma mancha de sangue escuro de sua bochecha. O cabelo que Nesryn prendera tinha se soltado, e a brisa quente da floresta fazia as mechas oscilarem diante de seu rosto.

— Achei que fôssemos amigos — disse a mulher.

— Somos amigos — afirmou Chaol, com cautela.

— Amigos não passam o tempo um com o outro apenas quando sentem pena de si mesmos. Ou perdem a cabeça com o outro por fazerem perguntas difíceis.

— Pedi desculpas por me exaltar na outra noite.

Ela embainhou a espada.

— Não tenho problema com nos distrairmos por qualquer que seja o motivo, Chaol, mas pelo menos seja sincero a respeito disso.

Ele abriu a boca para protestar, mas... talvez ela estivesse certa.

— Eu gosto de sua companhia — respondeu o capitão. — Queria sair para tomar uma bebida e comemorar... não para... reclamar. E gostaria de ir com você.

Nesryn contraiu os lábios.

— Essa foi a pior tentativa de lisonja que já ouvi. Mas tudo bem, eu me junto a você. — A pior parte era que ela nem mesmo parecia irritada, estava realmente sendo sincera. Chaol podia ir beber com ou sem ela, e Nesryn não se importaria muito. Esse pensamento não era reconfortante.

Depois que a conversa pessoal tinha definitivamente terminado, a rebelde avaliou a clareira, o vagão, a carnificina.

— Por que agora? O rei teve dez anos para fazer isso; por que a pressa repentina para levar todas essas pessoas para Morath? A que isso vai levar?

Alguns dos rebeldes se voltaram para eles. Chaol analisou os restos sangrentos como se fossem um mapa.

— O retorno de Aelin Galathynius pode ter precipitado isso — sugeriu ele, ciente daqueles que ouviam.

— Não — retrucou Nesryn, simplesmente. — Aelin se fez conhecer há apenas dois meses. Algo grande assim... Está acontecendo há muito, muito tempo.

Sen, um dos líderes com quem Chaol se encontrava regularmente, falou:

— Deveríamos considerar entregar a cidade. Mudar para outros lugares onde o poder deles não é tão garantido; talvez tentar estabelecer uma fronteira em algum lugar. Se Aelin Galathynius está perto de Forte da Fenda, deveríamos nos encontrar com ela, talvez seguir para Terrasen, expulsar Adarlan e defender os limites.

— Não podemos abandonar Forte da Fenda — comentou o capitão, olhando para os prisioneiros que eles ajudavam a se levantar.

— Pode ser suicídio ficar — desafiou Sen. Alguns dos outros assentiram em concordância.

Chaol abriu a boca, mas Nesryn o interrompeu:

— Precisamos seguir para o rio. Rápido.

Ele lançou um olhar de agradecimento a ela, mas a mulher já se movia.

~

Aelin esperou até que todos estivessem dormindo e a lua cheia estivesse alta antes de sair da cama, com cuidado para não assustar Rowan.

Ela foi até o closet e se vestiu rapidamente, prendendo as armas que casualmente deixara ali naquela tarde. Nenhum dos homens fizera qualquer comentário quando Aelin pegou Damaris da mesa de jantar, alegando que queria limpá-la.

A jovem prendeu a antiga espada nas costas, junto a Goldryn, os dois cabos despontando de cada ombro enquanto ela se colocava diante do espelho para fazer uma trança apressada no cabelo. Estava curto o bastante agora para que o penteado se tornasse um transtorno, pois a frente se soltava, mas pelo menos não ficava sobre o rosto.

Aelin saiu do closet com um manto sobressalente na mão e passou pela cama em que o corpo tatuado de Rowan reluzia à lua cheia que entrava pela janela. Ele não se mexeu quando saiu de fininho do quarto e do apartamento, sem passar de uma sombra.

❧ 36 ❧

Não levou muito tempo para que Aelin montasse a armadilha. Conseguia sentir os olhos a monitorando ao encontrar a patrulha liderada por um dos mais sádicos comandantes valg.

Graças aos relatórios de Chaol e de Nesryn, ela conhecia os novos esconderijos. O que os dois não sabiam — o que Aelin descobrira sozinha, após passar aquelas noites esgueirando-se sorrateira — era quais entradas dos esgotos os comandantes usavam quando encontravam um dos cães de Wyrd.

Eles pareciam preferir as galerias mais antigas a nadar pela imundície dos túneis principais mais recentes. Aelin se aproximava o máximo que ousava, o que em geral não era o bastante para ouvir nada.

Naquela noite, ela desceu para os esgotos depois do comandante, os passos quase silenciosos nas pedras escorregadias, tentando conter a náusea devido ao fedor. Tinha esperado até que Chaol, Nesryn e os tenentes principais estivessem fora da cidade, perseguindo os vagões prisão, apenas para que ninguém ficasse em seu caminho de novo. Não podia arriscar.

Conforme caminhava, mantendo-se afastada o bastante do comandante valg para que não fosse ouvida, começou a falar baixinho:

— Trouxe a chave — disse ela, com um suspiro de alívio percorrendo os lábios.

Distorcendo a voz exatamente como Lysandra ensinara, Aelin respondeu, como um tenor masculino:

— Você a trouxe consigo?

— É claro que sim. Agora mostre onde queria escondê-la.

— Paciência — respondeu ela, tentando não sorrir muito ao virar uma esquina e seguir em frente de fininho. — É por aqui.

Adiante foi, oferecendo sussurros de conversa, até se aproximar do cruzamento em que os comandantes valg gostavam de se encontrar com o capataz cão de Wyrd, então ficou em silêncio. Ali ela soltou o manto sobressalente que levara, depois voltou até uma escada que dava para a rua.

Aelin prendeu o fôlego ao empurrar a grade, que piedosamente cedeu.

A jovem se impulsionou para a rua, com as mãos trêmulas. Por um momento, pensou em se deitar nos paralelepípedos imundos e úmidos, saboreando o ar livre ao redor. Mas ele estava perto demais. Portanto, silenciosamente fechou a grade de novo.

Foi preciso apenas um minuto antes que botas quase silenciosas raspassem na pedra abaixo, então uma figura passou pela escada, dirigindo-se até onde Aelin deixara o manto, seguindo-a, como fizera a noite toda.

Como ela o levara a fazer a noite toda.

E, quando Lorcan caminhou diretamente para aquele covil de comandantes valg e do cão de Wyrd que fora pegar os relatórios, quando o clangor de armas e o rugido de morte preencheram seus ouvidos, Aelin apenas passeou pela rua, assobiando consigo mesma.

Aelin caminhava por um beco a três quarteirões do armazém quando uma força parecida com uma parede de pedra a atirou de cara contra a lateral de uma construção de tijolos.

— Sua *vadiazinha* — grunhiu Lorcan ao ouvido da jovem.

Os dois braços de Aelin já estavam, de alguma forma, presos às costas, as pernas do feérico tão pressionadas contra as suas que ela não conseguia movê-las.

— Oi, Lorcan — cumprimentou Aelin, docemente, virando o rosto latejante o máximo que conseguiu.

Pelo canto do olho, conseguia distinguir as feições cruéis sob o capuz escuro, assim como os olhos cor de ônix e cabelos da mesma cor, na altura dos ombros, e... droga! Caninos alongados brilhavam perto demais da garganta de Aelin.

Uma das mãos segurou os braços da jovem como um torno de aço; Lorcan usou a outra mão para lhe empurrar a cabeça contra um tijolo úmido com tanta força que arranhou a bochecha.

— Acha que aquilo foi engraçado?

— Valeu a tentativa, não foi?

Ele fedia a sangue — aquele sangue valg horrível e sobrenatural. Lorcan empurrou o rosto de Aelin com mais força contra a parede, o corpo era uma força imóvel contra ela.

— Vou matá-la.

— Ah, quanto a isso — retrucou Aelin, movendo o pulso apenas o bastante para que ele sentisse a lâmina que ela liberou logo antes de sentir o ataque, o aço agora apoiado contra a virilha de Lorcan. — A imortalidade parece muito, muito tempo para ficar sem sua parte do corpo preferida.

— Vou rasgar sua garganta antes que consiga se mover.

Aelin pressionou a lâmina com mais força.

— Um *grande* risco a se correr, não é?

Por um momento, Lorcan permaneceu imóvel, ainda a pressionando contra a parede com a força de cinco séculos de treinamento letal. Então ar frio roçou o pescoço e as costas de Aelin. Quando se virou, o feérico estava a muitos passos.

Na escuridão, a jovem mal conseguia distinguir as feições esculpidas em granito, mas se lembrava o bastante daquele dia em Doranelle para adivinhar que, por baixo do capuz, o rosto imperdoável estava lívido.

— Sinceramente — disse ela, encostada contra a parede. — Fico um pouco surpresa por você ter caído. Deve achar que sou muito burra mesmo.

— Onde está Rowan? — perguntou ele, com escárnio. As roupas escuras e justas, reforçadas com metal preto nos antebraços e nos ombros, pareciam engolir a luz fraca. — Ainda aquecendo sua cama?

Aelin não queria saber como Lorcan sabia daquilo.

— Não é para isso que vocês machos bonitinhos servem? — Ela o olhou de cima a baixo, marcando as muitas armas, tanto visíveis quanto escondidas. Imenso, tão imenso quanto Rowan ou Aedion. E nada impressionado com ela. — Você matou todos? Eram apenas três pelas minhas contas.

— Havia seis deles e um daqueles *demônios* de pedra, sua vadia, e você sabia disso.

Então ele encontrara uma forma de matar um dos cães de Wyrd. Interessante... e bom.

— Sabe, estou muito cansada de ser chamada assim. Era de se imaginar que cinco séculos dariam bastante tempo para pensar em algo mais criativo.

— Chegue mais perto e vou mostrar o que cinco séculos podem fazer.

— Por que não mostro a você o que acontece quando chicoteia meus amigos, seu porco covarde?

Violência dançou por aquelas feições cruéis.

— Uma boca grande demais para alguém sem os truques de fogo.

— Uma boca grande demais para alguém que precisa prestar atenção aos arredores.

A faca de Rowan estava inclinada contra a garganta de Lorcan antes que ele conseguisse sequer piscar.

Aelin estivera imaginando quanto tempo ele levaria para encontrá-la. Provavelmente tinha acordado assim que ela afastou as cobertas.

— Comece a falar — ordenou Rowan ao outro macho feérico.

Lorcan segurou a própria espada — uma arma poderosa e linda que Aelin não duvidava ter ceifado muitas vidas nos campos de batalha em terras distantes.

— Não quer entrar nesta briga agora.

— Me dê um bom motivo para não derramar seu sangue — disse Rowan.

— Se eu morrer, Maeve vai oferecer ajuda ao rei de Adarlan contra vocês.

— Mentira — disparou Aelin.

— Mantenha os amigos próximos e os inimigos mais ainda, certo? — retrucou Lorcan.

Devagar, Rowan o soltou e se afastou. Os três monitoraram os movimentos uns dos outros, até que Rowan estivesse ao lado de Aelin, os dentes expostos para Lorcan. A agressão que jorrava do príncipe feérico bastava para deixar Aelin inquieta.

— Você cometeu um erro fatal — informou Lorcan a ela. — Assim que mostrou a minha rainha aquela sua visão com a chave. — Ele voltou os olhos pretos para o antigo companheiro. — E *você*. Seu tolo estúpido. Aliando-se, *unindo-se* a uma rainha mortal. O que fará, Rowan, quando ela envelhecer e morrer? E quando parecer velha o bastante para ser sua mãe? Ainda vai compartilhar a cama dela, ainda...

— Basta — advertiu Rowan, baixinho. Aelin não deixou que um lampejo das emoções que dispararam por ela transparecesse, não ousou sequer pensar nelas, por medo de que Lorcan as farejasse.

Ele apenas riu.

— Acha que derrotou Maeve? Ela *permitiu* que você saísse de Doranelle... os dois.

Aelin bocejou.

— Sinceramente, Rowan, não sei como o aturou por tantos séculos. Cinco minutos e estou morta de tédio.

— Cuidado, garota — avisou Lorcan. — Talvez não seja amanhã, talvez não seja em uma semana, mas algum dia vai tropeçar. E estarei esperando.

— Olha... vocês machos feéricos e seus discursos dramáticos. — Ela se virou para ir embora, um movimento que só podia fazer por causa do príncipe entre os dois. Mas então olhou para trás por cima do ombro, deixando de lado toda a máscara de sarcasmo, de tédio. Deixou que aquela calma letal se elevasse tanto à superfície ao ponto de saber que não havia nada humano em seus olhos, então disse: — Jamais esquecerei, nem por um segundo, o que fez com ele naquele dia em Doranelle. Sua existência miserável está no fim da minha lista de prioridades, mas um dia, Lorcan... — Aelin sorriu um pouco. — Um dia vou cobrar essa dívida também. Considere esta noite um aviso.

Aelin acabara de destrancar a porta do armazém quando a voz grave de Rowan ronronou atrás dela.

— Noite agitada, princesa?

A jovem empurrou a porta para abri-la, e os dois entraram no armazém que estava quase um breu, iluminado apenas por uma lanterna perto das escadas dos fundos. Aelin se demorou trancando a porta de correr.

— Agitada, mas divertida.

— Vai precisar tentar com muito mais afinco para passar despercebida por mim — disse Rowan, as palavras envoltas em um grunhido.

— Você e Aedion são insuportáveis. — Graças aos deuses que Lorcan não vira o primo dela, não sentira o cheiro da ascendência. — Eu estava perfeitamente segura. — Mentira. Ela não tinha certeza se Lorcan sequer apareceria ou se cairia em sua armadilhazinha.

Rowan cutucou a bochecha de Aelin com delicadeza e a dor irradiou.

— Tem sorte por ele só ter arranhado você. Da próxima vez que sair de fininho para comprar briga com Lorcan, vai *me avisar* com antecedência.

— Não farei nada disso. É problema meu e...

— *Não* é um problema seu apenas, não mais. Vai me levar junto da próxima vez.

— Da próxima vez que eu sair escondida — retrucou ela, com raiva —, se eu pegar você me seguindo como uma enfermeira superprotetora, vou...

— Vai *o quê?* — Rowan se aproximou o bastante para respirar o mesmo ar que ela, as presas expostas.

À luz da lanterna, Aelin conseguia ver os olhos dele com clareza, e o guerreiro conseguia ver os dela conforme ela disse silenciosamente: *Não sei o que farei, seu desgraçado, mas vou tornar sua vida um pesadelo por isso.*

Rowan grunhiu, e o som acariciou a pele de Aelin, que lia as palavras não ditas nos olhos do feérico: *Pare de ser teimosa. Isso é alguma tentativa de se agarrar a sua independência?*

E se for?, disparou ela de volta. *Apenas... me deixe fazer essas coisas sozinha.*

— Não posso prometer isso — respondeu ele, a luz fraca acariciando a pele bronzeada e a tatuagem elegante.

Aelin o socou no bíceps, machucando mais a si mesma que ele.

— Só porque é mais velho e mais forte, não quer dizer que pode me dar ordens.

— É exatamente por causa dessas coisas que posso fazer como eu quiser.

A jovem emitiu um som agudo e foi beliscar o lado do corpo dele, então Rowan segurou-lhe a mão, apertando com força, arrastando-a um passo mais para perto de si. Aelin levantou a cabeça para encará-lo.

Por um momento, sozinhos naquele armazém com nada além das caixas por companhia, ela se permitiu observar o rosto dele, aqueles olhos verdes, o maxilar forte.

Imortal. Impassível. Com poder correndo nas veias.

— Brutamontes.

— Mimada.

Aelin deu uma gargalhada sem emitir som.

— Você realmente atraiu Lorcan para um esgoto com uma daquelas criaturas?

— Foi uma armadilha tão fácil que estou até desapontada por ele ter caído.

Rowan riu.

— Você não para de me surpreender.

— Ele machucou você. Jamais vou perdoá-lo por isso.

— Muitas pessoas já me machucaram. Se vai atrás de todas, terá uma vida ocupada pela frente.

Aelin não sorriu.

— O que ele disse, sobre eu envelhecer...

— Não. Apenas... não comece com isso. Vá dormir.

— E quanto a você?

Rowan avaliou a porta do armazém.

— Não diria que está acima de Lorcan devolver o favor que você prestou a ele esta noite. Ele esquece e perdoa ainda menos facilmente que você. Principalmente quando alguém ameaça cortar sua virilidade.

— Pelo menos eu disse que seria um *grande* erro — comentou Aelin, com um sorriso malicioso. — Fiquei tentada a dizer "pequeno".

O guerreiro gargalhou, os olhos dançando.

— Aí você definitivamente estaria morta.

❈ 37 ❈

Havia homens gritando nas masmorras.

Ele sabia disso porque o demônio o obrigara a caminhar ali, passando por cada cela e mesa de tortura.

Achava que conhecia alguns dos prisioneiros, mas não lembrava seus nomes; jamais conseguia se lembrar de nomes quando o homem no trono ordenava que o demônio observasse o interrogatório. O demônio ficava feliz em obedecer. Dia após dia após dia.

O rei jamais fazia perguntas. Alguns dos homens choravam, alguns gritavam e alguns permaneciam em silêncio. Até mesmo desafiadores. No dia anterior, um deles — jovem, belo, familiar — o reconhecera e implorara. Implorara por perdão, insistira que não sabia de nada e chorara.

Mas não havia nada que ele pudesse fazer, mesmo enquanto os observava sofrer, mesmo enquanto as câmaras se enchiam com o fedor de carne queimando e com o odor pungente e acobreado do sangue. O demônio se deliciava com aquilo, ficando mais forte a cada dia que descia até lá e inspirava a dor deles.

Ele juntava o sofrimento dos presos às memórias que lhe faziam companhia, deixando que o demônio o levasse de volta à masmorra de dor e desespero no dia seguinte e no seguinte.

⊰ 38 ⊱

Aelin não ousou voltar aos esgotos; não até ter certeza de que Lorcan estava fora da área e de que os valg não estavam espreitando.

Na noite seguinte, os três comiam um jantar que Aedion improvisara com o que havia sobrado quando a porta da frente se abriu e Lysandra entrou alegremente, cantando um cumprimento que fez todos soltarem as armas que pegaram.

— Como *faz* isso? — indagou Aedion, conforme a cortesã foi para o interior da cozinha.

— Que refeição horrível! — Foi tudo o que ela disse, olhando por cima do ombro de Aedion para o prato de pão, vegetais em conserva, ovos frios, frutas, carne-seca e sobras de guloseimas do café da manhã. — Nenhum de vocês sabe cozinhar?

Aelin, que roubava uvas do prato de Rowan, riu com deboche.

— Parece que o café da manhã é a única refeição que sabemos fazer decentemente. E este aqui — ela apontou o dedão para o guerreiro — só sabe fazer carne em um espeto sobre uma fogueira.

Lysandra a cutucou para que deslizasse no banco, então se apertou na ponta do assento, o vestido azul parecendo seda líquida quando estendeu a mão para o pão.

— Patético, completamente patético para líderes tão prestigiados e poderosos.

314

Aedion apoiou os braços na mesa.

— Sinta-se em casa, por que não?

Lysandra mandou um beijo pelo ar entre os dois.

— Oi, general. Que bom ver que está bem.

Aelin teria ficado feliz em se recostar e observar... até que Lysandra voltou aqueles olhos verdes puxados para Rowan.

— Acho que não fomos apresentados no outro dia. Sua Rainha tinha algo muito urgente para me contar.

Ela jogou um olhar de gato dissimulado na direção da amiga.

Rowan, sentado à direita de Aedion, inclinou a cabeça para o lado.

— Você precisa de apresentação?

O sorriso da cortesã aumentou.

— Gosto de suas presas — respondeu ela, com doçura.

Aelin engasgou com a uva. É claro que gostava.

O guerreiro deu um pequeno sorriso que costumava fazer Aelin sair correndo.

— Você as está estudando para conseguir replicá-las quando tomar minha forma, metamorfa?

O garfo de Aelin congelou no ar.

— Mentira — disse Aedion.

Todo o ar de diversão tinha sumido do rosto da cortesã.

Metamorfa.

Pelos deuses. O que era magia do fogo, ou vento e gelo, em comparação com metamorfose? Metamorfos: espiões e ladrões e assassinos capazes de exigir qualquer preço por seus serviços; responsáveis pela destruição de cortes pelo mundo, eram tão temidos que tinham sido caçados até quase a extinção, mesmo antes de Adarlan ter banido a magia.

Lysandra pegou uma uva, examinou a fruta, então voltou os olhos para Rowan.

— Talvez eu só o esteja estudando para saber onde cravar *minhas* presas se algum dia recuperar meus dons.

Ele gargalhou.

Aquilo explicava tanto. *Você e eu não passamos de bestas selvagens em pele humana.*

Lysandra voltou a atenção para Aelin.

— Ninguém sabe disso. Nem mesmo Arobynn. — Seu rosto estava sério. Havia um desafio e uma pergunta naqueles olhos.

Segredos... Nehemia escondera segredos dela também. Aelin não disse nada.

A boca da cortesã se contraiu ao se virar para Rowan.

— Como soube?

Um gesto de ombros, mesmo quando Aelin sentiu a atenção do feérico sobre si e soube que ele conseguia ler as emoções que a corroíam.

— Conheci alguns metamorfos, há séculos. Seus cheiros são iguais.

A mulher cheirou o próprio corpo, mas Aedion murmurou:

— Então é *isso*.

Lysandra olhou para Aelin de novo.

— Diga alguma coisa.

A jovem levantou a mão.

— Apenas... me dê um minuto. — Um minuto para diferenciar uma amiga da outra: a amiga que amara e que mentira para ela sempre que possível, e a amiga que odiara e da qual ela mesma guardara segredos... odiara, até que o amor e o ódio encontrassem um ponto em comum, unidos pela perda.

Aedion perguntou:

— Quantos anos tinha quando descobriu?

— Era nova... cinco ou seis anos. Sabia, mesmo então, que deveria esconder de todos. Não era de minha mãe, então meu pai devia ter o dom. Ela jamais falava dele. Ou parecia sentir sua falta.

Dom; escolha interessante de palavras. Rowan falou:

— O que aconteceu com ela?

Lysandra deu de ombros.

— Não sei. Eu tinha sete anos quando ela me espancou e me expulsou de casa. Porque morávamos aqui, nesta cidade, e naquela manhã, pela primeira vez, tinha cometido o erro de mudar de forma em sua presença. Não lembro por quê, mas lembro de ficar tão assustada que me transformei em um gato chiando bem na frente dela.

— Merda! — exclamou Aedion.

— Então é uma metamorfa com poderes plenos — comentou Rowan.

— Eu sabia o que era havia muito tempo. Mesmo antes daquele momento, sabia que podia me transformar em qualquer criatura. Mas a magia foi proibida aqui. E todos, em todos os reinos, não confiavam em metamorfos. Como poderiam? — Uma risada baixa. — Depois de ser expulsa, fiquei nas ruas. Éramos tão pobres que mal fez diferença, mas... passei os dois primeiros dias chorando na entrada de casa. Ela ameaçou me entregar às autoridades, então fugi e nunca mais a vi. Até voltei para a casa alguns meses depois, mas minha mãe tinha ido embora, havia se mudado.

— Ela parece uma pessoa maravilhosa — falou Aedion.

Lysandra não mentira para ela. Nehemia mentira descaradamente, escondera coisas que eram vitais. O que a cortesã era... Estavam quites: afinal, Aelin não contara que era rainha.

— Como sobreviveu? — perguntou Aelin, por fim, com os ombros relaxados. — Uma criança de 7 anos nas ruas de Forte da Fenda não costuma encontrar um final feliz.

Algo brilhou nos olhos de Lysandra, e Aelin perguntou-se se ela estava esperando o golpe final, esperando a ordem para ir embora.

— Usei minhas habilidades. Às vezes eu era humana; às vezes usava a pele de outras crianças de rua com posição hierárquica alta em seus bandos; às vezes me tornava um gato de rua ou um rato ou uma gaivota. Então aprendi que, se me fizesse mais bonita, se me tornasse linda, ganhava dinheiro muito mais rápido ao implorar. Eu usava um desses rostos lindos no dia em que a magia caiu. E estou presa nele desde então.

— Então esse rosto não é seu rosto verdadeiro? — perguntou Aelin. — Seu corpo verdadeiro?

— Não. E o que acaba comigo é que não lembro como era meu rosto de verdade. Esse era o perigo de se transformar, esquecer sua verdadeira forma, porque é a lembrança dela que guia a metamorfose. Lembro de ser simples como uma porta, mas... não lembro se meus olhos eram azuis ou cinza ou verdes; não lembro do formato do meu nariz ou do meu queixo. Além disso, era o corpo de uma criança. Não sei como eu seria agora, como mulher.

Aelin comentou:

— E foi nessa forma que Arobynn encontrou você alguns anos depois.

Lysandra assentiu e limpou um fio invisível de linha no vestido.

— Se a magia fosse libertada de novo... você seria cautelosa com um metamorfo?

Tão cuidadosamente formulada, tão casualmente perguntada, como se não fosse a mais importante das perguntas.

A jovem deu de ombros e falou a verdade:

— Eu teria *inveja* de um metamorfo. Mudar para a forma que quisesse seria muito útil. — Ela pensou. — Um metamorfo seria um aliado poderoso. E um amigo ainda mais divertido.

Aedion ponderou:

— Faria diferença no campo de batalha, depois que a magia fosse libertada.

Rowan apenas perguntou:

— Você tinha uma forma preferida?

O sorriso da cortesã foi travesso.

— Gostava de qualquer coisa com garras e presas muito, muito grandes.

Aelin engoliu a risada.

— Há um motivo para esta visita, Lysandra, ou está aqui apenas para amedrontar meus amigos?

Toda a diversão se dissipou conforme a mulher estendeu uma sacola de veludo repuxada pelo peso do que parecia ser uma grande caixa.

— O que você pediu. — A caixa fez um barulho quando a sacola foi colocada sobre a mesa de madeira gasta.

Aelin a puxou para si, mesmo com os homens erguendo as sobrancelhas e cheirando sutilmente a caixa do lado de dentro.

— Obrigada.

A cortesã disse:

— Arobynn vai pedir um favor amanhã, para ser realizado na noite seguinte. Esteja pronta.

— Que bom. — Foi um esforço manter o rosto impassível.

Aedion se inclinou para a frente, olhando de uma para a outra.

— Ele espera que apenas Aelin o realize?

— Não... todos vocês, acho.

Rowan perguntou:

— É uma armadilha?

— Provavelmente, de uma forma ou de outra — respondeu Lysandra. — Ele quer que o realizem, então se juntem a ele para jantar.

— Demônios e jantares — comentou Aelin. — Que combinação agradável.

Apenas a cortesã sorriu.

— Ele vai nos envenenar? — indagou Aedion.

Aelin raspou uma sujeira da mesa.

— Veneno não é estilo de Arobynn. Se fosse fazer algo com a comida, seria acrescentar alguma droga que nos incapacitaria a fim de nos levar aonde quisesse. É o controle que ele ama — acrescentou ela, ainda encarando a mesa, sem vontade de ver o que estava estampado no rosto de Rowan ou de seu primo. — A dor e o medo, sim, mas é com poder que ele se delicia de verdade. — O rosto de Lysandra tinha perdido a suavidade, os olhos estavam frios e atentos, um reflexo dos de Aelin, sem dúvida. A única pessoa que podia entender, que também aprendera em primeira mão exatamente até que ponto ia aquele desejo por controle. A jovem se levantou do assento.

— Levo você até a carruagem.

❧

Ela e Lysandra pararam entre as pilhas de caixas no armazém.

— Está pronta? — perguntou a cortesã, cruzando os braços.

Aelin assentiu.

— Não tenho certeza de que a dívida possa ser paga pelo que ele... pelo que todos fizeram. Mas terá que bastar. Estou ficando sem tempo.

Lysandra contraiu os lábios.

— Não vou poder arriscar vir aqui de novo até depois.

— Obrigada... por tudo.

— Ele ainda pode ter uns truques na manga. Fique atenta.

— Você também.

— Você não está... irritada porque não contei?

— Seu segredo poderia fazer com que fosse morta tão facilmente quanto o meu, Lysandra. Só senti... não sei. Na verdade, imaginei se tinha feito algo errado, algo para que não confiasse em mim o suficiente para me contar.

— Eu queria... estava morrendo de vontade.

Aelin acreditou nela.

— Você se arriscou com aqueles guardas valg por mim, por Aedion naquele dia em que o resgatamos — comentou a jovem. — Provavelmente ficariam exultantes se soubessem que há uma metamorfa nesta cidade. — E naquela noite no Fossas, quando Lysandra ficou se afastando dos valg e se escondendo atrás de Arobynn... Tinha sido para evitar ser notada. — Você só pode ter perdido o juízo.

319

— Mesmo antes de saber quem você era, Aelin, eu sabia que aquilo pelo qual estava trabalhando... Valia a pena.

— O quê? — A garganta dela se apertou.

— Um mundo em que pessoas como eu não precisem se esconder. — Lysandra se virou, mas a amiga a segurou pela mão. A cortesã sorriu um pouco. — Em momentos como este, queria ter seu conjunto de habilidades em vez do meu.

— Você o faria se pudesse? Em umas duas noites a partir de hoje, quero dizer.

Lysandra soltou a mão dela com carinho.

— Pensei nisso todos os dias desde que Wesley morreu. Eu o faria... e com prazer. Mas não me importo se você o fizer. Não vai hesitar. Acho isso reconfortante, de alguma forma.

~

O convite chegou por um garoto de rua às dez horas da manhã seguinte.

Aelin encarou o envelope creme sobre a mesa diante da lareira, o selo de cera vermelha impresso com adagas cruzadas. Aedion e Rowan, olhando por cima dos ombros dela, avaliavam a caixa com que viera o convite. Os dois farejaram... e franziram a testa.

— Tem cheiro de amêndoa — disse Aedion.

Aelin pegou o cartão. Um convite formal para jantar no dia seguinte, às vinte horas — para ela e dois convidados —, e um pedido pelo favor devido a ele.

A paciência de Arobynn estava no fim. Mas, como era típico do assassino, largar o demônio à sua porta não bastaria. Não, teria que entregá-lo nos termos dele.

O jantar era tarde o bastante para que Aelin tivesse tempo de ficar ansiosa.

Havia um bilhete no fim do convite, com um rabisco elegante, porém eficiente.

Um presente... e um que espero que use amanhã à noite.

Ela jogou o cartão na mesa e, enquanto ia até a janela olhar para o castelo, gesticulou para que Aedion e Rowan abrissem a caixa. O palácio estava ofuscantemente brilhante ao sol da manhã, reluzindo como se feito de pérolas, ouro e prata.

O farfalhar da fita, o ruído da tampa da caixa se abrindo e...

— Que porcaria é essa?

Aelin olhou por cima do ombro. Seu primo estendeu uma garrafa grande nas mãos, cheia de um líquido âmbar.

— Óleo perfumado para a pele — disse ela, simplesmente.

— Por que ele quer que você use isso? — perguntou Aedion, baixo demais.

A jovem olhou pela janela de novo. Rowan se aproximou e se apoiou na poltrona atrás, uma força constante às suas costas. Aelin respondeu:

— É só mais um movimento em nosso jogo.

Ela precisaria esfregar aquilo na própria pele. O cheiro de Arobynn.

Aelin disse a si mesma que não esperava menos, mas...

— E vai usar isso? — disparou Aedion.

— Amanhã nossa única meta é pegar o Amuleto de Orynth. Concordar em usar esse óleo vai deixar Arobynn hesitante.

— Não entendo.

— O convite foi uma ameaça — respondeu Rowan por ela, que conseguia senti-lo a centímetros de distância, ciente dos movimentos dele, tanto quanto dos dela. — Dois companheiros, ele sabe quantos somos aqui, sabe quem você é.

— E você? — perguntou Aedion.

O tecido da camisa dele farfalhou contra a pele quando o guerreiro deu de ombros.

— Ele já deve ter descoberto que sou feérico.

A ideia de Rowan enfrentando Arobynn, do que o assassino poderia tentar fazer...

— E quanto ao demônio? — indagou o general. — Ele espera que nós o levemos com toda pompa?

— Outro teste. E sim.

— Então quando vamos caçar um comandante valg?

Aelin e Rowan se olharam.

— Você vai ficar aqui — disse ela ao primo.

— Ao inferno que vou.

Aelin apontou para a lateral do corpo dele.

— Se não fosse um cabeça-quente e um pé no saco, e não tivesse rasgado os pontos lutando com Rowan, poderia ir. Mas ainda está em recuperação, e não vou arriscar expor seus ferimentos às imundícies dos esgotos apenas para que possa se sentir melhor consigo mesmo.

As narinas de Aedion se dilataram conforme controlou o temperamento.

— Você vai enfrentar um *demônio*...

— E tem quem cuide dela — afirmou Rowan.

— Posso cuidar de mim mesma — disparou a jovem. — Vou me vestir. — Ela pegou o traje que deixara secando sobre uma poltrona diante das janelas abertas.

Aedion suspirou atrás da prima.

— Por favor... apenas tome cuidado. E Lysandra é de confiança?

— Descobriremos amanhã — informou Aelin. Confiava em Lysandra, não a teria deixado chegar perto de Aedion se não confiasse, mas a cortesã não necessariamente saberia se Arobynn a estivesse usando.

Rowan ergueu as sobrancelhas. *Você está bem?*

Ela assentiu. *Só quero enfrentar esses dois dias e acabar com isso.*

— Isso nunca vai deixar de ser estranho — murmurou Aedion.

— Supere — disse Aelin, carregando o traje para o quarto. — Vamos lá caçar nosso demônio bonitinho.

❧ 39 ❧

— Mortinho — disse Aelin, cutucando com o pé a metade superior dos restos do cão de Wyrd. Rowan, agachado sobre um dos pedaços inferiores, resmungou em confirmação. — Lorcan não economiza socos, não é? — comentou ela, avaliando as vias fétidas e cobertas de sangue do esgoto. Mal sobrara qualquer coisa dos comandantes valg ou do cão de Wyrd. Em questão de momentos, o feérico massacrara todos como se fossem mercadorias. Pelos deuses.

— Lorcan provavelmente passou a luta inteira imaginando que cada uma dessas criaturas era você — disse Rowan, levantando-se e segurando um braço com garras. — A pele de pedra parece uma armadura, mas o interior é apenas carne. — Ele cheirou e grunhiu enojado.

— Que bom. E obrigada, Lorcan, por ter descoberto isso por nós. — Aelin caminhou até Rowan, tomando dele o braço pesado, e acenou para o príncipe com os dedos rígidos da criatura.

— Pare com isso — sibilou o guerreiro.

Aelin mexeu os dedos do demônio um pouco mais.

— Daria um bom coçador de costas.

Rowan apenas franziu a testa.

— Desmancha-prazeres — murmurou ela, jogando o braço sobre o tronco do cão de Wyrd. Ele caiu com um alto estampido e um ruído de pedra. — Então, Lorcan consegue matar um cão de Wyrd. — Rowan riu

323

do nome que ela criara. — E depois de morto, parece que permanece assim. Bom saber.

Ele olhou para Aelin com cautela.

— Essa armadilha não foi apenas para mandar uma mensagem a Lorcan, foi?

— Essas coisas são os cachorrinhos do rei — respondeu ela. — Então Sua Grande Majestade Imperial agora sabe como é o rosto e o cheiro de Lorcan, e suspeito que não ficará muito feliz por ter um guerreiro feérico na cidade. Aliás, aposto que Lorcan está sendo perseguido neste momento pelos outros sete cães de Wyrd, que sem dúvida têm um ajuste de contas a fazer em nome do rei *e* do irmão morto.

Rowan balançou a cabeça.

— Não sei se estrangulo você ou se lhe dou um tapinha nas costas.

— Acho que há uma grande fila de pessoas que sente o mesmo. — A jovem verificou o esgoto que havia se transformado em um mausoléu. — Precisava dos olhos de Lorcan em outro lugar esta noite e na seguinte. E precisava saber se esses cães de Wyrd podiam ser mortos.

— Por quê? — Ele viu demais.

Devagar, Aelin o encarou.

— Porque vou usar a amada entrada do esgoto para chegar ao castelo... e explodir a torre do relógio bem debaixo deles.

Rowan soltou uma risada baixa e maliciosa.

— É assim que vai libertar a magia. Depois que Lorcan matar o último dos cães de Wyrd, você vai entrar.

— Ele deveria mesmo ter me matado, considerando a imensidão de problemas que agora o está caçando pela cidade.

O guerreiro exibiu os dentes com um sorriso selvagem.

— Ele mereceu.

Coberta pelo manto, armada e mascarada, Aelin se recostou contra a parede de pedra do prédio abandonado enquanto Rowan circundava o comandante valg amarrado no centro da sala.

— *Vocês assinaram suas sentenças de morte, seus vermes* — advertiu a coisa dentro do corpo do guarda.

Aelin emitiu um estalo com a língua.

— Você não deve ser um demônio muito bom, considerando que foi capturado tão facilmente.

Realmente fora uma piada. Ela escolhera a menor patrulha, liderada pelo mais fraco dos comandantes. Então a emboscara, com a ajuda de Rowan, logo antes da meia-noite, em uma parte silenciosa da cidade. Aelin mal matara dois guardas antes de o restante ser morto nas mãos do guerreiro, e, quando o comandante tentou fugir, Rowan o pegou em segundos.

Deixá-lo inconsciente fora questão de minutos. A parte mais difícil foi arrastar a carcaça pelos cortiços, para dentro do prédio, depois até o porão, onde o amarraram a uma cadeira.

— Eu... não sou um demônio — sibilou o homem, como se cada palavra o queimasse.

Aelin cruzou os braços enquanto Rowan, segurando Goldryn e Damaris, circundava o prisioneiro, como um falcão se aproximando da presa.

— Então para que serve o anel? — demandou ela.

Um arquejo por fôlego... humano, trabalhoso.

— Para nos escravizar, nos corromper.

— E?

— *Chegue mais perto e talvez eu conte.* — A voz *mudou* naquele momento, mais intensa e mais fria.

— Qual é seu nome? — perguntou Rowan.

— *Suas línguas humanas não podem pronunciar nossos nomes nem nossa língua* — disse o demônio.

Ela repetiu:

— Suas línguas humanas não podem pronunciar nossos nomes. Já ouvi isso antes, infelizmente. — Aelin soltou uma risada baixa quando a criatura dentro do homem foi dominada pelo ódio. — Qual é seu nome, seu nome *verdadeiro*?

O sujeito se debateu, com um movimento violento que fez Rowan se aproximar. A jovem monitorou com cuidado a batalha entre os dois seres dentro daquele corpo. Por fim, a coisa respondeu:

— Stevan.

— Stevan — falou Aelin. Os olhos do homem estavam límpidos, fixos nela. — Stevan — repetiu ela, mais alto.

— *Calado* — disparou o demônio.

— De onde você é, Stevan?

— *Chega de...* Melisande.

— Stevan — disse Aelin novamente. Não funcionara no dia da fuga de Aedion, não fora o bastante então, mas agora... — Você tem família, Stevan?

— Mortos. Todos eles. *Exatamente como você estará.* — Ele enrijeceu o corpo, então se curvou, enrijeceu e se curvou.

— Consegue tirar o anel?

— *Nunca* — retrucou a criatura.

— Pode voltar, Stevan? Se o anel sair?

Um estremecimento deixou a cabeça do homem pendendo entre os ombros.

— Não iria querer mesmo que pudesse.

— Por quê?

— As coisas... as coisas que fiz, que fizemos... *Ele gostava de assistir enquanto eu os matava, enquanto os destroçava.*

Rowan parou de circundar, ficando de pé ao lado de Aelin. Apesar da máscara que o cobria, ela quase conseguia ver o olhar no rosto dele: o nojo e a pena.

— Conte-me sobre os príncipes valg — disse ela.

Tanto o homem quanto o demônio ficaram em silêncio.

— Conte-me sobre os príncipes valg — ordenou Aelin.

— *Eles são escuridão, são glória, são eternos.*

— Stevan, conte. Há um aqui... em Forte da Fenda?

— Sim.

— Que corpo ele habita?

— O do príncipe herdeiro.

— O príncipe está dentro dele, como você está aí dentro?

— Nunca o vi... nunca falei com ele. Se... se há um príncipe dentro dele... Não consigo segurar, não aguento contra essa coisa. Se é um príncipe... *o príncipe o terá destruído, usado e tomado.*

Dorian, Dorian...

O homem sussurrou:

— Por favor. — A voz era tão vazia e baixa em comparação com a da criatura dentro dele. — Por favor, apenas acabe com isso. Não consigo detê-lo.

— Mentiroso — ronronou Aelin. — Você se entregou a ele.

— Sem escolha — arquejou o sujeito. — Eles foram até nossas casas, nossas famílias. Disseram que os anéis eram parte do uniforme, então precisávamos usá-los. — Um estremecimento o percorreu, então algo antigo e frio sorriu para Aelin. — *O que você é, mulher?* — A coisa umedeceu os lábios. — *Deixe-me prová-la. Diga o que é.*

Ela estudou o anel preto no dedo do homem. Cain; muito tempo antes, meses e vidas atrás, Cain lutara contra a coisa dentro dele. Houvera um dia, nos corredores do castelo, quando Cain parecera assombrado, perseguido. Como se, apesar do anel...

— Eu sou a morte — respondeu ela, simplesmente. — Caso a queira.

O homem desabou, o demônio sumiu.

— Sim — suspirou ele. — Sim.

— O que me ofereceria em troca?

— Qualquer coisa — sussurrou o prisioneiro. — Por favor.

Aelin olhou para a mão dele, para o anel, depois levou a mão ao bolso.

— Então ouça com atenção.

Aelin acordou, ensopada de suor e retorcida nos lençóis, o medo a deixou tensa como um punho.

Ela se obrigou a respirar, a piscar — a olhar para o quarto iluminado pelo luar, a virar a cabeça e ver o príncipe feérico que dormia do outro lado da cama.

Vivo... não fora torturado, não estava morto.

Mesmo assim, estendeu a mão sobre o mar de cobertores entre eles e tocou o ombro exposto de Rowan. Músculos duros como pedra envolviam a pele macia como veludo. Real.

Tinham feito o que precisavam, e o comandante valg estava trancafiado em outro prédio, pronto e esperando pela noite seguinte, quando o levariam para a Fortaleza e o favor de Arobynn seria, por fim, cumprido. Mas as palavras do demônio ecoavam pela mente de Aelin. Então se misturavam com a voz do príncipe valg que usara a boca de Dorian como uma marionete.

Vou destruir tudo que você ama. Uma promessa.

Ela suspirou com cuidado para não incomodar o príncipe feérico que dormia ao lado. Por um momento, foi difícil puxar a mão que tocava o braço dele — por um momento, ficou tentada a acariciar a curva de músculos com os dedos.

Mas tinha uma última coisa para fazer naquela noite.

Então retirou a mão.

E, daquela vez, Rowan não acordou quando Aelin saiu de fininho do quarto.

∽

Eram quase quatro horas da manhã conforme ela entrou devagar de volta no quarto, as botas em uma das mãos. Conseguiu dar dois passos — dois passos absurdamente pesados e exaustos — antes que Rowan dissesse, da cama:

— Está cheirando a cinzas.

Aelin apenas continuou andando, até soltar as botas no closet, tirar as roupas, colocar a primeira blusa que encontrou, então lavar o rosto e o pescoço.

— Eu tinha coisas a fazer — respondeu a jovem ao subir na cama.

— Foi mais sorrateira desta vez. — A raiva que exalava do guerreiro era quase tão quente que podia queimar os cobertores.

— Não foi algo particularmente muito arriscado. — Mentira. Mentira, mentira, mentira. Ela simplesmente dera sorte.

— E imagino que não vá me contar até ter vontade?

Ela se recostou contra os travesseiros.

— Não fique irritadinho porque fui mais sorrateira que você.

O grunhido de Rowan reverberou pelo colchão.

— Não é uma piada.

Aelin fechou os olhos e os braços, e as pernas pareciam chumbo.

— Eu sei.

— Aelin...

Ela já estava dormindo.

∽

Rowan não estava irritadinho.

Não, irritadinho não cobria uma fração do que sentia.

A raiva ainda tomava conta dele na manhã seguinte, quando acordou antes de Aelin e foi até o closet examinar as roupas que ela tirara. Poeira e metal e fumaça e suor lhe irritaram o nariz; havia também manchas de terra e cinzas no tecido preto. Apenas algumas adagas estavam espalhadas por perto; nenhum sinal de Goldryn ou de Damaris terem sido retiradas do chão do closet onde ele as jogara na noite anterior. Nenhum cheiro de Lorcan ou dos valg. Nenhum cheiro de sangue.

Ou Aelin não quisera arriscar perder as espadas antigas em uma luta, ou abolira o peso sobressalente.

A jovem estava espalhada na cama quando Rowan, com o maxilar trincado, voltou. Ela sequer se incomodara em vestir uma daquelas camisolas ridículas. Devia estar tão exausta que não se incomodou com nada a não ser colocar aquela camisa grande demais. A camisa *dele*, reparou Rowan, com bastante satisfação masculina.

Parecia enorme nela. Era tão fácil esquecer o quanto Aelin era menor que ele. O quanto era mortal. E o quanto era completamente ignorante em relação ao controle que o guerreiro precisava exercer todo dia, todas as horas, para se manter longe, para evitar tocá-la.

Rowan a olhou com raiva antes de sair do quarto. Nas montanhas, ele a teria feito correr, ou cortar lenha durante horas, ou fazer mais turnos na cozinha.

Aquele apartamento era pequeno demais, cheio demais de homens acostumados a conseguirem o que queriam, e de uma rainha acostumada a conseguir o que ela queria. Pior, uma rainha determinada a todo custo a manter segredos. Rowan tinha lidado com jovens governantes antes: Maeve o enviara com frequência para cortes estrangeiras, de modo que sabia fazê--los ceder. Mas Aelin...

Ela o levara para caçar *demônios*. Contudo, aquela tarefa, o que quer que tivesse ido fazer, requeria que até mesmo Rowan fosse mantido na ignorância.

Ele encheu a chaleira, concentrando-se em cada movimento; ao menos para evitar atirar o objeto contra a janela.

— Fazendo o café da manhã? Que prendado de sua parte. — Aelin se encostou à porta, irreverente como sempre.

— Você não deveria estar dormindo como os mortos, considerando sua noite atribulada?

— Podemos *não* começar uma briga antes de minha primeira xícara de chá?

Com calma letal, Rowan apoiou a chaleira no fogão.

— Depois do chá, então?

Aelin cruzou os braços, a luz do sol tocando o ombro do roupão azul-claro. Uma criatura de tantos luxos, sua rainha. No entanto... no entanto, não comprara nada novo para si ultimamente. Ela suspirou, curvando os ombros um pouco.

A raiva que percorria as veias de Rowan arrefeceu. E arrefeceu de novo quando a jovem mordeu o lábio.

— Preciso que venha comigo hoje.

— Qualquer lugar que precise ir — respondeu Rowan. Aelin olhou na direção da mesa, para o fogão. — Até Arobynn? — Ele não se esquecera por um segundo aonde iriam naquela noite, o que ela enfrentaria.

A jovem balançou a cabeça, então deu de ombros.

— Não... quero dizer, sim, quero que venha esta noite, mas... Mas tem outra coisa que preciso fazer. E quero fazer hoje, antes que tudo aconteça.

Rowan esperou, segurando-se para não ir até ela, não pedir que contasse mais. Aquela fora a promessa de um para o outro: espaço para entenderem as próprias vidas desgraçadas, para entenderem como as compartilhariam. Ele não se incomodava. Na maior parte do tempo.

Aelin esfregou a testa com o polegar e o indicador, e, ao esticar os ombros — aqueles ombros cobertos em seda que carregavam um peso que o guerreiro faria qualquer coisa para aliviar —, ergueu o queixo.

— Há um túmulo que preciso visitar.

Aelin não tinha um vestido preto adequado ao luto, mas imaginou que Sam teria preferido vê-la em algo alegre e lindo, de todo modo. Então usou uma túnica da cor da grama da primavera, com mangas arrematadas por punhos de veludo dourado fosco. *Vida*, pensou ela, conforme caminhava pelo pequeno e belo cemitério que se abria para o Avery. As roupas que Sam teria preferido que Aelin usasse a lembravam da vida.

O cemitério estava vazio, mas as lápides e a grama pareciam bem conservadas, e os carvalhos altos exibiam novas folhas. Uma brisa vinda do rio reluzente as fez farfalhar e bagunçou os cabelos soltos de Aelin, de volta ao loiro-mel de sempre.

Rowan tinha ficado perto do portão de ferro, recostado contra um daqueles carvalhos para evitar que os transeuntes na silenciosa cidade além das árvores reparassem nele. Se o notassem, as roupas pretas e as armas o retratariam como um mero guarda-costas.

Aelin planejara ir sozinha. Mas naquela manhã acordara e apenas... precisara do guerreiro consigo.

A grama fresca amortecia cada passo entre as lápides pálidas, banhadas pela luz do sol que se projetava.

Ela catou pedrinhas pelo caminho, jogando fora as de formas irregulares e ásperas, enquanto guardava aquelas que brilhavam com partículas de quartzo ou cor. Já segurava um punhado quando se aproximou da última fileira de túmulos no limite do amplo e lamacento rio que fluía preguiçosamente.

Era um lindo túmulo; simples, limpo e na pedra estava escrito:

Sam Cortland

Querido

Arobynn o deixara vazio — sem marcas. Mas Wesley explicara na carta como pedira que o entalhador fosse até lá. Aelin se aproximou do túmulo, lendo e relendo.

Querido... não apenas por ela, mas por muitos.

Sam. O seu Sam.

Por um momento, a jovem encarou aquela extensão de grama, a pedra branca. Por um momento, conseguiu ver aquele lindo rosto sorrindo para ela, gritando com ela, amando-a. Aelin abriu o punho cheio de pedrinhas e escolheu as três mais lindas — duas para os anos desde que Sam fora tirado dela, uma pelo que tinham sido juntos. Com cuidado, posicionou as pedras sobre a curva da lápide.

Então se sentou contra ela, os pés sob o corpo, e apoiou a cabeça contra a pedra lisa e fria.

— Oi, Sam — sussurrou Aelin para a brisa do rio.

Ela não disse nada por um tempo, feliz por estar perto dele, mesmo daquela forma. O sol aquecia seus cabelos, um beijo de calor na cabeça. Um traço de Mala, talvez, até mesmo ali.

A jovem começou a falar, baixo e resumidamente, contando a Sam o que acontecera com ela dez anos antes, contando sobre os últimos nove meses. Ao terminar, encarou as folhas do carvalho que farfalhavam acima, então passou os dedos pela grama macia.

— Sinto sua falta — disse Aelin. — Todos os dias, sinto sua falta. E me pergunto o que você teria pensado disso tudo. Pensado de mim. Acho... acho que teria sido um rei maravilhoso. Acho que teriam gostado mais de você que de mim, na verdade. — A garganta dela se apertou. — Jamais contei a você... como me sentia. Mas amava você e acho que parte de mim sempre amará. Talvez tenha sido meu parceiro, e eu jamais tenha sabido. Talvez eu passe o resto da vida me perguntando isso. Talvez veja você de novo no Além-mundo, e então saberei com certeza. Mas até lá... até lá sentirei sua falta e vou continuar desejando que estivesse aqui.

Aelin não pediria desculpas, não diria que era sua culpa. Porque a morte de Sam não era sua culpa. E naquela noite... naquela noite ela pagaria aquela dívida.

A jovem limpou o rosto com o dorso da manga e se levantou. Com o sol secando suas lágrimas, sentiu o cheiro de pinho e neve antes de ouvi-lo, e, quando se virou, Rowan estava a poucos metros de distância, encarando a lápide atrás dela.

— Ele foi...

— Sei quem ele foi para você — disse Rowan, baixinho, e estendeu a mão. Não para pegar a dela, e sim uma pedra.

Aelin abriu o punho, e ele mexeu nas pedras até escolher uma — lisa e redonda, do tamanho de um ovo de beija-flor. Com uma delicadeza que lhe partiu o coração, o guerreiro a colocou sobre a lápide ao lado das pedras de Aelin.

— Você vai matar Arobynn esta noite, não vai? — perguntou ele.

— Depois do jantar. Quando ele tiver ido dormir. Vou voltar à Fortaleza e acabar com isso.

Aelin fora até lá para se lembrar — para lembrar por que aquele túmulo diante deles existia e por que aquelas cicatrizes adornavam suas costas.

— E o Amuleto de Orynth?

— Um objetivo, mas também uma distração.

A luz do sol dançou sobre o Avery, quase ofuscante.

— Está pronta para isso?

Aelin olhou de volta para o túmulo e para a grama que escondia o caixão abaixo.

— Não tenho escolha a não ser estar pronta.

⊰ 40 ⊱

Elide passou dois dias realizando tarefas voluntárias na cozinha, descobrindo onde e quando as lavadeiras comiam, e quem levava as refeições. Àquela altura, o cozinheiro-chefe confiava o suficiente na menina, portanto, quando ela se ofereceu para levar o pão até o salão de jantar, ele não pensou duas vezes.

Ninguém reparou que Elide salpicou veneno em alguns pedaços de pão. A Líder Alada jurara que não mataria — apenas deixaria a lavadeira doente por alguns dias. E talvez fosse egoísta por colocar a própria sobrevivência em primeiro lugar, mas a menina não hesitou ao despejar o pó claro em alguns dos pães, misturando-o à farinha que os cobria.

A criada marcou um pão em particular para se certificar de que o daria para a lavadeira que observara dias antes, mas os outros pães seriam entregues aleatoriamente às outras mulheres.

Inferno; provavelmente queimaria no reino de Hellas para sempre por aquilo.

Mas pensaria na condenação quando fugisse e estivesse muito, muito longe, além do continente sul.

Elide mancou até o barulhento salão de jantar, uma pessoa com deficiência silenciosa com mais uma bandeja de comida. Ela seguiu até a longa mesa, tentando aliviar o peso na perna conforme se inclinou diversas vezes para colocar os pães nos pratos. A lavadeira sequer se incomodou em agradecer.

No dia seguinte, a Fortaleza estava em polvorosa com a notícia de que um terço das lavadeiras tinha adoecido. Devia ter sido o frango no jantar, disseram. Ou o cordeiro. Ou a sopa, pois apenas algumas a tinham comido. O cozinheiro pediu desculpas — e Elide tentou não pedir desculpas a *ele* ao ver o terror nos olhos do homem.

A chefe das lavadeiras, na verdade, parecia aliviada quando ela entrou mancando e se ofereceu para ajudar. Disse à jovem que escolhesse qualquer estação e se pusesse a trabalhar.

Perfeito.

Mas a culpa pesou sobre os ombros de Elide ao seguir direto para a estação daquela mulher.

Ela trabalhou o dia inteiro e esperou que as roupas ensanguentadas chegassem.

◠

Quando finalmente chegaram, não havia tanto sangue quanto antes, porém havia mais de uma substância que parecia ser vômito.

Elide quase vomitou também ao lavar as roupas. E as torcer. E secar. E passar. Levou horas naquilo.

Conforme a noite caía, a criada dobrou as últimas peças, tentando evitar que os dedos tremessem. Então foi até a chefe das lavadeiras e disse, baixinho, nada mais que uma garota nervosa:

— Eu deveria... eu deveria levá-las de volta?

A mulher deu um risinho, e Elide perguntou-se se a outra lavadeira fora mandada para baixo como punição.

— Há uma escada por aquele caminho que a levará para os níveis subterrâneos. Diga aos guardas que é a substituta de Misty. Leve as roupas até a segunda porta à esquerda e deixe-as do lado de fora. — A lavadeira olhou para as correntes de Elide. — Tente sair correndo se puder.

◠

O intestino de Elide havia virado líquido ao chegar até os guardas.

Mas sequer a questionaram quando a jovem recitou o que a lavadeira-chefe dissera.

Mais e mais para baixo, a criada caminhou, para a escuridão da escada em espiral. A temperatura despencava conforme ela descia.

Então Elide ouviu os gemidos.

Gemidos de dor, de terror, de desespero.

Ela segurou o cesto de roupas contra o peito. Uma tocha tremeluzia adiante.

Pelos deuses, estava tão frio ali.

As escadas se alargavam na base, abrindo-se em uma descida reta que revelava um corredor amplo, iluminado por tochas e ladeado por inúmeras portas de ferro.

Os gemidos vinham de trás delas.

Segunda porta à esquerda. Estava sulcada com o que pareciam ser marcas de garras que haviam empurrado de dentro para fora.

Havia guardas ali embaixo — guardas e homens estranhos, patrulhando de um extremo ao outro, abrindo e fechando as portas. Os joelhos de Elide estremeceram. Ninguém a parou.

A menina apoiou o cesto de roupas diante da segunda porta e bateu baixinho. O ferro estava tão frio que queimou.

— Roupas limpas — informou ela, contra o metal. Era absurdo. Naquele lugar, com aquelas pessoas, ainda insistiam em roupas limpas.

Três das sentinelas tinham parado para assistir. Elide fingiu não reparar... fingiu recuar devagar, como um coelhinho assustado.

Fingiu que prendia o pé torto em algo e escorregava.

Mas foi dor verdadeira que lhe percorreu a perna ao cair, as correntes estalando e puxando. O chão estava frio como a porta de ferro.

Nenhum dos guardas fez menção de ajudá-la a se levantar.

Elide chiou, segurando o tornozelo, ganhando o máximo de tempo possível, o coração batendo, e batendo muito forte.

Então a porta se entreabriu.

Manon viu Elide vomitar de novo. E de novo.

Uma sentinela das Bico Negro a encontrara enroscada em um canto de um corredor qualquer, tremendo, com uma poça de mijo sob o corpo. Como sabia que a criada era agora propriedade da bruxa, a sentinela a arrastou até ali em cima.

Asterin e Sorrel estavam impassíveis atrás da líder enquanto a garota vomitava novamente no balde — apenas bile e saliva dessa vez —, até que, por fim, ela ergueu a cabeça.

— Relate — ordenou Manon.

— Eu vi a câmara — falou Elide, rouca.

Todas ficaram imóveis.

— *Alguma coisa* abriu a porta para pegar a roupa, e vi a câmara além. Com aqueles olhos aguçados, provavelmente vira demais.

— Desembuche — exigiu Manon, recostando-se contra a coluna da cama. Asterin e Sorrel permaneciam à porta, monitorando fofoqueiros.

Elide permaneceu no chão, a perna torcida para o lado. Contudo, os olhos que encararam a bruxa brilharam com um temperamento voraz que a jovem raramente demonstrava.

— A coisa que abriu a porta era um homem lindo, um homem com cabelos dourados e um colar ao redor do pescoço. Mas ele *não* era um homem. Não havia nada humano em seus olhos. — Um dos príncipes, só podia ser. — Eu... eu tinha fingido cair para ganhar mais tempo e ver quem abria a porta. Quando ele me viu no chão, sorriu para mim, e uma *escuridão* escorreu de dentro dele... — Elide se abaixou na direção do balde, curvando-se sobre ele, mas não vomitou. Depois de mais um momento, disse: — Consegui olhar além do homem para o quarto.

Ela encarou Manon, então Asterin e Sorrel.

— Você disse que elas seriam... implantadas.

— Sim — confirmou Manon.

— Sabia quantas vezes?

— O quê? — sussurrou Asterin.

— Sabia — repetiu Elide, com a voz falhando de raiva ou medo — quantas vezes cada uma seria implantada com crias antes que as soltassem?

Tudo ficou quieto na cabeça de Manon.

— Continue.

O rosto da criada estava branco como a morte, fazendo com que as sardas parecessem sangue seco borrifado.

— Pelo que vi, cada uma teve pelo menos um bebê. E já estão prestes a dar à luz de novo.

— Isso é impossível — disse Sorrel.

— As bruxinhas — sussurrou Asterin.

Elide vomitou de verdade mais uma vez.

Quando terminou, Manon se controlou o suficiente para dizer:

— Conte sobre as bruxinhas.

— Não são bruxinhas. Não são bebês — disparou Elide, cobrindo o rosto com as mãos como se fosse arrancar os olhos. — São *criaturas*. São *demônios*. A pele é como diamante negro, e elas têm... têm focinhos, com dentes. *Presas*. Elas já têm presas. E não como as suas. — A menina abaixou as mãos. — São dentes como pedras pretas. Não há nada de vocês nelas.

Se Sorrel e Asterin estavam horrorizadas, mas não demonstraram.

— E quanto às Pernas Amarelas? — indagou Manon.

— Estão acorrentadas a mesas. Altares. E chorando. Imploravam aos homens que as soltassem. Mas... estão tão perto de dar à luz. E depois corri. Corri dali o mais rápido possível, e... ah, deuses. *Pelos deuses.* — Elide começou a chorar.

Devagar, bem devagar, Manon se virou para a imediata e a terceira no comando.

Sorrel estava pálida, com os olhos enfurecidos.

Mas Asterin encarou a líder... encarou com uma fúria que Manon jamais vira direcionada a ela.

— Você deixou que fizessem isso.

As unhas da herdeira se projetaram.

— Essas são minhas ordens. É nossa tarefa.

— É uma abominação! — gritou Asterin.

Elide parou de chorar. E recuou até a segurança da lareira.

Então havia lágrimas — *lágrimas* — nos olhos da terceira.

Manon grunhiu.

— Seu coração amoleceu? — A voz podia muito bem ser a da avó. — Não tem estômago para...

— *Você deixou que fizessem isso!* — urrou Asterin.

Sorrel disparou, ficando muito próxima da terceira.

— Recue.

337

Asterin a empurrou com tanta violência que a imediata se chocou contra a cômoda. Antes que Sorrel pudesse se recuperar, Asterin estava a centímetros de Manon.

— Você deu aquelas bruxas a ele. Você deu bruxas a ele!

Manon atacou, levando a mão à garganta de Asterin. Mas sua prima segurou o braço da líder, cravando as unhas de ferro com tanta força que sangue escorreu.

Por um momento, o sangue que pingava no chão era o único som.

A vida de Asterin devia ter sido retirada por derramar sangue da herdeira.

Luz refletiu da adaga de Sorrel, que se aproximou, pronta para rasgar a coluna de Asterin caso recebesse a ordem. Manon podia jurar que a mão da imediata hesitou um pouco.

A Líder Alada encarou os olhos pretos salpicados de dourado de Asterin.

— Não questione. Não exija. Você não é mais a terceira no comando. Vesta a substituirá. Você...

Uma gargalhada áspera e entrecortada.

— Não vai fazer nada a respeito daquilo, vai? Não vai libertá-las. Não vai lutar por elas. Por nós. Porque o que diria sua avó? Por que ela não respondeu suas cartas, Manon? Quantas enviou até agora? — As unhas de ferro de Asterin se cravaram com mais força, rasgando carne. A bruxa acolheu a dor.

— Amanhã de manhã, no café, receberá sua punição — sibilou a herdeira, empurrando a terceira no comando para longe, fazendo-a cambalear na direção da porta. Manon deixou que o braço ensanguentado oscilasse ao lado do corpo. Precisaria fazer um curativo logo. O sangue, na palma da mão, nos dedos, parecia tão familiar...

— Se tentar libertá-las, se fizer qualquer burrice, Asterin Bico Negro — continuou a líder. — A próxima punição que receberá será sua execução.

Asterin soltou mais uma risada infeliz.

— Você não teria desobedecido mesmo que fossem Bicos Negros lá embaixo, não é? Obediência, disciplina, brutalidade, é o que você é.

— Saia enquanto ainda pode — advertiu Sorrel, baixinho.

Asterin se virou na direção da imediata e algo como mágoa cruzou seu rosto.

Manon piscou. Aqueles *sentimentos*...

Asterin deu meia-volta e foi embora, batendo a porta atrás de si.

❧

Elide conseguira esfriar a cabeça quando se ofereceu para limpar e enfaixar o braço de Manon.

O que vira naquele dia, tanto no quarto da bruxa quanto naquela câmara abaixo...

Você deixou que fizessem isso. Elide não culpava Asterin por aquilo, mesmo que tivesse ficado chocada ao vê-la perder o controle tão completamente. A criada jamais vira qualquer uma delas reagir com qualquer coisa que não fosse diversão fria, indiferença ou uma voraz sede de sangue.

Manon não dissera uma palavra desde que ordenara que Sorrel fosse embora para seguir Asterin e evitar que ela fizesse algo profundamente estúpido.

Como se salvar aquelas bruxas Pernas Amarelas fosse tolice. Como se tal piedade fosse inconsequente.

Enquanto a líder olhava para o nada, Elide terminou de aplicar a sálvia e foi pegar as ataduras. Os ferimentos eram profundos, mas não tão ruins que precisassem de pontos.

— Seu reino partido vale a pena? — A menina ousou perguntar.

Aqueles olhos de ouro queimado se voltaram para uma janela escura.

— Não espero que uma humana entenda como é ser imortal sem um lar. Ser amaldiçoada com o exílio eterno. — Palavras distantes e frias.

A criada respondeu:

— Meu reino foi conquistado pelo rei de Adarlan, e todos que eu amava foram executados. As terras de meu pai e meu título foram roubados de mim por meu tio, e minha melhor chance de segurança agora depende de pegar um navio para a outra ponta do mundo. Entendo como é desejar... ter esperança.

— Não é esperança. É sobrevivência.

Elide cuidadosamente enrolou uma atadura ao redor do antebraço da bruxa.

— É a esperança por sua terra natal que a guia, que faz você obedecer.

— E quanto a seu futuro? Apesar de toda essa conversa de esperança, parece resignada à fuga. Por que não voltar a seu reino... para lutar?

Talvez o horror que Elide testemunhara naquele dia tivesse lhe dado a coragem de dizer:

— Há dez anos, meus pais foram assassinados. Meu pai foi morto em uma mesa de execução diante de milhares. Mas minha mãe... Minha mãe morreu defendendo Aelin Galathynius, a herdeira do trono de Terrasen. Ela ganhou tempo para que Aelin fugisse. Eles seguiram suas pegadas até o rio congelado, onde disseram que devia ter caído e se afogado.

"Mas, sabe, Aelin tinha magia do fogo. Podia ter sobrevivido ao frio. E ela... ela jamais gostou muito de mim ou brincou comigo porque eu era muito tímida, mas... Nunca acreditei quando disseram que havia morrido. Todos os dias desde então, disse a mim mesma que Aelin escapou e que ainda está por aí, esperando. Crescendo, ficando mais forte, para que um dia possa vir salvar Terrasen. E você é minha inimiga, porque, se ela voltar, vai lutar contra você.

"Só que, por dez anos, até eu vir para cá, suportei Vernon por causa dela. Por causa da esperança de que Aelin tinha escapado e de que o sacrifício de minha mãe não fora em vão. Achei que um dia ela viria me salvar, que se lembraria de que eu existo e me salvaria daquela torre. — Ali estava, o grande segredo, o qual Elide jamais ousara contar a ninguém, nem mesmo à enfermeira. — Embora... embora jamais tenha vindo, embora eu esteja aqui agora, não consigo me desapegar disso. E acho que é por isso que você obedece. Porque teve esperança durante todos os dias de sua vida infeliz e terrível de que poderia ir para casa."

Elide terminou de enrolar as ataduras e deu um passo para trás. Manon a encarava.

— Se essa Aelin Galathynius estivesse mesmo viva, tentaria fugir para ela? Para lutar com ela?

— Eu lutaria com garras e presas para chegar até ela. Mas há limites que eu não ultrapassaria. Porque não acho que a poderia encarar se... se não pudesse encarar a mim mesma pelo que quer que eu tivesse feito.

Manon não disse nada. A menina se afastou, seguindo até a sala de banho para lavar as mãos.

Atrás de Elide, a Líder Alada perguntou:

— Acredita que monstros nascem ou que são feitos?

Pelo que vira naquele dia, diria que algumas criaturas realmente nasciam malignas. No entanto, o que Manon perguntava...

— Não sou eu quem precisa responder essa pergunta — falou Elide.

❧ 41 ❧

O óleo estava na borda da banheira, brilhando como âmbar à luz da tarde.

Nua, Aelin ficou diante dele, incapaz de pegar o frasco.

Era o que Arobynn queria: que ela pensasse nele enquanto esfregava o óleo em cada centímetro da pele. Queria que seus seios, coxas, pescoço cheirassem como amêndoa; o cheiro escolhido por *ele*.

O cheiro de Arobynn, porque ele sabia que um macho feérico estava hospedado com Aelin, e todos os sinais apontavam para o fato de que eram próximos o suficiente para que o cheiro importasse para Rowan.

Ela fechou os olhos, tomando coragem.

— Aelin — disse o guerreiro, pela porta.

— Estou bem — respondeu a jovem. Apenas mais algumas horas. E então tudo mudaria.

Aelin abriu os olhos e pegou o óleo.

∾

Rowan só precisou mover o queixo para que Aedion o seguisse até o telhado. Aelin ainda estava no quarto se vestindo, mas ele não iria longe. Ouviria qualquer inimigo na rua muito antes que tivesse a chance de entrar no apartamento.

Apesar de os valg perambularem pela cidade, Forte da Fenda era uma das capitais mais tranquilas que vira; o povo em grande parte parecia disposto a evitar problemas. Talvez por medo de ser notado pelo monstro que morava naquele terrível castelo de vidro. Mas Rowan ficaria atento mesmo assim — ali, em Terrasen, ou em qualquer lugar que os caminhos deles os levassem.

Aedion estava relaxado em uma pequena cadeira que um deles levara até lá em algum momento. O filho de Gavriel... uma surpresa e um choque sempre que via aquele rosto ou sentia aquele cheiro. Rowan não podia deixar de se perguntar se Aelin mandara os cães de Wyrd atrás de Lorcan não apenas para evitar que o feérico a encontrasse e para abrir o caminho para que ela libertasse a magia, mas também para evitar que Lorcan se aproximasse o suficiente de Aedion para detectar sua linhagem.

O general cruzou as pernas com uma graciosidade preguiçosa, que provavelmente servia para esconder a velocidade e a força dos adversários.

— Ela vai matá-lo esta noite, não vai?

— Depois do jantar e independentemente dos planos de Arobynn com o comandante valg. Ela vai voltar e acabar com ele.

Somente um tolo pensaria que o sorriso de Aedion era por diversão.

— Essa é minha garota.

— E se ela decidir poupá-lo?

— A decisão é dela.

Resposta inteligente.

— E se ela dissesse que poderíamos cuidar disso?

— Então eu esperaria que você se juntasse a mim para uma caçada, príncipe.

Outra resposta inteligente, e o que Rowan esperava ouvir. Então ele disse:

— E quando a hora chegar?

— Você fez o juramento de sangue — respondeu Aedion, sem um toque de desafio nos olhos, apenas a verdade, dita de guerreiro para guerreiro.

— Eu fico com o golpe final em Arobynn.

— É justo.

Ira primitiva percorreu a expressão do general.

— Não vai ser rápido e não vai ser limpo. Aquele homem tem muitas, muitas dívidas a pagar antes de encontrar seu fim.

Quando a jovem apareceu, os homens conversavam na cozinha, já vestidos. Na rua do lado de fora do apartamento, o comandante valg estava atado, vendado e trancado na mala da carruagem que Nesryn adquirira.

Aelin esticou os ombros, soltando o suspiro que tinha se tornado um nó no peito, e atravessou o cômodo, cada passo levando-a rápido demais até a partida inevitável.

Aedion, parado diante da prima, vestindo uma túnica verde-escura, foi o primeiro a reparar. Então soltou um assobio baixo.

— Bem, se já não me matava de medo antes, agora com certeza conseguiu.

Rowan se virou para ela.

E ficou completamente imóvel ao observar o vestido.

O veludo preto envolvia cada curva antes de se esparramar aos pés dela, revelando cada fôlego, breve demais, conforme os olhos do guerreiro percorriam o corpo de Aelin. Para baixo, então para cima — até o cabelo, preso para trás com pentes dourados em formato de asas de morcego, que despontavam de cada lado da cabeça como um enfeite primitivo de penteado; até o rosto, mantido quase todo limpo, exceto por um fio de delineador ao longo das pálpebras superiores, e os lábios de um vermelho profundo que ela pintara com esmero.

Com o peso incandescente da atenção de Rowan sobre si, Aelin se virou e mostrou a eles as costas; o dragão dourado rugindo e agarrado ao corpo. A jovem olhou por cima do ombro a tempo de ver os olhos do guerreiro se voltarem mais uma vez para o sul e permanecerem.

Devagar, o olhar dele se ergueu até o dela. E Aelin podia jurar que fome — fome voraz — lampejou ali.

— Demônios e jantares — disse Aedion, dando um tapinha no ombro de Rowan. — Está na hora de irmos.

O primo passou por Aelin e piscou um olho. Quando ela se voltou novamente para o feérico, ainda sem fôlego, apenas uma atenção fria permanecia no rosto de Rowan.

— Você disse que queria me ver neste vestido — comentou Aelin, um pouco rouca.

— Não percebi que o efeito seria tão... — Ele balançou a cabeça, observando o rosto da jovem, o cabelo, os pentes. — Você parece...

— Uma rainha?

— A rainha vadia e cuspidora de fogo que aqueles desgraçados dizem que é.

Aelin riu, gesticulando com a mão na direção dele: para o casaco preto justo, que exibia aqueles ombros poderosos, os detalhes em prata, que combinavam com seu cabelo, a beleza e a elegância das roupas, que formavam um contraste hipnotizante com a tatuagem na lateral do rosto e no pescoço de Rowan.

— Você também não está nada mal, príncipe.

O que dizia pouco. Ele estava... Aelin não conseguia parar de olhar, era assim que ele estava.

— Aparentemente — disse Rowan, caminhando na direção de Aelin e oferecendo o braço a ela — nós dois ficamos bem-arrumados.

A jovem deu um sorriso malicioso ao lhe pegar o braço, o cheiro de amêndoas a envolveu de novo.

— Não esqueça o manto. Vai se sentir bastante culpado quando todas aquelas pobres mulheres mortais entrarem em combustão ao vê-lo.

— Eu diria o mesmo, mas acho que você bem que gostaria de flagrar os homens entrarem em combustão ao vê-la passar.

Aelin piscou um olho para ele, e a risada de Rowan lhe ecoou pelos ossos e pelo sangue.

⇥ 42 ⇤

Os portões da Fortaleza dos Assassinos estavam abertos; a entrada de cascalho e o gramado cortado eram iluminados por lâmpadas tremeluzentes de vidro. A própria mansão de pedra pálida estava acesa, linda e convidativa.

No caminho da carruagem até ali, Aelin já explicara aos dois o que esperar, mas, quando pararam ao pé da escada, ela olhou para os homens apertados do lado de dentro com ela e avisou:

— Fiquem alerta e mantenham essas enormes bocas fechadas. Principalmente com o comandante valg. Não importa o que ouvirem ou virem, apenas *mantenham as enormes bocas fechadas*. Nada de psicóticas merdas territoriais.

Aedion gargalhou.

— Lembre-me amanhã de dizer o quão é encantadora.

Mas ela não estava com humor para rir.

Nesryn desceu do assento do condutor e abriu a porta da carruagem. Aelin saiu, deixando o manto para trás, sem ousar olhar para a casa do outro lado da rua... para o telhado no qual Chaol e alguns dos rebeldes serviam de reforços caso as coisas dessem muito, muito errado.

Ela estava na metade da escada de mármore quando as portas de carvalho entalhadas se abriram, inundando o batente com luz dourada. Não era o mordomo parado ali, sorrindo para Aelin com dentes brancos demais.

— Bem-vinda ao lar — ronronou Arobynn.

Ele gesticulou para que o grupo entrasse no corredor cavernoso.

— E boas-vindas a seus amigos.

Aedion e Nesryn deram a volta pela carruagem até a mala nos fundos. A espada simples do general estava em punho conforme abriram o compartimento e tiraram de dentro a figura acorrentada e encapuzada.

— Seu favor — informou Aelin, quando o colocaram de pé. Ao ser levado até a casa, o comandante valg se debateu e tropeçou nas mãos deles, com o capuz sobre a cabeça oscilando para todos os lados. Um chiado baixo e cruel saiu do tecido grosso.

— Eu teria optado pela entrada de serviço para nosso convidado — comentou Arobynn, tenso. Vestia verde, o verde de Terrasen, embora a maioria fosse presumir que era para destacar os cabelos ruivos. Uma forma de confundir as suposições do grupo sobre suas intenções, sobre sua lealdade. Arobynn não portava armas que Aelin pudesse ver, e não havia nada além de consideração naqueles olhos prateados conforme estendia as mãos para ela, como se Aedion não estivesse naquele momento empurrando um demônio pelos degraus da entrada. Atrás deles, Nesryn partiu com a carruagem.

Ela conseguia sentir Rowan furioso, podia perceber o nojo de Aedion, mas os bloqueou.

Aelin pegou as mãos de Arobynn — secas, quentes, calejadas. Ele apertou os dedos dela com cuidado, olhando para seu rosto.

— Você está deslumbrante, mas não esperaria menos que isso. Nem mesmo um hematoma depois de aprisionar nosso convidado. Impressionante. — O assassino se aproximou, cheirando. — E está com um cheiro divino também. Fico feliz por ter feito bom uso de meu presente.

Pelo canto do olho, Aelin viu Rowan esticar o corpo e soube que ele tinha atingido àquela calma letal. Nem o príncipe feérico nem Aedion portavam armas visíveis, exceto pela única espada que o primo empunhava no momento; mas a jovem sabia que ambos estavam armados sob as roupas e que Rowan quebraria o pescoço de Arobynn caso sequer piscasse errado para ela.

Foi apenas esse pensamento que a fez sorrir para o antigo mestre.

— Você parece bem — respondeu Aelin. — Imagino que já conheça meus companheiros.

Arobynn olhou para o general, ocupado pressionando a espada contra a lateral do comandante, como um lembrete sutil de que continuasse se movendo.

— Não tive o prazer de conhecer seu primo.

Aelin sabia que Arobynn absorvia cada detalhe enquanto Aedion se aproximava, empurrando a carga com ele; tentando encontrar qualquer fraqueza, qualquer coisa para usar em vantagem própria. Seu primo apenas seguiu para dentro da casa, o comandante valg tropeçava ao cruzar o portal.

— Você se recuperou bem, general — comentou Arobynn. — Ou deveria chamá-lo de "Vossa Alteza" em honra de sua linhagem Ashryver? O que preferir, é claro.

Aelin percebeu então que o assassino não tinha planos de deixar o demônio — e Stevan — sair daquela casa com vida.

Aedion deu um sorriso preguiçoso para Arobynn por cima do ombro.

— Estou cagando para como me chama. — Ele empurrou o comandante valg mais para dentro. — Só tire esta *coisa* desprezível de minhas mãos.

O assassino deu um sorriso inexpressivo, imperturbado. Calculara o ódio de Aedion. Com lentidão deliberada, voltou-se para Rowan.

— Eu não conheço você — ponderou Arobynn, precisando erguer a cabeça para ver o rosto do guerreiro. Ele fez questão de o olhar de cima a baixo. — Faz uma era desde que vi um feérico. Não lembrava que eram tão imensos.

Rowan seguiu mais para o interior do corredor da entrada, cada passo envolto em poder e morte, então parou ao lado de Aelin.

— Pode me chamar de Rowan. É tudo de que precisa saber. — Ele inclinou a cabeça para o lado, um predador avaliando a presa. — Obrigado pelo óleo — acrescentou o feérico. — Minha pele estava um pouco seca.

Arobynn piscou; o máximo de surpresa que mostraria.

Aelin levou um minuto para processar o que Rowan tinha dito e para perceber que o cheiro de amêndoa não vinha apenas dela. O guerreiro usara o óleo também.

Arobynn voltou a atenção para Aedion e o comandante valg.

— Terceira porta à esquerda, leve-o para baixo. Use a quarta cela.

A jovem não ousou olhar para o primo, que arrastava Stevan consigo. Não havia sinal dos demais assassinos... nem mesmo de um criado. O que quer que tivesse planejado... Arobynn não queria testemunhas.

Ele seguiu Aedion, com as mãos nos bolsos.

Mas Aelin permaneceu no corredor por um momento, olhando para Rowan.

As sobrancelhas dele estavam erguidas conforme ela lia as palavras em seus olhos, em sua postura. *Ele jamais especificou que* apenas *você precisava usá-lo.*

Com a garganta apertada, Aelin balançou a cabeça.

O quê? Foi o que Rowan pareceu perguntar.

Você apenas... Ela balançou a cabeça de novo. *Me surpreende às vezes.*

Que bom. Eu odiaria que ficasse entediada.

Apesar de não querer, apesar do que estava por vir, um sorriso repuxou os lábios de Aelin quando Rowan pegou sua mão e a segurou com força.

Ao se virar para seguir em direção ao calabouço, seu sorriso sumiu quando viu que Arobynn os observava.

Rowan estava a um fio de rasgar o pescoço do rei dos Assassinos conforme eram levados mais e mais para baixo, até o calabouço.

O príncipe feérico manteve-se um passo atrás de Aelin enquanto desciam a longa escada curva de pedra; o fedor de mofo e sangue e ferrugem aumentava a cada passo. Ele fora torturado o suficiente, e torturara também, para saber o que era aquele lugar.

Saber que tipo de treinamento Aelin recebera ali embaixo.

Uma menina... era uma menina quando o desgraçado ruivo poucos passos de distância a levou até ali para ensinar como cortar homens, como mantê-los vivos ao fazer isso, como fazer com que gritassem e implorassem. Como acabar com eles.

Não havia uma parte dela que o enojasse, nenhuma parte o assustava, mas pensar nela naquele lugar, com aqueles cheiros, naquela escuridão...

A cada passo escada abaixo, os ombros da jovem pareciam se curvar, o cabelo parecia ficar mais fosco, a pele mais lívida.

Fora ali que ela vira Sam pela última vez, percebeu Rowan. E o mestre de Aelin sabia disso.

— Usamos este local para a maior parte de nossas reuniões, pois é mais difícil entreouvir ou sermos pegos desprevenidos — explicou Arobynn, para ninguém em especial. — Embora também tenha outras utilidades, como verão em breve. — Ele abriu porta após porta, e pareceu a Rowan que Aelin as contava, esperando até que...

— Vamos? — chamou o assassino, indicando a entrada da cela.

O guerreiro tocou o cotovelo de Aelin. Pelos deuses, o autocontrole dele devia estar destruído naquela noite; não conseguia parar de criar desculpas para tocá-la. Mas o toque dele era essencial. Os olhos de Aelin encontraram os de Rowan, sombrios e frios. É só dizer; *apenas uma droga de palavra e ele está morto, então podemos vasculhar esta casa de cima a baixo em busca daquele amuleto.*

Ela fez que não com a cabeça ao entrar na cela, e Rowan entendeu muito bem. *Ainda não. Ainda não.*

❧

Aelin quase parou nas escadas para o calabouço, e foi apenas o pensamento no amuleto e o calor do guerreiro feérico em suas costas que a fizeram colocar um pé diante do outro e descer em direção ao interior escuro de pedras.

Ela jamais se esqueceria daquele cômodo.

Ainda assombrava seus sonhos.

A mesa estava vazia, mas a jovem podia vê-lo ali, quebrado e quase irreconhecível, o cheiro de gloriella agarrado ao corpo. Sam fora torturado de formas que Aelin nem sabia até ler a carta de Wesley. As piores coisas tinham sido pedidas por Arobynn. Pedidas, como punição porque Sam a amava... punição por mexer nos pertences do mestre.

Arobynn entrou no cômodo, com as mãos nos bolsos. Rowan farejou profundamente, o que disse a Aelin o bastante sobre como aquele lugar cheirava.

Um lugar tão frio e escuro onde colocaram o corpo de Sam. Um lugar tão frio e escuro onde ela vomitara e se deitara ao lado dele naquela mesa durante horas e horas, sem querer deixá-lo.

Onde Aedion agora acorrentava Stevan à parede.

— Saiam — ordenou Arobynn, simplesmente, a Rowan e Aedion, que se enrijeceram. — Os dois podem esperar lá em cima. Não precisamos de distrações desnecessárias. Nem nosso convidado.

— Por cima de meu corpo pútrido — disparou Aedion. Então sua prima lançou um olhar sério para ele.

— Lysandra está esperando por vocês no escritório — disse o assassino, com educação treinada, os olhos agora fixos no valg encapuzado e acorrentado à parede. As mãos enluvadas de Stevan puxaram as correntes, os chiados incessantes ficando mais altos, com uma violência impressionante. — Ela vai entretê-los. Subiremos para jantar em breve.

Rowan observava Aelin com muita, muita atenção. Ela lhe fez um breve aceno de cabeça.

O guerreiro encarou Aedion; o general devolveu o olhar.

Sinceramente, se estivesse em qualquer outro lugar, poderia ter puxado uma cadeira para observar a mais recente batalha por domínio. Felizmente, Aedion apenas se voltou para as escadas. Um momento depois, ambos tinham sumido.

Arobynn caminhou até o demônio e puxou o capuz da cabeça deste.

Olhos pretos, cheios de raiva, fitaram os dois e piscaram, avaliando o cômodo.

— Podemos fazer isso do jeito fácil ou do difícil — cantarolou o assassino.

Stevan apenas sorriu.

Aelin ouviu Arobynn interrogar o demônio, exigindo saber o que ele era, de onde vinha, o que o rei queria. Depois de trinta minutos e cortes mínimos, a criatura estava falando sobre tudo e qualquer coisa.

— *Como* o rei controla você? — insistiu o assassino.

O demônio riu.

— Você gostaria mesmo de saber.

Arobynn se virou para Aelin, segurando a adaga; uma gota de sangue escuro escorreu pela lâmina.

— Gostaria de fazer as honras? Isto é para você, afinal de contas.

Ela franziu a testa para o vestido.

— Não quero sujá-lo de sangue.

Ele deu um risinho e rasgou o peitoral do homem com a adaga. O demônio urrou, abafando o pingar do sangue nas pedras.

— O anel — ofegou a criatura depois de um momento. — Todos os temos. — Arobynn parou, e Aelin inclinou a cabeça. — Esquerda... mão esquerda — disse ele.

O assassino tirou a luva do homem, revelando o anel preto.

— Como?

— Ele também tem um anel, usa para nos controlar. O anel entra e não sai. Fazemos o que ele manda, o que quer que seja.

— Onde ele conseguiu os anéis?

— Ele os fez, não sei. — A adaga se aproximou. — Eu juro! Nós usamos os anéis, e ele faz um corte em nossos braços, lambe nosso sangue, para que esteja dentro dele, então pode nos controlar como quiser. É o sangue que nos une.

— E o que ele planeja fazer com vocês, agora que estão invadindo minha cidade?

— Estamos procurando pelo general. Eu não... não vou contar a ninguém que ele está aqui... Ou que *ela* está aqui, juro. O resto... o resto eu não sei. — Os olhos dele encontraram os de Aelin, sombrios, suplicantes.

— Mate-o — disse ela para Arobynn. — Ele é um risco.

— Por favor — pediu Stevan, os olhos ainda fixos nos dela. Aelin virou o rosto.

— Ele parece não ter mais coisas a me contar mesmo — ponderou o mestre.

Ágil como uma víbora, ele avançou contra Stevan, que gritou tão alto que os ouvidos de Aelin doeram quando Arobynn cortou o dedo do demônio fora, assim como o anel que estava nele, com um movimento cruel.

— Obrigado — falou o assassino, por cima dos gritos, então rasgou o pescoço do homem com a faca.

Aelin se afastou da torrente de sangue, mantendo o olhar fixo em Stevan conforme a luz sumia dos olhos do homem. Quando o jorro de sangue diminuiu, ela olhou para Arobynn.

— Poderia tê-lo matado e *depois* arrancado o anel.

— Qual seria a graça nisso? — Ele estendeu o dedo ensanguentado e tirou o anel. — Perdeu sua sede de sangue?

— Eu jogaria esse anel no Avery, se fosse você.

— O rei está escravizando pessoas com essas coisas. Planejo estudar este aqui o melhor possível. — É claro que planejava. Arobynn colocou o anel no bolso, então inclinou a cabeça na direção da porta. — Agora que estamos quites, querida... vamos comer?

Foi um esforço assentir com o corpo ainda ensanguentado de Stevan pendendo da parede.

Aelin estava sentada à direita de Arobynn, como sempre estivera. Tinha esperado que Lysandra se sentasse à frente, mas, em vez disso, a cortesã estava a seu lado. Sem dúvidas a intenção era reduzir as opções da jovem: lidar com a rival de longa data ou falar com o antigo mestre. Ou algo assim.

Aelin cumprimentou Lysandra, que estivera fazendo companhia a Aedion e Rowan no escritório, bastante ciente de Arobynn ao encalço conforme apertou a mão da mulher, passando sutilmente o bilhete que mantivera escondido no vestido a noite toda.

O bilhete já tinha sumido quando Aelin se inclinou para beijar a bochecha da cortesã, um cumprimento de alguém nada animado por fazer aquilo.

O assassino sentara Rowan à esquerda dele, com Aedion ao lado do guerreiro. Os dois membros da corte de Aelin estavam separados pela mesa para evitar que a alcançassem e para deixá-la desprotegida. Nenhum deles perguntou o que acontecera no calabouço.

— Preciso dizer — ponderou Arobynn, quando o prato de entrada, uma sopa de tomate com manjericão, cortesia dos vegetais cultivados na estufa aos fundos, foi retirado pelos criados silenciosos que tinham sido convocados depois de o problema de Stevan ser resolvido. Aelin reconheceu alguns, embora não olhassem para ela. Jamais a fitaram, mesmo quando morava ali. A jovem sabia que não ousariam sussurrar uma palavra sobre quem jantava àquela mesa naquela noite. Não com Arobynn como mestre. — Vocês formam um grupo muito quieto. Ou minha protegida os assustou para que ficassem calados?

Aedion, que observara cada colherada que Aelin tomara daquela sopa, ergueu uma sobrancelha.

— Quer jogar conversa fora logo depois de ter interrogado e assassinado um demônio?

Arobynn gesticulou com a mão.

— Eu gostaria de saber mais sobre todos.

— Cuidado — disse Aelin, baixo demais, para Arobynn.

O rei dos Assassinos arrumou os talheres ao lado do prato.

— Eu não deveria me preocupar com as companhias com as quais minha protegida mora?

— Não estava preocupado com as companhias com as quais eu vivia quando me despachou para Endovier.

Um piscar lento de olhos.

— É isso que acha que fiz?

A cortesã enrijeceu o corpo ao lado de Aelin. O assassino percebeu o movimento, como percebia todos os movimentos, e disse:

— Lysandra pode contar a verdade: lutei com unhas e dentes para libertá-la daquela prisão. Perdi metade de meus homens nesses esforços, todos torturados e mortos pelo rei. Fico surpreso por seu amigo, o capitão, não ter contado isso a você. Uma pena ele estar de guarda no telhado esta noite.

Arobynn não deixava nada passar, ao que parecia.

Ele olhou para Lysandra... esperando. Ela engoliu em seco, então murmurou:

— Ele tentou mesmo, sabe. Durante meses e meses.

Foi tão convincente que Aelin poderia ter acreditado. Por algum milagre, Arobynn não fazia ideia de que a mulher estava se encontrando com eles em segredo. Algum milagre... ou a inteligência de Lysandra.

Aelin falou para ele:

— Planeja me contar por que insistiu para que ficássemos para o jantar?

— De que outra forma eu conseguiria vê-la? Teria simplesmente jogado aquela coisa à minha porta e partido. E aprendemos tanto, mas tanto que poderemos usar juntos. — O calafrio que percorreu a espinha dela não era falso. — No entanto, preciso dizer que essa *nova* versão de você é muito mais... domada. Imagino que para Lysandra seja algo bom. Ela sempre olha para o buraco que você deixou no corredor de entrada ao atirar aquela adaga contra a cabeça dela. Eu o mantive ali como um pequeno lembrete do quanto todos sentimos sua falta.

Rowan a observava, uma víbora pronta para atacar. Contudo, as sobrancelhas se arquearam levemente, como se dissessem: *Jogou mesmo uma adaga contra a cabeça dela?*

Arobynn começou a falar sobre uma vez em que Aelin brigou com Lysandra e as duas saíram rolando escada abaixo, se arranhando e gritando como gatos, então a jovem olhou para o guerreiro por mais um momento. *Eu era um pouco cabeça-quente.*

Estou começando a admirar Lysandra cada vez mais. Conviver com a Aelin de dezessete anos devia ser uma maravilha.

Ela lutou contra o sorriso nos lábios. *Eu pagaria muito para ver a Aelin de dezessete anos encontrar o Rowan de dezessete anos.*

Os olhos verdes brilharam. Arobynn ainda falava. *O Rowan de dezessete anos não saberia o que fazer com você. Ele mal conseguia falar com mulheres que não eram da família.*

Mentiroso! Não acredito nisso nem por um segundo.

É verdade. Você o teria escandalizado com suas camisolas... até mesmo com esse vestido que está usando.

Aelin inspirou. *Ele provavelmente teria ficado ainda mais escandalizado ao descobrir que não estou usando nada por baixo deste vestido.*

O joelho de Rowan se chocou contra a mesa, fazendo-a estremecer.

Arobynn parou, mas então continuou quando Aedion perguntou o que o demônio tinha contado.

Não pode estar falando sério, foi o que o feérico pareceu dizer.

Viu algum modo deste vestido escondê-las? Marcaria cada linha e cada vinco.

Rowan balançou a cabeça subitamente, os olhos dançando com uma luz que Aelin só passara a ver — e apreciar — recentemente. *Você se delicia ao me chocar?*

Ela não pôde conter o sorriso. *De que outra forma conseguiria manter um imortal rabugento entretido?*

O sorriso dele foi distração o suficiente para que Aelin levasse um minuto antes de reparar no silêncio conforme todos os encaravam... esperando.

A jovem olhou para Arobynn, cujo rosto era uma máscara de pedra.

— Você me perguntou alguma coisa?

Havia apenas ira calculada nos olhos prateados; o que em outra época a teria feito começar a implorar por misericórdia.

— Eu perguntei — respondeu o assassino — se você se divertiu nas últimas semanas, destruindo meus investimentos e se certificando de que nenhum de meus clientes tocassem em mim.

354

⚜ 43 ⚜

Aelin se recostou na cadeira. Até mesmo Rowan a encarava agora, com surpresa e irritação estampadas no rosto. Lysandra fazia um bom trabalho ao fingir choque e confusão. Embora tivesse sido ela quem dera os detalhes à jovem, quem fizera seu plano muito melhor e mais amplo que quando foi traçado naquele navio.

— Não sei do que está falando — respondeu ela, com um pequeno sorriso.

— Ah? — Arobynn girou o vinho na taça. — Quer dizer que, quando destruiu o Cofres de maneira irreparável, não foi uma ação contra meu investimento naquela propriedade, nem contra minha parte anual dos lucros? Não finja que foi apenas vingança por Sam.

— Os homens do rei apareceram. Não tive escolha a não ser lutar por minha vida. — Depois que os liderou diretamente do cais até o salão dos prazeres, é claro.

— E imagino que tenha sido um acidente o cofre ter sido arrombado para que o conteúdo fosse levado pela multidão.

Funcionara... funcionara tão espetacularmente que Aelin estava surpresa por Arobynn ter durado tanto tempo sem lhe avançar no pescoço.

— Sabe como aqueles vagabundos podem ser. Um pouco de caos, e eles se transformam em animais espumando pela boca.

355

Lysandra se encolheu; uma atuação estrelar de uma mulher que testemunhava uma traição.

— De fato — retorquiu o assassino. — Mas principalmente os vagabundos em estabelecimentos dos quais eu recebo uma quantia mensal, certo?

— Então convidou a mim e meus amigos esta noite para jogar acusações em minha cara? E aqui estava eu, pensando que tinha me tornado sua caçadora de valg pessoal.

— Você deliberadamente se disfarçou como Hinsol Cormac, um de meus clientes e investidores mais leais, quando libertou seu primo — disparou Arobynn. Os olhos de Aedion se arregalaram levemente. — Eu poderia ignorar isso e pensar que foi uma coincidência, mas uma testemunha diz que gritou o nome de Cormac na festa do príncipe e que ele *acenou* em cumprimento. A testemunha contou isso ao rei também: que viu Cormac seguindo para Aedion logo antes das explosões acontecerem. E não é uma coincidência que, no mesmo dia em que seu primo desapareceu, duas carruagens, pertencentes a um negócio que Cormac e eu mantemos *juntos*, sumiram, carruagens que Cormac então contou a todos os meus clientes e parceiros que *eu* usei para levar Aedion para a segurança quando *eu* o libertei naquele dia ao me fazer passar por Cormac, porque *eu*, aparentemente, me tornei uma *porcaria de um simpatizante dos rebeldes que passeia pela cidade a todas as horas do dia.*

Aelin ousou olhar para Rowan, cujo rosto permaneceu cuidadosamente inexpressivo, mas viu as palavras ali mesmo assim. *Sua raposa travessa e esperta.*

E você estava aí, pensando que o cabelo ruivo era só por vaidade.

Nunca mais duvidarei.

Ela se voltou para Arobynn.

— Não posso fazer nada se seus clientes irritadinhos se voltam contra você ao mínimo sinal de perigo.

— Cormac fugiu da cidade e continua arrastando meu nome para a lama. É um milagre que o rei não tenha vindo me arrastar para o castelo.

— Se está preocupado com perder dinheiro, pode vender a casa, imagino. Ou parar de usar os serviços de Lysandra.

Arobynn sibilou, fazendo com que Rowan e Aedion levassem as mãos casualmente para baixo da mesa em busca das armas ocultas.

— O que será preciso, *queridíssima*, para que pare de ser um pé em meu saco?

Ali estavam elas. As palavras que Aelin queria ouvir, o motivo pelo qual tivera tanto cuidado para não acabar com ele de uma só vez, mas apenas irritá-lo o suficiente.

Ela limpou as unhas.

— Algumas coisas, acho.

∽

A sala de estar era grande demais e feita para entreter grupos de vinte ou trinta, com sofás e poltronas e espreguiçadeiras espalhadas. Aelin sentava relaxada em uma poltrona diante da lareira, Arobynn do outro lado, fúria ainda nos olhos.

Ela conseguia sentir Rowan e Aedion no corredor do lado de fora, monitorando cada palavra, cada fôlego. A jovem se perguntou se o assassino sabia que eles desobedeceriam ao comando do anfitrião para permanecer na sala de jantar; Aelin duvidava. Eram mais sorrateiros que espíritos de leopardos, aqueles dois. Mas ela não os queria ali também — não até que tivesse feito o que precisava fazer.

A jovem cruzou uma perna sobre a outra, revelando os sapatos de veludo simples que calçava e as pernas expostas.

— Então tudo isso foi punição por um crime que não cometi — disse Arobynn, por fim.

Aelin percorreu um dedo pelo braço cilíndrico da poltrona.

— Antes de tudo, Arobynn: não vamos nos incomodar com mentiras.

— Imagino que tenha contado a verdade a seus amigos?

— Minha corte sabe tudo que há para saber sobre mim. E sabem de tudo o que você fez também.

— Está bancando a vítima, é? Esqueceu que não foi preciso muito encorajamento para colocar aquelas facas em suas mãos.

— Sou o que sou. Mas isso não anula o fato de que você sabia muito bem quem eu era quando me encontrou. Tirou o colar de minha família de mim e me disse que qualquer um que fosse me procurar acabaria morto por meus inimigos. — Aelin não ousou permitir que a respiração falhasse, não deixou que o assassino considerasse demais as palavras conforme seguiu em frente: — Você queria me transformar em sua arma... por quê?

— Por que não? Eu era um jovem revoltado, e meu reino acabara de ser conquistado por aquele rei desgraçado. Acreditava que poderia dar a você as ferramentas de que precisava para sobreviver, para um dia derrotá-lo. Foi por *isso* que voltou, não foi? Fico surpreso por você e o capitão ainda não o terem matado, não é isso que ele quer, não foi por isso que tentou trabalhar comigo? Ou vai reivindicar essa morte para si?

— Realmente espera que eu acredite que sua meta era fazer com que eu vingasse minha família e reivindicasse meu trono?

— Quem você teria se tornado sem mim? Uma princesa mimada e assustada. Seu amado primo teria trancafiado você em uma torre e jogado a chave fora. Eu lhe *dei* a liberdade, a habilidade de derrubar homens como Aedion Ashryver com poucos golpes. E tudo o que recebo em troca é desprezo.

Aelin fechou os dedos, sentindo o peso das pedras que carregara naquela manhã para o túmulo de Sam.

— Então, o que mais tem reservado para mim, Magnânima Rainha? Devo poupar o trabalho e contar de que outra forma poderia continuar a ser um espinho em meu pé?

— Você sabe que a dívida não está nem perto de ser paga.

— Dívida? Pelo quê? Por tentar libertar você de Endovier? E, quando isso não funcionou, fiz o melhor que pude. Subornei aqueles guardas e oficiais com dinheiro de meus cofres pessoais para que não ferissem você de um jeito que não tivesse volta. Durante todo o tempo, tentei encontrar formas de tirá-la de lá, por um ano inteiro.

Mentiras e verdades, como Arobynn sempre ensinara. Sim, subornara os oficiais e os guardas para se certificar de que ela ainda estaria funcional quando por fim a libertasse. Mas a carta de Wesley explicara com detalhes quão pouco esforço o rei dos Assassinos fizera depois que ficou claro que Aelin iria para Endovier. Como ajustara os planos, acolhendo a ideia de que o espírito dela seria destruído pelas minas.

— E quanto a Sam? — sussurrou ela.

— Sam foi assassinado por um sádico, que meu guarda-costas inútil colocou na cabeça que precisava ser morto. Sabe que eu não poderia deixar isso sem punição, não quando precisávamos que o novo lorde do crime continuasse trabalhando para nós.

Verdades e mentiras, mentiras e verdades. Aelin balançou a cabeça, então olhou pela janela, sempre a confusa e conflituosa protegida, caindo nas palavras envenenadas do mestre.

— Diga o que preciso fazer para que *entenda* — pediu ele. — Sabe por que fiz com que capturasse aquele demônio? Para que *nós* pudéssemos obter o conhecimento dele. Para que você e eu pudéssemos derrotar o rei, descobrir o que ele sabe. Por que acha que eu a deixei ficar naquele quarto? Juntos, derrotaremos aquele monstro *juntos*, antes que todos estejamos usando aqueles anéis. Seu amigo, o capitão, pode até se juntar a nós, sem cobranças.

— Espera que eu acredite em uma palavra sua?

— Tive muito, muito tempo para pensar nas coisas desprezíveis que fiz a você, Celaena.

— *Aelin* — disparou ela. — Meu nome é Aelin. E pode começar a provar que se regenerou me devolvendo a porcaria do amuleto da minha família. Então pode provar mais um pouco me dando seus recursos, permitindo que eu use seus homens para conseguir o que preciso.

A jovem conseguia ver as rodas girando naquela cabeça fria e ardilosa.

— De que modo?

Nenhuma palavra sobre o amuleto... nenhuma negação de que o tinha.

— Quer derrotar o rei — murmurou Aelin, como que para evitar que os dois feéricos do outro lado da porta ouvissem. — Então vamos derrotá-lo. Mas faremos isso do meu jeito. O capitão e minha corte ficam fora disso.

— O que eu ganho? Essa é uma época perigosa, sabe. Ora, hoje mesmo um dos maiores traficantes de ópio foi pego pelos homens do rei e morto. Uma pena; ele escapou do massacre no Mercado das Sombras apenas para ser pego comprando o jantar a poucos quarteirões.

Mais besteiras para distraí-la. Aelin apenas disse:

— Não vou dar uma dica ao rei sobre este lugar, sobre como opera e quem são seus clientes. Nem vou mencionar o demônio no calabouço e o sangue que agora é uma mancha permanente. — A jovem sorriu um pouco. — Eu tentei; o sangue deles não sai.

— Ameaças, *Aelin*? E se eu fizer minhas próprias ameaças? E se eu mencionar para a guarda do rei que o general desaparecido e o capitão da Guarda estão visitando frequentemente um certo armazém? E se eu deixar escapar que um guerreiro feérico anda perambulando por esta cidade? Ou pior, que sua inimiga mortal está vivendo nos cortiços?

— Imagino que será uma corrida até o palácio, então. Uma pena que o capitão tenha homens posicionados nos portões, com mensagens à mão, esperando o sinal para enviá-las esta noite mesmo.

— Teria que sair daqui com vida para dar esse sinal.

— O sinal é não retornamos, sinto dizer. Todos nós.

De novo, aquele olhar frio.

— Que cruel e impiedosa você se tornou, meu amor. Será uma tirana também? Talvez devesse começar a colocar anéis nos dedos de seus seguidores.

Arobynn levou a mão ao manto. Aelin manteve a postura relaxada quando uma corrente de ouro reluziu ao redor dos longos dedos brancos, então um tilintar soou, e depois...

O amuleto era exatamente como ela se lembrava.

Fora com as mãos de uma criança que o segurara pela última vez, e com os olhos de uma criança que vira pela última vez a frente azul cerúlea, com o cervo de marfim, a estrela dourada entre a galhada. O cervo imortal de Mala, Portadora da Luz, trazido para aquelas terras pelo próprio Brannon e libertado na floresta Carvalhal. O amuleto reluziu nas mãos de Arobynn ao tirá-lo do pescoço.

A terceira e última chave de Wyrd.

Aquilo tornara os ancestrais de Aelin rainhas e reis poderosos; tornara Terrasen intocável, uma fonte de poder tão letal que nenhuma força jamais ultrapassara as fronteiras. Até que ela caiu no rio Florine naquela noite... até que aquele homem retirou o amuleto de seu pescoço e um exército conquistador varreu Terrasen. E Arobynn se elevara de um lorde de assassinos local para se coroar o rei sem rivais da Guilda do continente. Talvez o poder e a influência dele viessem apenas do colar — do colar *dela* — que o homem usara durante todos aqueles anos.

— Fiquei bastante apegado a ele — comentou Arobynn, quando o entregou.

Ele já sabia que Aelin pediria a joia naquela noite se a estava usando. Talvez tivesse planejado oferecer o amuleto de volta o tempo todo, apenas para lhe conquistar a confiança... ou para fazer com que ela parasse de armar para seus clientes e de interromper seus negócios.

Manter o rosto neutro foi um esforço conforme Aelin estendeu a mão para o colar.

Os dedos roçaram a corrente de ouro, e ela desejou naquele momento que jamais tivesse ouvido falar nele, jamais o tivesse tocado, jamais tivesse ficado no mesmo cômodo que a joia. *Não é certo*, cantava seu sangue, os ossos rangiam. *Não é certo, não é certo, não é certo.*

O amuleto era mais pesado que parecia... e estava quente, do corpo dele ou do poder irrefreável que o habitava.

A chave de Wyrd.

Pelos deuses.

Tão rápida e facilmente, Arobynn o entregara. Como não sentira, como não reparara... a não ser que fosse preciso magia nas veias para o sentir. A não ser que o colar jamais... o tivesse *chamado* como chamava Aelin no momento, o puro poder roçando contra seus sentidos, como um gato se esfregando nas pernas. Como a mãe, o pai — qualquer um deles — jamais sentiram aquilo?

A jovem quase saiu naquele momento. Mas colocou o Amuleto de Orynth ao redor do pescoço, o peso ficando ainda maior; uma força que se pressionava contra seus ossos, espalhando-se pelo sangue como tinta na água. *Não é certo.*

— Amanhã de manhã — avisou ela, friamente. — Vamos conversar de novo. Traga seus melhores homens ou quem quer que esteja lambendo suas botas ultimamente. Então vamos traçar um plano. — Aelin se levantou da poltrona com os joelhos trêmulos.

— Algum outro pedido, Vossa Majestade?

— Acha que não percebo que tem a vantagem? — A jovem obrigou as veias, o coração a se acalmarem. — Concordou em me ajudar muito facilmente. Mas gosto deste jogo. Vamos continuar jogando.

Arobynn deu um sorriso de víbora como resposta.

Cada passo na direção da porta foi um esforço de vontade conforme ela se forçava a não pensar na coisa que palpitava entre seus seios.

— Se nos trair esta noite, Arobynn — acrescentou Aelin, parando diante da saída —, vou fazer o que foi feito a Sam parecer piedade em comparação com o que farei a você.

— Aprendeu uns truques novos nos últimos anos, não foi?

Ela sorriu, observando os detalhes de como o homem estava naquele exato momento: o brilho dos cabelos ruivos, os ombros largos e a cintura estreita, as cicatrizes nas mãos e aqueles olhos prateados, tão brilhantes com desafio e triunfo. Eles provavelmente assombrariam os sonhos de Aelin até o dia de sua morte.

— Mais uma coisa — disse Arobynn.

Foi um esforço erguer uma sobrancelha quando ele se aproximou o bastante para beijá-la, abraçá-la. Mas o assassino apenas pegou a mão de sua protegida, acariciando a palma com o polegar.

— Vou gostar de tê-la de volta — ronronou ele.

Então, mais rápido que conseguiu reagir, Arobynn passou o anel de pedra de Wyrd para o dedo de Aelin.

❧ 44 ❧

A adaga oculta que Aelin tinha sacado caiu com um ruído no piso de madeira assim que a pedra preta e fria deslizou contra sua pele. A jovem piscou para o anel, para a linha de sangue que surgiu em sua mão sob a unha afiada de Arobynn quando ele a levou até a boca e passou a língua pelo dorso da palma.

Havia sangue nos lábios do homem conforme ele se esticou.

Tanto silêncio na mente de Aelin, mesmo agora. Seu rosto parou; seu coração parou.

— Pisque — ordenou Arobynn.

Ela piscou.

— Sorria.

Ela sorriu.

— Diga por que voltou.

— Para matar o rei; para matar o príncipe.

Arobynn se aproximou, o nariz roçou contra o pescoço de Aelin.

— Diga que me ama.

— Eu amo você.

— Meu nome... diga meu nome quando falar que me ama.

— Eu amo você, Arobynn Hamel.

O fôlego dele aqueceu a pele de Aelin ao dar uma gargalhada abafada contra o pescoço, então ele a beijou de leve na curva próxima ao ombro.

— Acho que vou gostar disso.

O assassino se afastou, admirando-lhe o rosto inexpressivo, as expressões agora vazias e estranhas.

— Pegue minha carruagem. Vá para casa e durma. Não conte a ninguém sobre isso; não mostre o anel a seus amigos. E amanhã venha para cá depois do café da manhã. Temos planos, você e eu. Para nosso reino e Adarlan.

Ela apenas encarou, esperando.

— Entendeu?

— Sim.

Arobynn lhe ergueu a mão de novo e beijou o anel de pedra de Wyrd.

— Boa noite, Aelin — murmurou ele, a mão roçando contra as costas da jovem ao colocá-la para fora.

～

Rowan tremia com raiva contida ao pegarem a carruagem de Arobynn para casa, nenhum deles falava.

O feérico ouvira cada palavra proferida dentro daquela sala. Aedion também. Ele vira o último toque de Arobynn, o gesto proprietário de um homem convencido de que tinha um brinquedo novo e reluzente com o qual brincar.

Mas Rowan não ousou pegar a mão de Aelin para ver o anel.

Ela não se moveu; não falou. Apenas ficou sentada ali, encarando a parede da carruagem.

Uma boneca perfeita, quebrada e obediente.

Eu amo você, Arobynn Hamel.

Cada minuto era um sofrimento, mas havia olhos demais sobre eles — demais, mesmo quando finalmente chegaram ao armazém e saíram. Esperaram até a carruagem partir antes de Rowan e Aedion flanquearem a rainha, que entrou no armazém e subiu as escadas.

As cortinas já estavam fechadas dentro da casa, algumas velas ainda queimavam. As chamas refletiram no dragão dourado bordado nas costas daquele vestido incrível, e Rowan não ousou respirar enquanto a jovem esperava parada no centro da sala. Uma escravizada aguardando ordens.

— Aelin? — chamou Aedion, com a voz rouca.

Ela ergueu as mãos diante do corpo e se virou.

Então tirou o anel.

— Então era *isso* que ele queria. Eu sinceramente esperava algo mais grandioso.

∽

Aelin jogou o anel na pequena mesa atrás do sofá.

Rowan franziu a testa para o objeto.

— Ele não verificou a outra mão de Stevan?

— Não — respondeu ela, ainda tentando afastar o horror da traição da mente. Tentando ignorar a *coisa* pendurada no pescoço, o abismo de poder que chamava e chamava...

Aedion disparou:

— Um de vocês precisa explicar *agora*.

O rosto de seu primo estava lívido, os olhos tão arregalados que a parte branca brilhava ao redor deles conforme os desviava do anel para Aelin.

Ela se contivera durante a viagem na carruagem, mantendo a máscara da marionete que Arobynn acreditava tê-la tornado. Aelin atravessou a sala, com os braços ao lado do corpo para evitar atirar a chave de Wyrd contra a parede.

— Desculpe — disse ela. — Você não podia saber...

— Eu podia saber, sim, droga. Acha mesmo que não consigo ficar de boca fechada?

— Rowan não sabia até ontem à noite — argumentou Aelin.

Bem no fundo daquele abismo, trovão soou.

Ah, deuses. Ah, *deuses*...

— Isso deveria fazer com que eu me sentisse melhor?

O guerreiro cruzou os braços.

— Sim, considerando a briga que tivemos sobre isso.

Aedion sacudiu a cabeça.

— Apenas... explique.

Aelin pegou o anel. Concentração. Podia se concentrar naquela conversa até poder esconder o amuleto com segurança. Aedion não podia saber o que ela carregava, que arma reivindicara naquela noite.

— Em Wendlyn, houve um momento em que Narrok... voltou. Em que me advertiu. E me agradeceu por acabar com ele. Então peguei o

365

comandante valg que parecia ter menos controle sobre o corpo do humano, com esperança de que o homem pudesse estar ali, desejando redenção de alguma forma. — Redenção pelo que o demônio o obrigara a fazer, esperando morrer sabendo que fizera uma coisa boa.

— Por quê?

Falar normalmente era difícil.

— Para que eu pudesse oferecer a ele a piedade da morte e a liberdade do valg caso desse a Arobynn todas as informações erradas. Ele o enganou, fazendo-o pensar que um pouco de sangue poderia controlar aqueles anéis e que o anel que ele levava era verdadeiro. — Aelin ergueu o objeto. — Peguei a ideia de você, na verdade. Lysandra tem um joalheiro muito bom e pediu que um falso fosse feito. Cortei o verdadeiro do dedo do comandante valg. Se Arobynn tivesse tirado a outra luva do homem, teria visto que faltava um dedo.

— Você precisaria de semanas para planejar tudo isso...

Aelin assentiu.

— Mas por quê? Por que se incomodar em fazer tudo isso? Por que simplesmente não matar o desgraçado?

Ela apoiou o anel.

— Eu precisava saber.

— Saber o quê? Que Arobynn é um monstro?

— Que não havia forma de redimi-lo. Eu sabia, mas... Foi o teste final. Para que mostrasse seu trunfo.

Aedion sibilou.

— Ele teria transformado você na bonequinha pessoal dele... ele *tocou*...

— Eu sei o que ele tocou e o que queria fazer. — Aelin ainda conseguia sentir aquele toque sobre si. Não era nada comparado com o enorme peso que trazia pressionado contra o peito. A jovem esfregou o polegar sobre o corte seco na mão. — Então agora sabemos.

Alguma parte pequena e patética dela desejou que não soubesse.

Ainda arrumados, Aelin e Rowan encararam o amuleto sobre a mesa baixa diante da lareira escura em seu quarto.

Ela o tirara assim que entrou no quarto — Aedion fora para o telhado vigiar — e desabara no sofá diante da mesa. Rowan se sentou a seu lado um segundo depois. Por um minuto, não disseram nada. A joia reluzia à luz das duas velas que ele acendera.

— Eu ia falar para você se certificar de que não era falso; de que Arobynn não o havia trocado de alguma forma — comentou o guerreiro, por fim, com os olhos fixos na chave de Wyrd. — Mas consigo senti-lo, um lampejo do que quer que esteja dentro dessa coisa.

Aelin apoiou os antebraços nos joelhos, o veludo preto do vestido fazendo uma carícia delicada.

— No passado, as pessoas devem ter presumido que a sensação vinha da magia de quem quer que o usasse — disse ela. — Com minha mãe, com Brannon... isso jamais teria sido notado.

— E seu pai e tio? Não tinham quase nenhuma magia, pelo que você disse.

O cervo de marfim parecia a encarar, a estrela imortal entre a galhada reluzindo como ouro derretido.

— Mas tinham presença. Que lugar melhor para esconder essa coisa que em volta do pescoço de uma realeza arrogante?

Rowan ficou tenso quando Aelin pegou o amuleto e o virou o mais rápido possível. O metal estava quente, a superfície ilesa, apesar do milênio que se passara desde que fora forjado.

Ali, exatamente como se lembrava, estavam entalhadas três marcas de Wyrd.

— Alguma ideia do que significam? — perguntou o guerreiro, aproximando-se tanto que sua coxa roçou na dela. Ele se afastou um centímetro, embora isso não fizesse com que Aelin deixasse de sentir seu calor.

— Eu nunca vi...

— Aquela ali — indicou Rowan, apontando para a primeira. — Eu já a vi. Queimou em sua testa naquele dia.

— A marca de Brannon — sussurrou ela. — A marca do bastardo, do sem nome.

— Ninguém em Terrasen *jamais* pesquisou esses símbolos?

— Se pesquisaram, jamais foi revelado, ou escreveram nos registros pessoais que estavam guardados na Biblioteca de Orynth. — Aelin mordeu o interior do lábio. — Foi um dos primeiros lugares que o rei de Adarlan saqueou.

— Quem sabe os bibliotecários tenham conseguido levar os registros dos governantes antes... talvez tenham dado sorte.

O coração dela pesou um pouco.

— Talvez. Não saberemos até voltarmos à Terrasen. — A jovem bateu com o pé no carpete. — Preciso esconder isto. — Havia uma tábua solta no armário, sob a qual guardava dinheiro, armas e joias. Seria bom o bastante por enquanto. E Aedion não questionaria, pois Aelin não podia arriscar usar aquela porcaria em público mesmo, ainda que sob as roupas, não até estar de volta à Terrasen. Ela encarou o amuleto.

— Então faça isso — disse ele.

— Não quero tocá-lo.

— Se fosse fácil de ativar, seus ancestrais teriam descoberto o que era.

— Pegue você — pediu ela, franzindo a testa.

Rowan apenas olhou para Aelin.

Ela se abaixou, desejando que a mente ficasse limpa enquanto erguia o amuleto da mesa. O guerreiro enrijeceu o corpo, como que se preparando, apesar de tê-la tranquilizado.

A chave era como uma pedra de moer na mão da jovem, mas aquela sensação inicial de algo errado, de um abismo de poder... Era silenciosa. Dormente.

Aelin afastou rapidamente o tapete no armário e puxou a tábua solta. Então sentiu Rowan se aproximar, olhando por cima do ombro dela para ver o pequeno compartimento.

Ela pegara o amuleto para soltá-lo no pequeno espaço quando um fio deu um puxão dentro dela — não, não foi um fio, mas... um vento, como se alguma força irrompesse de Rowan para *dentro* dela, como se o laço deles fosse algo vivo, e Aelin pudesse sentir como era *ser* o guerreiro...

Ela soltou o amuleto no compartimento. O objeto fez um único ruído, um peso morto.

— O quê? — perguntou Rowan.

Aelin se virou para o encarar.

— Eu senti... senti você.

— Como?

Então a jovem contou a ele... sobre a essência do feérico deslizando para dentro dela, sobre a sensação de que lhe usava a pele, mesmo que por apenas um segundo.

Rowan não pareceu completamente satisfeito.

— Esse tipo de habilidade pode ser uma ferramenta útil para depois.

Ela fez uma careta.

— Típico pensamento de guerreiro brutamontes.

Ele deu de ombros. Pelos deuses, como Rowan suportava o peso do próprio poder? Poderia esmagar ossos até virarem pó mesmo sem a magia; podia derrubar aquele prédio inteiro com alguns golpes bem localizados.

Aelin sabia — é claro que sabia —, mas *sentir* aquilo... O feérico de puro sangue mais poderoso que existia. Para um humano comum, ele era tão estranho quanto um valg.

— Mas acho que está certo: o amuleto não pode simplesmente agir indistintamente de acordo com minha vontade — ponderou ela, por fim. — Ou meus ancestrais teriam devastado Orynth sempre que estivessem irritados de verdade. Eu... eu acho que essas coisas podem ser neutras por natureza; é o portador que guia como são usadas. Nas mãos de alguém de coração puro, seria apenas benéfico. Foi assim que Terrasen prosperou.

Rowan deu um riso de deboche enquanto ela recolocava a tábua de madeira, batendo nela com a base da mão para fixá-la.

— Confie em mim, seus ancestrais não eram completamente puros. — Ele ofereceu a mão para que se levantasse, e Aelin tentou não a encarar ao segurá-la. Era firme, calejada, inquebrável, quase impossível de matar. Mas havia uma delicadeza no toque dele, um cuidado reservado apenas para aqueles de quem Rowan gostava e a quem protegia.

— Não acho que nenhum deles tenha sido um assassino — argumentou ela quando abaixou a mão. — As chaves podem corromper um coração já sombrio ou ampliar um puro. Jamais ouvi nada sobre corações que ficavam no meio-termo.

— O fato de que se preocupa diz o bastante sobre suas intenções.

Aelin pisou em toda a área para se certificar de que nenhuma tábua rangendo delatasse o esconderijo. Trovão soou acima da cidade.

— Vou fingir que isso não é um augúrio — murmurou ela.

— Boa sorte com isso. — Rowan a cutucou com o cotovelo conforme voltaram para o quarto. — Vamos ficar de olho nas coisas, e, se parecer que está se dirigindo para a Senhoria Sombria, prometo trazê-la de volta à luz.

— Engraçadinho. — O pequeno relógio sobre a mesa de cabeceira bateu, e trovão ecoou de novo por Forte da Fenda. Uma tempestade rápida. Que bom, talvez limpasse a mente dela também.

Aelin foi até a caixa que Lysandra levara e pegou o outro item de dentro.

— O joalheiro de Lysandra é uma pessoa muito talentosa — comentou Rowan.

A jovem ergueu uma réplica do amuleto. A cortesã acertara o tamanho, a cor e o peso quase perfeitamente. Aelin o colocou na penteadeira, como uma joia retirada.

— Só para o caso de alguém perguntar para onde foi.

∽

O temporal tinha se transformado em uma garoa contínua quando o relógio soou uma hora da manhã, mas Aelin não descera do telhado. Ela havia subido para assumir o lugar do primo, aparentemente — e Rowan esperara, aguardando conforme o relógio se aproximou da meia-noite, então passou dela. Chaol aparecera para relatar a Aedion os movimentos dos homens de Arobynn, porém tinha saído de novo por volta da meia-noite.

O guerreiro feérico estava farto de esperar.

Aelin estava parada na chuva, olhando para oeste; não na direção do castelo reluzente à direita nem na direção do mar às costas, mas para o outro lado da cidade.

Rowan não se incomodou por Aelin ter sentido aquele lampejo dele. Queria dizer a ela que não se importava com o que a jovem soubesse sobre ele, contanto que não a assustasse... e teria falado antes caso não tivesse ficado tão estupidamente distraído pela aparência dela naquela noite.

A luz do poste refletiu nos pentes em seu cabelo e no dragão dourado do vestido.

— Vai estragar esse vestido de pé aí na chuva — disse ele.

Aelin se virou um pouco na direção dele. A chuva deixara manchas de delineador em seu rosto, e a pele parecia pálida como a barriga de um peixe. O olhar dela — culpa, raiva, dor — o atingiu como um golpe no estômago.

Ela se virou mais uma vez na direção da cidade.

— Eu jamais usaria este vestido de novo mesmo.

— Sabe que posso cuidar daquilo esta noite — afirmou Rowan, passando para o lado de Aelin. — Se não quiser fazê-lo. — E depois do que aquele desgraçado tinha feito com ela, do que *planejara* fazer... Rowan e Aedion se demorariam muito, muito mesmo para acabar com a vida de Arobynn.

Ela olhou pela cidade, na direção da Fortaleza dos Assassinos.

— Eu disse a Lysandra que ela poderia fazê-lo.

— Por quê?

Aelin envolveu o corpo com os braços, abraçando-se com força.

— Porque mais que eu, mais que você ou Aedion, Lysandra merece ser aquela que acaba com ele.

Era verdade.

— Será que vai precisar de nossa ajuda?

Aelin sacudiu a cabeça, jogando gotas de chuva dos pentes e das mechas encharcadas que tinham se soltado.

— Chaol foi para se certificar de que tudo dê certo.

Rowan se permitiu um momento para olhar para ela, para os ombros relaxados e o queixo erguido, as mãos sobre os cotovelos, a curva do nariz contra a luz da rua, a linha fina da boca.

— Parece errado ainda desejar que tivesse alguma outra forma? — comentou ela. Tomou um fôlego irregular, o ar se condensou diante dela. — Ele era um homem mau — sussurrou Aelin. — Ia me escravizar de acordo com a própria vontade, me usaria para tomar Terrasen, talvez se tornar rei... talvez gerar meus... — Ela estremeceu tão violentamente que luz reluziu do dourado no vestido. — Mas ele também... Eu também devo minha vida a ele. Todo esse tempo, achei que seria um alívio, uma alegria acabar com Arobynn. Mas só me sinto vazia. E cansada.

Quando Rowan passou o braço em volta dela, puxando-a para si, Aelin estava um gelo. Apenas aquela vez... somente aquela vez, se permitira segurá-la. Se fosse pedido que matasse Maeve e um dos membros da equipe tivesse feito isso em seu lugar, se Lorcan o tivesse feito, ele se sentiria da mesma forma.

Aelin se virou de leve para olhar o guerreiro, e, embora tentasse esconder, ele conseguiu ver o medo no olhar dela, assim como a culpa.

— Preciso que cace Lorcan amanhã. Veja se realizou a pequena tarefa que dei a ele.

Se o feérico tinha matado aqueles cães de Wyrd. Ou sido morto por eles. Para que Aelin pudesse, por fim, libertar a magia.

Pelos deuses. Lorcan era o inimigo dele agora. Rowan afastou o pensamento.

— E se for necessário eliminá-lo?

Ele observou a garganta de Aelin se movendo conforme engolia em seco.

— É sua decisão, então, Rowan. Faça como achar que deve.

O guerreiro desejou que ela tivesse dado uma ordem ou outra, mas dar a Rowan a escolha, respeitar a história deles o suficiente para permitir que ele tomasse a decisão...

— Obrigado.

Ela apoiou a cabeça contra o peito dele, as pontas dos pentes de asas de morcego pressionando tanto que Rowan os soltou, um por vez, dos cabelos de Aelin. O ouro era escorregadio e frio em suas mãos, e, enquanto o guerreiro admirava o artesanato, Aelin murmurou:

— Quero que os venda. E queime este vestido.

— Como quiser — respondeu Rowan, colocando os pentes no bolso. — Uma pena, no entanto. Seus inimigos teriam caído de joelhos se a vissem assim.

Ele quase caíra de joelhos quando a vira no início da noite.

Aelin conteve uma risada que poderia ser um choro, então o abraçou na altura da cintura, como se tentasse lhe roubar o calor. Os cabelos encharcados se soltaram, o cheiro dela — jasmim e lúcia-lima e brasas crepitantes — se ergueu sobre o cheiro de amêndoas, acariciando o nariz dele, os sentidos de Rowan.

Ele ficou parado com a rainha na chuva, inspirando seu cheiro, e deixou que Aelin roubasse seu calor por quanto tempo precisasse.

∽

A chuva diminuiu para leves pingos, e Aelin se moveu no lugar em que Rowan a segurava. De onde estava parada, absorvendo a força dele, pensando.

Ela se virou de leve para observar as linhas fortes da face do guerreiro, as maçãs do rosto brilhavam com a chuva e com a luz da rua. Do outro lado da cidade, em um quarto que conhecia muito bem, Aelin esperava que Arobynn estivesse sangrando. Esperava que estivesse morto.

Um pensamento vazio, mas também o clique de uma fechadura que finalmente se abre.

Rowan virou a cabeça para olhar para Aelin, a chuva escorrendo dos cabelos prateados. As feições dele se suavizaram um pouco, as linhas marcadas se tornaram mais convidativas... até mesmo vulneráveis.

— Diga o que está pensando — murmurou ele.

— Estou pensando que da próxima vez que eu quiser deixá-lo desconcertado, só preciso contar o quão raramente uso roupas de baixo.

As pupilas dele se dilataram.

— Existe um *motivo* pelo qual faz isso, princesa?

— Existe algum motivo para não fazer?

Rowan abriu a mão contra a cintura de Aelin, os dedos se contraíram uma vez, como se debatessem se deveriam soltá-la.

— Sinto pena dos embaixadores estrangeiros que terão que lidar com você.

Aelin sorriu, sem fôlego e mais que um pouco inconsequente. Ao ver aquele quarto no calabouço naquela noite, percebeu que estava cansada. Cansada de morte, e de esperar, e de dizer adeus.

Ela ergueu a mão para segurar o rosto de Rowan.

A pele era tão macia, os ossos por baixo tão fortes e elegantes.

Aelin esperou que o guerreiro recuasse, mas ele apenas a encarou — olhou para *dentro* dela, daquela forma que sempre fazia. Amigos, porém mais. Muito mais, e ela sabia havia mais tempo do que queria admitir. Com cuidado, acariciou a maçã do rosto dele com o polegar, a pele parecia escorregadia devido à chuva.

Aquilo a atingiu como uma pedra... o desejo. Era uma tola por ter fugido dele, negado até, mesmo quando parte dela gritara todas as manhãs em que tateou, desvairada, a metade vazia da cama.

Aelin levou a outra mão ao rosto de Rowan, e os olhos dele se fixaram nos dela, a respiração do guerreiro saía entrecortada conforme ela traçava as linhas da tatuagem ao longo da têmpora.

As mãos de Rowan se fecharam de leve na cintura de Aelin, os polegares roçaram a base das costelas da jovem. Foi um esforço não arquear o corpo ao toque dele.

— Rowan — sussurrou ela, o nome era uma súplica e uma oração. Aelin deslizou os dedos pela lateral da bochecha tatuada e...

Mais rápido que pôde ver, ele segurou um pulso, então o outro, afastando-os de seu rosto e soltando um grunhido baixo. O mundo despencou ao redor de Aelin, frio e silencioso.

O guerreiro soltou as mãos dela como se estivessem em chamas, afastando-se, aqueles olhos verdes inexpressivos de uma forma que ela não via havia tempos. A garganta dela se fechou mesmo antes de Rowan dizer:

— Não faça isso. Não... me toque assim.

Um rugido soava nos ouvidos de Aelin, uma queimação no rosto, e ela engoliu em seco.

— Desculpe.

Ah, deuses.

Rowan tinha mais de trezentos anos. Era imortal. E ela... ela...

— Eu não quis... — Aelin recuou um passo, na direção da porta, do outro lado do telhado. — Desculpe — repetiu ela. — Não foi nada.

— Que bom — disse o guerreiro, seguindo para a porta do telhado também. — Certo.

Rowan não disse mais nada ao sair caminhando escada abaixo. Sozinha, ela esfregou o rosto molhado, o borrão oleoso dos cosméticos.

Não me toque assim.

Um limite claro na areia. Um limite... porque Rowan tinha trezentos anos, era imortal e perdera sua parceira perfeita, e ela era... Era jovem, inexperiente e sua *carranam*, assim como rainha, e Rowan não queria nada além disso. Se Aelin não tivesse sido tão tola, tão estupidamente ignorante, talvez tivesse percebido, entendido que embora tivesse visto os olhos dele brilharem de fome — fome por *ela* —, isso não queria dizer que Rowan quisesse fazer algo a respeito. Não significava que talvez não se odiasse por aquilo.

Ah, deuses.

O que fizera?

～

A chuva deslizava pelas janelas, projetando sombras serpenteantes no piso de madeira, nas paredes pintadas do quarto de Arobynn.

Lysandra observava havia certo tempo, ouvindo o ritmo constante da tempestade e a respiração do homem que dormia ao seu lado. Completamente inconsciente.

Se quisesse fazer aquilo, precisaria ser agora... quando o sono estava mais profundo, quando a chuva acobertaria a maior parte dos sons. Uma bênção de Temis, Deusa das Coisas Selvagens, que certa vez cuidara da cortesã como metamorfa e que jamais se esquecia das bestas enjauladas no mundo.

Quatro palavras... era tudo que estava escrito no bilhete que Aelin entregou a ela mais cedo naquela noite; um bilhete ainda enfiado no bolso oculto da calcinha de Lysandra.

Ele é todo seu.

Um presente, ela sabia; um presente da rainha que não tinha nada mais a dar a uma prostituta sem nome com uma história triste.

A mulher se virou para o lado, encarando o homem nu que dormia a centímetros dela, a seda vermelha dos cabelos jogada sobre o rosto.

Arobynn jamais suspeitara de quem dera a Aelin detalhes sobre Cormac. Mas esse sempre fora o ardil de Lysandra com ele — a pele que vestia desde a infância. O assassino jamais pensou duas vezes sobre seu comportamento insípido e fútil, jamais se incomodara com aquilo. Se tivesse, não manteria uma faca sob o travesseiro e a deixaria dormir na cama dele.

Arobynn não fora gentil naquela noite, e a cortesã sabia que ficaria com um hematoma no antebraço onde ele a agarrara com muita força. Vitorioso, arrogante, um rei certo da própria coroa, o homem sequer reparara.

No jantar, Lysandra vira a expressão que tinha percorrido o rosto dele ao ver Aelin e Rowan sorrindo um para o outro. Todos os golpes e as histórias do assassino tinham errado o alvo naquela noite porque sua protegida estava perdida demais em Rowan para ouvir.

Ela imaginou se a rainha sabia. Rowan sabia. Aedion sabia. E Arobynn sabia. Ele entendera que, com o feérico, Aelin não tinha mais medo dele; com Rowan, Arobynn era agora completamente desnecessário. Irrelevante.

Ele é todo seu.

Depois de a jovem partir, após parar de caminhar pela casa, convencido do controle absoluto sobre a rainha, Arobynn chamara seus homens.

Lysandra não ouvira os planos, mas sabia que o príncipe feérico seria o primeiro alvo. Rowan morreria... Rowan *precisava* morrer. Ela vira nos olhos do assassino enquanto ele observava a rainha e o príncipe dela de mãos dadas, sorrindo um para o outro, apesar dos horrores que os cercavam.

A cortesã deslizou a mão por baixo do travesseiro quando se aproximou do homem, aconchegando-se contra ele. Arobynn não se moveu; a respiração permaneceu profunda e tranquila.

Ele jamais tivera problemas para dormir. Na noite em que tinha matado Wesley, dormira como os mortos, ignorante aos momentos em que mesmo a vontade de ferro de Lysandra não tinha conseguido conter as lágrimas que caíam.

Ela encontraria aquele amor de novo... um dia. E seria profundo e irrefreável e inesperado, o início e o fim e a eternidade, o tipo que poderia mudar a história, mudar o mundo.

O cabo da adaga parecia frio em sua mão, e, quando rolou de volta, nada além de uma mulher de sono inquieto, puxou a arma consigo.

Relâmpago refletiu na lâmina, um lampejo de prata.

Por Wesley. Por Sam. Por Aelin.

E por si mesma. Pela criança que fora, pela jovem de dezessete anos na noite do leilão, pela mulher que tinha se tornado, com o coração aos pedaços, o ferimento invisível ainda sangrando.

Foi tão fácil se sentar e deslizar a faca pelo pescoço de Arobynn.

❧ 45 ❧

O homem amarrado à mesa gritava enquanto o demônio percorria as mãos pelo peito nu, as unhas enterrando-se na pele e deixando um rastro de sangue.

Ouça-o, sibilou o príncipe demônio. *Ouça a música que ele faz.*

Além da mesa, o homem que costumava se sentar no trono de vidro perguntou:

— Onde os rebeldes estão se escondendo?

— Eu não sei, eu não sei! — berrou o homem.

O demônio passou outra unha pelo peito do sujeito. Havia sangue por toda parte.

Não se encolha, besta covarde. Observe; saboreie.

O corpo — o corpo que um dia poderia ter sido dele — o traíra por completo. O demônio o agarrou com força, obrigando-o a observar quando suas mãos seguraram um mecanismo de aparência cruel, ajustaram-no no rosto do prisioneiro e começaram a apertar.

— Responda, rebelde — ordenou o homem coroado.

O sujeito gritou conforme a máscara era apertada.

Ele mesmo poderia ter começado a gritar naquele momento também; poderia ter começado a implorar ao demônio que parasse.

Covarde... humano covarde. Não consegue sentir o gosto da dor dele, do medo?

Ele conseguia, e o demônio empurrava cada gota de prazer que sentia para dentro dele.

Se conseguisse, teria vomitado. Ali aquele tipo de coisa não existia. Ali não havia escapatória.

— Por favor — implorou o prisioneiro sobre a mesa. — *Por favor!*

Mas as mãos não pararam.

E o homem continuou gritando.

❧ 46 ❧

Aquele dia, Aelin decidiu, já estava entregue ao inferno, e era inútil sequer tentar salvá-lo — não com o que precisaria fazer a seguir.

Armada até os dentes, tentou não pensar nas palavras que Rowan dissera na noite anterior enquanto atravessavam a cidade de carruagem. Mas as ouvia por baixo de cada ruído dos cascos dos cavalos, exatamente como ouvira a noite inteira ao permanecer acordada na cama, tentando ignorar a presença dele. *Não me toque assim.*

Aelin se sentou o mais longe do guerreiro que pôde, sem acabar pendurada pela janela do veículo. Ela falara com o feérico, é claro — distantemente e em voz baixa —, e Rowan dera respostas curtas. O que tornou a viagem verdadeiramente agradável. Aedion, sabiamente, não perguntou nada a respeito.

Ela precisava estar com a mente livre, determinada, para poder aguentar as próximas horas.

Arobynn estava morto.

Uma hora antes, a notícia de que ele tinha sido encontrado assassinado chegara. A presença de Aelin foi imediatamente requisitada por Tern, Harding e Mullin, os três assassinos que tinham tomado controle da Guilda e da propriedade até que tudo fosse resolvido.

A jovem soubera na noite anterior, é claro. Ouvir a confirmação era um alívio — Lysandra tinha feito aquilo e sobrevivido, mas...

Morto.

A carruagem encostou diante da Fortaleza dos Assassinos, mas Aelin não se moveu. Silêncio caiu quando eles ergueram o olhar para a mansão de pedra pálida que pairava acima. Mas ela fechou os olhos, respirando profundamente.

Uma última vez; precisa usar essa máscara uma última vez, então pode enterrar Celaena Sardothien para sempre.

A assassina abriu os olhos, endireitou os ombros e ergueu o queixo, embora o restante dela tivesse adquirido a fluidez da graciosidade felina.

Aedion ficou boquiaberto, e Aelin sabia que não tinha nada da prima que ele passara a conhecer naquele rosto. Ela olhou para Aedion, então para Rowan, com um sorriso cruel no rosto conforme se inclinou para abrir a porta da carruagem.

— Não fiquem em meu caminho — disse ela aos dois.

Aelin saiu da carruagem, o manto oscilando ao vento da primavera, e subiu às pressas os degraus da Fortaleza, então chutou a porta da frente para que se abrisse.

⊰ 47 ⊱

— Que *inferno* aconteceu? — rugiu Aelin, após as portas da Fortaleza dos Assassinos baterem atrás dela. Aedion e Rowan a seguiram, ambos escondidos sob os pesados capuzes.

O corredor da entrada estava vazio, mas vidro se quebrou na sala de estar fechada, então...

Três homens, um alto, um baixo e esguio, e outro monstruosamente musculoso, caminharam batendo os pés até o corredor. Harding, Tern e Mullin. Ela exibiu os dentes para eles. Em especial para Tern, que era o menor, o mais velho e o mais esperto, o líder do grupinho. Provavelmente esperava que Aelin matasse Arobynn naquela noite em que se esbarraram no Cofres.

— Comecem a falar agora — sibilou ela.

Tern afastou os pés.

— Só se você fizer o mesmo.

Aedion soltou um grunhido baixo quando os três assassinos olharam os companheiros dela de cima a baixo.

— Não liguem para os cães de guarda — disparou Aelin, voltando a atenção deles para si novamente. — Expliquem-se.

Um soluço abafado veio da sala de estar atrás dos homens, e ela olhou por sobre o ombro imenso de Mullin.

— Por que aqueles dois lixos de prostíbulo estão nesta casa?

Tern fez uma cara de ódio.

— Porque foi Lysandra quem acordou gritando ao lado do corpo dele.

Os dedos de Aelin se fecharam em punho.

— Foi mesmo? — murmurou ela, com tanta ira nos olhos que até mesmo Tern se afastou quando a jovem caminhou para a sala de estar.

Lysandra estava jogada em uma poltrona, um lenço pressionado contra o rosto. Clarisse, a senhora dela, postada atrás, o rosto pálido e tenso.

Sangue manchava a pele e os cabelos da cortesã, e manchas tinham sido absorvidas pelo roupão de seda que não fazia muito para lhe esconder a nudez.

Lysandra se colocou de pé, os olhos vermelhos e o rosto inchado.

— Eu não... Juro que não...

Uma atuação espetacular.

— Por que droga de razão eu deveria acreditar em você? — cantarolou Aelin. — Você é a única com acesso ao quarto dele.

Clarisse, de cabelos dourados e envelhecendo graciosamente para uma mulher na casa dos 40 anos, emitiu um estalo com a língua.

— Lysandra jamais machucaria Arobynn. Por que faria isso, quando ele estava se empenhando tanto para pagar as dívidas dela?

Aelin inclinou a cabeça para a senhora.

— Pedi a porcaria da sua opinião, *Clarisse*?

Prontos para a violência, Rowan e Aedion permaneceram em silêncio, embora ela pudesse ter jurado que um lampejo de choque brilhou nos olhos sombrios de ambos. Que bom. Aelin voltou a atenção para os assassinos.

— Mostrem onde o encontraram. *Agora.*

Tern olhou para a jovem por um bom tempo, considerando cada palavra. *Um esforço heroico*, pensou ela, *para tentar me pegar com mais informações do que eu deveria ter.* O assassino apontou para a escadaria sinuosa visível pelas portas da sala de estar abertas.

— No quarto dele. Movemos o corpo lá para baixo.

— Vocês o moveram antes que eu pudesse estudar a cena por conta própria?

Foi Harding, alto e quieto, quem disse:

— Você só foi avisada como cortesia.

E para ver se eu o tinha feito.

Aelin saiu andando da sala de estar, apontando para trás, em direção a Lysandra e Clarisse.

— Se qualquer uma das duas tentar fugir, estripe-as — disse ela a Aedion.

O sorriso de seu primo brilhou sob o capuz, as mãos pairando a um alcance casual das facas de luta.

O quarto de Arobynn parecia um banho de sangue. E não havia nada fingido quando Aelin parou no portal, piscando para a cama encharcada e para as poças no chão.

Que diabo Lysandra tinha *feito* com ele?

Ela fechou as mãos para conter a tremedeira, ciente de que os três assassinos atrás podiam ver. Eles monitoravam cada fôlego e cada piscar de olhos e cada vez que Aelin engolia em seco.

— Como?

Mullin grunhiu.

— Alguém cortou a garganta dele e deixou que sufocasse até a morte no próprio sangue.

O estômago dela se revirou — se revirou de verdade. Lysandra, ao que parecia, não ficara satisfeita em deixá-lo morrer rapidamente.

— Ali — indicou Aelin, e a garganta se fechou. Ela tentou de novo. — Há uma pegada no sangue.

— Botas — falou Tern, a seu lado. — Grandes, provavelmente masculinas. — Ele olhou fixamente para os pés finos da jovem. Então avaliou os pés de Rowan, que tinha parado atrás dela, embora provavelmente já os tivesse examinado. O merdinha. É claro que as pegadas deixadas deliberadamente por Chaol tinham sido feitas com botas diferentes daquelas usadas por qualquer um deles.

— A tranca não tem sinais de arrombamento — comentou Aelin, tocando a porta. — E a janela?

— Vá olhar — respondeu Tern.

Ela precisaria caminhar pelo sangue de Arobynn para alcançá-la.

— Apenas me diga — pediu a jovem, baixinho. Exausta.

— A tranca foi quebrada pelo lado de fora — explicou Harding, e Tern olhou para ele com raiva.

Aelin recuou para a escuridão fria do corredor. Rowan se manteve silenciosamente distante, a ascendência feérica ainda não detectada sob aquele capuz — e permaneceria assim contanto que não abrisse a boca para revelar os longos caninos. Ela perguntou:

— Ninguém relatou sinais de nada fora do normal?

Tern deu de ombros.

— Houve uma tempestade. O assassino provavelmente esperou até então para matá-lo. — Ele lançou mais um longo olhar na direção de Aelin, com violência cruel dançando nos olhos escuros.

— Por que não diz logo, Tern? Por que não me pergunta onde eu estava ontem à noite?

— Sabemos onde estava — respondeu Harding, aproximando-se de Tern. Não havia nada bondoso no rosto longo e inexpressivo. — Nossos olhos viram você em casa a noite toda. Estava no telhado de sua casa, então foi dormir.

Exatamente como planejara.

— Está me contando esse detalhe porque gostaria que eu caçasse seus *olhinhos* e os cegasse? — retrucou a jovem, com doçura. — Porque depois de resolver *esta* confusão, é exatamente o que planejo fazer.

Mullin suspirou pesadamente pelo nariz e olhou com raiva para Harding, mas não disse nada. Sempre foi um homem de poucas palavras. Perfeito para o trabalho sujo.

— Não toque em nossos homens, e não tocaremos nos seus — retorquiu Tern.

— Não faço acordos com assassinos de merda de segunda categoria — replicou Aelin, dando um sorriso desprezível para ele ao caminhar pelo corredor, além do antigo quarto dela, e escada abaixo, com Rowan um passo atrás.

Ela acenou para Aedion quando entrou na sala de estar. Ele manteve a posição de guarda, ainda sorrindo como um lobo. Lysandra não se movera um centímetro.

— Você. Pode ir — disse Aelin à mulher. A cabeça da cortesã se voltou para cima.

— O quê? — disparou Tern.

Aelin apontou para a porta.

— Por que essas duas piranhas gananciosas matariam seu maior cliente? Na verdade — comentou ela, por cima do ombro. — Acho que vocês três teriam mais a ganhar.

Antes que pudessem começar a gritar, Clarisse tossiu para chamar atenção.

— *Sim?* — sibilou Aelin.

O rosto dela estava pálido como a morte, mas a senhora manteve a cabeça erguida ao falar:

— Se você permitir, o mestre do banco estará aqui em breve para ler o testamento. Arobynn... — Ela secou os olhos, o retrato perfeito do luto. — Arobynn me informou que fomos citadas. Gostaríamos de permanecer até que fosse lido.

Aelin sorriu.

— O sangue de Arobynn ainda nem secou naquela cama, e você já está avançando para seu quinhão. Não sei por que estou surpresa. Talvez tenha inocentado você do assassinato cedo demais se está tão ansiosa para pegar o que quer que ele tenha deixado.

Clarisse ficou pálida de novo, e Lysandra começou a tremer.

— Por favor, Celaena — implorou a cortesã. — Nós não... Eu jamais...

Alguém bateu à porta da frente.

Aelin colocou as mãos nos bolsos.

— Ora, ora. Bela deixa.

∽

O mestre do banco parecia prestes a vomitar ao ver a cortesã coberta de sangue, mas então suspirou com uma espécie de alívio quando viu Aelin. Lysandra e Clarisse agora estavam sentadas em poltronas idênticas enquanto o homem se sentava atrás da pequena escrivaninha diante das enormes janelas; Tern e os colegas o cercavam como abutres. Aelin se recostou contra a parede ao lado do portal, de braços cruzados, com Aedion à esquerda e Rowan à direita.

Conforme o mestre prosseguia com as condolências e desculpas, Aelin sentiu os olhos de Rowan sobre si.

Ele se aproximou um passo, como que para roçar o braço contra o dela, mas a jovem deslizou para fora do alcance.

O guerreiro ainda a olhava quando o mestre abriu um envelope selado e pigarreou. Após tagarelar algum jargão legal, ele ofereceu as condolências de novo, as quais a estúpida da Clarisse teve a audácia de aceitar, como se fosse a viúva de Arobynn.

Então veio a longa lista dos bens — os investimentos, as propriedades, assim como a imensa e indecente fortuna deixada em conta. Clarisse estava praticamente babando no tapete, mas os três assassinos mantiveram o rosto cuidadosamente neutro.

— É meu desejo — leu o mestre — que a única beneficiária de toda minha fortuna, meus bens e posses seja minha herdeira, Celaena Sardothien.

Clarisse deu a volta na cadeira, rápida como uma víbora.

— O quê?

— Mentira — disparou Aedion.

Aelin apenas encarou o homem, a boca entreaberta, as mãos inertes ao lado do corpo.

— Repita isso — sussurrou ela.

O mestre deu um sorriso nervoso, aguado.

— Tudo... toda a fortuna foi deixada para você. Bem, exceto por... essa quantia para Madame Clarisse, para pagar as dívidas dele. — Ele mostrou o papel à senhora.

— Isso é impossível — sibilou a ela. — Ele *prometeu* que eu estava nesse testamento.

— E você está — cantarolou Aelin, afastando-se da parede para olhar por cima do ombro de Clarisse para a pequena quantia. — Ora, não seja gananciosa.

— Onde estão as cópias? — indagou Tern. — Você as inspecionou? — Ele disparou para o outro lado da mesa para examinar o testamento.

O mestre se encolheu, mas segurou o pergaminho... assinado por Arobynn e totalmente legal.

— Verificamos as cópias em nossos cofres esta manhã. Todas idênticas, todas datadas de três meses atrás.

Quando ela estava em Wendlyn.

Aelin deu um passo adiante.

— Então, exceto por aquela minúscula soma para Clarisse... tudo isto, esta casa, a Guilda, as outras propriedades, a fortuna, é tudo meu?

O homem assentiu de novo, já se preparando para fechar a maleta.

— Parabéns, senhorita Sardothien.

Devagar, ela virou o rosto para Clarisse e Lysandra.

— Bem, se esse é o caso... — Ela exibiu os dentes com um sorriso cruel. — Tirem suas carcaças vadias e sanguessugas da *porcaria* da minha propriedade.

O mestre engasgou.

Lysandra não conseguiu se mover rápido o bastante ao correr para a porta. Clarisse, no entanto, permaneceu sentada.

— Como *ousa*... — começou ela.

— Cinco — disse Aelin, erguendo cinco dedos. Ela abaixou um e levou a outra mão em direção à adaga. — Quatro. — Outro dedo. — Três.

A madame disparou da sala, correndo atrás de uma Lysandra em prantos.

Então a jovem olhou para os três assassinos. As mãos deles pendiam, inertes, ao lado do corpo, com fúria e choque e — sabiamente — algo como medo no rosto.

Ela disse, baixo demais:

— Vocês seguraram Sam enquanto Arobynn me espancou até eu apagar, depois não levantaram um dedo para impedi-lo de o espancar também. Não sei qual papel tiveram na morte dele, mas jamais me esquecerei do som de suas vozes do lado de fora de meu quarto conforme me davam os detalhes sobre a casa de Rourke Farran. Foi fácil para os três? Me mandar para a casa daquele sádico, sabendo o que ele tinha feito a Sam e o que pretendia fazer comigo? Estavam apenas seguindo ordens ou ficaram mais que felizes em se oferecerem?

O mestre se encolheu na cadeira, tentando se fazer o mais invisível possível em uma sala cheia de assassinos profissionais.

Os lábios de Tern se contraíram.

— Não sabemos do que está falando.

— Pena. Eu talvez estivesse disposta a ouvir umas desculpas esfarrapadas. — Aelin olhou para o relógio sobre a lareira. — Façam as malas e deem o fora. Agora mesmo.

Eles piscaram.

— O quê? — disse Tern.

— Façam as malas — repetiu Aelin, pronunciando cada palavra. — Deem o fora daqui. Agora mesmo.

— Esta é nossa casa — argumentou Harding.

— Não mais. — Ela limpou as unhas. — Corrija-me se eu estiver errada, mestre — ronronou Aelin, fazendo-o se encolher diante da atenção. — Sou dona desta casa e de tudo nela. Tern, Harding e Mullin ainda não pagaram as dívidas ao pobre Arobynn, então sou dona de tudo que eles têm aqui, até mesmo das roupas. Estou me sentindo generosa, portanto deixarei que fiquem com elas, pois o gosto deles é terrível mesmo. Mas as armas, as listas de clientes, a Guilda... Tudo isso é meu. Eu decido quem está dentro e quem está fora. E como esses três acharam adequado *me* acusar de assassinar meu mestre, digo que estão fora. Se tentarem trabalhar de novo nesta cidade, neste continente, então pela lei e pelas leis da Guilda, tenho o direito de caçá-los e cortá-los em pedacinhos. — Ela piscou os olhos. — Ou estou errada?

O mestre engoliu em seco ruidosamente.

— Está certa.

Tern deu um passo na direção da jovem.

— Não pode... não pode fazer isso.

— Eu posso e vou. Rainha dos Assassinos soa bem, não é? — Ela gesticulou para a porta. — Retirem-se.

Harding e Mullin fizeram menção de se mover, mas Tern ergueu os braços, impedindo-os.

— Que droga você quer de nós?

— Sinceramente, não me importaria de ver os três estripados e pendurados dos lustres pelas vísceras, mas acho que isso destruiria esses lindos tapetes dos quais agora sou dona.

— Não pode simplesmente nos colocar para fora. O que faremos? Para onde iremos?

— Soube que o inferno é muito bonito nesta época do ano.

— Por favor... por favor — pediu Tern, com o fôlego disparado.

Aelin enfiou as mãos nos bolsos, avaliando a sala.

— Eu imagino... — Ela fez um ruído pensativo. — Imagino que poderia *vender* a casa, e a propriedade, e a Guilda a vocês.

— Sua *vadia* — disparou Tern, mas Harding deu um passo à frente.

— Quanto? — perguntou ele.

— Em quanto a propriedade e a Guilda estão avaliadas, mestre?

O sujeito parecia estar caminhando para a forca enquanto abria o arquivo de novo em busca da quantia. Astronômica, exorbitante, impossível para os três pagarem.

Harding passou a mão pelo cabelo. Tern tinha adquirido um tom espetacular de roxo.

— Imagino que não tenham tanto assim — comentou Aelin. — Uma pena. Eu ofereceria vender pelo custo, sem lucro.

Ela fez menção de se virar, mas Harding falou:

— Espere. E se todos pagássemos juntos, nós três e os demais. Para que todos fôssemos donos da casa e da Guilda.

Aelin parou.

— Dinheiro é dinheiro. Não dou a mínima para como o conseguem, contanto que seja entregue a mim. — Ela inclinou a cabeça para o mestre. — Pode preparar os papéis hoje? Considerando que obtenham o dinheiro, é claro.

— Isso é um absurdo — murmurou Tern para Harding.

O assassino balançou a cabeça.

— Cale a boca, Tern. Apenas... cale a boca.

— Eu... — disse o mestre. — Eu... posso prepará-los em três horas. Isso parece um tempo adequado para conseguirem provas de fundos suficientes?

Harding assentiu.

— Encontraremos os outros e diremos a eles.

Aelin sorriu para o funcionário e para os três homens.

— Parabéns por sua nova liberdade. — Ela apontou para a porta de novo. — E como sou a senhora desta casa por mais três horas... *saiam*. Vão encontrar seus amigos, reúnam o dinheiro, então se sentem na sarjeta como o lixo que são até que o mestre volte.

Eles obedeceram sabiamente; Harding segurou a mão de Tern para evitar que ele fizesse um gesto vulgar a Aelin. Quando o mestre do banco saiu, os assassinos falaram com os colegas e cada habitante da casa saiu em fila, um a um, até mesmo os criados. Ela não se importava com o que os vizinhos pensariam.

Logo, a imensa e linda mansão estava vazia, exceto por Aelin, Aedion e Rowan.

Os dois silenciosamente a seguiram quando a jovem passou pela porta, caminhando até os níveis inferiores, e desceu em direção à escuridão para ver seu mestre uma última vez.

Rowan não sabia o que pensar daquilo. Um redemoinho de ódio e raiva e violência era o que Aelin havia se tornado. E nenhum daqueles assassinos de merda tinha ficado surpreso — nem mesmo um piscar de olhos para aquele comportamento. Pelo rosto pálido de Aedion, ele percebeu que o general pensava o mesmo, contemplando os anos que sua prima passara como aquela criatura irrefreável e cruel. Celaena Sardothien... quem ela fora então e quem havia se tornado de novo naquele dia.

Ele odiava aquilo. Odiava não poder se aproximar quando Aelin era aquela pessoa. Odiava que tivesse se irritado com ela na noite anterior, entrando em pânico ao toque de suas mãos. Agora Aelin o bloqueara por completo. A pessoa que a jovem se tornara naquele dia não tinha nenhuma bondade, nenhuma alegria.

Rowan a seguiu para o calabouço, onde velas iluminavam o caminho em direção à sala em que o corpo do mestre era mantido. Aelin ainda caminhava com arrogância, mãos nos bolsos, sem se importar se o guerreiro vivia ou respirava ou sequer existia. *Não é real*, disse ele a si mesmo. *Uma encenação.*

Mas ela estivera evitando-o desde a noite anterior, e, naquele dia, chegara a se afastar quando Rowan ousou se aproximar. *Aquilo* fora real.

Aelin passou pela porta aberta, entrando na mesma sala em que Sam tinha sido colocado. Cabelos ruivos saíam por baixo do lençol de seda branca que cobria o corpo nu sobre a mesa. Ao parar diante dele, a jovem se virou para Rowan e Aedion.

Ela os encarou, esperando. Esperando que eles...

Aedion xingou.

— Você trocou o testamento, não foi?

Aelin deu um sorriso breve e frio, com os olhos sombrios.

— Você disse que precisava de dinheiro para um exército, Aedion. Então, aqui está seu dinheiro, todo ele, e cada moeda para Terrasen. Era o mínimo que Arobynn nos devia. Naquela noite em que lutei no Fossas, só estávamos ali porque entrei em contato com os donos dias antes e disse a eles que deviam dar indícios sutis a Arobynn sobre investir. Ele pegou a isca, nem mesmo questionou o momento. Mas eu queria me certificar de que recuperaria rapidamente o dinheiro perdido com a destruição do Cofres. Para que não nos negassem uma moeda que nos era devida.

Pelo inferno em chamas.

Aedion balançou a cabeça.

— Como... como você fez isso?

Ela abriu a boca, mas Rowan respondeu, baixinho:

— Ela entrou no banco de fininho... todas aquelas vezes em que saía no meio da noite. E usou todas aquelas reuniões durante o dia com o mestre do banco para ter uma noção melhor da disposição, de onde as coisas eram guardadas. — Aquela mulher, aquela sua rainha... Uma inquietude familiar percorreu seu sangue. — Você queimou os originais?

Aelin nem mesmo olhou para ele.

— Clarisse teria sido uma mulher muito rica, e Tern teria se tornado o rei dos Assassinos. E sabe o que eu teria recebido? O Amuleto de Orynth. Foi tudo que ele me deixou.

— Foi assim que soube que ele realmente o tinha... e onde o guardava — comentou Rowan. — Quando leu o testamento.

Aelin deu de ombros de novo, ignorando o choque e a admiração que o guerreiro não conseguia manter longe do rosto. Ignorando *Rowan*.

Aedion esfregou o rosto.

— Nem sei o que dizer. Deveria ter me contado para que eu não agisse como um tolo surpreso lá em cima.

— Sua surpresa precisava ser genuína; nem mesmo Lysandra sabia do testamento. — Uma resposta tão distante, fechada e pesada. Rowan queria sacudi-la, exigir que Aelin falasse com ele, que *olhasse* para ele. Mas não tinha muita certeza do que faria se ela não o deixasse se aproximar, caso se afastasse de novo enquanto Aedion observava.

Aelin se voltou para o corpo de Arobynn e afastou o lençol do rosto dele, revelando um ferimento irregular que cortava o pescoço pálido.

Lysandra o deformara.

O rosto de Arobynn tinha sido arrumado em uma expressão de calma, mas, pela sujeira que Rowan vira no quarto, o homem estivera muito acordado quando sufocou no próprio sangue.

Aelin olhou para o antigo mestre, o rosto dela estava inexpressivo, exceto por uma leve contração ao redor da boca.

— Espero que o deus sombrio encontre um lugar especial para você em seu reino — disse a jovem, e um calafrio percorreu a coluna de Rowan diante do carinho frio no tom de voz.

Ela estendeu a mão atrás de si, para Aedion.

— Me dê sua espada.

Aedion sacou a Espada de Orynth, entregando-a. Sua prima olhou para a lâmina dos ancestrais ao sopesar a arma nas mãos.

Quando ergueu a cabeça, havia apenas determinação gélida naqueles olhos magníficos. Uma rainha exercendo justiça.

Então ela ergueu a espada do pai e cortou a cabeça de Arobynn.

O pedaço decepado rolou para o lado com um estampido medíocre, e Aelin deu um sorriso sombrio para o cadáver.

— Apenas para ter certeza. — Foi tudo o que disse.

PARTE DOIS
Rainha da Luz

⚜ 48 ⚜

No dia seguinte ao chilique por causa da aliança das Pernas Amarelas, Manon espancou Asterin no salão do café da manhã. Ninguém perguntou por que, ninguém ousou.

Três golpes sem defesa.

Asterin nem mesmo se encolheu.

Quando Manon terminou, a bruxa simplesmente a encarou, sangue azul escorrendo do nariz quebrado. Nenhum sorriso. Nenhuma risada selvagem.

Então ela saiu.

O restante das Treze as observava com cautela. Vesta, agora a terceira na hierarquia, parecia querer correr atrás de Asterin, mas um gesto da cabeça de Sorrel a manteve no lugar.

A Líder Alada passou o dia todo inquieta depois disso.

Mandara Sorrel ficar calada com relação às Pernas Amarelas, mas se perguntou se deveria mandar Asterin fazer o mesmo.

Ela hesitou, pensando a respeito do assunto.

Você deixou que fizessem isso.

As palavras rodopiavam na cabeça de Manon, junto àquele discursinho moralista que Elide fizera na noite anterior. *Esperança.* Quanta tolice.

Ainda martelando as palavras, a bruxa entrou na câmara do conselho do duque, vinte minutos depois da hora exigida pela convocação.

— Você sente prazer em me ofender com seus atrasos ou é incapaz de ver a hora? — perguntou Perrington de seu assento. Vernon e Kaltain estavam à mesa: o primeiro dando um sorriso presunçoso; a segunda olhando para a frente, inexpressiva. Nenhum sinal do fogo de sombras.

— Sou uma imortal — retrucou Manon, sentando-se diante deles enquanto Sorrel montava guarda à porta, com Vesta no corredor do lado de fora. — Tempo não significa nada para mim.

— Um pouco de atitude vindo de você hoje — comentou Vernon. — Gostei.

A bruxa lhe lançou um olhar frio.

— Perdi o café da manhã hoje, humano. Então tomaria cuidado se fosse você.

O lorde apenas sorriu.

Manon se recostou na cadeira.

— Por que me convocou desta vez?

— Preciso de mais uma aliança.

Ela manteve o rosto inexpressivo.

— E quanto às Pernas Amarelas que já tem?

— Estão se recuperando bem e estarão prontas para receber visitas em breve.

Mentiroso.

— Uma aliança Bico Negro desta vez — insistiu o duque.

— Por quê?

— Porque quero uma, e você fornecerá uma, e é tudo de que precisa saber.

Você deixou que fizessem isso.

Manon conseguia sentir o olhar de Sorrel na nuca.

— Não somos vadias para seus homens usarem.

— São receptáculos sagrados — respondeu o duque. — É uma honra ser escolhida.

— Uma coisa muito masculina de se presumir.

Um lampejo de dentes amarelados.

— Escolha a aliança mais forte e mande-a para baixo.

— Isso requer consideração.

— Faça logo, ou eu mesmo escolherei.

Você deixou que fizessem isso.

— E... enquanto isso — disse Perrington ao se levantar da cadeira com um movimento ágil e poderoso. — Prepare suas Treze. Tenho uma missão para vocês.

～

Manon velejou em um vento fustigante e rápido, impulsionando Abraxos mesmo quando nuvens se agruparam, mesmo com uma tempestade começando ao redor das Treze. Sair. Ela precisava sair, precisava se lembrar do toque do vento no rosto, de como eram a velocidade irrefreável e a força ilimitada.

Ainda que aquela adrenalina, de alguma forma, diminuísse por causa da passageira sentada diante de Manon, do corpo frágil enroscado contra os elementos.

Um relâmpago cortou o ar tão próximo que a bruxa conseguiu sentir o gosto pungente do éter, e Abraxos desviou, mergulhando contra chuva, nuvens e vento. Kaltain nem mesmo se mexeu. Gritos irrompiam dos homens que montavam com o restante das Treze.

Um trovão estalou, e o mundo ficou dormente com o som. Mesmo o rugido da serpente alada parecia abafado nos ouvidos entorpecidos de Manon. O disfarce perfeito para a emboscada.

Você deixou que fizessem isso.

A chuva que ensopava suas luvas transformou-se em sangue morno e pegajoso.

Abraxos foi pego em uma corrente ascendente e subiu tão rápido que o estômago de Manon se apertou. Ela segurou Kaltain com força, embora a mulher estivesse presa ao animal; não exibia nenhuma reação.

O duque Perrington, montado com Sorrel, era uma nuvem de escuridão na visão periférica da líder conforme disparavam pelas montanhas Canino Branco, mapeadas tão cuidadosamente durante todas aquelas semanas.

As tribos selvagens não teriam ideia do que as atingira até que fosse tarde demais.

Manon sabia que não tinha como fugir daquilo... não tinha como o evitar. Ela continuou voando pelo coração da tempestade.

～

Ao chegarem à aldeia, envolta em neve e rochas, Sorrel voou perto o bastante para que Kaltain ouvisse Perrington.

— As casas. Queime todas.

Manon olhou para o duque, então para a própria carga.

— Não deveríamos pousar...

— Daqui — ordenou o homem, e o rosto dele se tornou grotescamente suave ao falar com Kaltain. — Agora, bicho de estimação.

Abaixo, uma pequena figura feminina saiu de uma das pesadas tendas, erguendo o rosto e gritando.

Chamas escuras — fogo de sombras — envolveram-na da cabeça aos pés. Seu grito foi carregado até Manon pelo vento.

Então vieram outros, disparando para fora conforme o fogo profano saltava sobre as casas e os cavalos.

— Todos eles, Kaltain — ordenou o duque, por cima do vento. — Continue circundando, Líder Alada.

Sorrel encarou Manon, que rapidamente virou o rosto e desviou Abraxos para trás, em direção ao vale no qual a tribo estava acampada. Havia rebeldes entre eles; a bruxa sabia disso porque ela mesma os seguira.

Fogo de sombras irrompeu pelo acampamento. As pessoas se jogavam no chão, gritando, implorando em línguas que Manon não entendia. Algumas desmaiavam de dor; outras morriam. Os cavalos davam pinotes, relinchando; sons tão desprezíveis que até mesmo a espinha da líder se enrijeceu.

Então o fogo sumiu.

Kaltain desabou nos braços de Manon, ofegante, arquejando para tomar fôlegos entrecortados.

— Ela está esgotada — disse a bruxa ao duque.

Irritação percorreu o rosto ríspido como granito de Perrington ao observar as pessoas correndo, tentando ajudar aquelas que estavam chorando ou inconscientes... ou mortas. Cavalos fugiam em todas as direções.

— Pouse, Líder Alada, e acabe com isso.

Em qualquer outro dia, um bom derramamento de sangue teria sido agradável. Mas por ordem dele...

Manon encontrara aquela tribo para o duque.

Você deixou que fizessem isso.

A bruxa disparou o comando a Abraxos, mas a descida foi lenta... como se a serpente alada desse a ela tempo para reconsiderar. Kaltain estremecia nos braços de Manon, quase em convulsões.

— O que há com você? — perguntou a líder para a mulher, imaginando se deveria forjar um acidente que acabaria com o pescoço de Kaltain quebrado nas pedras.

Ela não disse nada, mas as linhas do corpo estavam tensas, como se congeladas, apesar da pele que a cobria.

Olhos demais... havia olhos demais para que a matasse. E se a mulher era tão valiosa para o duque, Manon não tinha dúvidas de que ele tomaria uma das Treze — ou todas — como retribuição.

— Rápido, Abraxos — ordenou a bruxa, e a serpente alada se apressou com um grunhido. Ela ignorou a desobediência, a reprovação no som.

Eles pousaram em um pedaço plano do penhasco da montanha, e Manon deixou Kaltain sob os cuidados de Abraxos conforme saiu caminhando pelo gelo e pela neve na direção da aldeia em pânico.

As Treze a seguiram silenciosamente em fila. A Líder Alada não olhou para elas; uma parte sua não ousava ver o que poderia estar estampado naqueles rostos.

Os aldeões pararam quando viram a aliança parada, no alto da projeção de rocha que ficava acima do vale no qual tinham estabelecido seus lares.

Manon sacou Ceifadora do Vento. Então os gritos recomeçaram.

❧ 49 ❧

Já no meio da tarde, Aelin havia assinado todos os documentos que o mestre do banco levara, e largado a Fortaleza para os terríveis novos donos, mas Aedion *ainda* não conseguira digerir tudo que a prima tinha feito.

A carruagem os levou ao limite dos cortiços, e o grupo se manteve às sombras conforme seguiram para casa, silenciosos e despercebidos. Contudo, ao chegarem na frente do armazém, Aelin continuou andando na direção do rio, a muitos quarteirões de distância, sem sequer uma palavra. Rowan deu um passo para a seguir, mas Aedion o impediu.

Ele devia ter um desejo de morte, pois até mesmo ergueu as sobrancelhas para o príncipe feérico antes de disparar pela rua atrás da prima. O general ouvira a briguinha dos dois no telhado na noite anterior, graças à janela aberta do quarto. Mesmo agora, sinceramente não conseguia decidir se estava entretido ou revoltado com as palavras de Rowan — *Não me toque assim* —, considerando que era óbvio que o guerreiro sentia exatamente o oposto. Mas Aelin... pelos deuses, Aelin ainda tentava entender.

Ela batia os pés pela rua com um temperamento nada agradável quando falou:

— Se veio para me repreender... ah. — A jovem suspirou. — Não acho que consiga convencê-lo a dar meia-volta.

— Sem chance, querida.

Aelin revirou os olhos e continuou. Eles caminharam silenciosamente quarteirão após quarteirão, até chegarem ao reluzente rio marrom. Um passeio decrépito e imundo de paralelepípedos se estendia pela margem. Abaixo, postes abandonados e em ruínas eram tudo que restava de um antigo cais.

Ela encarou a água lamacenta, então cruzou os braços. A luz da tarde era quase ofuscante ao se refletir na superfície calma.

— Desembuche — disse Aelin.

— Hoje... quem você foi hoje... aquilo não era inteiramente uma máscara.

— Isso incomoda? Você me viu dilacerar os homens do rei.

— Me incomoda que as pessoas que conhecemos hoje nem mesmo piscaram diante daquela pessoa. Me incomoda você *ter sido* aquela pessoa por um tempo.

— O que quer que eu diga? Quer que peça desculpas por isso?

— Não... pelos deuses, não. Eu só... — As palavras estavam saindo completamente erradas. — Você sabe que quando fui para aqueles acampamentos de guerra, quando me tornei general... Deixei que os limites se confundissem também. Mas ainda estava no norte, ainda em casa, com nosso povo. Você veio para cá em vez disso, e precisou crescer com aqueles merdas, e... Eu queria ter estado aqui. Queria que Arobynn tivesse, de alguma forma, me encontrado também e nos criado juntos.

— Você era mais velho. Jamais teria deixado que Arobynn nos levasse. Assim que ele virasse o rosto, você teria me puxado e fugido.

Verdade... verdade mesmo, mas...

— A pessoa que você foi hoje e há alguns anos... aquela pessoa não tinha nenhuma alegria ou amor.

— Pelos deuses, eu tinha *um pouco*, Aedion. Não era um monstro completo.

— Ainda assim, só queria que soubesse tudo isso.

— Que se sente culpado por eu ter me tornado uma assassina enquanto você suportou os acampamentos de guerra e os campos de batalha?

— Que eu não estava *aqui*. Que você precisou enfrentar essa gente sozinha. — Seu primo acrescentou: — Você pensou naquele plano todo sozinha e não confiou em nenhum de nós. Tomou para si o fardo de conseguir o dinheiro. Eu poderia ter encontrado uma forma; pelos deuses, teria me casado com qualquer princesa rica ou imperatriz caso você me pedisse, se prometessem homens e dinheiro.

— *Nunca* vou vendê-lo como mercadoria — disparou ela. — E temos o bastante agora para pagar por um exército, não?

— Sim. — E mais um pouco. — Mas essa não é a questão, Aelin. — Aedion inspirou. — A questão é que eu deveria ter estado lá, mas *estou* aqui agora. Estou curado. Deixe que eu compartilhe esse fardo.

Aelin inclinou a cabeça para trás, aproveitando a brisa do rio.

— E o que eu poderia pedir a você que não conseguiria fazer eu mesma?

— Esse é o problema. Sim, pode fazer a maioria das coisas sozinha. Não quer dizer que precise.

— Por que eu deveria arriscar sua vida? — As palavras saíram hesitantes. Ah. *Ah*.

— Porque ainda sou mais dispensável que você.

— Não para mim. — As palavras mal passaram de um sussurro.

Aedion apoiou a mão nas costas da prima, com a resposta também presa na garganta. Mesmo com o mundo indo para o inferno ao redor, apenas ouvir Aelin dizer aquilo, ficar parado ali ao lado dela... era um sonho.

Aelin permaneceu em silêncio, então ele se controlou o suficiente para dizer:

— O que, exatamente, vamos fazer agora?

Ela olhou para o primo.

— Vou libertar a magia, derrubar o rei e matar Dorian. A ordem dos dois últimos itens na lista pode ser invertida, dependendo de como tudo acontecer.

O coração de Aedion parou.

— O quê?

— Alguma coisa não ficou clara?

Tudo. Cada parte. Ele não tinha dúvidas de que Aelin faria aquilo; até a parte sobre matar o amigo. Se Aedion protestasse, ela apenas mentiria e o enganaria.

— O que e quando e *como*? — perguntou ele.

— Rowan está trabalhando na primeira parte.

— Isso soa muito com "Tenho mais segredos que só vou revelar a você quando tiver vontade de fazer seu coração parar dentro do peito".

Mas o sorriso de resposta disse a Aedion que não chegaria a lugar algum com sua prima. Ele não conseguia decidir se aquilo o encantava ou desapontava.

⌣

Rowan estava quase dormindo na cama quando Aelin voltou, horas depois, e murmurou um boa-noite a Aedion antes de entrar no quarto. Sem nem mesmo olhar na direção do feérico, ela começou a soltar as armas e empilhá-las na mesa diante da lareira apagada.

Eficiente, rápida, silenciosa. Nenhum som emitido.

— Fui caçar Lorcan — informou Rowan. — Rastreei o cheiro pela cidade, mas não o vi.

— Ele está morto, então? — Outra adaga caiu sobre a mesa.

— O cheiro estava fresco. A não ser que tenha morrido há uma hora, ainda está bastante vivo.

— Que bom — retorquiu Aelin, simplesmente, ao entrar no closet para se trocar. Ou apenas para não encarar Rowan.

Ela reapareceu momentos depois, vestindo uma das camisolas transparentes, e todos os pensamentos escaparam da porcaria da mente do guerreiro. Bem, aparentemente ela morrera de vergonha da interação prévia dos dois, mas não o suficiente para vestir algo decente e discreto para dormir.

Quando Aelin caminhou para a cama, a seda rosa se agarrou à cintura e deslizou sobre os quadris, revelando a magnífica extensão de suas pernas nuas, ainda esguias e bronzeadas devido a todo o tempo que passaram ao ar livre durante a primavera. Uma faixa de renda amarelo-clara enfeitava o decote acentuado, e Rowan tentou — pelos deuses, tentou de verdade — não olhar para a curva suave dos seios conforme ela se curvou para subir na cama.

O guerreiro imaginou que qualquer pingo de timidez devia ter sido arrancado de Aelin sob os açoites de Endovier. Embora tivesse tatuado por cima da maioria das cicatrizes em suas costas, as saliências permaneciam. Os pesadelos também... pois ainda acordava sobressaltada e acendia uma vela para afastar a escuridão na qual a haviam enfiado, a lembrança dos poços escuros que usavam como punição. Sua Coração de Fogo, trancafiada no escuro.

Ele devia uma visita aos capatazes de Endovier.

Aelin podia ter uma tendência a punir qualquer um que o ferisse, mas não parecia perceber que ele — junto de Aedion — talvez tivesse as próprias contas a ajustar em nome dela. E, como imortal, tinha paciência infinita no que dizia respeito àqueles monstros.

O cheiro de Aelin o atingiu quando ela soltou os cabelos e se aninhou na pilha de travesseiros. Aquele cheiro sempre o impactava, fora sempre um chamado e um desafio. Despertara-o tão completamente de séculos enclausurado no gelo que Rowan a odiara a princípio. E agora... agora o cheiro o inebriava.

Ambos tinham muita sorte por ela não conseguir mudar para a forma feérica no momento e sentir o cheiro do que latejava no sangue do guerreiro. Fora difícil o bastante esconder dela até então. Os olhares de compreensão de Aedion diziam o suficiente sobre o que o primo de Aelin detectara.

Ele a vira nua antes — algumas vezes. E pelos deuses, sim, *houvera* momentos em que considerara, mas tinha se controlado. Aprendera a manter esses pensamentos inúteis presos por rédeas muito curtas. Como da vez em que Aelin gemeu à brisa que Rowan lançou em sua direção no Beltane; o arco do pescoço dela, aquela boca se entreabrindo, o *som* que saiu...

Ela estava agora deitada de lado, de costas para Rowan.

— Quanto a ontem à noite — começou ele, os dentes trincados.

— Não tem problema. Foi um erro.

Olhe para mim. Vire e olhe para mim.

Mas ela permaneceu de costas, o luar acariciando a seda que se acumulava na depressão da cintura dela, na curva do quadril.

O sangue de Rowan esquentou.

— Eu não quis... perder a calma com você — disse ele, hesitante.

— Eu sei que não. — Aelin puxou o cobertor para cima, como se conseguisse sentir o peso do olhar sobre aquele ponto macio e convidativo entre o pescoço e o ombro, um dos poucos lugares que não estava marcado por cicatrizes ou tatuagens. — Nem sei o que aconteceu, mas os últimos dias foram estranhos, então vamos apenas dizer que foi isso, tudo bem? Preciso dormir.

Rowan pensou em dizer que *não* estava tudo bem, mas respondeu:

— Tudo bem.

Momentos depois, Aelin estava, de fato, dormindo.

O guerreiro se deitou de costas e encarou o teto, colocando uma das mãos sob a cabeça.

Ele precisava entender aquilo... precisava conseguir que Aelin apenas *olhasse* para ele de novo, para que pudesse explicar que não estava preparado. Ao vê-la tocar a tatuagem que contava a história do que ele fizera e de como perdera Lyria... Rowan não estava pronto para o que sentiu naquele momento. Não foi o desejo que o abalou. Foi apenas... Aelin. Ela o tirara do sério naquelas últimas semanas, mas o príncipe feérico não considerara como seria se recebesse um olhar com interesse.

Não era nada parecido com o que tivera no passado com amantes: mesmo quando gostava delas, não tinha *se importado* de verdade. Estar com elas jamais fez Rowan pensar naquele mercado de flores. Jamais o fez lembrar de que estava vivo, tocando outra mulher, enquanto Lyria... Lyria estava morta. Assassinada.

E Aelin... Se ele escolhesse aquele caminho, e algo acontecesse com ela... O peito dele se apertou com a ideia.

Então Rowan precisava entender aquilo — precisava se entender, também, independentemente do que quisesse de Aelin.

Mesmo que fosse uma tortura.

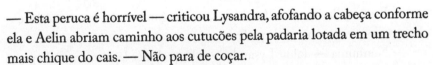

— Esta peruca é horrível — criticou Lysandra, afofando a cabeça conforme ela e Aelin abriam caminho aos cutucões pela padaria lotada em um trecho mais chique do cais. — Não para de coçar.

— Quieta — resmungou Aelin de volta. — Só precisa usar por mais alguns minutos, não pela vida toda.

A cortesã abriu a boca para reclamar mais um pouco, então dois cavalheiros se aproximaram, com caixas de gostosuras assadas nas mãos, e olharam para elas de modo apreciativo. Lysandra e Aelin usavam os vestidos mais finos e enfeitados que tinham, não passavam de duas mulheres ricas em um passeio vespertino pela cidade, monitoradas por dois guarda-costas cada.

Rowan, Aedion, Nesryn e Chaol estavam recostados contra os postes de madeira do cais, do lado de fora, discretamente observando-as pela grande vitrine de vidro da loja. Estavam vestidos e encapuzados em preto, estampando dois brasões diferentes — ambos falsos, adquiridos no esconderijo que Lysandra tinha para se encontrar com clientes discretos.

— Aquela — disse Aelin, sussurrando conforme as duas abriram caminho pela multidão da hora do almoço, a atenção fixa na mulher de aparência mais atribulada atrás do balcão. A melhor hora para ir até ali, dissera Nesryn, era quando os funcionários estavam ocupados demais para reparar de verdade nos clientes e os queriam fora do caminho o mais rápido possível. Alguns cavalheiros abriram espaço para deixar as duas passarem, e Lysandra agradeceu cantarolando.

Aelin encarou a mulher atrás do balcão.

— O que posso lhe servir, senhorita? — Educada, mas já avaliando os clientes que se amontoavam atrás da cortesã.

— Quero falar com Nelly — informou Aelin. — Ela prometeu uma torta de amoras para mim.

A mulher semicerrou os olhos. A jovem exibiu um sorriso arrogante.

A funcionária suspirou, então disparou pela porta de madeira, permitindo um lampejo do caos na cozinha atrás dela. Um momento depois, voltou, dando a Aelin um olhar que dizia *Ela sairá em um minuto* e seguindo direto para outro freguês.

Tudo bem.

Aelin se recostou contra uma das paredes e cruzou os braços. Depois os abaixou. Uma dama não ficava à toa.

— Então Clarisse não faz ideia? — perguntou ela, sussurrando enquanto observava a porta da padaria.

— Nenhuma — falou Lysandra. — E qualquer lágrima que ela possa ter derramado foi pelas próprias perdas. Você deveria ter visto quão revoltada ficou ao entrarmos na carruagem com aquelas poucas moedas. Não tem medo de se tornar um alvo?

— Sou um alvo desde que nasci — respondeu Aelin. — Mas vou embora em breve... jamais serei Celaena de novo mesmo.

Lysandra murmurou baixinho.

— Sabe que eu poderia ter feito isso para você sozinha.

— Sim, mas duas damas fazendo perguntas é menos suspeito que uma. — A amiga lançou a ela um olhar de sabedoria. Aelin suspirou. — É difícil — admitiu ela. — Abrir mão do controle.

— Eu não saberia dizer.

— Bem, está perto de pagar suas dívidas, não está? Estará livre em breve.

Um gesto casual de ombros.

— Improvável. Clarisse aumentou todas as dívidas desde que foi retirada do testamento de Arobynn. Parece que tinha feito algumas compras adiantadas e agora precisa pagar por elas.

Pelos deuses! Aelin sequer considerara isso. Nem mesmo *pensara* no que poderia significar para Lysandra e as outras garotas.

— Desculpe por qualquer fardo a mais que eu tenha causado.

— Por ter visto a expressão de Clarisse quando o testamento foi lido, aturo alegremente mais uns anos disso.

Uma mentira, e ambas sabiam.

— Desculpe — disse Aelin de novo. E porque era tudo que podia oferecer, acrescentou: — Evangeline parecia bem e feliz ainda há pouco. Eu poderia ver se tem um modo de levá-la quando formos...

— E arrastar uma menina de onze anos por reinos e para uma possível guerra? Acho que não. Evangeline vai ficar comigo. Não precisa me fazer promessas.

— Como está se sentindo? — perguntou Aelin. — Depois da outra noite.

Lysandra viu três meninas jovens rirem entre si ao passarem por um rapaz bonito.

— Bem. Ainda não acredito que saí ilesa de verdade, mas... Acho que nós duas conseguimos.

— Você se arrepende de ter feito aquilo?

— Não. Eu me arrependo... me arrependo de não ter conseguido dizer a ele o que pensava de verdade. Me arrependo de não ter contado o que tinha feito com você, para ver a traição e o choque nos olhos dele. Foi tão rápido, e precisei mirar no pescoço, e depois disso, só virei e fiquei ouvindo, até acabar, mas... — Os olhos verdes estavam sombrios. — Você queria tê-lo feito?

— Não.

E foi isso.

Aelin olhou para o vestido açafrão e esmeralda de Lysandra.

— Esse vestido cai bem em você. — Ela indicou o peito da cortesã com o queixo. — E faz maravilhas por eles também. Os pobres homens aqui não conseguem parar de olhar.

— Confie em mim, não é uma bênção que sejam maiores. Minhas costas doem o tempo todo. — Lysandra franziu a testa para os seios fartos. — Assim que conseguir meus poderes de volta, essas coisas serão as primeiras a irem embora.

Aelin riu. Sua amiga recuperaria os poderes... depois que aquele relógio da torre se fosse. Ela tentou não deixar que essa ideia se fixasse.

— Mesmo?

— Se não fosse por Evangeline, acho que eu me transformaria em algo com garras e presas, então viveria na natureza para sempre.

— Chega de luxo?

Ela puxou um fio da manga de Aelin.

— É claro que gosto de luxo... acha que não adoro estes vestidos e estas joias? Mas no fim... são substituíveis. Passei a valorizar mais as pessoas em minha vida.

— Evangeline tem sorte por ter você.

— Eu não estava só falando dela — disse Lysandra, mordendo o lábio farto. — Você... sou grata por você.

Aelin poderia ter dito algo em troca, algo para expressar adequadamente o lampejo de calor em seu coração, caso uma mulher magra de cabelos castanhos não tivesse surgido pela porta da cozinha. Nelly.

A jovem se afastou da parede e caminhou até o balcão, com Lysandra atrás. Nelly falou:

— Vieram me ver por causa de uma torta?

A cortesã deu um belo sorriso, aproximando-se.

— Nosso fornecedor de tortas, ao que parece, sumiu com o Mercado das Sombras. — Ela falou tão baixo que nem mesmo Aelin conseguiu ouvir direito. — Dizem os rumores que você sabe onde ele está.

Os olhos azuis da funcionária se fecharam.

— Não sei nada sobre isso.

Aelin delicadamente apoiou a bolsa no balcão, aproximando-se para que outros fregueses e funcionários não a vissem empurrar a bolsa na direção de Nelly, certificando-se de que as moedas tilintassem. Moedas pesadas.

— Estamos com muita, muita vontade de comer... torta — explicou a jovem, deixando que algum desespero transparecesse. — Apenas nos diga para onde ele foi.

— Ninguém escapou do Mercado das Sombras com vida.

Que bom. Exatamente como Nesryn avisara: Nelly não falaria com facilidade. Seria suspeito demais que a rebelde perguntasse à funcionária sobre o traficante de ópio, mas duas mulheres ricas, mimadas e insípidas? Ninguém pensaria duas vezes.

Lysandra apoiou outra bolsa de moedas no balcão. Uma das outras funcionárias olhou na direção delas, e a cortesã falou:

— Gostaríamos de fazer um pedido. — A funcionária ao lado se concentrou no próprio freguês de novo, inabalada. O sorriso de Lysandra se tornou felino. — Então diga-nos onde buscá-lo, Nelly.

Alguém gritou o nome da mulher dos fundos, e Nelly olhou de uma para a outra, suspirando. Inclinando-se para a frente, sussurrou:

— Eles saíram pelos esgotos.

— Soubemos que guardas também estavam lá embaixo — comentou Aelin.

— Não longe o bastante. Alguns foram para as catacumbas abaixo. Ainda estão se escondendo lá. Levem seus seguranças, mas não deixem que usem as insígnias. Não é um lugar para gente rica.

Catacumbas. Aelin jamais ouvira falar de catacumbas *sob* os esgotos. Interessante.

Nelly recuou, caminhando de volta à cozinha. Aelin olhou para o balcão. As duas bolsas de moedas tinham sumido.

Elas saíram da padaria sem chamar atenção e começaram a caminhar com os quatro guarda-costas.

— Então? — murmurou Nesryn. — Eu estava certa?

— Seu pai deveria demitir Nelly — disse Aelin. — Viciados em ópio são empregados de merda.

— Ela faz um bom pão — explicou a rebelde, então recuou para onde Chaol caminhava atrás delas.

— O que descobriu? — indagou Aedion. — E quer explicar *por que* precisava saber sobre o Mercado das Sombras?

— Tenha paciência — respondeu Aelin, virando-se em seguida para Lysandra. — Sabe, aposto que os homens por aqui parariam de grunhir se você se transformasse em um leopardo-fantasma e grunhisse de volta para eles.

As sobrancelhas da amiga se ergueram.

— Leopardo-fantasma?

409

Aedion xingou.

— Por favor, jamais se transforme em um desses.

— O que são eles? — perguntou Lysandra, e Rowan riu baixinho, então se aproximou mais de Aelin, que tentou ignorá-lo. Eles mal tinham se falado a manhã inteira.

Aedion balançou a cabeça.

— Demônios vestindo pele. Vivem nas montanhas Galhada do Cervo e, durante o inverno, descem de fininho para caçar animais de pasto. Alguns são tão grandes quanto ursos. Porém mais cruéis. E, quando os animais acabam, eles caçam pessoas.

Aelin deu um tapinha no ombro de Lysandra.

— Parece seu tipo de criatura.

O general continuou:

— São cinza e brancos, por isso você mal consegue distingui-los contra a neve e as pedras. Não consegue saber que está sendo seguido até que esteja de frente para seus olhos verdes pálidos... — O sorriso de Aedion hesitou quando Lysandra fixou os olhos verdes *dela* sobre ele e inclinou a cabeça.

Apesar de não querer, Aelin riu.

∽

— Diga por que estamos aqui — exigiu Chaol, quando Aelin pulou uma viga de madeira caída no Mercado das Sombras abandonado. Ao lado dela, Rowan segurava uma tocha no alto, iluminando as ruínas... e os corpos carbonizados. Lysandra tinha voltado para o bordel, escoltada por Nesryn; Aelin rapidamente trocara de roupa em um beco e escondera o vestido atrás de uma caixa jogada ali, rezando para que ninguém o pegasse antes de ela voltar.

— Apenas fique calado um minuto — retrucou a jovem, percorrendo os túneis pela memória.

Rowan lançou um olhar na direção dela, que ergueu uma sobrancelha. *O quê?*

— Você já veio aqui antes — afirmou o guerreiro. — Veio vasculhar as ruínas. — *Por isso tinha cheiro de cinzas também.*

— Sério, Aelin? Você nunca dorme? — comentou Aedion.

Chaol a observava também, embora talvez fosse para evitar olhar para os corpos jogados pelos corredores.

— O que *fazia* aqui na noite em que interrompeu minha reunião com Brullo e Ress?

Aelin avaliou as cinzas das barracas mais antigas, as manchas de fuligem, os odores. Então parou diante de uma barraca cujas mercadorias agora não passavam de pó e pedaços de metal retorcido.

— Aqui estamos — cantarolou ela, caminhando para a barraca esculpida da rocha, com pedras pretas das queimaduras.

— Ainda tem cheiro de ópio — disse Rowan, franzindo a testa. Aelin raspou o pé no solo coberto de cinzas, chutando carvão e escombros. Tinha que estar em algum lugar... ah.

Ela raspou mais e mais, a cinza manchando as botas pretas e o traje. Por fim, uma pedra grande e disforme surgiu sob seus pés, com um furo gasto perto da beirada.

Aelin disse, casualmente:

— Sabiam que além de vender ópio, dizia-se que este homem vendia fogo do inferno?

Rowan voltou o olhar para ela.

Fogo do inferno — quase impossível de se obter ou fazer, em grande parte porque era tão letal. Apenas um barril poderia destruir metade da muralha de contenção de um castelo.

— Ele nunca falou comigo sobre isso, é claro — continuou Aelin. — Não importava quantas vezes eu viesse aqui. Ele alegava que não o vendia, mas tinha alguns dos ingredientes pela loja, todos muito raros, então... Devia haver um estoque por aqui.

A jovem abriu o alçapão de pedra, revelando uma escada que descia até a escuridão. Nenhum dos homens falou quando o fedor dos esgotos subiu.

Aelin se agachou, deslizando para o primeiro degrau, e Aedion ficou tenso, mas sabiamente não disse nada sobre a prima ir primeiro.

Escuridão com cheiro de fumaça a envolveu conforme descia mais e mais, até que os pés atingissem a rocha lisa. O ar parecia seco, apesar da proximidade com o rio. Rowan desceu em seguida, soltando a tocha nas antigas pedras e revelando um túnel cavernoso... assim como corpos.

Diversos corpos, alguns não passavam de montes escuros distantes, cortados pelos valg. Havia menos à direita, na direção do Avery. Deviam ter antecipado uma emboscada na entrada do rio, o que os fez seguir pelo outro lado, para a própria destruição.

Sem esperar que Aedion ou Chaol descessem, Aelin começou a caminhar pelo túnel; Rowan, silencioso como uma sombra ao seu lado, olhando e ouvindo. Depois que a porta de pedra rangeu, fechando-se acima, ela disse na escuridão:

— Quando os homens do rei incendiaram este lugar, se o fogo tivesse atingido aquele estoque... Forte da Fenda provavelmente não estaria mais aqui. Pelo menos não os cortiços, e talvez mais.

— Pelos deuses — murmurou Chaol, poucos passos atrás.

Aelin parou diante do que parecia ser uma grade comum no chão do esgoto. Contudo, não havia água correndo por baixo, e apenas ar empoeirado subiu ao encontro dela.

— É assim que está planejando explodir a torre do relógio, com fogo do inferno — comentou Rowan, agachado ao lado dela. Ele fez menção de segurar o cotovelo de Aelin, que estendia a mão para a grade, mas ela saiu do alcance. — Aelin, já vi isso ser usado, já o vi destruir cidades. Pode literalmente *derreter* pessoas.

— Que bom. Então sabemos que funciona.

Aedion riu com deboche, olhando para a escuridão além da grade.

— E então? Acha que ele guardava o estoque aqui? — Se tinha uma opinião profissional a respeito de fogo do inferno, o primo a manteve para si.

— Esses esgotos são públicos demais, mas ele precisava guardar perto do mercado — retrucou Aelin, puxando a grade. O objeto cedeu um pouco, e o cheiro de Rowan a acariciou conforme ele se abaixou para ajudar a puxar a tampa.

— Tem cheiro de ossos e pó ali embaixo — falou o guerreiro, repuxando a boca para o lado. — Mas você já suspeitava disso.

Chaol, poucos metros atrás, disse:

— Era isso que queria saber com Nelly, onde ele estava se escondendo. Para que pudesse vender para você.

Aelin acendeu um pouco de madeira com a tocha de Rowan, posicionando-a logo abaixo da borda do buraco diante de si, e a chama iluminou uma queda de três metros, com paralelepípedos abaixo.

Vento soprou atrás, na direção da abertura. Para dentro dela.

Aelin afastou a chama e se sentou na borda do buraco, as pernas se agitando na escuridão abaixo.

— O que Nelly ainda não sabe é que o vendedor de ópio, na verdade, foi pego há dois dias. Morto imediatamente pelos homens do rei. Sabe, realmente acho que às vezes Arobynn não fazia ideia se queria mesmo me ajudar ou não. — Fora a menção casual do fato pelo assassino no jantar que a fez começar a pensar, a planejar.

Rowan murmurou:

— Então o estoque nas catacumbas não está mais sendo vigiado.

Aelin olhou para a escuridão abaixo.

— É de quem vir primeiro — respondeu ela, e saltou.

⚜ 50 ⚜

— Como aqueles vagabundos mantiveram este lugar em segredo? — sussurrou Aelin ao se virar para Chaol.

Os quatro estavam parados, no alto de uma pequena escada; o espaço cavernoso além deles era iluminado pelo dourado tremeluzente das tochas que Aedion e Rowan levavam.

O capitão balançava a cabeça, avaliando o local. Não havia um sinal de saqueadores, graças aos deuses.

— De acordo com a lenda, o Mercado das Sombras foi construído sobre os ossos do deus da verdade.

— Bem, parece que acertou sobre a parte dos ossos.

Em todas as paredes, crânios e ossos estavam cuidadosamente organizados — e cada parede, inclusive o teto, tinha sido formada por eles. Até mesmo o chão ao pé das escadas estava coberto com ossos de diversas formas e tamanhos.

— Estas não são catacumbas comuns — informou Rowan, apoiando a tocha. — Isto era um templo.

De fato, havia altares, bancos e até mesmo um lago escuro no imenso espaço. Ainda mais espalhados pelo interior sombrio.

— Há inscrições nos ossos — comentou Aedion, descendo os degraus até o piso de ossos. Aelin fez uma careta.

— Cuidado — alertou Rowan, quando o general foi até a parede mais próxima, então ergueu a mão com um gesto preguiçoso de dispensa.

— Estão em todas as línguas, todas com letras diferentes — maravilhou-se Aedion, levantando a tocha conforme caminhava ao longo da parede. — Ouçam esta aqui: "Sou uma mentirosa. Sou uma ladra. Roubei o marido de minha irmã e ri enquanto fazia isso." — Uma pausa. Ele leu outra para si. — Nenhuma dessas inscrições... Não acho que tenham vindo de boas pessoas.

Aelin verificou o templo de ossos.

— Devemos nos apressar — advertiu ela. — De verdade. Aedion, pegue aquela parede; Chaol, o centro; Rowan, a da direita. Vou pegar os fundos. Cuidado com onde agitam as tochas.

A jovem desceu um degrau, então outro. Depois o último, até o piso de ossos.

Um estremecimento a percorreu, e ela olhou para Rowan por instinto. O rosto tenso disse tudo que Aelin precisava saber. Mas, mesmo assim, o guerreiro falou:

— Este é um lugar ruim.

Chaol caminhou para além deles, a espada em punho.

— Então vamos encontrar esse estoque de fogo do inferno e dar o fora. Certo.

Ao redor, os olhos vazios dos crânios nas paredes, nas estruturas, nas pilastras no centro da câmara pareciam observá-los.

— Parece que esse deus da verdade — comentou Aedion próximo à parede que verificava — era mais um Devorador de Pecados que qualquer outra coisa. Deveriam ler algumas das coisas que as pessoas escreveram, as coisas horríveis que fizeram. Acho que este era um lugar para serem enterradas e para se confessarem nos ossos de outros pecadores.

— Não é nenhuma surpresa que ninguém quisesse vir até aqui — murmurou Aelin ao caminhar para a escuridão.

❧

O templo se estendia mais e mais; eles encontraram mercadorias, mas nenhum sussurro de saqueadores ou outros residentes. Drogas, dinheiro, joias, todos escondidos dentro de crânios em algumas das criptas de ossos no chão. Mas nada de fogo do inferno.

Os passos cautelosos do grupo no piso de ossos eram o único ruído.

Aelin entrou cada vez mais na escuridão. Rowan rapidamente terminou o lado dele do templo para se juntar a ela nos fundos, explorando as alcovas e os pequenos corredores que se dispersavam pelo breu dormente.

— A língua — disse Aelin para ele. — Fica cada vez mais antiga quanto mais para trás seguimos. O modo como escrevem as palavras, quero dizer.

De onde estava, cuidadosamente abrindo um sarcófago, o guerreiro se virou na direção dela. Aelin duvidava que um homem comum pudesse empurrar a tampa de pedra.

— Algumas até datam as confissões. Acabei de ver uma de setecentos anos.

— Faz você parecer jovem, não é?

Rowan deu um sorriso irônico, e ela rapidamente virou o rosto.

O piso de ossos estalou quando ele pisou em sua direção.

— Aelin.

A jovem engoliu em seco, encarando um osso entalhado próximo a seu rosto. *Matei um homem por diversão quando tinha vinte anos e jamais contei a ninguém onde o enterrei. Guardei o osso do indicador em uma gaveta.*

Datado novecentos anos antes.

Novecentos...

Ela avaliou o breu adiante. Se o Mercado das Sombras datava do período de Gavin, então aquele lugar devia ter sido construído antes disso... ou por volta da mesma época.

O deus da verdade...

Aelin sacou Damaris das costas, e Rowan ficou tenso.

— O que foi?

Ela examinou a lâmina impecável.

— A Espada da Verdade. Era como chamavam Damaris. Diz a lenda que o portador, Gavin, podia ver a verdade quando a empunhava.

— E?

— Mala abençoou Brannon e Goldryn. — Aelin olhou para a escuridão. — E se havia um deus da verdade, um Devorador de Pecados? E se ele abençoou Gavin e esta espada?

Rowan também encarou a escuridão antiga.

— Acha que Gavin usou este templo?

Aelin sopesou a poderosa espada nas mãos.

— Quais pecados você confessou, Gavin? — sussurrou ela na escuridão.

～

Eles seguiram ainda mais para as profundezas dos túneis, tão distante que, quando o grito triunfante de Aedion de "Encontrei!" chegou, Aelin mal conseguiu ouvir. E mal se importou.

Não quando estava diante da parede dos fundos... a parede atrás do altar do que sem dúvida fora o templo original. Ali os ossos quase se desfaziam com o tempo, a inscrição era quase impossível de ler.

A parede atrás do altar era de pedra pura — mármore branco — e entalhada com marcas de Wyrd.

No centro havia um desenho gigante do Olho de Elena.

Frio. Estava tão frio ali que a respiração se condensava diante dos olhos, misturando-se.

— Quem quer que tenha sido esse deus da verdade — murmurou Rowan, como se tentasse não ser ouvido pelos mortos. — Não era um tipo de divindade benevolente.

Não. Com um templo construído dos ossos de assassinos e ladrões e coisa pior, Aelin duvidava que aquele deus tivesse sido um dos favoritos. Não era à toa que fora esquecido.

Ela subiu na pedra.

Damaris ficou gelada em sua mão — tão fria que seus dedos se abriram e ela soltou a espada no chão do altar, então recuou. O clangor da arma contra os ossos foi como trovão.

Rowan passou imediatamente para o lado de Aelin, as espadas em punho.

A parede de pedra diante deles rangeu.

Em seguida começou a se mover, os símbolos giraram, alternando-se. No fundo da memória, Aelin ouviu as palavras: *É apenas com o Olho que se pode ver corretamente.*

— Sinceramente — disse ela, quando a parede por fim parou de se reorganizar devido à proximidade da espada. Um novo e complexo conjunto de marcas de Wyrd tinha se formado. — Não sei por que essas coincidências continuam a me surpreender.

— Você consegue ler? — perguntou Rowan. Aedion os chamou, e o guerreiro chamou de volta, dizendo aos dois que viessem até eles.

Aelin encarou os entalhes.

— Posso levar algum tempo.

— Leia. Acho que não foi por acaso que encontramos este lugar.

Ela afastou o calafrio. Não... nada jamais era por acaso. Não quando se tratava de Elena e das chaves de Wyrd. Então suspirou e começou.

— É... é sobre Elena e Gavin — explicou Aelin. — O primeiro painel aqui — disse ela, apontando para uma fileira de símbolos — descreve os dois como primeiro rei e primeira rainha de Adarlan, como viraram parceiros. Então... então salta para o passado. Para a guerra.

Passos soaram, depois luz brilhou conforme Aedion e Chaol chegaram. O capitão assobiou.

— Tenho uma sensação ruim quanto a isto — comentou Aedion, franzindo a testa diante da imagem gigante do Olho e encarando, em seguida, aquele ao redor do pescoço da prima.

— Pode ir se acostumando — disse ela.

Aelin leu mais algumas linhas, decifrando e decodificando. Tão difícil... as marcas de Wyrd eram tão difíceis de ler.

— Descreve as guerras dos demônios contra os valg que restaram aqui depois da Primeira Guerra. E...— Ela leu a linha de novo. — E os valg dessa vez foram liderados... — O sangue dela gelou. — Por um dos três reis, o rei que permaneceu aprisionado aqui depois que o portão foi selado. Aqui diz que olhar para um rei... olhar para um rei valg era como olhar para dentro... — Aelin balançou a cabeça. — Do delírio? Do desespero? Não conheço esse símbolo. Ele podia assumir qualquer forma, mas aparecia para eles naquele momento como um belo homem de olhos dourados. Os olhos dos reis valg.

Aelin verificou o painel seguinte.

— Eles não sabiam o verdadeiro nome dele, então o chamavam Erawan, o Senhor das Trevas... o Rei Sombrio.

Aedion disse:

— Então Elena e Gavin lutaram contra ele, seu colar mágico salvou a pele dos dois, e Elena o chamou pelo verdadeiro nome, distraindo-o por tempo o suficiente para que Gavin o matasse.

— Sim, sim — confirmou ela, gesticulando com a mão. — Mas... não.

— Não? — perguntou Chaol.

Aelin leu mais, e o coração quase parou.

— O que foi? — indagou Rowan, como se os ouvidos feéricos tivessem reparado em seus batimentos cardíacos.

A jovem engoliu em seco, percorrendo o dedo trêmulo sob uma linha de símbolos.

— Esta... esta é a confissão de Gavin. De seu leito de morte.

Nenhum deles falou.

A voz dela estremeceu ao dizer:

— Eles não o mataram. Uma espada, ou fogo, ou água, ou força não poderia matar Erawan nem lhe destruir o corpo. O Olho... — Aelin tocou o colar; o metal estava quente. — O Olho o conteve. Apenas por um curto período. Não... não o conteve. Mas... o colocou para dormir?

— Tenho uma sensação muito, *muito* ruim sobre isso — falou Aedion.

— Então construíram um sarcófago de ferro e algum tipo de pedra indestrutível. E o colocaram em uma tumba selada sob uma montanha... uma cripta tão escura... tão escura que não havia ar, não havia luz. Sobre o labirinto de portas — leu Aelin. — Eles colocaram símbolos intransponíveis por qualquer ladrão, chave ou força.

— Está dizendo que jamais mataram Erawan — comentou Chaol.

Gavin fora o herói de infância de Dorian, lembrava-se Aelin. E a história fora mentira. *Elena* mentira para ela...

— Onde o enterraram? — perguntou Rowan, baixinho.

— Eles o enterraram... — Suas mãos tremiam tanto que ela as abaixou. — Eles o enterraram nas montanhas Sombrias e construíram uma Fortaleza no alto da tumba, para que a nobre família que morava acima pudesse vigiá-lo para sempre.

— Não há montanhas Sombrias em Adarlan — afirmou o capitão.

A boca de Aelin secou.

— Rowan — disse ela, baixinho. — Como se diz "montanhas Sombrias" no velho idioma?

Uma pausa, então um suspiro.

— Morath — respondeu ele.

Aelin se voltou para eles, os olhos arregalados. Por um momento, todos apenas se encararam.

419

— Quais as chances — perguntou ela — de o rei estar enviando suas forças para Morath por pura coincidência?

— Quais as chances — replicou Aedion — de nosso ilustre rei ter adquirido uma chave que pode destrancar qualquer porta, mesmo uma porta entre mundos, e o braço direito dele, por acaso, ser dono do mesmíssimo lugar onde Erawan foi enterrado?

— O rei está fora de si — disse Chaol. — Se planeja despertar Erawan...

— Quem disse que já não despertou? — questionou o general.

Aelin olhou para Rowan, cujo rosto estava sombrio. *Se há um rei valg neste mundo, precisamos agir rápido. Pegar aquelas chaves de Wyrd e banir todos de volta para o inferno deles.*

A jovem assentiu.

— Por que agora, no entanto? Ele tem as duas chaves há pelo menos uma década. Por que trazer os valg para cá agora?

— Faria sentido — sugeriu Chaol — se ele estivesse fazendo isso em antecipação ao novo despertar de Erawan. Para ter um exército pronto para ele liderar.

A respiração de Aelin parecia ofegante.

— O solstício de verão é em dez dias. Se trouxermos a magia de volta no solstício, quando o sol estiver mais forte, há uma boa chance de meu poder ser mais forte então também. — Ela se voltou para Aedion. — Diga que encontrou muito fogo do inferno.

O aceno de cabeça de seu primo não foi tão reconfortante quanto ela esperava.

❧ 51 ❧

Manon e as Treze estavam ao redor de uma mesa em uma sala nas profundezas dos alojamentos das bruxas.

— Sabem por que as chamei aqui — começou a Líder Alada. Nenhuma delas respondeu; nenhuma delas se sentou. As bruxas mal tinham falado com Manon desde o massacre daquela tribo na Canino Branco. Então naquele dia... mais notícias. Mais solicitações.

— O duque me pediu para escolher outra aliança para ser usada. Uma aliança Bico Negro.

Silêncio.

— Gostaria das sugestões de vocês.

Elas não a encararam. Não proferiram uma palavra.

Manon projetou os dentes de ferro.

— *Vocês ousariam me desafiar?*

Sorrel pigarreou, a atenção voltada para a mesa.

— Jamais você, Manon. Mas desafiamos o direito daquele verme humano de usar nossos corpos como se fossem dele.

— Sua Grã-Bruxa deu ordens que serão *obedecidas*.

— É melhor indicar logo as Treze — respondeu Asterin, a única que a encarava. O nariz dela ainda estava inchado e ferido da surra. — Pois preferimos que seja esse nosso destino a entregar nossas irmãs.

— E todas concordam com isso? Desejam procriar proles de demônios até que seus corpos sejam destruídos?

— Somos Bicos Negros — retorquiu Asterin, o queixo erguido. — Não somos escravizadas de ninguém e não seremos usadas dessa forma. Se o preço por isso é jamais voltar aos desertos, que seja.

Nenhuma das demais sequer hesitou. Elas haviam se encontrado... tinham discutido aquilo previamente. O que diriam a Manon.

Como se ela precisasse ser gerenciada.

— Decidiram alguma outra coisa em sua reuniãozinha do conselho?

— Há... coisas, Manon — disse Sorrel. — Coisas que você precisa ouvir.

Traição... aquilo era o que os mortais chamavam de traição.

— Estou pouco me importando para o que vocês, tolas, ousaram acreditar que eu *preciso* ouvir. A única coisa que preciso ouvir dizerem é *Sim, Líder Alada*. E o nome de uma *maldita aliança*.

— Escolha uma você — disparou Asterin.

As bruxas se moveram. Aquilo não fazia parte do plano, então?

Manon deu a volta na mesa até a prima, passando pelas outras bruxas que não ousaram se virar para encará-la.

— Você não tem sido nada além de um desperdício desde o momento em que colocou os pés nesta Fortaleza. Não me importa se voou ao meu lado por um século, vou matá-la como o cão lamuriento que é...

— Faça-o — chiou Asterin. — *Rasgue meu pescoço*. Sua avó vai ficar tão orgulhosa por finalmente tê-lo feito.

Sorrel estava atrás de Manon.

— Isso é um desafio? — perguntou a líder, baixo demais.

Os olhos pretos salpicados de dourado de Asterin pareciam dançar.

— É um...

Mas a porta se abriu, então se fechou.

Um rapaz com cabelos dourados estava agora na sala, seu colar de pedra preta reluzia à luz da tocha.

⌣

Ele não deveria ter entrado.

Havia bruxas por todo lado, e Manon colocara sentinelas de outra aliança vigiando os corredores para que nenhum dos homens do duque pudesse pegá-las desprevenidas.

De uma só vez, as Treze se viraram na direção do belo rapaz.

E de uma só vez, encolheram o corpo quando ele sorriu e uma onda de escuridão se chocou contra as bruxas.

Escuridão sem fim, escuridão que nem mesmo os olhos de Manon conseguiam penetrar, e...

E ela estava de novo diante daquela bruxa Crochan com uma adaga na mão.

— *Sentimos pena de vocês... pelo que fazem com suas crianças... vocês as obrigam a matar e ferir e odiar até que não reste mais nada dentro delas, de vocês. É por isso que está aqui* — *a Crochan chorou...* — *Por causa da ameaça que representou ao monstro que você chama de avó quando escolheu ter piedade e salvar a vida de sua rival.*

Manon violentamente balançou a cabeça, piscando. Então aquilo sumiu. Restou apenas escuridão, além das Treze, gritando umas com as outras, brigando e...

Um rapaz de cabelos dourados estivera naquele quarto com as Pernas Amarelas, dissera Elide.

Manon começou a caminhar pelo breu, navegando pela sala usando a memória e o olfato. Algumas das Treze estavam próximas; algumas, encostadas nas paredes. E o fedor sobrenatural do homem, do demônio dentro dele...

O cheiro a envolveu por completo, e ela sacou Ceifadora do Vento.

Então ali estava ele, gargalhando quando alguém — Ghislaine — começou a gritar. Manon jamais ouvira aquele som. Jamais ouvira qualquer das bruxas gritar com... com medo. E dor.

A líder disparou em uma corrida indistinta e o derrubou no chão. Nada de espada — não queria uma espada para aquela execução.

Luz lampejou ao redor, e ali estava aquele rosto bonito e o colar.

— Líder Alada — disse o homem, com uma voz que não era daquele mundo, então sorriu.

As mãos de Manon estavam no pescoço dele, apertando-o; as unhas rasgavam a pele do rapaz.

— Você foi enviado até aqui? — indagou ela.

Seus olhos se fixaram nos olhos do homem... e a malícia antiga recuou.

— Afaste-se — sibilou ele.

Manon não obedeceu.

— *Você foi enviado até aqui?* — rugiu a bruxa.

O rapaz se impulsionou para cima, mas então Asterin se aproximou, segurando as pernas dele.

— Faça-o sangrar — disse ela, atrás de Manon.

A criatura continuou se debatendo. E, na escuridão, algumas das Treze ainda gritavam de dor e terror.

— *Quem enviou você?* — vociferou a líder.

Os olhos do rapaz mudaram, se tornaram azuis, nítidos. Foi com a voz de um jovem que ele falou:

— Me mate. Por favor... por favor, me mate. Roland... meu nome era Roland. Diga a meu...

A escuridão se espalhou pelos olhos do rapaz de novo, junto ao puro pânico do que quer que tenha visto no rosto de Manon, assim como no de Asterin, por cima do ombro dela. O demônio dentro do homem gritou:

— *Afaste-se!*

A Líder Alada ouvira e vira o bastante. Ela apertou com mais força, rasgando pele e músculo mortais com as unhas de ferro. Sangue escuro e fétido cobriu a mão de Manon, que o dilacerou com mais força, chegando ao osso e golpeando até a cabeça do homem cair no chão.

Ela podia ter jurado que ouviu um suspiro aliviado.

A escuridão sumiu, e a bruxa ficou imediatamente de pé; sangue lhe escorria da mão conforme avaliava os danos.

Ghislaine chorava no canto, toda a cor tinha sido drenada da pele negra e exuberante. Thea e Kaya estavam, ambas, manchadas de lágrimas e em silêncio, as amantes se encaravam boquiabertas. E Edda e Briar, as duas Sombras de Manon, ambas nascidas e criadas na escuridão... estavam de quatro, vomitando. Junto às gêmeas-demônio de olhos verdes, Faline e Fallon.

O restante das Treze estava ileso. Ainda vermelhas, algumas ofegantes pelo rompante repentino de raiva e energia, mas... Bem.

Será que apenas algumas tinham sido alvos?

Manon olhou para Asterin — para Sorrel e Vesta e Lin e Imogen.

Então para aquelas que tinham sido impactadas.

Todas a fitaram desta vez.

Afaste-se, gritara o demônio, como que com surpresa e terror.

Depois de encarar Manon.

Aquelas que tinham sido afetadas... tinham olhos de cores comuns. Castanhos, azuis e verdes. Mas aquelas que não tinham...

Olhos pretos, salpicados de dourado.

E quando o demônio encarou Manon...

Olhos dourados sempre tinham sido preciosos entre as Bico Negro. A bruxa jamais se perguntara por quê.

Mas aquele não era o momento. Não com aquele sangue fétido lhe ensopando a pele.

— Isso foi um lembrete — informou a líder, e a voz dela ecoou, vazia, entre as pedras. Ela deu as costas para a sala, deixando as bruxas umas com as outras. — Livrem-se desse corpo.

Manon esperou até Kaltain estar sozinha, devaneando por uma das escadarias em espiral de Morath, antes de atacar.

A mulher não vacilou ao ser pressionada contra a parede, as unhas de ferro se enterrando em seus ombros pálidos e expostos.

— De onde vem o fogo de sombras?

Olhos escuros e vazios encontraram os de Manon.

— De mim.

— Por que você? Que magia é essa? Poder valg?

A bruxa avaliou o colar ao redor do fino pescoço da mulher.

Kaltain deu um sorriso curto e morto.

— Era meu... no início. Então foi... mesclado a outra fonte. E agora é o poder de todos os mundos, de todas as vidas.

Insensatez. Manon a empurrou com mais força contra a pedra preta.

— Como tira o colar do corpo?

— Ele não sai.

A Líder Alada exibiu os dentes.

— E o que quer conosco? Colocar colares em nós?

— Eles querem reis — sussurrou Kaltain, os olhos lampejaram com um prazer estranho e doentio. — Reis poderosos. Não vocês.

Mais absurdos. Manon grunhiu, mas então sentiu uma mão delicada no pulso.

E ela queimava.

Ah, pelos *deuses*, como queimava, e os ossos da bruxa derretiam, as unhas de ferro tinham se tornado minério derretido, o sangue fervia...

Manon deu um salto para longe de Kaltain e, somente ao segurar o pulso, percebeu que os ferimentos não eram reais.

— Vou matar você — sibilou a bruxa. Contudo, fogo de sombras dançou nas pontas dos dedos da mulher mesmo quando o rosto ficou inexpressivo de novo. Sem uma palavra, como se não tivesse feito nada, Kaltain subiu as escadas e sumiu.

Sozinha ali, Manon segurou o braço, com a vibração da dor ainda reverberando pelos ossos. Massacrar aquela tribo com Ceifadora do Vento, disse a si mesma, fora um ato de misericórdia.

⇥ 52 ⇤

Conforme deixavam o templo do Devorador de Pecados, Chaol maravilhou-se com o quanto era estranho trabalhar com Aelin e sua corte. Como era estranho não estar lutando contra ela, para variar.

Ele sequer deveria ter ido, considerando o quanto havia para fazer. Metade dos rebeldes deixara Forte da Fenda — mais fugiam todos os dias e, aqueles que tinham ficado, insistiam em ser realocados para outra cidade. O capitão os mantinha na linha como podia, contando com Nesryn para apoiá-lo quando começavam a mencionar seu passado com o rei. Ainda havia pessoas desaparecendo, sendo mortas; ainda havia outras que eles resgatavam tão frequentemente quanto podiam das mesas de execução. Chaol continuaria fazendo isso até que fosse o último rebelde na cidade; ficaria e os ajudaria, protegeria. Mas, se o que tinham descoberto sobre Erawan era verdade...

Que os deuses ajudassem a todos.

De volta à rua da cidade, ele se virou a tempo de ver Rowan oferecer a mão para puxar Aelin dos esgotos. Ela pareceu hesitar, mas então aceitou, e a mão dela foi engolida pela do guerreiro.

Uma equipe, sólida e inquebrável.

O príncipe feérico a puxou para cima, colocando-a de pé. Nenhum dos dois se soltou imediatamente.

Chaol esperou... esperou por aquela pontada de ciúme, que a bile subisse e o queimasse.

Mas não houve nada. Apenas um lampejo de alívio, talvez, por...

Porque Aelin tinha Rowan.

Ele devia estar sentindo muita pena de si, decidiu o capitão.

Passos soaram, e todos ficaram imóveis, com as armas em punho, no momento em que...

— Estou procurando por vocês há uma hora — disse Nesryn, saindo às pressas das sombras do beco. — O que... — A mulher reparou nos rostos sombrios deles. Tinham deixado o fogo do inferno lá embaixo, escondido em um sarcófago por segurança e para evitar que fossem derretidos caso as coisas dessem muito errado.

Chaol ficou surpreso por Aelin tê-lo deixado ciente de tanta coisa; embora ela não tivesse contado *como* pretendia entrar no castelo.

Apenas diga a Ress e Brullo e aos demais que fiquem bem longe da torre do relógio, fora o único aviso dela até então. O capitão quase exigira saber quais eram os planos da jovem para os outros inocentes no castelo, mas... Fora bom. Ter uma tarde sem brigas, sem que ninguém o odiasse. Sentir como se fizesse parte de uma unidade.

— Conto mais tarde — respondeu Chaol a Nesryn, mas o rosto da rebelde estava pálido. — O que foi?

Aelin, Rowan e Aedion caminharam até eles com aquele silêncio imortal e sobrenatural.

Nesryn esticou os ombros.

— Recebi notícias de Ren. Ele teve um problema irrelevante na fronteira, mas está bem. Há uma mensagem para você... para nós. — Ela afastou uma mecha dos cabelos pretos como nanquim. A mão tremia levemente.

Chaol se preparou, lutando contra a vontade de tocar o braço da mulher.

— O rei — continuou Nesryn — está montando um exército em Morath, sob a supervisão do duque Perrington. Os guardas valg em Forte da Fenda foram os primeiros enviados. Mais virão nesta direção.

Soldados de infantaria valg, então. Morath, ao que parecia, podia muito bem ser o primeiro ou o último campo de batalha.

Aedion inclinou a cabeça, o Lobo encarnado.

— Quantos?

— Muitos — respondeu a rebelde. — Não recebemos um relato completo. Alguns estão acampados dentro das montanhas que cercam o acampamento de guerra... jamais saem todos de uma vez, jamais ficam totalmente à vista. Mas é um exército maior que qualquer outro que ele tenha reunido antes.

As palmas das mãos de Chaol ficaram pegajosas de suor.

— E além disso — continuou ela, com a voz rouca. — O rei agora tem uma cavalaria aérea de bruxas Dentes de Ferro, um regimento de três mil, que está no desfiladeiro Ferian, secretamente treinando serpentes aladas, que ele conseguiu criar e procriar, de alguma forma.

Pelos deuses.

Aelin ergueu a cabeça e olhou para a muralha de tijolos, como se pudesse ver um exército aéreo ali, revelando com o movimento o círculo de cicatrizes ao redor do pescoço.

Dorian. Precisavam de Dorian no trono. Precisavam que aquilo acabasse.

— Tem certeza disso? — perguntou Aedion.

Rowan encarava Nesryn, o rosto era o retrato de um guerreiro frio e calculista, no entanto... no entanto, de algum jeito, ele se aproximou de Aelin.

A rebelde respondeu, tensa:

— Perdemos muitos espiões para obter essa informação.

Chaol se perguntou quais deles eram amigos dela.

Aelin falou, a voz monótona e ríspida:

— Só para me certificar de que entendi: agora teremos de enfrentar três mil bruxas Dentes de Ferro, sedentas e montadas em serpentes aladas. E um regimento de soldados letais que está se reunindo no sul de Adarlan, provavelmente para impedir qualquer aliança entre Terrasen e os reinos da região.

Deixando Terrasen ilhada. *Diga*, implorou Chaol, silenciosamente. *Diga que precisa de Dorian... livre e vivo.*

Aedion ponderou:

— Melisande pode ser capaz de se unir a nós. — Ele encarou Chaol, avaliando-o com o olhar de um general. — Acha que seu pai sabe sobre as serpentes aladas e as bruxas? Anielle é a cidade mais próxima do desfiladeiro Ferian.

O sangue do capitão gelou. Seria por isso que o pai estivera tão ansioso para levá-lo para casa? Ele percebeu o que Aedion perguntaria a seguir, mesmo antes que o general falasse.

— Ele não usa um anel preto — informou Chaol. — Mas duvido de que acharia meu pai um aliado agradável caso ele se incomodasse em se aliar a vocês.

— Coisas a considerar — disse Rowan. — Se precisarmos de um aliado para ultrapassar as fronteiras ao sul. — Pelos deuses, estavam realmente falando sobre aquilo. Guerra... guerra se aproximava. E talvez nem todos sobrevivessem.

— Então, o que estão esperando? — questionou Aedion, caminhando de um lado para outro. — Por que não atacam agora?

A voz de Aelin saiu baixa... e fria.

— Por mim. Estão esperando que eu aja.

Nenhum deles a contradisse.

A voz de Chaol parecia tensa ao afastar o turbilhão de pensamentos.

— Mais alguma coisa?

Nesryn levou a mão à túnica e pegou uma carta, que entregou a Aedion.

— De seu braço direito. Estão todos preocupados com você.

— Há uma taverna no fim do quarteirão. Me dê cinco minutos, e terei uma resposta — disse ele, já se afastando. A mulher o seguiu, dando um curto aceno de cabeça para o capitão. O general falou por cima do ombro para Rowan e Aelin, o pesado capuz ocultando as feições reveladoras: — Vejo vocês em casa.

Fim da reunião.

Mas Aelin falou, subitamente:

— Obrigada.

Nesryn parou, de alguma forma sabendo que a rainha tinha falado com ela.

Aelin levou a mão ao coração.

— Por tudo que está arriscando... obrigada.

Os olhos da rebelde brilharam ao responder:

— Vida longa à rainha.

Contudo, Aelin já se virara.

Nesryn encarou Chaol, que se juntou a ela e a Aedion.

Um exército indestrutível, possivelmente liderado por Erawan, se o rei de Adarlan fosse estúpido o bastante para despertá-lo.

Um exército que poderia esmagar qualquer resistência humana.

Mas... mas talvez não... se eles se aliassem a possuidores de magia.

Quer dizer, se os possuidores de magia, depois de tudo que lhes fora feito, sequer quisessem se incomodar em salvar o mundo.

❧

— Fale comigo — pediu Rowan, seguindo Aelin, que disparava rua após rua.

Ela não podia. Não conseguia formar os pensamentos, ainda mais as palavras.

Quantos espiões e rebeldes tinham perdido a vida para conseguir aquela informação? E quão pior seria quando *ela* mandasse pessoas para a morte... quando precisasse ver os próprios soldados assassinados por aqueles monstros? Se Elena dera uma ajuda naquela noite, de alguma forma levando aquele mercador de ópio ao templo do Devorador de Pecados para que pudessem encontrá-lo, Aelin não se sentia particularmente agradecida.

— Aelin — disse Rowan, baixo o suficiente para que apenas ela e os ratos do beco ouvissem.

Ela mal sobrevivera a Baba Pernas Amarelas. Como *qualquer um* sobreviveria a um exército de bruxas treinadas em combate?

O guerreiro a segurou pelo cotovelo, obrigando-a a parar.

— Vamos enfrentar isso juntos — sussurrou ele, os olhos brilhando e os caninos reluzindo. — Como fizemos no passado. Para qualquer fim.

Aelin tremeu — tremeu como uma maldita covarde — e se desvencilhou, afastando-se. Nem mesmo sabia para onde ia, apenas que precisava andar, precisava encontrar uma forma de se compreender, de compreender o mundo, antes de parar de se mover... ou jamais se moveria de novo.

Serpentes aladas. Bruxas. Um exército novo, ainda maior. O beco a sufocava, fechando-se tanto quanto um daqueles túneis alagados do esgoto.

— Fale comigo — repetiu Rowan, mantendo uma distância respeitável atrás de Aelin.

Ela conhecia aquelas ruas. Alguns quarteirões adiante encontraria uma das entradas dos esgotos dos valg. Talvez saltasse para dentro e despedaçasse alguns. Veria o que eles sabiam sobre o Rei Sombrio, Erawan, e se ele ainda estava dormente sob a montanha.

Talvez não se incomodasse com perguntas.

A mão forte e larga segurou seu cotovelo, puxando-a para trás, contra um corpo masculino rígido.

Mas o cheiro não era de Rowan.

E havia uma faca na garganta da jovem, a lâmina pressionando com tanta força que a pele doeu e se abriu...

— Vai a algum lugar, princesa? — sussurrou Lorcan ao ouvido de Aelin.

∽

Rowan achou que conhecia o medo. Achou que podia enfrentar qualquer perigo com a mente limpa e gelo nas veias.

Até Lorcan surgir das sombras, tão rápido que o príncipe feérico sequer lhe sentiu o cheiro, e colocar aquela faca contra o pescoço de Aelin.

— Se você se mover — grunhiu Lorcan ao ouvido dela —, morre. Se falar, morre. Entendeu?

Ela não disse nada. Se assentisse, cortaria o pescoço na lâmina. Sangue já reluzia ali, logo acima da clavícula, o cheiro preenchia o beco.

Somente de sentir o cheiro, Rowan foi lançado em uma tranquilidade gélida e assassina.

— *Entendeu?* — sibilou Lorcan, agitando-a o bastante para que o sangue fluísse um pouco mais rápido. Mesmo assim, ela não disse nada, obedecendo à ordem. Ele riu. — Que bom. Foi o que eu pensei.

O mundo ficou mais lento e se abriu ao redor de Rowan com uma clareza afiada, revelando cada pedra do prédio e da rua, assim como o lixo ao redor. Qualquer coisa que lhe desse uma vantagem, que pudesse ser usada como arma.

Se tivesse magia, teria sufocado Lorcan àquela altura, teria destruído os escudos sombrios com meio pensamento. Se tivesse magia, teria um escudo próprio ao redor deles desde o início, para que aquela emboscada sequer acontecesse.

Aelin o encarou.

E medo... era medo genuíno brilhando ali.

Ela sabia que estava em uma posição comprometida. Os dois sabiam que não importava o quanto Rowan fosse rápido, o quanto ela fosse rápida, o corte do inimigo seria mais veloz.

Lorcan sorriu para o feérico, o capuz escuro fora do rosto, para variar. Sem dúvida para que Rowan visse cada gota de triunfo nos olhos pretos do antigo companheiro.

— Nenhuma palavra, príncipe?

— Por quê? — Foi tudo que Rowan conseguiu falar. Cada ação, cada plano possível ainda o deixava longe demais. O guerreiro se perguntou se Lorcan percebia que, se matasse Aelin, ele mesmo seria o próximo. Então Maeve. E talvez o mundo, por rancor.

Lorcan inclinou a cabeça para ver o rosto de Aelin. Os olhos da jovem se semicerraram.

— Onde está a chave de Wyrd?

Ela ficou tensa, e Rowan esperou que Aelin não falasse, que não o provocasse.

— Não a temos — respondeu ele. Raiva latejava por seu corpo, uma raiva infinita e cataclísmica.

Exatamente o que Lorcan queria. Exatamente como Rowan testemunhara o guerreiro semifeérico manipular os inimigos durante séculos. Então ele trancafiou a raiva bem no fundo. Tentou, ao menos.

— Eu poderia quebrar esse seu pescoço tão facilmente — ameaçou Lorcan, roçando o nariz contra a lateral da garganta de Aelin, que ficou rígida. Só de pensar naquele toque possessivo, Rowan ficou desvairado com uma ira selvagem. Precisava fazer um esforço para contê-la de novo enquanto Lorcan murmurava contra a pele da jovem: — Você é muito melhor quando não abre essa boca horrível.

— Não temos a chave — repetiu Rowan. Ele o destruiria de um modo como apenas imortais conheciam e gostavam de matar: devagar, com crueldade e criatividade. O sofrimento seria completo.

— E se eu dissesse a você que estamos do mesmo lado? — comentou Lorcan.

— Eu responderia que Maeve só trabalha para um lado: o dela.

— Maeve não me mandou aqui.

Rowan quase conseguia ouvir as palavras que Aelin lutava para conter. *Mentiroso. Mentiroso de merda.*

— Então quem mandou? — indagou ele.

— Eu que parti.

— Se estamos do mesmo lado, então abaixe essa porcaria de faca — grunhiu Rowan.

Lorcan riu.

— Não quero ouvir a princesa tagarelando. O que tenho a dizer se aplica aos dois. — Rowan esperou, aproveitando cada segundo para avaliar a reavaliar os arredores, as chances. Por fim, Lorcan afrouxou levemente a lâmina, deixando sangue escorrer pelo pescoço e pelo traje de Aelin. — Você cometeu o maior erro de sua curta e patética vida mortal quando deu aquele anel a Maeve.

Em meio à calma letal, Rowan sentiu o sangue ser drenado do próprio rosto.

— Devia saber — continuou ele, ainda segurando a jovem pela cintura. — Devia saber que ela não era uma tola sentimental, se lamentando pelo amor perdido. Tinha muitas coisas de Athril, por que iria querer o anel dele? O anel, e não Goldryn?

— Pare de dar voltas e fale logo.

— Mas estou me divertindo tanto.

Rowan conteve o temperamento com tanta força que engasgou.

— O anel — começou Lorcan — não era uma herança da família de Athril. Ela *matou* Athril. Como queria as chaves e o anel, e ele se recusou, Maeve o matou. Enquanto lutavam, Brannon os roubou, escondeu o anel com Goldryn e trouxe as chaves para cá. Jamais se perguntou por que o anel estava naquela bainha? Uma espada de caçar demônios combinando com um anel.

— Se Maeve quiser matar demônios — ironizou Rowan. — Não vamos reclamar.

— O anel não os mata. Garante imunidade ao poder deles. Um anel forjado pela própria Mala. Os valg não podiam ferir Athril quando ele o usava.

Os olhos de Aelin se arregalaram ainda mais, o cheiro do medo alterando-se para algo muito mais profundo que o pavor de um ferimento corporal.

— O portador daquele anel — prosseguiu ele, sorrindo diante do terror que envolvia o cheiro dela — jamais precisa temer ser escravizado por pedras de Wyrd. Você entregou a ela sua imunidade.

— Isso não explica por que você partiu.

A expressão de Lorcan se tornou ríspida.

— Ela assassinou o amante pelo anel, pelas chaves. Fará muito pior para obtê-las agora que estão novamente em jogo. E quando as tiver... Minha rainha vai se fazer uma deusa.

— E daí? — A faca permanecia perto demais do pescoço de Aelin para arriscar um ataque.

— Isso a destruirá.

A raiva de Rowan hesitou.

— Você planeja pegar as chaves... para mantê-las longe de Maeve.

— Eu planejo destruir as chaves. Me dê sua chave de Wyrd — propôs Lorcan, abrindo o punho que pressionava contra o abdômen de Aelin. — E dou o anel a você.

De fato, na mão dele brilhava um anel dourado familiar.

— Você não deveria estar vivo — disse Rowan. — Se tivesse roubado o anel e fugido, ela já o teria matado. — Era uma armadilha. Uma armadilha muito inteligente.

— Eu sou rápido.

Lorcan *tinha* saído em disparada de Wendlyn. Mas isso não provava nada.

— Os outros...

— Ninguém sabe. Acha que confio neles para ficarem de boca fechada?

— O juramento de sangue torna a traição impossível.

— Estou fazendo isso pelo bem *dela* — retrucou ele. — Estou fazendo isso porque não desejo ver minha rainha se tornar um demônio. Estou obedecendo ao juramento nesse sentido.

Aelin estava enfurecida, e Lorcan fechou os dedos sobre o anel de novo.

— Você é um tolo, Rowan. Pensa apenas nos próximos anos, nas próximas décadas. O que estou fazendo é pelo bem de séculos. Pela eternidade. Maeve enviará os outros, você sabe. Para caçá-lo. Para matar os dois. Deixe que esta noite seja um lembrete de sua vulnerabilidade. Jamais conhecerá a paz por um só momento. Nem um. E mesmo que não matemos Aelin do Fogo Selvagem... o tempo matará.

O guerreiro afastou aquelas palavras.

Lorcan olhou para Aelin, os cabelos pretos oscilando com o movimento.

— Pense bem, princesa. O quanto vale a imunidade quando seus inimigos estão esperando para acorrentar você, quando um deslize pode significar se tornar uma escravizada para sempre?

A jovem apenas exibiu os dentes.

Lorcan a empurrou para longe, e Rowan já estava se movendo, disparando para Aelin.

Ela se virou, as lâminas embutidas do traje se projetaram.

Mas Lorcan havia sumido.

⁓

Depois de decidir que os ferimentos no pescoço de Aelin eram superficiais e que ela não corria risco de morte, Rowan não falou com ela durante o resto do caminho para casa.

Se Lorcan estivesse certo... Não, não estava certo. Era um mentiroso, e o acordo dele fedia aos truques de Maeve.

Aelin pressionava um lenço contra o pescoço conforme caminhavam. Portanto, quando chegaram ao apartamento, os ferimentos tinham coagulado. Aedion, ainda bem, já dormia.

Rowan foi direto para o quarto.

Ela o seguiu, mas o guerreiro entrou no banheiro e, em silêncio, fechou a porta.

Água corrente soou um segundo depois. Um banho de banheira.

Rowan fizera um bom trabalho ao esconder o que sentia, e a raiva dele estivera... Aelin jamais vira alguém tão colérico. Mas, mesmo assim, vira o terror no rosto do guerreiro. Fora o bastante para fazer com que ela controlasse o próprio medo quando o fogo começou a crepitar em suas veias. E a jovem tentara — pelos deuses, como tentara — encontrar um modo de sair dali, mas Lorcan... Rowan estivera certo. Sem a magia, Aelin não era páreo para o semifeérico.

Ele poderia tê-la matado.

E, apesar do próprio reino, apesar de tudo que ainda precisava fazer, a rainha só conseguira pensar no medo nos olhos de Rowan.

E que seria uma pena se ele jamais soubesse... se Aelin jamais contasse...

Ela limpou o pescoço na cozinha, lavou o pouco de sangue do traje e o pendurou na sala para secar, então pegou uma das camisas de Rowan e foi para a cama.

Mal ouviu a água se agitando. Talvez ele estivesse apenas deitado na banheira, encarando o nada com aquela expressão vazia que estampava desde que Lorcan retirara a faca do pescoço dela.

Minutos se passaram, e ela gritou um boa-noite para Aedion; a resposta ecoou pelas paredes.

Então a porta do banheiro se abriu, um véu de vapor fluiu para fora e Rowan surgiu, com uma toalha na cintura. Aelin observou o abdômen musculoso, os ombros fortes, mas...

Mas o vazio naqueles olhos.

Ela deu um tapinha na cama.

— Venha cá.

O guerreiro ficou parado, os olhos fixos no pescoço ferido da jovem.

— Nós dois somos especialistas em nos fechar, então vamos fazer um acordo de conversar agora mesmo, como pessoas racionais, de temperamento controlado.

Rowan não a encarou ao caminhar até a cama e desabar ao lado dela, esticando-se. Aelin nem mesmo o repreendeu por molhar os lençóis — ou mencionou que ele poderia ter gastado trinta segundos para se vestir.

— Parece que nossos dias de diversão acabaram — comentou ela, apoiando a cabeça no punho e o encarando. Ele olhou para o teto inexpressivamente. — Bruxas, senhores sombrios, rainhas feéricas... Se sairmos dessa com vida, vou tirar umas longas férias.

Os olhos de Rowan estavam frios.

— Não me isole — sussurrou Aelin.

— Nunca — murmurou ele. — Não é isso... — O guerreiro esfregou os olhos com o polegar e o indicador. — Falhei com você esta noite. — As palavras eram um murmúrio na escuridão.

— Rowan...

— Ele se aproximou o suficiente para matá-la. Se fosse outro inimigo, poderia tê-lo feito. — A cama tremeu quando o feérico suspirou, estremecendo, e tirou a mão dos olhos. A emoção bruta ali a fez morder o lábio. Nunca... Ele *nunca* a deixava ver aquelas coisas. — Falhei com você. Jurei protegê-la, e falhei esta noite.

— Rowan, não tem problema...

— Tem, *sim.* — A mão dele estava quente ao se fechar sobre o ombro de Aelin. Ela deixou que Rowan a deitasse de costas e a seguir viu metade do corpo dele em cima dela enquanto a encarava.

O corpo do guerreiro era uma força imensa e sólida sobre ela, mas os olhos de Rowan... o pânico permanecia.

— Quebrei sua confiança.

— Não fez nada disso. Rowan, você disse a ele que não entregaria a chave.

O príncipe feérico inspirou, expandindo o peito largo.

— Eu teria entregado. Pelos deuses, Aelin... eu estava na mão dele, e Lorcan nem sabia disso. Se tivesse esperado mais um minuto, eu teria contado a ele, com ou sem anel. Erawan, bruxas, o rei, Maeve... Eu enfrentaria todos eles. Mas perder você... — Rowan abaixou a cabeça, seu hálito aqueceu a boca de Aelin, e ele fechou os olhos. — Falhei com você esta noite — murmurou o feérico, com a voz rouca. — Desculpe.

O cheiro de pinho e neve a envolveu. Ela deveria se afastar, rolar para fora do alcance dele. *Não me toque assim.*

Mas ali estava Rowan, a mão como um ferrete no ombro de Aelin, o corpo quase cobrindo o dela.

— Não tem por que se desculpar — sussurrou ela. — Confio em você, Rowan.

Ele deu um aceno quase imperceptível.

— Senti sua falta — disse Rowan, baixinho, desviando o olhar entre a boca e os olhos dela. — Quando eu estava em Wendlyn. Menti quando disse que não senti. Assim que você partiu, senti tanto sua falta que enlouqueci. Fiquei *feliz* pela desculpa de seguir Lorcan até aqui, apenas para vê-la de novo. E esta noite, quando ele segurou aquela faca contra seu pescoço... — O calor dos dedos calejados irradiou por Aelin conforme ele traçava uma linha sobre o corte no pescoço. — Fiquei pensando em como você poderia jamais saber que eu senti sua falta com apenas um oceano entre nós. Mas, se fosse a morte nos separando... Eu encontraria você. Não me importa quantas regras quebraria. Ainda que eu mesmo precisasse conseguir as três chaves para então abrir um portão, eu a encontraria de novo. Sempre.

Aelin piscou para afastar a queimação nos olhos quando Rowan levou a mão entre os corpos deles, pegando sua mão e erguendo-a para apoiá-la contra a bochecha tatuada dele.

Foi difícil se lembrar de como respirar, se concentrar em qualquer coisa além daquela pele lisa e quente. Rowan não tirou os olhos dos de Aelin conforme a jovem acariciou com o polegar a bochecha marcada. Saboreando cada toque, ela acariciou o rosto do guerreiro, aquela tatuagem, sem desviar os olhos do olhar dele, mesmo que se sentisse nua.

Desculpe, era o que Rowan ainda parecia dizer.

Aelin manteve os olhos fixos ao tirar a mão do rosto dele e devagar, certificando-se de que ele entendia cada passo, inclinar a cabeça para trás até arquear o pescoço, expondo-o para Rowan.

— Aelin — sussurrou ele. Não como repreensão ou aviso, mas... uma súplica. Parecia uma súplica. O guerreiro abaixou a cabeça para o pescoço exposto e se aproximou à distância de um fio de cabelo.

Ela arqueou mais o pescoço, um convite silencioso.

Rowan soltou um gemido baixo, então roçou os dentes contra a pele dela.

Uma mordida, um movimento, era tudo que seria preciso para que rasgasse aquele pescoço.

Os caninos alongados deslizaram pela pele da jovem — com delicadeza, precisão. Ela agarrou os lençóis para evitar que os dedos percorressem as costas nuas de Rowan e o aproximassem mais.

O príncipe feérico apoiou uma das mãos ao lado da cabeça de Aelin, entrelaçando os dedos em seus cabelos.

— Ninguém mais — sussurrou ela. — Jamais deixaria que ninguém mais se aproximasse de meu pescoço. — Mostrar a ele era o único modo de fazê-lo entender aquela confiança, de uma forma que apenas o lado feérico e predatório entenderia. — Ninguém mais — disse Aelin de novo.

Rowan soltou mais um gemido baixo, resposta e confirmação e pedido, e o ruído ecoou dentro de Aelin. Com cuidado, ele fechou os dentes sobre o local em que o sangue, assim como a vida dela, corria e latejava; o hálito era quente contra sua pele.

Aelin fechou os olhos, cada sentido se concentrava naquela sensação, nos dentes e na boca em seu pescoço, no corpo poderoso que tremia, segurando-se, acima do dela. A língua de Rowan roçou a pele.

Ela emitiu um ruído baixo, que poderia ter sido um gemido, uma palavra ou o nome dele. Rowan estremeceu e se afastou, o ar frio a beijou no pescoço. Selvageria — selvageria pura brilhava naqueles olhos.

Então o guerreiro percorreu o corpo dela completa e descaradamente com os olhos, as narinas dilatando-se com delicadeza ao sentir exatamente o cheiro que ela queria.

A respiração de Aelin ficou irregular quando Rowan a encarou: faminto, voraz, irredutível.

— Ainda não — disse ele, com a voz rouca, respirando com dificuldade. — Agora não.

— Por quê? — Foi um esforço se lembrar de como falar com Rowan olhando para ela daquela forma. Como se pudesse a engolir viva. Calor latejava do fundo dela.

— Quero me demorar com você... aprender... cada centímetro seu. E este apartamento tem paredes muito, muito finas. Não quero uma plateia — acrescentou ele ao se aproximar de novo, roçando a boca contra o corte na base do pescoço dela. — Quando fizer você gemer, Aelin.

Ah, por Wyrd. Ela estava em apuros. Tantos apuros. E quando Rowan disse o nome de Aelin daquela forma...

— Isso muda as coisas — disse ela, mal conseguindo proferir as palavras.

— As coisas estão mudando há um tempo. Nós lidaremos com isso. — Aelin se perguntou quanto tempo a determinação de Rowan em esperar duraria se ela levantasse o rosto para reivindicar a boca dele com a própria, se percorresse os dedos pela curva da coluna. Se o tocasse mais abaixo que isso. Mas...

Serpentes aladas. Bruxas. Exército. Erawan.

Aelin soltou um suspiro pesado.

— Dormir — murmurou ela. — Deveríamos dormir.

Rowan engoliu em seco de novo, se afastando lentamente, então caminhou até o closet para se vestir. Foi um esforço não saltar para cima dele e arrancar aquela maldita toalha.

Talvez devesse fazer Aedion ficar em outro lugar. Apenas por uma noite.

E depois ela queimaria no inferno por toda a eternidade por ser a pessoa mais egoísta e horrível a caminhar pela terra.

Aelin se obrigou a ficar de costas para o closet, sem confiar em si mesma para sequer olhar para Rowan sem fazer algo infinitamente idiota.

Pelos deuses, estava metida em *tanta* confusão.

⚜ 53 ⚜

Beba, cantarolou o príncipe demônio com a voz de um amante. *Saboreie.*

O prisioneiro estava soluçando no chão da cela do calabouço; o medo e a dor e as lembranças vazavam dele. O príncipe demônio inalou-os como se fossem ópio.

Delicioso.

Era.

Ele se odiou, se amaldiçoou.

Mas o desespero que saía do homem conforme as piores lembranças o destruíam... era intoxicante. Era força; era vida.

Ele não tinha nada nem ninguém mesmo. Se tivesse a oportunidade, encontraria um modo de acabar com aquilo. Por enquanto, aquilo era a eternidade, aquilo era nascimento e morte e renascimento.

Então ele bebeu a dor, o medo, as mágoas do sujeito.

E aprendeu a gostar daquilo.

❧ 54 ❧

Manon encarou a carta que o mensageiro trêmulo acabara de entregar. Elide tentava ao máximo fazer parecer que não observava cada movimento dos olhos sobre a folha, mas era difícil não encarar quando a bruxa grunhia a cada palavra que lia.

A criada estava deitada na cama de feno enquanto o fogo já morria e se tornava brasa. Ela gemeu ao se sentar, pois o corpo dolorido reclamava. Elide encontrara um cantil de água na despensa e até mesmo perguntara ao cozinheiro se podia levá-lo para a Líder Alada. Ele não ousou protestar. Ou reclamar das duas pequenas sacolas de nozes que ela também pegara "para a Líder Alada". Melhor que nada.

A jovem armazenara tudo sob a cama, e Manon não reparara. A qualquer dia, a carruagem chegaria com suprimentos. Quando partisse, Elide estaria nela. E jamais precisaria lidar com aquela escuridão outra vez.

Ela estendeu a mão para a pilha de lenha e acrescentou duas à fogueira, lançando uma onda de faíscas para cima. Estava prestes a se deitar de novo quando Manon falou da escrivaninha:

— Em três dias, sairei com minhas Treze.

— Para onde? — Elide ousou perguntar. Pela violência com a qual a Líder Alada lera a carta, não devia ser um lugar agradável.

— Para uma floresta no norte. Para... — Manon se conteve e caminhou, com passos leves, porém poderosos, se aproximando da lareira para atirar a carta ali. — Estarei fora por pelo menos dois dias. Se eu fosse você, ficaria escondida durante esse tempo.

O estômago de Elide se revirou ao pensar no que, exatamente, poderia significar ter a proteção da Líder Alada a milhares de quilômetros de distância. Mas era inútil dizer isso a Manon. Ela não se importaria, mesmo alegando que Elide era uma das suas.

Não significava nada mesmo. Ela não era uma bruxa. Fugiria em breve. Duvidava que qualquer um ali pensasse duas vezes sobre seu sumiço.

— Vou ficar escondida — afirmou a criada.

Talvez nos fundos de uma carruagem, conforme rumava para fora de Morath e para a liberdade adiante.

～

A preparação para a reunião levou três dias inteiros.

A carta da Matriarca não fazia menção à procriação e ao assassinato de bruxas. Na verdade, era como se sua avó não tivesse recebido nenhuma das mensagens. Assim que Manon voltasse daquela pequena missão, começaria a interrogar os mensageiros da Fortaleza. Devagar. Dolorosamente.

As Treze deveriam voar até coordenadas em Adarlan — bem no meio do reino, dentro do emaranhado da floresta Carvalhal — e chegar um dia antes da reunião para estabelecer um perímetro de segurança.

Pois o rei de Adarlan por fim veria a arma que a avó da bruxa estava construindo e, aparentemente, queria avaliar Manon também. Ele levaria o filho, embora a Líder Alada duvidasse de que fosse para proteger o rei da mesma forma que as herdeiras protegiam as Matriarcas. Ela não se importava muito... com nada daquilo.

Uma reunião idiota e inútil, era o que quisera dizer à avó. Um desperdício de seu tempo.

Pelo menos teria a oportunidade de ver o rei e conhecer quem dava aquelas ordens para destruir bruxas e tornar suas proles monstruosidades. Pelo menos Manon poderia contar à avó pessoalmente sobre isso; talvez até mesmo testemunhar a Matriarca fazer picadinho do monarca depois que descobrisse a verdade sobre o que ele fizera.

A bruxa montou a sela, e Abraxos caminhou até o mastro, ajustando-se à última armadura que o ferreiro do regimento fizera. Finalmente leve o bastante para que as serpentes aladas se movessem e agora prestes a ser testada naquela viagem. O vento a fustigou, mas ela o ignorou. Exatamente como ignorara as Treze.

Asterin não falava com Manon; e nenhuma delas falara sobre o príncipe valg que o duque enviara.

Fora um teste para ver quem sobreviveria e para lembrar a Manon o que estava em jogo.

Exatamente como lançar fogo de sombras naquela tribo fora um teste.

A Líder Alada ainda não conseguira escolher uma aliança. E não escolheria até ter falado com a avó.

Mas duvidava de que o duque fosse esperar muito mais.

Manon olhou para a queda, para o exército crescente que varria as montanhas e os vales como um carpete de escuridão e fogo — com muito mais soldados escondidos sob elas. As Sombras tinham relatado naquela mesma manhã que viram criaturas esguias e aladas com formas humanas distorcidas voando pelo céu noturno — habilidosas e ágeis demais para serem seguidas antes de desaparecerem nas nuvens pesadas e não retornarem. A maioria dos horrores de Morath, suspeitava a bruxa, ainda estava para ser revelada. Ela se perguntou se os comandaria também.

Manon sentiu os olhos das Treze sobre si, esperando pelo sinal.

Ela cravou as solas nas laterais de Abraxos, então eles desceram em queda livre pelos ares.

∾

A cicatriz no braço doía.

Sempre doía — mais que o colar, mais que o frio, mais que as mãos do duque sobre ela, mais que qualquer coisa que tivesse sofrido. Apenas o fogo de sombras era reconfortante.

Certo dia acreditara que nascera para ser rainha.

Desde então descobrira que nascera para ser um lobo.

O duque até mesmo colocara uma coleira nela, como um cão, e enfiara um príncipe demônio dentro dela.

Ela deixou que o demônio vencesse por um tempo, enroscando-se tanto dentro de si mesma que ele se esqueceu de que alguém estava ali.

E esperou.

Naquele casulo de escuridão, tomou seu tempo, deixou que ele achasse que ela se fora, deixou que fizessem o que queriam com aquela casca mortal ao seu redor. Foi naquele casulo que o fogo de sombras começou a lampejar, abastecendo-a, alimentando-a. Havia muito tempo, quando era pequena e limpa, chamas douradas tinham faiscado em seus dedos, secretas e escondidas. Então sumiram, assim como todas as coisas boas.

E agora haviam retornado; renascidas com aquela casca escura, como fogo fantasma.

O príncipe que a ocupava não reparou quando ela começou a mordiscá-lo.

Pouco a pouco, roubou pedaços da criatura sobrenatural que tomara seu corpo para usá-lo como pele, que fizera coisas tão desprezíveis com ele.

A criatura reparou no dia em que ela deu uma mordida maior — tão grande que o demônio gritou de dor.

Antes que pudesse contar a alguém, ela saltou sobre a criatura, destroçando e rasgando com o fogo de sombras, até que apenas cinzas de malícia restassem, até que não passasse de um sussurro de pensamento. Fogo... o demônio não gostava de fogo de nenhum tipo.

Por semanas agora, ela estivera ali. Esperando de novo. Aprendendo sobre a chama nas veias — como sangrava dentro daquela coisa no braço dela e ressurgia como fogo de sombras. A coisa falava com ela às vezes, em línguas que jamais ouvira, que talvez jamais tivessem existido.

O colar permanecia ao redor de seu pescoço, e ela deixava que lhe dessem ordens, deixava que a tocassem, que a ferissem. Em breve... em breve encontraria seu verdadeiro propósito, então uivaria sua ira para a lua.

Ela esquecera o nome que lhe deram, mas não fazia diferença. Só tinha um nome agora:

Morte, devoradora de mundos.

❦ 55 ❦

Aelin acreditava completamente em fantasmas.

Só não achava que eles apareciam durante o dia.

A mão de Rowan se fechou sobre seu ombro logo antes do alvorecer. Aelin olhou uma vez para o rosto tenso do guerreiro, preparando-se para o que viria.

— Alguém invadiu o armazém.

Ele saiu do quarto, armado e totalmente pronto para derramar sangue antes que Aelin conseguisse pegar as armas. Pelos deuses... também se *movia* como o vento. Ela ainda conseguia sentir os caninos de Rowan no pescoço, roçando contra a pele, pressionando levemente...

Com passos quase silenciosos, Aelin foi atrás do guerreiro e o encontrou com Aedion diante da porta do apartamento, com armas em punho, as costas, musculosas e cobertas de cicatrizes, rígidas. As janelas — eram a melhor opção para uma fuga caso fosse uma emboscada. Ela se juntou aos dois homens no momento em que Rowan entreabriu a porta, revelando a escuridão da escada.

Enroscada no chão, Evangeline chorava na base das escadas; a face marcada estava mortalmente pálida, e aqueles olhos citrinos arregalaram-se de terror quando a menina ergueu o rosto para Rowan e Aedion. Centenas de quilos de músculos letais e dentes expostos...

Aelin os empurrou, descendo dois ou três degraus por vez até chegar à menina. Estava limpa, sem nenhum arranhão.

— Você está ferida?

Evangeline balançou a cabeça, os cabelos ruivo-dourados refletiam a luz da vela que Rowan tinha levado para lá. As escadas estremeciam a cada passo que ele e Aedion davam.

— Conte — pediu Aelin, ofegante, rezando silenciosamente para não ser tão ruim quanto parecia. — Conte tudo.

— Eles a levaram, eles a levaram, eles a levaram.

— Quem? — perguntou ela, afastando os cabelos da menina para trás, debatendo se Evangeline entraria em pânico caso fosse abraçada.

— Os homens do rei — sussurrou a garota. — Eles vieram com uma carta de Arobynn. Disseram que estava no testamento que eles deveriam ser informados da li-li-linhagem de Lysandra.

O coração de Aelin parou. Pior... muito pior que aquilo para que se preparara...

— Disseram que ela era uma metamorfa. Eles a *levaram* e iam me levar também, mas ela lutou e me fez fugir, e Clarisse não quis ajudar...

— Para onde a levaram?

Evangeline chorou.

— Não sei. Lysandra disse que eu deveria vir para cá caso alguma coisa acontecesse; ela me disse para dizer a você que *fugisse*...

Ela não conseguia respirar, não conseguia pensar. Rowan se ajoelhou ao lado das duas, abraçou a menina, então a pegou no colo com mãos tão grandes que quase lhe envolviam toda a cabeça. Evangeline enterrou o rosto no peito tatuado do guerreiro enquanto ele murmurava sons reconfortantes sem palavras.

Rowan encarou Aelin por cima da cabeça da criança. *Precisamos sair desta casa em dez minutos... até descobrirmos se ele também traiu você.*

Como se tivesse ouvido, Aedion passou pelos dois e seguiu para a janela do armazém pela qual Evangeline tinha, de alguma forma, entrado. Lysandra, ao que parecia, ensinara algumas coisas à protegida.

Aelin esfregou o rosto, depois apoiou a mão no ombro de Rowan ao ficar de pé, sentindo a pele macia e quente sob os dedos calejados.

— O pai de Nesryn. Pediremos que cuide dela hoje.

Arobynn fizera aquilo. Uma última carta na manga.

Ele sabia. Sobre Lysandra... sobre a amizade das duas.

Não gostava de dividir seus pertences.

Chaol e Nesryn irromperam no armazém um nível abaixo; Aedion já estava a meio caminho deles antes de sequer perceberem sua presença ali.

Tinham mais notícias. Um dos homens de Ren entrara em contato com eles minutos antes: uma reunião aconteceria no dia seguinte em Carvalhal, entre o rei, Dorian e a Líder Alada da cavalaria aérea.

Com a entrega de mais um prisioneiro para Morath.

— Precisam tirá-la dos túneis — disse Aelin a Chaol e Nesryn, disparando escada abaixo. — Agora mesmo. São humanos; não vão ser notados a princípio. São os únicos que podem entrar naquela escuridão.

Chaol e Nesryn trocaram olhares.

Aelin caminhou até os dois.

— *Precisam tirá-la de lá agora mesmo.*

Por um segundo, Aelin não estava no armazém. Por um segundo, estava de pé em um lindo quarto, diante de uma cama ensanguentada e do corpo destruído jogado ali.

Chaol estendeu as mãos.

— É melhor gastarmos o tempo montando uma emboscada.

O som da voz dele... A cicatriz no rosto do capitão se destacava à luz fraca. Aelin fechou os dedos em punho, as unhas — as mesmas que tinham destruído o rosto dele — se enterraram.

— Eles podem estar se alimentando dela — retrucou ela, com dificuldade.

Atrás de Aelin, Evangeline soltou um soluço. Se fizessem Lysandra suportar o que ela suportara quando enfrentara o príncipe valg...

— Por favor — pediu Aelin, a voz sumindo com a palavra.

Chaol reparou, então, onde os olhos estavam concentrados no rosto dele. O capitão empalideceu, a boca se abriu.

Mas Nesryn tocou a mão de Aelin, os dedos finos e bronzeados estavam frios contra as palmas das mãos suadas da jovem.

— Nós vamos trazê-la de volta. Nós a salvaremos. Juntos.

Chaol apenas encarou Aelin, esticando os ombros ao falar:

— Nunca mais se repetirá.

Ela queria acreditar nele.

❧ 56 ❧

Algumas horas depois, sentada no chão de uma pousada em ruínas do outro lado de Forte da Fenda, Aelin olhou para um mapa no qual tinham assinalado a localização da reunião: cerca de oitocentos metros do templo de Temis. O minúsculo templo ficava dentro do abrigo da floresta Carvalhal, no alto de uma rocha alta e fina, no meio de uma ravina profunda. Era acessível somente por duas pontes oscilantes presas a cada lado do despenhadeiro, o que poupara o local de exércitos invasores ao longo dos anos. A floresta ao redor provavelmente estaria vazia, e, se serpentes aladas chegariam até lá voando, sem dúvida iriam sob o manto da noite anterior à reunião. Aquela noite.

Aelin, Rowan, Aedion, Nesryn e Chaol estavam em volta do mapa, afiando e polindo as lâminas conforme discutiam o plano. Tinham deixado Evangeline com o pai de Nesryn, junto a mais cartas para Terrasen e a Devastação... e o padeiro não fizera perguntas. Apenas beijou a filha mais nova na bochecha, então anunciou que ele e Evangeline assariam tortas especiais para o retorno do grupo.

Se eles retornassem.

— E se ela tiver um colar ou um anel? — perguntou Chaol, do outro lado do pequeno círculo.

— Então perderá uma cabeça ou um dedo — disse Aedion, diretamente.

Aelin disparou o olhar para ele.

— Não tome essa decisão sem mim.

— E Dorian? — perguntou o general.

Chaol encarava o mapa como se fosse queimar um buraco nele.

— A decisão não é minha — respondeu Aelin, tensa.

Os olhos do capitão se voltaram para os dela.

— Não toque nele.

Era um risco terrível colocar todos ao alcance de um príncipe valg, mas...

— Vamos nos pintar com marcas de Wyrd — explicou Aelin. — Todos nós. Para nos protegermos do príncipe.

Nos dez minutos que tinham levado para pegar as armas, as roupas e os suprimentos do apartamento no armazém, Aelin se lembrara dos livros sobre marcas de Wyrd, os quais estavam agora sobre a pequena mesa diante da única janela do quarto. Tinham alugado três quartos para a noite: um para Aelin e Rowan, um para Aedion e o outro para Chaol e Nesryn. A moeda de ouro que Aelin jogara no balcão do estalajadeiro fora o suficiente para pagar por pelo menos um mês. E pelo silêncio do homem.

— Matamos o rei? — indagou Aedion.

— Não atacamos até termos certeza de que podemos matá-lo e neutralizar o príncipe com riscos mínimos — respondeu Rowan. — Tirar Lysandra daquela carruagem vem primeiro.

— Concordo — disse Aelin.

O olhar de Aedion recaiu sobre o guerreiro.

— Quando partimos?

Aelin ficou espantada com a obediência do primo ao príncipe feérico.

— Não quero aquelas serpentes aladas ou as bruxas sentindo nosso cheiro — informou Rowan, como um comandante se preparando para o campo de batalha. — Chegaremos logo antes de a reunião acontecer, com tempo o bastante para encontrar pontos de vantagem, assim como para localizar seus batedores e sentinelas. O olfato das bruxas é aguçado demais para arriscar sermos descobertos. Vamos nos aproximar com rapidez.

Aelin não conseguia decidir se estava ou não aliviada.

O relógio soou meio-dia. Então Nesryn ficou de pé.

— Vou pedir o almoço.

Chaol se levantou, alongando o corpo.

— Ajudo você a trazê-lo para cá.

De fato, em um lugar como aquele, não receberiam serviço de quarto. No entanto, em um lugar como aquele, Aelin imaginou que Chaol poderia muito bem acompanhar Faliq para proteção. Que bom.

Depois que saíram, Aelin pegou uma das espadas de Nesryn e começou a poli-la: uma adaga decente, mas não era ótima. Se sobrevivessem ao dia seguinte, talvez comprasse uma adaga melhor para a rebelde, como agradecimento.

— Uma pena que Lorcan seja um desgraçado psicótico — disse ela. — Seria útil amanhã. — Rowan contraiu a boca. — O que ele fará quando descobrir sobre a ascendência de Aedion?

Seu primo apoiou a adaga que estava afiando.

— Será que vai se importar?

No meio do polimento de uma espada curta, Rowan parou.

— Lorcan pode não dar a mínima, ou pode achar Aedion intrigante. Contudo, é mais provável que se interesse por como a existência do general poderá ser usada contra Gavriel.

Aelin olhou para o primo, os cabelos dourados agora parecendo mais uma prova dos laços com Gavriel que com ela.

— Quer conhecê-lo? — Talvez Aelin tivesse mencionado aquilo apenas para distrair o pensamento do dia seguinte.

Um aceno de ombros.

— Eu ficaria curioso, mas não estou com pressa. A não ser que ele arraste a equipe até aqui para ajudar com a luta.

— Tão pragmático. — Aelin encarou Rowan, que estava de volta ao trabalho na espada. — Será que se convenceriam a ajudar, apesar do que Lorcan disse? — Eles tinham ajudado uma vez... durante o ataque em Defesa Nebulosa.

— Improvável — retrucou Rowan, sem tirar os olhos da lâmina. — A não ser que Maeve decida que enviar socorro até você é o próximo movimento em qualquer que seja seu jogo. Talvez queira se aliar a você para matar Lorcan pela traição dele. — O guerreiro ponderou: — Alguns dos feéricos que costumavam morar aqui ainda podem estar vivos e escondidos. Talvez possam ser treinados ou já tenham treinamento.

— Eu não contaria com isso — disse Aedion. — Vi e senti o povo pequenino em Carvalhal. Mas os feéricos... Nenhum sussurro deles por lá. — O general não o encarou; em vez disso, começou a limpar a última lâmina não afiada de Chaol. — O rei os destruiu com muita minúcia. Aposto que qualquer sobrevivente está preso na forma animal.

O corpo de Aelin ficou pesado com luto familiar.

— Vamos pensar nisso tudo depois.

Se vivessem o suficiente para fazê-lo.

∽

Durante o resto do dia e por grande parte da noite, Rowan planejou seu curso de ação com a eficiência esperada e apreciada por Aelin. Mas não parecia reconfortante agora. Não quando o perigo era tão grande e tudo podia mudar em questão de minutos. Não quando Lysandra já poderia estar além da salvação.

— Você deveria estar dormindo — comentou Rowan, a voz grave retumbando pela cama e pela pele da jovem.

— A cama tem calombos — disse ela. — Detesto pousadas baratas.

A risada baixa do guerreiro ecoou pela quase escuridão do quarto. Aelin colocara armadilhas na porta e na janela para alertá-los caso houvesse intrusos, mas, com a balbúrdia que vinha da desprezível taverna abaixo, seria difícil ouvirem qualquer um no corredor. Principalmente quando alguns dos quartos eram alugados por hora.

— Nós a traremos de volta, Aelin.

A cama era muito menor que a dela... pequena o suficiente para que o ombro de Aelin roçasse no de Rowan ao se virar. A jovem o encontrou já de frente para ela, os olhos brilhando na escuridão.

— Não posso enterrar mais um amigo.

— Não o fará.

— Se alguma coisa acontecesse com você, Rowan...

— Não — sussurrou ele. — Nem mesmo o diga. Nós já lidamos com isso o suficiente na outra noite.

O guerreiro ergueu a mão, hesitou, então afastou uma mecha de cabelo que caíra sobre o rosto de Aelin. Os dedos calejados roçaram a bochecha da jovem, então acariciaram sua orelha.

Era tolice sequer começar aquilo, considerando que todos os outros homens para quem Aelin se abrira tinham deixado alguma ferida, de uma forma ou de outra, acidentalmente ou não.

Não havia nada suave ou carinhoso no rosto de Rowan. Apenas o olhar reluzente de um predador.

— Quando voltarmos — disse ele —, lembre-me de provar que você está errada com relação a todos os pensamentos que acabaram de passar por sua cabeça.

Aelin ergueu uma sobrancelha.

— Hã?

Rowan deu um sorriso malicioso que fez qualquer pensamento parecer impossível. Exatamente o que ele queria, distraí-la dos horrores do dia seguinte.

— Vou deixar até que você decida como o direi: com palavras. — Os olhos do feérico se voltaram para a boca de Aelin. — Ou com meus dentes e minha língua.

Excitação percorreu o sangue dela, acumulando-se no fundo do corpo. Não era justo; não era nada justo provocá-la daquela forma.

— Esta pousada infernal é bastante barulhenta — comentou Aelin, ousando passar a mão pelo peitoral exposto de Rowan, então para cima até seu ombro. Ela se maravilhou com a força sob a palma da mão. Ele estremeceu, mas as mãos permaneceram na lateral do corpo, fechadas e com os nós dos dedos esbranquiçados. — Uma pena que Aedion provavelmente ainda consiga ouvir do outro lado da parede.

Ela roçou as unhas suavemente sobre a base do pescoço de Rowan, marcando-o, reivindicando-o, antes de se aproximar e tocá-lo entre o pescoço dele e a boca. A pele era tão lisa, tão convidativamente morna.

— Aelin — gemeu ele.

Os dedos dos pés de Aelin se enroscaram diante daquela voz áspera.

— Uma pena — murmurou ela contra o pescoço do feérico. Ele resmungou, e Aelin riu baixinho ao rolar de volta e fechar os olhos, a respiração mais tranquila que estava momentos antes. Ela superaria o dia seguinte, independentemente do que acontecesse. Não estava sozinha, não com Rowan e Aedion a seu lado.

Aelin sorria quando o colchão se moveu, então passos firmes seguiram para a cômoda, e o som de líquido caindo preencheu o quarto conforme Rowan virou a jarra de água fria sobre si.

❧ 57 ❧

— Eu sinto cheiro delas, sim — afirmou Aedion, o sussurro era quase inaudível conforme seguiam às escondidas pela vegetação rasteira, cada um vestido de verde e marrom para permanecer oculto na densa floresta. Aedion e Rowan caminhavam diversos passos adiante de Aelin, as flechas frouxas nos arcos enquanto escolhiam o caminho com a audição e o olfato aguçados.

Se ela tivesse a porcaria da forma feérica, poderia ajudar em vez de ficar para trás com Chaol e Nesryn, mas...

Não era um pensamento produtivo, disse Aelin a si mesma. Iria se virar com o que tinha.

Chaol era quem melhor conhecia a floresta, pois fora caçar por aqueles lados com Dorian inúmeras vezes. Ele tinha proposto um caminho para o grupo na noite anterior, mas deixara a liderança com os dois guerreiros feéricos e seus sentidos impecáveis. Os passos do capitão não hesitavam nas folhas e no musgo sob as botas, seu rosto estava fechado, mas determinado. Concentrado.

Que bom.

Passaram tão silenciosamente pelas árvores de Carvalhal que os pássaros nem pararam de cantar.

A floresta de Brannon. A floresta dela.

Aelin se perguntou se os habitantes de lá sabiam qual sangue corria em suas veias e se por acaso se escondiam dos horrores que aguardavam à frente. Ela se perguntou se, de algum modo, ajudariam Lysandra quando chegasse a hora.

Rowan parou três metros adiante e apontou para três carvalhos altos. Aelin também parou, os ouvidos atentos conforme avaliava a floresta.

Grunhidos e rugidos de bestas que pareciam grandes demais ecoavam na direção deles, junto ao raspar de asas de couro sobre pedra.

Preparando-se, ela correu até onde Rowan e Aedion aguardavam, perto dos carvalhos, enquanto seu primo apontava para o céu, indicando o próximo movimento.

Aelin ocupou a árvore do centro, mal perturbando uma folha ou um galho ao subir. Rowan esperou até que a jovem tivesse chegado a um galho alto antes de a seguir — em mais ou menos o mesmo tempo que ela levou, reparou Aelin, com um pouco de arrogância. Aedion ocupou a árvore à direita, com Chaol e Nesryn escalando a da esquerda. Todos continuaram subindo, tão suavemente quanto cobras, até que a copa bloqueasse a visão do chão abaixo e que conseguissem discernir um pequeno campo adiante.

Pelos deuses.

As serpentes aladas eram enormes. Enormes, malignas e... e aquelas eram mesmo selas nas costas dos animais.

— Espinhos venenosos nas caudas — sussurrou Rowan ao ouvido de Aelin. — Com aquela envergadura, provavelmente conseguem voar centenas de quilômetros por dia.

Ele saberia, imaginou a jovem.

Havia apenas treze serpentes aladas no chão do campo. A menor delas estava deitada de barriga para o chão, o rosto enterrado em um arbusto de flores selvagens. Espinhos de ferro reluziam na cauda do animal no lugar de ossos, cicatrizes cobriam o corpo como as listras de um gato, e as asas... Aelin conhecia o material enxertado ali. Seda de Aranha. Aquela quantidade devia ter custado uma fortuna.

As outras serpentes aladas eram todas normais e capazes de partir um homem ao meio com uma mordida.

Estariam mortos em segundos contra *uma* daquelas coisas. Mas um exército com três mil? O pânico tomou conta.

Sou Aelin Ashryver Galathynius...

— Aquela... Aposto que é a Líder Alada — comentou Rowan, apontando agora para as mulheres reunidas no limite do campo.

Mulheres, não. Bruxas.

Eram todas jovens e belas, com cabelos e pele de todos os tons e cores. Mas, mesmo de longe, Aelin viu aquela que Rowan indicara. Os cabelos eram como luar vivo, os olhos eram como ouro queimado.

Era a pessoa mais linda que ela já vira.

E a mais aterrorizante.

A bruxa se movia com um ritmo que Aelin supôs que apenas um imortal poderia adquirir; o manto vermelho estalava atrás dela, o couro da montaria se agarrava ao corpo esguio. Uma arma viva... a Líder Alada era isso.

A bruxa caminhou pelo campo, inspecionando as serpentes e dando ordens que os ouvidos humanos não conseguiam escutar. As outras doze bruxas pareciam acompanhar cada movimento da líder, como se ela fosse o eixo de seu mundo, e duas das bruxas a seguiam muito de perto. Tenentes.

Aelin lutou para manter o equilíbrio no amplo galho.

Qualquer exército que Terrasen pudesse erguer seria aniquilado. Assim como os amigos à volta dela.

Estavam todos tão, tão mortos.

Rowan passou a mão pela cintura de Aelin, como se conseguisse ouvir a resistência latejando pelo corpo da jovem a cada batida do coração.

— Você matou uma das Matriarcas — murmurou Rowan ao ouvido de Aelin, pouco mais que o farfalhar de uma folha. — Pode matar as inferiores dela.

Talvez. Talvez não, considerando a forma como as treze bruxas na clareira se moviam e interagiam. Era uma unidade coesa e brutal. Não pareciam do tipo que fazia prisioneiros.

Se fizessem, provavelmente os devoravam.

Será que voariam com Lysandra para Morath depois que o vagão da prisão chegasse? Se voassem...

— Lysandra não pode chegar a nove metros das serpentes aladas. — Se fosse carregada para um dos animais, então já seria tarde demais.

— Concordo — murmurou Rowan. — Cavalos se aproximam do norte. E mais asas do oeste. Vamos.

A Matriarca, então. Os cavalos seriam o rei e o vagão da prisão. E Dorian.

Aedion parecia pronto para começar a rasgar pescoços de bruxas quando desceram ao chão e entraram na floresta de novo, seguindo para a clareira. Ao se esconder nos arbustos para fornecer cobertura, Nesryn tinha uma flecha presa no arco, o rosto estava sério — pronto para qualquer coisa. Pelo menos uma delas estava.

Aelin caminhou ao lado de Chaol.

— Não importa o que você veja ou ouça, não se mova. Precisamos avaliar Dorian antes de agirmos. Apenas um daqueles príncipes valg é letal.

— Eu sei — disse ele, recusando-se a encarar Aelin. — Pode confiar em mim.

— Preciso que se certifique de que Lysandra conseguirá sair. Conhece esta floresta melhor que qualquer um de nós. Leve-a para algum lugar seguro.

O capitão assentiu.

— Eu prometo. — Aelin não duvidava. Não depois daquele inverno.

Ela estendeu a mão, parando, então a apoiou no ombro dele.

— Não tocarei em Dorian — afirmou Aelin. — Eu juro.

Os olhos cor de bronze de Chaol brilharam.

— Obrigado.

Eles seguiram em frente.

Aedion e Rowan fizeram com que todos voltassem pela área que tinham verificado mais cedo, um trajeto com algumas saliências de pedras e vegetação o bastante para que se agachassem sem serem vistos enquanto observavam tudo que acontecia na clareira.

Devagar, como lindas assombrações de um reino infernal, as bruxas surgiram.

A bruxa de cabelos brancos caminhou para cumprimentar uma fêmea mais velha de cabelos pretos, que só podia ser a Matriarca do clã Bico Negro. Atrás da Grã-Bruxa, um aglomerado de bruxas empurrava um vagão grande, que estava coberto, muito parecido com aquela que a Pernas Amarelas certa vez estacionara diante do palácio de vidro. As serpentes aladas deviam ter carregado o veículo entre si. Parecia comum — pintado de preto, azul e amarelo —, mas Aelin tinha a sensação de que não queria saber o que estava lá dentro.

Então a comitiva real chegou.

Ela não sabia para onde olhar: para o rei de Adarlan, para o pequeno e familiar vagão da prisão no centro dos cavaleiros...

Ou para Dorian, cavalgando ao lado do pai, com aquele colar preto em volta do pescoço e nada de humano no rosto.

❧ 58 ❧

Manon Bico Negro odiava aquela floresta.

As árvores ficavam próximas de forma anormal. Tão próximas que elas tiveram que deixar as serpentes aladas para trás a fim de seguir até a clareira, a oitocentos metros do templo em ruínas. Pelo menos os humanos não foram idiotas o bastante para escolher o próprio templo como local da reunião, pois era um lugar muito precariamente montado, e a ravina aberta demais a olhos espiões. No dia anterior, Manon e as Treze tinham feito o reconhecimento das clareiras pelo raio de um quilômetro e meio, avaliando-as pela visibilidade, acessibilidade e cobertura, então finalmente se decidiram por aquela. Perto o bastante de onde o rei originalmente exigira que se encontrassem — mas um lugar muito mais bem protegido. Regra número um para lidar com mortais: jamais deixe que escolham o local exato.

Primeiro, a avó de Manon e a aliança que a acompanhava seguiram pelas árvores do lugar onde haviam aterrissado, com um vagão coberto ao encalço, sem dúvida com a arma que a Matriarca criara. Ela avaliou Manon com um olhar afiado, dizendo apenas:

— Fique calada e fora do caminho. Fale apenas quando falarem com você. Não cause problemas, ou vou rasgar sua garganta.

Mais tarde, então. Falaria com a avó sobre os valg mais tarde.

O rei estava atrasado, e sua comitiva fez a droga de um barulho tão alto conforme seguiam pelo bosque que Manon os ouviu bons cinco minutos antes de o imenso cavalo de guerra preto do monarca surgir na curva da trilha. Os outros cavaleiros o seguiam como uma sombra escura.

O cheiro dos valg envolveu o corpo da bruxa.

Eles levavam um vagão-cela consigo, contendo um prisioneiro para ser transferido para Morath. Pelo cheiro, era fêmea... e estranha. Manon jamais sentira aquele odor antes: não era valg, não era feérico, não era completamente humano. Interessante.

Mas as Treze eram guerreiras, não mensageiras.

Com as mãos nas costas, a jovem bruxa esperou enquanto a avó caminhava até o rei, monitorando sua comitiva humana e valg enquanto avaliavam a clareira. O homem mais próximo do soberano não se incomodou em olhar em volta. Os olhos cor de safira foram direto para Manon e ali ficaram.

O rapaz seria lindo, se não fosse pelo colar preto ao redor do pescoço, além da extrema frieza no rosto perfeito.

Ele sorriu para Manon, como se conhecesse o gosto do sangue dela.

A bruxa conteve a vontade de exibir os dentes e se concentrou na Matriarca, que agora estava parada diante do rei mortal. Tanto fedor emanava daquela gente. Como a avó não fazia uma careta diante deles?

— Vossa Majestade — disse ela, com as vestes pretas parecendo noite líquida conforme fez uma leve reverência. Manon conteve o grunhido de protesto na garganta. Jamais... *jamais* a avó fizera reverência ou sequer assentira para outro governante, nem mesmo para as outras Matriarcas.

A Líder Alada enfiou a revolta bem no fundo de si quando o rei desmontou com um movimento poderoso.

— Grã-Bruxa — cumprimentou ele, inclinando a cabeça em algo que não era bem uma reverência, mas o suficiente para mostrar um pingo de reconhecimento. Uma espada imensa pendia na lateral de seu corpo. As roupas eram escuras e refinadas, e o rosto era...

A crueldade encarnada.

Não a crueldade fria e maliciosa que Manon cultivara e na qual sentia prazer, mas crueldade pura e brutal, do tipo que fizera todos aqueles homens invadirem seu chalé, achando que a bruxa precisava de uma lição.

Aquele era o homem para quem elas deveriam se curvar. Para quem a avó de Manon abaixara a cabeça uma fração de centímetro.

A Matriarca gesticulou atrás de si com a unha de ferro estendida, então Manon ergueu o queixo.

— Apresento a você minha neta, Manon, herdeira do clã Bico Negro e Líder Alada de sua cavalaria aérea.

Ela deu um passo adiante, aceitando o olhar escrutinador do monarca. O jovem de cabelos escuros que cavalgara ao lado dele desmontou com graciosidade fluida, ainda sorrindo para Manon, mas a bruxa o ignorou.

— Faz um grande serviço a seu povo, Líder Alada — comentou o rei, a voz dura como granito.

Ela apenas o encarou, totalmente ciente de que a Matriarca julgava cada um de seus movimentos.

— Não vai dizer nada? — indagou ele, as grossas sobrancelhas erguidas, uma delas com uma cicatriz.

— Recebi ordens de ficar calada — informou Manon. Os olhos de sua avó brilharam. — A não ser que prefira que eu fique de joelhos e me curve.

Ah, certamente pagaria caro por aquela observação. A Matriarca se virou para o rei.

— Ela é uma coisinha arrogante, mas não encontrará guerreiro mais letal.

No entanto, o rei sorria... embora o sorriso não se refletisse nos olhos escuros.

— Acho que nunca se curvou para nada na vida, Líder Alada.

Manon deu um meio sorriso de volta, os dentes de ferro projetados. Que o jovem companheiro do rei se mijasse todo ao ver aquilo.

— Nós bruxas não nascemos para nos curvarmos para humanos.

O homem deu uma risada sem alegria e encarou a avó de Manon, cujos dedos com pontas de ferro tinham se curvado, como se os imaginasse ao redor do pescoço da neta.

— Escolheu bem nossa Líder Alada, Matriarca — falou o rei, então gesticulou para o vagão pintado com a insígnia das Dentes de Ferro. — Vejamos o que trouxe para mim. Espero que seja igualmente impressionante e que valha a espera.

A avó de Manon sorriu, revelando os dentes de ferro que tinham começado a enferrujar em alguns pontos, e gelo percorreu a coluna da jovem bruxa.

— Por aqui.

Com os ombros para trás e a cabeça erguida, Manon esperou na base dos degraus do vagão para seguir a Matriarca e o rei para o interior. Contudo, o homem, de perto tão mais alto e largo que ela, franziu a testa ao vê-la.

— Meu filho pode entreter a Líder Alada.

E foi isso; Manon foi excluída enquanto o monarca e a avó sumiram do lado de dentro. Aparentemente, não era para ela ver aquela arma. Ou ao menos não seria uma das primeiras a vê-la, Líder Alada ou não. A bruxa inspirou, controlando o temperamento.

Metade das Treze cercou o vagão para a segurança da Matriarca, enquanto as demais se dispersaram para monitorar a comitiva real ao redor. Conhecendo seu lugar, sua inadequação diante das Treze, a aliança de escolta da Grã-Bruxa recuou para o limite das árvores. Guardas de uniformes pretos observavam a todos, alguns armados com lanças, outros com arcos longos, alguns com espadas brutais.

O príncipe agora se recostava contra um carvalho retorcido. Ao reparar na atenção de Manon, ele deu um sorriso preguiçoso para a bruxa.

Bastava. Fosse filho do rei ou não, Manon não dava a mínima.

Ela atravessou a clareira. Sorrel a seguia. Nervosa, mas mantendo distância.

Não havia ninguém que pudesse ouvir quando a líder parou a poucos metros do príncipe herdeiro.

— Oi, principezinho — ronronou ela.

～

O mundo não parava de deslizar sob os pés de Chaol, tanto que ele se agarrou a um punhado de terra apenas para se lembrar de onde estava e de que aquilo era real, e não um pesadelo.

Dorian.

Seu amigo; ileso, mas... mas não era Dorian.

Não chegava nem perto de ser ele ao sorrir para aquela linda bruxa de cabelos brancos.

O rosto era o mesmo, mas a alma que via através dos olhos cor de safira não fora criada naquele mundo.

Chaol apertou a terra com mais força.

Ele fugira. Fugira de Dorian e deixara que *aquilo* acontecesse.

Não era esperança que carregava consigo quando fugiu, mas estupidez.

Aelin estava certa. Seria misericordioso matá-lo.

Com o rei e a Matriarca ocupados... o capitão olhou na direção do vagão, então para Aelin, deitada de barriga para baixo na grama, com uma adaga estendida. Ela deu um breve aceno para Chaol, a boca formando uma linha fina. Agora. Se entrariam em ação para libertar Lysandra, precisaria ser agora.

E por Nehemia, pelo amigo desaparecido sob um colar de pedra de Wyrd, ele não hesitaria.

❧

O cruel demônio antigo que o habitava começou a se debater conforme a bruxa de cabelos brancos caminhou até ele.

Estivera contente por rir com escárnio de longe. *Uma de nós, uma dos nossos*, chiou a coisa dentro dele. *Nós a fizemos, então a tomaremos.*

Cada passo para mais perto fazia os cabelos soltos da mulher brilharem como luar sobre água. Mas o demônio começou a se afastar quando o sol iluminou os olhos dela.

Não tão perto, disse a coisa. *Não deixe a bruxinha chegar muito perto. Os olhos dos reis valg...*

— Oi, principezinho — disse ela, com a voz suave como a de uma amante e cheia de morte gloriosa.

— Oi, bruxinha — respondeu ele.

E as palavras eram dele mesmo.

Por um momento, ficou tão espantado que piscou. *Ele* piscou. O demônio dentro dele se encolheu, agarrando-se às paredes da mente de Dorian. *Olhos dos reis valg, olhos de nossos mestres*, gritou a coisa. *Não toque nessa* aí!

— Está sorrindo para mim por algum motivo? — indagou a bruxa. — Ou devo interpretar isso como um desejo de morte?

Não fale com ela.

Ele não se importava. Que fosse outro sonho, outro pesadelo. Que aquele novo e lindo monstro o devorasse inteiro. Não restava nada a ele além daquele momento e daquele lugar.

— Preciso de motivo para sorrir para uma linda mulher?

— Não sou uma mulher. — As unhas de ferro reluziram quando a bruxa cruzou os braços. — E você... — Ela farejou. — Homem ou demônio?

— Príncipe — respondeu ele. Era o que a coisa dentro dele era; ele jamais aprendera o nome da criatura.

Não fale com ela!

O príncipe inclinou a cabeça.

— Jamais estive com uma bruxa.

Que ela rasgasse o pescoço dele por aquilo. Que acabasse com tudo.

Uma fileira de presas de ferro se projetou sobre os dentes da bruxa conforme seu sorriso cresceu.

— Já estive com muitos homens. São todos iguais. Têm o mesmo gosto.

— A bruxa o olhou de cima a baixo, como se ele fosse a próxima refeição.

— Quero só ver — conseguiu dizer o rapaz.

Os olhos dela semicerraram, o dourado era como brasa viva. Ele jamais vira alguém tão lindo.

Aquela bruxa fora feita da escuridão entre as estrelas.

— Acho que não, príncipe — disse ela, a voz de meia-noite. A bruxa farejou de novo, enrugando o nariz levemente. — Mas será que sangraria vermelho ou preto?

— Eu sangrarei com a cor que você mandar.

Afaste-se, fuja. O príncipe demônio dentro dele deu um puxão tão forte que o rapaz deu um passo. Mas não para longe. Na direção da bruxa de cabelos brancos.

Ela soltou uma risada baixa e cruel.

— Qual é seu nome, príncipe?

O nome dele.

Ele não sabia qual era.

A bruxa estendeu a mão, as unhas de ferro reluzindo sob as tonalidades da luz do sol. Os gritos do demônio eram tão altos dentro de sua cabeça que ele se perguntou se as orelhas sangrariam.

Ferro tilintou contra pedra quando a bruxa roçou o colar ao redor do pescoço do homem. Mais alto... se ao menos cortasse mais alto...

— Como um cão — murmurou ela. — Acorrentado ao mestre.

A mulher passou o dedo pela curva do colar, e o rapaz estremeceu: com medo, com prazer, com antecipação pelas unhas que rasgariam sua garganta.

— Qual é seu nome. — Uma ordem, não uma pergunta, enquanto olhos de ouro puro encaravam os dele.

— Dorian — sussurrou ele.

Seu nome não é nada, seu nome é meu, sibilou o demônio, e uma onda do grito daquela mulher humana o varreu para longe.

∿

Agachada na vegetação a apenas seis metros do veículo da prisão, Aelin congelou.

Dorian.

Não podia ser. Não havia chance, não quando a voz com a qual ele falara era tão vazia, tão oca, mas...

Ao lado dela, os olhos de Chaol estavam arregalados. Será que ouvira a leve mudança?

A Líder Alada inclinou a cabeça, a mão ainda tocava o colar de pedra de Wyrd com as unhas de ferro.

— Quer que eu o mate, Dorian?

O sangue de Aelin gelou.

Chaol ficou tenso, a mão tocou a espada. A jovem agarrou as costas da túnica dele, como um lembrete silencioso. Ela não tinha dúvidas de que, do outro lado da clareira, a flecha de Nesryn já estava apontada com precisão letal para a garganta da Líder Alada.

— Quero que faça muitas coisas comigo — respondeu o príncipe, percorrendo o corpo da bruxa com os olhos.

A humanidade sumira de novo. Aelin a imaginara. O modo como o rei agira... Aquele era um homem que tinha total controle sobre o filho, confiante de que não ocorria nenhuma luta interna.

Uma risada baixa e sem alegria soou, então a Líder Alada soltou o colar de Dorian. O manto vermelho oscilou ao redor do corpo da bruxa com um vento fantasma quando recuou.

— Venha me ver de novo, príncipe, e veremos quanto a isso.

Um príncipe valg habitava Dorian, mas o nariz de Aelin não sangrou em sua presença e não havia névoa rastejante de escuridão. Será que o rei abafara aqueles poderes para que o filho pudesse enganar o mundo ao redor? Ou será que a batalha ainda era travada dentro da mente do príncipe?

Agora... precisavam agir *agora*, enquanto a Matriarca e o rei estavam naquele vagão pintado.

Rowan levou as mãos em concha à boca e sinalizou com o chamado de um pássaro, tão real que nenhum dos guardas se moveu. Mas, do outro lado da clareira, Aedion e Nesryn ouviram e entenderam.

Aelin não sabia como tinham conseguido realizar aquilo, mas, um minuto depois, as serpentes aladas da aliança da Grã-Bruxa rugiam em alarme, as árvores estremeciam com o som. Cada guarda e sentinela se virou na direção da comoção, afastando-se do vagão da prisão.

Era toda a distração de que Aelin precisava.

Ela passara duas semanas em um daqueles veículos. Conhecia as barras da pequena janela, conhecia as dobradiças e as trancas. E Rowan, felizmente, sabia exatamente como se livrar dos três guardas posicionados na porta dos fundos sem fazer barulho.

Aelin não ousou respirar alto demais quando subiu os pequenos degraus até os fundos do vagão, pegou o kit de arrombar fechaduras e começou a trabalhar. Um olhar em sua direção, uma mudança do vento...

Pronto... a fechadura se abriu, e ela puxou a porta com cuidado, preparando-se para o ranger das dobradiças. Pela misericórdia de algum deus, elas não fizeram barulho, e as serpentes aladas continuaram gritando.

Lysandra estava enroscada contra o canto mais afastado, ensanguentada e suja, a camisola curta rasgada, e as pernas expostas cheias de hematomas.

Nenhum colar. Nenhum anel em qualquer das mãos.

Aelin conteve o grito de alívio, então estalou os dedos para dizer à cortesã que se *apressasse...*

Com passadas quase silenciosas, Lysandra disparou para além dela, direto para o manto estampado de marrom e verde que Rowan segurava. Dois segundos depois, descera os degraus para entrar na vegetação. Outro segundo e os guardas mortos estavam dentro do veículo com a porta trancada. Aelin e Rowan voltaram sorrateiramente para a floresta, em meio aos rugidos das serpentes aladas.

Lysandra tremia, ajoelhada nos arbustos, enquanto Chaol inspecionava os ferimentos. Ele indicou para Aelin que a cortesã estava bem, em seguida a ajudou a ficar de pé antes de puxá-la mais para o interior do bosque.

Levara menos de dois minutos... Graças aos deuses, porque, um momento depois, a porta do vagão pintado se escancarou, então a Matriarca e o rei dispararam para fora para ver o motivo do barulho.

A alguns passos de Aelin, Rowan monitorava cada gesto, cada fôlego dado pelo inimigo. Houve um lampejo de movimento ao lado dela, então Aedion e Nesryn estavam ali, sujos e ofegantes, mas vivos. O sorriso no rosto do general hesitou ao olhar de volta para a clareira atrás deles.

O rei caminhou até o centro do local, exigindo respostas.

Desgraçado assassino.

E, por um momento, estavam de volta à Terrasen, naquela mesa de jantar no castelo da família, quando o rei comera a comida deles, bebera o melhor vinho, então tentara destruir a mente de Aelin.

Os olhos de Aedion encararam os da prima, seu corpo tremia, tentando se conter... esperando pela ordem de Aelin.

Ela sabia que poderia se arrepender, mas fez que não com a cabeça. Não ali, não agora. Havia variáveis demais, jogadores demais no tabuleiro. Tinham recuperado Lysandra. Estava na hora de ir.

O rei disse ao filho que montasse o cavalo, e deu ordens aos outros conforme a Líder Alada se afastou do príncipe com uma graciosidade casual, letal. A Matriarca esperou do outro lado da clareira, as volumosas vestes pretas oscilavam, apesar de sua imobilidade.

Aelin rezou para que ela e seus companheiros jamais esbarrassem com a Matriarca... pelo menos não sem o apoio de um exército.

O que quer que o rei tivesse visto dentro do veículo pintado fora importante o suficiente para que não arriscassem cartas sobre os detalhes específicos.

Dorian montou o cavalo, o rosto parecia frio e vazio.

Voltarei por você, prometera Aelin. Mas não achou que seria daquela forma.

A comitiva do monarca partiu com silêncio e eficiência sombrios, perceptivelmente ignorantes ao fato de que agora faltavam três deles. O fedor dos valg sumiu quando se foram, dispersado por uma brisa, como se a própria floresta Carvalhal quisesse limpar qualquer vestígio.

Seguindo na direção oposta, as bruxas caminharam para as árvores, puxando o vagão com força sobre-humana, até que restassem apenas a Líder Alada e sua terrível avó.

O golpe veio tão rápido que Aelin não conseguiu detectá-lo. Até mesmo Aedion se encolheu.

O tapa reverberou pela floresta, e o rosto da jovem bruxa se virou para o lado, revelando as quatro linhas de sangue azul que escorriam pela bochecha.

— Tola insolente — sibilou a Grã-Bruxa. Detendo-se perto das árvores, a linda tenente de cabelos dourados observava cada movimento que a bruxa mais velha fazia tão intensamente que Aelin imaginou se ela pularia no pescoço da Matriarca. — Quer me custar tudo?

— Avó, mandei cartas...

— Recebi suas cartas lamuriantes e arrogantes. E as queimei. Está sob ordens de obedecer. Achou que meu silêncio não fosse intencional? *Faça o que o duque mandar.*

— Como pode permitir que esses...

Outro golpe... mais quatro linhas de sangue no rosto dela.

— Você ousa me questionar? Pensa que é tão boa quanto a Grã-Bruxa agora que é Líder Alada?

— Não, Matriarca. — Não havia sinal daquele tom de voz arrogante e provocador de minutos antes; apenas raiva fria e letal. Uma assassina nata, treinada. Mas os olhos dourados se viraram para o veículo pintado, uma pergunta silenciosa.

Sua avó se aproximou, os dentes de ferro enferrujados estavam próximos a ponto de dilacerar o pescoço da neta.

— Pergunte, Manon. Pergunte o que está dentro daquele vagão.

A bruxa de cabelos dourados que estava perto das árvores ficou rígida como um mastro.

Mas a Líder Alada — Manon — inclinou a cabeça.

— Você me dirá quando for necessário.

— Vá olhar. Vejamos se está nos padrões de minha neta.

Com isso, a Matriarca caminhou até as árvores, a segunda aliança de bruxas agora esperava por ela.

Manon Bico Negro não limpou o sangue azul que escorria pelo rosto conforme subiu os degraus do carro, parando na plataforma por apenas um segundo antes de entrar na escuridão além.

Era um sinal tão bom quanto qualquer outro para que dessem o fora. Com Aedion e Nesryn guardando as costas deles, Aelin e Rowan correram para o ponto em que Chaol e Lysandra estariam esperando. Ela não enfrentaria o rei e Dorian sem magia. Não tinha um desejo de morte... nem o de matar os amigos.

Aelin encontrou Lysandra parada, com a mão apoiada em uma árvore, os olhos arregalados, respirando com dificuldade.

Chaol tinha sumido.

⇥ 59 ⇤

O demônio tomou o controle assim que o homem que comandava o colar retornou. A criatura o empurrou de volta para aquele poço de memória até que fosse ele gritando novamente, até que se tornasse pequeno, destruído e fragmentado.

Mas aqueles olhos dourados permaneciam.

Venha me ver de novo, príncipe.

Uma promessa... uma promessa de morte, de liberdade.

Venha me ver de novo.

As palavras se dissiparam rapidamente, engolidas por gritos e sangue e os dedos frios do demônio lhe percorrendo a mente. Mas os olhos permaneceram... e aquele nome.

Manon.

Manon.

Chaol não podia deixar o rei levar Dorian de volta ao castelo. Poderia não ter outra chance como aquela.

Ele precisava fazer aquilo então. Precisava matá-lo.

O capitão disparou pelos arbustos o mais silenciosamente possível, a espada em punho, preparando-se.

Uma adaga direto no olho; uma adaga, então...

Conversa soou adiante, junto ao farfalhar de folhas e madeira.

Chaol se aproximou da comitiva e começou a rezar, começou a implorar por perdão... pelo que estava prestes a fazer e por como havia fugido. Mataria o rei depois; que aquela morte fosse a última. Mas essa seria a morte que o destruiria.

Ele sacou a lâmina, inclinando o braço. Dorian estava diretamente atrás do rei. Um disparo para derrubar o príncipe do cavalo, depois um golpe da espada, então tudo acabaria. Aelin e os demais poderiam lidar com as consequências; ele já estaria morto.

O capitão correu pelas árvores para um campo, a adaga era como um peso incandescente em sua mão.

Não era a comitiva do rei que estava ali, no gramado alto e à luz do sol.

Treze bruxas com suas serpentes aladas se voltaram para ele.

E sorriram.

∼

Aelin ia pelas árvores conforme Rowan rastreava Chaol apenas pelo cheiro.

Se o capitão os levasse à morte, se fizesse com que se ferissem...

Tinham deixado Nesryn tomando conta de Lysandra, ordenando que as duas seguissem para a floresta, diante da ravina do templo, e que esperassem sob uma saliência de pedras. Antes de guiar a cortesã entre as árvores, a rebelde segurara o braço de Aelin com força e dissera:

— Traga-o de volta.

Ela apenas assentiu antes de correr.

Rowan era como um relâmpago entre as árvores, tão mais rápido que Aelin quando estava presa naquele corpo. Aedion disparava logo atrás. A jovem corria o mais rápido possível, mas...

A trilha desviava, e Chaol tomara o caminho errado na bifurcação. Para que droga de lugar estava indo?

Ela mal conseguia tomar fôlego rápido o suficiente. Então luz surgiu por uma falha nas árvores... o outro lado do amplo campo.

Rowan e Aedion estavam a poucos metros na grama oscilante, as espadas em punho, mas abaixadas.

Aelin viu o porquê um segundo depois.

A menos de dez metros, o lábio de Chaol sangrava até o queixo enquanto a bruxa de cabelos brancos o segurava contra si, as unhas de ferro cravadas no pescoço dele. O vagão da prisão estava aberto além delas, revelando os três soldados mortos do lado de dentro.

As doze bruxas atrás da Líder Alada sorriam com prazer antecipado ao ver Rowan e Aedion, então ela.

— O que é isto? — perguntou a Líder Alada, com um lampejo de morte nos olhos dourados. — Espiões? Resgate? Para onde levaram nossa prisioneira?

Chaol se debateu, e a bruxa cravou mais as unhas, fazendo-o enrijecer o corpo. Uma gota de sangue escorreu pelo pescoço do capitão, então caiu na túnica.

Ah, pelos deuses. Pense... pense, pense, pense.

A Líder Alada voltou aqueles olhos de ouro queimado para Rowan.

— Seu tipo — ponderou ela. — Não vejo há um tempo.

— Solte o homem — ordenou o guerreiro.

O sorriso de Manon revelou uma fileira de dentes de ferro dilaceradores de carne perto demais do pescoço de Chaol.

— Não recebo ordens de feéricos desprezíveis.

— Solte-o — repetiu Rowan, baixo demais. — Ou será o último erro que cometerá, Líder Alada.

No campo além deles, as serpentes aladas se agitavam, as caudas golpeavam, as asas se moviam.

A bruxa de cabelos brancos olhou para o capitão cuja respiração tinha se tornado irregular.

— O rei não está muito longe na estrada. Talvez eu devesse entregá-lo a ele. — Os cortes na bochecha, manchados de azul, eram como uma tinta de guerra cruel. — Ficará furioso ao descobrir que roubou sua prisioneira de mim. Quem sabe você o acalme, garoto.

Aelin e Rowan trocaram apenas um olhar antes de ela passar para o lado dele, sacando Goldryn.

— Se quer um prêmio para dar ao rei — disse ela —, então me leve.

— Não — arquejou Chaol.

A bruxa e todas as doze sentinelas fixaram a atenção imortal e fatal na mulher.

470

Aelin soltou Goldryn na grama, então ergueu as mãos. Aedion grunhiu em aviso.

— Por que eu deveria me incomodar? — indagou a Líder Alada. — Talvez levemos todos ao rei.

A espada de Aedion se ergueu levemente.

— Pode tentar.

Aelin cuidadosamente se aproximou da bruxa, as mãos ainda erguidas.

— Se lutar conosco, você e suas companheiras morrerão.

A Líder Alada a olhou de cima a baixo.

— Quem é você. — Uma ordem, não uma pergunta.

— Aelin Galathynius.

Surpresa... e talvez algo mais, algo que Aelin não conseguiu identificar, surgiu naqueles olhos dourados.

— A rainha de Terrasen.

Ela fez uma reverência, sem ousar tirar a atenção da bruxa.

— A seu serviço.

Menos de um metro a separava da herdeira Bico Negro.

A bruxa olhou de esguelha para Chaol, então para Aedion e Rowan.

— Sua corte?

— Que diferença faz para você?

A Líder Alada avaliou o general de novo.

— Seu irmão?

— Meu primo, Aedion. Quase tão bonito quanto eu, não diria?

A bruxa não sorriu.

Mas Aelin estava agora perto o bastante, tão perto que as gotas do sangue de Chaol estavam na grama diante das pontas de suas botas.

～

A rainha de Terrasen.

A esperança de Elide não fora em vão.

Mesmo que a jovem rainha estivesse agora andando pela terra e pela grama, incapaz de se manter parada enquanto negociava pela vida do homem.

Atrás dela, o guerreiro feérico observava cada lampejo de movimento.

Ele seria o letal... aquele com quem tomar cuidado.

Fazia cinquenta anos desde que Manon lutara contra um guerreiro feérico. Dormira com ele, então lutara. O guerreiro lhe deixara os ossos do braço em pedaços.

A bruxa simplesmente o deixou em pedaços.

Mas ele era jovem, arrogante e recém-treinado.

Aquele macho... Poderia muito bem ser capaz de matar pelo menos algumas das Treze se a Líder Alada sequer tocasse um cabelo da cabeça da rainha. E havia também aquele de cabelos dourados. Tão grande quanto o macho feérico, mas com a arrogância brilhante da prima e uma ferocidade cultivada. Poderia ser problemático se fosse mantido vivo por muito tempo.

A rainha continuava mexendo o pé na grama. Não devia ter mais que vinte anos. Mesmo assim, também se movia como um guerreiro — ou tinha se movido, antes de mexer os pés incessantemente. Mas então ela parou o movimento, como se percebesse que delatava seu nervosismo, sua inexperiência. O vento soprava na direção errada para que Manon detectasse o verdadeiro nível de medo da rainha.

— Bem, Líder Alada?

Será que o rei colocaria um colar no pescoço branco dela, como fizera com o príncipe? Ou será que a mataria? Não fazia diferença. Seria um prêmio bem-vindo para o monarca.

Manon empurrou o capitão para longe, lançando-o aos tropeços na direção da rainha. Aelin estendeu um braço, afastando o homem para o lado, para trás dela. A bruxa e a rainha se encararam.

Nenhum medo nos olhos dela... no lindo rosto mortal.

Nenhum.

Seria mais problemático do que valeria a pena.

Manon tinha coisas maiores com que se preocupar, de toda forma. A avó aprovava. Aprovava a procriação, a violação das bruxas.

Ela precisava ir para o céu, tinha de se perder na nuvem e no vento por algumas horas. Dias. Semanas.

— Não tenho interesse em prisioneiros ou batalhas hoje — informou Manon.

A rainha de Terrasen sorriu.

— Que bom.

A jovem bruxa se virou, gritando para que as Treze montassem as serpentes aladas.

472

— Creio — continuou a rainha — que isso a faça mais inteligente que Baba Pernas Amarelas.

Manon parou, olhando diretamente para a frente sem ver nada da grama, do céu e das árvores.

Asterin se virou.

— O que você sabe sobre Baba Pernas Amarelas?

A rainha deu uma risadinha baixa, apesar do grunhido de aviso do guerreiro feérico.

Devagar, Manon olhou por cima do ombro.

A jovem abriu as lapelas da túnica, revelando um colar de cicatrizes finas no momento em que o vento mudou.

O cheiro — ferro e rocha e puro ódio — atingiu Manon como uma pedrada na cara. Todas as bruxas Dentes de Ferro conheciam o odor que para sempre permanecia naquelas cicatrizes: Assassina de Bruxas.

Talvez Manon se perdesse em sangue, então.

— Você é carniça — disse a Líder Alada, disparando.

Apenas para se chocar de cara com uma parede invisível.

E em seguida ficar totalmente congelada.

~

— *Corram* — sussurrou Aelin, pegando Goldryn e seguindo para as árvores. A Líder Alada estava congelada no lugar, as sentinelas dela de olhos arregalados ao dispararem até Manon.

O sangue humano de Chaol não seguraria o feitiço por muito tempo.

— A ravina — indicou Aedion, sem virar o rosto conforme continuava adiante com Chaol na direção do templo.

Eles correram entre as árvores, as bruxas ainda no campo, ainda tentando quebrar o feitiço que prendera a Líder Alada.

— Você — disse Rowan, seguindo ao lado dela. — É uma mulher de muita sorte.

— Diga isso de novo depois que sairmos daqui — respondeu Aelin, ofegante, saltando por cima de uma árvore caída.

Um rugido de fúria fez os pássaros levantarem voo das árvores, e Aelin correu mais rápido. Ah, a Líder Alada estava irritada. Muito, muito irritada.

Aelin não acreditara por um segundo que a bruxa os deixaria ir embora sem uma luta. Precisara ganhar o máximo de tempo possível.

As árvores escassearam, revelando um trecho estéril de terra que se projetava na direção da ravina profunda e do templo, que ficava no alto de uma rocha no centro. Do outro lado, a floresta Carvalhal se estendia adiante.

Ligado apenas por duas pontes de corrente e madeira, aquele era o único modo de atravessar a ravina por quilômetros. E, com a folhagem densa de Carvalhal bloqueando as serpentes aladas, seria a única forma de escapar das bruxas, que sem dúvida os perseguiriam a pé.

— *Rápido* — gritou Rowan, conforme iam para as ruínas do templo.

O templo era pequeno o bastante para que nem mesmo as sacerdotisas morassem ali. A única decoração na ilha de pedras eram cinco pilastras erodidas e um telhado em domo aos pedaços. Nem mesmo um altar... ou pelo menos um que tivesse sobrevivido aos séculos.

Aparentemente, as pessoas tinham desistido de Temis muito antes de o rei de Adarlan chegar.

Aelin apenas rezava para que as pontes de cada lado...

Aedion parou subitamente diante da primeira ponte, com Chaol trinta passos atrás, seguido por Aelin e Rowan.

— Segura — indicou Aedion. Antes que Aelin pudesse gritar um aviso, ele disparou pela ponte.

A superfície quicou e oscilou, mas se manteve firme... firme até mesmo quando o maldito coração de Aelin parou. Então seu primo estava na ilha do templo, o único pilar fino de pedra que fora escavado pelo rio ágil que corria muito, muito abaixo. O general acenou para que Chaol prosseguisse.

— Um de cada vez — ordenou ele. A segunda ponte esperava adiante.

O capitão correu pelas pilastras de pedra que ladeavam a entrada para a primeira ponte, as finas correntes de ferro nas laterais se torciam conforme a estrutura balançava. Ele continuou ereto, disparando na direção do templo, mais rápido que Aelin jamais o vira correr durante todos aqueles exercícios matinais pela propriedade do castelo.

Então Aelin e Rowan estavam nas pilastras e...

— Nem mesmo tente discutir — sibilou ele, empurrando-a na frente.

Pelos deuses, aquela era uma queda cruel sob eles. O rugido do rio mal passava de um sussurro.

Mas Aelin correu... correu porque Rowan estava esperando e havia bruxas seguindo pelas árvores com agilidade feérica. A ponte balançou e oscilou conforme ela disparava por cima das tábuas antigas. Adiante, Aedion tinha passado pela segunda ponte, chegando ao outro lado, e Chaol agora a atravessava. Mais rápido; Aelin precisava ir mais rápido. Ela saltou os últimos poucos metros para a rocha do templo.

À frente, o capitão saiu da segunda ponte e sacou a espada ao se juntar a Aedion no penhasco gramado além; uma flecha estava presa ao arco de seu primo... apontada para as árvores atrás dela. Aelin disparou para cima dos poucos degraus até a plataforma exposta do templo. Todo o espaço circular não tinha mais que dez metros de diâmetro, envolto em todos os lados por uma queda profunda... e pela morte.

Temis, aparentemente, não era do tipo misericordioso.

A rainha se virou para olhar para trás. Rowan corria pela ponte, tão rápido que a ponte mal se movia, mas...

Ela xingou. A Líder Alada chegara às pilastras, atirara-se para a frente e saltara pelo ar, cobrindo um terço da ponte ao aterrissar. Até mesmo o disparo de aviso de Aedion tinha ido longe; a flecha se enterrara onde qualquer mortal *deveria* ter aterrissado. Mas não uma bruxa. Maldito inferno incandescente.

— *Vá* — rugiu Rowan para Aelin, mas ela pegou as facas de luta, então flexionou os joelhos quando...

Quando uma flecha disparada pela tenente de cabelos dourados se lançou contra ela, vinda do outro lado da ravina.

Aelin se virou para evitar o disparo, apenas para ir de encontro a uma segunda flecha que já estava do outro lado, pois a bruxa antecipara aquele movimento.

Uma parede de músculos se chocou contra Aelin, protegendo-a e empurrando-a para as pedras.

E a flecha da bruxa atravessou diretamente o ombro de Rowan.

⇥ 60 ⇤

Por um momento, o mundo parou.

Rowan se chocou contra as pedras do templo, espirrando sangue na rocha antiga.

O grito de Aelin ecoou pela ravina.

Mas então ele estava de pé de novo, correndo e gritando para que ela *seguisse*. Sob a flecha escura que despontava do ombro, sangue já ensopava a túnica e a pele do feérico.

Se estivesse três centímetros mais para trás, teria sido o coração do guerreiro.

A menos de quarenta passos deles na ponte, a Líder Alada se aproximou. Aedion disparou flechas contra as sentinelas com precisão sobrenatural, mantendo-as distantes, no limite das árvores.

Aelin passou o braço ao redor de Rowan, e os dois correram pelas pedras do templo, o rosto dele empalidecendo conforme o ferimento jorrava sangue. A jovem ainda poderia estar gritando ou chorando... havia um silêncio tão perturbador nela.

O coração dela... a flecha estava direcionada para o coração *dela*.

E Rowan levara aquela flechada por Aelin.

Aquela calma letal se espalhou por ela como uma geada. Mataria todas. Devagar.

Eles chegaram à segunda ponte no momento em que a barreira de flechas de Aedion cessou; a aljava estava sem dúvida vazia. Aelin empurrou o guerreiro para as tábuas.

— Corra — disse ela.

— Não...

— *Corra.*

Uma voz que Aelin jamais se ouvira usar — a voz de uma rainha — saiu, junto ao *puxão* desmedido que ela exerceu sobre o juramento de sangue que os unia.

Os olhos de Rowan lampejaram fúria, mas seu corpo se moveu como se ela o tivesse impelido. O feérico cambaleou pela ponte no momento em que...

Aelin girou, sacando Goldryn e se abaixando assim que a espada da Líder Alada golpeou em direção a sua cabeça.

A arma atingiu a pedra, a pilastra rangeu, porém Aelin já se movia, não na direção da segunda ponte, mas de volta à primeira, do lado das bruxas.

Onde as outras, sem as flechas de Aedion para bloqueá-las, agora disparavam da cobertura das rochas.

— *Você* — rugiu a Líder Alada, atacando novamente. Aelin rodopiou, bem sobre o sangue de Rowan, desviando novamente do golpe fatal. Ela ficou de pé diante da primeira ponte, partindo as correntes com dois golpes de Goldryn.

As bruxas pararam subitamente na beira da ravina quando a ponte desabou, isolando-as.

O ar atrás dela mudou, e Aelin se moveu... mas não rápido o bastante.

Tecido e pele se rasgaram no braço dela, e Aelin conteve um grito conforme a espada da bruxa a cortou.

A jovem girou, erguendo Goldryn para um segundo golpe.

Aço se chocou contra aço, e faíscas surgiram.

O sangue de Rowan estava aos pés dela, manchando as pedras do templo.

Aelin Galathynius olhou para Manon Bico Negro por cima das espadas cruzadas, então soltou um grunhido baixo e cruel.

Rainha, salvadora, inimiga, Manon não dava a mínima.

Mataria aquela mulher.

As leis delas exigiam; a honra exigia.

Mesmo que não tivesse matado Baba Pernas Amarelas, Manon a teria matado apenas por aquele feitiço que usara para congelá-la onde estava.

Era isso que a mulher estava fazendo com os pés. Desenhando algum feitiço desprezível com o sangue do homem.

E agora ela morreria.

Ceifadora do Vento pressionou contra a lâmina da rainha. Contudo, Aelin se manteve firme e sibilou:

— Vou despedaçá-la.

Atrás delas, as Treze se reuniam na beira da ravina, isoladas. Um assobio de Manon fez com que metade delas saísse atrás das serpentes aladas. A bruxa não teve a chance de soar o segundo assobio.

Mais rápido que uma humana tinha o direito de ser, a rainha deu uma rasteira com a perna, fazendo com que Manon tropeçasse para trás. Aelin não hesitou; virou a espada na mão e atacou.

Manon desviou do golpe, mas Aelin passou pela guarda da bruxa e a prendeu ao chão, chocando a cabeça da adversária contra pedras úmidas com o sangue do guerreiro feérico. Borrões escuros surgiram na visão dela.

A bruxa inspirou para o segundo assobio — aquele para cancelar as flechas de Asterin.

Ela foi interrompida pela rainha lhe socando a cara.

A visão de Manon ficou mais escura, mas ela se debateu e revirou com cada pingo da força imortal, assim as duas saíram rolando pelo chão do templo. A queda se aproximou, então...

Uma flecha disparou diretamente para as costas expostas da rainha quando ela caiu sobre Manon.

A Líder Alada se virou de novo, e o disparo ricocheteou na pilastra. A bruxa atirou Aelin longe, mas a rainha se levantara imediatamente de novo, ágil como um gato.

— *Ela é minha* — gritou Manon para Asterin do outro lado da ravina.

A rainha gargalhou, uma risada rouca e fria, andando em círculos conforme Manon se erguia.

Do outro lado da ravina, os dois homens ajudavam o guerreiro feérico ferido a sair da ponte, e o guerreiro de cabelos dourados avançou...

— Não ouse, Aedion — disse Aelin, erguendo a mão na direção dele.

Ele congelou no meio da ponte. Impressionante, admitiu Manon, tê-los tão completamente sob seu comando

— Chaol, fique de olho nele — exigiu a rainha.

Então, encarando Manon, Aelin embainhou a poderosa espada nas costas, o rubi gigante no punho refletiu a luz do meio-dia.

— Espadas são chatas — disse ela, então pegou duas facas de luta.

A bruxa embainhou Ceifadora do Vento nas costas também. Em seguida girou os punhos, disparando as unhas de ferro. Ela estalou o maxilar, e as presas desceram.

— De fato.

A rainha olhou para as unhas, para os dentes, então sorriu.

Sinceramente... era uma pena Manon precisar matá-la.

<hr />

Manon Bico Negro disparou, ágil e mortal como uma víbora.

Aelin recuou, desviando de cada golpe daquelas letais unhas de ferro. Contra o pescoço dela, contra o rosto, contra a barriga. Mais e mais para trás, circundando as pilastras.

Era apenas uma questão de minutos até as serpentes aladas chegarem.

Aelin estocou com as adagas, e a bruxa desviou para o lado, apenas para golpear com as unhas, bem no pescoço da inimiga.

A jovem girou para o lado, mas as unhas roçaram a pele. Sangue aqueceu o pescoço e os ombros de Aelin.

A bruxa era tão rápida. E uma lutadora e tanto.

Mas Rowan e os demais estavam do outro lado da segunda ponte.

Agora Aelin só precisava chegar lá também.

Manon Bico Negro fez uma finta para a esquerda, então golpeou para a direita.

Aelin abaixou e girou para o lado.

A pilastra estremeceu quando aquelas garras de ferro sulcaram quatro profundas linhas na pedra.

Manon sibilou. Aelin fez menção de enfiar a adaga contra a espinha da bruxa, que disparou com a mão e a fechou diretamente sobre a lâmina.

Sangue azul escorreu, mas ela apertou a lâmina até que se partisse em três pedaços em sua mão.

Pelos deuses.

Aelin teve o bom senso de golpear baixo com a outra adaga, mas a bruxa já estava ali — e o grito de Aedion ecoou nos ouvidos da prima quando o joelho de Manon acertou sua barriga.

O ar foi sugado dela com uma lufada, mas Aelin manteve a adaga na mão, mesmo quando a bruxa a atirou em outra pilastra.

A coluna de pedra se agitou contra o golpe, e a cabeça de Aelin estalou, dor lhe percorreu o corpo, mas...

Uma investida, diretamente contra o rosto.

Aelin se abaixou.

De novo, a pedra estremeceu sob o impacto.

A rainha puxou ar para dentro do corpo. *Mova-se*. Precisava continuar em movimento, suave como uma corrente, suave como o vento de seu *carranam*, sangrando e ferido do outro lado.

De pilastra em pilastra, a jovem recuou, rolando e se abaixando e desviando.

Manon golpeou e cortou, chocando-se contra cada coluna, uma força da natureza em si mesma.

Então de volta pelo outro lado, de novo e de novo, pilastra após pilastra absorvendo os golpes que deveriam ter destruído o rosto e o pescoço dela. Aelin reduziu os passos, deixou que Manon achasse que estava se cansando, ficando desastrada...

— *Basta*, covarde — chiou a bruxa, fazendo menção de derrubá-la ao chão.

Mas Aelin se balançou ao redor de uma pilastra, caindo na beirada fina da pedra exposta além da plataforma do templo, com a queda logo adiante, no momento em que Manon colidiu com a coluna.

A pilastra rangeu, oscilou... e caiu, atingindo a pilastra ao lado, então jogando as duas no chão aos pedaços.

Junto do telhado em domo.

Manon nem mesmo teve tempo de disparar para fora do caminho quando o mármore desabou sobre ela. Uma das poucas bruxas que restavam do outro lado da ravina gritou.

Aelin já estava correndo, mesmo quando a própria ilha de rochas começou a tremer, como se qualquer que fosse a força antiga que erguia aquele templo tivesse morrido no momento em que o telhado desabou.

Merda.

A rainha correu para a segunda ponte, poeira e destroços queimavam seus olhos e pulmões.

A ilha deu um solavanco com um estrondoso *crack*, tão violento que Aelin tropeçou. Mas as pilastras e a ponte estavam adiante, Aedion esperava do outro lado — um braço estendido, chamando.

A ilha oscilou de novo... um movimento mais amplo e mais longo agora. Desabaria abaixo delas.

Houve um lampejo de azul e branco, um flash de tecido vermelho, um brilho de ferro...

A mão e o ombro de alguém que se debatia com uma coluna caída.

Devagar, dolorosamente, Manon se impulsionou contra uma placa de mármore, com o rosto coberto de poeira pálida e sangue azul escorrendo pela têmpora.

Do outro lado da ravina, totalmente isolada, a bruxa de cabelos dourados estava ajoelhada.

— *Manon!*

Acho que nunca se curvou para nada na vida, Líder Alada, dissera o rei.

Mas ali estava uma bruxa Bico Negro de joelhos, implorando para quaisquer que fossem os deuses que elas adorassem; e ali estava Manon Bico Negro, lutando para ficar de pé conforme a ilha do templo desabava.

Aelin deu um passo para a ponte.

Asterin... era o nome da bruxa de cabelos dourados. Ela gritou por Manon de novo, uma súplica para que se levantasse, para que sobrevivesse.

A ilha deu um solavanco.

A ponte restante... a ponte para seus amigos, para Rowan, para a segurança... ainda estava inteira.

Aelin sentira aquilo antes: um fio no mundo, uma corrente que passava entre ela e outra pessoa. Sentira certa noite, anos antes, e dera a uma jovem curandeira o dinheiro para dar o fora daquele continente. Sentira o puxão e decidira puxar de volta.

Ali estava de novo, aquele puxão... na direção de Manon, cujos braços cederam quando ela desabou na pedra.

Uma inimiga; a nova inimiga, que teria matado Aelin e Rowan se tivesse a chance. Um monstro encarnado.

Mas talvez os monstros precisassem cuidar uns dos outros de vez em quando.

— *Corra!* — rugiu Aedion do outro lado da ravina.

Então Aelin correu.

Correu para Manon, saltando por cima das pedras caídas, torcendo o tornozelo sobre escombros soltos.

A ilha oscilava a cada passo, e a luz do sol estava escaldante, como se Mala estivesse segurando aquele local em pé com cada última gota de força que conseguia reunir nessa terra.

Em seguida ela estava sobre Manon Bico Negro, que ergueu os olhos cheios de ódio. A jovem puxou pedra após pedra do corpo da bruxa enquanto a ilha sob elas cedia.

— Você é uma lutadora boa demais para matar — sussurrou Aelin, passando um braço por baixo dos ombros de Manon e a puxando para cima. A pedra oscilou para a esquerda, mas se manteve. Ah, pelos deuses. — Se eu morrer por sua causa, vou enchê-la de porrada no inferno.

Aelin podia ter jurado que a bruxa soltou uma risada falhada ao ser colocada de pé, quase um peso morto nos braços.

— Você... deveria me deixar morrer — disse Manon, com a voz rouca quando as duas mancaram por cima dos escombros.

— Eu sei, eu sei — respondeu Aelin, ofegante, com o braço cortado doendo devido ao peso da bruxa apoiado ali. Ambas se apressaram sobre a segunda ponte, a pedra do templo oscilou para a direita, esticando a estrutura atrás delas por cima da queda e do rio reluzente muito, muito abaixo.

Aelin puxou a bruxa, trincando os dentes, e Manon iniciou uma corrida aos tropeços. Aedion permaneceu entre as pilastras do outro lado da ravina, com um braço ainda estendido na direção dela... enquanto o outro erguia a espada bem alto, pronto para a chegada da Líder Alada. A rocha atrás delas gemeu.

Metade do caminho... nada além de uma queda mortal esperando por elas. Manon tossiu sangue azul nas tábuas de madeira.

Aelin disparou:

— Para que droga servem suas bestas se não podem salvá-la desse tipo de coisa?

A ilha virou de novo na outra direção, e a ponte se esticou... Ah, merda, *merda*, iria se partir. As duas correram mais rápido, até que Aelin conseguisse ver os dedos esticados de Aedion e a parte branca dos olhos dele.

A rocha estalou tão alto que a desnorteou. Então veio o puxão e a ponte retesou quando a ilha começou a ruir, transformando-se em poeira, deslizando para o lado...

Aelin disparou pelos últimos passos restantes, agarrando o manto vermelho de Manon conforme as correntes da ponte se partiram. As tábuas de madeira desabaram sob elas, mas as duas já estavam saltando.

Aelin soltou um grunhido ao se chocar contra Aedion, então se virou e viu Chaol segurar Manon, puxando-a por cima da beirada da ravina enquanto o manto rasgado e coberto de poeira oscilava ao vento.

Quando olhou além da bruxa, o templo tinha sumido.

⁓

Manon arquejou para tomar fôlego, concentrando-se na respiração, no céu sem nuvens acima dela.

Os humanos a deixaram deitada entre as pilastras de pedra da ponte. A rainha sequer se incomodara em se despedir. Ela simplesmente disparara para o guerreiro feérico ferido, o nome dele era como uma oração nos lábios da mulher.

Rowan.

Manon olhara para cima a tempo de ver a rainha ajoelhar-se diante do guerreiro machucado na grama, exigindo respostas do homem de cabelos castanhos — Chaol — que pressionou a mão contra o ferimento da flecha no ombro para estancar o sangramento. Os ombros da rainha tremiam.

Coração de Fogo, murmurou o macho feérico. Manon teria observado... teria, caso não tivesse tossido sangue sobre a grama clara e desfalecido.

Ao acordar, o grupo tinha ido embora.

Apenas minutos tinham se passado, porque a seguir vieram as asas estrondosas e o rugido de Abraxos. E ali estavam Asterin e Sorrel, correndo para a líder antes que as serpentes aladas tivessem terminado de pousar.

A rainha de Terrasen salvara a vida de Manon. Ela não sabia o que pensar disso.

Por enquanto, devia a vida à inimiga.

E acabara de descobrir o quanto a avó dela e o rei de Adarlan pretendiam destruí-los completamente.

❦ 61 ❦

A caminhada de volta pela floresta Carvalhal foi a jornada mais longa da porcaria da vida de Aelin. Nesryn tinha retirado a flecha do ombro de Rowan, e Aedion encontrara algumas ervas para mastigar e enfiar na ferida aberta para estancar o sangramento.

Mas o guerreiro ainda mancava contra Chaol e Aedion conforme se apressavam pela floresta.

Nenhum lugar para ir. Aelin não tinha qualquer lugar para levar um macho feérico ferido na capital, em todo aquele reino de merda.

Lysandra estava pálida e trêmula, mas tinha esticado as costas e se oferecido para ajudar a carregar Rowan quando um deles se cansasse. Ninguém aceitou. No momento em que Chaol por fim pediu que Nesryn assumisse, Aelin olhou para o sangue que ensopava a túnica e as mãos dele — o sangue do guerreiro — e quase vomitou.

Mais lento... cada passo era mais lento conforme a força de Rowan se esvaía.

— Ele precisa descansar — comentou Lysandra, com cuidado. Aelin parou, os carvalhos altos sufocando-a.

Os olhos de Rowan estavam meio fechados, o rosto sem cor, e ele não conseguia sequer erguer a cabeça.

Aelin devia ter deixado a bruxa morrer.

— Não podemos simplesmente acampar no meio do bosque — disse a rainha. — Ele precisa de um curandeiro.

— Sei aonde podemos levá-lo — afirmou Chaol. Ela virou os olhos para o capitão.

Deveria ter deixado a bruxa matá-lo também.

Ele sabiamente desviou o olhar e encarou Nesryn.

— A casa de campo de seu pai, o homem que cuida dela é casado com uma parteira.

A boca da rebelde se contraiu.

— Ela não é uma curandeira, mas... sim. Pode ter alguma coisa.

— Vocês entendem — disse Aelin, em voz baixa, para os dois — que, se eu suspeitar que vão nos trair, eles morrerão?

Era verdade, e talvez aquilo a tornasse um monstro para Chaol, mas ela não se importava.

— Eu entendo — respondeu ele. Nesryn apenas assentiu, ainda calma, ainda firme.

— Então mostrem o caminho — pediu Aelin, com a voz vazia. — E rezem para que eles fiquem de boca fechada.

$$\backsim$$

Latidos alegres e frenéticos os receberam, despertando Rowan da semiconsciência em que caíra durante os últimos quilômetros até a pequena casa campestre de pedra. Aelin mal respirara o tempo todo.

Mas, apesar de não querer, apesar dos ferimentos do guerreiro, quando Ligeirinha correu pela grama alta até eles, a jovem deu um pequeno sorriso.

A cadela saltou nela, lambendo e chorando e agitando o tufo dourado de cauda.

Aelin não percebera o quanto as mãos estavam imundas e ensanguentadas até colocá-las sobre a pelagem brilhante de Ligeirinha.

Aedion grunhiu ao receber todo o peso de Rowan enquanto Chaol e Nesryn corriam para a ampla e iluminada casa de pedra, o crepúsculo já tendo caído ao redor. Que bom. Menos olhos para verem conforme saíam de Carvalhal e atravessavam os campos recém-arados. Lysandra tentou ajudar Aedion, mas ele recusou de novo. Ela chiou para o general, ajudando mesmo assim.

Ligeirinha dançou ao redor de Aelin, então reparou em Aedion, Lysandra e Rowan, e aquela cauda ficou um pouco mais hesitante.

— Amigos — avisou Aelin para a cadela, que tinha ficado enorme desde que a dona a vira pela última vez. Não tinha certeza de por que aquilo a surpreendia, considerando que tudo mais na vida dela também tinha mudado.

A confirmação de Aelin pareceu o bastante para Ligeirinha, que saiu trotando adiante, escoltando o grupo para a porta de madeira, que se abriu e revelou uma parteira alta, com um rosto sério. Ela olhou uma vez para Rowan e ficou tensa.

Uma palavra. Uma porcaria de palavra que sugerisse que a mulher poderia entregá-los, e ela estaria morta.

Mas a parteira disse:

— Quem quer que tenha colocado esse musgo de sangue no ferimento salvou a vida dele. Tragam-no para dentro, precisamos limpá-lo antes de qualquer coisa.

~

Levou algumas horas para que Marta, a mulher do caseiro, limpasse, desinfetasse e fechasse os ferimentos. *Sorte*, dizia ela o tempo todo... *muita sorte não ter atingido nada vital*.

Chaol não sabia o que fazer a não ser carregar as tigelas de água ensanguentada.

Aelin apenas se sentou no banco ao lado da cama no quarto sobressalente da casa elegante e confortável enquanto monitorava cada movimento de Marta.

O capitão imaginou se Aelin sabia que ela também era uma confusão ensanguentada. Que parecia ainda pior que Rowan.

O pescoço da jovem estava destruído, havia sangue seco em seu rosto, a bochecha apresentava um hematoma, e a manga esquerda da túnica estava rasgada, revelando um corte horrível. Além disso, tinha poeira, terra e o sangue azul da Líder Alada cobrindo-a.

Mas Aelin se sentou no banquinho, sem se mover, apenas bebendo água e grunhindo caso Marta sequer olhasse esquisito para Rowan.

A mulher, por algum motivo, aturou aquilo.

E, quando terminou, a parteira encarou a rainha. Sem qualquer ideia de quem estava sentada na casa dela, Marta falou:

— Você tem duas escolhas: pode ir se lavar na torneira lá fora ou se sentar com os porcos a noite toda. Está tão suja que um toque seu poderia infeccionar os ferimentos dele.

Aelin olhou por cima do ombro para Aedion, encostado na parede atrás dela. Ele assentiu silenciosamente. Ficaria de olho em Rowan.

Ela se levantou e saiu.

— Vou inspecionar sua outra amiga agora — disse Marta ao correr para o quarto adjacente, onde Lysandra tinha caído no sono, enroscada em uma cama estreita. No andar de cima, Nesryn estava ocupada lidando com os empregados, certificando-se de seu silêncio. Contudo, Chaol vira a alegria hesitante nos rostos deles quando o grupo chegou: Nesryn e a família Faliq tinham conquistado a lealdade dos criados havia muito tempo.

Chaol deu dois minutos a Aelin, então a seguiu.

As estrelas brilhavam acima, a lua cheia parecia quase ofuscante. O vento noturno sussurrava pela grama, quase inaudível por cima dos estalos e da água que saíam da torneira.

Ele encontrou a rainha agachada diante da torneira, o rosto na corrente de água.

— Desculpe — disse ele.

Aelin esfregou o rosto, então levantou a alavanca até que mais água caísse sobre ela.

Chaol continuou:

— Eu só queria acabar com tudo para ele. Você estava certa... todo esse tempo, estava certa. Mas queria fazer eu mesmo. Não sabia que acabaria... desculpe.

A jovem soltou a alavanca e se virou, erguendo o rosto para ele.

— Salvei a vida de minha inimiga hoje — comentou ela, inexpressiva. Aelin ficou de pé, limpando a água do rosto. E, embora Chaol fosse mais alto que ela, o capitão se sentiu menor quando Aelin o encarou. Não, não apenas Aelin. A rainha Aelin Ashryver Galathynius, percebeu ele, o encarava. — Elas tentaram acertar meu... Rowan no coração. E eu a salvei mesmo assim.

— Eu sei — afirmou o capitão. O grito dela quando aquela flecha perfurou Rowan...

— Desculpe — repetiu ele.

Aelin olhou para as estrelas na direção do norte. Seu rosto estava tão frio.

— Você realmente o teria matado se tivesse a chance?

— Sim — sussurrou Chaol. — Eu estava pronto para isso.

Ela se virou para o capitão devagar.

— Faremos isso... juntos. Vamos libertar a magia, então você e eu vamos entrar lá e acabar com isso juntos.

— Não vai insistir para que eu fique para trás?

— Como posso negar a você esse último presente a ele?

— Aelin...

Os ombros dela se curvaram levemente.

— Não culpo você. Se fosse Rowan com aquele colar ao redor do pescoço, eu teria feito o mesmo.

As palavras o atingiram no estômago enquanto ela se afastava.

Monstro, Chaol a chamara assim semanas antes. Acreditara naquilo e permitira que fosse um escudo contra o gosto amargo da decepção e da tristeza.

Era um tolo.

Eles moveram Rowan antes do alvorecer. Por meio de qualquer que fosse a graça imortal ainda nas veias dele, o guerreiro se curara o suficiente para caminhar sozinho, então saíram de fininho da linda casa de campo antes que qualquer dos empregados acordasse. Aelin se despediu apenas de Ligeirinha, que dormira enroscada ao lado dela durante a longa noite em que a jovem vigiara Rowan.

Em seguida, eles partiram; Aelin e Aedion de cada lado de Rowan, que seguia com os braços jogados por cima dos ombros deles conforme se apressavam pelas encostas das colinas.

A névoa do início da manhã os acobertou ao seguirem para Forte da Fenda uma última vez.

❧ 62 ❧

Manon não se incomodou em parecer agradável ao lançar Abraxos contra o chão diante da comitiva do rei. Os cavalos relincharam e pinotearam conforme as Treze circundaram a clareira na qual avistaram o grupo.

— Líder Alada — disse o rei, montado no cavalo, nada perturbado. Ao lado dele, o filho, Dorian, se encolheu.

Encolheu-se da forma como aquela coisa loira em Morath o fizera quando as atacara.

— Quer alguma coisa? — perguntou o monarca, friamente. — Ou há um motivo pelo qual parece estar a meio caminho do reino de Hellas?

Manon desceu de Abraxos, então caminhou na direção do rei e do filho desse. O príncipe se concentrou na própria sela, com o cuidado de não encarar a bruxa.

— Há rebeldes em seus bosques — informou ela. — Eles levaram sua prisioneira do vagão, depois tentaram atacar a mim e minhas Treze. Matei todos. Espero que não se importe. Deixaram três de seus homens mortos no veículo, embora pareça que essas perdas não foram percebidas.

O rei apenas falou:

— Veio até aqui para me contar isso?

— Vim até aqui para dizer que, quando eu enfrentar seus rebeldes, seus inimigos, não terei interesse em fazer prisioneiros. E as Treze não são uma caravana para transportá-los como você quiser.

489

Ela se aproximou do cavalo do príncipe.

— Dorian — disse Manon. Um comando e um desafio.

Olhos cor de safira se voltaram para ela. Nenhum vestígio da escuridão sobrenatural.

Apenas um homem preso do lado de dentro.

Ela encarou o rei.

— Deveria enviar seu filho a Morath. Seria o lugar ideal para ele. — Antes que ele pudesse responder, Manon caminhou de volta para Abraxos.

A bruxa planejara contar ao rei sobre Aelin. Sobre os rebeldes que se chamavam Aedion e Rowan e Chaol.

Mas... eram humanos e não podiam viajar com agilidade... não se estivessem feridos.

Manon devia a vida à inimiga.

Ela montou a serpente alada.

— Minha avó pode ser a Grã-Bruxa — informou Manon ao rei. — Mas eu encabeço os exércitos.

O soberano riu.

— Destemida. Acho que gosto de você, Líder Alada.

— Aquela arma que minha avó fez... os espelhos. Planeja realmente usar fogo de sombras com ela?

O rosto rechonchudo do homem ficou tenso com um aviso. A réplica dentro do vagão tinha uma fração do tamanho do que estava retratado nas plantas presas à parede: torres de batalha gigantes e transportáveis, com trinta metros de altura e o interior coberto por espelhos sagrados dos Antigos. Espelhos que um dia foram usados para construir, quebrar e reparar. Agora seriam amplificadores, refletindo e multiplicando qualquer poder que o monarca escolhesse liberar, até que se tornasse uma arma que pudesse ser apontada para qualquer alvo. Se o poder fosse o fogo de sombras de Kaltain...

— Você faz perguntas demais, Líder Alada — retrucou ele.

— Não gosto de surpresas. — Foi a única resposta. Mas aquela... aquela fora uma surpresa.

A arma não era para conquistar glória ou triunfo ou pelo amor à batalha. Era para extermínio. Um massacre em grande escala que envolveria pouca luta. Qualquer exército adversário, até mesmo Aelin e seus guerreiros, estaria indefeso.

O rosto do homem estava ficando roxo de impaciência.

Mas Manon já subia aos céus enquanto Abraxos batia as asas com força. A bruxa observou o príncipe até que não passasse de um pontinho de cabelos pretos.

E imaginou como seria estar presa dentro daquele corpo.

Elide Lochan esperou pelo veículo de suprimentos. Que não chegou.

Um dia atrasado; dois dias atrasado. A jovem mal dormiu por medo que chegasse quando ela estivesse cochilando. Ao acordar no terceiro dia, com a boca seca, já era um hábito descer correndo para ajudar na cozinha. Elide trabalhou até que a perna quase cedesse.

Então, logo antes do pôr do sol, o relinchar dos cavalos e o estalar das rodas e os gritos de homens ecoaram pelas pedras escuras da longa ponte da Fortaleza.

Elide saiu de fininho da cozinha antes que conseguissem notar, antes que o cozinheiro pudesse alistá-la para realizar alguma nova tarefa. A jovem correu escada acima o melhor que pôde com a corrente; o coração na garganta. Ela deveria ter guardado as coisas no andar de baixo, deveria ter encontrado um esconderijo.

Para cima e para cima, até a torre de Manon. Elide tinha enchido o cantil de água todas as manhãs e tinha reunido um pequeno suprimento de comida em uma sacola. Ela escancarou a porta do quarto, disparando para a cama onde mantinha os suprimentos.

Mas Vernon esperava do lado de dentro.

Estava sentado na beira da cama de Manon como se fosse a dele.

— Vai a algum lugar, Elide?

❧ 63 ❧

— Para onde poderia possivelmente ir? — indagou Vernon ao ficar de pé, presunçoso como um gato.

Pânico latejou nas veias de Elide. O vagão! O *vagão*...

— Era esse o plano o tempo todo? Ficar escondida entre essas bruxas, então fugir?

A menina recuou na direção da porta, mas o tio emitiu um estalo com a língua.

— Nós dois sabemos que é inútil fugir. E a Líder Alada não vai chegar tão cedo.

Os joelhos dela fraquejaram. Ah, pelos deuses.

— Mas minha linda e inteligente sobrinha é humana... ou bruxa? Uma pergunta tão importante. — O homem a segurou pelo cotovelo com uma pequena faca na mão. Elide não pôde fazer nada contra o corte doloroso no braço e o sangue vermelho que escorreu. — Não é uma bruxa mesmo, pelo que parece.

— Sou uma Bico Negro — sussurrou ela. Não se curvaria para ele, não se acovardaria.

Vernon a circundou.

— Uma pena que elas estejam todas no norte e não possam confirmar isso.

Lute, lute, lute, cantava o sangue de Elide... *Não deixe que ele a enjaule. Sua mãe morreu lutando. Ela era uma bruxa, e você é uma bruxa, e não deve se curvar... não deve se curvar...*

Ele disparou, mais rápido que a menina podia evitar com as correntes, uma das mãos a segurou sob o braço enquanto a outra chocou a cabeça da jovem contra a madeira com tanta força que o corpo apenas... parou.

Era tudo de que ele precisava — daquela pausa idiota — para prender o outro braço dela, segurando ambos com a mão, enquanto a outra mão de Vernon agora se apertava sobre o pescoço da sobrinha com tanta força que doía, fazendo-a perceber que o tio certa vez treinara como o pai dela.

— Você vem comigo.

— Não. — A palavra foi um sussurro.

O aperto ficou mais forte, torcendo os braços dela até que gritassem de dor.

— Não sabe que preciosidade você é? O que é capaz de fazer?

Ele a puxou para trás, abrindo a porta. Não... não, Elide não permitiria ser levada, não...

Mas gritos não ajudariam. Não em uma Fortaleza cheia de monstros. Não em um mundo no qual ninguém se lembrava de que ela existia nem se preocupava com se importar. Elide ficou imóvel, e Vernon entendeu isso como concordância. A jovem conseguia sentir o sorriso do tio na nuca conforme a cutucava para a escada.

— Sangue Bico Negro corre em suas veias... junto à generosa ascendência de magia de nossa família. — O homem a empurrou escada abaixo, e bile queimou a garganta dela. Ninguém iria salvá-la, porque Elide não pertencia a ninguém. — As bruxas não têm magia, não como nós. Mas você, uma híbrida das duas linhagens... — Ele segurou o braço da sobrinha com mais força, bem por cima do corte que fizera, e ela gritou. O som ecoou, oco e baixo, pela escadaria de pedra. — Você concede grande honra a sua casa, Elide.

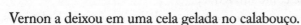

Vernon a deixou em uma cela gelada no calabouço.

Sem luz.

Sem som, exceto pelo cotejamento de água em algum lugar.

Trêmula, Elide nem mesmo tinha palavras para implorar ao ser atirada para dentro.

— Você causou isso a si mesma, você sabe — disse Vernon. — Quando se aliou àquela bruxa e confirmou minhas suspeitas de que o sangue delas corre em suas veias. — Ele a observou, mas Elide estava absorvendo os detalhes da cela, qualquer coisa, *qualquer coisa* para libertá-la. A menina não encontrou nada. — Vou deixá-la aqui até que esteja pronta. Duvido que alguém note sua ausência mesmo.

Ele bateu a porta, e a escuridão a engoliu por completo.

Elide não se incomodou em tentar forçar a maçaneta.

⁓

Manon foi convocada pelo duque assim que colocou os pés em Morath.

O mensageiro estava encolhido sob o arco que dava para o ninho, e mal conseguiu pronunciar as palavras ao observar o sangue, a terra e a poeira que ainda cobriam a bruxa.

Ela pensou em disparar os dentes apenas por ele tremer como um tolo covarde, mas estava exausta, a cabeça latejava e qualquer coisa mais que um movimento básico requeria pensar demais.

Nenhuma das Treze ousara dizer qualquer coisa sobre a avó de Manon, sobre ela ter aprovado a procriação.

Com Sorrel e Vesta poucos passos atrás, a Líder Alada abriu as portas da câmara do conselho de Perrington, deixando que o choque da madeira dissesse o bastante sobre o que ela achava de ser convocada imediatamente.

O duque — com apenas Kaltain ao lado — voltou os olhos para a bruxa.

— Explique... sua aparência.

Manon abriu a boca.

Se Vernon soubesse que Aelin Galathynius estava viva... se suspeitasse por um segundo da dívida que a rainha poderia ter pela morte da mãe de Elide, pois ela salvara sua vida, poderia muito bem decidir acabar com a sobrinha.

— Rebeldes nos atacaram. Matei todos.

O duque atirou sobre a mesa uma pilha de papéis, que atingiu o vidro e deslizou, espalhando-se como um leque.

— Há meses você tem pedido explicações. Bem, aqui estão. Relatórios do status de nossos inimigos, alvos maiores para atacarmos... Sua Majestade manda lembranças.

Manon se aproximou.

— Ele também mandou aquele príncipe demônio para meu alojamento para nos atacar? — Ela encarou o grosso pescoço do homem, imaginando com que facilidade a pele áspera se rasgaria.

A boca de Perrington se virou para o lado.

— Roland vivera mais que a própria utilidade. Quem melhor para dar um jeito nisso que suas Treze?

— Não tinha percebido que deveríamos ser seus carrascos. — Manon realmente deveria rasgar o pescoço do homem pelo que tentara fazer. Ao lado dele, Kaltain parecia totalmente inexpressiva, uma casca. Mas aquele fogo de sombras... Será que o invocaria caso o duque fosse atacado?

— Sente e leia os arquivos, Líder Alada.

Manon não gostou da ordem e soltou um grunhido para informá-lo disso, mas se sentou.

E leu.

Relatórios sobre Eyllwe, Melisande, Charco Lavrado, o deserto Vermelho e Wendlyn.

E sobre Terrasen.

De acordo com o relatório, Aelin Galathynius — que havia muito se acreditava estar morta — surgira em Wendlyn e destruíra quatro dos príncipes valg, inclusive um general letal do exército do rei. Usando fogo.

Aelin tinha magia do fogo, dissera Elide. *Podia ter sobrevivido ao frio*.

Mas... mas aquilo significava que a magia... A magia ainda funcionava em Wendlyn. E não ali.

Manon apostaria muito do ouro reunido na Fortaleza Bico Negro que o homem diante dela era o motivo... assim como o rei em Forte da Fenda.

Então havia um relatório sobre o príncipe Aedion Ashryver, antigo general de Adarlan, parente dos Ashryver de Wendlyn, que fora preso por traição. Por se associar aos rebeldes. Ele fora resgatado da execução havia algumas semanas por forças desconhecidas.

Possíveis suspeitos: Lorde Ren Allsbrook de Terrasen...

E o Lorde Chaol Westfall, de Adarlan, que lealmente servira ao rei como capitão da Guarda até ter se unido a Aedion na última primavera e fugido do castelo no dia da captura do general. Suspeitavam que o capitão não fora longe... e que tentaria libertar o amigo de infância, o príncipe herdeiro.

Libertá-lo.

O príncipe instigara Manon, provocara a bruxa... como se tentasse conseguir que ela o matasse. E Roland implorara pela morte.

Se Chaol e Aedion estavam, ambos, com Aelin Galathynius agora, todos trabalhando juntos...

Não estavam na floresta para espionar.

Mas para salvar o príncipe. E quem quer que fosse aquela prisioneira. Tinham resgatado a amiga, pelo menos.

O duque e o rei não perceberam. Não perceberam o quanto estiveram perto de todos os alvos, ou quão perto os inimigos tinham chegado de pegar o príncipe.

Por isso o capitão chegara correndo.

Ele fora matar o príncipe... a única misericórdia que acreditava poder oferecer.

Os rebeldes não sabiam que o homem ainda estava lá dentro.

— Bem? — indagou o duque. — Alguma pergunta?

— Você ainda não explicou a necessidade da arma que minha avó está construindo. Uma ferramenta como aquela poderia ser catastrófica. Se não há magia, então certamente destruir a rainha de Terrasen não pode valer o risco de usar aquelas torres.

— Melhor estar superpreparado que ser surpreendido. Temos total controle das torres.

Manon tamborilou uma unha de ferro na mesa de vidro.

— Essas são informações básicas, Líder Alada. Continue provando seu valor e receberá mais.

Provar o valor dela? A bruxa não fizera nada ultimamente para provar seu valor, exceto dilacerar um dos príncipes demônios e massacrar aquela tribo da montanha sem motivo algum. Um estremecimento de raiva percorreu o corpo de Manon. Soltar o príncipe valg no alojamento não fora uma mensagem então, mas um teste. Para ver se ela conseguia enfrentar o pior de Perrington e ainda assim obedecer.

— Já escolheu uma aliança para mim?

A Líder Alada se obrigou a gesticular casualmente com os ombros.

— Estava esperando para ver quem se comportaria melhor durante minha ausência. Será a recompensa.

— Você tem até amanhã.

Ela o encarou.

— Assim que eu deixar esta sala, vou me banhar e dormir por um dia. Se você ou seus demoniozinhos seguidores me incomodarem antes disso, vai descobrir o quanto gosto de bancar a carrasca. No dia seguinte, tomarei minha decisão.

— Não a está evitando, está, Líder Alada?

— Por que eu deveria me incomodar em distribuir favores a alianças que não merecem? — Manon não se permitiu um segundo para contemplar a tolerância da Matriarca às ações daqueles homens quando reuniu os relatórios, enfiou-os nos braços de Sorrel e saiu andando.

A líder acabara de chegar às escadas da torre quando viu Asterin recostada contra o arco, limpando as unhas de ferro.

Sorrel e Vesta prenderam a respiração.

— O que foi? — indagou Manon, projetando as próprias unhas.

O rosto de Asterin era uma máscara de tédio imortal.

— Precisamos conversar.

❧

Manon voou com Asterin para as montanhas, deixando que a prima liderasse... deixando que Abraxos seguisse a fêmea azul-celeste até que estivessem longe de Morath. Elas pousaram em um pequeno planalto coberto de flores selvagens roxas e laranja; a grama sussurrava ao vento. Abraxos praticamente grunhia de alegria, e Manon, a exaustão tão pesada quanto a capa vermelha que usava, não se incomodou em repreendê-lo.

As bruxas deixaram as montarias no campo. O vento da montanha estava surpreendentemente morno, o dia claro, e o céu cheio de nuvens gordas e fofas. Manon ordenara que Sorrel e Vesta ficassem para trás, apesar dos protestos. Se as coisas tinham chegado ao ponto em que Asterin não podia ser confiada sozinha com a líder... A bruxa não queria nem considerar.

Talvez fosse por isso que concordara em ir.

Talvez fosse por causa do grito que Asterin emitira do outro lado da ravina.

Parecera-se tanto com o grito da herdeira Sangue Azul, Petrah, quando sua serpente alada foi dilacerada. Como o grito da mãe de Petrah quando a jovem bruxa e sua montaria, Keelie, mergulharam no ar.

Asterin caminhou até a borda do planalto, com as flores selvagens oscilando nas panturrilhas, e o couro da roupa de montaria reluzindo ao sol forte. Ela soltou a trança do cabelo, agitou as ondas douradas, então desembainhou a espada e as adagas, deixando que caíssem no chão.

— Preciso que ouça sem falar nada — disse Asterin, conforme Manon se aproximou.

Uma grande exigência para fazer da herdeira, mas não havia desafio, nenhuma ameaça. E ela jamais falara com Manon daquela forma. Então a bruxa assentiu.

Asterin olhou para o outro lado das montanhas... era tão vibrante ali, agora que estavam longe da escuridão de Morath. Uma brisa agradável flutuava entre as duas, agitando os cachos de Asterin até que parecessem raios de sol que tomavam forma.

— Quando eu tinha vinte e oito anos, estava caçando Crochans em um vale logo a oeste da Caninos. Tinha cento e sessenta quilômetros para percorrer até a aldeia seguinte e, ao ver uma tempestade se formando, não tive vontade de pousar. Então tentei ser mais rápida que o temporal, tentei voar por cima dele, na vassoura. Mas a tempestade se estendia mais e mais para cima. Não sei se foi o relâmpago ou o vento, mas, de repente, eu estava caindo. Consegui controlar a vassoura por tempo o suficiente para pousar, mas o impacto foi violento. Antes de eu apagar, sabia que meu braço estava quebrado em diferentes lugares, meu tornozelo torcido e inútil, e minha vassoura despedaçada.

Havia mais de oitenta anos... aquilo acontecera havia mais de oitenta anos, e Manon jamais soubera. Estava fora em uma missão própria — não conseguia se lembrar onde no momento. Todos aqueles anos passados caçando Crochans eram um borrão só.

— Ao acordar, estava em um chalé humano, com minha vassoura em pedaços ao lado da cama. O homem que me achou disse que estava cavalgando para casa em meio à tempestade e me viu cair do céu. Era um jovem caçador, principalmente de animais exóticos, e por isso tinha um chalé no meio da natureza. Acho que o teria matado se tivesse forças, mesmo se fosse apenas porque queria seus recursos. Mas perdi e recobrei a consciência durante alguns dias enquanto meus ossos se remendavam, e, quando acordei de novo... o homem me alimentou o suficiente para deixar de parecer comida. Ou uma ameaça.

Um longo silêncio.

— Fiquei lá por cinco meses. Não matei uma única Crochan. Ajudei o homem a caçar, encontrei pau-ferro e comecei a entalhar uma nova vassoura, e... E nós dois sabíamos o que eu era, o que ele era. Que eu viveria muito e que ele era humano. Mas tínhamos a mesma idade na época, e não nos importamos. Então fiquei com ele até que minhas ordens me obrigassem a retornar para a Fortaleza Bico Negro. E eu disse a ele... Disse que voltaria quando pudesse.

Manon mal conseguia pensar, mal conseguia respirar por cima do silêncio na cabeça dela. Jamais ouvira falar daquilo. Nenhum sussurro. Para Asterin ter ignorado os deveres sagrados... Ter se unido àquele homem humano...

— Eu estava com um mês de gravidez ao chegar à Fortaleza Bico Negro.

Os joelhos da líder tremeram.

— Você já estava fora na missão seguinte. Não contei a ninguém, não até saber que a gravidez vingaria, de fato, aos primeiros meses.

Não era inesperado, pois a maioria das bruxas perdia as crias durante esse tempo. Se a bruxinha crescesse além desse período seria um milagre.

— Mas cheguei aos três meses, então quatro. E, quando não podia mais esconder, contei a sua avó. Ela ficou feliz e ordenou que eu ficasse de repouso na Fortaleza, para que nada me perturbasse nem perturbasse a bruxinha em meu ventre. Eu disse que queria sair novamente, mas sua avó recusou. Eu sabia que não deveria dizer que queria voltar àquele chalé na floresta. Sabia que ela o mataria. Então permaneci na torre durante meses, uma prisioneira mimada. Você até mesmo visitou, duas vezes, e ela não contou que eu estava lá. Não até que a bruxinha tivesse nascido, dissera sua avó.

Houve um fôlego longo e irregular.

Não era incomum que bruxas fossem superprotetoras com aquelas que carregavam crias. E Asterin, carregando a linhagem da Matriarca, teria sido valiosa.

— Tracei um plano. Assim que me recuperasse do nascimento, assim que as outras se distraíssem, eu levaria a bruxinha para o pai e a apresentaria a ele. Achei que talvez uma vida na floresta, tranquila e pacífica, fosse melhor para minha bruxinha que o derramamento de sangue em que vivíamos. Achei que talvez fosse melhor... para mim.

A voz de Asterin falhou nas duas últimas palavras. Manon não conseguia olhar para a prima.

— Dei à luz. Ela quase me dilacerou quando saiu. Achei que fosse porque era uma lutadora, porque era uma verdadeira Bico Negro. E fiquei orgulhosa. Mesmo enquanto gritava, enquanto sangrava, fiquei tão orgulhosa dela.

Asterin ficou em silêncio, e Manon olhou para ela, por fim.

Lágrimas escorriam pelo rosto de sua prima, reluzindo à luz do sol. Ela fechou os olhos, em seguida sussurrou ao vento:

— Ela nasceu morta. Esperei para ouvir aquele choro de triunfo, mas houve apenas silêncio. Silêncio, e então sua avó... — Asterin abriu os olhos. — Sua avó me acertou. Ela me espancou. De novo e de novo. Eu só queria ver a bruxinha, mas sua avó ordenou que a queimassem em vez disso, recusando-se a me deixar vê-la. Eu era uma desgraça para todas as bruxas que tinham vindo antes de mim; era minha culpa uma bruxinha defeituosa; eu havia desonrado as Bico Negro; eu a desapontara. Ela gritou isso para mim diversas vezes, e, quando chorei, ela... ela...

Manon não sabia para onde olhar, o que fazer com os braços.

Um bebê natimorto era a maior tristeza de uma bruxa... e vergonha. Mas para a avó dela...

Asterin abriu o casaco e o atirou nas flores. Ela tirou uma camisa, depois aquela por baixo, até que a pele reluzisse à luz do sol, os seios fartos e pesados. A bruxa se virou, e Manon caiu de joelhos na grama.

Ali, marcado no abdômen, com letras cruéis e toscas, estava uma palavra:
IMPURA

— Ela me marcou. Fez com que esquentassem o ferro na mesma chama em que minha bruxinha queimava, e estampou cada letra ela mesma. Disse que eu não deveria jamais tentar conceber uma Bico Negro de novo. Que a maioria dos homens olharia para aquilo uma vez e fugiria.

Oitenta anos. Durante oitenta anos, Asterin escondera aquilo. Mas Manon a vira nua, ela...

Não. Não, não vira. Havia décadas e mais décadas. Quando eram pequenas, sim, mas...

— Humilhada, não contei a ninguém. Sorrel e Vesta... Sorrel sabia porque estava naquele quarto. Ela lutou por mim. Implorou a sua avó, que quebrou o braço de Sorrel e a colocou para fora. Mas, depois que a Matriarca me atirou na neve, me mandando rastejar para algum lugar e morrer, Sorrel me encontrou. Ela buscou Vesta e as duas me levaram ao ninho dela, no fundo das montanhas, então tomaram conta de mim em segredo durante os meses em que eu... em que não conseguia sair da cama. Então um dia, simplesmente acordei e resolvi lutar.

"Eu treinei. Curei meu corpo. Fiquei forte — mais forte que tinha sido antes. E parei de pensar naquilo. Um mês depois fui caçar Crochans e entrei na Fortaleza com os corações de três delas em uma caixa. Se sua avó ficou surpresa por eu não ter morrido, não demonstrou. Você estava lá na noite em que voltei. Você brindou a minha honra e disse que tinha orgulho de ter uma imediata tão boa."

Ainda de joelhos, a terra úmida lhe ensopando as calças, Manon encarava aquela marca horrível.

— Jamais voltei para o caçador. Não sabia como explicar a marca. Como explicar sua avó ou pedir desculpas. Eu tinha medo de que ele me tratasse como sua avó me tratou. Então jamais voltei. — Os lábios de Asterin tremeram. — Eu voava por cima a cada poucos anos, apenas... apenas para ver. — Ela limpou o rosto. — Ele jamais se casou. E, mesmo quando estava velho, eu às vezes o via sentado naquela varanda da entrada. Como se estivesse esperando por alguém.

Algo... algo estava se partindo e doendo no peito de Manon, cedendo em seu interior.

Asterin se sentou entre as flores e começou a vestir as roupas. Ela chorava em silêncio, mas Manon não sabia se deveria se aproximar. Não sabia como reconfortar, como acalmar.

— Parei de me importar — disse ela, por fim. — Com tudo e qualquer coisa. Depois daquilo, tudo era uma piada e uma emoção, e nada me assustava.

Aquela selvageria, aquela ferocidade indomada... Não vinham de um coração livre, mas de um coração que conhecera um desespero tão intenso que viver abertamente, viver violentamente era a única forma de fugir.

— Mas eu disse a mim mesma — Asterin terminou de abotoar o casaco — que dedicaria minha vida inteira a ser sua imediata. A servir *você*. Não sua avó. Porque eu sabia que sua avó me escondera de você por um motivo. Acho que ela sabia que você lutaria por mim. E o que quer que sua avó tenha visto em você que a deixou com medo... Valia a pena esperar. Valia a pena servir. Então foi o que fiz.

Naquele dia em que Abraxos fez a Travessia, quando as Treze pareciam prontas para lutar caso a avó de Manon desse a ordem de matar a neta...

Asterin a encarou.

— Sorrel, Vesta e eu sabemos há muito tempo do que sua avó é capaz. Jamais dissemos nada porque temíamos que, caso soubesse, isso colocaria você em risco. No dia em que você salvou Petrah em vez de deixá-la cair... Você não foi a única que entendeu por que foi obrigada por sua avó a matar aquela Crochan. — Ela balançou a cabeça. — Estou implorando, Manon. Não deixe sua avó e estes homens levarem nossas bruxas e as usarem dessa forma. Não deixe que transformem nossas bruxinhas em monstros. O que já fizeram... Estou implorando para que me ajude a desfazer isso.

Manon engoliu em seco, a garganta doía.

— Se os desafiarmos, virão atrás de nós e nos matarão.

— Eu sei. Todas sabemos. Era o que queríamos dizer a você na outra noite.

A Líder Alada olhou para a blusa da prima, como se conseguisse ver através dela, ver a marca por baixo.

— É por isso que tem se comportado dessa forma.

— Não sou tola o suficiente para fingir que não tenho um ponto fraco quando se trata de bruxinhas.

Por isso a avó insistira por décadas para que Asterin fosse rebaixada.

— Não acho que seja um ponto fraco — admitiu Manon, então olhou por cima do ombro, para onde Abraxos cheirava as flores selvagens. — Você será restabelecida como imediata.

Asterin curvou a cabeça.

— Desculpe, Manon.

— Não há nada pelo que se desculpar. — Ela ousou acrescentar: — Há outras que minha avó tratou dessa forma?

— Não entre as Treze. Só em outras alianças. A maioria se deixou morrer ao ser banida por sua avó. — E Manon jamais soubera. *Mentiram* para ela.

A herdeira olhou para oeste, além das montanhas. *Esperança*, dissera Elide... esperança por um futuro melhor. Por um lar.

Não obediência, disciplina, brutalidade. Mas esperança.

— Precisamos seguir com cautela.

Asterin piscou, as pintas douradas nos olhos pretos reluziram.

— O que está planejando?

— Algo bastante estúpido, acho.

⊰ 64 ⊱

Rowan mal se lembrava de qualquer coisa da viagem dolorosa de volta à Forte da Fenda. Estava tão exausto quando passaram despercebidos pelas muralhas da cidade e pegaram os becos para chegar ao armazém que mal tocou no colchão antes de a inconsciência o chamar.

O guerreiro acordou naquela noite — ou seria a seguinte? — com Aelin e Aedion sentados ao lado da cama, conversando.

— O solstício é em seis dias; precisamos estar com tudo pronto então — dizia ela ao primo.

— Então vai pedir a Ress e Brullo que simplesmente deixem uma porta aberta nos fundos para que entre de fininho?

— Não pense pequeno. Vou entrar pela porta da frente.

É claro que iria. Rowan soltou um gemido, a língua parecia seca e pesada na boca.

Aelin se virou para ele, apoiando metade do corpo contra a cama.

— Como está se sentindo? — Ela passou a mão sobre a testa do guerreiro, verificando a temperatura. — Você parece bem.

— Bem — grunhiu ele. O braço e o ombro doíam. Mas já suportara pior. A perda de sangue fora o que o derrubara, mais sangue que jamais perdera de uma só vez, pelo menos tão rapidamente, graças à supressão da magia. Rowan percorreu Aelin com os olhos. O rosto dela estava fechado e pálido, com um hematoma na bochecha e quatro arranhões marcando o pescoço.

Rowan acabaria com aquela bruxa.

Ele disse isso, e Aelin sorriu.

— Se está disposto à violência, então acho que está muito bem. — Mas as palavras saíram pesadas, e os olhos de Aelin brilharam. Rowan estendeu o braço saudável e segurou uma das mãos dela, apertando forte. — Por favor, jamais faça aquilo de novo — sussurrou a jovem.

— Da próxima vez, vou pedir que não atirem flechas contra você... ou contra mim.

A boca de Aelin se contraiu e estremeceu, então ela apoiou a testa no braço bom do guerreiro. Ele ergueu o outro braço, disparando uma dor lancinante pelo corpo quando lhe acariciou os cabelos ainda sujos em alguns pontos com sangue e terra. Ela nem devia ter se incomodado em tomar um banho decente.

Aedion pigarreou.

— Estamos pensando em um plano para libertar a magia... e para matar o rei e Dorian.

— Apenas... me contem amanhã — pediu Rowan, a cabeça já latejando de dor.

Somente a ideia de explicar a eles, de novo, que, toda vez que o vira ser usado, fogo do inferno tinha sido mais destrutivo que qualquer um pudera antecipar, o fazia querer voltar a dormir. Pelos deuses, sem magia... Humanos eram incríveis. Conseguir sobreviver sem depender de magia... Rowan precisava lhes dar crédito.

Aedion bocejou, o pior bocejo falso que o guerreiro já vira, e saiu.

— Aedion — disse ele, e o general parou à porta. — Obrigado.

— De nada, irmão. — Aedion saiu.

Aelin olhava de um para outro, os lábios contraídos de novo.

— O quê? — perguntou o príncipe feérico.

Ela balançou a cabeça.

— Você é bonzinho demais quando está ferido. É desconcertante.

Ver as lágrimas brilharem nos olhos dela um pouco antes quase deixara *Rowan* desconcertado. Se a magia já tivesse sido libertada, aquelas bruxas teriam virado cinzas no momento em que a flecha o atingiu.

— Vá tomar um banho — resmungou ele. — Não vou dormir ao seu lado enquanto estiver coberta com o sangue daquela bruxa.

Aelin verificou as unhas, ainda com uma linha fraca de terra e sangue azul.

— Argh. Já as lavei dez vezes. — Ela se levantou do assento ao lado da cama.

— Por quê? — perguntou Rowan. — Por que a salvou?

A jovem passou a mão pelo cabelo. Uma atadura branca ao redor do braço despontou pela camisa com o movimento. Rowan nem mesmo estivera consciente no momento daquela ferida. Ele conteve a vontade de exigir ver o machucado, de verificá-lo ele mesmo... e de puxá-la para si.

— Porque aquela bruxa de cabelos dourados, Asterin... — explicou Aelin. — Ela gritou o nome de Manon do modo como eu gritei o seu.

Rowan ficou imóvel. A rainha olhou para o chão, como se lembrasse do momento.

— Como posso tirar a vida de alguém que significa o mundo para outra pessoa? Mesmo que seja minha inimiga. — Um pequeno gesto de ombros. — Achei que você estivesse morrendo. Parecia má sorte deixar que ela morresse só por desprezo. E... — Aelin riu. — Cair naquela ravina parecia uma morte de merda para alguém que luta tão espetacularmente.

Rowan sorriu, absorvendo a visão à sua frente: o rosto pálido e sério; as roupas sujas; os ferimentos. Mas os ombros da rainha estavam eretos, o queixo erguido.

— Fico orgulhoso por servir você.

Os lábios de Aelin deram um sorriso fraco, mas os olhos se encheram d'água.

— Eu sei.

∽

— Que aparência de merda — comentou Lysandra para Aelin. Então se lembrou de Evangeline, que a encarava de olhos arregalados, e encolheu o corpo. — Desculpe.

A menina dobrou o guardanapo no colo mais uma vez, como uma pequena e graciosa rainha.

— Você diz que não devo usar esse linguajar, mas você o usa.

— Eu posso xingar — respondeu a cortesã, enquanto Aelin continha um sorriso. — Porque sou mais velha e sei quando é mais eficiente. E, neste momento, nossa amiga está com uma aparência total de merda.

Evangeline ergueu o olhar para Aelin, os cabelos loiro-avermelhados brilhando ao sol matinal filtrado pela janela da cozinha.

— Você parece ainda pior de manhã, Lysandra.

Aelin conteve uma risada.

— Cuidado, Lysandra. Tem uma pestinha nas mãos.

A cortesã lançou um olhar demorado à protegida.

— Se já terminou de raspar as tortas de nossos pratos, Evangeline, vá até o telhado infernizar Aedion e Rowan.

— Cuidado com Rowan — acrescentou Aelin. — Ele ainda está se recuperando. Mas finja que não liga. Os homens ficam irritadinhos se você se preocupar com eles.

Com um brilho malicioso nos olhos, a menina saltitou até a porta. Aelin ouviu para se certificar de que ela tinha mesmo subido, então se virou para a amiga.

— Ela vai dar trabalho quando for mais velha.

Lysandra resmungou.

— Acha que não sei disso? Onze anos e já é uma tirana. É uma fileira interminável de *Por quê?* e *Eu preferiria não fazer isso*, e *por quê, por quê, por quê?* e *não, eu não gostaria de ouvir seu bom conselho, Lysandra.* — Ela esfregou as têmporas.

— Tirana, porém corajosa — comentou Aelin. — Não acho que muitas meninas de onze anos fariam o mesmo que ela para salvar você. — O inchaço tinha diminuído, mas hematomas ainda maculavam o rosto de Lysandra, e o pequeno corte cicatrizando perto do lábio ainda exibia um vermelho violento. — E não acho que muitas jovens de dezenove anos lutariam com garras e presas para salvar uma criança. — A cortesã olhou para a mesa. — Sinto muito — disse Aelin. — Mesmo que Arobynn tenha orquestrado isso... sinto muito.

— Você foi me salvar — afirmou ela, tão baixo que mal passou de um suspiro. — Todos vocês... foram atrás de mim. — Lysandra contara a Nesryn e Chaol com detalhes sobre a noite que passara em um calabouço escondido sob as ruas da cidade; os rebeldes já vasculhavam os esgotos em busca do lugar. A cortesã se lembrava pouco do resto, pois estava vendada e amordaçada. Imaginar se colocariam um anel de pedra de Wyrd em seu dedo foi o pior, contara ela. Aquele terror a assombraria por um tempo.

— Achou que não iríamos atrás de você?

— Nunca tive amigos que se importavam com o que acontecia comigo, a não ser Sam e Wesley. A maioria das pessoas me deixaria ser levada, me descartaria como mais uma puta.

— Estive pensando nisso.

— Hã?

Aelin levou a mão ao bolso e empurrou um pedaço de papel dobrado sobre a mesa.

— É para você. E para ela.

— Não precisamos... — Os olhos de Lysandra recaíram sobre o selo de cera. Uma cobra com tinta da cor da madrugada: a insígnia de Clarisse. — O que é isso?

— Abra.

Olhando de Aelin para o papel, ela quebrou o selo e leu o texto.

— Eu, Clarisse DuVency, declaro que quaisquer dívidas que...

O papel começou a tremer.

— Quaisquer dívidas que Lysandra e Evangeline tivessem comigo estão agora totalmente pagas. Assim que lhes for conveniente, poderão receber a Marca da liberdade.

O papel flutuou até a mesa quando as mãos da cortesã desabaram. Ela levantou a cabeça, então olhou para a amiga.

— Humpf! — resmungou Aelin, conforme os próprios olhos se encheram d'água. — Detesto você por ser tão linda, até mesmo quando chora.

— Sabe quanto dinheiro...

— Achou que eu a deixaria ser escravizada?

— Eu não... Não sei o que dizer. Não sei como agradecer...

— Não precisa.

Lysandra apoiou o rosto nas mãos e chorou.

— Sinto muito se seu orgulho queria fazer a coisa nobre e aturar aquilo por mais uma década — começou Aelin.

Ela apenas chorou com mais intensidade.

— Mas precisa entender que, de forma alguma, eu iria embora sem...

— Cale a boca, Aelin — pediu a amiga, entre as mãos. — Apenas... cale a boca. — Ela abaixou os braços, o rosto agora inchado e vermelho.

Aelin suspirou.

— Ah, graças aos deuses. Você *pode* parecer horrível quando chora.

Lysandra soltou uma gargalhada.

Manon e Asterin ficaram nas montanhas o dia e a noite inteiros depois que a imediata revelou o ferimento invisível. Pegaram cabras-monteses para si e para as serpentes aladas, então assaram a carne em uma fogueira naquela noite enquanto pensavam cuidadosamente no que fariam.

Quando a Líder Alada por fim cochilou, enroscada contra Abraxos, um cobertor de estrelas acima, sua mente pareceu mais nítida que estivera em meses. No entanto, algo a incomodava, mesmo no sono.

Manon entendeu o que era ao acordar. Um fio solto na trama da Deusa de Três Rostos.

— Está pronta? — perguntou Asterin, montando a serpente alada azul-pálido e sorrindo, um sorriso de verdade.

Manon jamais vira aquele sorriso. Imaginou quantas pessoas teriam visto. Imaginou se ela mesma já sorrira daquela forma.

A herdeira olhou para o norte.

— Tem algo que preciso fazer. — Depois de explicar, Asterin não hesitou em declarar que iria com a líder.

Então elas pararam em Morath por tempo o bastante para reunir suprimentos. Contaram os detalhes superficiais para Sorrel e Vesta, instruindo as duas a contarem ao duque que Manon fora chamada para longe.

Em uma hora, as bruxas estavam no ar, voando firmes e ágeis acima das nuvens, para se manter escondidas.

Quilômetro após quilômetro, elas voaram. Manon não sabia dizer por que aquele fio a puxava, por que parecia tão urgente, mas ele levou as duas com determinação até Forte da Fenda.

Quatro dias. Elide estivera naquele calabouço congelante e pútrido por quatro dias.

Estava tão frio que mal conseguia dormir, e a comida que atiravam era quase impossível de comer. O medo a mantinha alerta, impulsionando-a a testar a porta, a observar os vigias sempre que a abriam, a avaliar os corredores atrás deles. Elide não descobriu nada útil.

Quatro dias... e Manon não fora buscá-la. Nenhuma das Bico Negro fora.

A menina não sabia por que esperava aquilo. Manon a obrigara a espionar aquela câmara, afinal de contas.

Ela tentou não pensar no que aguardava por ela naquele momento.

Tentou e falhou. Elide se perguntou se alguém sequer se lembraria do nome dela depois que morresse. Se algum dia seria entalhado em algum lugar.

Elide sabia a resposta. E sabia que ninguém a salvaria.

⚜ 65 ⚜

Rowan estava mais cansado do que admitiria para Aelin ou Aedion, e, durante a confusão dos planejamentos, mal tivera um momento sozinho com a rainha. O guerreiro feérico precisara de dois dias descansando e dormindo como os mortos antes de ficar de pé de novo e conseguir fazer os exercícios de treinamento sem ficar sem fôlego.

Depois de terminar a sequência da noite, sentia-se tão exausto quando caiu na cama que dormiu antes de Aelin terminar de tomar banho. Não, não chegara nem perto de dar crédito o suficiente aos humanos durante todos aqueles anos.

Seria um alívio e tanto recuperar a magia... se o plano deles funcionasse. Considerando o fato de que usariam fogo do inferno, as coisas podiam dar muito, muito errado. Chaol não conseguira se encontrar com Ress ou Brullo ainda, mas tentava todos os dias passar mensagens aos dois. Ao que parecia, a verdadeira dificuldade era que mais de metade dos rebeldes fugira, pois mais soldados valg surgiam. Três execuções por dia eram a nova regra: alvorecer, meio-dia e pôr do sol. Antigos possuidores de magia, rebeldes, suspeitos de simpatizar com os rebeldes; Chaol e Nesryn conseguiam salvar alguns, mas não todos. O canto dos corvos podia agora ser ouvido em todas as ruas.

Um cheiro masculino no quarto fez Rowan despertar do sono. Ele tirou a faca de baixo do travesseiro e se sentou devagar.

Aelin dormia ao lado, a respiração profunda e regular, vestindo outra vez uma das camisas do guerreiro. Alguma parte primitiva dele grunhiu com satisfação ao ver aquilo, ao saber que ela estava coberta com o cheiro dele.

Rowan ficou de pé, os passos silenciosos conforme avaliava o quarto, a faca em punho.

Mas o cheiro não estava do lado de dentro. Vinha de além.

Ele se aproximou da janela e olhou para fora. Ninguém na rua abaixo; ninguém nos telhados vizinhos.

O que significava que Lorcan devia estar no telhado.

O antigo comandante de Rowan esperava, braços cruzados sobre o peito largo. Ele avaliou o príncipe feérico com a testa franzida, reparando nas ataduras e no tronco exposto.

— Eu devia agradecer por você ter vestido uma calça? — comentou Lorcan, a voz mal passava de um vento da madrugada.

— Não queria que se sentisse deslocado — respondeu Rowan, recostando-se contra a porta do telhado.

Lorcan conteve uma risada.

— Sua rainha o arranhou, ou esses ferimentos são de uma daquelas bestas que ela mandou atrás de mim?

— Estava me perguntando quem venceria por fim: você ou os cães de Wyrd.

Um lampejo de dentes.

— Matei todos eles.

— Por que veio até aqui, Lorcan?

— Acha que não sei que a herdeira de Mala, Portadora do Fogo, está planejando algo para o solstício de verão em dois dias? Vocês, tolos, consideraram minha oferta?

Uma pergunta cuidadosamente formulada, para levar Rowan a revelar o que Lorcan apenas suspeitava.

— Além de beber o primeiro vinho do verão e ser um pé em meu saco, não acho que ela esteja planejando nada.

— Então é por isso que o capitão tentava marcar uma reunião com guardas do palácio?

— Como posso saber o que ele faz? O garoto costumava servir ao rei.

— Assassinos, prostitutas, traidores... que belas companhias você entretém ultimamente, Rowan.

— Melhor que ser um cão acorrentado por um mestre psicótico.

— Era isso que achava de nós? Todos aqueles anos em que trabalhamos juntos, matamos homens e dormimos com fêmeas? Jamais ouvi você reclamar.

— Não percebi que havia algo de que reclamar. Estava tão ignorante quanto você.

— Então uma princesa destemida adentrou sua vida, e você decidiu mudar por ela, certo? — Um sorriso cruel. — Contou a ela sobre Sollemere?

— Ela sabe de tudo.

— Sabe mesmo? Imagino que a própria história a deixe mais compreensiva para os horrores que você cometeu em nome de nossa rainha.

— De *sua* rainha. O que exatamente o irrita a respeito de Aelin, Lorcan? O fato de ela não ter medo de você, ou seria por eu os ter abandonado por ela?

Lorcan riu.

— O que quer que estejam planejando, não vai funcionar. Todos morrerão no processo.

Aquilo era muito provável, mas Rowan disse:

— Não sei do que está falando.

— Você me deve mais que essa bosta.

— Cuidado, Lorcan, ou vai parecer que se importa com alguém além de si mesmo. — Por ser uma criança indesejada que crescera nas ruelas de Doranelle, Lorcan perdera essa habilidade séculos antes de Rowan sequer ter nascido. O príncipe feérico jamais sentira pena dele por isso, no entanto. Não quando Lorcan tinha sido abençoado em todos os outros aspectos pelo próprio Hellas.

Seu antigo comandante cuspiu no telhado.

— Eu ia me oferecer para levar seu corpo de volta a sua amada montanha, para ser enterrado com Lyria depois que eu terminasse com as chaves. Agora vou simplesmente deixar que apodreça aqui. Ao lado de sua linda princesinha.

Rowan tentou ignorar o golpe, o pensamento naquele túmulo no alto da montanha.

— Isso é uma ameaça?

— Por que eu me incomodaria? Se estão realmente planejando algo, não precisarei matá-la, irá fazer isso sozinha. Talvez o rei a coloque em um daqueles colares. Exatamente como o filho.

Uma nota de horror tocou Rowan tão profundamente que seu estômago se revirou.

— Cuidado com o que diz, Lorcan.

— Aposto que Maeve ofereceria um bom dinheiro por ela. E... se colocar as mãos naquela chave de Wyrd... Pode imaginar muito bem que tipo de poder Maeve teria então.

Pior... muito pior do que ele podia imaginar se Maeve não quisesse Aelin morta, mas escravizada. Uma arma sem limites em uma das mãos da rainha, e a herdeira de Mala, Portadora do Fogo, na outra. Não haveria como impedi-la.

Lorcan percebeu a hesitação, a dúvida. Algo dourado reluziu em sua mão.

— Você me conhece, príncipe. Sabe que sou o único qualificado para caçar e destruir aquelas chaves. Deixe que sua rainha derrube o exército que está se reunindo no sul... e deixe essa tarefa comigo. — O anel parecia brilhar ao luar quando o guerreiro semifeérico o estendeu. — O que quer que esteja planejando, vai precisar disto. Ou você pode dizer adeus a ela. — Seus olhos eram como lascas de gelo preto. — Todos sabemos o quanto se saiu bem ao se despedir de Lyria.

Rowan conteve a raiva.

— Jure.

Lorcan sorriu, sabendo que tinha vencido.

— Jure que este anel garante imunidade contra os valg, e o darei a você — disse Rowan, tirando o Amuleto de Orynth do bolso.

A concentração de Lorcan se voltou para o amuleto, para a estranheza sobrenatural que irradiava, e ele jurou.

Uma lâmina brilhou, então o cheiro do sangue preencheu o ar. Lorcan fechou a mão em punho, erguendo-a.

— Juro por meu sangue e honra que não enganei você em nada disso. O poder do anel é verdadeiro.

Rowan observou o sangue pingar no telhado. Uma gota, duas, três.

Lorcan podia ser um desgraçado, mas o guerreiro jamais o vira quebrar um juramento antes. Sua palavra era uma garantia; sempre fora a única moeda que ele valorizara.

Os dois se moveram ao mesmo tempo, atirando o amuleto e o anel entre si. Rowan pegou o objeto, colocando-o rapidamente no bolso, mas Lorcan apenas encarou o colar nas mãos, os olhos sombrios.

O príncipe feérico evitou a ânsia de prender o fôlego e permaneceu em silêncio.

Lorcan passou a corrente pelo pescoço e enfiou o amuleto dentro da camisa.

— Vocês vão todos morrer. Indo adiante com esse plano ou com a guerra que seguirá.

— Se você destruir as chaves — começou Rowan. — Talvez não haja uma guerra. — A esperança de um tolo.

— Haverá uma guerra. É tarde demais para impedi-la agora. Uma pena que esse anel não impeça nenhum de vocês de ser empalado nas muralhas do castelo.

A imagem percorreu a mente de Rowan; piorada, talvez, pelas vezes em que ele mesmo vira e fizera aquilo.

— O que aconteceu com você, Lorcan? O que aconteceu em sua droga de existência para que ficasse dessa forma? — Ele jamais perguntara a história toda, jamais se importara. Não o incomodara até aquele momento. Antes, teria ficado ao lado do comandante e provocado o pobre coitado que ousasse desafiar a rainha dos dois. — Você é um macho melhor que isso.

— Sou mesmo? Ainda sirvo minha rainha, mesmo que ela não consiga enxergar isso. Quem foi que a abandonou assim que uma linda coisinha humana abriu as pernas...

— *Basta.*

Mas Lorcan havia sumido.

Rowan esperou alguns minutos antes de descer de novo, virando o anel diversas vezes no bolso.

Aelin estava acordada na cama quando ele entrou, as janelas fechadas, e as cortinas puxadas; a lareira estava escura.

— E? — indagou ela, a palavra quase inaudível por cima do farfalhar dos cobertores conforme o guerreiro se deitou ao lado da jovem.

Seus olhos noturnos aguçados permitiam que visse a palma da mão coberta de cicatrizes estendida para que Rowan soltasse ali o anel. Aelin o enfiou no polegar, agitou os dedos, depois franziu a testa, pois nada especialmente emocionante aconteceu. Uma risada ficou presa na garganta de Rowan.

— O quanto Lorcan vai ficar transtornado — murmurou ela ao se deitarem cara a cara — quando abrir aquele amuleto e encontrar o anel do comandante valg lá dentro, e perceber que demos a ele um falso?

~

O demônio lacerou as barreiras restantes entre as almas de ambos como se fossem papel, até que apenas uma restasse, uma minúscula casca de ser.

Ele não se lembrava de acordar, de dormir ou de comer. Na verdade, havia poucos momentos em que sequer estava ali, vendo pelos próprios olhos. Somente quando o príncipe demônio se alimentava dos prisioneiros nos calabouços — quando permitia que ele se alimentasse, que bebesse ao seu lado —, aquele era o único momento em que ele surgia.

Qualquer que fosse o controle que tivera naquele dia...

Que dia?

Ele não se lembrava de uma época na qual o demônio não vivia ali, dentro dele.

No entanto...

Manon.

Um nome.

Não pense nisso... não pense nela. O demônio odiava aquele nome.

Manon.

Basta. Não falamos deles, dos descendentes de nossos reis.

Falam de quem?

Isso.

~

— Está pronto para amanhã? — perguntou Aelin a Chaol, enquanto estavam parados no telhado do apartamento dela, olhando para o castelo de vidro. Ao sol poente, parecia banhado em dourado e laranja e rubi, como se estivesse em chamas.

515

O capitão rezou para que não chegasse àquilo, mas...

— Tão pronto quanto posso estar.

Ele tinha tentado não parecer hesitante demais, cauteloso demais, quando chegara, minutos antes, para repassar o plano do dia seguinte uma última vez, e Aelin, em vez disso, pedira que o capitão se juntasse a ela ali em cima. Sozinho.

A jovem usava uma larga blusa branca para dentro da calça marrom justa, o cabelo estava solto, e ela nem se incomodara em calçar sapatos. Chaol imaginou o que o povo dela pensaria de uma rainha descalça.

Aelin apoiou os antebraços no parapeito do telhado e cruzou um tornozelo sobre o outro ao dizer:

— Sabe que não vou colocar nenhuma vida em perigo desnecessariamente.

— Eu sei. Confio em você.

Ela piscou, e vergonha o percorreu diante do choque no rosto de Aelin.

— Você se arrepende — disse ela — de ter sacrificado sua liberdade para me mandar para Wendlyn?

— Não — respondeu ele, surpreendendo-se ao ver que era verdade. — Independentemente do que tenha acontecido entre nós, fui um tolo por servir ao rei. Gosto de pensar que teria partido algum dia.

Ele precisava dizer aquilo a ela... precisara dizer desde o momento em que Aelin voltara.

— Comigo — disse ela, com a voz rouca. — Teria partido comigo... quando eu era apenas Celaena.

— Mas você nunca foi apenas Celaena, e acho que sabia disso, bem no fundo, antes mesmo de tudo acontecer. Entendo agora.

Ela o avaliou com olhos que eram muito mais velhos que seus dezenove anos.

— Você ainda é a mesma pessoa que era antes de quebrar o juramento a seu pai, Chaol.

Ele não tinha certeza se aquilo era um insulto. Imaginou que o merecia depois de tudo que dissera e fizera.

— Talvez eu não queira mais ser aquela pessoa — comentou o capitão. Aquela pessoa, aquela pessoa estupidamente leal e inútil, perdera tudo. O amigo, a mulher que amava, a posição, a honra. Perdera tudo e só podia culpar a si mesmo.

— Sinto muito — disse Chaol. — Por Nehemia, por tudo. — Não bastava. Jamais bastaria.

Mas Aelin lhe deu um sorriso sombrio, desviando os olhos para a leve cicatriz na bochecha do rapaz.

— Desculpe por ter deformado seu rosto e então ter tentado matá-lo. — Ela se virou para o castelo de vidro de novo. — Ainda é difícil para mim pensar no que aconteceu neste inverno. Mas, no fim, fico feliz por ter me enviado para Wendlyn e por ter feito aquele acordo com seu pai. — A jovem fechou os olhos e respirou rapidamente. Quando os abriu, o sol poente os preencheu de ouro líquido. Chaol se preparou para o que viria. — Significou algo para mim. O que você e eu tivemos. Mais que isso, sua amizade significou algo para mim. Jamais contei a verdade sobre quem eu era porque *eu* não conseguia encarar a verdade. Desculpe se o que disse a você no cais naquele dia, que eu escolheria você, o fez pensar que eu voltaria e tudo estaria consertado. As coisas mudaram. Eu mudei.

Chaol esperara por aquela conversa havia semanas, meses, e imaginara que fosse gritar, caminhar de um lado para outro ou simplesmente a ignorar por completo. Mas não havia nada além de calma em suas veias, uma calma tranquila e pacífica.

— Você merece ser feliz — respondeu ele. E foi sincero. Aelin merecia a alegria que Chaol costumava ver no rosto dela quando Rowan estava perto, merecia a risada travessa que compartilhava com Aedion, o conforto e a implicância com Lysandra. Merecia felicidade, talvez mais que qualquer um.

Ela voltou o olhar por sobre o ombro do capitão... para a silhueta esguia de Nesryn, que preenchia a porta do telhado, onde a mulher estivera esperando durante os últimos minutos.

— Você também, Chaol.

— Sabe que ela e eu não...

— Eu sei. Mas deveriam. Faliq... Nesryn é uma boa mulher. Vocês merecem um ao outro.

— Isso presumindo que ela tem algum interesse em mim.

Um brilho de sabedoria percorreu aqueles olhos.

— Ela tem.

Chaol mais uma vez olhou na direção de Nesryn, que olhou para o rio. Ele sorriu um pouco.

Mas então Aelin falou:

— Prometo que será rápido e indolor. Para Dorian.

O fôlego dele falhou.

— Obrigado. Mas... se eu pedir... — Ele não conseguia dizer o que queria.

— Então o golpe é seu. É só falar. — Aelin passou os dedos pelo Olho de Elena, a pedra azul reluzindo ao pôr do sol. — Não devemos olhar para trás, Chaol. Olhar para trás não ajuda nada nem ninguém. Só podemos seguir em frente.

Ali estava ela, aquela rainha olhando para ele, um toque da governante que estava se tornando. E aquilo o deixou sem fôlego, porque fazia com que se sentisse tão estranhamente jovem, enquanto Aelin agora parecia tão velha.

— E se seguirmos em frente — disse ele — e só encontrarmos mais dor e desespero? E se seguirmos em frente e só encontrarmos um fim terrível esperando por nós?

Aelin olhou para o norte, como se conseguisse ver até Terrasen.

— Então não é o fim.

~

— Restam apenas vinte deles. Espero muito que estejam prontos amanhã — sussurrou Chaol para Nesryn, enquanto deixavam uma reunião secreta de rebeldes em uma pousada decrépita ao lado do cais de pesca. Mesmo dentro do local, a cerveja barata não conseguira encobrir o fedor de peixe que vinha tanto das vísceras ainda jogadas nas tábuas de madeira do lado de fora quanto das mãos dos pescadores que compartilhavam o salão da taverna.

— Melhor que apenas dois, e eles estarão — respondeu ela, com passos leves sobre o cais, conforme caminhavam diante da margem do rio. As lanternas nos barcos aportados ao longo do passeio oscilavam e balançavam com a corrente; de longe, no Avery, o leve som de música fluía de uma das lindas mansões na margem. Uma festa na véspera do solstício de verão.

Certa vez, em outra vida, Chaol e Dorian tinham frequentado aquelas festas, visitavam diversas em uma noite. O capitão jamais se divertia, comparecia apenas para manter o príncipe em segurança, mas...

Devia ter se divertido. Devia ter aproveitado cada segundo com o amigo. Jamais percebera quanto os momentos de tranquilidade eram preciosos. Mas... mas não pensaria nisso, no que precisava fazer no dia seguinte. Do que se despediria.

Os dois andavam em silêncio, até que Nesryn virou em uma rua lateral e se aproximou de um pequeno altar de pedras entre dois armazéns do mercado. A pedra cinza parecia gasta, as colunas ao lado da entrada estavam encrustadas com diversas conchas e pedaços de coral. Luz dourada se projetava de dentro, revelando um circular espaço aberto, com uma fonte simples no centro.

Nesryn subiu os poucos degraus e deixou uma moeda na lata selada ao lado de uma pilastra.

— Venha comigo.

E talvez fosse porque Chaol não queria se sentar sozinho em seu apartamento e lamentar pelo que viria no dia seguinte; talvez fosse porque visitar um templo, por mais inútil, não poderia fazer mal.

Ele a seguiu.

Àquela hora, o templo do Deus do Mar estava vazio. Havia uma pequena porta nos fundos, fechada com cadeado. Até mesmo os sacerdotes e as sacerdotisas tinham ido dormir por algumas horas antes de precisar acordar mais cedo que o alvorecer, quando os marinheiros e os pescadores fariam as oferendas, refletiriam ou pediriam bênçãos para depois partirem com o sol.

Duas lanternas, feitas de coral seco ao sol, pendiam do teto em domo, o que fazia com que os azulejos de madrepérola acima reluzissem como a superfície do mar. Nesryn se sentou em um dos quatro bancos posicionados ao longo das paredes curvas — um banco para cada direção na qual um marinheiro poderia se aventurar.

Ela escolheu o sul.

— Pelo continente ao sul? — perguntou Chaol, sentando-se ao lado dela na madeira lisa.

A rebelde encarou a pequena fonte, a água borbulhante era o único som.

— Nós fomos para o continente ao sul algumas vezes. Duas quando eu era criança, para visitar família; uma vez para enterrar minha mãe. Durante toda a sua vida, eu sempre a via olhando para o sul. Como se pudesse ver aquela terra.

— Achei que apenas seu pai vinha de lá.

— Sim. Mas ela se apaixonou pelo continente e disse que parecia ter mais a sensação de lar ali que neste lugar. Meu pai jamais concordou, não importava quantas vezes ela implorasse para que se mudassem de volta.

— Você queria que ele tivesse se mudado?

Os olhos pretos como a noite de Nesryn se voltaram para Chaol.

— Jamais senti como se tivesse um lar. Aqui ou na Milas Agia.

— A... cidade-deus — disse Chaol, lembrando-se das aulas de história e de geografia que tinham sido impostas a ele. Era mais frequentemente chamado pelo outro nome, Antica, e era a maior cidade do continente ao sul, lar de um poderoso império por si só, o qual alegava ter sido construído pelas mãos dos deuses. Também era o lar de Torre Cesme, onde havia os melhores curandeiros mortais do mundo. O capitão jamais soubera que a família de Nesryn também vinha da cidade.

— Onde acha que deve ser seu lar? — perguntou ele.

Nesryn apoiou os antebraços nos joelhos.

— Não sei — admitiu ela, virando a cabeça para fitá-lo. — Alguma ideia?

Você merece ser feliz, dissera Aelin no início daquela noite. Um pedido de desculpas e um empurrão para fora da porta, supôs o capitão.

Ele não queria desperdiçar os momentos tranquilos.

Então estendeu o braço para a mão de Nesryn, aproximando-se ao entrelaçar os dedos de ambos. Ela encarou as mãos unidas por um segundo, depois se endireitou no assento.

— Talvez após tudo isto... depois que tudo tenha acabado — comentou Chaol, com a voz rouca —, nós possamos descobrir. Juntos.

— Prometa — sussurrou Nesryn, com a boca trêmula. De fato, água se acumulava em seus olhos, os quais fechou por tempo o suficiente para se controlar. Nesryn Faliq, emocionada até as lágrimas. — Prometa — repetiu ela, olhando para as mãos deles de novo — que vai sair daquele castelo amanhã.

Chaol se perguntara por que Nesryn o levara até ali. O Deus do Mar... e o Deus dos Juramentos.

Ele apertou a mão dela. A mulher apertou de volta.

Luz dourada ondulou na superfície da fonte do Deus do Mar, e o capitão fez uma oração silenciosa.

— Prometo.

Rowan estava na cama, casualmente testando o ombro esquerdo com rotações cuidadosas. Ele forçara muito o corpo naquele dia enquanto treinava, e a dor agora latejava nos músculos. Aelin estava no closet, preparando-se para dormir... silenciosa, como estivera durante todo o dia e a noite.

Com duas urnas de fogo do inferno agora escondidas a um quarteirão, em um prédio abandonado, todos deveriam ser cautelosos. Um pequeno acidente e acabariam incinerados tão completamente que nenhuma cinza restaria.

Mas Rowan se certificou de que isso não preocuparia Aelin. No dia seguinte, ele e Aedion seriam os que carregariam as urnas pela rede de túneis dos esgotos em direção ao próprio castelo.

Aelin seguira os cães de Wyrd até a entrada secreta deles, aquela que se ligava diretamente ao relógio da torre, e, agora que enganara Lorcan para que os matasse, o caminho estaria livre para que Rowan e Aedion plantassem as urnas, montassem os pavios e usassem a agilidade feérica para dar o fora antes que a torre explodisse.

Então ela... ela e o capitão fariam a parte deles, a mais perigosa de todas. Principalmente porque não tinham conseguido mandar uma mensagem para o palácio com antecedência.

E Rowan não estaria lá para ajudá-la.

Ele repassara o plano com Aelin diversas vezes. As coisas podiam dar errado tão facilmente, embora a jovem não parecesse nervosa ao engolir o jantar. Mas Rowan a conhecia bem o suficiente para ver a tempestade que se formava sob a superfície, para sentir a descarga mesmo do outro lado da sala.

Rowan girou o ombro de novo, e passos suaves soaram no tapete.

— Eu estava pensando — começou o guerreiro, mas então esqueceu tudo o que ia dizer ao se erguer rapidamente na cama.

Aelin estava encostada contra a porta do closet, vestindo uma camisola de ouro.

Ouro metálico... como ele pedira.

Podia ter sido pintada no corpo... do modo como abraçava cada curva e detalhe, por tudo que escondia.

Uma chama viva, era o que Aelin parecia. Rowan não sabia para onde olhar, o que queria tocar primeiro.

— Se eu me lembro bem — cantarolou ela. — *Alguém* me disse para lembrá-lo de provar que eu estava errada quanto minha hesitação. Acho que eu tinha duas opções: palavras ou língua e dentes.

Um grunhido baixo estremeceu no peito de Rowan.

— Foi mesmo?

Aelin deu um passo, e todo o cheiro de seu desejo o atingiu como um tijolo no rosto.

Estraçalharia aquela camisola.

Não se importava com o quanto parecesse espetacular; Rowan queria a pele nua.

— Nem pense nisso — comentou Aelin, dando mais um passo, tão fluido quanto metal derretido. — Peguei emprestada de Lysandra.

O coração de Rowan latejava nos ouvidos. Se o guerreiro feérico se movesse um centímetro, estaria sobre Aelin; ele a pegaria nos braços e começaria a descobrir o que fazia a Herdeira do Fogo queimar de verdade.

Mas Rowan saiu da cama, arriscando somente um passo, absorvendo a visão das longas pernas nuas; a curva dos seios pontudos, apesar da noite quente de verão; o movimento da garganta de Aelin ao engolir em seco.

— Você disse que as coisas tinham mudado... que lidaríamos com elas. — Era a vez de Aelin ousar dar outro passo. Mais um. — Não vou pedir nada que não esteja pronto ou disposto a dar.

O guerreiro congelou quando ela parou diante dele e jogou a cabeça para trás para avaliar seu rosto conforme era envolvido e despertado pelo cheiro dela.

Pelos deuses, aquele cheiro. Desde que mordera seu pescoço em Wendlyn, desde que provara o sangue de Aelin e odiara o fogo selvagem que chamava e crepitava dentro dela, Rowan não conseguira se livrar daquilo.

— Aelin, você merece mais que isto... que eu. — Ele queria dizer isso havia um tempo.

Aelin sequer hesitou.

— Não me diga o que mereço ou não. Não me fale sobre amanhã nem sobre o futuro, nem nada disso.

Rowan pegou a mão dela; os dedos estavam frios... tremiam levemente. *O que quer que eu diga, Coração de Fogo?*

Aelin observou as mãos unidas e o anel de ouro que envolvia o polegar dela. O guerreiro lhe apertou os dedos com carinho. Quando ela ergueu o rosto, estava com os olhos incandescentes.

— Diga que vai dar tudo certo amanhã. Diga que sobreviveremos à guerra. Diga... — Ela engoliu em seco. — Diga que, mesmo que eu lidere todos nós à ruína, queimaremos no inferno juntos.

— Não vamos para o inferno, Aelin — disse Rowan. — Mas para onde formos, iremos juntos.

Com a boca levemente estremecida, ela soltou a mão dele para levar a sua ao peito do guerreiro.

— Apenas uma vez — falou a jovem. — Quero beijar você apenas uma vez.

Todos os pensamentos sumiram da cabeça de Rowan.

— Assim parece não acreditar que o fará de novo.

O lampejo de medo nos olhos de Aelin revelou o suficiente; mostrou a ele que o comportamento dela no jantar poderia ter sido em grande parte valentia para manter Aedion calmo.

— Sei quais são nossas chances.

— Você e eu sempre nos divertimos mandando as chances à merda.

Aelin tentou, mas falhou em sorrir. Rowan se aproximou, deslizando a mão em volta da cintura dela, a renda e a seda pareciam suaves contra seus dedos, o corpo da jovem quente e firme, e sussurrou ao ouvido dela:

— Mesmo quando estivermos separados amanhã, estarei com você a cada passo. E cada passo depois disso, onde quer que seja.

Aelin inspirou, tremendo, e ele se afastou o bastante para que os dois compartilhassem o mesmo ar. Os dedos dela tremiam quando os roçou sobre a boca de Rowan, fazendo o controle do guerreiro quase se esvair bem ali.

— O que está esperando? — perguntou Rowan, as palavras eram quase guturais.

— Desgraçado — murmurou ela, então o beijou.

A boca de Aelin estava macia e quente, e o príncipe feérico conteve um gemido. O corpo dele ficou imóvel — seu mundo inteiro ficou imóvel — ao sentir aquele sussurro de beijo, a resposta a uma pergunta que fazia havia séculos. Ele apenas percebeu que a encarava quando Aelin se afastou levemente. Os dedos de Rowan se fecharam em sua cintura.

— De novo — sussurrou o guerreiro.

Aelin se desvencilhou.

— Se sobrevivermos amanhã, você receberá o resto.

Rowan não sabia se gargalhava ou rugia.

— Está tentando me chantagear para que eu sobreviva?

Ela sorriu por fim. E, cacete, como aquilo o matou, a alegria silenciosa no rosto dela.

Eles tinham saído da escuridão, da dor e do desespero juntos. Ainda estavam saindo de tudo isso. Então aquele sorriso... Rowan ficava bobo sempre que o via e percebia que o sorriso era para ele.

O guerreiro permaneceu enraizado ao centro do quarto enquanto Aelin subiu na cama e soprou as velas. Ele a encarou na escuridão.

Aelin falou, baixinho:

— Você me faz querer viver, Rowan. Não sobreviver; não existir. *Viver*.

Ele não tinha palavras. Não depois daquelas palavras o atingirem com mais força e mais profundamente que qualquer beijo.

Então se deitou na cama e a abraçou com força durante toda a noite.

❦ 66 ❧

Ao alvorecer, Aelin se aventurou até a rua para comprar café da manhã nas barracas do mercado principal dos cortiços. O sol já aquecia as vielas silenciosas, deixando seu manto e seu capuz rapidamente abafados. Pelo menos fazia um dia claro; pelo menos essa parte dera certo. Apesar dos corvos grasnando sobre os cadáveres nas praças de execução.

A espada ao lado do corpo era um peso morto. Em breve, Aelin a brandiria.

Em breve, enfrentaria o homem que assassinara sua família e escravizara seu reino. Em breve, acabaria com a vida do amigo.

Talvez nem mesmo saísse do castelo com vida.

Ou talvez saísse usando um colar preto, se Lorcan os tivesse traído.

Tudo estava pronto; cada desvio possível tinha sido considerado; cada arma, afiada.

Lysandra levara Evangeline para que tivessem as tatuagens formalmente removidas no dia anterior, então recolhera os pertences no bordel. Agora as duas estavam em uma pousada requintada do outro lado da cidade, paga com as pequenas economias que Lysandra juntara durante anos. A cortesã oferecera ajuda diversas vezes, mas Aelin ordenou que ela desse o fora da cidade e fosse para a casa de campo de Nesryn. A amiga pediu que Aelin tomasse cuidado, beijou-a dos dois lados do rosto e partiu com a protegida — ambas sorrindo, ambas livres. A rainha esperava que as duas estivessem partindo naquele momento.

A jovem comprou uma sacola de pães e algumas tortas de carne, mal ouvindo o mercado ao redor, já lotado com festejadores celebrando o solstício. Estavam mais contidos que na maioria dos anos; considerando as execuções, não os culpava.

— Senhorita?

Ela enrijeceu o corpo, levando a mão à espada, então percebeu que o vendedor de tortas ainda esperava o dinheiro.

O homem se encolheu e recuou alguns passos para trás da barraca de madeira.

— Desculpe — murmurou Aelin, soltando as moedas na mão estendida.

O vendedor deu um sorriso cauteloso.

— Todos estão um pouco sobressaltados esta manhã, parece.

Ela se virou.

— Mais execuções?

O sujeito indicou o queixo redondo na direção de uma rua que dava para fora do mercado.

— Não viu a mensagem no caminho até aqui? — Aelin balançou a cabeça com determinação, e o homem apontou. Ela achou que a multidão no canto estivesse assistindo a algum artista de rua. — Coisa estranha. Ninguém consegue entender o significado. Dizem que está escrita no que parece ser sangue, porém é mais escuro...

Aelin já se dirigia para a rua indicada, atrás da multidão de pessoas que se empurravam para ver.

Ela seguiu o povo, entremeando festejadores curiosos e vendedores e vigias comuns do mercado, até que todos virassem uma esquina até um beco sem saída bem iluminado.

A aglomeração tinha se juntado perto da parede pálida ao fundo, murmurando e se mexendo.

— O que significa isso?

— Quem o escreveu?

— Parece má notícia, principalmente no solstício.

— Há mais, todas dizendo o mesmo, bem perto de cada grande mercado da cidade.

Aelin abriu caminho por eles, de olho nas armas e na bolsa, caso um punguista tivesse alguma ideia, então...

A mensagem tinha sido escrita em letras pretas gigantes. Pelo fedor que vinha delas, certamente era sangue valg, como se alguém com unhas muito, muito afiadas tivesse rasgado um dos guardas e o usado como um balde de tinta.

Aelin deu meia-volta e correu.

Ela disparou pelas ruas agitadas da cidade e pelos cortiços, beco após beco, até chegar à casa decrépita de Chaol e escancarar a porta, gritando por ele.

A mensagem na parede tinha apenas uma frase.

O pagamento por uma dívida de vida.

Uma frase para Aelin Galathynius; uma frase que mudava tudo:

ASSASSINA DE BRUXAS:
O HUMANO AINDA ESTÁ DENTRO DELE

⊰ 67 ⊱

Aelin e Chaol ajudaram Rowan e Aedion a carregar as duas urnas de fogo do inferno para os esgotos; o grupo mal respirava, ninguém falava.

Agora estavam no escuro frio e fétido, sem ousar acender uma chama com as duas urnas tão perto na passagem de pedras. Aedion e Rowan, com a visão feérica, não precisariam de uma tocha mesmo.

Rowan apertou a mão de Chaol, desejando sorte ao capitão. Quando se virou para Aelin, ela se concentrou em um pedaço furado do manto dele... como se tivesse sido rasgado ao se prender em algum obstáculo antigo. A jovem continuou encarando aquele tecido rasgado ao abraçar Rowan... rapidamente, com força, inspirando seu cheiro talvez pela última vez. As mãos do guerreiro se detiveram em Aelin como se fosse abraçá-la por mais um minuto, mas ela se virou para Aedion.

Olhos Ashryver encararam os dela, e Aelin tocou o rosto que era o outro lado de sua moeda.

— Por Terrasen — disse ela ao primo.

— Por nossa família.

— Por Marion.

— Por *nós*.

Devagar, Aedion sacou a arma e se ajoelhou, curvando a cabeça conforme erguia a Espada de Orynth.

— Dez anos de sombras, mas não mais. Ilumine a escuridão, Majestade.

Aelin não tinha espaço no coração para lágrimas, não as permitiria ou se curvaria a elas.

A rainha pegou a espada do pai das mãos de Aedion, o peso da arma era um conforto firme e sólido.

O general ficou de pé, retornando ao lugar ao lado de Rowan.

Aelin olhou para eles, para os três homens que significavam tudo; mais que tudo.

Então sorriu com cada última gota de coragem, de desespero, de esperança por um lampejo daquele futuro glorioso.

— Vamos estremecer as estrelas.

⚜ 68 ⚜

A carruagem de Lysandra serpenteou pelas ruas lotadas. Cada quarteirão levava três vezes mais tempo que o normal, graças às multidões que afluíam aos mercados e praças a fim de comemorar o solstício. Nenhum deles tinha noção do que estava prestes a acontecer, ou de quem caminhava pela cidade.

As palmas de suas mãos estavam suadas dentro das luvas de seda. Evangeline, sonolenta com o calor da manhã, cochilava levemente, a cabeça apoiada no ombro de Lysandra.

Deviam ter partido na noite anterior, mas... Mas Lysandra precisava se despedir.

Festejadores com roupas coloridas passavam pela carruagem aos empurrões enquanto o condutor gritava para que saíssem da rua. Todos o ignoravam.

Pelos deuses, se Aelin queria plateia, escolhera o dia perfeito.

A mulher olhou pela janela quando pararam em um cruzamento. A rua oferecia uma vista livre do palácio de vidro, ofuscante ao sol do meio da manhã, suas espirais como lanças perfurando o céu sem nuvens.

— Já chegamos? — murmurou Evangeline.

Ela acariciou o braço da menina.

— Ainda falta um pouco, querida.

Então começou a rezar... a rezar para Mala, Portadora do Fogo, cujo dia sagrado amanhecera tão brilhante e claro, e para Temis, que jamais se esquecia das coisas enjauladas desse mundo.

Mas Lysandra não estava mais em uma jaula. Por Evangeline, poderia ficar naquela carruagem e poderia abandonar aquela cidade. Mesmo que isso significasse deixar os amigos para trás.

～

Aedion trincou os dentes devido ao peso que carregava tão delicadamente entre as mãos. Seria uma longa e infernal caminhada até o castelo. Principalmente quando precisavam passar com cuidado pela água e pelos pedaços caídos de pedra que tornavam até mesmo o equilíbrio feérico precário.

Mas era por ali que os cães de Wyrd seguiram. Mesmo que Aelin e Nesryn não houvessem fornecido uma trilha detalhada, o fedor remanescente os teria guiado.

— Cuidado — disse Rowan, por cima do ombro, quando ergueu mais a urna que levava e desviou de um pedaço solto de rocha. Aedion conteve a réplica diante da ordem óbvia. Mas não podia culpar o príncipe. Um tropeção e arriscariam que as diversas substâncias se misturassem lá dentro.

Alguns dias antes, sem confiar na qualidade do Mercado das Sombras, Chaol e Aedion encontraram um celeiro abandonado fora da cidade para testar uma urna com menos de um décimo do tamanho daquelas que agora carregavam.

Funcionara bem *demais*. Enquanto corriam para Forte da Fenda antes que olhos curiosos pudessem vê-los, perceberam que a fumaça podia ser notada a quilômetros.

O general estremeceu ao pensar no que uma urna daquele tamanho — e ainda mais duas — podia fazer se não tomassem cuidado.

Contudo, depois que montassem os mecanismos de disparo e acendessem os pavios, percorreriam uma distância muito, muito longa... Bem, Aedion apenas rezava para que ele e Rowan fossem ágeis o suficiente.

Os dois entraram em um túnel tão escuro que até mesmo os olhos de Aedion precisaram de um momento para se ajustar. Rowan apenas continuou em frente. Tinham muita sorte por Lorcan ter matado aqueles cães de Wyrd e limpado o caminho. Muita sorte por Aelin ter sido destemida e inteligente o bastante para induzir o semifeérico a fazer aquilo por eles.

Aedion não parou para pensar no que poderia acontecer caso essa bravura e inteligência falhassem naquele dia.

Ambos viraram em outro caminho, o fedor parecia sufocante. A fungada alta de Rowan foi o único sinal do nojo mútuo de ambos. O portão.

Os portões de ferro estavam em ruínas, mas Aedion ainda conseguia distinguir as marcas entalhadas.

Marcas de Wyrd. E antigas. Talvez um dia aquele tivesse sido o caminho que Gavin utilizara para visitar o templo do Devorador de Pecados sem ser notado.

O fedor sobrenatural das criaturas perturbava os sentidos do general, fazendo-o parar a fim de avaliar a escuridão do túnel adiante.

Ali a água acabava. Além dos portões, um caminho quebrado e rochoso, que parecia mais antigo que qualquer um que tivessem visto, se inclinava para cima na escuridão impenetrável.

— Cuidado com onde pisa — disse Rowan, avaliando o túnel. — É tudo feito de pedras soltas e escombros.

— Consigo ver tão bem quanto você — retrucou Aedion, incapaz de segurar a resposta dessa vez. Ele girou o ombro, então o punho do manto escorregou e revelou as marcas de Wyrd que Aelin os instruíra a pintar com o próprio sangue sobre tronco, braços e pernas.

— Vamos. — Foi a única resposta de Rowan ao empurrar a urna adiante, como se não pesasse nada.

O general debateu retorquir, mas... talvez por isso o príncipe guerreiro constantemente deixasse escapar avisos idiotas. Para irritar a ponto de distrair Aedion — e talvez a si mesmo também — do que estava acontecendo acima. Do que carregavam entre eles.

Os Velhos Modos — cuidar da rainha e do reino —, mas também um do outro.

Droga, era quase o bastante para fazê-lo querer abraçar o desgraçado.

Então ele seguiu Rowan pelos portões de ferro.

E para dentro das catacumbas do castelo.

❧

As correntes de Chaol tilintaram, os punhos já deixando a pele esfolada conforme Aelin o puxava pela rua lotada, uma adaga pronta a se cravar na lateral do corpo do capitão. Restava um quarteirão até que chegassem à cerca de ferro que circundava a colina íngreme na qual se empoleirava o castelo.

As multidões passavam em fluxo, sem reparar no homem acorrentado em meio a eles, ou na mulher de manto preto que o empurrava mais e mais para o castelo de vidro.

— Lembra do plano? — murmurou Aelin, mantendo a cabeça baixa e a adaga pressionada contra a lateral do corpo dele.

— Sim — sussurrou Chaol. Foi a única palavra que conseguiu dizer.

Dorian ainda estava lá dentro... ainda aguentava. Aquilo mudava tudo. E nada.

A aglomeração de pessoas aparentava calma perto da cerca, como se estivesse cautelosa com os guardas de uniforme preto que certamente monitoravam a entrada. O primeiro obstáculo que enfrentariam.

Aelin enrijeceu o corpo quase imperceptivelmente e parou tão subitamente que o capitão quase se chocou contra ela.

— Chaol...

A multidão se moveu, e ele olhou para o cercado do castelo.

Havia cadáveres pendurados nas imensas barras de ferro retorcido.

Cadáveres de uniforme vermelho e dourado.

— Chaol...

Ele já estava se movendo; Aelin xingou e caminhou com ele, fingindo levá-lo pelas correntes, mantendo a adaga firme contra as costelas do capitão.

Chaol não sabia como não tinha ouvido os corvos grasnando enquanto bicavam a carne morta amarrada em cada mastro de ferro. Com o povo ali, não pensou em reparar. Ou talvez simplesmente tivesse ficado acostumado com os grasnidos em cada canto da cidade.

Seus homens.

Dezesseis deles. Os companheiros mais próximos, os guardas mais leais.

O primeiro tinha o colarinho do uniforme desabotoado, revelando um peito entrecortado por açoite, cortes e ferrete.

Ress.

Por quanto tempo o teriam torturado... torturado todos os homens? Desde o resgate de Aedion?

Chaol vasculhou na mente a última vez em que tiveram contato. Presumira que a dificuldade se devia ao fato de estarem escondidos. Não porque... porque estavam sendo...

Ele reparou no homem amarrado ao lado de Ress.

Os olhos de Brullo tinham sumido, ou na tortura ou levados pelos corvos. As mãos estavam inchadas e retorcidas — faltava parte da orelha.

O capitão não tinha qualquer ruído na mente nem nenhuma sensação no corpo.

Era uma mensagem, mas não para Aelin Galathynius ou Aedion Ashryver.

Sua culpa. *Sua.*

Chaol e Aelin não falaram ao se aproximarem dos portões de ferro, a morte daqueles homens pairava sobre ambos. Cada passo era um esforço. Cada passo era rápido demais.

Sua culpa.

— Sinto muito — murmurou ela, cutucando-o para que se aproximasse da entrada, onde guardas de uniforme preto estavam, realmente, monitorando cada rosto que passava pela rua. — Sinto muito mesmo...

— O plano — disse Chaol, a voz trêmula. — Nós o mudaremos. Agora.

— Chaol...

Ele explicou a Aelin o que precisava fazer. Quando terminou, ela limpou as lágrimas e segurou a mão do capitão conforme falou:

— Farei valer a pena.

As lágrimas tinham sumido ao se separarem da multidão, nada entre os dois e aqueles portões familiares, exceto paralelepípedos.

Lar... aquele um dia fora o lar de Chaol.

Ele não reconheceu os vigias que montavam guarda nos portões que um dia protegera com tanto orgulho, os portões pelos quais cavalgara a menos de um ano com uma assassina recém-libertada de Endovier; suas correntes presas à sela do cavalo dele.

Agora a prisioneira o levava acorrentado por aquela entrada... a assassina por uma última vez.

Seu caminhar assumiu um ritmo arrogante, e a assassina se moveu com facilidade fluida na direção dos guardas, os quais sacaram as espadas, os anéis pretos absorvendo a luz do sol.

Celaena Sardothien parou a uma distância segura e ergueu o queixo.

— Digam a Sua Majestade que a campeã retornou e que trouxe um prêmio e tanto para ele.

ᣔ 69 ᣕ

O manto preto de Aelin oscilava atrás dela conforme levava o destituído capitão da Guarda pelos corredores reluzentes do palácio. Escondida às costas estava a espada de seu pai, o punho envolto em tecido preto. Nenhum dos dez guardas que os escoltavam se incomodou em tomar as armas da assassina.

Por que o fariam, quando Celaena Sardothien voltara semanas antes do esperado e ainda era leal ao rei e à coroa?

Os corredores estavam tão quietos. Mesmo a corte da rainha parecia selada e silenciosa. Diziam os boatos que ela se enclausurara nas montanhas desde o resgate de Aedion e que levara metade da corte consigo. O restante também sumira, para escapar do calor crescente do verão, ou dos horrores que tinham passado a dominar o reino.

Chaol não disse nada, mas desempenhava bem o papel de parecer furioso, como um homem perseguido, desesperado para encontrar um caminho de volta à liberdade. Não havia nenhum sinal da devastação estampada em seu rosto ao ver os homens pendurados nos portões.

Ele deu um puxão nas correntes, e Aelin se aproximou.

— Acho que não, capitão — ronronou a jovem. Ele não ousou responder.

Os guardas olharam para ela. Marcas de Wyrd escritas com o sangue de Chaol cobriam o corpo sob as roupas na esperança de que o cheiro humano estivesse mascarando qualquer traço de sua ascendência, a qual os valg poderiam sentir. Havia apenas dois demônios naquele grupo... uma pequena graça.

Então eles seguiram, mais e mais para cima, para dentro do próprio castelo de vidro.

Os corredores pareciam iluminados demais para conter tanto mal. Os poucos criados pelos quais passaram desviaram os olhos e saíram correndo. Será que *todos* tinham fugido desde o resgate de Aedion?

Foi um esforço não olhar demais para Chaol ao se aproximarem das imensas portas de vidro vermelho e dourado, já abertas, revelando o piso de mármore carmesim da sala do conselho do rei.

Já abertas e revelando o rei, sentado no trono de vidro.

E Dorian ao seu lado.

Os rostos deles.

Eram rostos que o incitavam.

Escória humana, sibilou o demônio.

A mulher... ele reconheceu aquele rosto quando a mulher puxou o capuz escuro e se ajoelhou diante da plataforma na qual o príncipe estava.

— Majestade — disse ela. Os cabelos estavam mais curtos do que ele se lembrava.

Não... não se lembrava. Ele não a conhecia.

E o homem acorrentado ao lado dela, ensanguentado e imundo...

Gritos, vento e...

Basta, disparou o demônio.

Mas os rostos deles...

Ele não conhecia aqueles rostos.

Não se importava.

O rei de Adarlan, assassino da família de Aelin, destruidor de seu reino, sentava confortável no trono de vidro.

— Ora, isso não é uma reviravolta interessante, campeã?

Ela sorriu, esperando que os cosméticos que passara ao redor dos olhos reduzisse o turquesa e o dourado das íris, e que o tom esmaecido de loiro com que pintara os cabelos disfarçasse a cor quase idêntica a de Aedion.

— Quer ouvir uma história interessante, Vossa Majestade?

— Envolve a morte de meus inimigos em Wendlyn?

— Ah, isso e muito, muito mais.

— Por que ainda não chegaram notícias, então?

O anel no dedo dele parecia absorver a luz, mas Aelin não viu sinal das chaves de Wyrd, não conseguiu *senti-las* ali, como sentira a presença daquela no amuleto.

Chaol estava pálido e continuava olhando para o piso do salão.

Era ali que tudo tinha acontecido. Onde tinham assassinado Sorscha. Onde Dorian fora escravizado. Onde, certa vez, Aelin entregara a alma ao rei sob um nome falso, o nome de uma covarde.

— Não me culpe pelos mensageiros de merda — respondeu ela. — Mandei notícia um dia antes de partir. — Aelin tirou dois objetos do manto, então olhou por cima do ombro para os guardas, indicando Chaol com o queixo. — Vigiem-no.

Ela caminhou até o trono e estendeu a mão ao rei, que esticou o braço, o fedor do homem...

Valg. Humano. Ferro. Sangue.

Aelin soltou dois anéis na palma da mão do homem. O tilintar de metal contra metal foi o único ruído.

— Os anéis do selo do rei e do príncipe herdeiro de Wendlyn. Eu teria trazido as cabeças, mas... Os oficiais de imigração às vezes ficam tão irritadinhos.

O rei ergueu um dos anéis, seu rosto estava petrificado. O joalheiro de Lysandra fizera mais uma vez um trabalho incrível ao recriar o brasão real de Wendlyn e depois gastar os anéis até que parecessem antigos como heranças.

— E onde estava *você* durante o ataque de Narrok a Wendlyn?

— Devia estar em algum outro lugar que não caçando minha presa?

Os olhos pretos do rei se fixaram nos dela.

— Eu os matei quando pude — continuou ela, cruzando os braços, com cuidado devido às lâminas ocultas no traje. — Peço desculpas por não fazer disso a grande exibição que você queria. Talvez da próxima vez.

Dorian não movera um músculo, as feições estavam frias como pedra acima do colar no pescoço.

— E como acabou com meu capitão da Guarda acorrentado?

Chaol apenas olhava para o príncipe, e seu rosto transtornado e pálido não parecia ser uma atuação.

— Ele me aguardava no cais, como um bom cachorrinho. Quando vi que estava sem uniforme, consegui que confessasse tudo. Cada última coisa conspiratória que fez.

O rei olhou para o capitão.

— Confessou mesmo?

Aelin evitou a ânsia de verificar o relógio antigo que tiquetaqueava no canto mais afastado do salão, ou a posição do sol através da janela que se estendia do piso ao teto. Tempo. Precisavam ganhar um pouco mais de tempo. Mas até então, tudo bem.

— Eu me pergunto — questionou o rei, recostando no trono — quem tem conspirado mais: o capitão ou você, campeã. Ou deveria chamá-la de Aelin?

⊱ 70 ⊰

O lugar cheirava a morte, a inferno, como os espaços escuros entre as estrelas.

Séculos de treinamento mantinham os passos de Rowan leves, mantinham o guerreiro concentrado no peso letal que carregava conforme seguia sorrateiramente com o general pela antiga passagem seca.

O caminho de pedras íngremes tinha sido sulcado por garras cruéis, o espaço era tão escuro que os olhos de Rowan falhavam. Aedion seguia de perto, sem fazer qualquer ruído, exceto pela ocasional pedrinha que rolava sob suas botas.

Aelin estaria no castelo àquela altura; o capitão como seu ingresso para o salão do trono.

Apenas mais alguns minutos, se tivessem calculado bem, e poderiam acender a carga mortal e dar o fora.

Minutos depois, Rowan estaria ao lado de Aelin, cheio da magia que usaria para sufocar o rei. E então se divertiria observando enquanto sua rainha queimava o monarca vivo. Devagar.

Embora soubesse que a satisfação seria pequena em comparação com o que o general sentiria. Com o que todos os filhos de Terrasen sentiriam.

Eles passaram por uma porta de ferro sólido que tinha sido puxada como se mãos imensas e cheias de garras a tivessem arrancado das dobradiças. A passagem mais adiante era de pedra lisa.

Aedion inspirou assim que o latejar atingiu o cérebro de Rowan, bem entre os olhos.

Pedra de Wyrd.

Aelin o avisara sobre a torre — que a pedra lhe dera dor de cabeça, mas aquilo...

Ela estivera na forma humana então.

Era insuportável, como se o sangue dele recuasse diante da estranheza da pedra.

Aedion xingou, e Rowan repetiu.

Mas havia uma ampla fenda na parede de pedra adiante, e ar livre além dela.

Sem ousar respirar alto demais, os dois passaram com cuidado pela fenda.

Uma câmara grande e redonda os recebeu, flanqueada por oito portas de ferro abertas. A base da torre do relógio, se os cálculos estivessem corretos.

A escuridão da câmara era quase impenetrável, mas Rowan não ousou acender a tocha que levara. Aedion farejou, emitindo um som úmido. Úmido porque...

Sangue escorria pelo lábio e pelo queixo de Rowan. Um sangramento nasal.

— Rápido — sussurrou ele, apoiando a urna do lado oposto da câmara. Apenas mais alguns minutos.

O general posicionou sua urna de fogo do inferno diante da de Rowan, do outro lado da entrada da câmara. O príncipe feérico se ajoelhou, a cabeça pulsando, piorando a cada latejar.

Ele continuou se movimentando, afastando a dor conforme montava o fio do pavio e o levava até onde Aedion estava agachado. O único som ali era o pingar dos sangramentos nasais no piso de pedra preta.

— Mais rápido — ordenou o guerreiro, e Aedion grunhiu baixinho, não mais disposto a ser irritado por avisos como uma distração. Rowan não quis contar ao general que parara com aquilo havia minutos.

O príncipe feérico sacou a espada, seguindo para a porta pela qual tinham entrado. Aedion recuou na direção dele, desenrolando os pavios unidos conforme andava. Precisavam estar bem longe antes que pudessem acendê-los, ou virariam cinzas.

O general fez uma oração silenciosa a Mala para que Aelin estivesse ganhando tempo — e para que o rei estivesse concentrado demais na assassina, assim como no capitão, para considerar enviar alguém ali para baixo.

Ele chegou até Rowan, desenrolando centímetro após centímetro de pavio do carretel, a linha era um borrão branco na escuridão. A outra narina do guerreiro começou a sangrar.

Pelos deuses, o cheiro daquele lugar. A morte e o fedor e a miséria. Rowan mal conseguia pensar. Era como se estivesse com a cabeça em um torno.

Os dois recuaram para o túnel, aquele pavio era a única esperança e salvação.

Algo pingou no ombro de Rowan. Um sangramento no ouvido.

Ele limpou usando a mão livre.

Mas não era sangue o que estava no manto.

Ambos ficaram rígidos quando um grunhido baixo preencheu a passagem.

Então alguma coisa no teto se moveu.

Sete coisas.

Aedion soltou o carretel e sacou a espada.

Um pedaço de tecido — cinza, pequeno e gasto — caiu do maxilar da criatura que estava pendurada no teto de pedra. O manto... era o pedaço que faltava em seu manto.

Lorcan mentira.

Ele não matara os cães de Wyrd restantes.

Apenas dera a eles o cheiro de Rowan.

Aelin Ashryver Galathynius encarou o rei de Adarlan.

— Celaena, Lillian, Aelin — cantarolou ela. — Particularmente não me importa do que me chame.

Nenhum dos guardas atrás deles se moveu.

Aelin conseguia sentir os olhos de Chaol sobre si, sentir a atenção irredutível do príncipe valg dentro de Dorian.

— Você achou — disse o rei, sorrindo como um lobo — que eu não conseguiria olhar dentro da mente de meu filho e perguntar o que ele sabia, o que viu no dia do resgate de seu primo?

Ela não soubera e certamente não planejara se revelar daquela forma.

— Fico surpresa por ter levado tanto tempo para reparar em quem você deixou entrar pela porta da frente. Sinceramente, estou um pouco desapontada.

— É o que seu povo deve dizer de você. Como foi, princesa, deitar na cama com meu filho? Seu inimigo mortal? — Dorian sequer piscou. — Terminou com ele por causa da culpa, ou porque tinha conseguido uma posição em meu castelo e não precisava mais dele?

— Isso é preocupação paterna que detecto?

Uma risada baixa.

— Por que o capitão não para de fingir que está preso nesses grilhões e se aproxima um pouco?

Chaol enrijeceu o corpo. Contudo, Aelin deu um leve aceno de cabeça para ele.

O rei não se incomodou em olhar para os guardas ao dizer:

— Saiam.

Como um, eles saíram, selando a porta em seguida. O vidro pesado rangeu ao se fechar, o piso estremeceu. As correntes de Chaol caíram no chão com um ruído, e ele alongou os pulsos.

— Que escória traidora morando em minha casa. E pensar que certa vez tive você acorrentada, tão perto de ser executada, e eu não fazia ideia do prêmio que mandava a Endovier em vez disso. A rainha de Terrasen, escravizada e minha campeã. — O rei abriu o punho a fim de olhar para os dois anéis na palma de sua mão. Então os atirou longe. As joias quicaram no mármore vermelho, tilintando baixinho. — Uma pena que não tenha suas chamas agora, Aelin Galathynius.

Ela puxou o tecido do punho da arma do pai e sacou a Espada de Orynth.

— Onde estão as chaves de Wyrd?

— Pelo menos é direta. Mas o que fará comigo, herdeira de Terrasen, se eu não disser? — O monarca gesticulou para Dorian, que desceu os degraus da plataforma, parando na base.

Tempo... ela precisava de tempo. A torre ainda não tinha caído.

— Dorian — disse Chaol, baixinho.

O príncipe não respondeu.

O rei gargalhou.

— Não vai fugir hoje, capitão?

Chaol o encarou diretamente e sacou Damaris... o presente de Aelin para ele.

O homem tamborilou o dedo no braço do trono.

— O que o nobre povo de Terrasen diria se soubesse que Aelin do Fogo Selvagem tem uma história tão sangrenta? Se soubesse que ela entregara os serviços a mim? Que esperança lhes daria saber que até mesmo sua princesa, há muito perdida, foi corrompida?

— Você certamente gosta de se ouvir falar, não é?

O dedo do rei parou no trono.

— Admito que não sei como não percebi. É a mesma criança mimada que passeava pelo castelo. E aqui estava eu, pensando que tinha ajudado você. Vi sua mente naquele dia, Aelin Galathynius. Você amava seu lar e seu reino, mas tinha um desejo tão grande de ser comum, um desejo tão grande por libertar-se de sua coroa, mesmo então. Mudou de ideia? Ofereci liberdade em uma bandeja há dez anos, mas você acabou escravizada mesmo assim. Engraçado.

Tempo, tempo, tempo. Deixe que ele fale...

— Você tinha o elemento surpresa naquela época — respondeu Aelin. — Mas agora sabemos que poder controla.

— Sabe? Entende o custo das chaves? O que deve se tornar para usar uma?

Ela segurou a Espada de Orynth com mais força.

— Gostaria de me enfrentar, então, Aelin Galathynius? Quer ver se os feitiços que aprendeu nos livros que roubou de mim funcionarão? Pequenos truques, princesa, em comparação com o puro poder das chaves.

— Dorian — chamou Chaol de novo. O príncipe permanecia fixado em Aelin, com um sorriso voraz agora naqueles lábios sensuais.

— Permita-me demonstrar — disse o rei. Aelin se preparou, o estômago revirando-se.

— Ajoelhe.

O príncipe caiu de joelhos. A jovem escondeu o estremecimento diante do impacto de ossos contra o mármore. A testa do soberano se franziu. Uma escuridão começou a se acumular, crepitando dele como tridentes de raios.

— Não — sussurrou Chaol, dando um passo adiante. Aelin o segurou pelo braço antes que ele pudesse fazer algo incrivelmente estúpido.

Um tendão de noite se chocou contra as costas de Dorian, que se arqueou, gemendo.

— Acho que há mais que você sabe, Aelin Galathynius — comentou o rei, aquela escuridão familiar demais crescendo. — Coisas que talvez apenas a herdeira de Brannon Galathynius possa ter descoberto.

A terceira chave de Wyrd.

— Você não ousaria — disse ela. O pescoço do príncipe estava esticado enquanto ele ofegava, conforme a escuridão o açoitava.

Uma, duas vezes. Açoites.

Aelin conhecia aquela dor.

— Ele é seu filho... seu herdeiro.

— Você se esquece, princesa — observou o rei —, que tenho dois filhos.

Dorian gritou quando outra chibatada de escuridão se chocou contra suas costas. Relâmpago sombrio lampejou pelos dentes expostos do príncipe.

Aelin avançou, mas foi atirada para trás pela própria proteção que desenhara no corpo. Uma parede invisível daquela dor sombria envolvia o rapaz agora, os gritos tornando-se infinitos.

Como uma besta cuja coleira arrebentou, Chaol se atirou contra ele, rugindo o nome do amigo, o sangue se esvaindo do punho do casaco dele a cada tentativa.

De novo. De novo. De novo.

Dorian chorava enquanto a escuridão lhe escorria da boca, prendendo suas mãos, marcando as costas, o pescoço do príncipe...

Então aquilo sumiu.

O rapaz desabou no chão, o peito ofegante. Chaol parou subitamente, a respiração estava irregular, e o rosto, contraído.

— Levante — ordenou o rei.

Dorian ficou de pé, o colar preto reluzia conforme o peito se movia.

— Delicioso — disse a coisa dentro do príncipe. Bile queimou a garganta de Aelin.

— Por favor — implorou Chaol, com a voz rouca, e o coração de Aelin se partiu ao ouvir as palavras, diante da agonia e do desespero. — Liberte-o. Diga seu preço. Darei qualquer coisa.

— Entregaria sua antiga amante, capitão? Não vejo motivo para perder uma arma se não ganhar outra em troca. — O rei gesticulou com a mão na direção da jovem. — Você destruiu meu general e três de meus príncipes.

Consigo pensar em mais alguns valg que estão ansiosos para colocar as garras em você por causa disso... que gostariam muito da chance de entrar em seu corpo. Seria apenas justo.

Aelin ousou olhar pela janela. O sol estava mais alto.

— Você foi até a casa de minha família e os assassinou enquanto dormiam — disse Aelin. O relógio antigo começou a soar meio-dia. Um segundo depois, o clangor infeliz e desafinado da torre do relógio soou. — Seria apenas *justo* — continuou ela conforme recuou um passo na direção das portas — eu destruí-lo em troca.

A jovem puxou o Olho de Elena de dentro do traje. A pedra azul brilhou como uma pequena estrela.

Não apenas uma proteção contra o mal.

Mas uma chave também, que poderia ser usada para abrir a tumba de Erawan.

Os olhos do rei se arregalaram, e ele se levantou do trono.

— Acaba de cometer o maior erro de sua vida, garota.

Ele podia estar certo.

Os sinos do meio-dia soavam.

Mas a torre do relógio continuava de pé.

❧ 71 ❧

Rowan agitou a espada, e o cão de Wyrd caiu para trás, uivando quando a lâmina penetrou na pedra, depois na carne macia por baixo. Mas não foi o suficiente para mantê-lo no chão, para matá-lo. Outro cão de Wyrd saltou. Onde eles avançavam, o guerreiro golpeava.

Lado a lado, ele e Aedion tinham sido encurralados contra uma parede, dando um passo após o outro na passagem... sendo levados cada vez mais para longe do carretel de pavio que o general tinha sido obrigado a soltar.

Uma badalada miserável soou.

No intervalo entre badaladas, Rowan atingiu dois cães de Wyrd diferentes, golpes que teriam estripado a maioria das criaturas.

O relógio da torre. Meio-dia.

Os cães de Wyrd continuavam encurralando-os, desviando de golpes mortais, mantendo-se fora do alcance.

Para evitar que chegassem ao pavio.

Rowan xingou e avançou em um ataque contra três criaturas de uma vez, Aedion o seguiu. Os cães de Wyrd se mantiveram em fila.

Meio-dia, prometera ele a Aelin. Quando o sol começasse a atingir o ápice no solstício, eles derrubariam a torre.

A última badalada da torre soou.

O meio-dia chegara e se fora.

E sua Coração de Fogo, sua rainha, estava naquele castelo acima... apenas com o treinamento mortal e a inteligência para sobreviver. Talvez não por muito tempo.

A ideia era tão terrível, tão ultrajante, que o guerreiro rugiu com fúria, mais alto que os gritos das bestas.

O urro custou a Rowan seu irmão. Uma criatura disparou para além da guarda dele, saltando, e Aedion xingou alto, então cambaleou para trás. O príncipe feérico sentiu o cheiro do sangue do general antes de vê-lo.

Devia ser como a campainha do jantar para os cães de Wyrd, aquele sangue de semifeérico. Quatro deles saltaram contra ele de uma só vez, as mandíbulas revelando dentes de pedra capazes de destroçar carne.

Os outros três se voltaram para ele, e não havia nada que pudesse fazer para chegar ao pavio.

Para salvar a rainha que tinha o coração de Rowan nas mãos cobertas de cicatrizes.

∿

Alguns passos adiante, Chaol observava Aelin recuar na direção das portas de vidro, exatamente como planejaram depois que viram os homens dele mortos.

A atenção do rei estava fixa no Olho de Elena ao redor do pescoço de Aelin. Então ela o retirou, segurando-o com a mão firme.

— Andou procurando por isto, não é? Pobre Erawan, trancafiado em sua pequena tumba há tanto tempo.

Era um esforço manter a posição conforme a jovem continuava recuando.

— Onde encontrou isso? — perguntou o rei, irritado.

Aelin chegou a Chaol, roçou contra ele, um conforto e um agradecimento e um adeus conforme passava.

— Parece que sua ancestral não aprovava seus hobbies. Nós, mulheres Galathynius, nos mantemos unidas, sabia?

Pela primeira vez na vida, o capitão viu o rosto do monarca ficar inexpressivo. Mas então o homem disse:

— E aquela tola anciã contou a você o que acontecerá se usar a outra chave que já possui?

Aelin estava tão perto das portas.

— Liberte o príncipe, ou destruirei o amuleto aqui mesmo, e Erawan permanecerá trancado. — Ela colocou o cordão no bolso.

— Muito bem — respondeu o rei, olhando para Dorian, que não mostrava sinais de sequer lembrar o próprio nome, apesar do que a bruxa escrevera nas paredes da cidade. — Vá. Traga-a.

Escuridão emanou do príncipe, vazando como sangue em água, e a cabeça de Chaol latejou de dor quando...

Aelin correu, disparando pelas portas de vidro.

Mais rápido que deveria ser, Dorian correu atrás dela, cobrindo o piso e o salão de gelo. Aquele frio deixou o capitão sem fôlego, mas seu amigo não olhou uma vez na direção dele antes de sumir.

O rei deu um passo para baixo da plataforma, e a respiração se condensou diante do rosto.

Chaol ergueu a espada, mantendo a posição entre as portas abertas e o conquistador do continente.

O soberano deu mais um passo.

— Mais ataques de heroísmo? Não se cansa deles, capitão?

Chaol não cedeu.

— Você assassinou meus homens. E Sorscha.

— E muitos mais.

Outro passo. O homem olhava por cima do ombro de Chaol, para o corredor no qual Aelin e Dorian tinham sumido.

— Isso acaba agora — disse o capitão.

~

Os príncipes valg foram letais em Wendlyn. Mas habitando o corpo de Dorian, com a magia dele...

Aelin disparou pelo corredor, janelas de vidro de cada lado, mármore abaixo; nada além de céu aberto ao redor.

E atrás, seguindo-a como uma tempestade sombria, estava Dorian.

Gelo irradiava dele, e a geada rachava pelas janelas.

Assim que aquilo a atingisse, Aelin sabia que não correria mais um passo.

Ela memorizara cada corredor e escada, graças aos mapas de Chaol. A jovem se impulsionava mais, rezando para que o capitão ganhasse tempo conforme ela se aproximava de um estreito lance de escadas e disparava para cima, subindo dois ou três degraus por vez.

Gelo estalou pelo vidro atrás dela, e o frio atingiu seus calcanhares.

Mais rápido... *mais rápido.*

Dando voltas e voltas, ela corria mais para cima. Passava do meio-dia. Se algo tivesse dado errado com Rowan e Aedion...

Quando chegou no alto das escadas, o gelo deixara a plataforma tão escorregadia que Aelin derrapou, deslizando para o lado, para baixo...

Ela se apoiou com a mão contra o chão, a pele se abrindo com o frio. Aelin se chocou contra uma parede de vidro e quicou, então começou a correr de novo conforme o gelo a cercava.

Mais alto; precisava ir mais para cima.

E Chaol, enfrentando o rei...

Aelin não se permitiu pensar nisso. Lanças de gelo dispararam das paredes, errando por pouco as laterais do corpo da jovem.

Seu fôlego era como chama na garganta.

— Eu disse a você — falou uma voz masculina e fria atrás de Aelin, nada ofegante. Geada espraiava pelas janelas de cada lado. — Eu disse que se arrependeria de me poupar. Que eu destruiria tudo que você ama.

Aelin chegou a uma ponte coberta de vidro, que se estendia entre duas das torres mais altas. O chão era totalmente transparente, tão claro que ela conseguia ver cada centímetro da queda até o terreno muito, muito abaixo.

Geada cobria as janelas, estalando...

Vidro explodiu, e um grito lhe irrompeu da garganta quando os cacos cortaram suas costas.

Ela desviou para o lado, em direção à janela quebrada, com sua moldura de ferro pequena demais, e para a queda além dela.

Então Aelin se atirou pela abertura.

❧ 72 ❧

Ar livre e claro, o vento rugindo nos ouvidos, então...

Aelin aterrissou na ponte de vidro aberta um andar abaixo; os joelhos estalaram ao absorverem o impacto, e ela rolou. O corpo reclamou de dor devido aos cortes nos braços e nas costas, onde cacos de vidro se enterravam no traje, mas Aelin já corria em direção à porta da torre, do outro lado da ponte.

A jovem olhou a tempo de ver Dorian disparar pelo espaço que ela percorrera, os olhos fixos na inimiga.

Aelin escancarou a porta quando o estrondo do rapaz atingindo a ponte ressoou.

Ela bateu a porta atrás de si, embora ainda assim não conseguisse selar o frio crescente.

Só mais um pouco.

Aelin correu pelas escadas espiraladas da torre, soluçando entre os dentes trincados.

Rowan. Aedion. Chaol.

Chaol...

A porta foi arrancada das dobradiças na base da torre, e o frio explodiu para dentro, roubando o fôlego de Aelin.

Mas chegara ao topo da construção. Adiante havia outra ponte de vidro, fina e vazia, que se estendia para longe, até outra das torres.

550

Ainda estava sombreada, pois o sol subia pelo outro lado do edifício, assim as torres mais altas do castelo de vidro cercavam e sufocavam Aelin, como uma jaula de escuridão.

～

Ela saíra e levara Dorian consigo.

Chaol ganhara tempo para Aelin, em uma última tentativa de salvar seu amigo e rei.

Ao irromper na casa do capitão naquela manhã, chorando e rindo, ela explicara o que a Líder Alada tinha escrito, o pagamento que dera em troca de ter tido a vida salva. Dorian ainda estava lá dentro, ainda lutava.

Aelin planejara matar os dois de uma vez, o rei e o príncipe, e Chaol concordara em ajudar, em tentar convencer Dorian a recobrar a humanidade, convencê-lo a lutar. Até o momento em que o capitão vira os homens pendurados nos portões.

Agora não havia interesse em conversar.

Se Aelin fosse ter uma chance — qualquer chance — de libertar Dorian daquele colar, precisaria do rei fora de cena. Mesmo que custasse a vingança por sua família e seu reino.

Chaol estava feliz em ajustar as contas por ela... e por muitos mais.

O rei olhou para a espada do capitão, então para seu rosto, e gargalhou.

— Vai me matar, capitão? Que dramático.

Eles tinham conseguido sair. Aelin tirara Dorian dali, o blefe fora tão impecável que até mesmo Chaol acreditara que o Olho nas mãos dela era o verdadeiro, com o modo como o inclinara contra o sol para que a pedra azul brilhasse. Ele não fazia ideia de onde estava o original. Se Aelin sequer o estava usando.

Tudo aquilo; tudo o que tinham feito, perdido e lutado. Tudo por aquele momento.

O rei continuava se aproximando, e Chaol segurou a espada diante do corpo, sem hesitar um passo.

Por Ress. Por Brullo. Por Sorscha. Por Dorian. Por Aelin e Aedion e a família deles, pelos milhares massacrados naqueles campos de trabalhos forçados. E por Nesryn — para quem ele mentira, que esperaria por um retorno que não aconteceria, pelo tempo que não teriam juntos.

551

O capitão não tinha arrependimentos, a não ser por aquele.

Uma onda sombria se chocou contra ele, fazendo-o cambalear um passo para trás, as marcas de proteção formigavam na pele.

— Você perdeu — disse Chaol, ofegante. O sangue descascava sob as roupas dele, coçando.

Outra onda sombria, idêntica àquela que atingira Dorian... contra a qual Dorian não conseguira se segurar.

Chaol a sentiu dessa vez: o latejar de agonia infinita, o sussurro da dor que viria.

O rei se aproximou, e o capitão ergueu mais a espada.

— Sua proteção está falhando, garoto.

Chaol sorriu, sentindo o gosto de sangue na boca.

— Que bom que o aço dura mais.

O sol que passava pelas janelas lhe aqueceu as costas... como se fosse um abraço, um conforto. Como se dissesse que estava na hora.

Vou fazer valer a pena, prometera Aelin.

Chaol ganhara tempo para ela.

Uma onda sombria subiu atrás do rei, sugando a luz do salão.

O capitão abriu bem os braços quando a escuridão o atingiu, destruiu, apagou, até que não houvesse nada além de luz... luz azul incandescente, quente e acolhedora.

Aelin e Dorian tinham fugido. Bastava.

Quando a dor veio, Chaol não teve medo.

⊰ 73 ⊱

A coisa iria matá-la.

Ele queria que matasse.

O rosto dela — aquele *rosto*...

Ele se aproximou da mulher, passo a passo, sobre a ponte estreita e sombreada, as torres bem no alto reluziam com luz ofuscante.

Sangue cobria os braços da mulher, e ela ofegava conforme recuava, com as mãos estendidas diante de si, um anel de ouro brilhando no dedo. Ele conseguia sentir-lhe o cheiro agora — do sangue imortal e poderoso em suas veias.

— Dorian — disse ela.

Ele não conhecia aquele nome.

E iria matá-la.

❧ 74 ❧

Tempo. Aelin precisava ganhar mais tempo, ou roubá-lo, enquanto a ponte ainda estava nas sombras, enquanto o sol se movia muito devagar.

— Dorian — implorou ela de novo.

— Vou destruí-la de dentro para fora — disse o demônio.

Gelo se espalhou pela ponte. Cada passo que Aelin dava para trás, na direção da porta da torre, fazia o vidro nas costas dela se mover, rasgando sua pele.

Mesmo assim, o relógio da torre ainda não tinha caído.

Mas o rei ainda não tinha chegado.

— Seu pai está na sala do conselho agora — informou ela, lutando contra a dor que a dilacerava. — Está com Chaol, com seu *amigo*, e provavelmente já o matou.

— Que bom.

— Chaol — repetiu Aelin, com a voz falhando. Seu pé deslizou em um trecho de gelo, e o mundo se inclinou quando ela tentou se equilibrar. A queda ao chão centenas de metros abaixo a atingiu no estômago, porém Aelin manteve os olhos no príncipe, mesmo com a dor irradiando pelo corpo de novo. — *Chaol.* Você se sacrificou. Deixou que colocassem esse colar em você... para que ele pudesse fugir.

— Vou deixar que ele coloque um colar em você, então poderemos brincar.

Aelin se chocou contra a porta da torre, tateando em busca da fechadura. Mas estava coberta de gelo.

Ela raspou o gelo, olhando do príncipe para o sol que começara a despontar pelo canto da torre.

Dorian estava a dez passos.

Aelin se virou de novo.

— *Sorscha*... o nome dela era Sorscha, e ela o amava. Você a amava. E *eles* a tiraram de você.

Cinco passos.

Não havia nada humano naquele rosto, nenhum lampejo de lembrança naqueles olhos cor de safira.

Aelin começou a chorar, mesmo quando o sangue lhe escorreu do nariz devido à proximidade do demônio.

— Voltei por você. Exatamente como prometi.

Uma adaga de gelo surgiu na mão dele, a ponta letal reluziu como uma estrela sob o sol.

— Não me importo — retrucou Dorian.

Aelin estendeu a mão entre os dois, como se pudesse empurrá-lo para longe, segurando uma das mãos dele com força. Ela sentiu o quanto a pele de Dorian estava fria enquanto ele usou a outra mão para enterrar a adaga na lateral da jovem.

O sangue de Rowan jorrava da boca conforme a criatura se chocava contra ele, derrubando-o.

Quatro estavam mortas, mas três ainda estavam entre o guerreiro e o pavio.

Aedion urrava de dor e fúria, mantendo-se firme, segurando os outros três no lugar enquanto Rowan enterrava a lâmina...

O cão de Wyrd virou para trás, para longe do alcance.

Então as três bestas se agruparam de novo, em frenesi devido ao sangue feérico que agora cobria a passagem. O sangue dele. De Aedion. O rosto do general já estava pálido pela perda de sangue. Não aguentariam muito mais.

Mas ele precisava derrubar aquela torre.

Como se tivessem uma só mente, um corpo, os três cães de Wyrd dispararam, separando Rowan e Aedion, um saltou para o general, dois dispararam contra o guerreiro...

Rowan caiu quando presas de pedra se fecharam sobre sua perna.

Osso se partiu, e uma escuridão penetrou...

Ele rugiu contra a escuridão que significava a morte.

Em seguida enfiou a faca de luta contra o olho da criatura, enterrando para cima e profundamente, exatamente quando a segunda besta disparou para seu braço estendido.

Contudo, algo imenso se chocou contra a criatura, que gritou ao ser atirada contra a parede. Aquele que estava morto foi jogado para longe um segundo depois, então...

Então ali estava Lorcan, espadas em punho e golpeando, com um grito de batalha nos lábios ao destruir os cães de Wyrd restantes.

Rowan gritou devido à dor na parte de baixo da perna quando se levantou, equilibrando o peso. Aedion já estava de pé, o rosto era uma confusão de sangue, mas os olhos pareciam nítidos.

Uma das criaturas disparou contra Aedion, e Rowan enfiou a faca de luta — penetrou com força e determinação, bem na boca aberta do animal. O cão de Wyrd atingiu o chão a menos de quinze centímetros dos pés do general.

Lorcan era um redemoinho de aço, nada era páreo para aquela fúria. Rowan sacou a outra faca, preparando-se para atirá-la...

No momento em que Lorcan cravou a espada diretamente contra o crânio da criatura.

Silêncio... silêncio completo no túnel ensanguentado.

Aedion arrastou os pés, mancando e cambaleando, até o pavio, a vinte passos. Ainda estava preso ao carretel.

— *Agora* — gritou Rowan, sem se importar caso não saíssem. Até onde sabia...

Uma dor fantasma o perfurou nas costelas, brutalmente violenta e nauseante.

Os joelhos falharam. Não era dor de um ferimento dele, mas de outra pessoa.

Não.

Não, não, não, não, não.

Talvez estivesse gritando, talvez estivesse urrando conforme disparou pela saída da passagem... conforme sentiu aquela dor, aquele toque de frio.

As coisas tinham dado muito, muito errado.

Rowan deu outro passo, então a perna cedeu, e foi somente aquele laço invisível, tensionado e esgarçado, que o manteve consciente. Um corpo firme e ensopado de sangue se chocou contra o dele, um braço o envolveu na cintura, puxando-o para cima.

— *Corra*, seu tolo idiota — sibilou Lorcan, puxando-o do pavio.

Agachado sobre o fio, as mãos ensanguentadas de Aedion estavam firmes conforme segurava a pedra e raspava.

Uma vez. Duas.

Então houve uma faísca, e uma chama saiu rugindo pela escuridão.

Eles correram como nunca.

— *Mais rápido* — ordenou Lorcan, e Aedion os alcançou, pegando o outro braço de Rowan e acrescentando mais força e velocidade.

Pela passagem. Além dos portões de ferro quebrados, para os esgotos.

Não havia tempo e espaço suficientes entre eles e a torre.

E Aelin...

O laço ficava mais tenso, partindo-se. *Não*.

Aelin...

Eles ouviram antes de sentirem.

A completa falta de som, como se o mundo tivesse parado. Seguida por um *boom* estrondoso.

— *Mexa-se* — disse Lorcan, uma ordem grunhida que Rowan obedeceu sem pensar, como fazia havia séculos.

Então o vento... o vento seco e incandescente lhe açoitou a pele.

Então um clarão de luz ofuscante.

Então o calor; tanto calor que Lorcan xingou, empurrando o grupo para uma reentrância.

Os túneis estremeceram; o *mundo* estremeceu.

O teto desabou.

Quando a poeira e os escombros baixaram, quando o corpo de Rowan cantava de dor e alegria e poder, a entrada do castelo estava bloqueada. E atrás deles, estendendo-se pela escuridão dos esgotos, havia centenas de comandantes valg e soldados de infantaria, armados e sorrindo.

Fedendo como o reino de Hellas por causa do sangue valg, Manon e Asterin voavam pelo continente, de volta a Morath, quando...

Um vento suave, um tremor no mundo, um silêncio.

Asterin gritou, e sua serpente alada deu um pinote para a direita, como se as rédeas tivessem sido puxadas. Abraxos soltou um grito próprio, mas Manon apenas olhou para a terra, na qual pássaros estavam levantando voo diante do brilho que parecia disparar...

Da magia que agora inundava o mundo, livre.

Que a escuridão a envolvesse.

Magia.

O que quer que tivesse acontecido e como fora libertada, Manon não se importava.

Aquele peso mortal e humano sumiu. A força correu por dentro dela, envolvendo os ossos da bruxa como uma armadura. Invencível, imortal, irrefreável.

Manon jogou a cabeça para trás, para o céu, abriu os braços e rugiu.

A Fortaleza estava um caos. Bruxas e humanos corriam de um lado para outro, gritando.

Magia.

A magia estava livre.

Não era possível.

Mas ela conseguia sentir, mesmo com o colar ao redor do pescoço e com aquela cicatriz no braço.

O libertar de alguma besta grandiosa dentro de si.

Uma besta que ronronava diante do fogo de sombras.

Aelin rastejou para longe da porta manchada com o próprio sangue, para longe do príncipe valg que gargalhava conforme ela segurava a lateral do corpo e atravessava a ponte, o sangue como um borrão atrás da rainha.

O sol ainda subia por aquela torre.

— Dorian — disse Aelin, empurrando-se com as pernas contra o vidro, o sangue vazando entre os dedos congelados, aquecendo-os. — Lembre-se.

O príncipe valg a seguia, sorrindo de leve conforme a jovem desabava de barriga no chão no centro da ponte. As torres sombreadas do castelo de vidro pairavam ao redor dela... um túmulo. O túmulo de Aelin.

— Dorian, *lembre-se* — arquejou ela. O demônio errara o coração por pouco.

— Ele disse para levá-la, mas talvez eu me divirta primeiro.

Duas facas surgiram nas mãos dele, curvas e violentas.

O sol começou a brilhar logo acima da torre.

— Lembre-se de Chaol — implorou Aelin. — Lembre-se de Sorscha. Lembre-se de mim.

Um *boom* estremeceu o castelo de algum lugar do outro lado da construção.

Então um grandioso vento, um vento suave, um vento maravilhoso, como se carregasse a canção do coração do mundo.

Aelin fechou os olhos por um momento e pressionou a mão contra a lateral do corpo, inspirando.

— Nós podemos voltar — disse ela, pressionando a mão com mais força contra o ferimento, até que o sangue parasse, até que só restassem as lágrimas escorrendo. — Dorian, *nós podemos voltar* dessa perda, dessa escuridão. Nós podemos voltar, e eu voltei por você.

Aelin chorava agora, chorava conforme aquele vento passava, e o ferimento se fechava.

As adagas do príncipe pendiam inertes em suas mãos.

E, no dedo de Dorian, o anel de ouro de Athril brilhava.

— Lute contra isso — pediu ela, ofegante. O sol ficou mais próximo. — *Lute*. Podemos voltar.

Mais e mais claro, o anel de ouro pulsava no dedo do rapaz.

O príncipe cambaleou um passo para trás, contorcendo o rosto.

— *Seu verme humano.*

Ele estivera ocupado demais a apunhalando para perceber o anel que Aelin deslizara pelo dedo de Dorian quando o segurou pela mão, fingindo que o afastava.

— Tire-o — grunhiu a criatura, tentando tocar o anel e sibilando, como se queimasse. — *Tire-o!*

Gelo aumentou, espalhando-se na direção de Aelin, rápido como os raios do sol que agora irradiavam entre as torres, refratando cada parapeito e ponte de vidro, preenchendo o castelo com a gloriosa luz de Mala, Portadora do Fogo.

A ponte — aquela ponte que Aelin e Chaol tinham selecionado para aquele propósito, para aquele momento no ápice do solstício — estava bem no meio daquilo.

A luz atingiu Aelin, preenchendo o coração dela com a força de uma estrela explodindo.

Com um rugido, o príncipe valg lançou uma onda de gelo até ela, apontando lanças afiadas contra seu peito.

Então Aelin ergueu as mãos na direção do príncipe, na direção do amigo, e atirou sua magia contra Dorian com tudo que tinha.

❧ 75 ❧

Havia fogo e luz e escuridão e gelo.

Mas a mulher... a mulher estava ali, na metade da ponte, com as mãos estendidas diante do corpo conforme ela se levantava.

Nenhum sangue escorria por onde o gelo a havia perfurado. Apenas pele limpa e reluzente despontava pelo material escuro do traje.

Curada... com magia.

Por todos os lados, havia tanto fogo e luz, puxando-o.

Nós podemos voltar, dissera ela. Como se soubesse o que era aquela escuridão, os horrores que existiam. *Lute.*

Uma luz queimava no dedo dele... uma luz que estalava *dentro* dele.

Uma luz que abrira uma fenda para dentro da escuridão.

Lembre-se, dissera ela.

As chamas da mulher dispararam contra ele, e o demônio gritava. Mas ele não se feriu. As chamas mantinham apenas o demônio afastado.

Lembre-se.

Uma fenda de luz na escuridão.

Uma porta entreaberta.

Lembre-se.

Por cima dos gritos do demônio, ele empurrou... *empurrou*, e olhou para fora pelos olhos da coisa. Por *seus* olhos.

E viu Celaena Sardothien diante dele.

Aedion cuspiu sangue nos escombros. Rowan mal se mantinha consciente ao se recostar contra os escombros atrás deles enquanto Lorcan tentava abrir caminho em meio à horda de lutadores valg.

Mais e mais entravam pelos túneis, armados e sedentos por sangue, alertados pela explosão.

Exaustos e incapazes de invocar toda a intensidade da própria magia tão cedo, nem mesmo Rowan e Lorcan conseguiriam manter os valg ocupados por muito tempo.

Aedion tinha duas facas restantes e sabia que não sairiam daqueles túneis com vida.

Os soldados entravam como uma onda infinita, os olhos vazios acesos com sede de sangue.

Até mesmo ali embaixo, Aedion conseguia ouvir as pessoas gritando nas ruas, pela explosão ou pela magia que retornava, inundando as terras. Aquele vento... ele jamais sentira um cheiro como aquele, jamais sentiria de novo.

Eles tinham derrubado a torre. Tinham conseguido.

Agora a rainha teria a magia. Talvez agora houvesse alguma chance.

O general estripou o comandante valg mais próximo, e sangue escuro jorrou em suas mãos, então atacou os dois que se aproximaram para substituir o primeiro. Atrás dele, a respiração de Rowan parecia entrecortada. Difícil demais.

A magia do príncipe feérico, drenada pela perda de sangue, começara a falhar momentos antes, incapaz de sufocar os soldados. Agora não passava de um vento frio que os empurrava, mantendo-os longe.

Aedion não reconhecera a magia de Lorcan, que irrompera em ventos sombrios quase invisíveis. Mas, onde atingia, soldados caíam. E não se levantavam.

Ela também estava falhando.

O general mal conseguia erguer o braço da espada. Apenas mais um pouco; apenas mais alguns minutos mantendo aqueles soldados ocupados para que a rainha pudesse permanecer livre de distrações.

Com um grunhido de dor, Lorcan foi engolfado por meia dúzia de soldados, sumindo dentro da escuridão.

Aedion continuou golpeando e golpeando, até não sobrarem valg diante dele, até perceber que eles tinham recuado seis metros e se reagrupado.

Uma fileira sólida de soldados de infantaria valg, estendendo-se para muito além da escuridão, estava parada, observando-o com espadas erguidas. Esperando a ordem de ataque. Eram muitos. Muitos para escapar.

— Foi uma honra, príncipe — disse Aedion a Rowan.

A única resposta do guerreiro foi um suspiro rouco.

O comandante valg caminhou até a frente da fileira, a própria espada estendida. Em algum lugar nos fundos do esgoto, soldados começaram a gritar. Lorcan — aquele porco egoísta — devia ter cortado um caminho em meio a eles no final das contas. E fugido.

— Ataquem ao meu comando — avisou ele, o anel preto reluzindo ao erguer a mão.

Aedion se colocou diante de Rowan, por mais inútil que fosse. Matariam o guerreiro depois que ele estivesse morto. Mas pelo menos morreria lutando, defendendo o irmão. Pelo menos teria isso.

As pessoas ainda gritavam na rua acima; gritos esganiçados de terror, o som do pânico ficava mais próximo, mais alto.

— Preparar — disse o comandante aos espadachins.

Aedion respirou fundo... um de seus últimos fôlegos, ele percebeu. Rowan se esticou o melhor que pôde, firme diante da morte que agora o chamava, e o general podia jurar que o príncipe feérico sussurrou o nome de Aelin. Mais gritos de soldados nos fundos; alguns na frente se viravam para ver o motivo do pânico atrás deles.

O general não se importava. Não com uma fileira de espadas à frente, reluzindo como os dentes de alguma besta poderosa.

A mão do comandante desceu.

E foi arrancada por um leopardo-fantasma.

∿

Por Evangeline, pela liberdade dela, pelo futuro.

Onde Lysandra atacava, golpeando com garras e presas, soldados morriam.

Chegara até a metade da cidade antes de sair daquela carruagem. Disse a Evangeline que levasse o veículo até a casa de campo dos Faliq, que fosse uma boa menina e que *ficasse a salvo*. Lysandra disparara dois quarteirões na direção do castelo, sem se importar se tinha pouco a oferecer naquela luta, quando o vento se chocou contra ela e uma canção selvagem se acendeu em seu sangue.

Então a mulher se livrou da pele humana, daquela jaula mortal, e *correu*, rastreando o cheiro dos amigos.

Os soldados no esgoto gritavam conforme eram dilacerados... uma morte para cada dia no inferno, uma morte pela infância tirada dela e de Evangeline. Lysandra era fúria, era ira, era vingança.

Aedion e Rowan estavam recostados contra o deslizamento, os rostos ensanguentados e boquiabertos quando ela saltou nas costas de uma sentinela, dilacerando a espinha dele, arrancando-a da pele.

Ah, como *gostava* daquele corpo.

Mais soldados correram para os esgotos, e ela se virou na direção deles, entregando-se completamente à besta cuja forma vestia. Lysandra se tornou a morte encarnada.

Quando não sobrou mais nenhum, quando o sangue ensopava seu pelo pálido, sangue que tinha um gosto *vil*, Lysandra parou, por fim.

— O palácio — arquejou Rowan de onde estava recostado contra as pedras, enquanto Aedion pressionava o ferimento na perna do guerreiro feérico. Ele apontou para o esgoto aberto atrás deles, cheio de sangue. — *Para a rainha.*

Uma ordem e uma súplica.

Lysandra assentiu com a cabeça peluda, aquele sangue nojento escorrendo do maxilar, gosma escura nas presas, e disparou de volta pelo caminho de onde viera.

As pessoas gritavam ao verem o leopardo-fantasma que corria pela rua, ágil como uma flecha, desviando de cavalos relinchando e de carruagens.

O castelo de vidro se elevava, com uma parte envolta pelas ruínas fumegantes da torre do relógio e com luz — *fogo* — explodindo entre as torres. *Aelin.*

Aelin ainda estava viva e lutava como nunca.

Os portões de ferro do castelo surgiram adiante; havia corpos fétidos atados a eles.

Fogo e escuridão se chocavam no alto do castelo conforme as pessoas apontavam em silêncio. Lysandra disparou para os portões, e a multidão a viu por fim, atropelando-os e uivando para que saíssem do caminho. Eles liberaram a passagem até a entrada aberta.

Revelando trinta guardas valg armados com arcos, em fileira, diante dela, prontos para atirar.

Todos apontaram as armas para Lysandra.

Trinta guardas com flechas... e, além deles, um caminho aberto para o castelo. Para Aelin.

Ela saltou. O guarda mais próximo disparou uma flecha direta e espiralada contra o peito de Lysandra.

Ela sabia, com os sentidos do animal, que o disparo atingiria o alvo.

Mas não reduziu a velocidade. Não parou.

Por Evangeline. Pelo futuro dela. Pela liberdade. Pelos amigos que tinham ido buscá-la.

A flecha chegou perto de seu coração.

E foi derrubada no ar por outro disparo.

Lysandra caiu no rosto do guarda e o dilacerou com as garras.

Havia apenas uma atiradora com aquele tipo de mira.

Ela soltou um rugido e se tornou uma tempestade de morte sobre os guardas mais próximos enquanto flechas choviam sobre o restante.

Quando ousou olhar, foi bem a tempo de ver Nesryn Faliq sacar outra flecha no alto de um telhado vizinho, acompanhada pelos rebeldes, e dispará-la direto contra o olho do último guarda entre Lysandra e o castelo.

— *Vá!* — gritou Nesryn por cima da multidão em pânico.

Chamas e noite guerreavam nas torres mais altas, e a terra tremeu.

Lysandra já corria, subindo o caminho íngreme e curvo entre as árvores.

Nada além de grama e árvores e vento.

Nada além daquele corpo ágil e poderoso, o coração da metamorfa queimava, brilhava, cantava com cada passo, cada curva que tomava, fluida e rápida e *livre*.

Mais e mais veloz, cada movimento do corpo daquele leopardo-fantasma era uma alegria, mesmo com a rainha lutando pelo reino e pelo mundo delas bem lá no alto.

⊰ 76 ⊱

Aelin estava sem fôlego, lutando contra o latejar na cabeça.

Cedo demais; poder demais, cedo demais. Ela não tivera tempo de invocar o poder de modo seguro, espiralando devagar até suas profundezas.

Mudar para a forma feérica não ajudara... só fizera o valg ficar com um cheiro pior.

Dorian estava de joelhos, arranhando a mão onde o anel brilhava, marcando a pele.

O príncipe lançava escuridão na direção da jovem diversas vezes, e, a cada vez, Aelin a atingia com uma parede de chamas.

Mas seu sangue estava aquecendo.

— *Tente*, Dorian — implorou Aelin, a língua como papel na boca seca.

— *Vou matá-la, vadia feérica.*

Uma risada baixa soou atrás dela.

Aelin se virou um pouco, sem ousar ficar de costas para qualquer dos dois, mesmo que significasse se expor à queda livre.

O rei de Adarlan estava no portal na outra extremidade da ponte.

Chaol...

— Um esforço tão nobre do capitão. Tentar ganhar tempo para que você pudesse salvar meu filho.

Ela tentara... *tentara*, mas...

— *Puna-a* — sibilou o demônio do outro lado da ponte.

— Paciência. — Mas o rei enrijeceu o corpo quando reparou no anel dourado que queimava na mão de Dorian. Aquele rosto ríspido e brutal ficou tenso. — O que você fez?

O rapaz se debateu, estremecendo, e soltou um grito que fez os ouvidos feéricos de Aelin zumbirem.

Aelin sacou a espada de seu pai.

— Você matou Chaol — disse ela, as palavras soaram ocas.

— O garoto sequer conseguiu dar um golpe. — O monarca gargalhou ao ver a Espada de Orynth. — Duvido que você consiga também.

Dorian ficou em silêncio.

Aelin grunhiu.

— *Você o matou.*

O rei se aproximou, as pegadas ressoando na ponte de vidro.

— Meu único arrependimento — disse ele — foi não ter me demorado.

Aelin recuou um passo... apenas um.

O rei sacou Nothung.

— Mas vou me demorar com você.

Ela ergueu a espada com as mãos.

Então...

— O que disse?

Dorian.

A voz estava rouca, falha.

O rei e Aelin se viraram para o príncipe.

Mas os olhos do rapaz estavam sobre o pai e queimavam como estrelas.

— O que disse. Sobre Chaol.

O rei se transtornou.

— *Silêncio.*

— Você o matou. — Não foi uma pergunta.

Os lábios de Aelin começaram a estremecer, então ela mergulhou profundamente para dentro de si.

— E se matei? — indagou o homem, as sobrancelhas erguidas.

— *Você matou Chaol?*

A luz na mão de Dorian queimava mais e mais...

Contudo, o colar permanecia em volta de seu pescoço.

— *Você* — disparou o rei, e Aelin percebeu que ele se referia a ela no momento em que uma chama de escuridão disparou tão rápido contra a jovem, rápido demais...

A escuridão se partiu contra uma muralha de gelo.

∽

Dorian.

O nome dele era Dorian.

Dorian Havilliard, e era o príncipe herdeiro de Adarlan.

E Celaena Sardothien... Aelin Galathynius, sua amiga... voltara por ele.

Aelin o encarou com uma espada antiga nas mãos.

— Dorian? — sussurrou ela.

O demônio dentro do príncipe gritava e implorava, dilacerando-o, tentando negociar.

Uma onda de escuridão se chocou contra o escudo de gelo que Dorian erguera entre a princesa e o pai. Em breve... em breve o rei o quebraria.

O rapaz levou as mãos para o colar de pedra de Wyrd: frio, liso, latejante.

Não, gritou o demônio. *Não!*

Lágrimas escorriam pelo rosto de Aelin conforme seu amigo segurava a pedra preta em volta do pescoço.

E gritando de pesar, de ira, de dor, ele arrancou o colar.

❧ 77 ❧

O colar de Wyrd se partiu ao meio, quebrando-se com uma fenda da espessura de um fio de cabelo, onde o poder do anel o cortara.

Dorian estava sem fôlego, e sangue lhe escorria do nariz, mas...

— Aelin — arquejou o rapaz, e a voz era dele. Era ele.

Ela correu, embainhando a Espada de Orynth, chegando ao lado dele quando a parede de gelo explodiu sob um martelo de escuridão.

O poder do rei avançou contra os dois, e Aelin estendeu apenas uma das mãos. Um escudo de fogo irrompeu, e a escuridão foi empurrada para trás.

— Nenhum de vocês vai sair daqui com vida — advertiu o rei, com uma voz áspera serpenteando pelo fogo.

Dorian desabou contra Aelin, que passou a mão pela cintura do príncipe para segurá-lo.

Dor perfurou seu estômago, e o sangue começou a latejar. Ela não conseguiria segurar aquilo, não tão despreparada, mesmo que o sol mantivesse o ápice, como se a própria Mala o tivesse feito ficar só mais um pouco para ampliar os dons que já entregara a uma princesa de Terrasen.

— Dorian — disse Aelin, conforme uma dor lancinante percorria sua coluna e o esgotamento se aproximava.

Ele virou a cabeça, um olho ainda na muralha de chamas crepitantes. Tanta dor, tanto luto e raiva naqueles olhos. No entanto, de alguma forma, por baixo de tudo, uma chama de vitalidade. De esperança.

A jovem estendeu a mão: uma pergunta e uma oferta e uma promessa.

— Por um futuro melhor — afirmou ela.

— Você voltou — disse Dorian, como se aquilo fosse uma resposta.

Eles deram as mãos.

Então o mundo acabou.

E o seguinte começou.

◡

Eles eram infinitos.

Eram o início e o fim; eram a eternidade.

O rei, parado ali, olhou boquiaberto quando o escudo de chamas morreu e revelou os dois, de mãos dadas, brilhando como deuses recém-nascidos conforme a magia de ambos se interligava.

— *Vocês são meus* — disse o homem, com raiva. Tornando-se escuridão, ele mergulhou no poder que carregava, como se não passasse de malícia em um vento sombrio.

O monarca os golpeou, os engoliu.

Mas Aelin e Dorian se seguraram com mais força, passado e presente e futuro; lampejando entre um salão antigo em um castelo montanhoso acima de Orynth, uma ponte suspensa entre torres de vidro e outro lugar, perfeito e estranho, onde tinham sido feitos de poeira estrelar e luz.

Uma parede de noite os empurrou para trás. Contudo, eles não podiam ser contidos.

A escuridão parou para se recuperar.

E eles irromperam.

◡

Rowan piscou contra a luz do sol que descia por trás de Aedion.

Soldados tinham se infiltrado nos esgotos de novo, mesmo depois de Lysandra ter salvado suas peles miseráveis. Lorcan voltara correndo, ensanguentado, e dissera que a saída parecia fechada e que, qualquer que fosse o caminho pelo qual Lysandra entrara, estava agora tomado.

Com a eficiência do campo de batalha, Rowan tinha curado a perna da melhor forma que conseguira com o poder restante. Enquanto se remendava, unindo osso e pele tão depressa que urrara de dor, Aedion e Lorcan usaram as garras para abrir um caminho pelos escombros, bem no momento em que o esgoto se encheu com os sons dos soldados correndo para dentro. Eles dispararam para a propriedade do castelo, onde deram com outro desabamento. Aedion começara a cavar no topo, gritando e rugindo para a terra, como se apenas sua vontade pudesse movê-lo.

Mas agora havia um buraco. Era tudo de que Rowan precisava.

Ele mudou de forma, a perna irradiou dor ao trocar braços e pernas por asas e garras. O guerreiro soltou um grito, esganiçado e irritado. Um gavião de cauda branca disparou pela pequena abertura, passando por Aedion.

Rowan não se demorou observando os arredores. Estavam em algum lugar nos jardins do castelo, o castelo de vidro pairava além. O fedor da fumaça da torre do relógio perturbou seus sentidos.

Luz explodiu das espirais mais altas do palácio tão forte que Rowan ficou desnorteado por um momento.

Aelin.

Viva. *Viva.* Ele bateu as asas, dobrando o vento a sua vontade com os resquícios de magia, subindo mais e mais rápido. Rowan enviou outro vento na direção da torre do relógio, desviando a fumaça para o rio além deles.

Então o guerreiro feérico deu a volta pelo canto do castelo.

Ele não tinha palavras para o que viu.

～

O rei de Adarlan gritava enquanto Aelin e Dorian partiam o poder dele. Juntos, os dois destruíam cada feitiço, cada gota de mal que o rei dobrara e acorrentara sob seu comando.

Infinito... o poder do príncipe era infinito.

Os dois estavam cheios de luz, de fogo e do brilho das estrelas e do sol, que transbordava deles conforme partiam a última amarra do poder do rei, rachando-lhe a escuridão, queimando-a até que não fosse mais nada.

O rei caiu de joelhos, fazendo a ponte de vidro ressoar com o impacto.

Aelin soltou a mão de Dorian. Um vazio frio a inundou tão violentamente que ela também caiu no chão de vidro, recuperando o fôlego, voltando para si e lembrando-se de quem ela era.

Dorian encarava o pai: o homem que o partira, que o escravizara.

Com uma voz que Aelin jamais ouvira, o rei sussurrou:

— Meu garoto.

O rapaz não reagiu.

Ele olhou para o filho, com olhos arregalados, brilhantes, então disse novamente:

— Meu garoto.

Em seguida o homem olhou para Aelin, que estava de joelhos, encarando-o boquiaberta.

— Você veio me salvar finalmente, Aelin Galathynius?

⚜ 78 ⚜

Aelin Galathynius encarou o assassino de sua família, de seu povo, de seu continente.

— Não dê ouvidos a essas mentiras — disse Dorian, inexpressivo, a voz vazia.

A jovem verificou a mão do rei, onde o anel escuro tinha sido destruído. Apenas uma faixa pálida de pele permanecia.

— Quem é você? — perguntou ela, baixinho.

Humano... cada vez mais, o rei parecia... humano. Mais tranquilo.

O homem se virou para Dorian, expondo as palmas das mãos largas.

— Tudo que fiz... foi tudo para mantê-lo seguro. Dele.

Aelin ficou imóvel.

— Encontrei a chave — continuou ele, as palavras saindo aos tropeços. — Encontrei a chave e a levei até Morath. E ele... *Perrington*. Nós éramos jovens, e ele me levou para baixo da Fortaleza para me mostrar a cripta, embora fosse proibido. Mas eu a abri com a chave... — Lágrimas, reais e claras, escorriam pelo rosto rechonchudo. — Eu a abri, e *ele* veio; ele tomou o corpo de Perrington e... — O rei olhou para a mão exposta. Observou-a tremer. — Deixou que o lacaio dele me tomasse.

— Basta — disse Dorian.

O coração de Aelin deu um pulo.

573

— Erawan está livre — sussurrou ela. E não apenas livre... Erawan *era* Perrington. O próprio Rei Sombrio a tocara, vivera naquele castelo com ela, sem jamais saber, por sorte ou destino ou pela proteção da própria Elena, que Aelin estava ali. *Ela* também jamais soubera, jamais o detectara no duque. Pelos deuses, Erawan a obrigara a se curvar naquele dia em Endovier, e nenhum dos dois sentira o cheiro do outro ou reparara no que eram.

O rei assentiu, e lágrimas desceram pela túnica.

— O Olho... poderia tê-lo selado de volta com o Olho...

A expressão do monarca quando Aelin revelara o colar... Não o vira como uma ferramenta de destruição, mas de salvação.

Aelin perguntou:

— Como é possível que ele esteja em Perrington esse tempo todo e que ninguém tenha notado?

— Ele consegue se esconder dentro de um corpo como um caramujo na concha. Mas mascarar a própria presença também contém suas habilidades de sentir o cheiro de outros, como você. E agora que você voltou... todos os jogadores do jogo inacabado. A linhagem Galathynius, assim como a Havilliard, a qual ele tem odiado tão ferozmente durante todo esse tempo. Por isso perseguiu minha família e a sua.

— Você massacrou meu reino — Aelin conseguiu dizer. Naquela noite em que os pais morreram, havia aquele *cheiro* no quarto... O cheiro dos valg.
— Você trucidou milhões.

— Tentei impedi-lo. — O rei apoiou a mão na ponte, como se para evitar desabar sob o peso da vergonha que agora cobria suas palavras. — Vocês podiam ser encontrados só pela magia que carregavam, e eles queriam pegar os mais fortes. E quando você nasceu... — As feições enrugadas do homem se contorceram quando ele se voltou para Dorian de novo. — Você era tão forte, tão precioso. Não podia deixar que fosse levado. Tomei o controle apenas por tempo o suficiente.

— Para fazer o quê? — perguntou o rapaz, a voz rouca.

Aelin olhou para a fumaça que subia na direção do rio distante.

— Para ordenar que as torres fossem construídas — explicou ela. — E usar o feitiço para banir a magia. — E agora que tinham libertado a magia... os possuidores seriam farejados por todos os demônios valg em Erilea.

O rei arquejou, estremecendo.

574

— Mas ele não sabia como eu o tinha feito. Achou que a magia tinha sumido como punição de nossos deuses, e não sabia por que as torres tinham sido construídas. Todo esse tempo usei minha força para manter esse conhecimento afastado dele, deles. Toda minha força, então não pude combater o demônio, impedi-lo quando... fez aquelas coisas. Mantive esse conhecimento a salvo.

— Ele é um mentiroso — argumentou Dorian, dando meia-volta. Não havia piedade em sua voz. — Ainda pude usar a magia, não me protegeu em nada. Ele diria qualquer coisa.

O mal dirá qualquer coisa para assombrar nossos pensamentos muito depois, avisara Nehemia a ela.

— Eu não sabia — suplicou o rei. — Usar meu sangue no feitiço deve ter feito minha linhagem imune. Foi um erro. Sinto muito. *Sinto muito mesmo.* Meu garoto... Dorian...

— Não tem o direito de chamá-lo dessa forma — disparou Aelin. — Você foi até minha casa e assassinou minha família.

— Fui atrás de você. *Fui para que você o queimasse para fora de mim!* — explicou o soberano, aos soluços. — Aelin do Fogo Selvagem. Tentei levá-la a fazer isso. Mas sua mãe a deixou inconsciente antes que pudesse me matar, e o demônio... O demônio se devotou a destruir sua linhagem depois daquilo, para que nenhum fogo jamais pudesse limpá-lo de mim.

O sangue de Aelin gelou. Não... não podia ser verdade, não podia estar certo.

— Tudo isso foi para encontrar você — disse o rei. — Para que pudesse me salvar, para que pudesse, enfim, acabar comigo. Por favor. Faça-o. — Ele estava chorando, e o corpo parecia definhar aos poucos, as bochechas pareciam sulcos, as mãos afinavam.

Como se sua força vital e o príncipe demônio no corpo estivessem, de fato, unidos... e um não pudesse existir sem o outro.

— Chaol está vivo — murmurou o homem, entre as mãos macilentas, abaixando-as e revelando olhos vermelhos, já leitosos devido à idade. — Destruído, mas não o matei. Havia... uma luz ao redor dele. Eu o deixei vivo.

Um soluço irrompeu da garganta de Aelin. Ela esperara, tentara dar a ele uma chance de sobreviver...

— Você é um mentiroso — repetiu o príncipe, com a voz fria. Tão fria.
— E merece isto. — Luz faiscou nas pontas de seus dedos.

Aelin pronunciou o nome dele sem emitir som, tentando se recompor, reunir os pensamentos. O demônio dentro do rei a caçara não por causa da ameaça que Terrasen apresentava... mas por causa do fogo em suas veias. O fogo que poderia acabar com os dois.

A jovem ergueu a mão quando Dorian deu um passo na direção do pai. Precisavam perguntar mais, descobrir mais...

O príncipe herdeiro inclinou a cabeça para trás, para o céu, e rugiu; foi o grito de guerra de um deus.

Então o castelo de vidro se partiu.

⊰ 79 ⊱

A ponte explodiu sob ela, cobrindo o mundo de cacos de vidro flutuantes.

Aelin mergulhou no ar livre enquanto torres desabavam ao redor.

Ela irradiou a magia como um casulo, queimando o vidro ao cair mais e mais.

As pessoas gritavam... gritavam conforme Dorian implodia o castelo por Chaol, por Sorscha e lançava uma onda de vidro em direção à cidade abaixo.

Aelin descia cada vez mais, com o chão se elevando, os prédios ao redor dela se partindo, a luz tão forte sobre todos os fragmentos...

Ela invocou até a última gota da magia conforme o castelo desabava, a onda letal de vidro descendo em cascata sobre Forte da Fenda.

Fogo selvagem disparou para os portões em uma corrida contra o vento, contra a morte.

E, quando a onda de estilhaços tocou os portões de ferro, despedaçando os cadáveres amarrados ali como se fossem papel, uma muralha de fogo irrompeu diante dela, disparando para o céu, espalhando-se. Segurando o vidro.

Um vento a empurrou, brutal e impiedoso, fazendo seus ossos gemerem ao ser levada para cima, não para baixo. Ela não se importava; não quando tinha invocado toda a sua magia, todo o seu ser, para segurar a barreira de chamas que agora protegia Forte da Fenda. Mais alguns segundos, então poderia morrer.

O vento a fustigou e parecia rugir seu nome.

Onda após onda de vidro e destroços se chocou contra seu fogo selvagem.

Mas Aelin manteve a muralha de chamas incandescentes... pelo Teatro Real. E pelas garotas das flores no mercado. Pelos escravizados e pelas cortesãs e pela família Faliq. Pela cidade que oferecera a ela alegria e dor, morte e renascimento; pela cidade que dera música a Aelin, ela manteve aquela muralha de fogo queimando forte.

Sangue chovia em meio ao vidro; sangue que fervilhava no pequeno casulo de chamas da jovem, fedendo a escuridão e dor.

O vento continuou soprando até varrer para longe aquele sangue escuro.

Mesmo assim, Aelin manteve o escudo ao redor da cidade, atendo-se à última promessa que fizera a Chaol.

Vou fazer valer a pena.

Ela o segurou até chegar ao encontro do chão...

E aterrissar suavemente na grama.

Então a escuridão se chocou contra o fundo de sua mente.

O mundo estava tão claro.

Aelin Galathynius gemeu ao se apoiar sobre os cotovelos, a pequena colina de grama sob ela estava intocada e vibrante. Apenas um momento — estivera apagada por apenas um momento.

A cabeça latejou conforme ela ergueu o rosto e afastou os cabelos soltos dos olhos para ver o que tinha feito.

O que Dorian tinha feito.

O castelo de vidro sumira.

Apenas a construção de pedra restava, as pedras cinza aquecendo-se sob o sol do meio-dia.

E havia uma parede gigantesca e opaca reluzindo onde uma cascata de vidro e escombros deveria ter destruído a cidade.

Era uma parede de vidro, com a beirada superior curvada, como se fosse realmente uma onda quebrando.

O castelo de vidro tinha sumido. O rei estava morto. E Dorian...

Aelin se levantou com dificuldade, os braços cederam sob ela. Ali, a menos de um metro, estava Dorian, estatelado na grama, olhos fechados.

Mas o peito se elevava e descia.

Ao lado do príncipe, como se algum deus benevolente estivesse, de fato, olhando por eles, estava Chaol.

O rosto estava ensanguentado, mas o capitão respirava. Não havia outros ferimentos que Aelin conseguisse detectar.

Ela começou a tremer. Imaginou se o capitão notara quando Aelin colocou o verdadeiro Olho de Elena no bolso dele ao fugir do salão do trono.

O cheiro de pinho e neve a atingiu, fazendo-a perceber como tinham sobrevivido à queda.

Ela se levantou, cambaleando.

A colina íngreme que dava para a cidade fora devastada, as árvores e os postes e os arbustos tinham sido despedaçados pelo vidro.

Aelin não queria saber das pessoas que estavam na propriedade... ou no castelo.

Ela se obrigou a caminhar.

Na direção da muralha. Na direção da cidade em pânico além dela. Na direção do novo mundo que a chamava.

Dois cheiros convergiram, então um terceiro. Um cheiro estranho, selvagem, que pertencia a tudo e a nada.

Mas Aelin não olhou para Aedion, Rowan ou Lysandra conforme desceu a colina até a cidade.

Cada passo era um esforço, cada fôlego era uma provação para que se afastasse da beirada, para que se segurasse ao aqui e agora e ao que precisava ser feito.

Aelin se aproximou da muralha de vidro imensa que agora separava o castelo da cidade, que separava a morte da vida.

Ela atirou um aríete de chamas azuis contra a muralha.

Mais gritos se elevaram quando as chamas consumiram o vidro, formando um arco.

O povo do outro lado, gritando e se abraçando, ou levando as mãos à cabeça, ou cobrindo a boca, ficou silencioso ao ver Aelin passar pela porta que fizera.

As forcas ainda estavam logo além da muralha. Era a única superfície erguida que ela conseguia ver.

Melhor que nada.

Aelin subiu na plataforma de execução, então sua corte a seguiu. Rowan mancava, mas ela não se permitiu examiná-lo, sequer perguntou se o guerreiro estava bem. Ainda não.

Ela manteve os ombros eretos, com o rosto sério e irredutível ao parar na beira da plataforma.

— Seu rei está morto — anunciou a jovem, e a multidão se agitou. — Seu príncipe vive.

— Salve Dorian Havilliard — gritou alguém no fim da rua. Ninguém mais ecoou.

— Meu nome é Aelin Ashryver Galathynius — disse ela. — E sou a rainha de Terrasen.

O povo murmurou; alguns curiosos se afastaram da plataforma.

— Seu príncipe está de luto. Até que ele esteja pronto, esta cidade é minha.

Silêncio absoluto.

— Se saquearem, se houver tumulto, se causarem qualquer pingo de problema — informou ela, encarando alguns deles —, vou encontrar o culpado e queimá-lo até que vire cinzas. — Aelin ergueu a mão, e chamas dançaram nas pontas dos dedos. — Se vocês se revoltarem contra seu novo rei, se tentarem lhe tomar o castelo, então esta muralha — ela indicou com a mão em chamas — vai se tornar vidro derretido e inundar suas ruas, seus lares, suas gargantas.

Aelin ergueu o queixo, formando uma linha ríspida e imperdoável com a boca conforme avaliava a multidão que enchia as ruas, as pessoas que se amontoavam para vê-la, ver as orelhas feéricas e os caninos alongados, ver as chamas que brilhavam em seus dedos.

— Matei seu rei. O império dele terminou. Os escravizados estão agora livres. Se alguém for pego com escravizados, se souber de qualquer casa que os mantém cativos, vocês morrerão. Se eu souber que açoitaram um escravizado ou tentaram vender um, morrerão. Então sugiro que avisem aos amigos e às famílias e aos vizinhos. Sugiro que ajam como pessoas racionais e inteligentes. E sugiro que se comportem muito bem até que o rei esteja pronto para cumprimentá-los. Quando este momento chegar, juro por minha coroa que entregarei o controle desta cidade a ele. Se alguém tiver um problema com isso, pode resolvê-lo com minha corte. — Aelin apontou para trás de si.

Rowan, Aedion e Lysandra, ensanguentados, surrados, imundos, deram sorrisos maliciosos. — Ou — concluiu ela, as chamas tremeluzindo na mão — pode resolvê-lo comigo.

Nenhuma palavra. Ela imaginou se sequer respiravam.

Mas Aelin não se importou ao descer da plataforma, passou de volta pelo portão que tinha feito, então subiu a encosta devastada até o castelo de pedra.

Mal passara pelas portas de carvalho antes de desabar sobre os joelhos e chorar.

⚜ 80 ⚜

Elide estava no calabouço havia tanto tempo que perdera a noção das horas.

Mas sentira aquela onda no mundo, podia ter jurado que ouvira o vento cantar seu nome, ouvira gritos de pânico... então nada.

Ninguém explicou o que era, e ninguém apareceu. Ninguém iria salvá-la.

Elide perguntou-se quanto tempo Vernon esperaria antes de a entregar a uma daquelas coisas. Ela tentou contar as refeições para ter noção dos dias, mas a comida que davam era a mesma para o café da manhã e para o jantar, e as horas das refeições não eram fixas... Como se quisessem que ela ficasse perdida. Como se quisessem que Elide se enroscasse na escuridão do calabouço para que, quando fossem buscá-la, estivesse disposta, desesperada para ver o sol de novo.

A porta da cela se abriu, e ela se levantou cambaleante ao ver Vernon entrar. Ele deixou a porta entreaberta atrás de si, e Elide piscou conforme a luz da tocha feriu seus olhos. O corredor de pedras além de Vernon estava vazio. O homem provavelmente não levara guardas consigo, pois sabia como uma tentativa de fuga seria inútil para a sobrinha.

— Fico feliz por ver que estão alimentando você. Uma pena esse cheiro, no entanto.

Elide se recusou a se sentir envergonhada. O cheiro era a última de suas preocupações.

A menina pressionou o corpo contra a parede de pedras lisa e gelada. Se tivesse sorte, talvez encontrasse uma forma de colocar a corrente ao redor do pescoço de Vernon.

— Vou mandar alguém vir limpá-la amanhã. — Ele começou a se virar, como se a inspeção tivesse terminado.

— Para quê? — perguntou a jovem com dificuldade, a voz já rouca pelo desuso.

O homem olhou por cima do ombro.

— Agora que a magia retornou...

Magia. Fora isso a onda.

— Quero saber o que está dormente em sua linhagem, em *nossa* linhagem. O duque está ainda mais curioso quanto ao que virá dela.

— Por favor — disse Elide. — Vou sumir. Jamais o incomodarei. Perranth é sua... é tudo seu. Você venceu. Apenas me deixe ir.

Vernon emitiu um estalo com a língua.

— Como gosto quando você implora. — Ele olhou para o corredor e estalou os dedos. — Cormac.

Um jovem apareceu.

Era um homem de beleza sobrenatural, com um rosto impecável por baixo dos cabelos ruivos, mas os olhos verdes estavam frios e distantes. Assustadores.

Havia um colar preto no pescoço do rapaz.

Escuridão irradiou dele em tendões. E, quando os olhos do homem encontraram os de Elide...

Lembranças a puxaram, lembranças terríveis, de uma perna que se quebrara devagar, de anos de terror, de...

— Controle-se — disparou Vernon. — Ou ela não terá graça nenhuma amanhã.

O rapaz ruivo sugou a escuridão de volta para dentro de si, fazendo as recordações pararem.

Elide vomitou a última refeição nas pedras.

Seu tio gargalhou.

— Não seja tão dramática, Elide. Uma pequena incisão, alguns pontos, e estará perfeita.

O príncipe demônio sorriu para ela.

— Você será entregue aos cuidados dele depois, para termos certeza de que tudo acontecerá como deve. Mas com a magia tão forte em sua linhagem, como não poderia? Talvez se saia melhor que aquelas Pernas Amarelas. Depois da primeira vez — ponderou Vernon —, talvez Sua Alteza até faça experimentos próprios com você. O conhecido que o entregou mencionou na carta que Cormac gostava... de brincar com jovens mulheres quando vivia em Forte da Fenda.

Ai, deuses. Ai, deuses.

— Por quê? — suplicou a menina. — *Por quê?*

Ele deu de ombros.

— Porque eu posso.

Ele saiu da cela, levando o príncipe demônio — o prometido de Elide — consigo.

Assim que a porta se fechou, a jovem disparou até ela, puxando a maçaneta, agitando-a até que o metal cortasse suas mãos e as esfolasse, implorando a Vernon, implorando a *qualquer um*, que a ouvisse, que se lembrasse dela.

Mas não havia ninguém ali.

❧

Manon estava mais que pronta para, enfim, cair na cama. Depois de tudo que acontecera... esperava que a jovem rainha estivesse em Forte da Fenda e que tivesse entendido a mensagem.

Os corredores da Fortaleza pareciam em polvorosa, agitados com mensageiros que evitavam seu olhar. O que quer que fosse, Manon não se importava. Queria tomar banho, então dormir. Durante dias.

Quando acordasse, contaria a Elide o que descobrira sobre a rainha dela. A última peça da dívida de vida que contraíra.

A bruxa empurrou a porta do quarto com o ombro para entrar. A cama de feno da criada estava arrumada, o quarto impecável. A jovem devia estar cabisbaixa em algum lugar, espiando quem quer que parecesse mais útil para ela.

Manon chegara a meio caminho do banheiro quando reparou no cheiro.

Ou na falta dele.

O cheiro de Elide parecia gasto... velho. Como se a jovem não entrasse ali há dias.

Manon olhou para a lareira. Nenhuma brasa. Ela estendeu a mão por cima dela. Nenhum vestígio de calor.

A bruxa verificou o quarto.

Nenhum sinal de uma luta. Mas...

Ela saiu do quarto um segundo depois, seguindo para baixo.

Deu três passos antes que a caminhada se tornasse uma corrida. A bruxa tomou as escadas dois ou três degraus por vez, então saltou os últimos três metros até a base, o impacto estremeceu pelas pernas de Manon, agora fortes, tão maliciosamente fortes depois que a magia retornara.

Se havia um momento para Vernon se vingar por ela ter lhe tirado Elide, teria sido enquanto a líder estivera fora. E, se a magia corria na família da menina com o sangue Dentes de Ferro nas veias dela... O retorno podia ter despertado alguma coisa.

Eles querem reis, dissera Kaltain naquele dia.

Corredor após corredor, escada após escada, Manon correu, as unhas de ferro soltando faíscas conforme ela se agarrava às quinas para girar para o outro lado. Criados e guardas desviavam do caminho da bruxa.

Ela chegou à cozinha momentos depois, os dentes de ferro projetados. Todos ficaram em silêncio mortal quando Manon saltou escada abaixo, seguindo direto para o cozinheiro-chefe.

— *Onde ela está?*

O rosto vermelho do homem ficou pálido.

— Q-quem?

— A garota... Elide. Onde ela está?

A colher do cozinheiro caiu com um ruído no chão.

— Não sei; não a vejo há dias, Líder Alada. Ela às vezes se voluntaria na lavanderia, então talvez...

Manon já corria para fora.

A chefe das lavadeiras, parecendo um touro arrogante, riu com escárnio e disse que não vira Elide e que talvez a moça tivesse recebido o que merecia. Ela deixou a mulher gritando no chão, com quatro linhas sulcadas no rosto.

A bruxa disparou escada acima e atravessou uma ponte descoberta de pedras entre duas torres, a pedra preta era lisa contra suas botas.

Ela acabara de chegar ao outro lado quando uma mulher gritou da extremidade oposta da estrutura.

— Líder Alada!

Manon parou subitamente com tanta força que quase colidiu com a parede da torre. Ao se virar, uma mulher humana, com um vestido caseiro, corria atrás dela, fedendo a quaisquer que fossem os sabões e os detergentes que usavam na lavanderia.

A criada inspirou profundamente algumas vezes, a pele escura estava corada. Ela precisou apoiar as mãos nos joelhos para recuperar o fôlego, mas então ergueu a cabeça e disse:

— Uma das lavadeiras se encontra com um guarda que trabalha no calabouço da Fortaleza. Ela disse que Elide está trancafiada lá embaixo. Ninguém tem permissão de entrar além do tio dela. Não sei o que estão planejando, mas não pode ser bom.

— Qual calabouço? — Havia três diferentes ali, junto às catacumbas nas quais mantinham a aliança das Pernas Amarelas.

— Ela não sabia dizer. O guarda não quis contar nada além disso. Algumas de nós estávamos tentando... ver se algo podia ser feito, mas...

— Não conte a ninguém que falou comigo. — Manon se virou. Três calabouços, três possibilidades.

— Líder Alada — disse ela. A bruxa olhou por cima do ombro, então a mulher levou a mão ao coração. — Obrigada.

Manon não se permitiu pensar na gratidão da lavadeira ou no que significava que aquelas humanas frágeis e impotentes tivessem sequer considerado tentar resgatar Elide sozinhas.

Ela não pensou que o sangue da mulher seria aguado nem que teria gosto de medo.

Manon disparou em uma corrida; não até o calabouço, mas até os alojamentos das bruxas.

Até as Treze.

✥ 81 ✥

O tio de Elide enviou duas criadas de rostos impassíveis para limparem-na, ambas carregando baldes de água. A menina tentou se debater conforme tiraram suas roupas, mas as mulheres eram como muralhas de ferro. Qualquer tipo de sangue Bico Negro em suas veias, percebeu ela, tinha que ser do tipo diluído. Quando estava nua diante delas, as mulheres jogaram a água sobre Elide e a atacaram com esfregões e sabão, sem sequer hesitar conforme lavaram *todos os lugares*, mesmo com a jovem gritando para que parassem.

Uma oferenda sacrificial; um cordeiro para o abate.

Trêmula e fraca devido ao esforço de lutar contra as mulheres, Elide mal teve forças para retrucar ao passarem pentes por seus cabelos, puxando com tanta força que os olhos se encheram d'água. Elas deixaram os cabelos soltos e a vestiram com um simples manto verde. Nada por baixo.

Elide implorou às mulheres, diversas vezes. Elas podiam muito bem ser surdas.

Quando foram embora, a menina tentou se espremer pela porta da cela atrás delas. Contudo, os guardas a empurraram de volta e riram.

A jovem recuou até pressionar o corpo contra a parede da cela.

Cada minuto a aproximava de seu último momento.

Resistência. Ela iria resistir. Era uma Bico Negro, assim como sua mãe fora secretamente, e as duas morreriam lutando. Elide os obrigaria a estripá-la, a matá-la antes que pudessem tocá-la, antes que pudessem implantar aquela pedra dentro dela, antes que pudesse dar à luz aqueles monstros...

A porta se abriu com um clique. Então quatro guardas surgiram.

— O príncipe está esperando nas catacumbas.

A jovem caiu de joelhos, os grilhões tilintaram.

— Por favor. Por favor...

— *Agora.*

Dois dos guardas entraram com agressividade na cela, e Elide não conseguiu revidar contra as mãos que a pegaram pelas axilas para a arrastar até a porta. Os pés descalços ficaram esfolados por causa das pedras conforme ela chutou e se debateu, apesar da corrente, tentando arranhar para se libertar.

Mais e mais perto, os guardas a empurravam como um cavalo dando pinotes até a porta aberta.

Os homens que esperavam riram, os olhos fixos na aba envelopada do manto que se abriu quando Elide chutou, expondo as coxas, a barriga, revelando tudo para eles. Ela chorou, mesmo sabendo que as lágrimas não ajudariam. As sentinelas apenas riram, devorando-a com os olhos...

Até que a mão de alguém, com unhas de ferro reluzentes, se *enterrou* na garganta de um dos homens, perfurando-a completamente. Os guardas congelaram, aquele à porta se virou devido ao jorro de sangue...

Ele gritou ao ter os olhos dilacerados em tiras por uma das mãos, e a garganta destruída por outra.

Ambos caíram no chão, revelando Manon Bico Negro parada atrás deles.

Sangue escorria pelas mãos e pelos antebraços da bruxa.

E os olhos dourados brilhavam como se fossem brasas vivas conforme ela fitou os dois guardas que seguravam Elide. Conforme viu o vestido aberto.

Os homens a soltaram para pegarem as armas, e a menina desabou no chão.

Manon apenas disse:

— Já são homens mortos.

Então avançou.

Elide não sabia se era a magia, mas jamais vira alguém se mover daquela forma na vida, como se fosse um vento fantasma.

Manon partiu o pescoço do primeiro guarda com um aperto violento. Quando o segundo atacou, e Elide saiu cambaleando da frente, a bruxa apenas riu... riu e se virou para se desviar, movendo-se para trás do homem e enterrando a mão em suas costas, no corpo do sujeito.

O grito ecoou pela cela. Carne se dilacerou, revelando uma coluna branca de osso — a espinha —, a qual Manon segurou, rasgando profundamente com as unhas, então partindo-a ao meio.

Elide tremia; pelo homem que caíra no chão, sangrando e quebrado, mas também pela bruxa que estava parada diante dele, ensanguentada e ofegante. A bruxa que fora buscá-la.

— Precisamos correr — disse Manon.

❧

A Líder Alada sabia que resgatar Elide seria um tipo de declaração... e sabia que outras gostariam de fazê-la com ela.

Mas o caos tinha irrompido na Fortaleza enquanto Manon corria para convocar as Treze. Notícias haviam chegado.

O rei de Adarlan estava morto. Destruído por Aelin Galathynius.

Ela destruíra o castelo de vidro, usara o fogo para poupar a cidade de uma onda mortal de estilhaços e declarara Dorian Havilliard rei de Adarlan.

A Assassina de Bruxas tinha feito isso.

As pessoas estavam em pânico; até mesmo as bruxas procuravam Manon em busca de respostas. O que fariam agora que o rei mortal estava morto? Aonde iriam? Estavam livres do acordo?

Mais tarde... ela pensaria nessas coisas mais tarde. Agora precisava agir.

Então a bruxa encontrou as Treze e ordenou que selassem e preparassem as serpentes aladas.

Três calabouços.

Rápido, Bico Negro, sussurrara uma voz feminina estranha e suave na cabeça de Manon, ao mesmo tempo antiga e jovem e sábia. *Você está correndo contra a ruína.*

A Líder Alada fora ao calabouço mais próximo; Asterin, Sorrel e Vesta em seu encalço, as gêmeas-demônio de olhos verdes atrás do grupo. Homens começaram a morrer... de forma rápida e sangrenta.

Era inútil discutir; não quando eles olhavam para as bruxas uma vez e sacavam as armas.

O calabouço tinha rebeldes de todos os reinos, implorando pela morte ao vê-las, em estados de tormenta inominável que até mesmo o estômago de Manon se revirou. Mas nenhum sinal de Elide.

As bruxas tinham percorrido o calabouço, deixando Faline e Fallon ali para que se certificassem de que não haviam deixado de ver nada.

O segundo calabouço tinha mais do mesmo. Vesta ficou para trás dessa vez para verificar de novo.

Mais rápido, Bico Negro, suplicou aquela voz feminina sábia, como se não pudesse interferir além daquilo. *Mais rápido...*

Manon correu como nunca.

O terceiro calabouço ficava acima das catacumbas e tão fortemente vigiado que aquele sangue escuro se tornou uma névoa ao redor delas quando as bruxas se lançaram contra fileira após fileira de soldados.

Mais nenhuma. Manon não permitiria que levassem mais nenhuma mulher.

Sorrel e Asterin mergulharam contra as sentinelas, abrindo um caminho para a líder. Asterin rasgou a garganta de um homem com os dentes enquanto estripava outro com as unhas. Sangue escuro jorrou de sua boca ao apontar para as escadas adiante e rugir:

— *Vá!*

Então Manon deixou a imediata e a terceira na hierarquia, saltando escada abaixo, dando voltas e voltas. Devia haver uma entrada secreta daquele calabouço para as catacumbas, alguma forma silenciosa de transportar Elide...

Mais rápido, Bico Negro!, grunhiu aquela voz sábia.

E, ao sentir os pés envoltos por um vento leve como se pudesse apressá--la, Manon percebeu que era uma deusa que a vigiava, uma senhora das coisas sábias. Que talvez tivesse vigiado Elide durante toda a sua vida, silenciosa sem a magia, mas agora que estava livre...

A bruxa chegou ao nível mais baixo do calabouço, apenas um andar acima das catacumbas. Como esperado, no fim do corredor, havia uma porta para uma escada descendente.

Entre Manon e aquela escada, dois guardas riam para a porta aberta de uma cela enquanto uma jovem implorava por misericórdia.

Foi o som do choro de Elide — aquela garota silenciosa como aço e inteligente como um raio que não chorara por si mesma ou pela vida miserável dela, que apenas a enfrentara com determinação — que fez a bruxa perder totalmente o controle.

Ela matou os guardas no corredor.

Então viu do que estavam rindo: da garota presa entre outros dois guardas, com o manto puxado e aberto, revelando a nudez, a extensão daquela perna destruída...

A avó de Manon a vendera para aquela gente.

Ela era uma Bico Negro; não era escravizada de ninguém. Não era o cavalo premiado de ninguém para procriar.

E Elide também não.

A ira da bruxa era como uma canção no sangue, e ela simplesmente dissera:

— Já são homens mortos. — Antes de se lançar contra eles.

Depois de atirar o corpo do último guarda no chão, quando estava coberta de sangue escuro e azul, a bruxa olhou para a jovem agachada.

Elide puxou o manto verde para fechá-lo, tremendo tanto que Manon achou que a menina vomitaria. Já sentia o cheiro de vômito da cela. Tinham mantido Elide ali, naquele lugar pútrido.

— Precisamos correr — disse Manon.

A jovem tentou ficar de pé, porém não conseguia sequer se ajoelhar.

A bruxa caminhou até ela e a ajudou a se levantar, deixando um borrão de sangue no antebraço de Elide. Ela cambaleou, mas Manon olhava para a velha corrente ao redor dos tornozelos.

Com um gesto das unhas de ferro, ela a partiu.

Soltaria os grilhões depois.

— Agora — disse Manon, puxando-a para o corredor.

Havia mais soldados gritando do caminho por onde a bruxa entrara, e os gritos de batalha de Asterin e Sorrel ecoavam pelas escadas. No entanto, atrás delas, das catacumbas abaixo...

Mais homens — valg — curiosos a respeito dos clamores que vinham de cima.

Levar Elide para a confusão poderia muito bem a matar, mas, se os soldados das catacumbas atacassem por trás... Pior, se levassem um dos príncipes...

Arrependimento. Fora arrependimento que Manon sentira na noite em que matou a Crochan. Arrependimento, culpa e vergonha por agir por obediência irrestrita, por ser uma covarde enquanto a Crochan mantivera a cabeça erguida e falara a verdade.

Elas transformaram vocês em monstros. Transformaram, Manon. E nós sentimos pena de vocês.

Fora arrependimento que sentira ao ouvir a história de Asterin. Por não ser digna de confiança.

E pelo que permitira que acontecesse àquelas Pernas Amarelas.

Manon não queria imaginar o que poderia sentir caso levasse Elide para a morte. Ou pior.

Obediência. Disciplina. Brutalidade.

Não parecia uma fraqueza lutar por aqueles que não podiam se defender. Mesmo que não fossem bruxas de verdade. Mesmo que não significassem nada para ela.

— Precisaremos lutar para fugir — avisou a bruxa para Elide.

Mas a garota estava de olhos arregalados, olhando boquiaberta para a porta da cela.

Parada ali, com o vestido flutuando como noite líquida, estava Kaltain.

⊰ 82 ⊱

Elide encarou a jovem de cabelos pretos.

E Kaltain encarou de volta.

Manon soltou um grunhido de aviso.

— A não ser que queira morrer, saia da porcaria do caminho.

A mulher, com os cabelos soltos, o rosto pálido e macilento, falou:

— Eles estão vindo neste instante. Para descobrir por que ela ainda não chegou.

A mão ensanguentada da bruxa estava pegajosa e suada ao se fechar sobre o braço de Elide a fim de puxá-la na direção da porta. Aquele único passo, a liberdade de movimento sem a corrente... A menina quase chorou.

Até que ouviu a briga adiante. Atrás delas, das escadas escuras na outra ponta do corredor, os pés apressados de mais homens se aproximaram de muito abaixo.

Kaltain saiu da frente quando Manon a empurrou para passar.

— Esperem — disse a mulher. — Eles vão revirar esta Fortaleza em busca de você. Mesmo que voem, enviarão montadores atrás de vocês e usarão seu próprio povo contra você, Bico Negro.

Manon soltou o braço de Elide, que mal ousou respirar ao ouvir a bruxa perguntar:

— Quanto tempo faz desde que destruiu o demônio dentro desse colar, Kaltain?

Uma risada baixa, hesitante.

— Um tempo.

— O duque sabe?

— Meu senhor sombrio vê o que quer ver. — A jovem desviou o olhar para Elide. Exaustão, vazio, tristeza e raiva dançavam ali, juntos. — Tire o manto e dê para mim.

Elide recuou um passo.

— O quê?

Manon olhou de uma para a outra.

— Não pode enganá-los.

— Eles veem o que querem ver — repetiu Kaltain.

Os homens que se aproximavam de cada lado ficavam mais perto a cada batida do coração delas.

— Isso é absurdo — sussurrou Elide. — Nunca dará certo.

— Tire o manto e dê para a lady — ordenou Manon. — Faça-o agora.

Não havia espaço para desobediência. Então a menina obedeceu, corando diante da própria nudez, tentando se cobrir.

Kaltain apenas deixou que o vestido preto deslizasse dos ombros. Ele caiu no chão, ondulando.

O corpo dela — o que tinham feito com ele, os hematomas, a magreza... A mulher se cobriu com o manto, o rosto vazio novamente.

Elide colocou o vestido, o tecido parecia terrivelmente frio quando deveria estar quente.

Kaltain se ajoelhou diante de um dos guardas mortos — ah, deuses, eram cadáveres caídos ali — e passou a mão pelo buraco no pescoço do homem. Ela manchou e espirrou sangue no rosto, no pescoço, nos braços, no manto. Passou o sangue pelos cabelos, puxando-os para a frente, escondendo o rosto até que partes ensanguentadas fossem a única coisa visível, então curvou os ombros para a frente até que...

Até que se parecesse com Elide.

Vocês duas poderiam ser irmãs, dissera Vernon. Agora, podiam ser gêmeas.

— Por favor, venha conosco — sussurrou Elide.

Kaltain riu baixinho.

— Adaga, Bico Negro.

Manon pegou uma adaga.

A mulher a enterrou profundamente na protuberância da cicatriz horrorosa do braço.

— Em seu bolso, garota — disse ela a Elide, que colocou a mão no vestido e tirou de dentro um retalho de tecido escuro, puído e rasgado nas beiradas, como se tivesse sido arrancado de algo.

Elide o estendeu na direção de Kaltain, que levava a mão ao braço, sem qualquer expressão de dor naquele rosto lindo e ensanguentado, e tirava de dentro uma lasca reluzente de pedra preta.

O sangue vermelho da mulher escorreu da pedra. Com cuidado, ela colocou a lasca no retalho de tecido que Elide estendia, então fechou os dedos da menina em torno dele.

Um latejar constante e estranho ressoou pela jovem ao segurar a pedra.

— O que é isso? — perguntou Manon, farejando sutilmente.

Kaltain apenas apertou os dedos de Elide.

— Encontre Celaena Sardothien. Dê isto a ela. Ninguém mais. *Ninguém mais*. Diga que é possível abrir qualquer porta se tiver a chave. E diga a ela que se lembre da promessa que fez para mim: punir todos eles. Quando ela perguntar por que, diga que falei que não me deixaram trazer o manto que ela me deu, mas guardei um pedaço. Para me lembrar daquela promessa que ela fez. Para lembrar-me de retribuir por um manto quente em um calabouço frio.

Kaltain se afastou.

— Podemos levar você conosco — insistiu Elide, de novo.

Um sorriso curto e de ódio.

— Não tenho interesse em viver. Não depois do que fizeram. Não acho que meu corpo sobreviveria sem o poder deles. — Ela conteve uma gargalhada. — Vou gostar disto, eu acho.

A Líder Alada puxou Elide para o lado dela.

— Vão reparar que está sem as correntes...

— Estarão todos mortos antes disso — advertiu Kaltain. — Sugiro que corram.

Manon não fez perguntas, e Elide não teve tempo de agradecer antes de a bruxa a puxar para as duas correrem.

Ela era um lobo.

Era morte, devoradora de mundos.

Os guardas a encontraram enroscada na cela, estremecendo diante da carnificina. Não fizeram perguntas, não olharam duas vezes para o rosto dela antes de a puxarem pelo corredor, para as catacumbas.

Tantos gritos ali. Tanto terror e desespero. Mas os horrores sob as outras montanhas eram piores. Muito piores. Uma pena que ela não teria a oportunidade de também poupá-los, de massacrá-los.

Ela era um vácuo, vazia sem aquela lasca de poder que se acumulava e consumia e destruía mundos dentro de si.

O presente precioso dele, a chave, era como ele a chamava. Um portão vivo, prometera. Dissera que em breve acrescentaria a outra. E então encontraria a terceira.

Para que o rei dentro dele pudesse governar de novo.

Eles a levaram para uma câmara com uma mesa no centro. Um lençol branco a cobria, e homens observavam enquanto a atiravam sobre a mesa — o altar. Eles a acorrentaram.

Com o sangue cobrindo-a, não repararam no corte do braço ou no rosto que ela estampava.

Um dos homens se aproximou com uma faca, limpa e afiada e reluzente.

— Isso só vai levar alguns minutos.

Kaltain sorriu para ele. Um sorriso largo, agora que a haviam levado para as entranhas daquele inferno.

O sujeito parou.

Um jovem ruivo entrou na sala, fedendo à crueldade nascida no coração humano e ampliada pelo demônio em seu interior. O homem congelou quando a viu.

Ele abriu a boca.

Kaltain Rompier liberou o fogo de sombras sobre todos.

Aquele não era o fantasma do fogo de sombras com o qual a fizeram matar — o motivo pelo qual se aproximaram dela pela primeira vez, pelo qual mentiram para ela quando a convidaram para aquele castelo de vidro —, mas a coisa de verdade. O fogo que Kaltain abrigava desde que a magia retornara... chamas douradas que agora se tornavam escuras.

A câmara se tornou brasa.

A mulher arrancou as correntes de si, como se fossem teias de aranha, e se levantou.

Ela tirou o manto ao sair da câmara. Que vissem o que tinha sido feito com ela, o corpo que tinham destruído.

Kaltain deu dois passos para o corredor até que repararam nela e viram as chamas escuras que crepitavam ao redor.

Morte, devoradora de mundos.

O corredor se transformou em poeira sombria.

Ela saiu andando para a câmara na qual os gritos eram mais altos, onde gritos de mulheres passavam pelas portas de ferro.

O ferro não esquentou, não cedeu à magia. Então Kaltain derreteu um arco através das pedras.

Monstros e bruxas e homens e demônios se viraram.

Kaltain flutuou para dentro da câmara, abrindo bem os braços, e se tornou fogo de sombras, liberdade e triunfo, se tornou uma promessa sussurrada em um calabouço sob um castelo de vidro:

Puna todos eles.

Ela queimou os berços. Queimou os monstros dentro deles. Queimou os homens e seus príncipes demônio. Então queimou as bruxas, que a olharam com gratidão e acolheram as chamas escuras.

A mulher liberou o restante do fogo de sombras, virando o rosto para o teto, na direção de um céu que jamais veria de novo.

Ela destruiu cada parede e coluna. Após fazer tudo desabar em ruínas ao redor, Kaltain sorriu e, por fim, se consumiu em cinzas com um vento fantasma.

∽

Manon corria. Mas Elide era lenta ... tão dolorosamente lenta com aquela perna.

Se Kaltain liberasse o fogo de sombras antes que fossem embora...

A bruxa segurou Elide e a jogou por cima do ombro, o vestido de miçangas cortou-lhe a mão conforme disparava escada acima.

A menina não disse uma palavra quando Manon chegou ao topo do calabouço e viu Asterin e Sorrel acabando com os últimos soldados.

— *Corram!* — disparou ela.

As bruxas estavam cobertas com aquele sangue escuro, mas sobreviveriam.

Subindo mais e mais, elas dispararam para fora do calabouço, mesmo quando Elide se tornou um peso proveniente do puro desafio à morte que certamente vinha na direção delas dos andares abaixo.

Um estremecimento...

— *Mais rápido!*

A imediata de Manon chegou às imensas portas do calabouço e se atirou contra elas, abrindo-as. Manon e Sorrel as atravessaram apressadas; Asterin empurrou e as fechou com um estrondo. Aquilo apenas atrasaria a chama um segundo... se o fizesse.

Mais e mais para cima, na direção do ninho.

Outro estremecimento e uma explosão...

Gritos e calor...

Elas voavam pelos corredores, como se o deus do vento empurrasse os calcanhares das bruxas.

Ao chegarem à base da torre do ninho, o restante das Treze estava reunido na escada, esperando.

— Para os céus — ordenou a líder, conforme pegaram as escadas, uma após a outra, com Elide tão pesada agora que a bruxa achou que fosse soltá-la. Apenas mais alguns metros até o topo da torre, onde esperava que as serpentes aladas estivessem seladas e prontas. E estavam.

Manon disparou para Abraxos e empurrou a garota trêmula na sela. Ela subiu atrás de Elide enquanto as Treze montavam apressadamente. Envolvendo a jovem com os braços, a bruxa enterrou os calcanhares nas laterais de Abraxos.

— *Voe agora!* — rugiu ela.

O animal saltou pela abertura, voando para cima e para longe; as Treze saltaram com eles, asas batiam forte, batiam selvagemente...

Morath explodiu.

Chamas escuras irromperam, consumindo pedras e metal, disparando mais e mais para o alto. As pessoas gritavam, então eram silenciadas conforme até mesmo as pedras derretiam.

O ar ficou oco e se rompeu nos ouvidos de Manon, então ela curvou o corpo sobre Elide, virando-as para que o calor da explosão chamuscasse as próprias costas.

A torre do ninho foi incinerada e ruiu atrás delas.

A explosão as fez cambalearem, mas a Líder Alada segurou a garota com força, agarrando a sela com as coxas quando vento quente e seco irrompeu além delas. Abraxos emitiu um guincho, movendo-se e disparando para dentro da rajada de ar.

Quando Manon ousou olhar, um terço de Morath era uma ruína derretida.

Onde um dia estiveram aquelas catacumbas, onde aquelas Pernas Amarelas tinham sido torturadas e destruídas, onde haviam criado monstros... não restara nada.

⚜ 83 ⚜

Aelin dormiu por três dias.

Três dias... enquanto Rowan, sentado ao lado da cama dela, curava a perna o melhor que podia e recarregava o abismo de seu poder.

Aedion tomou o controle do castelo, aprisionando quaisquer guardas sobreviventes. A maioria, Rowan sentira uma felicidade cruel ao descobrir, morrera na tempestade de vidro que o príncipe causara. Chaol sobrevivera, por algum milagre — provavelmente o Olho de Elena, o qual encontraram em seu bolso. Seria fácil adivinhar quem o colocara ali. Embora Rowan sinceramente se perguntasse se, quando o capitão acordasse, não ia desejar ter morrido, no final das contas. O guerreiro encontrara muitos soldados que se sentiam assim.

Depois que Aelin tão espetacularmente controlou o povo de Forte da Fenda, eles encontraram Lorcan esperando às portas do castelo de pedra. A rainha sequer o notou ao cair de joelhos e chorar e chorar, até que Rowan a pegou nos braços e, mancando levemente, carregou Aelin pelos corredores em polvorosa, com criados desviando conforme Aedion liderava o caminho até os antigos aposentos dela.

Era o único lugar para irem. Melhor se estabelecerem na antiga fortaleza do inimigo que recuarem para o apartamento no armazém.

Uma criada de nome Philippa foi chamada para cuidar do príncipe, que estivera inconsciente da última vez que Rowan o vira... que fora quando Dorian mergulhou para a terra e o vento do feérico impediu a queda.

Ele não sabia o que tinha acontecido no castelo. Em meio ao choro, Aelin não dissera nada.

❧

A rainha já estava inconsciente ao chegar à luxuosa suíte, nem mesmo se mexendo quando Rowan abriu a porta trancada com um chute. A perna queimara de dor, a cura apressada pouco segurava o ferimento, mas ele não se importava. Mal apoiara Aelin na cama antes de o cheiro de Lorcan o atingir de novo, então o guerreiro virou, grunhindo.

Mas já havia alguém diante de Lorcan, bloqueando o caminho até o quarto da rainha. Lysandra.

— Posso ajudar? — perguntara a cortesã, docemente. O vestido estava em frangalhos, e sangue escuro e vermelho cobriam a maior parte de seu corpo, mas ela mantinha a cabeça erguida e as costas eretas. Lysandra chegara até os níveis superiores do castelo de pedra antes da explosão de vidro acima. E ela não dava sinais de que iria embora tão cedo.

Rowan lançara um escudo de ar firme ao redor do quarto de Aelin quando Lorcan encarou Lysandra, o rosto sujo de sangue estava impassível.

— Fora de meu caminho, metamorfa.

A mulher ergueu a mão esguia... e ele parou. A metamorfa pressionou a outra mão contra a própria barriga, e o rosto dela empalideceu. Mas então sorriu, dizendo:

— Você se esqueceu de dizer "por favor".

As sobrancelhas escuras do semiferérico se abaixaram.

— Não tenho tempo para isso. — Ele fez menção de dar a volta por Lysandra, de empurrá-la para o lado.

Mas ela vomitou sangue escuro sobre Lorcan.

Rowan não sabia se devia rir ou se encolher quando Lysandra, ofegante, olhou boquiaberta para Lorcan e para o sangue no pescoço e no peito do feérico. Devagar, devagar demais, ele abaixou o rosto para se olhar.

Ela levou a mão à boca.

— Eu... sinto muito...

Lorcan nem mesmo saiu do caminho conforme Lysandra vomitou de novo, cobrindo o guerreiro e o piso de mármore com sangue escuro e pedaços de carne.

Os olhos escuros dele tremeluziram.

Rowan decidiu fazer um favor aos dois e se juntar a eles na antecâmara, fechando a porta do quarto da rainha atrás de si ao desviar da poça de sangue e bile e restos.

Lysandra vomitou de novo e, sabiamente, disparou para o que parecia ser um banheiro na entrada.

Ao que parecia, todos os homens e demônios que matara não caíam muito bem no estômago humano da cortesã. Os ruídos da mulher vomitando escapavam por baixo da porta do banheiro.

— Você mereceu isso — disse Rowan.

Lorcan sequer piscou.

— Esse é o agradecimento que recebo?

Rowan se recostou contra a parede, cruzou os braços e manteve o peso fora da perna que agora se curava.

— Você sabia que tentaríamos usar aqueles túneis — comentou ele. — E, mesmo assim, mentiu sobre os cães de Wyrd estarem mortos. Eu deveria dilacerar sua maldita garganta.

— Vá em frente. Tente.

O príncipe feérico permaneceu contra a porta, calculando cada movimento do antigo comandante. Uma luta bem ali, naquele momento, poderia ser destrutiva demais e perigosa demais com a rainha inconsciente no quarto logo atrás.

— Eu teria pouco me importado se fosse apenas eu. Mas, quando me deixou cair naquela armadilha, colocou em risco a vida de minha rainha...

— Parece que ela se saiu muito bem...

— ...e de um irmão em minha corte.

A boca de Lorcan se contraiu... levemente.

— Por isso foi ajudar, não foi? — questionou Rowan. — Viu Aedion quando saímos do apartamento.

— Não sabia que o filho de Gavriel estaria naquele túnel com você. Até ser tarde demais.

É claro que Lorcan jamais teria avisado sobre a armadilha depois de descobrir que Aedion estaria lá. Nem em mil anos ele admitiria um erro.

— Eu não sabia que você sequer se importava.

— Gavriel ainda é meu irmão — disse ele, os olhos brilhando. — Eu o teria encarado com desonra caso deixasse seu filho morrer.

Apenas pela honra, pelo laço de sangue entre eles; não para salvar aquele continente. O mesmo laço deturpado que agora o levava a destruir as chaves antes que Maeve pudesse adquiri-las. Rowan não tinha dúvida de que Lorcan pretendia fazê-lo, mesmo que a rainha o matasse por isso depois.

— O que está fazendo aqui, Lorcan? Não conseguiu o que queria?

Uma pergunta justa... e um aviso. O guerreiro semifeérico estava agora dentro da suíte da rainha, mais perto que a maioria das pessoas da corte dela jamais chegaria. Rowan começou uma contagem regressiva silenciosa na cabeça. Trinta segundos parecia generoso. Então o expulsaria dali.

— Ainda não acabou — comentou Lorcan. — Nem de perto.

Rowan ergueu as sobrancelhas.

— Ameaças vãs? — Mas Lorcan apenas deu de ombros, então saiu, coberto com o vômito de Lysandra, e não olhou para trás antes de desaparecer pelo corredor.

Isso fora três dias antes. Rowan não vira ou sentira o cheiro de Lorcan desde então. Lysandra, ainda bem, parara de colocar suas tripas para fora; as tripas dos outros no caso, imaginou Rowan. A metamorfa reivindicara um quarto do outro lado do corredor, entre os dois aposentos em que o príncipe herdeiro e Chaol ainda dormiam.

Depois do que Aelin e o príncipe herdeiro tinham feito, a magia que empunharam juntos e sozinhos, três dias de sono não era surpreendente.

No entanto, aquilo deixou Rowan angustiado.

Havia tantas coisas que precisava dizer a Aelin, embora, talvez, apenas perguntasse como ela fora apunhalada na porcaria da lateral. A jovem se curou, e Rowan nem mesmo saberia se não fosse pelos cortes na altura das costelas, das costas e dos braços naquele traje preto de assassina.

Quando a curandeira inspecionou a rainha adormecida, ela descobriu que Aelin se curara rápido demais, desesperada demais... e selara a pele em volta de alguns cacos de vidro nas costas. Observar enquanto a mulher a despia, então abria cuidadosamente as dezenas de pequenos ferimentos para tirar o vidro quase fez Rowan derrubar as paredes.

Aelin dormiu o tempo todo, o que o guerreiro imaginou ser uma dádiva, considerando o quão profundamente a curandeira precisou buscar para tirar o vidro.

Ela tem sorte de não ter atingido nada permanente, dissera a mulher.

Depois que todos os cacos haviam sido tirados, Rowan usou a própria magia exausta para devagar — tão devagar, maldição — curar os ferimentos de novo. Aquilo deixou a tatuagem nas costas dela em frangalhos.

Ele precisaria preenchê-la quando ela se recuperasse. E ensinar mais sobre se curar no campo de batalha.

Se Aelin um dia acordasse.

Sentando-se em uma cadeira ao lado da cama da rainha, Rowan tirou as botas e massageou a leve dor constante na perna. Aedion acabara de fazer um relatório sobre o estado atual do castelo. Três dias depois, o general ainda não falara sobre o que tinha acontecido — sobre estar disposto a dar a vida para proteger Rowan dos soldados de infantaria valg ou sobre a morte do rei de Adarlan. No que dizia respeito ao primeiro fato, o guerreiro agradecera da única forma que sabia: oferecera ao general uma das próprias adagas, forjada pelo melhor dos ferreiros de Doranelle. Aedion recusara a princípio, insistindo que não precisava de agradecimento, mas usara a arma na lateral do corpo desde então.

Mas, em relação ao segundo fato... Rowan perguntara, apenas uma vez, como o general se sentia a respeito de o rei estar morto. Aedion apenas disse que desejava que o desgraçado tivesse sofrido mais, porém morto era morto, então estava tudo bem por ele. O príncipe feérico se perguntou se aquele comentário fora sincero, mas o general contaria quando estivesse pronto. Nem todos os ferimentos podiam ser curados com magia. Rowan sabia muito bem disso. Mas iam se curar. Em algum momento.

E os ferimentos naquele castelo, na cidade... aqueles também se curariam. Rowan estivera em campos de batalha depois do fim da matança, com a terra ainda úmida de sangue, e vivera para ver as feridas cicatrizarem devagar, década após década, na terra, no povo. Então Forte da Fenda se curaria também.

Mesmo que o último relatório de Aedion sobre o castelo fosse sombrio. A maior parte dos empregados tinha sobrevivido, assim como alguns membros da corte, mas parecia que um grande número daqueles que tinham permanecido na corte — membros que Aedion sabia serem demônios inúteis e ardilosos — não sobrevivera. Como se o príncipe tivesse limpado a mancha do castelo.

Rowan estremeceu ao pensar nisso, olhando para as portas que Aedion acabara de desocupar. O príncipe herdeiro tinha um poder tão imenso. O guerreiro jamais vira algo igual. Precisaria encontrar uma forma de treinar aquele poder — de cultivá-lo — ou arriscaria que o poder o destruísse.

E Aelin — aquela tola brilhante e insana — assumira um risco imenso ao entrelaçar seu poder com o do príncipe. Dorian tinha magia pura que podia tomar qualquer forma. A jovem poderia ter atingido o esgotamento em um segundo.

Rowan virou o rosto e olhou com raiva para a rainha.

E viu que Aelin olhava com raiva de volta.

— Eu salvo o mundo — disse ela, a voz áspera como cascalho. — E, mesmo assim, acordo e vejo você irritadinho.

— Foi um esforço de grupo — retrucou Rowan, de uma cadeira próxima. — E estou irritadinho por umas vinte razões diferentes, a maioria tem a ver com você ter tomado algumas das decisões mais inconsequentes que já...

— Dorian — disparou Aelin. — Dorian está...

— Bem. Dormindo. Está apagado há tanto tempo quanto você.

— Chaol...

— Dormindo. Em recuperação. Mas vivo.

Um peso se ergueu dos ombros de Aelin. Então... Ela olhou para o príncipe feérico e entendeu que ele não estava ferido, que estava no antigo quarto, que não estavam usando correntes ou colares, e que o rei... O que o rei dissera antes de morrer...

— Coração de Fogo — murmurou Rowan, levantando-se da cadeira, mas a rainha balançou a cabeça. O movimento a fez latejar.

Aelin respirou para se acalmar, então limpou os olhos. Pelos deuses, o braço doía, as costas doíam, a lateral do corpo doía...

— Chega de lágrimas — disse a jovem. — Basta de choro. — Ela abaixou as mãos até os cobertores. — Conte... tudo.

Então ele contou. Sobre o fogo do inferno, e os cães de Wyrd, e Lorcan. Em seguida sobre os três últimos dias, de organização e de cura e de Lysandra assustando todos até a morte ao se transformar em um leopardo-fantasma sempre que um dos membros da corte de Dorian saía da linha.

Quando terminou, Rowan disse:

— Se não consegue falar sobre isso, não...

— Preciso falar sobre isso. — Com ele, ao menos com ele. As palavras saíram aos tropeços, e Aelin não chorou ao explicar o que o rei tinha dito, o que alegara. O que Dorian fizera mesmo assim. O rosto de Rowan permaneceu contraído, pensativo, o tempo todo. Por fim, ela disse: — Três dias?

O guerreiro assentiu com seriedade.

— Distrair Aedion com o gerenciamento do castelo é a única forma que achei de evitar que ele coma a mobília.

Aelin encarou aqueles olhos verde-pinho, e Rowan abriu a boca para falar de novo, mas ela emitiu um ruído baixo.

— Antes de dizer qualquer coisa... — Ela olhou para a porta. — Preciso que me ajude a chegar ao banheiro. Ou vou me molhar toda.

Rowan começou a gargalhar.

Aelin olhou para ele com raiva de novo ao se sentar, o movimento agonizante e exaustivo. Estava nua, exceto pela roupa íntima limpa com que alguém a vestira, mas ela supôs que estava decente o bastante. O guerreiro já vira cada parte dela mesmo.

Rowan ainda ria enquanto a ajudava a se levantar, permitindo que se apoiasse contra ele quando as pernas — inúteis, estremecendo como as de uma corça recém-nascida — tentaram funcionar. Aelin levou tanto tempo para dar três passos que não protestou ao ser pega e carregada até o banheiro. A rainha resmungou quando Rowan tentou colocá-la no vaso, então ele saiu com as mãos erguidas e os olhos dançando, como se dissessem: *Pode me culpar por tentar? Você pode muito bem cair dentro dele.*

O príncipe feérico riu de novo diante das profanidades nos olhos de Aelin, e, ao terminar, ela conseguiu ficar de pé e caminhar os três passos até a porta antes de Rowan a pegar nos braços mais uma vez. Sem mancar, percebeu ela; a perna dele, ainda bem, estava quase completamente curada.

Os braços de Aelin se fecharam em volta do guerreiro, e ela pressionou o rosto contra o pescoço de Rowan ao ser carregada na direção da cama, inspirando seu cheiro. Quando ele fez menção de apoiá-la, ela se segurou, um pedido silencioso.

Então Rowan se sentou na cama, abraçando-a no colo conforme estendeu as pernas e se apoiou nas fileiras de travesseiros. Por um momento, não disseram nada.

Em seguida:

— Então este era seu quarto. E aquela era a passagem secreta. Uma vida atrás, uma pessoa completamente diferente.

— Você não parece impressionado.

— Depois de todas as suas histórias, parece tão... comum.

— A maioria das pessoas dificilmente chamaria este castelo de comum.

A lufada de um riso aqueceu os cabelos de Aelin, que roçou o nariz contra a pele exposta do pescoço do feérico.

— Achei que estivesse morrendo — disse Rowan, com a voz rouca.

Ela o segurou com mais força, mesmo que isso fizesse com que as costas doessem.

— Eu estava.

— Por favor, jamais faça isso de novo.

Foi a vez da jovem de soltar uma gargalhada.

— Da próxima vez, vou apenas pedir que Dorian não me esfaqueie.

Mas Rowan se afastou, avaliando o rosto de Aelin.

— Eu senti... senti cada segundo. Fiquei desesperado.

Ela passou o dedo pela bochecha dele.

— Achei que algo tivesse dado errado com você também, achei que pudesse estar morto ou ferido. E acabou comigo não poder ir até você.

— Da próxima vez que precisarmos salvar o mundo, faremos isso juntos.

Aelin deu um leve sorriso.

— Combinado.

Rowan moveu o braço para que pudesse afastar os cabelos dela. Os dedos permaneceram no maxilar da jovem.

— Você também me faz querer viver, Aelin Galathynius — declarou o guerreiro. — Não existir, mas viver. — Rowan segurou o queixo dela com a mão em concha e respirou para se acalmar, como se tivesse pensado em cada palavra durante os últimos três dias, diversas vezes. — Passei séculos perambulando o mundo, de impérios a reinos e desertos, nunca me estabeleci, jamais parei... nem por um momento. Estava sempre olhando para o horizonte, sempre imaginando o que esperava do outro lado do oceano seguinte, sobre a montanha seguinte. Mas acho... acho que o tempo todo, durante todos aqueles séculos, só estava procurando por você.

Ele limpou uma lágrima que escapou de Aelin naquele momento, e ela olhou para o príncipe feérico que a segurava — para o amigo que viajara pela escuridão e pelo desespero e pelo gelo e pelo fogo com ela.

Aelin não sabia dizer qual dos dois se moveu primeiro, mas então a boca de Rowan estava sobre a dela, e ela segurou a camisa do guerreiro, puxando-o para perto, reivindicando-o como ele a reivindicava.

Os braços do príncipe feérico se fecharam com mais força em volta da jovem, mas gentilmente — com muito cuidado por causa dos ferimentos que doíam. Ele acariciou a língua contra a de Aelin, e a rainha abriu a boca para Rowan. Cada movimento dos lábios era um sussurro do que viria depois que se curassem, assim como uma promessa.

O beijo foi lento, completo. Como se tivessem todo o tempo do mundo.

Como se fossem os únicos no mundo.

∽

Ao perceber que esquecera de contar a Rowan sobre a carta que recebera da Devastação, Aedion Ashryver entrou na suíte de Aelin a tempo de ver que a prima estava acordada — finalmente acordada, e com o rosto contra o de Rowan. Eles ainda estavam sentados na cama, ela no colo de Rowan, envolvida por seus braços enquanto ele olhava para Aelin do modo como ela merecia. E, quando os dois se beijaram, profundamente, sem hesitação...

O guerreiro sequer virou o rosto para Aedion antes de um vento percorrer a suíte, batendo a porta do quarto em sua cara.

Entendido.

Um cheiro estranho, feminino, sempre em mutação o atingiu, e o general viu Lysandra encostada à porta do corredor. Lágrimas brilhavam nos olhos dela, embora estivesse sorrindo.

Ela olhou para a porta do quarto fechada, como se ainda conseguisse ver o príncipe e a rainha do lado de dentro.

— Aquilo — disse a mulher, mais para si mesma que para Aedion. — É o que vou encontrar um dia.

— Um belo guerreiro feérico? — perguntou ele, mexendo-se desconfortável.

Lysandra riu, limpou as lágrimas e lançou um olhar sábio a Aedion antes de sair.

∽

Aparentemente, o anel dourado de Dorian tinha sumido... e Aelin sabia exatamente quem fora responsável pela escuridão momentânea quando ela atingira o chão enquanto o castelo desabava, quem a tinha deixado inconsciente graças a um golpe na nuca.

Ela não sabia por que Lorcan não a matara, mas não se importava muito; não depois que ele já se fora havia muito tempo. Era verdade que Lorcan jamais prometera *não* roubar o anel de volta.

Mas também jamais os fizera confirmar que o Amuleto de Orynth era falso. Uma pena que Aelin não estaria presente para ver o rosto do guerreiro quando percebesse.

Essa ideia bastou para fazê-la sorrir no dia seguinte, apesar da porta diante da qual estava... apesar de quem a esperava atrás dela.

Rowan estava no fim do corredor, guardando a única entrada ou saída. Ele assentiu para Aelin, e, mesmo de longe, ela leu as palavras nos olhos do príncipe feérico. *Estarei bem aqui. Um grito e estarei a seu lado.*

A jovem revirou os olhos. *Besta feérica territorial e insuportável.*

Ela perdera a noção de por quanto tempo tinham se beijado, por quanto tempo se perdera em Rowan. Mas então Aelin lhe pegara a mão e a apoiara sobre o seio, fazendo-o gemer de um modo que fez os dedos do pé dela se contraírem e as costas se arquearem... e então ela se encolhera diante dos resquícios da dor que irradiava pelo corpo.

Rowan recuara diante daquilo e, quando ela tentara convencê-lo a continuar, dissera que não tinha interesse em se deitar com alguém ferido e, como já haviam esperado tanto, Aelin podia se acalmar e esperar mais um pouco. Até poder acompanhá-lo, acrescentara ele, com um sorriso malicioso.

A rainha afastou esse pensamento com mais um olhar de irritação para ele, então suspirou para se tranquilizar e empurrou a maçaneta para baixo.

Ele estava parado à janela, olhando para os jardins destruídos nos quais os criados se esforçavam para consertar os danos catastróficos que causara.

— Oi, Dorian — disse Aelin.

⊰ 84 ⊱

Dorian Havilliard acordara sozinho em um quarto que não reconheceu.

Mas estava livre, embora uma linha de pele pálida agora marcasse seu pescoço.

Por um momento, ficara na cama, ouvindo.

Nenhum grito. Nenhum choro. Apenas alguns pássaros hesitantemente cantando do lado de fora da janela, o sol do verão entrando e... silêncio. Paz.

Havia um vazio tão grande em sua cabeça. Um vazio dentro de Dorian. Ele até levara a mão ao coração para ver se estava batendo.

O restante era como um borrão; e o príncipe se perdeu nele em vez de pensar no vazio. Ele se banhou, se vestiu e falou com Aedion Ashryver, que o encarava como se tivesse três cabeças e que estava, aparentemente, no comando da segurança do castelo no momento.

Chaol estava vivo, mas ainda se recuperando, dissera o general. Ainda não acordara... e talvez isso fosse bom, pois Dorian não fazia ideia de como enfrentaria o amigo, de como explicaria tudo. Mesmo quando a maior parte dos acontecimentos era apenas fragmentos de memória, pedaços que ele sabia que o destruiriam mais caso os montasse.

Algumas horas depois, Dorian ainda estava naquele quarto, reunindo coragem para verificar o que tinha feito. O castelo que destruíra; o povo que matara. Ele vira a muralha: prova do poder de sua inimiga... e da piedade.

Não era sua inimiga.

Aelin.

— Oi, Dorian — disse ela. O rapaz se voltou da janela quando a porta se fechou atrás de Aelin.

Ela permaneceu à porta, com uma túnica azul-marinho e dourada, desabotoada com uma graciosidade despreocupada no pescoço, os cabelos soltos na altura dos ombros, as surradas botas marrons. Mas o modo como se portava, o modo como ficava parada, com uma quietude total... Uma rainha o encarava.

Ele não sabia o que dizer. Por onde começar.

Ela caminhou até a área de estar onde o rapaz se encontrava.

— Como está se sentindo?

Mesmo o modo como falava parecia um pouco diferente. Dorian já ouvira o que Aelin dissera ao povo dele, as ameaças que fizera e a ordem que exigira.

— Bem. — Ele conseguiu dizer. A magia murmurava dentro dele, mas mal passava de um sussurro, como se estivesse drenada. Como se estivesse tão vazia quanto o príncipe.

— Você por acaso não está se escondendo aqui, está? — indagou Aelin, acomodando-se em uma das poltronas baixas sobre o lindo tapete ornamentado.

— Seus homens me puseram aqui para que pudessem ficar de olho em mim — respondeu ele, permanecendo à janela. — Eu não sabia que podia sair. — Talvez isso fosse bom, considerando o que o príncipe demônio o obrigara a fazer.

— Pode sair quando quiser. Este é seu castelo... seu reino.

— É mesmo? — Dorian ousou perguntar.

— Você é o rei de Adarlan agora — afirmou Aelin, baixinho, mas não de modo carinhoso. — É claro que é.

O pai dele estava morto. Não restara sequer um corpo para revelar o que tinham feito naquele dia.

Aelin declarara publicamente que matara o rei, mas Dorian sabia que tinha acabado com a vida do pai ao destruir o castelo. Fizera aquilo por Chaol, assim como por Sorscha, e o rapaz sabia que Aelin reivindicara a morte porque dizer ao povo dele... dizer ao povo que o príncipe matara o pai...

— Ainda preciso ser coroado — comentou Dorian, por fim. O rei afirmara coisas tão insanas naqueles últimos momentos; coisas que mudavam tudo e nada.

Aelin cruzou as pernas, recostando-se na poltrona, mas não havia nada casual em seu rosto.

— Você diz isso como se tivesse esperanças de que não vai acontecer.

Dorian conteve a vontade de tocar o pescoço e confirmar que o colar não estava ali, então fechou as mãos às costas.

— Será que mereço ser rei depois de tudo que fiz? Depois de tudo o que aconteceu?

— Apenas você pode responder isso.

— Acredita no que ele disse?

Aelin inspirou entre os dentes trincados.

— Não sei em que acreditar.

— Perrington vai entrar em guerra contra mim... contra nós. O fato de eu ser rei não vai impedir aquele exército.

— Daremos um jeito. — Ela expirou. — Mas você ser coroado rei é o primeiro passo para isso.

Além da janela, o dia brilhava forte, estava claro. O mundo acabara e começara de novo, mas nada mudara também. O sol ainda nasceria e se poria, as estações ainda mudariam, ignorando se Dorian estava livre ou escravizado, se era príncipe ou rei, ignorando quem estava vivo e quem tinha partido. O mundo continuaria seguindo. Não parecia certo, de alguma forma.

— Ela morreu — disse Dorian, com a respiração entrecortada, o quarto o sufocando. — Por minha causa.

Aelin ficou de pé com um movimento suave e caminhou até onde ele estava à janela, apenas para puxá-lo para sofá abaixo ao lado dela.

— Vai levar um tempo. E talvez nunca mais pareça certo. Mas você... — A jovem segurou a mão de Dorian, como se ele não tivesse usado aquelas mãos para ferir e mutilar, para esfaqueá-la. — Vai aprender a enfrentar e a suportar isso. O que aconteceu, Dorian, não foi culpa sua.

— Foi. Eu tentei *matar* você. E o que aconteceu com Chaol...

— Chaol escolheu. Ele escolheu ganhar tempo para você, porque seu pai era o culpado. Seu pai e o príncipe valg dentro dele fizeram isso com você e com Sorscha.

O rapaz quase vomitou ao ouvir aquele nome. Seria uma desonra a ela jamais o pronunciar de novo, jamais o mencionar novamente, mas Dorian não sabia se conseguiria proferir aquelas duas sílabas sem que parte dele morresse de novo e de novo.

— Você não vai acreditar em mim — continuou Aelin. — O que eu acabei de dizer, você não vai acreditar em mim. Eu sei, e não tem problema. Não espero que acredite. Quando estiver pronto, estarei aqui.

— Você é a rainha de Terrasen. Não pode estar.

— Quem disse? Somos os donos de nossos destinos, *nós* decidimos como seguir em frente. — Ela apertou a mão dele. — Você é meu amigo, Dorian.

Um lampejo de memória, da névoa de escuridão e dor e medo. *Voltei por você.*

— Vocês dois voltaram — afirmou ele.

Aelin engoliu em seco.

— Você me tirou de Endovier. Achei que deveria retornar o favor.

Dorian olhou para o tapete, para todos os fios entremeados.

— O que faço agora? — Eles tinham partido: a mulher que ele amara... e o homem que odiara. Dorian a encarou. Não havia cálculos nem frieza nem pena naqueles olhos turquesa. Apenas honestidade determinada, como fora desde o início com ela. — O que eu faço?

Aelin precisou engolir em seco antes de falar:

— Ilumine a escuridão.

Chaol Westfall abriu os olhos.

O Além-mundo se parecia muito com um quarto no castelo de pedra.

Não havia dor no corpo dele, pelo menos. Não como a dor que se chocara contra o capitão, seguida por uma escuridão violenta e por uma luz azul. E depois o nada.

Ele poderia ter cedido à exaustão que ameaçava arrastá-lo de volta à inconsciência, mas alguém — um homem — soltou um suspiro áspero, que o fez virar o rosto.

Não havia sons nem palavras nele quando viu Dorian sentado em uma cadeira ao lado da cama. Sombras roxas marcavam a pele sob os olhos do rapaz; os cabelos estavam desgrenhados, como se estivesse passando as mãos por eles, mas... mas embaixo do casaco desabotoado não havia um colar. Apenas uma linha pálida marcando a pele do príncipe.

E os olhos... Assombrados, mas nítidos. Vivos.

A visão de Chaol queimava e se embaçava.

Ela conseguira. Aelin conseguira.

O rosto do capitão se contraiu.

— Não percebi que minha aparência estava tão ruim assim — comentou Dorian, a voz rouca.

Ele soube então... que o demônio dentro do príncipe tinha partido.

Chaol chorou.

O rapaz se levantou da cadeira e se ajoelhou ao lado da cama. Então pegou a mão do amigo, apertando-a conforme levava a testa contra aquela do capitão.

— Você estava morto — disse o príncipe, com a voz falhando. — Achei que estivesse morto.

Chaol, por fim, se controlou, e Dorian se afastou o bastante para verificar o rosto do amigo.

— Acho que eu estava — respondeu ele. — O quê... o que aconteceu?

Então Dorian contou a ele.

Aelin salvara a cidade.

E salvara a vida do capitão também, pois colocara o Olho de Elena em seu bolso.

A mão de Dorian segurou a do amigo com mais força.

— Como se sente?

— Cansado — admitiu Chaol, flexionando a mão livre. O peito doía no lugar em que a explosão o atingira, mas o restante parecia...

Ele não sentia nada.

Não conseguia sentir as pernas. Os dedos dos pés.

— Os curandeiros que sobreviveram — explicou o príncipe, em voz muito baixa — disseram que você nem deveria estar vivo. Sua coluna... acho que meu pai a quebrou em alguns lugares. Disseram que Amithy talvez pudesse ter... — Um lampejo de raiva. — Mas ela morreu.

Pânico, lento e gélido, surgiu. Ele não conseguia se mover, não conseguia...

— Rowan curou dois dos ferimentos mais acima. Você teria ficado... paralisado — Dorian engasgou na palavra — do pescoço para baixo caso contrário. Mas a fratura inferior... Rowan disse que era complexa demais e não ousou tentar curar, não quando poderia torná-la pior.

— Diga que há um "porém" adiante — pediu Chaol, com dificuldade.

Se não pudesse andar, se não pudesse se *mover*...

— Não vamos arriscar enviar você para Wendlyn, não com Maeve lá. Mas os curandeiros de Torre Cesme conseguiriam fazer isso.

— Não vou para o continente ao sul. — Não agora que recuperara Dorian, não agora que todos tinham, de alguma forma, sobrevivido. — Vou esperar por um curandeiro aqui.

— Não restaram curandeiros aqui. Não aqueles com dons mágicos. Meu pai e Perrington acabaram com eles. — Frio percorreu aqueles olhos cor de safira. Chaol sabia que o que o pai de Dorian alegara, o que o rapaz fizera mesmo assim com ele, assombraria o príncipe por um tempo.

Não o príncipe... o rei.

— Torre Cesme pode ser sua única esperança de andar de novo — explicou Dorian.

— Não vou deixá-lo. Não de novo.

A boca do rapaz se contraiu.

— Você jamais me deixou, Chaol. — Ele balançou a cabeça uma vez, lançando lágrimas pelo rosto. — Você jamais me deixou.

Chaol apertou a mão do amigo.

Dorian olhou na direção da porta um momento antes de uma batida hesitante soar, então deu um leve sorriso. O capitão se perguntou o que exatamente sua magia o permitia detectar, mas em seguida o rei limpou as lágrimas e falou:

— Tem alguém aqui querendo ver você.

A maçaneta abaixou silenciosamente, e a porta se entreabriu, revelando uma cortina de cabelos pretos como nanquim, assim como um rosto lindo e bronzeado. Nesryn olhou para Dorian, então fez uma reverência profunda, os cabelos oscilaram com o corpo.

O rapaz ficou de pé, gesticulando com a mão como uma dispensa.

— Aedion pode até ser o novo chefe da segurança do castelo, mas a senhorita Faliq é minha capitã da Guarda temporária. Pelo visto, os guardas acham o estilo de liderança de Aedion... Qual é a palavra, Nesryn?

A boca da jovem se contraiu, mas os olhos estavam em Chaol, como se ele fosse um milagre, como se fosse uma ilusão.

— Polarizador — murmurou Nesryn, caminhando diretamente para o capitão, com o uniforme dourado e carmesim caindo como uma luva sobre ela.

— Nunca houve uma mulher na Guarda Real antes — comentou Dorian, seguindo para a porta. — E como você é agora Lorde Chaol Westfall, Mão do Rei, precisava de alguém para ocupar o cargo. Novas tradições para um novo reino.

Chaol desviou do olhar arregalado de Nesryn para encarar o amigo boquiaberto.

— O quê?

Mas ele estava à porta, abrindo-a.

— Se tenho que ficar preso com os deveres de rei, então você vai ficar preso aqui comigo. Por isso, vá para Torre Cesme e se cure rápido, Chaol. Porque temos trabalho a fazer. — O olhar do rei se voltou para Nesryn. — Felizmente, você já tem uma guia sábia. — Em seguida ele se foi.

Chaol encarou a mulher, que estava com a mão sobre a boca.

— Parece que quebrei minha promessa a você no final das contas — disse ele. — Pois tecnicamente não *posso* sair andando do castelo.

Ela caiu em lágrimas.

— Lembre-me de jamais fazer uma piada de novo — brincou Chaol, mesmo quando o pânico esmagador e sufocante se instalou. As pernas dele... não. Não... Não o mandariam para Torre Cesme a não ser que soubessem que havia uma possibilidade de que ele caminhasse de novo. Ele não aceitaria outra alternativa.

Os ombros estreitos de Nesryn estremeciam enquanto ela chorava.

— Nesryn — sussurrou ele. — Nesryn... por favor.

Ela deslizou para o chão ao lado da cama e enterrou o rosto nas mãos.

— Quando o castelo se estilhaçou — disse ela, com a voz falhando. — Achei que estivesse morto. E quando vi o vidro vindo em minha direção, pensei que *eu* estaria morta. Mas então o fogo veio, e rezei... Rezei para que ela, de alguma forma, tivesse o salvado também.

Fora Rowan quem fizera aquilo, mas Chaol não a corrigiria.

Nesryn abaixou as mãos, por fim olhando para o corpo dele, sob as cobertas.

— Vamos consertar isso. Vamos para o continente ao sul, e vou *obrigá--los* a curar você. Já vi as maravilhas que podem fazer, e sei que conseguirão. E...

Chaol pegou a mão dela.

— Nesryn.

— E agora você é um lorde — continuou ela, balançando a cabeça. — Você era um lorde antes, na verdade, mas... é o braço direito do rei. Sei que é... sei que nós...

— Daremos um jeito — completou Chaol.

Ela o encarou por fim.

— Não espero nada de você...

— Daremos um jeito. Você pode nem querer um homem com deficiência.

Nesryn recuou.

— Não me insulte ao presumir que sou superficial ou vã dessa forma.

Ele conteve uma gargalhada.

— Vamos viver uma aventura, Nesryn Faliq.

❧ 85 ❧

Elide não conseguia parar de chorar enquanto as bruxas seguiam para o norte.

Não se importava que estivesse *voando*, ou que a morte pairasse por todos os lados.

O que Kaltain tinha feito... Ela não ousou abrir o punho fechado por medo que o tecido e a pequena pedra fossem levados pelo vento.

Ao pôr do sol, elas aterrissaram em algum lugar na floresta Carvalhal. Elide não se importou com isso também. Ela se deitou e caiu em um sono profundo, ainda usando o vestido de Kaltain, aquele pedaço de roupa preso na mão.

Alguém a cobriu com um manto à noite, e, quando acordou, havia um conjunto de roupas — equipamento de couro para o voo, uma camisa, calça e botas — a seu lado. As bruxas estavam dormindo, as serpentes aladas eram uma massa de músculos e morte à sua volta. Nenhuma delas se moveu quando Elide caminhou até o rio mais próximo, tirou o vestido e se sentou na água, observando as duas partes da corrente partida oscilando na correnteza até que os dentes dela tremessem.

Depois que se vestiu, com roupas que estavam um pouco grandes, porém quentes, a menina enfiou aquele retalho de tecido e a pedra que ele continha em um dos bolsos internos.

Celaena Sardothien.

Jamais ouvira aquele nome; não sabia por onde começar a procurar. Mas para pagar a dívida que devia a Kaltain...

— Não desperdice suas lágrimas com ela — comentou Manon, a alguns metros de distância, com uma sacola oscilando nas mãos limpas. A bruxa devia ter limpado o sangue e a sujeira na noite anterior. — Ela sabia o que estava fazendo, e não foi por você.

Elide limpou o rosto.

— Mesmo assim, ela salvou nossas vidas... e deu um fim àquelas pobres bruxas nas catacumbas.

— Fez isso por si mesma. Para se libertar. E tinha o direito de fazê-lo. Depois do que passou, tinha o direito de destroçar o mundo inteiro.

Em vez disso, Kaltain destroçara um terço de Morath.

Manon estava certa. A mulher não se importara se ela havia saído da explosão.

— O que vamos fazer agora?

— Nós vamos voltar para Morath — afirmou a bruxa, simplesmente. — Mas você não vai.

Elide se espantou.

— Só podemos trazer você até aqui sem levantar suspeitas — explicou ela. — Quando voltarmos, se seu tio estiver vivo, vou dizer a ele que você deve ter sido incinerada na explosão.

E, com aquela explosão, todas as evidências do que Manon e as Treze tinham feito para tirar Elide do calabouço também teriam sido apagadas.

Mas deixá-la ali... O mundo se abria, amplo e cruel, ao seu redor.

— Para onde vou? — sussurrou a menina. Bosques infinitos e colinas as cercavam. — E eu não sei ler e não tenho um mapa.

— Vá para onde quiser, mas, se eu fosse você, seguiria para o norte e permaneceria na floresta. Continue até chegar à Terrasen.

Aquilo jamais fora parte do plano.

— Mas... mas o rei... Vernon...

— O rei de Adarlan está morto — informou Manon. O mundo parou. — Aelin Galathynius o matou e destruiu seu castelo de vidro.

Elide cobriu a boca com a mão, balançando a cabeça. Aelin... Aelin...

— Ela contou com a ajuda — continuou a bruxa — do príncipe Aedion Ashryver.

A menina começou a chorar.

— E dizem os boatos que Lorde Ren Allsbrook está trabalhando no norte como rebelde.

Elide enterrou o rosto nas mãos. Então uma mão firme com pontas de ferro tocou-lhe o ombro.

Um toque hesitante.

— Esperança — disse Manon, baixinho.

A jovem abaixou as mãos e viu que a bruxa sorria para ela. Mal passava de uma inclinação nos lábios, mas... um sorriso, suave e lindo. Elide se perguntou se Manon sequer sabia que estava fazendo aquilo.

Mas ir para Terrasen...

— As coisas ficarão piores, não é? — perguntou ela.

O aceno de Manon foi quase imperceptível.

Sul — Elide ainda poderia rumar para o sul, fugir para muito, muito longe. Agora que Vernon achava que a sobrinha estava morta, ninguém jamais iria atrás dela. Mas Aelin estava viva. E forte. E talvez fosse hora de parar de sonhar em fugir. Encontrar Celaena Sardothien; ela faria isso, para honrar Kaltain e o dom que recebera, para honrar as garotas como elas, trancafiadas em torres sem ninguém para falar por elas, ninguém que se lembrasse delas.

Mas Manon se lembrara de Elide.

Não... ela não fugiria.

— Vá para o norte, Elide — sugeriu Manon, lendo a decisão nos olhos da jovem e entregando-lhe a sacola. — Estão em Forte da Fenda, mas aposto que não ficarão por muito tempo. Chegue à Terrasen e fique escondida. Mantenha-se fora das estradas, evite pousadas. Há dinheiro nessa sacola, mas use com parcimônia. Minta e roube e engane, se precisar, mas chegue à Terrasen. Sua rainha estará lá. Sugiro que não mencione a ascendência de sua mãe a ela.

A menina considerou, colocando a sacola sobre os ombros.

— Ter sangue Bico Negro não parece algo tão ruim — comentou ela, baixinho.

Aqueles olhos dourados semicerraram.

— Não — respondeu a bruxa. — Não, não parece.

— Como posso agradecer?

— Era uma dívida já existente — explicou Manon, balançando a cabeça quando Elide abriu a boca para perguntar mais. A bruxa entregou três adagas a ela, mostrando onde enfiar uma na bota, guardar outra na sacola, então embainhar a terceira no quadril. Por fim, a Líder Alada pediu que Elide tirasse as botas, revelando os grilhões que a jovem escondera no interior. A bruxa pegou uma pequena chave mestra e abriu as correntes, ainda presas aos tornozelos.

Ar frio e suave acariciou a pele exposta, e ela mordeu o lábio para evitar chorar de novo quando calçou as botas de volta.

Pelas árvores, as serpentes aladas bocejavam e grunhiam, e o som dos risos das Treze passou por elas. Manon olhou na direção das bruxas, um leve sorriso retornou aos lábios da líder. Ao se virar de novo, a herdeira do clã de bruxas Bico Negro falou:

— Quando a guerra chegar, e isso acontecerá se Perrington tiver sobrevivido, você deve esperar não me ver de novo, Elide Lochan.

— Mesmo assim — respondeu a jovem. — Espero que veja.

Ela fez uma reverência para a Líder Alada.

E, para sua surpresa, Manon se curvou de volta.

— Norte — disse a bruxa, e Elide imaginou que seria a melhor despedida que receberia.

— Norte — repetiu a menina, partindo para as árvores.

Em minutos, ela ultrapassou os sons das bruxas e das serpentes aladas, então foi engolida por Carvalhal.

Elide segurava as alças da sacola conforme caminhava.

De repente, os animais ficaram em silêncio, e as folhas farfalharam e sussurraram. Um momento depois, treze imensas sombras passaram acima. Uma delas, a menor, se demorou, sobrevoando de volta uma segunda vez, como se estivesse se despedindo.

A jovem não sabia se Abraxos podia ver além do dossel, mas ela ergueu a mão para dizer adeus mesmo assim. Um grito alegre e feroz ecoou em resposta, depois a sombra desapareceu.

Norte.

Para Terrasen. Para lutar, não fugir.

Para Aelin e Ren e Aedion — crescidos e fortes e vivos.

Elide não sabia quanto tempo levaria ou o quanto precisaria andar, mas conseguiria. Não olharia para trás.

Enquanto caminhava sob as árvores, com a floresta zumbindo ao redor, ela pressionou a mão contra o bolso dentro da jaqueta de couro, sentindo a pequena e dura saliência ali. A jovem sussurrou uma oração breve para Anneith, pedindo por sabedoria, por orientação... e podia jurar que a mão quente de alguém acariciou sua testa em resposta. Isso a fez esticar a coluna e erguer o queixo.

Mancando, Elide começou a longa jornada para casa.

❧ 86 ❧

—Estas são suas últimas roupas — informou Lysandra, apontando com o dedo do pé para o baú que um dos criados acabara de deixar. — Achei que *eu* tivesse um problema com compras. Não joga nada fora?

De seu lugar no pufe de veludo no centro do imenso closet, Aelin mostrou a língua.

— Obrigada por pegar tudo — disse ela. Era inútil tirar das malas as roupas que Lysandra tinha levado do antigo apartamento de Aelin, assim como era inútil voltar lá. Não ajudava o fato de que Aelin não conseguia deixar Dorian sozinho. Mesmo que finalmente tivesse conseguido fazê-lo sair do quarto e caminhar pelo castelo.

O rapaz parecia um morto-vivo, principalmente com aquela linha branca ao redor do pescoço. A jovem supunha que ele tinha esse direito.

Ela estivera esperando por Dorian do lado de fora do quarto de Chaol. Assim que conseguira conter as lágrimas de alívio que ameaçavam sobrecarregá-la quando por fim ouvira o capitão falar, Aelin mandara chamar Nesryn. Ao ver Dorian sair, com seu sorriso se desfazendo ao olhar para ela, Aelin o levara de volta ao quarto e se sentara com o rei por um bom tempo.

A culpa... esse seria um fardo tão pesado para Dorian quanto o luto.

Lysandra apoiou as mãos nos quadris.

— Alguma outra tarefa para mim antes que eu busque Evangeline amanhã?

Aelin devia à amiga mais que conseguia começar a expressar, mas...

A rainha tirou uma pequena caixa do bolso.

— Há mais uma tarefa — comentou ela, estendendo a caixa para Lysandra. — Você provavelmente vai me odiar por isso depois. Mas pode começar dizendo que sim.

— Está me pedindo em casamento? Que inesperado. — Lysandra pegou a caixa, mas não a abriu.

Aelin gesticulou com a mão, o coração batendo forte.

— Apenas... abra.

Franzindo a testa com cautela, a mulher abriu a tampa e inclinou a cabeça para o anel dentro da caixa... o movimento foi puramente felino.

— Você *está* me pedindo em casamento, Aelin Galathynius?

Aelin encarou a amiga.

— Há um território no norte, um pequeno pedaço de terra fértil que costumava pertencer à família Allsbrook. Aedion se encarregou de me informar que eles não têm mais utilidade para a terra, que está parada há um tempo. — Aelin deu de ombros. — Precisa de uma senhora.

O sangue se esvaiu do rosto de Lysandra.

— O quê?

— Está tomada por leopardos-fantasma, por isso o entalhe no anel. Mas acho que, se há alguém capaz de lidar com eles, é você.

As mãos de Lysandra tremiam.

— E... e o símbolo da chave acima do leopardo?

— Para lembrar você de quem detém sua liberdade agora. Você mesma.

A mulher cobriu a boca, encarando o anel, então Aelin.

— Você perdeu o juízo?

— A maioria das pessoas provavelmente pensaria que sim. Mas como a terra foi oficialmente liberada pelos Allsbrook há anos, posso tecnicamente designar você a senhora dela. Com Evangeline como sua herdeira, se desejar.

A amiga não comunicara nenhum plano para si ou para a protegida além de buscar Evangeline, não pedira para ir com eles, para recomeçar em uma nova terra, um novo reino. Aelin esperava que isso significasse que Lysandra queria se juntar a eles em Terrasen, mas...

Ela desabou no tapete, encarando a caixa, o anel.

— Sei que dará muito trabalho...

— Não mereço isto. Ninguém *jamais* vai querer me servir. Seu povo vai se ressentir por você ter me nomeado.

Aelin deslizou para o chão, ficando de joelhos com a amiga, e tirou a caixa das mãos trêmulas da metamorfa. Ela tirou de dentro o anel de ouro que mandara fazer semanas antes. Só ficara pronto naquela manhã, quando Aelin e Rowan saíram de fininho para buscar a joia, junto à verdadeira chave de Wyrd.

— Ninguém o merece mais — afirmou Aelin, segurando a mão da amiga e colocando o anel no dedo dela. — Não há mais ninguém que eu gostaria que me protegesse. Se meu povo não puder ver o valor de uma mulher que se vendeu para escravidão pelo bem de uma criança, que defendeu minha corte sem se preocupar com a própria vida, então não será meu povo. E pode queimar no inferno.

Lysandra passou o dedo pelo brasão que Aelin desenhara.

— Como se chama o território?

— Não faço ideia — respondeu ela. — "Lysândria" parece bom. Assim como "Lysandrius" ou talvez "Lysandralândia".

A mulher a olhou boquiaberta.

— Você *perdeu* o juízo mesmo.

— Quer dizer que aceita?

— Não sei nada sobre governar um território, sobre ser uma senhora.

— Bem, não sei nada sobre governar um reino. Aprenderemos juntas. — Aelin lançou um sorriso conspiratório para a amiga. — E então?

Lysandra olhou para o anel, depois ergueu o olhar para o rosto de Aelin... e atirou os braços ao redor do pescoço dela, apertando com força. A rainha aceitou aquilo como um sim.

Ela fez uma careta para o latejar constante da dor, mas aguentou.

— Bem-vinda à corte, milady.

～

Aelin sinceramente não queria nada além de deitar na cama naquela noite e esperava que fosse com Rowan ao lado. Mas, quando terminaram de jantar — a primeira refeição juntos como uma corte —, uma batida soou à porta. Aedion atendeu antes que ela conseguisse sequer apoiar o garfo.

Ele voltou com Dorian ao encalço, o rei olhava para todos.

— Eu queria ver se vocês tinham comido...

Aelin apontou o garfo para o assento ao lado de Lysandra.

— Junte-se a nós.

— Não quero atrapalhar.

— Sente essa bunda aí — disse Aelin ao novo rei de Adarlan. Naquela manhã, Dorian assinara um decreto libertando todos os reinos conquistados do governo de Adarlan. Ela o vira fazer isso, com Aedion segurando firme a mão da prima durante a coisa toda, e desejara que Nehemia estivesse ali também.

O rapaz se aproximou da mesa; diversão brilhava naqueles assombrados olhos cor de safira. Aelin o apresentou de novo a Rowan, que fez uma reverência mais acentuada com a cabeça do que a rainha esperava. Então ela apresentou Lysandra, explicando quem a mulher era e o que tinha se tornado para Aelin, para sua corte.

Aedion os observou, o rosto tenso, os lábios como uma linha fina. Os olhos dos primos se encontraram.

Dez anos depois, estavam todos sentados juntos a uma mesa de novo — não eram mais crianças, mas governantes dos próprios territórios. Dez anos depois, e ali estavam eles, amigos, apesar das forças que os tinham despedaçado e destruído.

Aelin olhou para a semente de esperança que brilhava naquela sala de jantar e ergueu a taça.

— A um novo mundo — comemorou a rainha de Terrasen.

O rei de Adarlan também ergueu a taça, com sombras infinitas dançando nos olhos, mas... ali estava. Um lampejo de vida.

— À liberdade.

❧ 87 ❧

O duque sobrevivera. Assim como Vernon.

Um terço de Morath tinha explodido, levando um bom número de guardas e criados no ocorrido, assim como duas alianças e Elide Lochan.

Uma perda sólida, mas não era nem de perto tão devastador quanto poderia ter sido. A própria Manon derramara três gotas do próprio sangue em agradecimento à Deusa de Três Rostos, pois a maioria das alianças estava fora em um exercício de treinamento naquele dia.

A bruxa estava na câmara do conselho de Perrington, com as mãos às costas, enquanto o homem tagarelava.

Um enorme retrocesso, sibilou ele para os demais reunidos: líderes de guerra e conselheiros. Levaria meses para recuperar Morath, e, com tantos dos suprimentos incinerados, precisariam colocar os planos em espera.

Dia e noite, homens empurravam as pedras empilhadas bem acima das ruínas das catacumbas — procurando, Manon sabia, pelo corpo de uma mulher que não passava de cinzas e pela pedra que ela carregava. A bruxa não contara nem mesmo às Treze quem agora mancava para o norte com aquela pedra.

— Líder Alada — disparou o duque, e ela virou os olhos preguiçosamente em sua direção. — Sua avó chegará em duas semanas. Quero suas alianças treinadas com os últimos planos de batalha.

Ela assentiu.

— Como quiser.

Batalhas. Haveria batalhas, porque mesmo agora que Dorian Havilliard era rei, Perrington não tinha planos de desistir; não com aquele exército. Assim que aquelas torres das bruxas fossem construídas e ele encontrasse outra fonte de fogo de sombras, Aelin Galathynius e suas forças seriam devastadas.

Manon desejou em silêncio que Elide não estivesse em um desses campos de batalha.

A reunião do conselho acabou em breve, e a bruxa parou conforme passava por Vernon na saída. Apoiando a mão no ombro dele, Manon enterrou as unhas na pele e o fez gritar ao aproximar os dentes de ferro do ouvido do homem.

— Só porque ela está morta, lorde, não pense que vou esquecer o que tentou fazer.

Vernon empalideceu.

— Você não pode me tocar.

A bruxa cravou as unhas mais profundamente.

— Não, não posso — disse ela, ronronando ao ouvido dele. — Mas Aelin Galathynius está viva. E ouvi dizer que ela tem contas a acertar. — Manon arrancou as unhas e apertou o ombro de Vernon, fazendo com que o sangue escorresse pela túnica verde antes de sair da sala batendo os pés.

∽

— E agora? — indagou Asterin, conforme elas observavam o novo ninho que tinham confiscado de uma das alianças inferiores. — Sua avó chega, e nós lutamos nessa guerra?

Manon olhou através do arco aberto para o céu cinzento.

— Por enquanto, ficamos aqui. E esperamos que minha avó traga aquelas torres.

A líder não sabia o que faria quando visse a avó. Ela olhou de esguelha para a imediata.

— Aquele caçador humano... Como ele morreu?

Os olhos de Asterin reluziram. Por um momento, ela não disse nada, então:

— Ele era velho... muito velho. Acho que entrou no bosque um dia, se deitou em um lugar e jamais voltou. Imagino que ele teria gostado disso. Jamais encontrei o corpo.

Mas ela procurara.

— Como era? — perguntou Manon, baixinho. — Amar?

Pois fora amor... o que Asterin, talvez a única de todas as bruxas Dentes de Ferro, sentira, aprendera.

— Era como morrer um pouquinho a cada dia. Era como estar viva também. Era alegria tão plena que doía. Aquilo me destruiu e me desfez e me forjou. Eu odiava sentir isso, porque sabia que não podia escapar, e sabia que me mudaria para sempre. E aquela bruxinha... Eu a amava também. Eu a amava de uma forma que não consigo nem descrever, só posso dizer que foi a coisa mais poderosa que já senti, maior que raiva, que desejo, que magia. — Um leve sorriso. — Estou surpresa por você não estar dando o sermão da "Obediência. Disciplina. Brutalidade".

Transformadas em monstros.

— As coisas estão mudando — disse Manon.

— Que bom — respondeu Asterin. — Somos imortais. As coisas deveriam mudar, e com frequência, ou ficam chatas.

A líder ergueu as sobrancelhas, e a imediata sorriu.

Manon balançou a cabeça, então sorriu de volta.

⚜ 88 ⚜

Com Rowan de vigia, circundando bem alto o castelo, e com a partida deles marcada para o alvorecer, Aelin se encarregou de fazer uma última viagem à tumba de Elena quando o relógio soou as doze badaladas.

Os planos, no entanto, foram arruinados: o caminho para a tumba estava bloqueado por destroços da explosão. Aelin passara quinze minutos procurando uma entrada, com as mãos e com a magia, mas não teve sorte. Rezou para que Mort não tivesse sido destruído — embora a aldraba em formato de caveira talvez tivesse acolhido o término de sua existência estranha e imortal enfim.

Os esgotos de Forte da Fenda, aparentemente, estavam tão livres de valg quanto os túneis e as catacumbas do castelo, como se os demônios tivessem fugido noite afora com a queda do rei. Por enquanto, a cidade estava segura.

Aelin saiu da passagem oculta e limpou a poeira do corpo.

— Vocês dois fazem tanto barulho, que é ridículo.

Com a audição feérica, ela os detectara minutos antes.

Dorian e Chaol estavam sentados diante da lareira da jovem, o segundo em uma cadeira especial com rodas que tinham comprado para ele.

O rei olhou para as orelhas pontiagudas e para os caninos alongados, então ergueu a sobrancelha.

— Está bonita, Majestade. — Ela imaginou que Dorian não devia ter realmente reparado naquele dia na ponte de vidro, e Aelin estivera na forma humana até então. Ela sorriu.

Chaol virou a cabeça. O rosto estava macilento, mas um lampejo de determinação brilhou ali. Esperança. Não deixaria que aquele ferimento o destruísse.

— Eu estou sempre bonita — respondeu Aelin, desabando na poltrona diante daquela de Dorian.

— Encontrou algo interessante lá embaixo? — perguntou Chaol.

Ela balançou a cabeça.

— Achei que não faria mal olhar uma última vez. Pelos velhos tempos. — E talvez pular no pescoço de Elena. Depois que obtivesse respostas para todas as perguntas. Mas não conseguiu encontrar a antiga rainha.

Os três se olharam, e silêncio caiu.

A garganta de Aelin queimava, então ela se virou para Chaol e falou:

— Com Maeve e Perrington atrás de nós, talvez precisemos de aliados mais cedo, principalmente se as forças de Morath bloquearem o acesso para Eyllwe. Um exército do continente ao sul poderia atravessar o mar Estreito em alguns dias e fornecer reforços, expulsando Perrington pelo sul, enquanto atacamos pelo norte. — Ela cruzou os braços. — Então vou nomear você embaixador oficial de Terrasen. Não importa o que Dorian diga. Faça amizade com a família real, bajule-os, puxe o saco deles, faça o que precisar. Mas precisamos daquela aliança.

Chaol olhou para Dorian com um pedido silencioso. O rei assentiu, mal movendo o queixo.

— Tentarei. — Era a melhor resposta que ela poderia esperar. Chaol levou a mão ao bolso da túnica e jogou o Olho na direção dela, que o pegou com uma das mãos. O metal tinha sido dobrado, mas a pedra azul permanecia. — Obrigado — disse ele, com a voz rouca.

— Ele usou isso durante meses — comentou Dorian, quando Aelin colocou o amuleto no bolso. — Sem nenhuma reação, mesmo em perigo. Por que agora?

A garganta da jovem se apertou.

— Coragem no coração — respondeu ela. — Elena me disse certa vez que coragem no coração era raro e que eu a deixasse me guiar. Quando

Chaol escolheu... — Aelin não conseguia formar as palavras. Ela tentou de novo. — Acho que a coragem o salvou, fez o amuleto ganhar vida para ele.

Fora uma aposta, e bem tola, mas... funcionara.

O silêncio recaiu de novo.

Dorian disse:

— Então, aqui estamos.

— O fim do caminho — afirmou Aelin, com um meio sorriso.

— Não — disse Chaol, com o próprio sorriso fraco, hesitante. — O início do próximo.

〜

Na manhã seguinte, Aelin bocejou ao se recostar contra a égua cinzenta no pátio do castelo.

Depois que Dorian e Chaol foram embora na noite anterior, Lysandra entrara e adormecera na cama da amiga, sem explicação de por que ou do que estava fazendo antes. E como ela estava totalmente inconsciente, Aelin simplesmente tinha se deitado ao lado. A rainha não fazia ideia de onde Rowan tinha se aninhado para a noite, mas não teria ficado surpresa se tivesse olhado pela janela e visto um gavião de cauda branca empoleirado no parapeito.

Ao alvorecer, Aedion irrompera dentro do quarto, exigindo saber por que não estavam prontas para ir embora... para ir *para casa*.

Lysandra tinha se transformado em um leopardo-fantasma e o enxotara. Então ela voltara, permanecendo na imensa forma felina, e, de novo, se deitara ao lado de Aelin. Elas conseguiram dormir por mais trinta minutos antes de Aedion voltar e jogar um balde d'água nas duas.

O general teve sorte de escapar com vida.

Mas estava certo; tinham poucos motivos para permanecer ali. Ainda mais com tanto para fazer no norte, tanto para planejar e curar e supervisionar.

Viajariam até o anoitecer, buscariam Evangeline na casa de campo dos Faliq, então continuariam para o norte, e esperavam seguir sem interrupções até Terrasen.

Para casa.

Ela iria para casa.

Medo e dúvida se remexeram no estômago de Aelin; mas felicidade brilhava ali também.

Tinham se arrumado rapidamente, e ela supunha então que só restava a despedida.

Os ferimentos de Chaol tornaram impossível pegar as escadas, mas Aelin tinha entrado de fininho no quarto dele naquela manhã para dizer adeus... e dera de cara com Aedion, Rowan e Lysandra já ali, conversando com Chaol e Nesryn. Quando os três saíram, com Nesryn os seguindo para fora, o capitão apenas tinha apertado a mão de Aelin e perguntado:

— Posso ver?

Ela sabia o que Chaol queria dizer, e erguera as mãos diante do corpo.

Fitas e nuvens e flores vermelhas e douradas dançaram pelo quarto, brilhantes, gloriosas e elegantes.

Os olhos de Chaol estavam cheios d'água quando as chamas se apagaram.

— É lindo — dissera ele, por fim.

Aelin tinha apenas sorrido e deixara uma rosa de chamas douradas queimando na mesa de cabeceira, onde ficaria acesa sem calor até que ela estivesse fora do alcance.

E para Nesryn, que tinha sido chamada com os deveres de capitã, Aelin deixara outro presente: uma flecha de ouro maciço, presenteada a ela no último Yulemas como uma bênção de Deanna... sua própria ancestral. Aelin imaginou que a atiradora adoraria e apreciaria a flecha bem mais que ela mesma.

— Precisa de mais alguma coisa? Mais comida? — perguntou Dorian, aproximando-se para ficar ao lado de Aelin. Rowan, Aedion e Lysandra já estavam montando os cavalos deles. Levavam pouca coisa, apenas os suprimentos mais essenciais. Em grande parte armas, inclusive Damaris, a qual Chaol dera a Aedion, insistindo para que a espada antiga permanecesse daquele lado do oceano. O restante dos pertences seria enviado à Terrasen.

— Com este grupo — comentou Aelin com Dorian — provavelmente vai haver uma competição diária para ver quem caça melhor.

O rei gargalhou. Silêncio em seguida, e ela emitiu um estalo com a língua.

— Está com a mesma túnica que usou há uns dias. Acho que jamais vi você vestir a mesma roupa duas vezes.

Um lampejo naqueles olhos cor de safira.

— Acho que tenho coisas mais importantes com que me preocupar agora.

— Você... você vai ficar bem?

— Tenho outra opção fora ficar bem?

Aelin tocou o braço de Dorian.

— Se precisar de algo, mande um aviso. Levará algumas semanas para chegarmos a Orynth, mas... suponho que com a volta da magia você consiga encontrar um mensageiro para me informar rapidamente.

— Graças a você... e seus amigos.

Aelin olhou por cima do ombro para eles. Estavam todos fazendo o melhor para parecer que não estavam bisbilhotando.

— Graças a todos nós — respondeu ela, baixinho. — E a você.

Dorian olhou para o horizonte da cidade, para as encostas verdes adiante.

— Se me perguntasse há nove meses se eu achava... — Dorian balançou a cabeça. — Tanta coisa mudou.

— E vai continuar mudando — afirmou Aelin, apertando o braço do rei. — Mas... algumas coisas não mudarão. Eu sempre serei sua amiga.

A garganta dele falhou.

— Eu queria poder vê-la, apenas uma última vez. Para dizer a ela... para dizer o que estava em meu coração.

— Ela sabe — disse Aelin, piscando para afastar a ardência dos olhos.

— Vou sentir sua falta — comentou Dorian. — Embora eu duvide que da próxima vez que nos encontrarmos será em circunstâncias tão... civilizadas. — A jovem tentou não pensar a respeito daquilo. Ele gesticulou por cima do ombro para a corte dela. — Não os faça sofrer demais. Só estão tentando ajudar.

Ela sorriu. Para sua surpresa, um rei sorriu de volta.

— Mande qualquer livro bom que você ler — pediu Aelin.

— Apenas se você fizer o mesmo.

Ela o abraçou uma última vez.

— Obrigada... por tudo — sussurrou Aelin.

Dorian a abraçou, então se afastou conforme a amiga subiu no cavalo e o incitou a trotar.

Ela seguiu para a frente da companhia, onde Rowan montava um garanhão preto reluzente. O príncipe feérico a encarou. *Você está bem?*

Ela assentiu.

Não achei que me despedir fosse ser tão difícil. E com tudo que está por vir... Vamos enfrentar isso juntos. Qualquer que seja o fim.

Aelin estendeu o braço para o espaço entre os dois e pegou a mão de Rowan, segurando com força.

Eles continuaram de mãos dadas conforme cavalgaram pela trilha estéril, atravessando o portão que Aelin tinha feito na parede de vidro e seguindo em direção às ruas da cidade, onde as pessoas paravam o que estavam fazendo e olhavam boquiabertas, ou sussurravam, ou encaravam.

Mas, ao saírem de Forte da Fenda, aquela cidade que fora o lar e o inferno e a salvação dela, conforme memorizava cada rua e prédio e rosto e loja, cada cheiro e o frescor da brisa do rio, Aelin não viu um escravizado. Não ouviu um chicote.

E, ao passarem pelo Teatro Real com o teto em domo, ouviram música — música linda, exótica — tocando do lado de dentro.

~

Dorian não sabia o que o acordara. Talvez fossem os insetos preguiçosos do verão que tivessem parado com os zumbidos noturnos, ou talvez fosse o vento frio que entrou no antigo quarto na torre, farfalhando as cortinas.

O luar reluzia sobre o relógio, revelando que eram três horas da manhã. A cidade estava silenciosa.

O rapaz se levantou da cama, tocando o pescoço mais uma vez; apenas para se certificar. Sempre que despertava dos pesadelos, levava minutos para saber se estava mesmo acordado... ou se era apenas um sonho e ele ainda estava preso no próprio corpo, escravizado pelo pai e por aquele príncipe valg. Dorian não contara a Aelin ou Chaol sobre os pesadelos. Parte dele desejava que tivesse contado.

Ele ainda mal se lembrava do que acontecera enquanto usara aquele colar. Tinha feito vinte anos e sequer se lembrava. Havia apenas fragmentos, lampejos de horror e dor. Dorian tentou não pensar a respeito daquilo. Não *queria* se lembrar. Também não contara isso a Chaol ou Aelin.

Já sentia falta dela e do caos e da intensidade da corte de Aelin. Dorian sentia falta de ter gente ao redor. O castelo era grande demais, silencioso demais. E Chaol partiria em dois dias. O rapaz não queria pensar em como seria sentir saudade do amigo.

Ele caminhou até a varanda, pois precisava sentir a brisa do rio sobre o rosto, saber que aquilo era real e que estava livre.

Dorian abriu as portas da varanda, as pedras estavam frias sob os pés dele, e olhou para a propriedade. Ele fizera aquilo. O rei suspirou, observando a muralha de vidro que brilhava ao luar.

Havia uma sombra imensa apoiada no topo da muralha. Dorian congelou.

Não era uma sombra, mas uma besta gigantesca, as garras presas à barreira, as asas fechadas sobre o corpo, reluzindo levemente ao brilho da lua cheia. Reluzindo como os cabelos brancos de quem a montava.

Mesmo de longe, Dorian sabia que ela o encarava diretamente, os cabelos esvoaçantes ao lado do corpo, como uma fita de luar sendo levada pela brisa do rio.

O rapaz ergueu a mão, levando a outra ao pescoço. Nenhum colar.

A montadora da serpente alada se recostou na sela, então disse algo ao animal, que abriu as imensas e brilhantes asas e saltou para o ar. Cada batida das asas lançava um estrondo vazio de vento na direção de Dorian.

Voando cada vez mais alto, os cabelos da montadora oscilavam atrás dela como uma flâmula reluzente, até que sumissem noite afora, e Dorian não conseguisse mais ouvir as asas batendo. Nenhum alarme soou. Como se o mundo tivesse parado de prestar atenção durante os poucos momentos em que eles se encararam.

E, em meio à escuridão das memórias, em meio à dor e ao desespero e ao terror que Dorian tentava esquecer, um nome ecoou em sua mente.

Manon Bico Negro voava pelo céu noturno estrelado, com Abraxos quente e ágil sob ela e com a luz incrivelmente brilhante da lua cheia — o ventre cheio da Mãe — acima.

A bruxa não sabia por que tinha se incomodado em ir; por que ficara curiosa.

Mas ali estava o príncipe, sem colar ao redor do pescoço.

E ele erguera a mão em cumprimento... como se dissesse *eu lembro de você*.

Os ventos mudaram, e Abraxos voou com eles, erguendo-se mais no céu; o reino escuro abaixo passou por eles como um borrão.

Ventos de mudança; um mundo mudando.

Talvez as Treze também estivessem mudando. Assim como a própria Manon.

Ela não sabia o que pensar daquilo.

Mas tinha esperanças de que todas sobrevivessem.

Ela tinha esperanças.

❧ 89 ☙

Durante três semanas, cavalgaram direto para o norte, mantendo-se fora das estradas principais e das aldeias. Não havia necessidade de anunciar que Aelin estava voltando para Terrasen. Não até que ela visse o reino por conta própria e soubesse o que precisaria enfrentar, tanto lá dentro quanto daqueles que se reuniam em Morath. Não até que tivesse algum lugar seguro onde esconder a grandiosa coisa terrível em sua sela.

Com a magia, ninguém notava a presença das chaves de Wyrd. Mas Rowan olhava de vez em quando para a bolsa da sela e inclinava a cabeça em questionamento. Todas as vezes, Aelin silenciosamente dizia a ele que estava bem e que não reparara em nada estranho em relação ao amuleto. Ou em relação ao Olho de Elena, o qual, novamente, usava no pescoço. Ela se perguntou se Lorcan estava realmente a caminho de rastrear a segunda e a terceira chaves de Wyrd, talvez onde Perrington — Erawan — as mantivera desde sempre. Se o rei não tivesse mentido.

Aelin tinha a sensação de que Lorcan começaria a procurar em Morath. E rezava para que o guerreiro semifeérico desafiasse a sorte, que não estava a seu favor, e saísse triunfante. Isso certamente tornaria a vida da jovem mais fácil. Mesmo que ele algum dia voltasse para surrá-la por tê-lo enganado.

Os dias de verão ficavam mais frios quanto mais rumavam para o norte. Evangeline, para o crédito da menina, acompanhava o ritmo do grupo, sem jamais reclamar de precisar adormecer em um saco de dormir noite após noite. Parecia perfeitamente feliz ao se aninhar com Ligeirinha, sua nova protetora e amiga leal.

Lysandra usou a viagem para testar as próprias habilidades; às vezes voando com Rowan acima, às vezes correndo como um lindo cão preto ao lado de Ligeirinha, às vezes passando dias na forma de leopardo-fantasma e saltando em Aedion quando ele menos esperava.

Três semanas de viagem árdua, mas também três das semanas mais felizes que Aelin já tivera. Teria preferido um pouco mais de privacidade, principalmente com Rowan, que a olhava de uma forma que a fazia querer entrar em combustão. Às vezes, quando ninguém estava olhando, ele chegava de fininho pelas costas dela e roçava o nariz em seu pescoço, ou puxava seu lobo da orelha com os dentes, ou apenas a envolvia com os braços e a segurava, inspirando-a.

Uma noite... apenas uma maldita noite com ele era tudo que Aelin queria.

O grupo não ousou parar em uma pousada, então ela continuava pegando fogo e tendo que aturar as piadas silenciosas de Lysandra.

O terreno começou a ficar mais inclinado, montanhoso, e o mundo se tornou exuberante e verde e claro, com as rochas transformando-se em saliências pontiagudas de granito.

O sol mal nascera enquanto Aelin caminhava ao lado do cavalo, poupando-o de carregá-la para o alto de uma encosta especialmente íngreme. Ela já estava na segunda refeição do dia; já estava suada e suja e irritadiça. Magia de fogo, pelo visto, era muito útil quando se viajava, pois os mantinha aquecidos nas noites frias, acendia fogueiras e fervia água. Aelin teria matado alguém por uma banheira grande o bastante para encher de água e se banhar, mas o luxo podia esperar.

— É logo acima desta colina — indicou Aedion, à esquerda de sua prima.

— O que é? — perguntou ela, terminando a maçã e atirando o resto para trás. Lysandra, na forma de um corvo, grasnou em ultraje quando aquilo a atingiu. — Desculpe — falou Aelin.

Lysandra grasnou e voou para o céu enquanto Ligeirinha latia alegremente para ela e Evangeline gargalhava montada no pônei peludo.

Aedion apontou para o pico da colina adiante.

— Você vai ver.

Aelin olhou para Rowan, que estivera indo à frente durante parte da manhã na forma de um gavião de cauda branca a fim de verificar o terreno. Agora ele caminhava ao lado da rainha, puxando o garanhão preto consigo. O guerreiro ergueu as sobrancelhas diante da exigência silenciosa por informação. *Não vou dizer.*

Ela olhou com raiva para o príncipe feérico. *Desagradável.*

Rowan riu. Mas a cada passo, a jovem fazia os cálculos sobre que dia era, e...

Eles chegaram ao topo da colina e pararam.

Aelin soltou as rédeas, então deu um passo cambaleante, a grama esmeralda estava macia abaixo dela.

Aedion tocou o ombro da prima.

— Bem-vinda ao lar, Aelin.

Uma terra de montanhas altas — as montanhas Galhada do Cervo — se estendia diante do grupo, com vales e rios e colinas; uma terra de beleza selvagem indomada.

Terrasen.

E o cheiro — de pinho e neve... Como Aelin jamais percebera que o cheiro de Rowan era aquele de Terrasen, de seu lar? O príncipe feérico se aproximou o suficiente para lhe roçar o ombro, em seguida murmurou:

— Sinto como se eu estivesse procurando por este lugar a vida toda.

Realmente... com o vento travesso que soprava rápido e forte entre a Galhada do Cervo cinzenta e pontiaguda ao longe, com a extensão densa da floresta Carvalhal à esquerda deles, além dos rios e dos vales se estendendo na direção daquelas grandiosas montanhas do norte: era o paraíso para um gavião. Um paraíso para ela.

— Bem ali — informou Aedion, apontando para uma pequena pedra de granito erodida, entalhada com redemoinhos e arabescos. — Depois que passarmos por aquela pedra, estaremos no solo de Terrasen.

Sem ousar acreditar que não estava dormindo, Aelin caminhou na direção da pedra, sussurrando a Canção de Graças à Mala, Portadora do Fogo, por guiá-la até aquele local, até aquele momento.

Aelin passou a mão pela rocha áspera, e a pedra aquecida pelo sol formigou, como em cumprimento.

Então ela deu um passo além da pedra.

E, finalmente, Aelin Ashryver Galathynius estava em casa.

AGRADECIMENTOS

Acho que agora já é bem sabido que eu não funcionaria sem minha gêmea de alma, copiloto Jaeger e Threadsister, Susan Dennard.

Sooz, você é minha luz em lugares escuros. Você me inspira e desafia não apenas a ser uma escritora melhor, mas também a ser uma *pessoa* melhor. Sua amizade me dá força e coragem e esperança. Não importa o que aconteça, não importa o que possa estar à espera na próxima curva da estrada, sei que será algo que poderei enfrentar, que poderei suportar e triunfar, porque tenho você a meu lado. Não há magia maior que essa. Mal posso esperar para sermos majestosas vampiras-tigresas juntas pelo resto da eternidade.

À minha companheira de arma e apreciadora de todas as coisas ferais/metamorfas, Alex Bracken: como poderei agradecer o suficiente por ter lido este livro (e todos os meus outros) tantas vezes? E como poderei agradecer o suficiente pelos anos de e-mails, os incontáveis almoços/bebidas/jantares e por sempre me defender? Não acho que teria aproveitado tanto essa jornada insana sem você — e não acho que teria sobrevivido tanto tempo sem sua sabedoria, bondade e generosidade. Um brinde a escrever muito mais cenas com desculpas esfarrapadas para ter caras sem camisa.

Estes livros não existiriam (*eu* não existiria!) sem minhas equipes empenhadas e extraordinariamente arrasadoras na Laura Dail Literary Agency, na CAA e na Bloomsbury mundo afora. Então, meu amor e gratidão eternos vão para: Tamar Rydzinski, Cat Onder, Margaret Miller, Jon Cassir,

Cindy Loh, Cristina Gilbert, Cassie Homer, Rebecca McNally, Natalie Hamilton, Laura Dail, Kathleen Farrar, Emma Hopkin, Ian Lamb, Emma Bradshaw, Lizzy Mason, Sonia Palmisano, Erica Barmash, Emily Ritter, Grace Whooley, Charli Haynes, Courtney Griffin, Nick Thomas, Alice Grigg, Elise Burns, Jenny Collins, Linette Kim, Beth Eller, Kerry Johnson e a incansável e maravilhosa equipe de direitos autorais estrangeiros.

Ao meu marido, Josh: todo dia com você é uma dádiva e uma felicidade. Tenho muita sorte por ter um amigo tão carinhoso, divertido e espetacular com quem partir em aventuras pelo mundo. Um brinde a muitas, muitas mais.

À Annie, ou o melhor cão do mundo: desculpe por acidentalmente comer sua carne daquela vez. Não vamos falar mais disso. (Ah, e amo você para todo o sempre. Vamos dormir juntinhas).

Aos meus pais maravilhosos: obrigada por lerem todos aqueles contos de fadas para mim — e por jamais me dizerem que eu estava velha demais para acreditar em magia. Estes livros existem por causa disso.

À minha família: obrigada, como sempre, pelo amor e pelo apoio infinitos e incondicionais.

Às Treze de Maas: vocês são mais do que incríveis. Muito obrigada por todo o apoio e o entusiasmo e por falarem aos gritos sobre esta série pelo mundo inteiro. À Louisse Ang, Elena Yip, Jamie Miller, Alexa Santiago, Kim Podlesnik, Damaris Cardinali e Nicola Wilkinson: vocês são todas tão generosas e lindas — obrigada por tudo que fazem!

A Erin Bowman, Dan Krokos, Jennifer L. Armentrout, Christina Hobbs e Lauren Billings: vocês são os melhores. É sério. Os melhores dos melhores. Agradeço ao Universo todo dia por ser abençoada com amigos tão talentosos, engraçados, leais e maravilhosos em minha vida.

E a todos os leitores de Trono de Vidro: não há palavras suficientes na língua inglesa para transmitir direito a profundidade de minha gratidão. Foi uma honra tão grande conhecê-los em eventos pelo mundo e interagir com tantos de vocês on-line. Suas palavras, sua arte e sua música me fizeram seguir em frente. Obrigada, obrigada, obrigada por tudo.

Por fim, muito obrigada aos leitores incríveis que enviaram conteúdo para fazerem parte do trailer de *Herdeira do fogo*:

Abigail Isaac, Aisha Morsy, Amanda Clarity, Amanda Riddagh, Amy Kersey, Analise Jensen, Andrea Isabel Munguía Sánchez, Anna Vogl, Becca

Fowler, Béres Judit, Brannon Tison, Bronwen Fraser, Claire Walsh, Crissie Wood, Elena Mieszczanski, Elena NyBlom, Emma Richardson, Gerakou Yiota, Isabel Coyne, Isabella Guzy-Kirkden, Jasmine Chau, Kristen Williams, Laura Pohl, Linnea Gear, Natalia Jagielska, Paige Firth, Rebecca Andrade, Rebecca Heath, Suzanah Thompson, Taryn Cameron e Vera Roelofs.

Assista ao trailer agora:

Este livro foi composto na tipologia Adobe Caslon Pro,
em corpo 11/14,9, e impresso em papel off-white,
no Sistema Cameron da Divisão Gráfica
da Distribuidora Record.